Annalena McAfee

Zeilenkrieg

Roman

Aus dem Englischen

von Pociao

Diogenes

Titel des Originals:
›The Spoiler‹
Umschlagfoto: Yva © IMAGNO/
Austrian Archives

*Die Übersetzerin dankt dem
Deutschen Übersetzerfonds Berlin für
seine großzügige Unterstützung*

www.diogenes.ch
80/12/8/1
ISBN 978 3 257 06842 9

I sing of News, and all those vapid sheets
The rattling hawker vends through gaping-streets;
Whate'er their name, whate'er the time they fly,
Damp from the press, to charm the reader's eye.

George Crabbe,
aus *The Village and the Newspaper*

Das Internet ist eine weitere elektronische Modeerscheinung, die früher oder später von den Kräften des Markts relativiert werden wird. Im Moment brauchen seine fanatischen Vertreter dasselbe Mitgefühl und dieselbe Toleranz wie einst die Esperantisten und Funkamateure ... Das Internet wird eine Weile zeigen, was es kann, und dann seinen Platz unter den weniger bedeutenden Medien einnehmen.

Simon Jenkins,
The Times, 4. Januar 1997

Täuschung und Betrug, Erpressung ... unverhohlene Ausspähung der Opfer eines Verbrechens und ihres Schmerzes, Diffamierung gewöhnlicher Leute, die Zeugen der Ereignisse wurden, Jagd auf diverse Prominente, ihre Familien und Freunde, allein zur Auflagensteigerung (...) weniger im Sinne von Heimarbeit als im Ausmaß einer industriellen Revolution.

David Sherborne, Anwalt von Opfern des Abhörskandals, vor dem Leveson-Ausschuss zur Untersuchung journalistischer Praktiken, Royal Courts of Justice, London, 16. November 2011

I

London, 17. Januar 1997

Sie hatte noch zwei Stunden, um allzu Privates zu beseitigen. Alles, was nach Eitelkeit, Dummheit und Schlimmerem aussah, musste verschwinden. Chaos war nicht das Problem; ihre Haushilfe hatte erst heute Morgen aufgeräumt, und wenn Honor Tait auch zur Unordnung neigte, so hatte sie sich doch nie an Dinge gehängt, und auch nicht an Menschen. Dank einer Scheidung, einem Tod, einem Hausbrand, einem völlig unsentimentalen Naturell und ihrem ständigen Unterwegssein hielt sich der übliche Krempel für eine Frau ihres Alters in Grenzen. Sie hatte sich stets auf das Nötigste beschränkt, in der Liebe wie im Leben. Mehr als Handgepäck war nicht drin. Was aber hatte sich in dieser Wohnung in London angesammelt? Welcher Plunder hatte überlebt und könnte sie womöglich verraten?

Schwer atmend und in ungewohnter Panik betrachtete sie prüfend Möbel, Bilder und Bücherregale. Das meiste stammte natürlich von Tad. Dies hier war seine Junggesellenwohnung gewesen und später, nach der Hochzeit, ihre gemeinsame Stadtwohnung. Jetzt war es ihre Witwenklause. Er hatte gewissermaßen die Inneneinrichtung übernommen: die Gemälde und gerahmten Fotografien gekauft, die

Vorhänge ausgesucht, seiner Vorliebe für Staffordshire-Figuren und Sèvres-Porzellan gefrönt und an den beiden fleckigen Lehnsesseln gehangen, die er in einem Antiquitätengeschäft in Edinburgh aufgetan hatte. Wie ein mittelalterlicher Mönch seine Handschriften hatte er darin wuchtige Stoffmusterbücher studiert. Trotz einer trauten Ehe war ihr Zuhause das siebenhundert Meilen nördlich von London gelegene Glenbuidhe geblieben mit seinem wohltuenden Mangel an Komfort und Maida Vale das seine. So wie Honor damals nichts an dem Apartment verändern wollte, so hatte sie auch, nachdem Tad nicht mehr da war, kein Bedürfnis verspürt, es umzuräumen – die Bühne abzubauen, wie er gesagt hätte. Nun aber würde man sie für die Sammelwut und den zweifelhaften Geschmack ihres verstorbenen Mannes zur Rechenschaft ziehen.

Gegenstände, die derart vertraut waren, dass Honor sie gar nicht mehr wahrnahm, willkürlich angehäufte Bücher und Bilder, unerbetene Geschenke und allerlei Kinkerlitzchen, wertloser Kitsch, von der Haushilfe sorgfältig abgestaubt und arrangiert – all das konnte nun gegen sie verwendet werden. Dabei war ohnedies schon viel zu viel über Honor gesagt und geschrieben worden; ein Inquisitor nach dem anderen hatte Gerüchte, Fehlinformationen, Andeutungen und falsche Darstellungen aufgegriffen, blankpoliert und als Tatsachen hingestellt.

Noch heute ärgerte sie der *Vogue*-Artikel, zu dem Bobby sie überredet hatte. Er war mehr als ein Jahr alt, doch jedes Mal, wenn sie eine Ausgabe sah, was im Wartezimmer eines Arztes so gut wie unvermeidlich war, fühlte sie sich erneut von den abstrusen Behauptungen (und dem Foto!) erniedrigt. Jemanden in einem Absatz von knapp dreihundert Wörtern derart abzukanzeln, in den Dreck zu ziehen und in ein falsches Licht zu rücken – das war schon eine Leistung. Honor hatte im Radio gesprochen, in *Woman's Hour* (was für ein Getue für acht Minuten Sendezeit), und hatte sich bei Melvyn in *Start The Week* Gehör zu verschaffen versucht – neben einem tranigen Wissenschaftler, einem Geistlichen, der sich offenbar immer noch auf der Kanzel wähnte, und einem Schriftsteller mit exzentrischen Ansichten über Tierschutz.

Unlängst war dann noch die *South Bank Show* dazugekommen (wieder Melvyn: Gab es denn keine anderen vernünftigen Moderatoren mehr?). Als sie von Anfang an klarstellte, dass ihr Privatleben tabu war, hatte man ihr versichert, die Sendung werde sich ausschließlich auf ihre Arbeit konzentrieren, und sie war dumm genug gewesen, sich einzubilden, es ginge tatsächlich darum, ihren »Platz als Journalistin am Puls der Zeit« zu würdigen. Und was war dabei herausgekommen? Eine Halbtote beschwor in düsterem Licht Weltereignisse herauf, die niemandem noch irgendetwas bedeuteten, wie die zittrige Miss Havisham, die sitzengelassen immer noch von ihrer Hochzeit träumte.

Sie hatten das Interview mit Archivmaterial und Aufnahmen aus Schottland, Paris, Spanien, Deutschland und Los Angeles aufgepeppt, dazu jede Menge Künstler, Poeten, Politiker, Wichtigtuer aus Hollywood, sowie drei aufeinanderfolgende Ehemänner eingeblendet – eine parodistische Verkürzung ihres Lebens auf sechs flackernde Filmminuten. Die Programmmacher hatten sich an ihre Zusage gehalten und sich alle Fragen nach Familie, Ehemännern oder Liebhabern verkniffen, doch die indiskrete Bildergalerie war unerbittlich.

Die Recherche-Leute hatten ein Werbefoto von Maxime ausgegraben, auf dem er seine Zigarettenspitze schwenkte wie einen Taktstock, überragt von seinem eigenen Schatten, extravagant wie Noel Coward, doch ohne dessen Witz, Wärme oder maskuline Ausstrahlung. Sandor Varga tauchte gleich zweimal auf: elegant und düster als Honors Bräutigam in Basel, und dann, zehn Jahre später, feist und selbstgefällig in Begleitung des billigen Flittchens, für das er sie verlassen hatte. Ihrem dritten und letzten Mann Tad hatte die Dokumentation seltsamerweise weniger Aufmerksamkeit geschenkt als der überschätzten Elizabeth Taylor – der Kommentator hatte sich zu der albernen Titulierung »Hollywood-Queen« verstiegen –, mit der Tad und Honor zufällig auf irgendeiner Galaveranstaltung fotografiert worden waren. Tads Arbeit wurde mit ein paar Ausschnitten aus seinen Filmen vorgestellt, was sich als zweischneidiges Schwert entpuppte: Aus dem Zusammenhang gerissen wirkte seine Komik kindisch und gekünstelt und die ständigen Anspielungen auf Sex eher verklemmt als locker. Er hatte ihr leidgetan, der arme Kerl, obwohl er nun in St. Marylebone in Frieden ruhte.

Ihrem eigenen Lebenswerk zollte man Respekt mit Filmmaterial aus dem Krieg – verwackelte Bilder von der Front, aus Madrid, Polen, der Normandie, Buchenwald, Berlin und Incheon. Schattenhafte Gestalten huschten durch eine algerische Kasba in den Fünfzigern – noch mehr Archivmaterial –, ja es gab sogar ein rührseliges Foto von ihr, Ende der sechziger Jahre in einem Weimarer Waisenhaus, wo sie einen verschreckten Säugling in den Armen hielt.

1956 stellten sich ungarische Studenten sowjetischen Panzern entgegen, und dreizehn Jahre später (drei Sekunden im absurden Schnelldurchlauf) folgten tschechoslowakische Kommilitonen ihrem Beispiel, während jenseits zweier Grenzen, in Paris, die privilegierten Söhne der Bourgeoisie – meistens waren es Söhne –, zukünftige Gesetzgeber, Akademiker, Politiker und Experten, Revolution spielten, Schaufenster eintraten und Pflastersteine oder Brandbomben gegen einfache Gendarme schleuderten.

Auf einem Foto aus den Fünfzigern in einem koreanischen Schützengraben sah Honor, zerzaust und schlammverschmiert, weniger wie eine Kriegsberichterstatterin bei der Arbeit aus als wie eine Debütantin, die man noch mit der Schönheitsmaske überrascht hatte. Die meisten Ausschnitte aber zeigten eine junge Frau mit glänzendem, gepflegtem, bis auf die Schultern reichendem Haar, die strahlte wie das olympische Feuer, damit nur ja jeder sie schön fand, begehrte, ihre Intelligenz bewunderte oder sie um ihren Erfolg beneidete. Die Gegenüberstellung dieser springlebendigen Göttin mit der zittrigen alten Frau in dem Fernsehinterview war ein grausames Vanitas-Symbol, ein Ozymandias der Moderne: »Seht meine Werke, Mächt'ge, und erbebt.« Die Freunde und Liebhaber, die für wenige Sekunden über den Bildschirm flimmerten, mochten inzwischen nur noch Geister sein, in ihren Gräbern verwesen oder längst als Asche dem Wind übergeben worden sein, das schrecklichste Gespenst von allen aber war Honor Tait, die Überlebende, die fassungslos ihrem eigenen Verfall zusah.

Was für eine demütigende Sache der Ruhm doch heutzutage war! Scheinbar hatten jede Menge Menschen zu nachtschlafender Zeit nichts Besseres zu tun, als mit offenem Mund Kulturprogramme im Fernsehen zu verfolgen. Überall war sie erkannt worden – von Taxifahrern, Oberkellnern, Ladenbesitzern, wildfremden Menschen bei einer Vernissage, Passanten auf der Straße. Ein Straßenarbeiter mit orangefarbener Schutzjacke, der unweit von der Praxis ihres Arztes in der Wimpole Street Gerüststangen schulterte, zog den Helm vor ihr und rief: »Schreiben Sie weiter!«

Und dann war T. P. Kettering aufgetaucht, der katzbuckelnde Akademiker, der sich ihr als »offizieller Biograph« angedient hatte und dann, nachdem sie dankend abgelehnt hatte, verdeckt ermittelte. Sein Buch, das unter einem geradezu absurd aufgeplusterten Titel – *Veni Vidi: Honor Tait, Zeugin unserer Zeit* – in einem obskuren Universitätsverlag erschienen war, entpuppte sich als ein farbloser Zitatenverschnitt. Juristen hatten ihm die Spitze genommen, doch den endgültigen Todesstoß hatte ihm Honors unausgesprochene Drohung versetzt, dass sie zu jedem den Kontakt abbrechen würde, der mit dem fraglichen Buch oder seinem Verfasser auch nur das Geringste zu tun hatte. Martha Gellhorn hatte zu Honors Ärger Kettering ein unverbindliches Zitat für das Cover geliefert. Das Buch hatte sehr schlechte Kritiken bekommen. (»Eine spannende Biographie über die außergewöhnliche Honor Tait bleibt ein Desiderat«, erklärte Bobby im *Telegraph*, »doch dieses fade Fabrikat ist weit davon entfernt.«) Das Buch war glücklicherweise untergegangen, Kettering ebenfalls. Honors Schadenfreude darüber, dass er dem Alkohol verfallen war und als Ghostwriter die Autobiographie eines Fußballstars verfasste, grenzte ans Unanständige.

Aus den Registern anderer Biographien oder den Presseausschnitten, die Kettering als Quelle gedient hatten, konnte sie ihren Namen nicht löschen und auch ihre eigenen Werke nicht aus den Archiven entfernen. Vieles davon war bereits gemeinfrei. Also galt es, das bisschen Würde und Privatsphäre zu retten, das noch zu retten war.

Deshalb musterte sie jetzt ihre Wohnung mit den Augen einer Fremden, und zwar einer übelwollenden Fremden: einer Journalistin. Was ausgerechnet ihr nicht schwerfallen sollte. Doch sie war alt und aus der Übung – seit acht Jahren hatte sie keine neue Reportage mehr veröffentlicht, und ihren Artikel über das Elend der vietnamesischen Boat People in Hongkong hatte der *New Statesman* vor einem halben Jahr, sich unterwürfig herauswindend, abgelehnt. Der New Journalism, dem man sie einst zurechnete, war von einem noch neueren abgelöst worden, der sie befremdete. Wie die *nouvelle vague* im französischen Kino oder die Wespentaillen und Petticoats des New Look von Dior war Honor Taits unverwechselbare Art des New Journalism – subjektiv und doch mit Sachverstand und engagiert – in dieser ironischen, modernen Zeit so out wie Sesselschoner. Nur bewusste Traditionalisten, nostalgische Spinner mit einer Vorliebe für Vintage und Bakelit-Ästhetik wussten ihren Ansatz noch zu schätzen.

Sie stand in der Mitte des Raums, zaudernd, zerbrechlich und unfrisiert in einem alten Morgenmantel aus Seide mit Paisleymuster. Neuerdings hatte sie einen gelegentlich auftretenden Tick entwickelt, ein unwillkürliches Kopfnicken, das sich verstärkte, wenn sie aufgeregt war, so wie jetzt, und den Eindruck nachdrücklicher Zustimmung vermittelte, obwohl das Gegenteil der Fall war. Mit der Linken klammerte sie sich an die Rückenlehne des einen von Tads guten alten Lehnsesseln und drehte sich langsam im Kreis herum, kniff die wässrigen blauen Augen zusammen und betrachtete das Zimmer so angespannt, als schnüffelte sie in einem fremden Tagebuch.

Angefangen bei den Wänden: den Bildern und Fotos. Wie lange war es her, dass sie sie zum letzten Mal bewusst betrachtet hatte? Dieses Aquarell von grünspanigen Wellen und schlammbraunen Bergen – war das Antrim in Irland oder der Westen von Schottland? Loch Buidhe in den Highlands war es jedenfalls nicht. Für diese geschützte Senke war es zu offen und wild. Wohl einer von Tads Spontankäufen, ohne jeden Bezug zu ihrem Leben und grottenschlecht. Honors junge Interviewerin würde Schwierigkeiten haben, aus dieser stümperhaften Seelandschaft irgendwelche abwertenden Schlüsse zu ziehen, es sei denn, sie war eine Kunstkennerin, was angesichts des Niveaus der meisten Zeitungsleute von heute, ja der meisten jungen Leute überhaupt, eher unwahrscheinlich war. Für jemanden, der gern flotte Sprüche machte, mochte das Bild eine gewisse Vorliebe für konventionelle Sonntagsmaler oder keltische Melancholie widerspiegeln. Eine komplett falsche, aber harmlose Missdeutung.

Die Tuschezeichnung von Tristan und Isolde könnte schon verfänglicher sein. Tad jedenfalls hatte Anstoß an ihr genommen. Zuerst hätte er die Zeichnung am liebsten zerstört, sie mit seinen fleischigen Händen in der Mitte durchgerissen oder sie zumindest wieder dort vergraben, wo er sie gefunden hatte, in einem Stapel unbeachteter Papiere in

Glenbuidhe. Trotz seiner Eifersucht und Wut, dass Honor – die er geheiratet hatte, als sie beide schon mittleren Alters waren – jemals einem anderen Mann hatte nahe sein können, war er am Ende dem typisch amerikanischen Respekt vor dem Ruhm erlegen. Tad selbst hatte nach eingehender Betrachtung und zahllosen Dialogen, die eines Plato würdig gewesen wären, schließlich den sperrigen Ebenholzrahmen ausgesucht und das Bild über seinen Kamin in London gehängt, wo es bis heute geblieben war. Der Künstler hatte die beiden Liebenden in einer einzigen Linie vereint, und wenn die Interviewerin in einem unbeobachteten Moment die Zeichnung aufmerksam betrachtete – sagen wir, während Honor in der Küche gerade Tee kochte –, könnte sie die Widmung entdecken, die er mit seiner winzigen, eckigen Schrift vertikal in den Faltenwurf von Isoldes Gewand gekritzelt hatte: *Für Honor von Jean. Je t'embrasse.*

Ihre Freundschaft war schon mehrmals durchgekaut worden, in Cocteau-Biographien, aber auch in den wenigen Würdigungen von Honors Werk. Zuletzt hatte Kettering sie wieder aufgewärmt und einem gelangweilten Publikum vorgesetzt. Die *South Bank Show* hatte ruckelnde Bilder von der Premierenparty zu *Le Bel Indifférent* gezeigt, wo Picasso wie üblich vor den Kameras herumalberte. Dabei hatten sich die Programmmacher Honors Maßgabe entsprechend aller Erklärungen enthalten und statt eines informativen Kommentars einen perlenden Gitarrensoundtrack von Django Reinhardt und seinem Hot Club de France unterlegt. »*Oh, Lady Be Good.*« Eine Aufforderung, die man in ihren Kreisen damals nicht oft hörte.

Ihr Techtelmechtel mit Cocteau hatte viele Jahrzehnte vor

der Hochzeit mit Tad – ihrem letzten und besten Ehemann – stattgefunden, doch Zeit hatte für ihn noch nie eine Rolle gespielt. Er brauchte auch keine Beweise für eine Liebschaft. Tads Eifersucht – rückblickend, gegenwärtig und vorausschauend – schien der Ausdruck eines Wahns zu sein, der mit dem Rest seiner Person nichts zu tun hatte. Wie eine böse Tat in einer guten Welt.

Doch davon einmal abgesehen: Welches Interesse konnten diese endlosen Verbindungen, Trennungen, die Opiumsucht und Besäufnisse unter den Künstlern und Bohemiens von Paris – wann war das noch? Vor sechzig Jahren? Fünfundsechzig? – für die Leser des *S*nday Magazine* am Ende des Jahrtausends noch haben? Heutzutage war es Kunst, die Leinwand mit Körperflüssigkeiten zu beschmieren, oder man breitete seine persönlichen Unzulänglichkeiten vor einem gaffenden Publikum aus. Jeder war heute ein Künstler, alle trieben es wie die Kanickel und tranken Alkohol wie Wasser. Opium oder das heutige Gegenstück – was war es doch gleich? Kokain? Ecstasy? – war auf den Galadiners der Industriebosse ebenso verbreitet wie unter Verkäuferinnen, die miteinander ausgingen, oder in den Pubs der Vorstädte. Die Skandale von gestern waren heute nur noch Fußnoten. Wer erinnerte sich schon an Cocteau? Und wer von den wenigen Kennern der ominösen Vorgeschichte, die tatsächlich wussten, wer er war, interessierte sich noch für ihn? Das Bild konnte bleiben. Außerdem war es zu schwer, als dass sie es ohne Hilfe hätte abnehmen können.

Gegenüber von dem Cocteau hing in einem unbehandelten Eichenrahmen ein Ölgemälde von ihr, das vor zehn Jahren entstanden war: steife Frisur, karminrot geschminkte

Lippen, frostiger Gesichtsausdruck. Es wirkte streng, ja einschüchternd, doch irgendetwas daran, die schonungslose Ehrlichkeit vielleicht oder die Abgeklärtheit – die heilige Honor, über jegliche Versuchung erhaben – hatte Tad gefallen, trotz seiner natürlichen Abneigung gegen den Künstler. Daniel war damals in seinem ersten, und wie sich herausstellte, einzigen Semester an der Slade School of Fine Art. Sie zerrte das Bild von der Wand und fluchte über die Anstrengung, die sie dieser Handgriff kostete. Doch kaum lehnte das Bild an der Fußleiste, bemerkte sie bestürzt ein gespenstisches dunkles Rechteck auf der Tapete, ähnlich dem gähnenden Geviert, das im Museum in Boston auf die Rückkehr des gestohlenen Vermeer wartete. Die Abwesenheit des Porträts könnte mehr Spekulationen auslösen als seine Gegenwart. Besser sie ließ es hängen. Mühsam balancierte sie es wieder auf den Haken. Ihr Herz begann zu rasen, bei jedem Schlag durchfuhr sie ein kleiner Stich. Sie setzte sich und rang nach Luft.

Trotz Honors anfänglicher Weigerung hatte ihre Verlegerin sie schließlich überredet, die Reporterin bei sich zu Hause zu empfangen. Ruth Lavenham, Gründerin und Cheflektorin von Uncumber Press, gab sich gern als mütterliche Freundin, war aber in Wirklichkeit eine knallharte Geschäftsfrau. Der lästige Besuch würde sich positiv auf den Verkauf von Honors neuem Buch auswirken, hatte Ruth gesagt. Und das, so die in ein Lächeln verpackte Warnung, wäre auch für Uncumber Press gut, den tapferen David in einer Verlagswelt von mächtigen Goliaths. Honor war ihr zu Dank verpflichtet. Vor zwei Jahren, gleich nach Tads Tod, hatte Ruth sie vor der Pleite gerettet, indem sie ihre Sammlung früher journalistischer Texte unter dem Titel *Zeugen, Zeichen, Zahnbürsten* nachdruckte. In den fünfziger Jahren waren sie bei Faber erschienen, inzwischen aber längst vergriffen gewesen. Der Nachdruck, in dem auch ihre Reportage über die Befreiung von Buchenwald enthalten war, für die Honor den Pulitzerpreis bekommen hatte, wurde zu einem Achtungserfolg. Honor Tait wurde »wiederentdeckt« und konnte, noch erfreulicher, einige ihrer drückendsten Schulden begleichen. Jetzt hofften sie, das Kunststück mit dem Folgeband, *Depeschen aus dem Dunkeln: Honor Taits gesammelte Werke*, wiederholen zu können. Und für einen dritten Band nächstes Jahr gab es bereits Fahnen. Ruth hatte auch schon einen Titel, *Mit unbestechlichem Blick*, doch den fand Honor unmöglich.

»Ach, komm«, hatte Ruth gesagt, als sie sich über die Vorabwerbung für die *Depeschen* unterhielten, »ein Interview für die angesehenste Zeitung des Landes? In der vertrauten Umgebung deiner Wohnung? Was ist denn so schlimm daran? Werbetechnisch bringt es unendlich viel mehr als eine doppelseitige Anzeige.«

Und ist auch unendlich viel billiger. Deshalb hatte Honor kapituliert. Aber sie wusste, dass es ein Fehler war. Die wenigen Male, die sie sich auf ein Interview eingelassen hatte, durfte niemand in ihre Wohnung. Sogar für einen wohlgesonnenen Journalisten würde diese mitsamt ihrer Einrichtung ein Schlüsselloch in ihre Psyche sein, ohne Vorhänge, ausgeleuchtet bis in die dunkelsten Winkel. Die Aufnahmen für die *South Bank Show* mit Melvyn waren in der London Library gemacht worden, wo sie sich in einem Moment von narzisstischem Leichtsinn, für den das Foto dann die gerechte Strafe war (Vogelscheuche im Vorraum der Hölle), schon einmal hatte ablichten lassen, für *Vogue*.

Hotels, neutrales Niemandsland, unberührt von irgendwelchen Andenken oder Hinweisen, waren für solche Begegnungen am geeignetsten. Nicht einmal der resoluteste und boshafteste Reporter konnte einen für die nüchterne Inneneinrichtung, die Flecken auf dem Sofa oder den muffigen Geruch im Raum verantwortlich machen. Aber selbst in einer solchen Allerweltseinrichtung aus beigefarbenem Leder und Chrom, wo es an Büchern lediglich die Gideon-Bibel und die Gelben Seiten gab, konnte man in die Falle tappen. So war es dem armen John Updike ergangen. Sie hatte ihm ihr Mitgefühl in einem Brief bekundet, nachdem eine Zeitungsreporterin unter einem Sessel seines Hotelzimmers eine vergessene Unterhose entdeckt und den weißen Slip in ihrem Artikel als Symbol für die typisch männliche oberflächliche Einstellung gegenüber Sex in Updikes Romanen benutzt hatte. Diese Bigotterie war Honor zuwider. Doch hier in ihrer Wohnung gab es dank ihrer Haushilfe keine schmutzige Wäsche zu entdecken.

Es war eine alte Masche: sich auf ein scheinbar unbedeutendes Objekt stürzen und es zum Schlüssel für die Psyche des Besitzers erklären. Wie sonst sollte man ein ganzes Leben aus einer einstündigen Unterhaltung und ein bisschen Recherche im Zeitungsarchiv herausdestillieren? Honor hatte selbst mehr als einmal diesen Trick angewandt, zumal wenn der Interviewpartner wenig mitteilsam war. Jeder Nippes ist beredt. Sogar in der allerneuesten Version des New Journalism bleibt manches beim Alten. Sie erinnerte sich an ihr eigenes Jagdfieber, als sie ein Netsuke-Maultier auf McArthurs Schreibtisch in Tokio, ein Theaterplakat für eine Max-Miller-Vorstellung in Becketts Höhle in Montparnasse, Shakespeares Sonette auf dem Nachttisch von Madame Chiang Kai-sheks Krankenzimmer oder ein signiertes Foto von Ida Lupino in de Gaulles spartanischer Kommandozentrale in Carlton Gardens entdeckt hatte.

Könnten ihre Fotos, die Tad vor langer Zeit im Bücherregal und an den Wänden verteilt hatte, solch prüfenden Blicken standhalten? Eine Schwarzweißaufnahme zeigte sie als junge Kriegsreporterin, geschmeidig wie eine Löwin, in fescher Uniform zwischen den grinsenden todgeweihten Jungs vor ihrem Einsatz in der Normandie. Daneben ein Bild für *Collier's Weekly*, das Kult geworden war: Honor neben Franco, dem frisch ernannten Militärgouverneur der Kanarischen Inseln. Von der Taille aufwärts war sie absoluter Profi, mit gezücktem Block und Stift in einer Pose angestrengter Aufmerksamkeit, wie eine Stenographin aus den Dreißigern. »Nehmen Sie einen Brief auf, Miss Tait.« Ab der Taille aber war sie ganz Showgirl. Die langen, sonnengebräunten Beine in maßgeschneiderten Shorts und hochhackigen Sandalen sahen aus, als wären sie aus den Ziegfeld Follies entliehen. Das Bild ging um die Welt. »Die Nachrichten-Dietrich« nannte man sie. Alles nachzulesen. Teil des Mythos. Daran war jetzt nichts mehr zu ändern.

Der Ausschnitt aus dem Paparazzo-Foto eines Abendessens bei Kerzenschein – einer Benefizveranstaltung für Amerikas Progressive Party – könnte problematischer sein. In seiner ganzen Größe, mit Sinatra an ihrer Seite, der ihr etwas ins Ohr flüsterte, hatte das Bild für Aufsehen gesorgt. Als es entstand, war er noch verheiratet gewesen, hatte sich aber offen mit Ava Gardner gezeigt. Die Klatschreporter hatten sich überschlagen, wenn auch in dem heuchlerischen Ton dieser prüden Zeit, als Normalsterbliche noch neidisch das Treiben der Götter bestaunten. Jetzt waren die Sterblichen auf dem Vormarsch, und die Götter standen am Pranger und wurden mit faulen Tomaten beworfen. Sie nahm das Foto von der Wand, hielt es einen Augenblick in der Hand, bewunderte – ja, warum es nicht zugeben? – ihr gardeniengeschmücktes Dekolleté und wie das Licht ihre Schultern umschmeichelte. Die Blüten waren so weich und taufrisch wie ihr argloses junges Gesicht, das der Fotograf augenscheinlich in einem Zustand präkoitalen Schmachtens eingefangen hatte. Wie die Kamera lügen kann, und manchmal zu unserem Vorteil! Für damalige Begriffe war sie eine reife Dame; sie hatte ihren dreißigsten Geburtstag bereits hinter sich, dazu einen Krieg, eine unglückliche Ehe und mehrere wild bewegte Affären. Zwei weitere Kriege – drei, wenn man Algerien mitzählte – standen vor der Tür. Honor war nicht in der richtigen Stimmung für diese Art von Abend gewesen, aber ihre alte Freundin Lois, die damals für Henry Wallace Wahlkampf machte und Unterstützung rekrutierte, hatte sie unter Druck gesetzt. Zu ihrem Ärger hatte Honor feststellen müssen, dass nicht Alvin Tilly, der progressive Dramatiker und einer der Hollywood-Eleven, als ihr Sitznachbar vorgesehen war, sondern der Schnulzensänger Frank Sinatra. Auch Sinatra hatte sich den Abend wohl anders vorgestellt, doch zumindest den Schein der Höflichkeit gewahrt. Die vermeintlichen Anzüglichkeiten, die er ihr vor der Kamera ins Ohr geflüstert hatte, waren in Wirklichkeit Bemerkungen über das antifaschistische Flüchtlingskomitee.

Zwanzig Jahre später hatte Tad in einem weiteren Anfall von Eifersucht das Bild zerschnitten und den Sänger, dessen Grinsen an einen gefallenen Engel gemahnte, wie auch die umstehenden Fotografen und Fans entfernt. Das vollständige Original hingegen war Eigentum einer der großen Agenturen und nach wie vor im Umlauf. Man hatte es in der jüngsten Dokumentation benutzt. Die Nachwelt hatte auf ihre grausame, launische Art Sinatras Vierzig-Watt-Talent in der Erinnerung erstrahlen lassen, während unzählige größere Künstler daneben verblassten. Würde Honors Interviewerin mit dem lächerlichen Namen Tamara Sim die Manipulation erkennen und folgern, dass Honor aus enttäuschter Liebe womöglich selbst zur Schere gegriffen hatte? Würde es die junge Frau auf eine falsche Fährte locken? Honor hatte nicht das Bedürfnis, den *Monitor* beziehungsweise sein Sonntagsmagazin zu irgendwelchen zweideutigen Kommentaren zu ermutigen.

Noch im Jahr 2000 empörten sich Zeitungsreporter trotz ihres eigenen chaotischen Privatlebens, ihrer Alkoholprobleme, eigener Drogenabhängigkeit und der obskursten sexuellen Praktiken angesichts banaler ehelicher Untreue immer noch so wie eine alte Jungfer zu Zeiten Eduards VII., wenn zum ersten Mal ein Mann die Hosen vor ihr runterließ. Honor gestattete diesem Blatt das Eindringen in ihre Privatsphäre nur bis zu einem bestimmten Punkt und auch nur aus einem Grund: um das verdammte Buch zu verkaufen. Besser gesagt, um an Geld zu kommen und ein paar Rechnungen zu bezahlen. Es war klüger, auf Nummer sicher zu gehen. Das Foto musste verschwinden. Sie umklammerte es und steuerte, erneut nach Atem ringend, auf ihren Sessel zu. Sie musste sich hinsetzen.

Sieben Meilen entfernt in Hornsey, in einer schmalen Straße mit unterteilten Doppelhäusern, saß Tamara Sim im ewigen Dämmerlicht ihrer Souterrainwohnung und betrachtete sich mit zusammengekniffenen Augen im Spiegel. Lippenstifte lagen wie leere Patronenhülsen auf dem Schminktisch verteilt, neben ihr ein Arsenal an Kosmetikpinseln, während sie ihr Make-up mit der unendlichen Sorgfalt eines jungen Mädchens auf dem Weg zu seinem ersten Date auftrug. Was in gewisser Weise auch zutraf.

Als die Redakteurin des *Monitor* per Mail angefragt hatte, ob Tamara für das angesehene *S*nday Magazine* ein Interview mit Honor Tait führen wolle, hatte sie sofort zugesagt.

»Aber KLAR! Journalistische Ikone der alten Schule! Mit BEGEISTERUNG!!! …« So hatte Tamaras Antwort begonnen.

In Wahrheit war sie überrascht gewesen, dass die legendäre Reporterin überhaupt noch lebte. Ihre Kenntnisse über Taits Œuvre waren begrenzt – ein Artikel über die Frau eines chinesischen Diktators aus den Fünfzigern hatte zur Pflichtlektüre im Medienwissenschaftsstudium gehört. Der Dozentin zufolge hatte die Tait sich in einer Schwesternuniform in das Krankenhaus geschlichen, wo die alte Frau behandelt wurde, und eine geschlagene Stunde an deren Bett verbracht. Das Porträt aber war ebenso trocken und öde wie ein hochkarätiger Leitartikel, und schließlich hatte Tamara ihr Examen gemacht, ohne es auch nur zu Ende gelesen zu haben.

Mit chinesischer Geschichte oder Geschichte überhaupt hatte sie noch nie etwas anfangen können. Mit journalistischen Ikonen der alten Schule ebenso wenig. Hintergrundartikel über ausrangierte Autoren gehörten nicht zu Tamaras

Repertoire, und die Zeit – gut drei Wochen – war knapp bemessen. Doch Lyra Moores kurze Aufforderung per Mail »zum achtzigsten Geburtstag und dem Erscheinen von Honor Taits neuem Buch per 19. Februar viertausend Wörter über Leben und Werk für die *S*nday*-Ausgabe vom 30. März« zu liefern, hatte sie elektrisiert.

Vier Tage pro Woche arbeitete Tamara beim *Monitor* als Textarbeiterin und gelegentliche Autorin für *Psst!*, die wöchentliche Fernsehzeitung mit dem üblichen Promiklatsch – ein plumper Prolet im Vergleich zu dem ambitionierten, geradezu metaphysischen *S*nday Magazine*. Die grellbunte Welt von *Psst!*, bevölkert mit sexsüchtigen Soap-Opera-Stars und rivalisierenden Boy-Groups, magersüchtigen Bräuten von Fußballhelden oder drogenabhängigen TV-Moderatoren, war von den intellektuellen Aristokraten des *S*nday Magazine* so weit entfernt wie Pluto, sowohl als Planet als auch in der Disney-Variante. Lyra Moores elegantes, intellektuelles Blatt, dessen Seiten wie Seide raschelten, galt als das britische Pendant zum *New Yorker*, mit dem zusätzlichen Reiz von Fotos. Erst vor kurzem waren Umberto Ecos Gedanken über mittelalterliche Ästhetik, eine lange Kierkegaard-Abhandlung von George Steiner sowie ein Essay von Susan Sontag über Polaroidfotografie darin erschienen, illustriert mit sehr persönlichen, geheimnisvollen, anrührend schlecht komponierten Sofortbildern, die im März des vergangenen Jahres von den unlängst belagerten Einwohnern Sarajewos gemacht worden waren. Keinen der drei Namen hatte Tamara je gehört. Sie kämpfte sich zwar nach Kräften durch ihre Beiträge, hatte aber keine Lust, sich eingehender mit ihnen zu beschäftigen, indem sie auch noch die Bücher las. Ganz abgesehen davon – wo hätte sie die Zeit hernehmen sollen?

Sie entschied sich gegen den aufreizend roten Lippenstift, der die ersten Anzeichen eines Herpes nur unterstreichen würde, wischte ihn mit einem Papiertuch ab und griff zu Frosted Pink. Heute musste sie professionell wirken. Gepflegt, aber nicht arrogant. Knielanger dunkelblauer Rock, weiße Hemdbluse, beiger Trenchcoat und flache Pumps, ein dezentes Outfit. Prinzessin Diana hätte es beim offiziellen Besuch eines Kinderkrankenhauses tragen können.

Tamara wusste, dass dieser Auftrag ihr Durchhaltevermögen auf eine schwere Probe stellen würde, denn er erforderte ein ausführliches Interview, das sie sozusagen über Nacht mit Mehrsilbern gespickt niederschreiben musste. Viertausend Wörter, das stand fest, waren eine Herausforderung für sie, die Bildunterschriften von zwei Sätzen gewohnt war, zwölfzeilige Charts oder zwei Absätze über das, was Promis so widerfuhr. Ihre gelegentlichen Interviews umfassten maximal achthundert Wörter. Zwei Mal hatte sie Artikel von jeweils tausend Wörtern für den *Sunday Sphere* geliefert – ein Stück Scheckbuchjournalismus über eine transsexuelle Stripperin, die behauptete, mit dem Fernsehmoderator einer Kindersendung geschlafen zu haben, und einen Enthüllungsbericht über den halbwüchsigen Sohn eines hohen Polizeibeamten, der mit Rauschgift zu tun hatte. Aber vier Mal so lang? Das bedeutete jede Menge Tipperei, ganz zu schweigen von der Recherche.

Es war beängstigend, andererseits war ein Auftrag von Lyra Moore die größte denkbare Auszeichnung. Fünf Jahre nach dem Start des *S*nday Magazine* schwang immer noch stille Bewunderung mit, wenn ihr Name fiel, nur an der typographischen Marotte im Titel wurde gelegentlich Anstoß genommen. Snobs bewunderten Lyra Moores Magazin wegen seines intellektuellen Anspruchs, während pragmatische Journalisten es um sein großzügiges Budget beneideten. Eine Feld-Wald-Wiesen-Reporterin wie Tamara, die als Freie weder Bezahlung im Krankheitsfall noch Urlaubstage, Pensionsrückstellungen oder Zugang zu einer Altersvorsorge erwarten durfte und obendrein einen kranken Bruder am Hals hatte, konnte sich eine solche Karrierechance nicht entgehen lassen.

Später hatte sie sich gefragt, ob ihre Antwort, die sie postwendend zurückgebeamt hatte, vielleicht zu überschwenglich gewesen war: »... COOL!!! ... Ich BEWUNDERE sie! ... Freue mich WAHNSINNIG!! ... Super Zeitung!! ... Phantastische Mitarbeiter!!! ...« Würde Lyra Moore nicht eine gewisse Distanziertheit bevorzugen, so wie sie selbst sie auch an den Tag legte? Auf Tamaras Mail und auch alle folgenden Nachrichten und Anrufe hatte sie nicht reagiert. Konnte man sich – wie bei Männern – *zu* sehr für etwas begeistern?

Als ständige Einrichtung bei *Psst!* war Tamara eine »feste Freie« mit der Arbeitsplatzsicherheit eines Tagelöhners auf einer Wanderbaustelle. Doch solange sie nützlich war und die Protektion des *Psst!*-Redakteurs genoss, hatte sie zumindest ein Einkommen und vier Tage in der Woche, montags bis donnerstags, einen Schreibtisch. Die übrigen drei Tage blieben ihr, um für andere zu freelancen. Sie hatte Artikel für die tägliche Rubrik namens *Monitor Extra* geschrieben, auch bekannt als *ME2*, die von einem hohläugigen Adrenalinjunkie namens Johnny Malkinson geleitet wurde.

Dabei handelte es sich vor allem um Charts, Telefonumfragen und Statements, doch allmählich machte Tamara sich durch Zweitverwertungen auch über den *Monitor* hinaus einen Namen als zuverlässige Lieferantin von humorvollem, preiswertem Kurzfutter.

Tamara war ehrgeizig und nicht wählerisch. Als angehende Reporterin hatte sie ein Praktikum – drei Monate – beim *Sydenham Advertiser* absolviert und war dann als anpassungsfähige Mitarbeiterin für diverse Publikationen von Verbänden und Unternehmen tätig gewesen, darunter *Rappeln in der Kiste: Die Stimme der Verpackungsindustrie; Glasur heute: Vierteljahresschrift des staatlich geprüften Instituts für Lebensmitteldesign* und *Die Mangel: Nachrichten aus der Wäsche- und Reinigungsindustrie*. Dann war sie aufgestiegen zu Fachzeitschriften, die sich an Hobbybergsteiger, Gesellschaftstänzer und Wellensittichfreunde wandten, hatte zu landesweit vertriebenen Publikumsmagazinen gewechselt – *Glow* oder *Chick's Choice* – und sich schließlich als freie Mitarbeiterin in Nachrichtenspalten, Unterhaltungsteilen, Alltagskolumnen, Reiserubriken und Wochenendbeilagen vieler regionaler und überregionaler Zeitungen vorgearbeitet, sowohl bei seriösen Blättern als auch in der Regenbogenpresse. Dabei hatte sie eine breite Allgemeinbildung erworben und sich mit den Vorteilen von Eispickeln aus Aluminium und Hosen aus Polypropylen, den jeweiligen Vorzügen von Kohlenstofftetrachlorid und Perchloräthylen, dem Unterschied zwischen Mambo und Merengue sowie der korrekten Schreibweise von Melopsittacus vertraut gemacht.

Im Zuge ihrer diversen Verpflichtungen war sie Business-

Class geflogen und hatte die Welt gesehen. In Mexiko-Stadt, wo sie über die Expo Pack 1995 berichten sollte, hatte sie eiskalte Daiquiris und drei Tage flüchtigen Sex mit einem Kartongroßhändler aus Nebraska genossen, sich in San Diego anlässlich eines dreitägigen Workshops über das stilvolle Anrichten von Salat in einen italienischen Fotografen verliebt und Höllenqualen ausgestanden, weil er ihre Gefühle nicht erwiderte, und auf Mauritius, wo sie an einer Vogelmediziner-Konferenz zur Behandlung von klinischer Megabakteriose teilnahm, zum ersten und letzten Mal einen Schnupperkurs in Tiefseetauchen mitgemacht. Sie war stolz auf ihre Vielseitigkeit und sah, wenn sie an ihre Position bei *Psst!* dachte, ihr Arbeitsleben als Spiegelbild ihres Liebeslebens an: Sie spielte mit, hatte Spaß und empfand keinerlei Druck, sich fest zu binden, ehe die richtige Zeitung ein verlockendes Angebot machte. Erst dann würde sie ein seriöses und monogameres Anstellungsverhältnis ins Auge fassen. Hätte Tim Farrow, Chefredakteur des *Sunday Sphere*, mitgespielt, wäre eine befriedigende Lösung an beiden Fronten in Sicht. Doch er entpuppte sich als schwere Enttäuschung.

Sie durfte nicht an Tim denken, das ruinierte nur ihre Wimperntusche. Sie hatte ihm zwei Wochen hinterhergeweint, jetzt musste sie sich zusammenreißen und wieder auf die Beine kommen. Der neue Auftrag kam genau im richtigen Moment. Eine Tür schließt sich, und schon tut sich die nächste auf. Sie hatte sich im Brachland der Branchenpresse abgestrampelt und im Basislager der Boulevardzeitungen fleißig Klinken geputzt. Jetzt, in diesem Stadium ihrer Karriere, mit siebenundzwanzig, konnte sie sich ehrgeizigere Ziele setzen und sich auf das *S*nday Magazine* konzentrieren, den Mount Everest der britischen Zeitungswelt. Mit ein wenig Beharrlichkeit winkte ihr eine feste Mitarbeiterstelle oder auch ein fetter Vertrag als freie Mitarbeiterin beim angesehensten Blatt des Vereinigten Königreichs.

Stirnrunzelnd betrachtete sie sich im Spiegel. Sie wünschte, sie könnte sich einen Friseurbesuch leisten. Ihre Strähnchen brauchten dringend eine Auffrischung, der Schnitt – eine billige Imitation von Dianas Pagenkopf – ging gerade noch. Sie sammelte ihren Notizblock, einen Stift und das Tonbandgerät ein und verstaute alles in ihrer Handtasche.

Jeder wusste, wie schwierig Honor Tait war. Selbst ihre Verlegerin räumte es ein und hatte Tamara davor gewarnt, irgendwelche Details aus Taits Privatleben anzusprechen. Doch Tamara war gewappnet. Im Archiv des *Monitor* hatte sie sich die Akte über Honor Taits Leben und Werk besorgt, dazu Ausdrucke der Verlagsinfos, ein Vorabexemplar der *Depeschen* und eine weitere unappetitlich dicke Hardcover-Schwarte, eine Sammlung von Taits frühen journalistischen Arbeiten, trostlos und öde wie ein Lehrbuch der Soziologie. Offenbar enthielt sie auch den Artikel, für den sie den Pulitzer-Preis bekommen hatte. Zwar hatte Tamara bislang keine Zeit gehabt, einen genaueren Blick hineinzuwerfen, sich aber trotzdem ein paar Fragen auf dem Block notiert. Auf dem Weg zur Bushaltestelle und zu ihrem Interview fühlte sie sich gerüstet und bereit zum Kampf.

2

Honors Kräfte ließen nach; die Energie, die ihr die erste Tasse Kaffee am Morgen schenkte, wich immer schneller dem überwältigenden Bedürfnis nach einem Nickerchen. Sie musste dies hier zu Ende bringen. Noch eine Dreiviertelstunde. Tads Foto auf dem Beistelltisch aus Rosenholz konnte bleiben. Mit seinen Augenfältchen, dem weißen Haar und den rosigen Wangen sah er aus wie ein frisch rasierter Weihnachtsmann von Selfridges, ein Schutzheiliger des guten Willens und der Beständigkeit: ihr untadeliger verstorbener, letzter Ehemann. Er hatte ihr sein Konterfei voll naiver Selbsteingenommenheit zu einem Hochzeitstag überreicht. Gab es einen besseren Beweis seiner Ergebenheit?

Das einzige Foto in der Wohnung, das sie ihrerseits in einen selbstgekauften Fertigrahmen aus Plexiglas gesteckt hatte, stand in sicherer Entfernung von neugierigen Reporterblicken auf ihrem Nachttisch. Die Sommersonne hatte das zerzauste Haar des Jungen gebleicht; das Hemd war aus der von einem Stoffgürtel gehaltenen kurzen Hose gerutscht. Honor trug einen gepunkteten Rock mit Lackledergürtel und hielt ihn an der Hand – ein wenig zu fest. Hinter ihnen war die imposante georgianische Fassade von Glenbuidhe Lodge zu sehen, hängende Fuchsien umrahmten die Eingangstür, im Wohnzimmerfenster ein Flaschenschiff mit geblähten Segeln, einer von Tads Bestechungsversuchen. Daniel hielt den Kopf zur Seite geneigt, als posierte er schüchtern für die Fotografin, Lois, die den Jungen für die Osterferien im Schlafwagen hergebracht hatte; sein linkes Auge war zugekniffen, wie geblendet vom grellen Licht. Später schickte sie Honor das Foto und legte ein paar anmaßende Zeilen dazu: »Pass auf ihn auf, Honor. Er ist zerbrechlicher, als man glaubt.« Honor hatte den Zettel ins Feuer geworfen. Tad hatte sie gedrängt, auch das Foto zu vernichten, und sie hatte es jahrelang versteckt. Sie brachte es nicht über sich, es wegzuwerfen, obwohl sie sich ihrer Gefühlsduselei schämte. Doch jetzt war auch Tad gegangen, und sie konnte tun und lassen, was sie wollte.

Auf dem Kaminsims, über dem Schlund des Kohle imitierenden Gasfeuers, lehnte eine Ansichtskarte. Sie zeigte eine anmutige Gestalt mit einem Kuli-Strohhut in einem Reisfeld. Es war der obligatorische Gruß aus Saigon von Tads Patentochter, die das letzte Jahrzehnt damit verbracht hatte, die Zeit zwischen Schule und Uni zu überbrücken. Honors eigene Jahre in Saigon waren von anderem Kaliber gewesen. Keine unbeschwerten Rucksacktouristen, die von einem exotischen Ort zum anderen drifteten und gar nicht merkten, dass dies genauso imperialistisch war wie die Eroberungen früherer Generationen, keine Vergnügungsfahrten auf dem Fluss, keine peinlichen Studentenbesäufnisse in einheimischen Bars, keine Volkstänze oder Märkte mit Kunsthandwerk. Nur Lärm, Schlamm, Bomben, Blut und überwältigendes Grauen. Aber auch Kameradschaft und sogar Leidenschaft. Wenn Kollegen neben dir sterben, sind

Körper und Geist nur noch von der rein animalischen Lust erfüllt, am Leben zu sein. Außer Dienst, jenseits des Schlachtfelds, waren sie regelrecht übereinander hergefallen. Zurück in England hatte sie bisweilen auf steifen Beerdigungen einen ähnlichen höllischen Lebenshunger verspürt, ohne ihn je stillen zu können. Das professionelle Pokerface des Leichenbestatters, das Flüstern und erstickte Schluchzen der Trauernden, das getragene Schreiten des Leichenzugs, all das konnte wenig pietätvolle Gelüste auslösen.

Sie hätte die Ansichtskarte schon vor Monaten wegwerfen sollen; sie war nur ein Staubfänger. Als sie sie jetzt zerriss, nahm sie sich vor, dasselbe mit einer anderen Karte jüngeren Datums zu tun, die noch in ihrem Umschlag in der Diele lag. Es war eine geschmacklose Donald-McGill-Karikatur von gaffenden Jungs und überdimensionalen Brüsten, mit einer spöttischen Nachricht auf der Rückseite, halb Provokation, halb Bettelbrief, bei deren Anblick eine neugierige Reporterin möglicherweise die Augenbrauen hochzog. Doch zunächst musste sie sich auf das Wohnzimmer konzentrieren. Dies war die Bühne des Interviews.

Um den Sockel einer Messinguhr auf dem Kamin hing eine Kette mit *komboloi*, Gebetsperlen aus Jade, ein Souvenir von den Kykladen. Sie konnte bleiben, ebenso Tads Schottenrock aus Staffordshire – man hätte eine überaus blühende Phantasie gebraucht, um sich daraus etwas zusammenzureimen. Die Totenmaske von Keats, Tads Geschenk nach ihrer Versöhnung in Rom, und die Schneekugel mit der kleinen Nonne – ein lustiges Mitbringsel von Lois – waren bestimmt auch nicht besonders interessant. Aber der geflügelte Phallus aus Marmor, die Replik einer

Gottheit aus Pompeji, diese Votivgabe von Lucio, einem übermütigen jungen Toskaner, die Tad in einem glücklichen Moment amüsant gefunden hatte, könnte ein Problem darstellen. Sie hielt den kühlen Stein in der Hand. Übertrieb sie nicht ein bisschen? Nein, es war besser, kein Risiko einzugehen. Die kleine Schneeschwester nahm sie auch gleich mit. Nonnen und Penisse: Aus dieser Zusammenstellung könnte eine verzweifelte Journalistin durchaus etwas machen. Honor hätte es unter ähnlichen Umständen auch getan.

Im Besenschrank in der Diele hatte sie ein Plätzchen als Versteck freigeräumt. Wie viel Müll sich im Lauf eines Lebens ansammelt! Haufenweise Mist und überflüssiges Zeug, selbst wenn man viel wegwirft und einen Widerwillen gegen dekorativen Krimskrams hat. Es sah so aus, als wäre sie letzten Endes trotz aller Anstrengungen doch noch zu einer vollbeschäftigten Kuratorin all dieses Plunders geworden. Eine Art Lumpensammlerin. Dass das meiste davon einmal Tad gehört hatte, spielte keine Rolle. Jetzt war es ihres, dieses kleine Museum nostalgischer Fetische, und es ganz aufzulösen würde sie eine übermenschliche Anstrengung kosten.

Wenn sie die Wohnung verließ, um sich mit Ruth zu einem Arbeitslunch zu treffen, mit Clemency oder Inigo eine Vernissage oder mit Bobby oder Aidan einen Kammermusikabend zu besuchen, verspürte sie immer wieder den Drang, einfach weiterzugehen, ein Taxi zum Flughafen zu nehmen, in eine Stadt zu fliegen, in der sie noch nie gewesen war, in ein Land, das sie kaum kannte, und noch einmal ganz von vorn anzufangen. Eine Mietwohnung, wenig Besitz und bloß keine verdammten Bilder, Bücher oder billiger Schnickschnack.

Womöglich könnte sie mit dem Ballast auch die vergeudeten Jahre und die körperliche Erniedrigung des Alters abschütteln. Sie bekäme noch einmal eine Chance, und diesmal würde sie alles richtig machen.

Während sie den eingesammelten Kram in dem Fach hinter dem Staubsauger versenkte, schoss ihr der Gedanke durch den Kopf, dass sie ihn vielleicht nie wieder herausholen würde. Nur aus Pietät gegenüber Tad, dem ihre regelmäßigen Säuberungsaktionen körperliches Unbehagen bereitet hatten, warf sie den ganzen Mist nicht einfach in den Müllschlucker.

Und jetzt die Bücher. Honor zog einen Schemel vor das Regal, setzte sich und widerstand kaum der Verlockung, wenigstens für einen Moment die Augen zu schließen. Sie musste sich konzentrieren. Litt sie schon an Verfolgungswahn? Mittlerweile registrierte sie peinlich genau alles, was auf eine beginnende Demenz hindeutete, nachdem ihr die ersten Symptome von Alzheimer bei ihrer Freundin Lois, deren Vergesslichkeit und Verwirrung, nicht weiter aufgefallen waren.

Früher, als Honor noch zu jung gewesen war, um es besser zu wissen, hatte sie an das Klischee geglaubt, dass das Alter seine guten Seiten hat und einem die Meinung der anderen zunehmend gleichgültig wird. Stattdessen rannte sie hin und her, regte sich auf und strapazierte ihre Nerven, nur um auf Tamara Sim und ihre Leser einen guten Eindruck zu machen. War das noch ein vernünftiger Schutz gegen Spott? Kein Mensch findet Gefallen an Demütigungen, egal, in welchem Alter. Oder verlor sie allmählich den Verstand? In letzter Zeit beunruhigten sie Anrufe, bei denen niemand sich meldete. Auch früher hatten sie Anrufe von Psychopathen bekommen; Tad und sie hatten ihre Nummer zwei Mal ändern lassen. Es war ganz einfach. Doch statt nach dem Hörer zu greifen und die British Telecom zu verständigen, unternahm sie nichts, starrte nur ängstlich das Telefon an und fuhr hoch, wenn es klingelte.

Erst letzte Woche hatte sie in der Zeitung von einer Alterskrankheit namens Paraphrenie gelesen, und die Symptome – Verfolgungswahn, die fixe Idee, Nachbarn, Freunde, die Familie und Fremde seien nur darauf aus, einen zu hintergehen – waren ihr bekannt vorgekommen. Sie wusste, dass ihr Leben dem Ende entgegenraste, selbst wenn sie das Glück hätte, bei Verstand zu bleiben. Das gnadenlose Nachlassen der Kräfte hatte schon vor Jahren begonnen, ein groteskes Zipperlein folgte auf das nächste. An manchen Tagen kam Honor sich vor wie Hiob, der auf die nächste Plage wartet. Im Gegensatz zu ihm wusste sie allerdings, dass sie niemanden dafür verantwortlich machen konnte. Mit ihrer Rolle als Archivarin körperlicher Altersbeschwerden hatte sie sich widerwillig abgefunden, auch wenn immer peinlichere Körperteile dazukamen. Aber Wahnsinn? Das wäre unannehmbar.

Sie griff eine Handvoll Bücher aus dem Regal und stapelte sie unbeholfen in die Armbeuge. Immer wenn die Ängste überhandnahmen, zwang sie sich, innezuhalten und sich zu vergewissern, dass sie noch vernünftig denken konnte. Sie wusste, dass ihre Einwände gegen ein Interview bei sich zu Hause gerechtfertigt waren; als Jägerin, die nun selbst zur Gejagten geworden war, kannte sie die Tricks und die Fallen. Sie hatte viele Männer und auch ein paar Frauen privat und beruflich aufgrund ihrer Bücherregale beurteilt. Raoul Salan mit seiner für einen Militäroffizier peinlichen Ausgabe des *Kleinen Prinzen* zum Beispiel. Als sie dem Labour-Mann Harold Wilson die Romantik seiner in Kunstleder gebundenen Gesamtausgabe von Catherine Cookson ankreidete, war sie möglicherweise übers Ziel hinausgeschossen. Sie gehöre ihm nicht einmal, hatte er sich nach der Veröffentlichung ihres Artikels beschwert. Befriedigender war da schon der Vatikan gewesen, der eine kleinere Inquisition in Gang gesetzt hatte, nachdem sie in *Collier's Weekly* berichtet hatte, in der Apostolischen Bibliothek *Die Geschichte der O.* neben der *Wolke des Nichtwissens* entdeckt zu haben. Und beim Anblick einer Erstausgabe von *Pu der Bär* auf dem Nachttisch eines Kinohelden der fünfziger Jahre hatte sie hastig ihre Kleider zusammengesucht und war in die Nacht von Santa Monica geflohen.

Nun war ihre eigene Bibliothek an der Reihe. Graham Greenes Romane; Erstausgaben, handsigniert. Sie zu verbergen würde nichts bringen, außerdem würde sie bestimmt nicht alle vierunddreißig Bände zum Besenschrank schleppen. Aber Isadora Talbots *Stunde der Schnecke*? Wo kam denn das her? Möglicherweise würde Tamara Sim glauben, dass Honor diesen reißerischen Feminismus guthieß; dabei hatte Honor nicht das geringste Interesse daran. Warum sollte sie ihre Zeit mit einer schrillen Wichtigtuerin vergeuden, die ihr menopausenbedingtes Selbstmitleid zum Manifest erklärt hatte?

Honor bekam ständig unverlangt Bücher zugeschickt, die sie automatisch neben der Haustür stapelte, um sie zusammen mit alten Zeitungen und Zeitschriften zum Altpapier zu geben. Die Haushilfe, eine Flüchtlingsfrau aus Ruanda, hatte wohl stillschweigend angenommen, dieses richtige Buch sei versehentlich zwischen all den pastellfarbenen, ungebundenen Leseexemplaren gelandet. Es gab nichts Deprimierenderes als das Geräusch, das eine schwere Luftpolsterversandtasche macht, wenn sie durch den Briefschlitz auf die Fußmatte plumpst. Die Verleger schienen zu glauben, dass Honor in ihren letzten Jahren nichts Besseres zu tun hatte, als hirnlosen Schwachsinn zu lesen und ihnen dann Superlative zu liefern, die sie auf den Einband drucken konnten – gratis versteht sich.

Wo war sie stehengeblieben? Gedichte: Aidans drei Bände, Tom Eliot, MacNeide und Larkin. Eine vom *British Film Institute* sanktionierte Biographie über Tads Arbeit, langweilig wie die Gebrauchsanweisung für eine Waschmaschine. Ein paar Fotobücher, die sie in Zusammenarbeit mit Robert Capa und Jane Bown veröffentlicht hatte – die Magnum-Ära. Ah! Und was war das? *Trainingsprogramm zur körperlichen Ertüchtigung der Royal Canadian Air Force*, ein altes Penguin-Taschenbuch mit orangefarbenem Rücken, das Gesundheit, Schönheit und ewiges Leben im Tausch für eine tägliche Viertelstunde elende Plackerei versprach. Tad, der nie im Leben bewusst Sport getrieben hatte, pflegte zu sagen, dass er sich schon schlanker und jünger fühlte, wenn er es nur im Regal stehen sah. Es konnte kaum etwas Lachhafteres geben als den Ehrgeiz, mit über siebzig noch fit zu sein. Es hatte einem nichts auszumachen, wenn sich der Körper allmählich in einen Klumpen faulendes Fleisch verwandelte, und die Hoffnung, dass man diesen Prozess aufhalten und den bevorstehenden Untergang mit täglichen körperlichen Verrenkungen verhindern könnte, war geradezu aberwitzig. Weg damit, weg mit Psychiatrie, Philosophie und Anthropologie, mit R. D. Laing, Alan Watts, Carlos Castaneda, Hokuspokus, den Tad vermutlich in seiner Haight-Ashbury-Phase angeschafft hatte.

Sie warf alles auf den Haufen, der zum Entsorgen bestimmt war. Das Regal musste ohnehin ausgemistet werden. Wozu erst noch ins Altpapier, am besten kippte man alles gleich in den Müllschlucker. Sie würde es in einer Tüte neben die Haustür stellen, mit einem Zettel für die Hilfe, neben das Bündel mit den ungelesenen Weihnachts- und Silvesterausgaben und vielen Seiten Fernsehprogramm. Warum sollte sie eine Beilage mit einer Abbildung von Bing Crosby auf dem Cover lesen wollen? Und glaubte man etwa ernsthaft, mit einem Gratismuster von Weihnachtssternsamen oder Aspirin neue Leser anlocken zu können?

Sie sah sich ein letztes Mal im Zimmer um. Als sie die Haushilfe losgeschickt hatte, um Blumen zu kaufen, war diese mit ein paar verdächtig rosa Lilien zurückgekommen, deren flammender Schlund einen Duft verströmte, bei dem Honor die Augen tränten. Jetzt standen sie in einer Vase neben dem gerahmten Foto von Tad. Der Tisch sah nun aus wie ein Altar am Wegesrand, und ihr neues Buch, *Depeschen,* thronte darauf wie eine Bibel, die sich über sie lustig machte: *Miserere mei.* Wie auch immer, der Strauß brachte vielleicht etwas Weiblichkeit in die Wohnung. Sie selbst konnte Schnittblumen nicht ausstehen, egal welche; sie erinnerten sie an Leichenhallen. Ihre Freunde wussten Bescheid, aber Gäste, die zum ersten Mal zum Abendessen kamen, brachten gelegentlich teure Sträuße mit, in der Hoffnung, sich bei ihr einzuschmeicheln. Dann heuchelte sie Begeisterung, legte die Blumen in die Spüle und sagte, sie werde später nach einer passenden Vase suchen. Immer war es ihre Hilfe, die die Blumen rettete, die Stengel anschnitt, die einzelnen Blüten sorgsam arrangierte und sie am Schluss, wenn die Blätter schrumpelten und das Wasser nach Latrine stank, in den Müllschlucker warf.

Honor blieb am Fenster stehen, angezogen vom Geschrei eines Kindes in dem gemeinsam genutzten Garten. Es klang wie das Kreischen einer Möwe. Eine junge Mutter, vielleicht auch ein Kindermädchen, stieß ein Kind auf der Schaukel an, die an den kahlen unteren Ästen einer Platane hing.

Theoretisch gehörte der Garten den Bewohnern der vier herrschaftlichen Wohnresidenzen, deren Hinterhöfe er in Beschlag nahm. Die Bewohnerversammlung – Wichtigtuer mit viel Zeit – hatte vor kurzem, nach energischer Lobbyarbeit der jungen Eltern, die massenweise in dieses Viertel geströmt waren, dort die Kinderschaukel installiert, ohne sich um das seit hundert Jahren geltende Verbot von Ballspielen und sonstigen Aktivitäten zu scheren.

Das Rondell war von einem schwarzen schmiedeeisernen Zaun umgeben, was so aussah, als seien das spärliche Gras, die im Winterschlaf liegenden Beete, rußschwarzen Sträucher und ein paar kahle Buchen im Schatten der imposanten Platanen gefährdet wie eine vom Aussterben bedrohte Spezies im Zoo. Das Kind stieß noch einen Schrei aus, wie die zwei Töne einer Warnhupe, dann flog es von der Schaukel in die Arme seiner Mutter und aus Honors Gesichtsfeld hinaus. Die Zeit wurde knapp.

Sie ging ins Badezimmer, um es auf etwaige Flecken oder

Gerüche zu überprüfen. Schließlich wollte sie Klischees über Inkontinenz im Alter keine neue Nahrung geben und wusste, dass sich eine Stippvisite im Bad für einen rücksichtslosen Reporter durchaus lohnte. Selbst in unpersönlichen Hotelzimmern kann eine neugierige Nase fündig werden, auch ohne vergessene Unterhosen unter dem Sessel. Sie erinnerte sich an ihre eigene Genugtuung, als sie in Saigon eine Flasche Haarfärber auf dem Waschbecken des schmallippigen Generals Minh entdeckte. Die Lowe-Karikatur über dem Wasserkasten – Honor als junge Brünnhilde, die Hitler und Stalin an den Haaren hinter sich herzog – war ungefährlich, doch der Fußpuder und die Salbe gegen Hämorrhoiden auf der Badewannenablage (weitere Hinterlassenschaften von Tad) könnten sie der Lächerlichkeit preisgeben. Ebenso der Tiegel mit Youth-Dew-Feuchtigkeitscreme, ein unbeabsichtigt grausames Geschenk von Tads schöner Patentochter, die es vermutlich im Duty-free-Shop irgendeines Flughafens erstanden hatte.

Vor allem Medizinschränke konnten jede Menge unappetitlicher Wahrheiten ans Licht bringen. Ihrer enthielt eine Miniaturapotheke von verschreibungspflichtigen Tabletten, Salben und Tinkturen, die ihre jeweils eigene schmutzige Geschichte erzählten. Honor bezweifelte, dass Tamara Sim den Unterschied zwischen Benzodiazepinen und Nicardipin kannte, aber sicher konnte sie nicht sein. Sie kippte das Ganze in eine Plastiktüte, um es irgendwo anders zu verstauen, und ließ nur die Zahnbürste (sie besaß noch fast alle Zähne, wenngleich sie teilweise so braun waren wie der abgelutschte Rest eines Karamellbonbons), eine bescheidene Parfumflasche, ein Röhrchen Aspirin und eine Packung Pflaster stehen.

Noch zehn Minuten. Sie merkte, dass sie schon wieder außer Atem geriet und das Herzstechen schlimmer wurde. Sie holte sich ein Glas Wasser, kramte ihre Tabletten aus der Tüte und nahm zwei davon. Sie sollte sich hinsetzen, aber sie musste sich noch anziehen. Sauber, frisiert und würdevoll – auf mehr konnte man in ihrem Alter nicht hoffen. Als junges Ding hatte sie eine Schwäche für Kleider gehabt: elegante Schnitte, sinnliche Stoffe, gedeckte Farben, den Highlands im Herbst entlehnt, mit raffinierten Details. Als sie fünfzig wurde und das Chaos in ihrem aus allen Nähten platzenden Ankleidezimmer betrachtete, einem gutsortierten Museum der Mode aus der Mitte des zwanzigsten Jahrhunderts, die in der schottischen Feuchtigkeit langsam vermoderte, ging ihr auf, dass sie niemals lang genug leben würde, um all diese Sachen zu tragen, selbst wenn sie jeden Tag etwas anderes anzog. Später hatte sich das als Trugschluss erwiesen: Sie sollte ihre Garderobe um viele Jahrzehnte überleben. Noch am gleichen Nachmittag sortierte sie vieles aus, und fast ein Vierteljahrhundert später tat ein Brand ein Übriges. Heute machte ihr bescheidener Kleiderschrank hier in Holmbrook Mansions einer Nonne Ehre.

Sie entschied sich für ein schwarzes Kleid, das erst vor kurzem aus der Reinigung gekommen war, schlicht und schmal geschnitten, mit eckigem Ausschnitt und Glockenärmeln, dazu eine dunkle Strumpfhose, um die Adern zu verbergen, die ihre Beine marmorierten wie einen Blaukäse, und graue Lackpumps, bequem genug für die Ballenzehen. Sie sah an den bestrumpften Beinen hinab: unansehnlich wie die Stümpfe eines Leprakranken. Welcher Witzbold hatte diese Miranda bloß in Caliban verwandelt? Nach einigem

Fummeln mit dem Verschluss gelang es ihr, die Kette aus Süßwasserperlen anzulegen; dann griff sie nach einer goldenen Uhr, deren Zifferblatt mit Markasit umrahmt war. Obwohl sie das engste Loch nahm, baumelte sie lose wie ein Armband an ihrem Handgelenk.

Sie kehrte noch einmal ins Badezimmer zurück und warf einen Blick in den trüben Spiegel des Medizinschränkchens. Es war der Einzige, den es in der Wohnung noch gab, seit sie zu der befreienden Erkenntnis gelangt war, dass die beste Möglichkeit, sich gegen die Verzweiflung über sein verfallendes Äußeres zu schützen, darin bestand, es nicht mehr zur Kenntnis zu nehmen. Wenn sie wollte, konnte sie ein Schwarzweißfoto aus ihrer Dietrichzeit betrachten und sich erinnern. Doch selbst dann war Vorsicht geboten. Bei einem bestimmten Lichteinfall konnte ihr das Glas im Fotorahmen einen Streich spielen und die Umrisse ihres verschrumpelten Ichs auf die sorglose Schöne projizieren.

Sie steckte das Haar, grau und fein wie Zigarettenrauch, zu einer Art Knoten zusammen. Lippenstift? Lidschatten? Lieber nicht. Es war besser, sich der Kamera ungeschminkt zu stellen als mit verschmierten Clownspuren, die sie ihren zitternden Händen und der nachlassenden Sehkraft verdankte. Sie nahm das Parfum, das Aidan aus Budapest mitgebracht hatte, und sprühte sich ein wenig hinter die Ohren. Dann verteilte sie noch ein paar Spritzer im Badezimmer. Sie war bereit für das Verhör.

Tamara saß gegenüber der herrschaftlichen Backsteinfassade, hinter der die Tait wohnte, im Café, nippte an einem lauwarmen Kaffee und ging ihre Zeitungsausschnitte durch.

Bucknell hatte Verspätung. Als man ihr in der Bildredaktion des *Monitor* eröffnet hatte, er sei der einzige Fotograf, der für das Interview zur Verfügung stünde, war sie fast explodiert. Wieso nicht Snowdon? Oder Bown? Wenn Lyra Moore erfuhr, dass ausgerechnet der unterbelichtete Bucknell mit dem Job betraut worden war, würde sie toben. Tamara hatte versucht, Lyra vorzuwarnen, doch die antwortete nicht auf ihre Mails, und wenn Tamara bei ihr anrief, steckte sie immer gerade in einer Besprechung. Bucknell hatte keinen Charme, war linkisch und mürrisch. Er rauchte Kette, hatte feuchte Hände, und seine Bilder waren flache Frontalaufnahmen, nichtssagend wie Fahndungsfotos der Polizei. Einen schlechteren Kollegen konnte man sich für ein so heikles Interview nicht vorstellen.

Eine Möglichkeit, ihn zu kontaktieren, gab es nicht; Tamara stand in der *Monitor*-Hierarchie zu weit unten, und Bucknell war zu unbeliebt, als dass man ihnen eins der seltenen Mobiltelefone zugeteilt hätte. Sie könnte versuchen, von einer öffentlichen Zelle aus zu telefonieren. Die Bildredaktion könnte Bucknell anfunken (einen Pager hatte er zumindest – ihren hatte man ihr kurz vor Weihnachten im Bus geklaut) und auch Honor Taits Verlegerin anrufen, um sie von der Verspätung zu unterrichten und sich zu entschuldigen. Aber vermutlich würde Tamara zwanzig Minuten brauchen, bis sie eine Telefonzelle gefunden hatte, und dann feststellen, dass ein Säufer sie als Pissoir missbraucht hatte und obendrein der Hörer abgerissen war. Sie verfluchte Bucknell. Andererseits konnte sie sich so noch ein bisschen vorbereiten.

Honor Tait war äußerst produktiv gewesen. Tamara fragte

sich, wie dick wohl in zwanzig Jahren der Umschlag mit ihren eigenen Arbeitsproben sein würde. Sie war zum jetzigen Zeitpunkt eher einfallsreich als produktiv, Expertin darin, die eigene Arbeit weiterzuverwerten. Sogar die Grünen hätten noch von ihren Energiespartechniken lernen können. Manchmal recycelte sie dieselbe Geschichte vier- oder fünfmal und verkaufte sie an mehrere Abnehmer. Wie ihr Interview mit Lucy Hartson letztes Jahr, das ursprünglich ein Auftrag von *Psst!* gewesen war, aber von den PR-Leuten einer Fernsehgesellschaft arrangiert wurde, denen es darum ging, die Werbetrommel für *Herzdame* zu rühren, ein neues Kostümdrama zur Hauptsendezeit. Die Antworten, die sie bekommen hatte, waren nichts als heiße Luft – »Ich habe Georgette Heyers Bücher schon immer geliebt …«, offenbarte Lucy. »Es ist ein großes Privileg, mit einer so talentierten Besetzung zu arbeiten … Als Nächstes würde ich gerne einen modernen Part übernehmen, vielleicht in einem Actionthriller.« Über ihren Ex-Boyfriend Tod Maloney, den drogenabhängigen Bassgitarristen der Broken Biscuits, hatte die Schauspielerin dummerweise nichts erzählen wollen und nur gesagt: »Wir waren sehr verschieden«, oder: »Es wurde Zeit für etwas Neues.« Im Übrigen war die Trennung »in aller Freundschaft« über die Bühne gegangen – eine fadenscheinige Ausflucht, längst widerlegt von den Paparazzi-Fotos eines Faustkampfs, den die beiden sich einen Monat zuvor vor einem Nachtclub in Soho geliefert hatten. Doch immerhin hatte Tamara für den Immobilienteil des *Telegraph* ein paar Zeilen über Lucys neue Wohnung in Islington abzweigen können. »Das Badezimmer, eine kühle Oase aus Kalkstein und gebürstetem Stahl, erfüllt den ästhetischen

Anspruch eines Luxus-Spa.« Außerdem hatte sie für den *Courier* eine Bildstrecke über zum Scheitern verurteilte Rock'n'Roll-Romanzen untertitelt. Am Ende hatte sie dann noch Hartsons beiläufiges Eingeständnis, dass sie mehrmals nach Los Angeles geflogen war, um sich Botox spritzen zu lassen – »Alle, die da drüben im Geschäft sind, machen das, glauben Sie mir« –, für einen ganzseitigen Enthüllungsbericht im *Evening Standard* ausgeschlachtet.

Doch das Lukrativste waren Fortsetzungsgeschichten. Noch bevor das Interview in *Psst!* erschien, hatte Tamara Maloney angerufen, der nach einer Drogenrazzia während seines Auftritts soeben gegen Kaution wieder freigekommen war. Nach ein paar Komplimenten zu seinem neuesten Album hatte sie ihm gesteckt, dass Lucy Hartson ihnen »alles« über die Trennung erzählt habe, und ihm angeboten, seine eigene Version der Geschichte zu liefern. Zum Glück war er offenbar gerade auf Drogen, Speed, nicht Tranquilizern. Seine Tirade hatte eine Dreiviertelstunde gedauert. Nachdem sie das schlimmste Geschwafel und etliche paranoide Behauptungen gestrichen hatte, war das Ganze als doppelseitiger Bericht unter der Schlagzeile »EDELFLITTCHEN: Sexy Lucy bricht mir das Herz!, sagt Biscuits starker Mann« im *Sunday Sphere* erschienen. Dieses Interview war es gewesen, das Tim auf sie aufmerksam gemacht hatte, der soeben Chefredakteur des *Sunday Sphere* geworden war. Er war »auf der Suche nach jungen Talenten«, wie er ihr zwei Monate später in ihrer ersten Nacht erklärte, kurz nachdem sie den Sohn eines hohen Polizeibeamten mit Cannabis geködert hatte, bis er schließlich anbiss und sie ihren großen Coup landete.

Bei dem Gedanken an Tim füllten sich Tamaras Augen mit Tränen. Draußen trommelte der Regen mitfühlend an die Fensterscheibe. Oder war es spöttisch? Sie tupfte sich mit der Serviette die Augen. Die Wimperntusche schien zu halten. Schließlich wandte sie sich wieder den Artikeln zu, ein langes Leben voller unbedingtem Einsatz, zusammengeschrumpft auf ein paar Zeitungsausschnitte. Honor Tait war eine Schönheit gewesen, und die frühen Fotos, viele in Gesellschaft von Soldaten und Politikern, offenbarten den Glamour eines Filmstars und ein bezauberndes Lächeln. Bis heute galt sie als männermordende Sirene, die nicht viel für Frauen übrighatte. Simon, Tamaras Chef und Verbündeter bei *Psst!*, hatte die Tait ein paar Jahre zuvor bei einer Wohltätigkeitsveranstaltung kennengelernt und behauptet, dass ihr Interesse an ihm nicht nur professioneller Natur gewesen sei.

»Sie ist ein richtiger Vamp«, hatte er Tamara gesagt, als er von ihrem Auftrag erfuhr. »Immer auf Männerfang. Je jünger, umso besser, offenbar. Doch auch sonst lässt sie nichts anbrennen – mich wollte sie gar nicht wieder gehen lassen.«

Simon zufolge war Honor bedeutender als Martha Gellhorn und dermaßen eingebildet, dass sie Snowdon beauftragt hatte, ihr Passfoto zu machen.

»Man nennt sie auch die Messalina von Maida Vale«, hatte er hinzugesetzt. »Es heißt, dass sie für Sex mit jungen Männern zahlt.«

Tamara rümpfte die Nase. In dem Alter? Was für eine Vorstellung – aber der Hinweis auf die Messalina war verwirrend. War das nicht der italienische Ferienort, wo das Management des *Monitor* letztes Jahr seine Klausur veranstaltet hatte? Zog Honor Tait durch europäische Badeorte, um attraktive junge Männer aufzugabeln? Tamara beschloss, den Hinweis zu ignorieren – im Zweifelsfall war es besser, nicht weiter nachzufragen. Es sparte Zeit, und die ungeschminkten Tatsachen waren auch so interessant genug.

»Nein – echt? Sie bezahlt dafür?«, hatte sie nur gefragt.

»Na klar! Was meinst du denn, wie sie sonst an jemanden rankäme?«

Tamara hatte unbehaglich gelacht. Simon liebte Klatsch und Tratsch – wie alle Leute. Seine Geschichten waren immer witzig, ob sie auch stimmten, sei dahingestellt.

Sie warf einen Blick auf die Uhr – noch immer keine Spur von Bucknell – und blätterte noch einmal in dem wiederaufgelegten Buch. Sechzig Jahre Artikel aus Zeitungen und Zeitschriften, die zum Teil heute gar nicht mehr existierten – *News Chronicle, Reynold's News, Collier's Weekly.* Berichte über den Spanischen Bürgerkrieg in den Dreißigern, das Nachkriegsberlin in den Vierzigern, Algerien und China in den Sechzigern, Vietnam in den Siebzigern … Tamara gähnte. So viele Daten und Ortsnamen auf einmal erschlugen sie einfach; es war so, als studierte man einen alten Fahrplan.

Als sie sich wieder die Presseausschnitte vornahm, stellte sie erleichtert fest, dass auch Artikel über Honor Tait dabei waren, nicht nur von ihr. Diese waren kürzer, ließen sich leichter ausschlachten und waren praktischerweise bebildert. Die Tait Mitte der vierziger Jahre – an ihrer kurvenreichen Figur wirkte das sittsame Twinset fast anrüchig –, als man sie für ihre Reportage über die Befreiung eines Konzentrationslagers der Nazis mit dem Pulitzer-Preis auszeichnete.

Da musste sie etwa im selben Alter gewesen sein wie Tamara. Es gab sogar ein noch früheres Foto, das in einem Strandcafé aufgenommen worden war; darauf trug sie ein enges, rückenfreies Oberteil und knappe Shorts, die ihre langen Beine zur Schau stellten. Ihr Gesprächspartner, ein adretter Mann in Uniform, der aussah wie ein kleiner Steuerbeamter, starrte anerkennend auf ihre Knie. Die Bildunterschrift lautete: *Das Golden Girl des Pressekorps, Honor Tait, beim Interview mit dem Militärgouverneur der Kanarischen Inseln, Francisco Franco, zwei Wochen bevor dessen Putschversuch den Spanischen Bürgerkrieg auslöste.*

Ein anderer Ausschnitt zeigte sie etwa um dieselbe Zeit in einem Schnellboot. Die Augen gegen die Sonne abgeschirmt, betrachtete sie den Horizont, wobei ihre Haut einen dunklen Kontrast zu dem weißen Bikini bildete und ihr unbefangenes Lachen perfekte Zähne entblößte, das blonde Haar wie ein Banner flatternd im Wind. So steht sie zusammen »mit Joseph Patrick Kennedy junior, Sohn des US-Botschafters« am Ruder.

Schmeichlerische Klatschkolumnisten erwähnten sie in den papyrusdünnen Zeitungsausschnitten in einem Atemzug mit Ava Gardner, Rita Hayworth und Jane Russell, Fotografen hatten sie auf Hollywood-Partys und Broadway-Premieren abgelichtet. Eine Aufnahme – glitzernd, mit Blitzlicht geschossen, in Schwarzweiß – zeigte, wie sie mit dem frisch verheirateten Paar Arthur Miller und Marilyn Monroe aus einem Restaurant in Bel Air kam. Auf den ersten Blick ließ sich kaum unterscheiden, welche der beiden Frauen die Filmdiva war und welche die unerschrockene Reporterin.

Angeblich hatte die Tait eine Affäre mit Sinatra gehabt – es gab ein Bild von ihnen, anlässlich eines »intimen Dinners für zwei«, das so gestellt und makellos wirkte wie ein Standbild aus einem klassischen Fünfziger-Jahre-Streifen. Sie trug ein Ansteckssträußchen aus weißen Blumen, und ihre feuchten Lippen lächelten, während er ihr etwas ins Ohr flüsterte. Mit Liz Taylor war sie befreundet, nachdem sie in dritter Ehe Tad Challis geheiratet hatte, den amerikanischen Regisseur von einst heißgeliebten, heute vergessenen britischen Filmkomödien. Sie war mit Nurejew im Urlaub, hatte mit Picasso gefeiert, war fotografiert worden, wie sie zusammen mit Freunden, darunter Louis Armstrong, in einem Pariser Jazzclub fröhlich eine verdächtig dicke Zigarre rauchte oder sich in einem engen Satinkleid – *hoher IQ und tiefer Ausschnitt*, hieß es in der Bildunterschrift – auf einer Hollywood-Party an Orson Welles schmiegte.

Was Hollywood anbelangte, kannte Tamara sich bestens aus. Die langen Nächte und Marathonwochenenden, an denen sie sich im Fernsehen alte Schwarzweißfilme angesehen hatte, ihr Wissensschatz und ihr Abschluss in Medienwissenschaften erwiesen sich als unbezahlbar. Selbst bei *Psst!*, wo sich die Elite der TV-, Pop- und Kino-Kenner versammelte, galt sie als Kapazität. Ihre Diplomarbeit hatte sie über Liebesschnulzen aus Hollywood geschrieben und sich als Quelle obskurer Details aus dem Showbusiness einen Namen gemacht. Bei *Psst!* überlebte niemand auch nur eine Woche, wenn er in Pop und Prominenz nicht sattelfest war, Tamara aber erwies sich als Großmeisterin. Sie wusste über das Privatleben von Stars besser Bescheid als über die Vergangenheit ihrer eigenen Familie oder Freunde. Sie kannte alle Hintergründe zu den Rivalitäten zwischen den Spice Girls, Madonnas stürmische Beziehung mit Carlos Leon und ihren Wutanfällen am Set von *Evita*, zu Michael Jacksons Hautkrankheit und seiner kürzlichen Eheschließung mit einer spießigen Krankenschwester.

All diese Informationen saugte sie auf wie ein Schwamm, sie brauchte nur einen Blick auf die fette Schlagzeile einer Film- oder Fernsehzeitschrift am Kiosk zu werfen, und schon hatte sich ihr die ganze Story ins Gedächtnis eingeprägt. Wer hatte eine Affäre mit wem? Wer sollte welche Rolle in welcher Soap, welchem Film bekommen? Wer machte gerade eine Entziehungskur? Wer *müsste* eine machen? Wer hatte sich einer Schönheitsoperation unterzogen? Wer hätte eine nötig? Wer war insgeheim schwul? Wer heterosexuell? All dies lieferte ihr Gesprächsstoff mit Freunden und Kollegen und machte ihren Job amüsant, aber auch anstrengend. Bei *Psst!* verbanden sich mehr als bei jedem anderen Job zuvor ihre persönlichen Interessen auf angenehme Weise mit dem Berufsleben.

Abgesehen von den wöchentlichen Charts »10 Tops/10 Flops«, den »In/Out«-, »Daumen hoch/Daumen runter«- und »Angesagt/Abgeschrieben«-Listen verbrachte sie den größten Teil ihres Arbeitstages damit, die Texte anderer Mitarbeiter zu straffen, Leserzuschriften zu erfinden, wenn es keine gab oder die echten so blöd waren, dass man sie unmöglich veröffentlichen konnte, und knackige Bildunterschriften für Schnappschüsse von betrunkenen Stars zu verfassen, denen man vor einem Nachtclub aufgelauert hatte. Hin und wieder verschaffte Simon ihr ein Interview.

Zu den angenehmen Seiten ihrer Arbeit bei *Psst!* gehörten

die Übernahme von Spesen, kostenlose Telefongespräche, Bürobedarf, ein Computer inklusive Programme und Disketten, Zugang zu einem Faxgerät, einem Fotokopierer, dem Zeitungsarchiv (das journalistische Gegenstück zu einem rund um die Uhr geltenden Nutzerausweis der British Library für Wissenschaftler) und einer subventionierten Kantine (wo Tamara sich gelegentlich ein einsames spätes Abendessen gönnte, unter dem Vorwand, Überstunden zu machen). Außerdem hatte man dort nette Kollegen und bekam gute Kontakte. Sich nach der Arbeit in der Wine Bar blicken zu lassen war genauso wichtig, wie tagsüber am Schreibtisch zu sitzen.

Der Auftrag für das *S*nday Magazine* war der Beweis dafür, wie nützlich es war, präsent zu sein. Über ihre Hitliste der zehn Soaps mit den besten Bettszenen war Johnny, der ME2-Ressortleiter, entzückt gewesen, und erst letzten Monat hatte er sie gebeten, einzuspringen und einen Beitrag für ME2 zu liefern – achthundert Wörter binnen einer Dreiviertelstunde, mit Autorenzeile und Foto –, nachdem die zuständige Kolumnistin, Liselotte Selsby, Soap-Expertin mit einem Koksproblem und dem Ruf einer Intellektuellen (sie hatte einmal behauptet, *Die Verdammten dieser Erde* sei ihr Lieblingsbuch), den Abgabetermin verschlafen hatte. Diese Einladung, eine Tamara-Sim-Kolumne zu schreiben, eine prominente, mit ihrem Konterfei geschmückte Spalte für gutbezahlte, lockere und witzige Betrachtungen, die keinerlei Recherche erforderten, war der siebte Himmel, und Tamara hatte gehofft, dass sie zu einer festen wöchentlichen Einrichtung werden könnte.

Doch leider hatte Johnny keinen Platz für eine zweite, denn

Selsby, besser gesagt, deren Ghostwriterin, hatte ihre Schlamperei bedauert und hielt fortan die Abgabetermine peinlich genau ein. Tamaras Verdienste blieben jedoch nicht unbemerkt, ihr Name stieg, von der Thermik erfasst, über das Feuilleton im zweiten Stock bis zum *S*nday Magazine* ganz oben im Penthouse-Büro des *Monitor*-Imperiums auf. Lyra Moore hatte offenbar jemanden gesucht, der aus einem sterbenslangweiligen Thema etwas zu machen verstand. Niemand, der bei klarem Verstand war, würde sich ernsthaft für die Erinnerungen einer alten Schachtel an den Vietnamkrieg interessieren. Wahrscheinlich hatte Simon während der morgendlichen Redaktionskonferenz oder im kleineren Kreis Tamaras Esprit gelobt. Oder Johnny hatte in Lyras Gegenwart die Top Ten der Bettszenen erwähnt.

Der Job bei *Psst!* hatte auch seine Nachteile: Es war eine Anstellung auf Zeit, sie war unterfordert und schlecht bezahlt – Freelancer oder feste Mitarbeiter beim wichtigsten Konkurrenten des *Monitor*, dem *Courier*, ebenfalls eine überregionale Tageszeitung, verdienten im Vergleich dazu üppig. Nur beim *S*nday Magazine* und den Boulevardblättern – *Sun*, *News of the World*, *Sunday Sphere* und *Mail* – machte man ordentlich Kohle. Ein fester Job bei einem dieser Blätter kam allerdings einem Lottogewinn gleich und war ihr bis zu Lyras Mail ebenso unwahrscheinlich erschienen. Mit einer gutbezahlten Dauerstelle würde sich Tamaras Leben verändern. Und auch das ihres Bruders. Bei dem Gedanken an ihn flackerte Panik in ihr auf. Seit vierzehn Tagen hatte sie nichts von ihm gehört. In Ross' Fall war Schweigen nur selten Gold. Sie würde wohl oder übel zu seiner schäbigen Sozialwohnung fahren müssen, um nach dem Rechten zu sehen. Diese Hilfsbereitschaft war nicht ganz selbstlos. Sie kam damit ihren eigenen Sorgen zuvor.

Der Regen hatte aufgehört. Wenn der Fotograf nicht bald auftauchte, riskierten sie, dass die alte Dame das Interview abblies. Tamara war überzeugt, dass die Bildredaktion ihr Bucknell zugeteilt hatte, weil sie für *Psst!* arbeitete, über das viele *Monitor*-Mitarbeiter die Nase rümpften. Sie selbst brachte der Fernsehzeitschrift und ihrem Redakteur sture Loyalität entgegen. Simon Pettigrew war ein idealer Chef und obendrein ein guter Freund. Er hatte als Showbiz-Reporter angefangen und sich den Ruf eines netten Kerls erworben, der niemandem die Autorenzeile verweigerte. Seit einem peinlichen Vorfall, als er versuchte, seinem Chef die Geliebte auszuspannen, war er für die überregionalen Blätter tabu, hatte sich aber dank seines Charmes immer wieder neue Pfründe sichern können. Abwechselnd hatte er sein Geld als Chronist, Redakteur für Vermischtes, Kolumnist, stellvertretender Redakteur, Abteilungsleiter, Leitartikler, mit Anzeigenakquise, als Personalleiter oder Projektmanager verdient. Er hatte etwas Jungenhaftes, war ein ewiger Pechvogel – ein stotternder James Stewart mit einem nicht ganz so ausgeprägten Kinn und einem komischen Akzent, der die Leute unweigerlich zum Lachen brachte. Die Beziehung zwischen ihnen war rein platonisch; Simons Liebesleben war kompliziert genug, und Tamara hatte ihn nie attraktiv gefunden, nicht mal, als sie sturzbesoffen von der ersten *Monitor*-Party kam. Umgekehrt war sie auch nicht sein Typ, so viel war klar. Er stand auf Problemfälle. Extravagante Problemfälle.

Trotzdem war er ein Mentor für sie, wobei er großzügig

darüber hinwegsah, dass er sie aus Versehen angestellt hatte, weil er *Rappeln in der Kiste* für ein Fernseh- und Klatschmagazin gehalten hatte. Simon hatte ihr mehr über das journalistische Handwerk und die komplizierten Anforderungen von Spesenabrechnungen beigebracht, als sie in drei Jahren Medienwissenschaften oder bei irgendeinem anderen Job je gelernt hatte. Nach der Affäre mit Tim, als sie einen ganzen Vormittag lang heulte wie ein Schlosshund, war er sehr nett gewesen und hatte sie mit einem Taxi nach Hause geschickt. Tamara war ihrerseits trotz ihrer Jugend zu einer Art Kummerkastentante für ihn geworden, der er geradezu zwanghaft sämtliche Irrungen und Wirrungen seines verschlungenen Liebeslebens anvertraute.

Die Rolle war nicht anspruchsvoll. Er brauchte weder ihren Rat noch ihre Meinung. Sie musste einfach nur zuhören und sich bemühen, weder zu gähnen noch zu lachen. Außerdem besaß sie noch eine Gabe, die er zu schätzen gelernt hatte und die nichts mit Journalismus zu tun hatte: ein gewisses Talent zum Fälschen. Es war ein Leichtes, eine fremde Handschrift nachzumachen, wenn man nur genügend Geduld aufbrachte. Jeden Monat nahm Tamara einen großen braunen Umschlag mit leeren Quittungsformularen mit nach Hause, die Simon bei hilfsbereiten Taxifahrern, Restaurantbesitzern und Hoteliers abgestaubt hatte. Ganze Abende verbrachte sie damit, diese mit einer Vielzahl von farbigen Kulis, Filzstiften und Bleistiften auszufüllen. Sie schrieb Rechnungen für fiktive Taxifahrten, erfundene Fünf-Gang-Menüs und erlesene Weine für nicht existente »Kontakte« in ausladender Schnörkelschrift oder einem verkrampften, nach links geneigten Gekrakel. Seltsamerweise fand sie diese Aufgabe beruhigend. Simon war dankbar und revanchierte sich in seiner Eigenschaft als Vorgesetzter, indem er Tamaras Spesenabrechnungen abzeichnete, ohne auch nur einen Blick auf die Summe oder die Belege zu werfen.

Erneut blätterte sie die Zeitungsausschnitte durch. Es waren zornige Reportagen von der Front ohne jede Spur von Humor, die mehr Grauen als Glamour verbreiteten. Offenbar hatte Honor Tait in einem masochistischen Anfall den Annehmlichkeiten von Beverly Hills abgeschworen, um fortan mit den GIs in Quang Tri unter freiem Himmel zu nächtigen. Berichte über verbrannte Kinder und tödlich verletzte junge Soldaten, bei denen sich einem der Magen umdrehte; öde, langweilige Statistiken – Analphabetismus in Indien, Kindersterblichkeit in Afrika –; dann nahmen die Reportagen allmählich ab, und an ihre Stelle traten längere Zeitschriftenbeiträge.

Für *Time* hatte sie über einen Besuch in einem deutschen Waisenhaus berichtet, in *Granta* ereiferte sie sich über den Niedergang des Zeitungsjournalismus, und dann gab es plötzlich bloß noch ermüdend lange Rezensionen von Büchern über den Zweiten Weltkrieg, Vietnam und Korea in der *New York Review of Books*. Im *New Yorker* wurde der viele Bleisatz einzig durch eingestreute Zeichnungen von kleinen Hunden oder Gartengeräten aufgelockert. Dort hatte sie sich ausführlich über einen amerikanischen Politiker mit spärlichem, über die Glatze gekämmtem Haar namens McGovern ausgelassen und für den irischen Autor Dominic Behan Partei ergriffen, der Bob Dylan des Plagiats beschuldigte. Bob Dylan! Der Name des Sängers stach für Tamara heraus wie ein vertrautes Gesicht im Gewühl der Rushhour.

Spätere Zeitungsausschnitte unter Taits Namen stammten aus noch edleren, gar nicht mehr illustrierten Zeitschriften, in denen sich große graue Textflächen – Betrachtungen über Asien, den Nahen Osten oder Lateinamerika – mit kleineren abwechselten, die verwirrende, in keinerlei Bezug dazu stehende Verse von kaum verständlichen Poeten vorstellten. Andererseits, schoss es Tamara durch den Kopf, welcher Poet ist schon verständlich? Müsste sie für den *S*nday*-Artikel womöglich auch noch ihre Poesiekenntnisse aufpolieren? Oder wenigstens so tun? Honor Tait umgab sich offenbar gerne mit Künstlern.

Ein Ausschnitt aus den sechziger Jahren zeigte sie, gebieterisch und elegant, mit Hut und Pelzmantel in der Vorstandsetage eines Verlags, inmitten einer Riege verlegen grinsender Männer im Anzug, die farblos wie Bankmanager wirkten. Einer davon war laut Bildunterschrift T. S. Eliot. Wenigstens von ihm hatte Tamara als West-End-Musical-Fan schon einmal gehört. Trotzdem, die Aussicht, sich so eingehend mit unverständlichen Versen und längst vergessenen Kriegen zu beschäftigen, dass sie andere damit blenden könnte, war deprimierend.

Es ließ sich aber nicht vermeiden. Das *S*nday Magazine* beschäftigte einige herausragende Schriftsteller, die Ansprüche dort waren extrem hoch. Dass Johnny mit raunender Ehrfurcht über das »*S*nday*-Ethos« sprach, beunruhigte sie. Würde sie silbenschindend den Ton des Magazins treffen, ehrfurchtsvoll und herablassend skeptisch zugleich und mit Unmengen von kursiv gedruckten Fremdwörtern gespickt?

Selbst die Anzeigen im *S*nday Magazine* waren einschüchternd: edle Studioaufnahmen einer juwelengeschmückten Uhr an einem schlanken Handgelenk sowie bedeutungsschwangere Close-ups von panzergroßen Autos, die wie ein Zwölfender auf einem Gebirgskamm thronten. *S*nday* galt als Autorenmagazin, mit Beiträgen der besten Literaten seiner Zeit; bloße Unterhaltung war hier verpönt. Manchmal hatte Tamara beim Lesen fast das Gefühl, dass so etwas wie eine Kleiderordnung galt: mindestens *smart casual.* Selbst wenn sie es systematisch als wöchentliche Vervollkommnung anginge, wäre es eine harte Schule, trotz der Aussicht auf eine deutliche Gehaltserhöhung. Immerhin hatte Tamara, die sich nicht als Literatin, sondern eher als leserfreundliche Reporterin verstand, keine Angst vor Wörtern. Sie waren die Waffen im Arsenal einer Journalistin.

Sie besaß das zweibändige *Oxford English Dictionary* ihrer Mutter und eine zerfledderte Ausgabe von *Roget's Thesaurus.* Nachdem sie sich schon als Kind erbitterte Scrabble-Partien mit ihrem Bruder geliefert hatte, sammelte sie bis heute neue Wörter, notierte sie auf ihrem Block, freute sich an ungewöhnlichen Funden und versuchte, sie in einem Artikel oder, was häufiger vorkam, in den Charts unterzubringen, wenn ein verschlafener Korrektor nicht so genau hinsah. Erst letzte Woche war sie über *transgressiv* gestolpert (anlässlich einer Reportage über einen schaurigschönen Mordprozess), *kryptisch* (in einem hochgestochenen Modeartikel über Paillettenapplikationen), *chthonisch* (anlässlich von Tod Maloneys letztem Album *Chthonic the Hedgehog*) und *hermeneutisch* (faszinierende Schlagzeile im Kulturteil für eine Reportage über die Spice Girls).

Als eifrige Leserin gut gemachter Krimis und zeitgenössischer Liebesromane, zahlloser Zeitungen und Zeitschriften, ausgestattet mit einem guten Riecher, einem respektablen Vokabular und einer passablen Allgemeinbildung – Bestnoten in Schauspiel und Französisch (auch dank einem Au-pair-Aufenthalt in Lyon, der sie mit einem vorpubertären Kind mit einem extravaganten Hang zur Selbstverstümmelung konfrontierte) sowie ein Bachelor in Medienwissenschaften (bei dem sie nur knapp die Bestnote verfehlte) –, bekannt für ihre Schlagfertigkeit, ihre schneidenden Kommentare und ein enzyklopädisches Wissen über die kleinen Sünden der wichtigsten kulturellen Ikonen des ausgehenden zwanzigsten Jahrhunderts, war Tamara gut gerüstet, um ins Team des *S*nday Magazine* aufzusteigen. Lyra Moore, die literarisch hochgebildete Redakteurin, hatte Tamaras Potential erkannt, schätzte ihren lässig-gewieften Sound, der dem Magazin so gänzlich abging, und war bereit, ihr eine Chance zu geben.

Zuunterst in den Presseausschnitten fand sich ein unterwürfiges Kurzporträt, das vor zehn Jahren im eingegangenen *Sunday Correspondent* erschienen war. Tamara hatte keine Zeit, es im Detail zu lesen, aber unten in einem Kasten sprangen ihr ein paar säuberlich aufgelistete biographische Fakten ins Auge. »Kindheit: Herrenhaus im schottischen Hochland.« Eine eingebildete Gans also. »Erziehung: mehrere Gouvernanten, belgische Klosterschule, höhere Schule in der Schweiz und Studium an der Sorbonne.« Französisch sprechende, katholische eingebildete Gans. »Beruflicher Werdegang: *Agence France-Press, Herald Tribune, L'Espresso, Collier's Weekly, Der Spiegel, Picture Post*...« Mehrsprachige, katholische eingebildete Gans mit guten Kontakten.

»Ehen: drei. Marquis Maxime de Cantal, aus Belgien stammender Theaterdirektor; Sandor Varga, ungarischer Verleger, und Tad Challis, amerikanischer Filmregisseur.« Alle Achtung! Das bestätigte Simons Behauptungen: Drei Ehemänner waren gleichbedeutend mit mindestens dreißig Liebhabern.

Von Honor Tait selbst gab es keinen O-Ton, abgesehen von einem moralisierenden Motto: »Nur wer geduldig beobachtet und mit einem unersättlichen Hunger nach Wahrheit akribisch Details sucht, kommt dem großen Ganzen auf die Spur. Als Journalist hat man die Pflicht, sich für die Schwachen einzusetzen und die dunkelsten Nischen menschlicher Erfahrung auszuleuchten.« Schwülstig obendrein.

Der Aufhänger für den Artikel, ein blasser Vorwand, war die Aufnahme eines Tait-Artikels über Korea in eine Anthologie mit dem unmöglichen Titel *Klassiker der Weltreportage*. Kein Wunder, dass der *Sunday Correspondent* nicht überlebt hatte.

Dann gab es noch einen etwas jüngeren Artikel, sieben Jahre alt, aus dem *Monitor*: »Zuhause langjähriger Journalistin ausgebrannt«. Dabei ging es nicht um die Wohnresidenz gegenüber, sondern um die ehemalige Jagdhütte »des Herrenhauses in den Highlands, wo sie aufgewachsen war«. Diese hatte nach einem Kurzschluss Feuer gefangen und war bis auf die Grundmauern verkohlt. Das erste Foto zeigte ein solides, massives Gebäude – vier Stockwerke hoch, mit schlanken Türmchen auf beiden Seiten –, weiß getüncht, schwarz lackierte Fensterrahmen und ein dunkles Rundbogenportal. Wenn das eine »Hütte« war, wie hatte dann erst das Haupthaus ausgesehen? Was immer man über Honor

Taits Leben denken mochte, ein Aschenputtel war sie nicht. Auf dem zweiten Foto sah man einen verkohlten Mauerrest, der sich aus Asche, Trümmern und Balken in den Himmel erhob, mit einem leeren Fensterrahmen, wie ein blindes Auge. Das Ganze erinnerte an die verwüstete Szenerie nach einer Atomkatastrophe.

Die Tait selbst kam in dem Artikel nicht zu Wort, aber es hieß, ihr »dritter Ehemann Tad Challis, Regisseur von Filmkomödien mit Kultstatus wie *Drei Mädchen in Madrid* oder *Flitterwochen einer Friseuse,* habe ihr zur Seite gestanden, und ein »guter Freund« hatte zu Protokoll gegeben, sie sei »am Boden zerstört«. Tamara betrachtete nachdenklich die imposante Fassade von Holmbrook Mansions. Sie wusste aus den Immobilienanzeigen, was diese Wohnlage hier wert war. Honor Tait mochte über den Verlust ihres Ferienhauses am Boden zerstört sein, aber ruiniert war sie nicht. Hier war niemand vom Millionär zum Tellerwäscher geworden.

Andere, kürzere Ausschnitte vermittelten einen Eindruck von Honor Taits Leben während der letzten zehn Jahre. Einige überregionale Blätter erwähnten sie beiläufig als Lobbyistin diverser Interessengruppen, die sich für Kinderrechte starkmachte, gegen die Ausbeutung von Arbeitskräften in der Dritten Welt oder den Menschenhandel opponierte. Sie war Goodwill-Botschafterin für die UNO gewesen, hatte sich für Asylbewerber eingesetzt und war in ihrer freien Zeit ein vielgesehener Gast bei Buchpräsentationen, Ausstellungseröffnungen und Theaterpremieren in Gesellschaft von Schriftstellern, Künstlern und Schauspielern, ausnahmslos Männer, die meisten jung und sehr präsentabel. Ein wenig gebeugt, aber immer noch majestätisch mit ihrer Entourage und einem Glas Champagner in der Hand, funkelte sie den Fotografen an. »Doyenne der Journalisten« war das Etikett, mit dem man sie am häufigsten bedachte; die *Mail* hingegen hatte sie zum »Darling des Bildungsbürgertums« erkoren. Vor etwa einem Jahr hatte es eine Fernsehsendung über sie gegeben (Tamara hatte sich das Video bereits besorgt, es allerdings aus Zeitmangel noch nicht angesehen), und eine Ankündigung in einer Programmzeitschrift lag ebenfalls bei: HONOR BOUND lautete die Schlagzeile.

Für eine *Vogue*-Reportage hatte Annie Leibovitz sie in Schwarzweiß fotografiert, in einem Raum voller Bücher. Die alte Dame wirkte pikiert, wie von einem Eindringling überrascht, der auf der Stelle verschwinden sollte, wenn ihm sein Leben lieb war. Die Reportage hatte das Thema »Salons« und stellte unter anderem einen Dichter vor, der wöchentliche Picknicks und Dichterlesungen auf dem Primrose Hill abhielt, sowie einen Modeschöpfer, der in seinem Lagerhaus an der Themse regelmäßige »Kuchen-&-Konsultationstreffen« für Künstler organisierte. Die Tait wurde als »moderne Madame de Staël« bezeichnet, die um sich einen Kreis von männlichen Bewunderern scharte, die wiederum »zu den aufregendsten jungen Kreativen Englands« gehörten. Sie trafen sich immer am letzten Montag des Monats und nannten sich als Seitenhieb gegen die konservative gleichnamige Denkfabrik ebenfalls »Monday Club«. In ihren Debatten »unter der anspruchsvollen Leitung von Honor Tait, Doyenne des britischen Journalismus, Freundin der Hollywood-Elite und einstige Muse der bedeutendsten Künstler des zwanzigsten Jahrhunderts« ging es um alles von »Hegels Philosophie und aleatorischer Musik über die europäische Einheitswährung bis hin zur Zukunft künstlicher Intelligenz«.

Tamara nippte an ihrem Kaffee, der mittlerweile widerlich kalt war, und hoffte, dass in ihrem Interview weder Gedichte, Politik, Geschichte noch eines dieser Themen zur Sprache kommen würden.

Die junge Frau war spät dran. Honor holte sich etwas zu trinken, setzte sich in den Sessel und griff nach der Plastikmappe mit Artikeln ihrer Interviewpartnerin, die Ruth per Kurier geschickt hatte. Hatte sie Honor beruhigen, ihr zeigen wollen, dass es dieser Journalistin nicht ausschließlich um Rufmord ging und sie nicht *alle* ihre Gesprächspartner routinemäßig lächerlich machte? Honor kippte die Zeitungsausschnitte in ihren Schoß. Waren das Originale oder Farbkopien? Schwer zu sagen. Die Technik hatte sich seit den Zeiten tragbarer Olympia-Schreibmaschinen, hauchdünner Durchschläge und klobiger Telefonapparate mit ihren geringelten Nabelschnüren rasant entwickelt.

Ihre eigenen Artikel waren im Lauf der Jahre von unzähligen Sekretärinnen ausgeschnitten und in große rote Mappen eingeklebt worden; vierzehn gebundene Bände mit Reportagen und Berichten, Kolumnen und Interviews, fast so viele wie das komplette *Old English Dictionary*. Auch sie waren wie alles andere den Flammen in Glenbuidhe zum Opfer gefallen. Die Zeitungsarchive ihrerseits schnitten die Artikel aus und bewahrten sie unter den Namen der Verfasser in braunen Umschlägen auf. Diese Arbeiten aus der Versenkung zu holen bedeutete immer eine Vorahnung der eigenen Sterblichkeit; innerhalb weniger Monate nach Veröffentlichung waren die Ausschnitte so welk und vergilbt wie eine Handvoll Herbstlaub.

Und diese hellen Seiten hier? Sie stammten aus einer TV-Beilage: ein Interview mit einer jungen Schauspielerin, die Honor nicht kannte, die es aber dem Artikel zufolge zu einigem Ruhm gebracht hatte, weil sie sich in der kürzlich ausgestrahlten Verfilmung irgendeines albernen historischen Romans genüsslich entkleidet und mit ihrem Lover, einem tätowierten Popstar, in aller Öffentlichkeit Schluss gemacht hatte. Auf dem Foto lehnte die Schauspielerin, eine spindeldürre Blondine, an einem Kamin aus Marmor. In ihrem angestrengten Lächeln und den feinen Augenfältchen lag ein Hauch von Verzweiflung, die flehentliche Bitte um Anerkennung. Sie wirkte müde, ausgelaugt, verbraucht. Das briefmarkengroße Bild der Reporterin zeigte eine blonde junge Frau mit spitzer Nase, die an einem Bleistift kaute und so tat, als runzelte sie die Stirn. Heutzutage waren alle blond. Hatte sie nicht etwas von einem Kobold? Einer Kreatur von Beatrix Potter? Tamara Townmouse? Oder war sie eher eine Spitzmaus?

Außerdem befand sich unter den Ausschnitten eine zweiseitige Reportage über Londons »Café-Kultur« und eine weitere über an Laternenpfählen und Bauzäunen wild plakatierte Werbung für Nachtclubs. Das Ganze wurde als »exklusiver Enthüllungsbericht unserer Reporterin Tamara Sim« angekündigt. Watergate lässt grüßen. Honor fielen langsam die Augen zu, und ihr Bewusstsein glitt widerstandslos in den Schlaf hinüber.

Wenige Minuten später holte das laute Jaulen einer Autoalarmanlage sie wieder in die Gegenwart zurück. Sie sah auf die Uhr. Die Kleine war mittlerweile unverschämt spät dran. Honor rieb sich die Schläfen und wandte sich erneut den Artikeln auf ihrem Schoß zu. Dasselbe alberne Autorenbild fand sich auch neben der »Tamara-Sim-Kolumne«, achthundert Wörter, viele davon in Großbuchstaben mit unzähligen Ausrufezeichen dazwischen, in denen der Plot einer Soap, die schlechten Manieren von Premier-League-Fußballern oder das »moderne Problem« erörtert wurden, Letzteres nicht etwa die Armut in der Dritten Welt oder die Verbreitung von Aids, sondern Londons »Mangel an anständigen, zuverlässigen, männlichen Singles mit Geld und Sex-Appeal«. Die Oberflächlichkeit der Presse überraschte Honor schon lange nicht mehr. Doch warum man ihr ausgerechnet dieses junge Ding schickte, um sie zu interviewen, war ihr ein Rätsel.

3

Tamara fuhr zusammen, als es ans Fenster des Cafés klopfte. Bucknell war da, außer Atem. Finster blickte sie ihm entgegen.

»Wo warst du?«, fragte sie.

»Ich musste noch einen anderen Job erledigen. Für die Nachrichtenredaktion.«

»Die Nachrichtenredaktion? Aber das hier ist fürs *S*nday Magazine*! Es hat Vorrang!«

»Versuch das mal der Nachrichtenredaktion zu verklickern.«

Sie schüttelte den Kopf und griff nach dem Strauß quietschrosa Lilien, die sie im Supermarkt an der Ecke gekauft hatte, um auf gut Wetter zu machen (das ging auf Spesen, und wenn sie die Quittung für die roten Rosen, die sie letzte Woche an Tims Büro beim *Sphere* geschickt hatte, entsprechend zinkte, könnte sie an dem Geschäft sogar verdienen). Schweigend stiegen sie die Stufen zu der vornehmen Residenz hinauf.

Ein kalter Angstschauder durchlief sie, doch dann sagte sie sich, dass sie für diesen Artikel dieselben Fähigkeiten brauchte, die sie schon so oft in ihrer Karriere angewandt hatte, nur verdichtet. Sie musste systematisch vorgehen. Musste mit der Frau reden, mehr über ihren Familienhintergrund, ihr Liebesleben herauskriegen, die Promis ins Spiel bringen, Sinatra, Liz Taylor, es brauchte ein paar Schlüsselzitate, ein paar kulturelle Querbezüge (Picasso, ein Muss für *S*nday*-Leser, und Marilyn, die von Snobs genauso angebetet wurde wie von Schwachköpfen) sowie hier und da einen Farbtupfer – eine Bemerkung über Honors Aussehen, die Wohnung –, dazu ein paar prägnante Sprüche von Tait-Freunden und das Ganze mit ein, zwei Zeilen über Honor Taits Arbeit garniert. Dann noch schnell mit einem Wörterbuch drüber, um die Anschlagzahl zu erhöhen, und am Schluss eine Prise pikantes Französisch aus dem *Larousse*. So schwierig konnte es nicht sein. Hatte man erst einmal den Anfang, war das Schlimmste schon geschafft. Im Geiste formulierte Tamara den ersten Absatz.

Atemlos und eine Dreiviertelstunde zu spät standen wir bei Honor Tait vor der Tür und läuteten in dieser Edelresidenz, wo uns die Doyenne des britischen Journalismus sogleich jede Befangenheit nahm.

Bucknell drängte sich durch die gläserne Drehtür von Holmbrook Mansions und ging mit mannhaft quietschender Lederjacke auf den Empfangsschalter zu. Der Pförtner, von Kopf bis Fuß livriert wie ein südamerikanischer Militärdiktator, führte sie zum Aufzug.

»Danke, Kumpel«, sagte der Fotograf und hob gönnerhaft den Daumen. Tamara folgte ein paar Schritte hinter ihm wie eine zornige Amazone und hoffte, dass der Portier sie nicht für ein altes Ehepaar hielt. Feindselig schweigend fuhren sie in den vierten Stock hinauf. In der Enge des Lifts hielt

Tamara den Atem an, doch gegen den durchdringenden Gestank nach kaltem Rauch, den Bucknell verströmte, half das nichts. Ihre Absätze hallten unheilverkündend auf dem gekachelten Boden wider, als sie durch den Gang auf die Wohnungstür zugingen. An der Tür kam sie Bucknell zuvor und drückte auf die Klingel. Während sie warteten, dass die alte Frau öffnete, ging Tamara im Geist noch einmal ihre Einleitung durch.

Zerzaust und mit einer Viertelstunde Verspätung stehen wir bei Honor Tait in ihrer Edelresidenz vor der Tür, und die Doyenne des britischen Journalismus begrüßt uns mit einem einladenden Lächeln.

Sie hörten das Klirren und Scharren von Ketten und Riegeln, dann ging die Tür auf, und Honor Tait stand vor ihnen, noch kleiner und zerbrechlicher als auf den neuesten Fotos.

»Sie sind spät dran«, sagte sie.

Tamara bedachte den Fotografen mit einem vorwurfsvollen Blick, doch der wandte sich ab und fummelte an den Schnallen seiner Fototasche herum.

»Tut mir sehr leid«, sagte Tamara und lächelte der alten Frau bedauernd zu. »Es war so viel Verkehr in St. John's Wood. Wir haben versucht, anzurufen ...«

Sie streckte ihr den Blumenstrauß entgegen. Honor Tait nahm ihn seufzend entgegen.

»Nun, jetzt sind Sie ja da. Kommen Sie rein.«

Sie stiegen über einen Stapel alter Zeitungen und eine Plastiktüte voller Bücher und folgten dem gebeugten Rücken in die Diele. Unter ihren Kleidern, die so dunkel waren wie die Tracht einer Witwe aus dem Süden, zeichnete sich Honors Rückgrat ab wie die Wirbelsäule eines Dinosauriers.

Als wir keuchend bei Honor Tait vor der Tür ihrer ehemals herrschaftlichen Wohnresidenz stehen, haben wir fünf Minuten Verspätung, und die Doyenne des britischen Journalismus mustert uns mit einem vernichtenden Blick.

»Ist Ihnen klar, wie spät es ist?«, faucht sie.

Honor führte sie ins Wohnzimmer und ließ sie dort stehen, während sie mit den Blumen in der Küche verschwand. Es war die Wohnung eines alten Menschen, unverkennbar – sie war schäbig, überladen, ein bisschen schmuddelig und roch nach Vergangenheit. Oder war es der Gestank des Todes? Tamara, die völlig von ihrer Aufgabe in Beschlag genommen war, achtete auf jede Einzelheit, trat zu dem Bücherregal und sah sich die Fotos an. Nicht gerade gewöhnliche Familienschnappschüsse. Keine Kinder mit Zahnlücken und Schuluniformen oder benommene Examensabsolventen, die Doktorhüte auf ihren anachronistischen Frisuren balancierten. Die meisten Fotos zeigten Honor Tait persönlich und waren vor sehr langer Zeit aufgenommen worden. Die stand jetzt auch schon vor ihr und wies unwirsch auf einen fusseligen Sessel. Tamara strich ihren Rock glatt und nahm mit einem sittsamen, scheuen Lächeln Platz, das an den beflissenen Charme von Prinzessin Diana vor ihrer Scheidung erinnern sollte. Honor Tait umklammerte mit beiden Händen die abgewetzten Armlehnen des Sessels gegenüber und ließ sich vorsichtig nieder. Ihre Finger waren so dürr und verkrampft wie Hühnerkrallen.

Das hohe Schiebefenster hinter ihr, dessen grüne Samtvorhänge sich mit letzter Kraft an den Haken hielten, rahmte den Blick auf die Fenster einer identischen Fassade ein. Zwischen den beiden Anwesen sah man gerade noch die winterlich blattlosen Baumwipfel.

Die kahlen Äste der Eichen im Garten wiegen sich im Wind wie die Arme der Waisenkinder, die die Doyenne des britischen Journalismus einst so ausdrucksvoll beschrieb.

Tamara musste alles festhalten. Sie griff in ihre Handtasche, kramte eine Weile geräuschvoll darin herum und zog schließlich einen Bleistift, einen Notizblock und ein kleines Aufnahmegerät heraus.

Honor beobachtete ihr Gegenüber mit skeptisch funkelndem Blick. So eine riesige Handtasche, geräumig wie ein Arztkoffer, für so ein kleines Mädchen. So viele Geräte und Hilfsmittel. Miss Sim sah nicht schlecht aus, würde aber später möglicherweise zu Übergewicht neigen. Am Scheitel zeichnete sich eine dunkle Linie in dem wasserstoffblonden Haar ab. Alles in allem hatte ihr hübsches Gesicht etwas Verkniffenes. Unter der Bluse spannten sich pralle Brüste, was Männer, die für solche Äußerlichkeiten empfänglich waren, bestimmt anziehend fanden.

Auf ein leises Husten hin sah Honor auf. Der Fotograf stand immer noch vor den beiden Frauen und forderte eine Aufmerksamkeit ein, die ihm nicht gebührte, wie ein Komparse mit dem vermessenen Ehrgeiz, die Hauptrolle zu spielen. Honor musterte ihn gereizt.

»Ja?«

Er trat nervös von einem Fuß auf den anderen, als wollte er unauffällig Hundekot von den Sohlen abstreifen.

»Am besten baue ich meine Ausrüstung auf und schieße drauflos, während Sie beide sich unterhalten, wenn das okay ist.«

»Nein, das ist nicht *okay*«, gab die alte Frau zurück.

Tamara schlug ihren Notizblock auf und starrte Bucknell wütend an. Wenn es eine Kostenfrage war und die Bildredaktion ihr unbedingt einen der festangestellten Fotografen mitgeben musste, warum dann nicht den immer gutgelaunten, hilfsbereiten Tom, der mit seinem irischen Charme niemanden etwas vormachte, aber trotzdem alle einwickelte? Oder die schüchterne Milly, beschränkte Tochter aus einer aristokratischen Brauereifamilie, die jedermann, einschließlich Tamara, mit der gleichen ergebenen Beflissenheit behandelte? Tom hätte dem Pförtner nie den erhobenen Daumen gezeigt, und Honor Tait wäre nicht drauf und dran, das Interview abzublasen, bevor es begonnen hatte, wenn jetzt die kleine Milly hier wäre und errötend, Entschuldigungen murmelnd und ehrfurchtsvoll um sie herumschwirrte.

»Am besten bringen wir es gleich hinter uns«, fuhr Honor Tait fort, »danach können Sie gehen.«

Bucknell bleckte seine mandelfarbenen Zähne und lächelte kläglich, dann klappte er das Stativ aus und ließ den Schirmreflektor aufschnappen.

»Machen Sie nicht so ein Theater«, bemerkte Honor. »Wozu so viel Ausrüstung? Das sind doch nur Fetischobjekte, komplett überflüssig. Sie sind schließlich nicht Cartier-Bresson. Halten Sie einfach drauf, und drücken Sie ab.«

Wieder mit Oberwasser angesichts des Unbehagens ihres Kollegen, machte sich Tamara verstohlen Notizen.

»Wissen Sie eigentlich, wie spät es ist?«, faucht Honor Tait, Doyenne des britischen Journalismus, einstige Femme fatale *und Freundin der Stars, mit drohendem Unterton, während sie die Tür zu ihrer düsteren Höhle öffnet.*

Der Fotograf rieb sich die Hände und grinste vornübergebeugt, um sich anzubiedern. Sein schlecht rasiertes Gesicht wirkte verschwitzt und ungepflegt, eher schmuddelig als stoppelig. Während sie ihn ansah, überfiel Honor plötzlich das Bedürfnis nach einer Generalüberholung; ihre Putzfrau sollte den Kühlschrank bis in den hintersten Winkel reinigen. Der Mann wich ihrem Blick aus; wenn er sie überhaupt direkt ansah, dann durch den Sucher.

Es hatte eine Zeit gegeben, als Honor genüsslich Männer mit ihren Blicken verwirrte. Sie hatten ihren Blick gebannt erwidert, verwundert, entwaffnet. Dieser Macht war sie sich zum ersten Mal als junges Mädchen in Glenbuidhe bewusst geworden, als sie in den Ferien aus der Klosterschule nach Hause kam. Der schüchterne Hausverwalter, der stotternde Cousin aus Aberdeenshire, der allzu nette Onkel auf Besuch aus London – sie alle brachte Honor mit langen Blicken und lasziven Gesten aus der Fassung. Später, als sie den Klöstern Belgiens und den Festungen des Hochlands entwachsen und in die quirlige Arbeitswelt von Paris eingetaucht war, wo die Männer unverfroren und unersättlich waren, perfektionierte sie dieses Talent. Für sie als Journalistin war es so etwas wie ein Sport, eine Pirschjagd, die Erlegung eines Wilds ohne das Gemetzel, in schlammigen Schützengräben und eleganten Hotels, auf politischen Konferenzen und Hollywood-Partys, in der Stille einer Bibliothek ebenso wie im Gewusel eines Flughafens.

Wann war ihr diese Macht abhandengekommen? Mit Ende fünfzig? Anfang sechzig? Zuerst reagierten die anderen nicht mehr auf ihre Blicke oder wandten sich ab, was einem Affront gleichkam. Später nahmen die meisten Männer sie überhaupt nicht mehr wahr. Sie hatte sich überlebt, und das nicht nur in sexueller Hinsicht. Sie konnte zwar immer noch so etwas Ähnliches wie Liebhaber aufbieten – Alkoholiker, Versager, schrullige Masochisten und Gerontophile –, aber das war mehr ein Akt gegenseitiger Erniedrigung als sinnlicher Lust.

»Dürfte ich Sie wohl einen Augenblick hier ans Fenster bitten, Mrs. Tait?«

Wie grässlich, sich von einem so tumben Toren wie diesem Fotografen herumkommandieren zu lassen.

»Mrs. Challis beziehungsweise Miss Tait«, erklärte sie. »Nehmen Sie mich hier auf, so wie ich bin. Ohne Blitz. Das Tageslicht reicht völlig aus.«

Notfalls konnte sie immer bezahlen, das wusste sie. Gegen Geld war jeder Service zu haben. Es gab keinen Grund, sich dafür zu schämen; finanzielle Unabhängigkeit hieß, dass sich in der zweiten Hälfte dieses Jahrhunderts auch Frauen einer nützlichen Einrichtung bedienen konnten, die Männern seit Jahrtausenden offenstand. Aber man musste diskret sein. Die gesellschaftlichen Moralvorstellungen hinkten hinterher. Der vermögende alte Mann mit der attraktiven jungen Frau am Arm war ein weitverbreitetes Klischee, das bei Männern Neid und bei Frauen abwehrenden Spott auslöste; drehte man aber die Rollen um, stieß man bei beiden Geschlechtern auf einhellige Entrüstung.

Der Fotograf kauerte am Boden wie ein Höhlenmensch. Seine Knie knackten arthritisch.

»Wunderbar, sehr gut«, sagte er, während der Verschluss klickte.

Wenn man vom Makel des Geldes absah, hatte Honor keinen Mangel an »Verehrern«, wobei diese Bezeichnung, die einst ein Euphemismus für mehr gewesen war, mittlerweile nur noch ihre ursprüngliche Bedeutung hatte. Die Erregung absoluter Hemmungslosigkeit, das köstliche Gefühl, die ganze Welt verführen zu können, wenn man es drauf anlegte, war dahin. Alles Teil des grausamen Prozesses, der einem nach und nach die Lust am Leben nimmt.

»Sie brauchen mir nicht zu schmeicheln«, sagte sie.

Bucknell arbeitete rasch, mit der kalten Feindseligkeit eines Scharfschützen. Es musste ein chemischer Lockstoff sein, oder vielmehr dessen Fehlen, der vor langer Zeit verflogene Duft der Fruchtbarkeit vielleicht, was sie für die meisten Männer unsichtbar machte. Doch manchmal noch immer nicht unsichtbar genug. Ein- oder zweimal hatte sie sich dabei ertappt, wie sie einen attraktiven jungen Mann betrachtete, einen völlig Fremden, und sich seinen geschmeidigen Körper nackt vorstellte, das Spiel seiner Muskeln, den seidigen Spross, der sich in seinem Nest regte, hatte sich seinen heißen Atem an ihrer Wange und seine Hände auf ihren Brüsten ausgemalt … und plötzlich hatte das Objekt ihrer trägen Begierde gemerkt, dass es beobachtet wurde, hatte aufgesehen und war bei ihrem Anblick zurückgewichen, ohne seinen Abscheu verhehlen zu können. Fürchteten diese jungen Männer etwa, dass Alter ansteckend war? Sie hatte Neuigkeiten für sie: Ja, so war es. Nur mit einem frühen Tod entging man dem Alter.

Doch im Fall dieses Idioten, der neben ihrem Sessel kniete, war die Abneigung zumindest gegenseitig.

Tamara beobachtete, wie Honor Tait sich mit einem rätselhaften Lächeln der Kamera zuwandte, eine versteinerte Mona Lisa. Zeugte dieses Lächeln von Selbstzufriedenheit oder gar von Herablassung?

Der Fotograf, der selbst an guten Tagen nicht gerade redselig ist, fragt, ob er fotografieren kann, während wir am Kamin sitzen und plaudern.

»Nein«, antwortet Miss Tait energisch. »Bringen wir es gleich hinter uns.«

Mit wachsender Ungeduld beobachtet sie, wie er seine Ausrüstung auspackt.

»Machen Sie doch nicht so ein Theater daraus. Als wäre die Kamera ein Fetisch! Drücken Sie einfach ab.«

Unterdessen war Bucknell wieder aufgestanden und brachte einige Vorschläge so vorsichtig an wie jemand, der mit erhobenen Armen einen bewaffneten Räuber zur Vernunft bringen will. Wie wäre es, wenn Miss Tait das Gesicht in die Hand stützte? Ob sie sich vorstellen könne, ihr Buch in die Kamera zu halten? Oder eventuell bereit wäre, mit der Sherlock-Holmes-Mütze zu posieren, die an dem Haken neben der Wohnungstür hing?

»Ich mache mich doch nicht lächerlich!«

Er schoss noch ein paar Alibi-Fotos und packte dann mürrisch seine Kameras wieder ein.

Die Doyenne des britischen Journalismus begrüßt uns mit wild funkelnden Augen an der Tür ihrer 200 000-Pfund-Wohnung…

»Das Schlimme ist, dass sich heutzutage jeder für einen Künstler hält«, verständigte sich Honor über Bucknells Rücken hinweg, der sich über seine Tasche bückte, mit Tamara.

Tamara lächelte. Der schwierigste Teil, mit Bucknell, war erledigt, und Honor Tait respektierte sie von Frau zu Frau, als Berufskollegin. Tamara erlaubte sich einen Anflug von Stolz. Ihre Mitarbeit beim angesehensten Hochglanzmagazin von England zahlte sich aus.

Hinter der strengen Fassade von Honor Tait, der furchtlosen Reporterin und einstigen Femme fatale, *verbirgt sich ein Herz aus Gold.*

Die alte Frau musterte Tamara mit einem listigen Lächeln.

»Ich hoffe, Sie halten sich nicht auch für eine Künstlerin, meine Liebe. Nichts ist absurder als eine Reporterin, die sich das einbildet.«

Hatte Bucknell etwa gekichert? Tamara verneinte eilig, beugte sich über ihren Notizblock und kritzelte etwas auf die linierte Seite. *Geliftet*? Auf den Wangen der alten Dame lag ein unnatürlich silbriger Glanz, außerdem schien ihr das

Lächeln Mühe zu bereiten. Aber das konnte auch an ihrem Temperament liegen.

»Aufnahmegerät *und* Notizblock?«, fragte Honor und zog die dünnen Brauen hoch, als sie das winzige Gerät bemerkte.

Immerhin konnte sie noch die Brauen hochziehen, Lucy Hartson schaffte das nicht mehr.

»Doppelt genäht hält besser. Wenn eins nicht funktioniert hat, bleibt das andere«, meinte Tamara.

Honor beugte sich vor, als wollte sie ihr ein Geheimnis anvertrauen.

»Sehr klug, meine Liebe«, sagte sie. »Es wäre eine Katastrophe, wenn das Publikum auf eine Story von Ihnen verzichten müsste. Ein Verlust wie die Bibliothek von Alexandria.«

Tamara registrierte die Aggression, nicht aber die Anspielung und grinste einfach zurück – frech, aber unaufrichtig. Okay. Sie hatte kapiert. Honor Tait würde es ihr weder leicht noch angenehm machen. Aber Tamara war ein Profi. Sie war hier, um die alte Frau zu interviewen und die eigene Karriere voranzubringen, nicht um Freundschaften zu schließen.

»Ja, vermutlich«, sagte sie und lachte leichthin, als hätte sie den Witz verstanden und gehe großzügig darüber hinweg.

Sie kritzelte sich einen Vermerk auf ihren Notizblock. Checken: Wer ist Alexandria? Was hat es auf sich mit ihrer Bibliothek?

»Bringen wir es lieber hinter uns«, sagte Honor. Ihr selbstgefälliges Lächeln schrumpfte zu einem missbilligenden Kräuseln der Mundwinkel, und sie lehnte sich wieder zurück.

Tamara setzte das strahlende Gesicht einer Wetteransagerin im Fernsehen auf.

»Glückwunsch!«, sagte sie. »Ein klasse Buch.«

Tamaras Sprache hatte einen leichten Einschlag von John Majors quengeligem Cockney, wie Honor auffiel, und sie flunkerte meisterhaft.

»Ein Buch? Finden Sie? Unter einem Buch verstehe ich etwas anderes«, konterte sie. »*Ist das ein Mensch?* ist ein Buch. *Ulysses* ist ein Buch. *Der Tod des Iwan Iljitsch* ist ein Buch. Was Sie meinen, ist eine Auswahl von Artikeln – herausgehauen aus dem Steinbruch lebenslanger Plackerei.«

»O nein«, beharrte Tamara. »Es ist sehr überzeugend. Super zu lesen. Ein Klassiker.«

»Dann haben Sie es also gelesen?«

»Na klar. Phantastisch.«

»Gut, dann wissen Sie ja alles, was Sie über mich wissen müssen.«

»Nicht ganz, nein. Es wirft auch Fragen auf.«

Sofort bereute sie diese Ungeschicklichkeit. Sie hatte sich selbst eine Falle gestellt. Und schon ließ Honor Tait sie zuschnappen.

»Ach ja? Was denn für welche?«

»Ach, ganz allgemeine … zur globalen Politik, zur Geschichte. Dem Wesen des Journalismus. Das Buch gibt einem wirklich zu denken.«

»Und was genau hat Ihre Gedanken so beflügelt?«

»Schwer zu sagen. Eigentlich alles.«

Tamara wollte das Gespräch unbedingt von dem Buch weglenken, oder genauer gesagt, von ihrer Meinung dazu. Sie hatte sich den Kopf zerbrochen, wie sie das Interview am besten beginnen sollte; die erste Frage gab den Ton an und beeinflusste das Ergebnis. Sollte sie knallhart sein, das Vorspiel weglassen und die griesgrämige Alte nach den einzig interessanten Aspekten ihres Lebens befragen – ihren berüchtigten Affären? Den Hollywood-Partys? Auch ihre privilegierte Kindheit müsste für ein paar Anekdoten gut sein. Verstaubte Details zum Werk könnte sie später den Zeitungsausschnitten entnehmen. Tamara wusste, dass sich arglose Interviewpartner mit einer Überrumpelungstaktik aus der Deckung locken ließen. Von der Direktheit, vielleicht sogar Unverschämtheit des Fragestellers überfordert, versuchten sie, dies mit übertriebener Höflichkeit wettzumachen, was etwa dieselbe Wirkung hatte wie eine Wahrheitsdroge. Je unverblümter und ruppiger die Frage, desto offener und selbstbelastender die Antwort. Doch Honor Tait war ein alter Hase; ohne großes Federlesen hätte sie Tamara vor die Tür gesetzt.

Wie zum Beweis erwiderte die alte Frau mit einem giftigen Lächeln: »Alles? Wirklich? Was für ein hohes Lob.«

»Ich bin Ihre größte Bewunderin«, sagte Tamara.

Honor schnitt eine Grimasse.

»Warten wir's ab.«

»Nein, wirklich. Ich bin ein großer Fan von Ihnen. Schon seit einer Ewigkeit verfolge ich Ihre Karriere und lese Ihre Bücher.«

»Tatsächlich? Wie alt sind Sie denn?«

»Siebenundzwanzig.«

»1970 geboren?«

Tamara nickte vorsichtig.

»Moment mal«, sagte Honor. »In dem Jahr schrieb ich über

die Auswirkungen des Kent-State-Massakers in Ohio. Sie haben in Windeln meine Reportagen über die Anti-Vietnambewegung verfolgt? Meine Artikel schon in der Wiege gelesen? Mich mit Ihrer Rassel angefeuert?«

Tamara errötete, mehr aus unterdrückter Wut als aus Verlegenheit. Wollte die Alte sie aus der Fassung bringen? Das war doch eine nackte Provokation.

»Nein. Nein. Ich meine, ich habe Ihre Artikel an der Uni gelesen. Sie gehören zur Pflichtlektüre in Medienwissenschaften.«

»Ich habe das schon immer für einen Widerspruch gehalten: Medien. Wissenschaften …«

Tamaras Kehle war wie zugeschnürt; sie hustete nervös. Die alte Frau war wahnsinnig empfindlich. Wie lang saß sie hier schon? Sie hatte noch keine einzige Frage anbringen können. Wie sollte sie es nur anstellen? Die Tait würde sich nicht so schnell zu einem Plauderstündchen verführen lassen. Schon gar nicht von einer Frau. Wäre Tamara ein gutaussehender junger Reporter oder auch ein abgehalfterter Erfolgsmensch wie Simon, hätte sie vielleicht eine Chance. Am besten fing sie einfach irgendwie an.

»Was war die unvergesslichste Story, die Sie je geschrieben haben?«

Honor verzog die Mundwinkel. Ihr war bewusst, dass sie sich eigensinnig querstellte, aber die Kleine war dermaßen dämlich und nahm den Mund dermaßen voll, dass sie sich nicht beherrschen konnte.

»Die unvergesslichste? Ich bilde mir gern ein, dass man keine einzige dem Vergessen preisgeben sollte.«

»Nun ja, Sie wissen schon … denkwürdig. Ihr Pulitzer-

Preis zum Beispiel. Das muss doch Wahnsinn gewesen sein, mit Mitte zwanzig so einen Preis zu bekommen!«

»In Anbetracht des Themas und dessen, was ich gesehen hatte, kam der Preis mir geradezu lächerlich unwichtig vor. Er war mir beinahe peinlich.«

»Ja, verstehe.«

Tamara nickte und versuchte sich an das Thema des preisgekrönten Artikels zu erinnern. Sie wünschte, sie hätte Zeit gehabt, ihn zu lesen. Ging es um Korea? Vietnam?

»Aber wenn es bedeutet, dass mehr Leute den Artikel gelesen haben als ohne den Preis, hat es sich vermutlich gelohnt«, fuhr Honor fort und zupfte an einem losen Faden am Saum ihres Kleides. »Und jetzt ist er nachgedruckt worden, Sie haben ihn auch gelesen, und eine neue Generation kann aus den Fehlern der alten lernen.«

»Ja. Genau … Aber abgesehen davon, ich meine, was waren die größten historischen Ereignisse, über die Sie berichtet haben?«

Honor seufzte.

»Nürnberg? Polen? Berlin? Korea? Meinten Sie so etwas?«

Tamara befürchtete das Schlimmste. Sie hatte schon öfter Interviews mit alten Menschen gemacht. Manchmal vergaßen sie, was sie fünf Minuten zuvor gesagt hatten, dafür funktionierte ihr Langzeitgedächtnis erschreckend gut. Das Letzte, was Tamara jetzt gebrauchen konnte, war ein langer Monolog über historische Ereignisse, eine Flut von Worten und Daten ohne eine einzige zitierfähige Aussage. Sie riss die Augen auf und nickte erneut mit gespielter Begeisterung.

»Oder dachten Sie eher an Madrid?«, fragte Honor. »Vietnam? Die Kulturrevolution?«

»Madrid … Vietnamesische Kulturrevolution. Super. Entscheiden Sie!«

Erst hatte es Honor Spaß gemacht, die Kleine an der Nase herumzuführen, doch allmählich wurde es langweilig. Es erinnerte sie an die absurden Spiele, zu denen man ihre Brüder und sie zu Weihnachten genötigt hatte. Wörterraten zum Beispiel: eine Qual für die Kinder, zum Totlachen für die Erwachsenen. Oder Scharade. Eine Gelegenheit für betrunkene Erwachsene, sich mit Verrenkungen zu übertrumpfen.

»Sie könnten auch einfach etwas aus dem Buch nehmen«, sagte Honor.

»Ich möchte nicht ganze Passagen zitieren«, gab Tamara zurück, obwohl sie genau das vorhatte. »Es wäre hilfreich, Sie im Gespräch zu zeigen, entspannt, zu Hause … «

Dass sie zu Hause war, konnte Honor nicht leugnen. Aber entspannt? Und im Gespräch? Mit diesem jungen Ding?

»Unter einem Interview verstehe ich etwas anderes als ein Gespräch. Fangen Sie doch einfach an, und stellen Sie Ihre Fragen.«

Tamara kaute am Bleistift und warf einen flüchtigen Blick auf den Sony. Das rote Lämpchen brannte noch; pflichtbewusst nahm der Rekorder Tamaras Demütigung auf. Bucknell, der ungewöhnlich lange brauchte, um seine Ausrüstung einzupacken, hockte auf den Knien herum und kramte in seiner Tasche. In wenigen Stunden würden alle beim *Monitor* Bescheid wissen.

»Wie war es denn wirklich, in den vierziger und fünfziger Jahren als Frau im Journalismus?«, fragte Tamara, plötzlich wieder ganz forsch.

»Nicht viel anders als für die männlichen Kollegen«, sagte Honor. »Nur dass für die der Mangel an Damenbinden in Kriegszonen keine Rolle spielte.«

Wieder wurde ein Husten hörbar – das abgehackte Bellen eines notorischen Rauchers. Honor und Tamara sahen zu dem Fotografen hinüber, der sich erhoben hatte. Er hielt sich zurück, wenn auch mit Mühe.

»Wenn der junge Mann seine Tasche nimmt und geht, könnten wir eine Tasse Tee trinken«, sagte Honor. »Vielleicht hilft Ihnen das, Ihre Gedanken zu sortieren.«

Bucknell warf Tamara einen Blick zu und zog als Zeichen unerbetener Solidarität die Brauen hoch, bevor er sich zum Gehen wandte.

»Sie finden doch allein hinaus, oder?«, fragte Honor und erhob sich steif aus dem Sessel. Als sie die Küchentür öffnete, erhaschte Tamara einen Blick auf den cremefarbenen Fußbodenbelag und die Neonröhre an der Decke. Bucknell behielt die Tür im Auge und zog vorsichtig eine kleinere Kamera aus der Tasche. Zuerst fotografierte er das Zimmer, machte dann ein paar Nahaufnahmen von den Fotos im Bücherregal und an der Wand und am Schluss eine von dem lächelnden älteren Mann auf einem Beistelltisch neben Honors Sessel. Vermutlich würde das Magazin weiteres Bildmaterial als Illustration für den Artikel brauchen. Wenn er ein paar Fotos mehr im Kasten hätte, könnte man sich die zeitaufwendige Bildrecherche sparen. Während Honor in der Küche Wasser in den Kessel laufen ließ und mit Geschirr klapperte, blinzelte er Tamara zu – eine Geste, die noch widerlicher war als zuvor der erhobene Daumen. Auf dem Weg durch die Diele blieb er stehen, um einen kurzen Blick ins Schlafzimmer zu werfen, schoss ein allerletztes Foto und zog dann leise die Wohnungstür hinter sich ins Schloss.

»Milch und Zucker?«, rief Honor.

»Nur Milch, bitte«, antwortete Tamara. Sie drückte auf die Pausentaste ihres Rekorders und stand auf, um sich die Fotos genauer anzusehen. Die Golden-Girl-Aufnahme kannte sie aus den Zeitungsausschnitten. War das wirklich Honor Tait, die – frech und sexy in ihren Shorts – einem bärtigen Soldaten zulächelte? Franco. Oder war es Castro? Schwer zu glauben, dass die bucklige Hexe, die gerade in der Küche Tee kochte, einmal eine sanftäugige Schönheit gewesen war, die den Zeitungsausschnitten zufolge einige der berühmtesten Männer des zu Ende gehenden Jahrhunderts um den Finger gewickelt hatte.

Tamara erschauerte. Sie wollte gern alt werden – das war immer noch besser als sterben. Der Brustkrebs ihrer Mutter hatte Tamara immun gegen die romantische, von gedankenlosen Freunden geäußerte Ansicht gemacht, ein früher Tod mit straffer Haut und guter Figur sei dem Leben als faltige Vogelscheuche vorzuziehen. Ihre Mutter, die mit sechsundvierzig gestorben war, hätte um jeden Preis leben wollen. Doch als sie die schöne junge Frau auf dem Foto betrachtete und ihr klappriges Gegenstück in der Küche herumschlurfen hörte, wusste Tamara, dass sie so alt nun auch wieder nicht werden wollte. Es gab Grenzen.

Betrachtet man Fotos von Honor Tait aus ihrer strahlenden Jugend, die in der Londoner 250 000-Pfund-Wohnung so stolz zur Schau gestellt sind, und wendet sich anschließend ihr selbst zu, fällt einem unwillkürlich eine Szene aus dem filmischen Meisterwerk In den Fesseln von Shangri-La *ein, als die chthonisch schöne (Name checken) aus dem Schutz des magisch-hermetischen Tals flieht und innerhalb weniger Minuten vor den Augen ihres entsetzten Liebhabers um tausend Jahre altert.*

Das Geschirr klirrte, während Honor das Tablett mit einer Kanne Darjeeling, zwei bunt gemusterten, goldgeränderten Tassen, einem Kännchen Milch und einer Untertasse mit Zitronenspalten hereintrug, das sie zittrig auf einem Hocker zwischen den Sesseln abstellte. Tamara wusste, dass Honor bestimmt gekränkt wäre, wenn sie ihre Hilfe anbot. Besorgt beobachtete sie, wie die alte Frau den Tee einschenkte und der dunkle Strahl über den Tassen gefährlich zitterte.

Honor nahm die Zange, gab eine Zitronenspalte in ihre Tasse und reichte Tamara die Milch. Sollte die Kleine sich selbst bedienen.

»Nun? Wo waren wir stehengeblieben?«, fragte sie und hob die Tasse an die Lippen.

Tamaras kitschige Tasse stand wacklig auf der überfluteten Untertasse. Einen leichtsinnigen Augenblick lang war sie versucht zu sagen, dass Honor ihr gerade ausführlich Frank Sinatras Leistungen im Bett geschildert hatte, doch sie riss sich zusammen und blätterte in ihrem Notizblock. Um Zeit zu gewinnen, starrte sie auf einige Fragen, die sie vorbereitet hatte.

»Sie wollten mir von den Schwierigkeiten erzählen, mit

denen man als Journalistin zu kämpfen hatte, als Sie Ihre Karriere begannen.«

Honor spitzte die Lippen über der Teetasse, zog sie dann aber rasch wieder zurück: zu heiß.

»Wollte ich das? Nun, vermutlich war der Journalismus wie fast alles in dieser Zeit eine Männerdomäne. In den Redaktionen herrschte ein gewaltiger Testosteronüberschuss.«

Hatte sie sich womöglich sogar deswegen für diesen Job entschieden? Honor stellte sich diese Frage nicht zum ersten Mal. Er hatte ihr einen Fluchtweg eröffnet, das lag auf der Hand: weg von der Familie, der typischen Frauenrolle damals, dem seidenen Korsett ihrer Herkunft; er hatte ihr Freiheit, ein Ziel und Abenteuer geboten. Ihre Eltern wollten, dass sie einen Mann aus ihrer eigenen Kaste heiratete – einen vermögenden Großgrundbesitzer und Banausen –, und die Nonnen hatten sie für ein Leben in Bescheidenheit und Selbstverleugnung erzogen. Beide Optionen waren bestens miteinander vereinbar, das wusste sie. Aber auch grauenhaft, weil sie jegliche Neugier, Leidenschaft und Ambition verhinderten. Sie wollte ihren eigenen Weg finden, sich ein neues Leben zimmern, die Welt erobern. Hatte auch exhibitionistische Lust eine Rolle gespielt, als sie damals die Redaktionen stürmte, die in den dreißiger und vierziger Jahren düsteren Herrenclubs glichen – halb Kaserne, halb Kloster? War es so ähnlich, wie den heiligen Berg Athos im Badeanzug zu besteigen? Genoss sie es, dass ihre Kollegen sie beobachteten, sich den Hals verrenkten und ihr, gebannt vom rhythmischen Rückzug ihrer Strumpfnähte, gierig nachschauten, wenn sie im eleganten Crêpe-Kostüm durch die Redaktion schritt und das muntere Klicken ihrer Absätze einen Kontrapunkt zu den summenden Leitungen und klappernden Schreibmaschinen mit dem fröhlichen Ping bildeten? Vielleicht hatten ihr die offenen Münder der Journalisten, wenn sie erfuhren, dass es eine Frau war, und zwar eine attraktive Frau, die eine solch vorbildliche Arbeit abgeliefert hatte, mehr bedeutet als die Story selbst. Ganz zu schweigen von den unvergleichlichen Strapazen und natürlich auch Glücksmomenten an der Front, wo sie als einzige Frau unter den Befehlshabern und Soldaten mit den Jungs kämpfte, mit den Jungs aß und mit den Jungs schlief.

»Das muss hart gewesen sein«, sagte Tamara.

»Vermutlich dreht sich beim *Monitor* heute alles nur noch um Lippenstift und billiges Parfum«, meinte Honor.

Tamara ignorierte die Kränkung und studierte erneut ihre Frageliste.

»Ich wollte Sie bitten, mir mit eigenen Worten von einigen wahren Begebenheiten zu erzählen, die Sie zu dem Buch inspiriert haben.«

Die alte Frau kniff die Augen zusammen, bis sie boshafte Funken sprühten. Einen Moment lang war sie versucht gewesen, im Zweifel für die Angeklagte zu sein, aber das war lächerlich.

»Wahre Begebenheiten? Mit eigenen Worten? Glauben Sie etwa, ich hätte mir das alles ausgedacht? Wessen Worte sollte ich denn Ihrer Meinung nach benutzt haben? Wollen Sie mich des Plagiats beschuldigen?«

»Auf keinen Fall. Natürlich nicht.« Tamaras Lachen sollte munter wirken, klang aber panisch. »Ich wollte nur ein paar Zitate von Ihnen, die nicht direkt aus dem Buch stammen.«

»Ich soll also mein eigenes Buch paraphrasieren?«

Tamara nickte.

Honor starrte eine volle Minute in ihre Tasse, als wollte sie aus den Teeblättern lesen, dann beugte sie sich zu dem Beistelltisch hinüber, griff nach dem Buch und schlug es aufs Geratewohl auf.

»Kapitel sieben. Hotel Deutscher Hof. Neunzehnachtunddreißig.«

Sie klappte es wieder zu und sah Tamara herausfordernd an.

»Tee mit Hitler? Wie wäre es damit?«

»Super!«, sagte Tamara. Für den Anfang würde es gehen. Hitler war zwar nicht Sinatra, aber trotzdem eine Berühmtheit. Zumindest hatte jeder schon mal von ihm gehört. Sie beugte sich über ihren Notizblock und kritzelte: Kapitel 7 checken.

Honor lehnte sich zurück und und leierte eintönig herunter, was ihr einfiel.

»Die deutsche Armee hatte gegen die Tschechoslowakei mobil gemacht. Hitler weigerte sich, die ausländischen Gesandten zu empfangen, die in Nürnberg zusammengekommen waren. Auch die internationale Presse war anwesend, und plötzlich erklärte Ribbentrop, dass es um vier Uhr einen Tee zu Ehren Hitlers gäbe. Wir seien alle eingeladen.« Sie hielt inne. »Ist es das, was Sie sich vorstellten?«

Tamara nickte heftig, obwohl dem nicht so war.

»Ich saß am selben Tisch wie Unity Mitford und Robert Byron. Unity himmelte den Führer an, der mit Lord Brocket am Nebentisch saß. Die beiden Männer glucksten über irgendeinen Witz, während Hitler Unity nicht aus den Augen ließ, sein Blick schweifte immer wieder zu ihr hinüber.«

Allmählich wurde Honors Stimme etwas lebhafter. Indem sie diese längst verstorbenen Phantome beim Namen nannte, erweckte sie nicht nur sie, sondern auch sich selbst zu neuem Leben. »Ich trat mit ihr zusammen an seinen Tisch«, fuhr sie fort, »und als Brocket aufstand, wahrscheinlich um draußen eine Zigarre zu rauchen, denn Hitler hasste Tabakrauch, setzte ich mich neben ihn …«

Abgesehen von Hitler war Byron der einzige Name, der Tamara etwas sagte, und Dichter waren uninteressant, egal, ob tot oder lebendig. Um sich zu beschäftigen, bis Honor etwas Brauchbares von sich gab, formulierte Tamara den Anfang ihres Artikels um.

Ich komme zehn Minuten zu spät, was angesichts des Verkehrs in der City eigentlich als früh gelten kann, wie jeder Londoner bestätigen wird. Doch Honor Tait, Doyenne des britischen Journalismus und vieille terrible *von Maida Vale, ist wütend. »Wissen Sie, wie spät es ist?«, faucht sie, während sie mich widerwillig in ihre unordentliche, mit verblichenen Erinnerungen an ihre glamouröse Jugend vollgestopfte Wohnung einlässt.*

Ob die Kleine das wirklich mitschrieb? »Aber das haben Sie natürlich alles längst gelesen«, sagte sie. Tamara blickte erschrocken auf.

»Im Buch«, setzte Honor scharf hinzu.

»Ja. Ja, klar.«

Tamara musste den prüfenden Blick der alten Frau mit einer neuen Frage von sich ablenken.

»Und was haben Sie genommen?«

»Genommen?«

»Zum Tee. Kuchen? Sandwiches?«

Honors Lippen zitterten vor ungläubigem Staunen, sie schloss die Augen und umklammerte die Lehnen ihres Sessels.

»Warten Sie mal ... Unity hatte, wenn ich mich recht entsinne, Brötchen mit Frischkäse und Himbeermarmelade. Nein. Pflaumenmus. Sie konnte Beerenfrüchte nicht ausstehen. Hitler bekam Sachertorte, Schokolade und Marzipan, zwei Stücke, lehnte aber die *crème anglaise* ab ...«

Jetzt nickte sie – ihr Tick machte sich wieder bemerkbar – und als sie die Augen aufschlug, sah sie, wie Tamara sich gewissenhaft Notizen machte.

»Lieber Himmel!«, rief Honor aus. »Wie soll ich das heute noch wissen? Es war ein Augenblick von historischer Bedeutung. Europa stand am Rand eines Krieges. Alle bis auf die Nazis hofften verzweifelt, ihn in letzter Minute verhindern zu können. Kein Mensch dachte damals an Tee.«

Tamara richtete sich starr auf.

»Ja. Unbedingt. Ihr Gespräch mit Hitler ...«

»Sie haben es doch gelesen, oder?«

Das Gesicht der jungen Frau war so ausdruckslos wie das einer Puppe. Sie wirkte unglaublich dämlich.

»Na klar«, sagte Tamara, aber es klang nicht überzeugend. Sie rutschte in ihrem Sessel hin und her. Offenbar hatte sie ein Stützkissen im Rücken; es war angeschmuddelt und rosa wie ein altes Pflaster. Alte Leute hatten immer etwas Unhygienisches. Plötzlich wurde ihr übel.

»Ich nehme an, dass Sie auch Ihre Hausaufgaben erledigt

haben, die Archive durchgegangen sind, die Zeitungsausschnitte gelesen haben?«

»Ich habe so viel wie möglich gelesen, ja«, entgegnete Tamara. »Aber der Auftrag kam erst diese Woche, und ich musste zwischendurch andere Artikel abliefern. Könnten wir noch einmal auf den Tee mit Hitler zurückkommen?« Sie warf einen Blick auf den Sony: immer noch auf Aufnahme.

Honor tadelte sich, weil sie einen Augenblick lang nicht aufgepasst hatte. Die Kleine wollte ihr an den Kragen und war zumindest in ihrer Hartnäckigkeit ein Profi, und nicht etwa eine Bewunderin, die entzückt zu ihren Füßen lag und begeistert ihren Erinnerungen lauschte.

»Ich habe alles gesagt, was es zu diesem Thema zu sagen gibt. Lesen Sie die Episode im Buch – besser gesagt, lesen Sie sie noch einmal. Nächste Frage.«

»Könnten Sie mir etwas über Ihre Kindheit erzählen?«

Honor verdrehte die Augen.

»Ist das wirklich nötig?«

Als Tamara das letzte Mal annähernd großem Widerstand begegnet war, hatte sie einen drittklassigen amerikanischen Fernsehstar interviewen wollen, der die Hauptrolle in einem erfolgreichen West-End-Musical übernehmen sollte und sich bereit erklärt hatte, ein neues Einkaufszentrum in Sydenham einzuweihen. Nachdem sie zusammen mit einem halben Dutzend anderer Journalisten zwanzig Minuten im Gang vor seiner Hotelsuite gewartet hatte, führten seine Lakaien Tamara herein und erklärten, sie habe exakt fünf Minuten Zeit, um ihm dreihundert Wörter für die Nachrichten aus dem Showbusiness im *Sydenham Advertiser* aus der Nase zu ziehen. Der Mann selbst fläzte sich auf einem Sofa, sein Haar erinnerte an eine schwarz lackierte Haube, und seine Bräune war derart gelbstichig, dass man von einem fortgeschrittenen Leberschaden ausgehen musste. Er paffte eine Zigarre, schlürfte Champagner und grinste verächtlich bei jeder neuen Frage. Doch sie hatte sich nicht beirren lassen.

Auch jetzt nahm sie ihren ganzen Mut zusammen und sah Honor Tait herausfordernd an.

»Kindheit. Normalerweise ein guter Einstieg für ein ausführliches Interview.«

Honor schüttelte den Kopf.

»Tut mir leid, Tara. Wir sind hier, um über das Buch zu sprechen. Ich bin Journalistin, keine Schauspielerin, die auf sich aufmerksam machen will. Und Sie moderieren hier keine Talkshow.«

Tamara fragte sich, ob die alte Frau ihren Namen absichtlich verdrehte. Sie senkte den Kopf und kritzelte wahllos ein paar Zeilen auf ihren Notizblock, um ihre Gedanken zu sammeln.

»Aber sie ist wichtig«, sagte sie und blickte endlich wieder auf. »Ihre Vergangenheit. Was brachte Sie dazu, mit der Tradition und den Erwartungen Ihrer Gesellschaftsschicht zu brechen?«

»Liebe Güte! Eine Marxistin! Wie *recherché*.«

»Ich meine Ihre Mutter. War sie nicht aristokratisch oder so was? Sie hätte doch nicht… in dieser Zeit… Hat es die Beziehung zwischen Ihnen beiden beeinflusst?«

»Und jetzt auch noch der psychoanalytische Ansatz?«

Honor lachte. Sie hatte oft gestaunt, wie unverwüstlich

die größte Pseudowissenschaft des 20. Jahrhunderts war. Sie dachte an den kargen Raum mit buddhistischen Erinnerungsstücken, der an das Vestibül eines Thai-Restaurants erinnerte; dort hatte sie während einer schwierigen Phase in den sechziger Jahren fünfmal pro Woche Dr. Kohler aufgesucht. Sie unterhielten sich über Honors Kinderlosigkeit, ihre Mutter und ihren Vater, ihre Gouvernante, die Nonnen und ihre Träume – was für eine ungeheure Verschwendung von Geld und Energie. Aber auch Zeit. Dr. Kohler konnte sie verzeihen, er war nur ein freundlicher alter Herr, der Humbug redete, kein echter Scharlatan, aber was hatte sie selbst dort verloren? Eine erwachsene Frau, die wie ein kleines Kind über ihre längst verstorbene Mutter und ihre Kinderlosigkeit flennte, dabei war Letzteres eine bewusste Entscheidung, die sie mit Anfang zwanzig getroffen hatte und die mit Mitte dreißig zu einer unausweichlichen biologischen Tatsache geworden war. Ihre Träume? Honor hatte geglaubt, dass die Fortschritte in den Neurowissenschaften diese Schimären endgültig vertrieben hätten. Doch nein, die Horoskopgläubigen interpretierten bis heute Vorzeichen und Erkenntnisse in die zufälligen elektrischen Impulse hinein, die das schlafende Gehirn aussendet. Und die dumme Gans vor ihr gehörte eindeutig zu dieser Klasse.

»Es sind die üblichen Fragen in einem Interview«, gab die Kleine mit unerwarteter Entschiedenheit zurück. »Standardfragen, die wir immer stellen.«

»Standardfragen? Ist das so etwas wie eine Einheitsgröße? Fragen Sie sich eigentlich nie, warum die Interviews heutzutage so langweilig und banal sind?«

Tamara erstarrte. Sie würde sich nicht ins Bockshorn jagen lassen, eisernen Willen beweisen. Honor Tait würde sich noch wundern.

»Es ist so etwas wie eine Formel, ja. Aber eine, die funktioniert. Bestimmt haben Sie es mit Ihren Soldaten und Politikern, Ihren Schauspielern, Künstlern und Schriftstellern auch oft nicht anders gemacht. Die Fragen sind vielleicht dieselben, aber die Antworten nicht. Und aus den Antworten entsteht die Story.«

Da war was dran. Doch das würde Honor nicht zugeben; im Gegenteil, es machte sie nur noch angriffslustiger.

»In diesem Fall stellt sich die Frage, warum Sie überhaupt hergekommen sind. Warum haben Sie mir nicht einfach einen Fragebogen zum Ankreuzen geschickt? Wie würden sie wohl aussehen, Ihre ›Standardfragen‹ für ein Interview? ›Was trifft am ehesten auf Sie zu? Eins: Sie wurden als Kind – a) missbraucht, b) verwöhnt, c) Zeugin einer unaussprechlichen Familientragödie. Zwei: Sie hatten als Erwachsene – a) zehn Liebhaber oder weniger, b) zwanzig Liebhaber oder weniger, c) Unmengen.‹«

Tamara lief rot an. Wieder fiel ihr das Interview mit dem krankhaft arroganten TV-Star aus Amerika ein.

»Ihre Fernsehshow ist unmöglich«, hätte sie ihm damals am liebsten ins Gesicht gesagt. »Aber vor allem Sie sind unmöglich, Sie aufgeblasener, abgehalfterter Trottel!«

Doch dann hatte sie an ihr Gehalt gedacht, die Fäuste geballt und stattdessen gefragt: »Wie gefällt es Ihnen in Sydenham? Werden Sie sich noch weiter hier umsehen?«

Jetzt musste sie gegen ihr Bedürfnis ankämpfen, Honor Tait ins Gesicht zu sagen, dass sie sich weder für sie, ihre Arbeit, ihre Familie noch ihr sogenanntes Buch interessierte.

»Tut mir leid«, murmelte Tamara. »Ich weiß, das Buch ist das Einzige, was wirklich wichtig ist … Politik, Geschichte und so weiter. Aber wir brauchen auch die menschliche Seite, um das alles lebendig zu machen. Unsere Leser müssen sich ein Bild von Ihnen machen können, als Mensch.«

Lebensüberdruss senkte sich über Honor wie herbstlicher Nebel.

»Als Mensch? Sie meinen, wie ich heute aussehe, im Gegensatz zu damals? Ob ich freundlich bin oder ein Spielverderber? Gut rieche oder muffele? Ob ich eine faszinierende Erzählerin bin oder eine langweilige alte Schachtel?«

Tamara schrieb: *muffeln, langweilige alte Schachtel.* Sie presste die Lippen zusammen und lächelte eisern.

»Nein, nein. Wir brauchen nur etwas aus Ihrem Leben außerhalb der Arbeit. Ihre Eltern – wie waren sie? Ein paar Sätze, das ist alles. Wie waren Sie als Kind? Ihr Liebesleben, Familienleben, Ihre Hoffnungen, Träume, Ängste … dann kommen wir zu der eigentlichen Story.«

»Ich fürchte, dass ich wie die meisten Journalisten meiner Generation allergisch gegen die erste Person Singular bin, Tara«, sagte Honor, und ihre Stimme klang angespannt, denn es strengte sie an, geduldig zu sein. »Das verstehen Sie natürlich nicht. Sie sind bestimmt dafür, einfach ›alles rauszulassen‹, nicht wahr? So heißt es ja wohl immer noch. Nun, ich würde es lieber verschwinden lassen. Es ist weder interessant noch anständig. Niemand will so etwas lesen.«

»Aber das stimmt doch gar nicht! Sie haben eine Menge erlebt. Sie sind weise. Wir könnten von Ihnen lernen.«

Honor fragte sich, welche Weisheit man ihrem früheren oder jetzigen Liebesleben entnehmen könnte. Die Affären waren ebenfalls Gegenstand ihrer Analyse gewesen, doch ihre selbstquälerischen Monologe, die nur gelegentlich von Dr. Kohlers neutralem, gleichwohl ermunterndem Murmeln unterbrochen wurden, hatten ihr weder Einsichten noch Lust verschafft. Sie hätte das Geld nutzbringender anlegen und sich die Dienste eines Vollzeit-Gigolos leisten sollen.

»›Derjenige, der sich mit Einsicht für beschränkt erklärt, ist der Vollkommenheit am nächsten‹«, sagte Honor. »Goethe. Da haben Sie ein Stück Weisheit. Aber es erfordert eine gewisse Intelligenz, daraus zu lernen. Ob Sie die besitzen?«

Tamaras Augen brannten. Sie sollte aufstehen und gehen. Wie wichtig war ihr dieser Job wirklich? »Ein paar einfache Fragen, das ist alles«, bettelte sie. »Wenn Sie Ihre Reportagen fertig hatten und nach Hause fuhren – was haben Sie gemacht? Wann und wo waren Sie am glücklichsten? Mit wem? Hobbys. Familie. Was ist für Sie das größte Ärgernis? Was war der peinlichste Augenblick Ihres Lebens? Ihre Männer, Ihre Liebhaber. Nur ein, zwei Stichworte. Ein Namensabgleich, nichts weiter.«

»Ach ja? Schauen Sie sich doch mal um, was für Zustände auf der Welt herrschen, die Ungerechtigkeit, das Leid.« Honor gestikulierte mit zittrigen Armen, als hätte sich alles Elend der Welt in ihrem Wohnzimmer versammelt. »Da wollen Sie Ihre Talente, soweit vorhanden, auf die längst vergangene Kindheit, die verflossenen Liebschaften einer alten Frau verschwenden, die in einem winzigen, privilegierten Winkel der weiten, notleidenden Welt lebt? Wen interessiert das schon?«

»Unsere Leser«, sagte Tamara kraftlos.

Das »unsere« hätte sie sich schenken können. Die Leser

des *S*nday Magazine* mit ihrem überheblichen Getue, ihren guten Zwecken, teuren Wohnungen und exotischen Reisen ließen Tamara im Grunde kalt. Aber sie wusste auch, dass sie nicht ewig bei *Psst!* bleiben würde. Das konnte sie sich einfach nicht leisten.

»Wenn solche Banalitäten die größte Sorge Ihrer Leser sind, verdienen die keine Rücksicht«, sagte Honor und griff nach ihrer Tasse. Tamara wandte sich ihrem Notizblock zu und fragte sich, wie hoch der Preis für Erfolg eigentlich noch sein sollte. Erneut senkte sie den Kopf über ihre Arbeit, und einen Augenblick lang hatte Honor das Gefühl, sie hätten die Plätze getauscht; jetzt war Honor wieder die junge Reporterin, entnervt, aber entschlossen, gegen die Unhöflichkeit einer wichtigen Persönlichkeit anzukämpfen, die sich partout nicht interviewen lassen wollte.

»Ich brauche nur ein bisschen Hintergrund«, sagte Tamara. Ihre Stimme klang verzagt.

»Was Sie wollen, sind biographische Details«, gab Honor zurück. »Alles, was Sie brauchen, finden Sie in der hinteren Klappe des Schutzumschlags.«

Sie griff nach dem Buch und las laut vor: »›Honor Tait kam in Schottland zur Welt und ging in Genf und Brüssel zur Schule. Sie arbeitete für eine Nachrichtenagentur in Paris, bevor sie aus Spanien über den Bürgerkrieg berichtete. Sie begleitete die amerikanischen Truppen bei der Landung in der Normandie, berichtete über die Befreiung von Buchenwald, die Nürnberger Prozesse und so weiter. Schreiben Sie mit, oder überlassen Sie es Ihrem Aufnahmegerät?«

Wütend kritzelte Tamara: *Mein Interview mit der für ihre*

frostige Art berüchtigten Miss Tait verwandelte ihre düstere, mit Antiquitäten vollgestopfte Wohnung in einen Tiefkühlschrank. Sie verachtete die alte Frau. Und sie würde sich nicht geschlagen geben. Andererseits – wollte sie wirklich einen Job, bei dem sie ihre Zeit damit vertun müsste, Egomanen Honig um den Bart zu schmieren? Wieder versetzte es ihr einen Stich bei dem Gedanken an Tim. Beim *Sphere* hätte ihr Job darin bestanden, solche Leute abzusägen.

»Irgendwelche Geschwister?«, fragte sie.

»Und Sie?«, konterte die alte Dame.

Tamara ballte wütend die Fäuste. »Meine Geschwister spielen für diesen Artikel keine Rolle«, sagte sie.

»Meine auch nicht. Übrigens ist Tara ein guter alter irischer Name. *The Harp that once through Tara's halls / The soul of music shed / Now hangs a mute on Tara's walls / As if that soul were fled*. Ich nehme an, das bekommen Sie ständig zu hören.«

»Keineswegs, denn eigentlich heiße ich Tamara. Das ist Russisch, auch wenn ich nicht dort herkomme.«

»Russisch-irisch«, sinnierte Honor, von einer unwiderstehlichen Lust zum Provozieren gepackt. »Eine aufregende Kombination. Sprechen Sie Gaelisch? *A chailín mo chroí?* Oder ist Russisch Ihre Muttersprache? *Dorogaya Moya?*«

»Nein. Keins von beidem. Ich bin weder Irin noch Russin. Könnten wir jetzt –«

»Woher stammen Sie denn?«, höhnte die Alte. »Erzählen Sie mir etwas von Ihrem Hintergrund. Ist das nicht das Einzige, worüber ihr jungen Journalisten von heute reden wollt? Über euch selbst, eure Vergangenheit, eure Gefühle, eure Beziehungen?«

Honor sah, wie die Kleine den Kopf sinken ließ. Kämpfte sie etwa gegen Tränen an? Honor hatte sich manchmal gefragt, wie es wohl wäre, eine Tochter zu haben. Es war kaum vorstellbar: die Kuscheltiere und Märchen, pastellfarbene Kleidchen, der Glitter, die Schminke und die Frisuren, das hysterische Getue …

Tamara hob den Blick, und Honor sah etwas darin aufflammen, was möglicherweise Hass war. So so, dachte sie, schon interessanter.

»In diesem Interview geht es nicht um mich, sondern um Sie«, flüsterte die Kleine erschöpft.

Der Vertrag mit dem *S*nday Magazine* löste sich vor ihren Augen in Luft auf. Als wäre der Doppelschlag, den sie hatte einstecken müssen – von ihrem Lover abserviert zu werden und sich einen Superjob beim *Sphere* vor der Nase wegschnappen zu lassen –, nicht schlimm genug.

»Ach wirklich? Es geht gar nicht um Sie?« Honor warf den Kopf nach hinten und durchbohrte Tamara mit dem Blick. »Ich dachte, die Zeitungen reißen sich heute geradezu um Interviews von Nullen mit anderen Nullen.«

Es war nicht der Moment und ganz bestimmt nicht der Ort, aber Tamara konnte sich einfach nicht mehr zusammenreißen. Die schreckliche Wahrheit traf sie wie ein Peitschenhieb ins Gesicht – ihr Fluchtweg war versperrt, sie würde auch in Zukunft lustige Charts für *Psst!* basteln und sich um Jobs in immer abstruseren Publikationen bemühen müssen; sie würde es nicht schaffen, ihrem Bruder zu helfen, er würde immer tiefer sinken, bis er unterging und sie den Rest ihres Lebens einsam und verzweifelt in einer schäbigen Mietwohnung säße. Es war unprofessionell, das wusste sie, aber sie konnte nichts dagegen tun, dass ihre Tränen auf den Notizblock tropften.

Honor erschrak. Heulsusen ertrug sie nicht. Tad war trotz seines heiteren Naturells nahe am Wasser gebaut gewesen. Er hatte sogar vor dem Fernseher Tränen vergossen – bei Kurzfilmen für Bauunternehmen oder Versicherungsgesellschaften zum Beispiel, in denen unglaublich gutaussehende junge Familien ihr Leben spielend bewältigten, elegant alterten und als silberhaarige Greise endeten, alles mit Weichzeichner aufgenommen. Vielleicht fehlte ihr in dieser Hinsicht etwas. Manchmal hatte sie sich gefragt, ob ihre Unfähigkeit zu weinen nicht eher eine Schwäche als eine Stärke war. Zeugte es nicht von einer Art emotionaler Farbenblindheit?

Bebend versuchte die junge Frau, sich wieder zu fangen. Was genau hatte diesen Weinkrampf ausgelöst? Hatte sie vielleicht noch andere Probleme? Wie peinlich das doch war. Bei der Ausübung seiner Arbeit dermaßen aus der Fasson zu geraten war nicht viel besser als Inkontinenz. Was immer der Grund für dieses Theater sein mochte, Honor musste dem ein Ende machen.

»Was möchten Sie wissen?«, fragte sie sanft.

Tamara sah auf und wischte sich mit dem Ärmelaufschlag die Tränen ab.

»Wie bitte?«

»Soll ich einfach reden?«, fragte Honor. »Sie können mir dann sagen, ob es das ist, was Sie wollen …«

Tamara schniefte. Hatte sie einen Punkt gelandet?

»Wie wäre es mit Ihren Erfahrungen in Hollywood?«, sagte sie zögernd. Als sie sah, wie sich Honors Gesicht verdüsterte, wurde ihre Stimme von Silbe zu Silbe schwächer: »Marilyn? Oder Sinatra?«

Honor presste die Hand an die Schläfe.

»Liz Taylor?«, riskierte Tamara, kramte eine Packung Papiertaschentücher aus ihrer Handtasche und tupfte den Notizblock ab.

Der Medusenblick der alten Frau war irritierend, gleichzeitig aber nickte sie heftig.

Ermutigt setzte Tamara hinzu: »Ein paar Erinnerungen an die Stars würden genügen, wirklich.«

Die alte Frau nickte weiter vor sich hin, sagte aber nichts.

»Ihre jungen Begleiter?«, fuhr Tamara fort.

Zum Glück hatte sich die Kleine endlich wieder beruhigt. Zwei rosa Panda-Flecken um die Augen waren die einzigen Spuren. Aber die Fragen? Wären sie nicht so zudringlich gewesen und solch eine Zeitverschwendung, könnte man darüber lachen.

»Sie sind so etwas wie ein Idol für jüngere Journalistinnen«, versuchte Tamara es noch einmal.

»Davon gibt es jede Menge.«

Tamara bremste sich. Sie musste vorsichtiger sein, die alte Frau mit ihren eigenen Mitteln austricksen. Erst ihren geistigen Hochmut kitzeln und dann, wenn sie entspannt war und sang wie ein Vögelchen, zuschlagen. Sinatra. Picasso. Liz Taylor. Marilyn. Sie warf einen Blick auf das Foto der jungen Honor mit Castro. Oder war es Franco?

»Was ist mit Spanien?«, fragte sie plötzlich. An der Brighton University hatte es einen Kurs zum Spanischen Bürgerkrieg gegeben. Tamara hatte damals zwar lieber die

Veranstaltungen über Hollywood belegt, aber die Kursbeschreibung überflogen und die Fotos gesehen.

»Was soll damit sein?«

Tamara kaute an ihrem Bleistift, während sie über die Antwort nachdachte. Dann fiel es ihr wieder ein. Ihre Stimme klang siegesgewiss.

»Ihre Zeit als Kriegskorrespondentin mit Ernest Hemingway zum Beispiel.«

Tamara beglückwünschte sich. Ja. Der versoffene bärtige Großwildjäger, der das Drehbuch für den Spencer-Tracy-Streifen *Der alte Mann und das Meer* geschrieben hatte. Sie waren bestimmt ein tolles Paar gewesen, Hemingway und die Tait.

Honor verdrehte gequält die Augen. Sie wusste nicht, wie lange sie das noch aushalten würde.

»Ich nehme an, Sie meinen Martha Gellhorn«, sagte sie.

»Ich frage mich –«, stammelte Tamara.

Die alte Frau fiel ihr ins Wort.

»Tut mir leid. Ich hätte dem hier nicht zustimmen dürfen. Wir verschwenden unsere Zeit. Sie sollten jetzt gehen.«

Honor war schon in der Diele, auf dem Weg zur Haustür. Tamara musste schnell reagieren. Sie würde nicht kampflos aufgeben.

Deshalb rief sie Honors Rücken hinterher: »Verraten Sie mir eins: Welche Fragen *soll* ich Ihnen denn stellen?«

»Wie bitte?«

Eins musste sie der Kleinen lassen bei ihrer Einfalt: Sie gab nicht so schnell auf.

»Ich dachte, vielleicht gibt es Fragen, die Sie gern beantworten würden«, setzte Tamara hinzu.

Honor blieb an der Tür stehen. Sie wusste, dass sie zwei Möglichkeiten hatte: Sie konnte die Kleine rauswerfen und den Fall als erledigt betrachten – damit riskierte sie ein, zwei giftige Absätze im *Monitor* und eine Fehde bis übers Grab hinaus –, oder sie setzte sich hin, interviewte sich selbst und benutzte die dumme Gans als Sekretärin. So würde es wenigstens keine peinlichen oder schmerzlichen Fragen geben. Ruth hätte gesagt, dass sie keine Wahl hatte, wenn sie ihre Bücher verkaufen wollte. Welche Fragen würde sie also gern beantworten? Von »gern« konnte keine Rede sein. Was bot sich an? Wäre sie in streitbarer Laune, nicht so ermüdet und angewidert von diesem ganzen dummen Prozedere, hätte sie sich zur Fürsprecherin für die Flutopfer von Bangladesch, die ausgebeuteten Dalits oder die Straßenkinder in Brasilien gemacht.

»Fragen zum Buch?«, sagte sie dann, der ursprünglichen Abmachung eingedenk.

»Zum Buch. Zu Ihrem Leben, Ihrer Familie, berühmten Freunden. Egal, worüber Sie reden möchten.«

Honor blickte zur Decke hinauf, als bäte sie um Beistand. Die Liste unpassender Fragen, die sie selbst gestellt hatte, war lang, das wusste sie. Gefühllos war sie über menschliche Tragödien hinweggetrampelt, ob groß oder klein, immer auf der Suche nach einer Story: die Madrider Mutter mit dem toten Kind in den Armen, der trauernde Vater in Algier, die Vergewaltigungsopfer in Kalkutta, die Überlebenden der Lager. Hatte nicht auch sie das Elend verschlimmert? Sie hatte Verzweiflungsausbrüche begrüßt, ja gefördert, weil sie wusste, dass sie dadurch zum Kern der Story vordrang. Sie hatte nicht lockergelassen und den Opfern zugesetzt. Das

Spektakel menschlichen Leids wurde Teil des Berichts. Dass jede Story wichtig war, milderte das Unrecht nicht.

»Zum Buch also«, bot sie an.

»Ich habe mich gefragt, auf welchen Ihrer vielen Artikel Sie am meisten stolz sind.«

Honor drehte sich um und kehrte langsam, wie in Trance, zu ihrem Sessel zurück. Sie fürchtete, dass ihr – wie so vieles andere auch – der Sinn für moralische Gewissheiten allmählich abhandenkam. Sie beobachtete das vor allem im Zusammensein mit ihrem Freund Paul. Sein gerechter Zorn als rasender Reporter gegen die Ungerechtigkeiten dieser Welt, der mächtigen Lügnern entgegentrat und den Schwachen beistand, weckte gelegentlich nostalgische Gefühle in ihr. Hatte sie selbst ihren Kampfgeist verloren?

»Stolz?«, wiederholte die alte Frau und lehnte sich zurück. Ihre Stimme war schwach, jeglicher Kraft und Farbe beraubt. »Vor Stolz sollte man sich hüten.«

Tamara kam in Fahrt, als hätte sie mit den Tränen auch ihr zweifelndes, unterlegenes, drittklassiges Ich hinter sich gelassen. Schon verwandelte sie sich in eine selbstbewusste, gerissene Starreporterin, die scharfsichtige Vertreterin eines wichtigen Blatts auf der Suche nach Wahrheit, im Dienst der Erkenntnis.

»Dann also, welcher war der riskanteste? Derjenige, der Sie persönlich am meisten in Gefahr brachte?«

Honor betrachtete die junge Frau mit Widerwillen, doch Ruths Mahnungen hingen noch im Raum. Schließlich resignierte sie mit einem tiefen Seufzer. Ihre Antwort war lang, detailliert und handelte von Berlin, Tokio, Korea und dem 38. Breitengrad. (Wieso gerade der?, fragte sich Tamara.) Doch sie enthielt weder persönliche Enthüllungen noch brauchbare Zitate. Selbst Lyras gebildetste Leser würden beim zweiten Absatz über ihrem Cappuccino einschlafen. Honor Taits schmaler kleiner Mund kräuselte und dehnte sich mit erstaunlicher Energie, und Tamara, die Honors Stimme an- und abschwellen hörte, hatte das Gefühl, dass sie in eine sterbenslangweilige politische Debatte auf Radio 4 geraten war.

Während die Abenddämmerung über Honor Taits Wohnung hereinbrach, lächelte sie, nickte oder schüttelte den Kopf, je nachdem, geleitet vom Auf und Ab der Stimme, und tat so, als machte sie sich Notizen.

Honor Tait, Doyenne der Kriegsberichterstatter, Hohepriesterin der Journalisten, ist alles andere als glücklich: Zwar befindet sich die Achtzigjährige nach wie vor im Vollbesitz ihrer Kräfte – wenngleich mit der eigentümlichen tendresse *alter Menschen ihren Erinnerungen gegenüber –, doch von der einst berühmten chthonischen Schönheit ist kaum etwas geblieben. Wenn man Honor Tait ansieht, hat man das Gefühl, als betrachtete man die grausig verschrumpelte einstige Schönheit (Name einsetzen), die in dem Filmklassiker* In den Fesseln von Shangri-La *die Rolle der (Name) spielte.*

»Sie müssen verstehen, man arbeitete in einer Art Vakuum«, sagte Honor. »Es gab kein zuverlässiges Informationsnetzwerk und keine anderen Nachrichtenquellen, die man benutzen konnte. Es herrschte Angst. Man musste ganz genau hinsehen, sich auf das verlassen, was man wahrnahm, und es präzise festhalten.«

Tamara, die nur auf den Klang von Taits brüchiger Stimme reagierte, äußerte Überraschung oder Bewunderung, Bedenken oder Missbilligung.

»Natürlich!«

»Überall um uns herum explodierten Granaten, als ich zum Jeep rannte. «

»Wie entsetzlich!«

Die meisten Frauen in ihrem Alter sind zärtliche Großmütter oder ehrbare Witwen, die ihren bedauernswerten Besuchern mit Vorliebe Fotos ihrer Lieben präsentieren. Doch Honor Taits weitschweifige Anekdoten, les moments brillants *ihres Lebens, ihre rhapsodischen Erinnerungen handeln nicht von Familie oder Liebhabern – ein Thema, über das sie eisern schweigt –, sondern allein von ihrer Arbeit.*

Tara schrieb, wie Honor bemerkte, emsig mit. War sie vielleicht zu streng mit ihr? Die Kleine war das Produkt einer Zeit, die Geschichte ebenso wie Seriosität längst über Bord geworfen hatte. Die jungen Leute von heute waren allesamt Kraftprotze, jeder ein kleiner Göring, der den Revolver entsicherte, sobald er das Wort ›Kultur‹ hörte. Und die Wahrheit war auf das Subjektive zusammengeschrumpft. Das ist meine Wahrheit, was ist deine? Zumindest schien Tara die Kluft zwischen ihnen ermessen zu können, einen instinktiven Sinn für das zu haben, was verloren war, und zeigte Anzeichen der Fähigkeit, oder wenigstens der Bereitschaft, zuzuhören.

Honor fuhr fort: »Panik machte sich breit. Fliehende

Südkoreaner drängten vorbei, in der Hoffnung, den Fluss überqueren zu können, und dann setzte Artilleriefeuer ein. Ich stellte meine Schreibmaschine auf die Motorhaube des Übertragungswagens …«

»Ah ja!«

Vor einem Interview wird man gewarnt, sie ja nicht auf ihre berühmten amours *anzusprechen. Honor Taits Privatleben ist tabu. Auf Fragen zu ihrer Erziehung in einem* château *in Schottland reagiert sie mit Schweigen.*

»Wir hatten keine andere Wahl, als über einen Gebirgspfad zu gehen, fünfzehn Meilen zu Fuß bis nach Suwon weiter im Süden.«

»Ah ja!«

Über ihre Notizen gebeugt, schien Tamara jetzt Feuer und Flamme zu sein, ihre Hand flog über das Papier, um mitzuhalten, beseelt von einem Bericht aus einer anderen, authentischeren und vitaleren Zeit. Honor fand es beinahe rührend, wie dieses ahnungslose Kind, das mit dem intellektuellen Einheitsbrei der modernen Medien aufgewachsen und auf Mittelmäßigkeit getrimmt war, auf authentische Erfahrung, lebendige Geschichte reagierte. Irgendwo unter diesem gewöhnlichen Äußeren schlummerten die Anlagen für eine anständige Journalistin, dachte Honor. In einer weniger bleiernen Zeit hätte sie, sagen wir, eine tüchtige Gerichtsreporterin abgeben können.

Spricht man sie auf ihre drei Ehemänner an, so schweigt sie. Was die zahlreichen Liebhaber betrifft, sind ihre Lippen versiegelt. Doch geht es um ihre Arbeit als Journalistin an der Front, ihre Berichte über die großen Ereignisse des Jahrhunderts, les contes grands, *ist sie nicht zu bremsen.*

Tamara kritzelte eine Seite nach der anderen voll, während der Monolog anhielt. Nur ein einziges Mal wurde sie ertappt.

»Wirklich? Phantastisch!«, schwärmte sie, ehe ihr – zu spät – aufging, dass sie Honor Taits Ton falsch interpretiert hatte: Sie erzählte vom Tod der ersten amerikanischen Soldaten in Korea.

»Es waren Teenager, sie kamen frisch von der Highschool und waren erst wenige Stunden zuvor an der Front eingetroffen. Ein grauenhaft verletzter Junge flehte seinen Kameraden an, ihn zu erschießen –« sagte Honor noch, dann brach sie ab.

Hatte die Kleine wirklich »phantastisch« gesagt?

Die Situation stand auf Messers Schneide. Honor warf ihrer Interviewerin einen scharfen Blick zu und stand mühsam auf, um ein Glas Wasser aus der Küche zu holen. Tamara war allein im Wohnzimmer und machte sich auf Spurensuche nach der wirklichen Honor Tait hinter den hochtrabenden Worten. Neben der Blumenvase lag ein Stapel Post. Sie griff nach einer Karte mit der knallbunten Zeichnung eines Baums und drehte sie um. Es war die Einladung zu einer Veranstaltung über »Kindsmissbrauch« am nächsten Mittwoch, bei der eine Aktionsgruppe namens Kid's Crusaders aus der Taufe gehoben würde. Honor Tait war als eine der Rednerinnen aufgeführt. Nicht direkt erhellend, aber vielleicht nützlich. Tamara notierte sich gerade die Einzelheiten, als sie die alte Frau zurückkommen hörte.

Der Monolog setzte sich fort. Honor war jetzt nicht mehr zu halten. Sie trank einen Schluck Wasser und ließ sich vom Fluss der Erzählung davontragen.

»General Walker, der Kommandant der Achten Armee, gab mir den Befehl, Korea zu verlassen. Er sagte, auf dem Schlachtfeld hätten Frauen nichts zu suchen. MacArthur wollte sich zunächst nicht dazu äußern und erklärte, es sei Walkers Entscheidung. Doch kurz nachdem ich MacArthur in Tokio interviewt hatte, wurde das Verbot von weiblichen Kriegsberichterstattern aufgehoben.«

Die Aufgabe, einen lebendigen Artikel aus dieser selbstbeweihräuchernden Litanei herauszufiltern, würde sogar einen Nobelpreisträger vom *S*nday Magazine* überfordern, dachte Tamara. Was sollte sie tun?

Es wurde immer dunkler, doch Honor Tait war nicht mehr zu bremsen. Inzwischen erzählte sie von der Befreiung eines Konzentrationslagers. »Vier Tage später versammelten sich die überlebenden Häftlinge, um ihre Freiheit zu feiern und die Toten zu beklagen. Alle hatten sich Gott weiß woher Lumpen und Papierfetzen besorgt und daraus ihre Landesfähnchen gebastelt.«

Tamara sah im Gebäude gegenüber in einem Fenster nach dem anderen die Lichter angehen, wie ein Adventskalender mit häuslichen Innenansichten. Doch Honor Tait schien die zunehmende Dunkelheit gar nicht zu bemerken.

»Man muss sich das Chaos des Kriegs vor Augen führen. Wir waren alle, das Pressekorps inbegriffen, in einem ungeheuren Aufruhr.«

Tamara fand diese Angeberei ermüdend. Auch hatte sie,

nachdem sie sich jetzt nicht mehr so bekriegten, mehr Raum für andere Sorgen. Wie um alles in der Welt sollte sie viertausend Wörter schreiben, ohne Hollywood, Ehemänner oder Liebhaber zu erwähnen, auf ein Techtelmechtel oder wenigstens einen Hauch menschlicher Gefühle anzuspielen? Außerdem musste sie noch zwei andere Artikel abliefern.

»Es tut mir wirklich leid, Miss Tait«, sagte sie mit einem Blick auf ihre Armbanduhr, die sie trotz des erleuchteten Zifferblatts nur noch schwach erkennen konnte. »Ich war so gefesselt, dass ich die Zeit darüber ganz vergessen habe. Ich muss jetzt gehen.«

Sie klappte den Block zu. Die Enttäuschung versetzte Honor einen Stich. So lange hatte sie über all das nicht gesprochen – oder auch nur intensiv daran gedacht. Es war zu schmerzhaft. Ruth hatte ihr dermaßen zugesetzt, dass sie voreilig zugesagt hatte, sich mit diesem Thema noch einmal zu beschäftigen und für das dritte und letzte Buch eine »Coda« zu ihrem preisgekrönten Bericht über Buchenwald zu verfassen. Die Aussicht erfüllte sie mit Grauen. Sie wusste nicht, wo anfangen, hatte mehrere verzweifelte Versuche unternommen, sich aus dem Ganzen herauszuwinden. Doch irgendwie hatte die völlige Unwissenheit dieser jungen Frau sie aus der Reserve gelockt, und damit sah Honor eine Möglichkeit vor sich, diesen Text doch noch zu schreiben, vor dem sie sich ein halbes Jahrhundert lang gedrückt hatte. Wollte Tara wirklich gehen, gerade jetzt, da sie in Schwung kamen?

»Schon?«, fragte sie mit flattrigen Fingern. »Ich wollte gerade frischen Tee kochen. Vielleicht habe ich sogar noch irgendwo ein paar Kekse.«

Tamara steckte Block und Rekorder in die Handtasche.

»Ich würde gern bleiben«, sagte sie. »Könnte mir kaum etwas Netteres vorstellen. Aber es geht nicht. Ich muss bis morgen zwei andere Artikel fertig haben.«

Diese Abfuhr kitzelte Honors alte Skepsis hervor.

»Artikel? Worüber schreiben Sie denn noch?«

»Ach, einer ist für den Kulturteil, es geht um ein Festival. Und das andere ist ein feministisches Thema.«

Feminismus. Die uralte Leier. Natürlich. Doch Honor nahm Tara in ihrem Verkäuferinnen-Look mit dem freizügigen Ausschnitt nicht ab, dass sie eine Schwester war, eine aus Isadora Talbots Schreckenskabinett. Womöglich war es bloß eine Pose: Das Dummchen wollte »ernst genommen« werden.

»Aha, na, dann will ich der guten Sache nicht im Wege stehen«, sagte Honor und stemmte sich aus dem Sessel hoch.

»Es war großartig«, sagte Tamara. »Vielen, vielen Dank.« Sie konnte es kaum abwarten, die verschrobene alte Frau und ihre düstere Wohnung hinter sich zu lassen.

»Ich bringe Sie zur Tür«, gab Honor kühl zurück. Den plötzlichen Aufbruch der jungen Frau empfand sie als Beleidigung. Tamara ging rasch Richtung Ausgang, um den erstickenden Mief der Wohnung gegen die klare Luft der High Street und das selbstgefällige Gelaber der alten Frau gegen das beruhigende Dröhnen des Londoner Verkehrs einzutauschen. Aber sie wusste, dass sie ihren Artikel noch nicht beisammenhatte.

»Ich dachte, wir könnten uns vielleicht noch mal treffen, nachdem uns heute so die Zeit davongelaufen ist.«

»Ich glaube nicht, dass das möglich ist.«

»Nur auf eine halbe Stunde, wann immer es Ihnen passt! Ich habe heute schrecklich viel gelernt, aber ich weiß, dass wir nur an der Oberfläche gekratzt haben, und es wäre schade, es dabei zu belassen. Vielleicht könnten wir zusammen etwas trinken gehen?«

»Ich glaube nicht, nein«, sagte Honor.

»Aber ich fand es so lehrreich und inspirierend, was Sie gesagt haben. Sie sind wirklich eine Heldin für junge Journalistinnen. Besser gesagt, für junge Menschen, die Stellung beziehen wollen, generell. Und das neue Buch hat mir so gut gefallen.«

»Alles?«

»Jedes einzelne Wort. Ich weiß nicht, wie Sie das geschafft haben.«

Tamara griff nach der Türklinke.

Mit einem Lächeln hielt Honor den Blick scheinbar bescheiden auf das Bündel alter Zeitungen neben der Tür gesenkt.

»In puncto Bing Crosby war ich nicht ganz sicher«, sagte sie leichthin.

»Wirklich?« Tamara war überrascht von dieser plötzlichen Verschämtheit und dem verlockenden Angebot neuer Informationen – war Bing etwa auch ihr Liebhaber gewesen?

»Warum denn?«

»Wirkte es nicht ein bisschen barock?«, gab Honor zurück.

Das war gefährliches Terrain. Architektur war nicht ihr Ding, und der Zusammenhang mit dem unsterblichen Schnulzensänger, der bei Generationen von Fernsehzuschauern für seine Weihnachtsklassiker zur besten Sendezeit so beliebt war, wurde ihr auch nicht klar. Sie hatte in den Zeitungsausschnitten keine Hinweise auf Crosby bemerkt, und wieder einmal wünschte sie, dass sie Zeit gehabt hätte, sich das Buch der Tait genauer anzusehen.

»Wie meinen Sie das? Ich fand, es passte hervorragend.«

»Das ist sehr nett von Ihnen. Aber ich dachte, es wäre ein bisschen *de trop*, wissen Sie – zu viel.«

»Ganz und gar nicht. So lebendig. So *vrai*!«

Tamara wusste, dass es das Beste wäre, sich wieder in die Wohnung einzuschmeicheln, den Sony einzuschalten und der alten Frau in letzter Minute doch noch einige Indiskretionen zu entlocken, doch sie wollte nur noch raus aus diesem vollgestopften Mausoleum, dem muffigen Geruch nach Verwahrlosung.

Honor beugte sich zu ihr und flüsterte kokett: »Ich hatte Angst, dass ich zu viel gesagt, den Bogen überspannt haben könnte. Bei Bing, meine ich.«

»Ganz im Gegenteil! Es war bahnbrechend«, antwortete Tamara und schüttelte den Kopf. »Eine Offenbarung. Einer der besten Teile im ganzen Buch. Bei weitem.« Dann, als wäre es ihr gerade erst eingefallen, setzte sie hinzu: »Wie war er eigentlich wirklich, Bing, meine ich?«

»Göttlich! Einfach göttlich!« Honor Taits Lachen klang überraschend hell und fröhlich.

Tamara ließ die Klinke wieder los.

»Hat er Ihnen vorgesungen? Wenn Sie zusammen waren? Allein?«

»Ach, die ganze Zeit! Er war ein richtiger Singvogel. Trällerte ständig vor sich hin. Und er tanzte für sein Leben gern.«

Verdammt, dachte Tamara. Die ersten wirklich interessanten Sätze, und sie hatte Notizblock und Aufnahmegerät schon weggepackt.

»Ist das wahr?«

»Habe ich Ihnen erzählt, was für ein fabelhaft leichtfüßiger Tänzer er war?«, fragte die alte Frau. Plötzlich schien es, als sei sie ganz woanders, entrückt von ihren Erinnerungen.

Verdammt, verdammt.

»Tatsächlich?«

»In seinen Armen fühlte ich mich so leicht wie ein Gespinst.«

Tamara griff in ihre Handtasche und kramte blind nach dem Notizblock. Vergeblich. Sie lehnte sich an die Tür und balancierte die Tasche auf dem Knie, um besser suchen zu können. Das musste sie unbedingt festhalten. Aber es war zu spät: Honor Tait huschte wie ein Irrlicht schon wieder in eine andere Richtung, betört von ihrer schillernden Vergangenheit.

»Und was ist mit Elizabeth Taylor? Glauben Sie, ich bin da zu weit gegangen?«

»O nein, überhaupt nicht«, sagte Tamara, stellte die Tasche ab und griff erneut nach der Türklinke. »Das war super.«

Schon wieder eine Story, die ihr entgangen war. Auch hier hatten die Zeitungsausschnitte nichts hergegeben, abgesehen von einem Foto der beiden auf irgendeiner Hollywood-Party. Endlich taute Honor Tait auf. Wenn sie so weitermachte, würden sie noch die ganze Nacht hier stehen. Mittlerweile ließ sie Tamara offenbar ebenso ungern gehen, wie sie sie zuvor nur ungern eingelassen hatte. Immerhin ein Fortschritt, dachte Tamara. Doch die Schrullen, die sie hatte ertragen müssen, waren mehr als genug für einen Nachmittag.

»Es wäre wirklich super, wenn wir uns noch mal zusammensetzen könnten. Ich möchte furchtbar gern wissen, wie Sie das alles auf die Reihe gebracht haben. Am liebsten würde ich es einmal mit Ihnen zusammen durchgehen und auseinanderdröseln – das ganze Bing-Crosby- und Liz-Taylor-Ding. Und Berlin natürlich. Korea… Es wäre so was Ähnliches wie eine Meisterklasse. Auch für unsere Leser enorm interessant.«

Honor zögerte.

»Rufen Sie meine Verlegerin an. Wir werden sehen, was sich machen lässt.« Honor schloss die Tür hinter der Besucherin, legte die Kette vor, schob die Riegel zu und seufzte. Ein Pyrrhussieg. Sie hatten sich freundlich verabschiedet. Ruth konnte mit ihr zufrieden sein. Und Honor hatte keine Vertraulichkeiten ausgeplaudert, nichts preisgegeben. Allerdings war sie gefährlich nah dran gewesen: eine einsame, alte Frau, die jedermann vollschwatzte, der zuhörte oder wenigstens so tat. Doch was war die Kleine für eine Idiotin! Tara Sim hatte ihr Buch nicht gelesen, so viel stand fest. Das Stichwort ›Elizabeth Taylor‹ war ein Trick gewesen: Ihr Name kam im Buch nicht vor. Honors Blick fiel erneut auf den Stapel von Weihnachtsbeilagen, die für den Müllschlucker bestimmt waren. Und die zweideutigen Anspielungen auf Bing Crosby, den öligen Tenor und Republikaner vom Cover der Fernsehzeitschrift zu ihren Füßen, waren nicht barock, sondern aus der Luft gegriffen. Honor war ihm nie im Leben begegnet oder hatte auch nur über ihn geschrieben.

4

Der *Monitor* war eine großformatige Tageszeitung mit breitem Themenspektrum und Sonntagsausgabe. Er fuhr wie die Boulevardpresse durchaus die Ellbogen aus, wenn es um Promis oder Klatschgeschichten ging, gleichzeitig aber legte er in den Kommentarspalten und dem farbig gedruckten *S*nday Magazine* strenge intellektuelle Maßstäbe an. Während sich andere Blätter angesichts der bevorstehenden Jahrtausendwende an die altmodische Vorstellung eines festgelegten Zielpublikums klammerten, fuhr der bahnbrechende *Monitor* zweigleisig.

Er war im neunzehnten Jahrhundert durch ein Mitglied des House of Lords gegründet worden, das mit dem Unternehmen schnelles Geld zu machen hoffte. Keine zehn Jahre später war das Blatt bankrott, und seitdem schrieb es seiner Tradition getreu immer nur rote Zahlen. Als ein Industrieller aus dem Norden, der sich zu Beginn des zwanzigsten Jahrhunderts damit gesellschaftliche Anerkennung sichern wollte, das Blatt übernahm, wurde der *Monitor* auf seriös frisiert in der Hoffnung, der *Times* oder dem *Courier* konservative Leser abspenstig zu machen. Heutzutage, in seiner jüngsten Inkarnation – unter einem neuen Besitzer aus der ehemaligen Sowjetunion –, war der *Monitor* mehr auf Breitenwirkung bedacht, um den schwindenden Auflagezahlen entgegenzuwirken. Auch politisch ging er auf Nummer sicher, obwohl sein aktueller Herausgeber eher zu konservativen Ansichten neigte. Falls bei zukünftigen Wahlen die müde Tory-Regierung von der unverbrauchten New Labour abgelöst werden sollte – aber auch wenn das Gegenteil der Fall war –, sollte der *Monitor* nicht allzu stark mit der Verliererseite assoziiert werden. In diesem Geiste griff er mit intelligenter Unparteilichkeit Parlamentarier beider Seiten an. Ziel war es, jedermanns Bedürfnis zu bedienen, und so vereinte das Blatt in den fünf Stockwerken seines baufälligen graubraunen Betonklotzes wie ein moderner Turm zu Babel viele miteinander wetteifernde Stimmen.

Die Hierarchie zwischen den Bünden und Beilagen spiegelte sich in der Stockwerksaufteilung des Redaktionssitzes wider, einer mehr schlecht als recht umgebauten ehemaligen Druckerei, eine Meile entfernt vom ehemaligen Gründergebäude des *Monitor*. Jenes mit prunkvollen Marmorsäulen ausgestattete Gebäude an der Fleet Street war mittlerweile Sitz einer auf Verleumdungen spezialisierten Anwaltskanzlei.

Im Untergeschoss des neuen Redaktionsgebäudes war die Mannschaft von *Psst!* untergebracht, Tratsch- und Fernsehbeilage des *Monitor*, die von dem extrovertierten Eton-Zögling und Geldverschwender Simon Pettigrew geleitet wurde. Das Büro bestand aus einem fensterlosen Gang mit einer langen Wurst von Schreibtischen, den man von der Kantine abgetrennt hatte, und wurde auf der anderen Seite von einer Reihe notorisch verstopfter Toiletten hinter einer Trennwand begrenzt.

Im Anschluss an die *Psst!*-Redaktion – deren Schreibtische zu einem L vervollständigend – betreute ein unermüdliches Team von gepiercten jungen Leuten rund um die Uhr die Website der Zeitung, ein jüngst lanciertes Experiment unter der Leitung von Tania Singh, einer Oxford-Absolventin mit den zarten Zügen einer Märchenfee und den glanzvollen Ambitionen eines jungen Bonaparte.

Über ihnen, im Parterre, dessen Fenster auf das Dröhnen des stockenden Verkehrs und den Dunst der Abgase hinausgingen, rackerten sich die aschfahlen Mitarbeiter der Nachrichtenredaktion ab. Vor dem plärrenden, flackernden Hintergrund eines halben Dutzends Fernseher schrieben Redakteure des Inlandressorts Meldungen um, die über den Ticker kamen, beantworteten Anrufe, bedienten Faxgeräte und filterten Nachrichten heraus über politische Skandale, Serienmörder oder ungewöhnliche Wetterphänomene in London und den abgelegeneren Regionen des Vereinigten Königreichs.

Das Auslandressort war ebenfalls im Erdgeschoss untergebracht und arbeitete unter einer Phalanx von Uhren, die die Zeit in New York, Los Angeles, Sydney und – nach Manipulation eines Witzbolds am Tag seiner Entlassung – Stoke Newington anzeigten. In dieser Ecke der Redaktion klingelten Telefone und piepsten Faxgeräte auf der Jagd nach Kriegsmeldungen, politischen Skandalen, Serienmördern und ungewöhnlichen Wetterphänomenen in Regionen jenseits des Ärmelkanals und der Irischen See (mit Ausnahme von Nordirland, das als abgelegene Gegend des Vereinigten Königreichs galt und daher dem Inlandressort zugeteilt war).

Von der Nachrichtenredaktion durch einen Empfangsschalter abgetrennt, an dem Türsteher im Straßenanzug lästige Vertreter der Öffentlichkeit abwimmelten, befand sich die Poststelle. Hier versammelten sich ehemalige Drucker, die nach Einführung der neuen Technologien zu Büroboten umgeschult worden waren, um eine Zigarette zu rauchen, Tee zu trinken und über Sport zu fachsimpeln, bevor sie mit ihren Postsäcken zum nächsten Abenteuerausflug in die entlegenen Bereiche des Gebäudes aufbrachen. Auch die Anzeigenabteilung befand sich im Parterre. Deren Personal unterschied sich von den Nachrichtenleuten durch ein gepflegtes Äußeres und eine Exaltiertheit, die man sonst nur mit Anhängern von Erweckungsbewegungen im amerikanischen Süden assoziiert.

Genau darüber, im ersten Stock, lag die Sportredaktion unter Ricky Clegg, dessen kürzliche Abwerbung vom *Sunday Sphere* dazu geführt hatte, dass der *Sunday Sphere* sich im Gegenzug die hoch angesehene Politikredakteurin Bernice Bullingdon unter den Nagel gerissen hatte. Die Sportredaktion belegte zusammen mit dem Personalbüro sowie Vertriebs- und Marketingabteilung rund ein Drittel der mit fleckigen grauen Teppichfliesen ausgelegten hundertfünfzig Quadratmeter und genoss einen hin und wieder lohnenden Blick auf die Badezimmerfenster der gegenüberliegenden Wohnungen. Hier saß auch der Redaktionsleiter Miles Denbigh, ein gequälter Mensch. Man sah ihn nur selten außerhalb seines Büros, eines Glaskastens, der an einen durchsichtigen Beichtstuhl erinnerte und mitten im Großraumbüro der Sportredaktion stand. Denbigh war verantwortlich für Finanzen, Budgets, Verwaltung und Personal. Im Augenblick hätte er sich mit Forderungen nach einem multireligiösen Gebetsraum befassen müssen, der nach Meinung des neuen, kürzlich zum Katholizismus übergetretenen Politikredakteurs den Raucherraum im dritten Stock ersetzen sollte. Stattdessen saß Denbigh angeblich den ganzen Tag in seiner Zelle, hatte das Telefon abgestellt und schrieb die Werke von Aristophanes zu nicht aufführbaren zeitgenössischen Dramen um. Im Gespräch erwies er sich nicht gerade als Mann von vielen Worten, die meisten waren Synonyme von »Tut mir leid«. Gerüchten zufolge hatte er sich einen Katheter legen lassen, um unangenehmen Begegnungen mit Spesenanspruchsberechtigten, Rauchern und vor kurzem zum Katholizismus übergetretenen Kollegen auf der Herrentoilette aus dem Weg zu gehen.

Im zweiten Stock befand sich das *ME2*-Ressort unter der Leitung des ambitionierten Johnny Malkinson. Hier herrschte meistens angespannte Stille, wie in einem Oberstufentutorium kurz vor dem Examen, doch der jugendliche Überschwang machte sich gelegentlich in heftigen Anfällen von Arbeitseifer Luft. Dann konnte man es unvorsichtigen Besuchern dieses Stockwerks nicht verübeln, wenn sie den Eindruck hatten, versehentlich in die konzerneigene Kinderkrippe oder einen unkonventionellen Förderkurs für jugendliche Patienten mit ADHS geraten zu sein. Es kam vor, dass sich solche Besucher durch ein Gewirr von hüpfenden roten Ballons kämpfen oder sich über Trillerpfeifen hinweg verständlich machen mussten, falls der *Monitor Extra* an diesem Tag eine Sonderausgabe über einflussreiche Partymacher produzierte. Oder dass sie gezwungen waren, sich mit Malkinson zu unterhalten, während dieser für einen doppelseitigen Bericht über populär werdende Zirkuskünste mit erhobenem Sonnenschirm geschickt über ein Seil balancierte, das zwischen den Schreibtischen der Redakteure gespannt war.

Hin und wieder wurde ein Vertreter der Personalabteilung nach oben geschickt, um das *ME2*-Ressort zu bitten, doch etwas leiser zu sein. Vida Waldman, Johnnys griesgrämige Stellvertreterin, saß stirnrunzelnd vor ihrer Tastatur wie auf einer winzigen Insel stiller Missbilligung, während ringsum die Party tobte.

Eine weitaus gelassenere Atmosphäre herrschte im dritten Stock mit seinem Blick auf die Wipfel einer Reihe von kranken Platanen. Hier saßen die gebildeten Vertreter von Kultur und Literatur einträchtig, wenn auch verständnislos neben den bizarr kostümierten Mitgliedern des Moderessorts. Diese Etage war der wichtigste Zwischenstopp für die Büroboten, die, wenn sie nicht gerade rauchten, Tee tranken oder über Sport fachsimpelten, den größten Teil des Tages im Konvoi von der Poststelle im Erdgeschoss auf dem Weg nach hier oben waren, wie auf einer endlosen Ameisenstraße, um kistenweise Bücher beim Literaturkritiker und säckeweise Kleider bei der Modeexpertin abzuliefern. Fröhliches Zwitschern begrüßte wie frühsommerlicher Vogelgesang jede neue Lieferung im Moderessort. Dem Literaturkritiker hingegen entlockte eine neue Kiste nur Ächzen und Stöhnen, und einmal hatte sich eine verzweifelte Aushilfskraft, die man schließlich aus dem Gebäude eskortieren musste, die Kleider vom Leib gerissen.

Hier im dritten Stock befand sich zudem das Archiv, auch bekannt als Morgue, wo Hochbetrieb herrschte, ein Labyrinth von eng aneinandergereihten, deckenhohen Metallregalen, vollgestopft mit Hängeregistern, die Fotos und

Zeitungsausschnitte zu jedem enthielten, der je in einem Blatt erschienen war.

»Das ist unser Kompost«, hatte Simon gesagt, als er Tamara an ihrem ersten Tag beim *Monitor* durch das Gebäude führte, »hier treibt der Klatsch Blüten, Stoff für Zoff.«

Wenn man im vierten Stock aus dem Lift trat, konnte man das Zusammenspiel großer Geister bei der Arbeit an bedeutsamen Fragen wie das Summen einer Turbine hören. Hier gingen die Fenster auf ein mehrstöckiges Parkhaus hinaus, dessen ineinander verschachtelte Rampen und Gänge an eine Lithographie von Escher erinnerten. Männer und Frauen deutlich jenseits der vierzig, die Trillerpfeifen und Hochseilnummern längst hinter sich hatten, folgten dem für Journalisten seriöser Zeitungen gültigen Gravitationsgesetz: »Jeder Beitrag im Kommentarteil attackiert alle anderen Kommentare mit einer Kraft, die sich direkt proportional zum Produkt ihrer Masse und umgekehrt proportional zum Quadrat des Abstands zwischen ihnen verhält...« Nur wer dieses Gesetz verinnerlicht hatte und wie eine algebraische Formel beherrschte, durfte Kommentare verfassen.

Sie teilten sich das Stockwerk mit dem Politikressort, dessen Team ein breiteres Altersspektrum aufwies als die Kommentarredaktion. Hier gab es Wunderkinder mit einer Leidenschaft für Statistiken und Beliebtheitsskalen von Politikern ebenso wie würdevolle Veteranen – so die vor kurzem ausgeschiedene Bullingdon oder ihr Nachfolger Toby Gadge – mit mangelhaftem Erinnerungsvermögen und dicken Adressbüchern, die sich nur in Westminster richtig lebendig fühlten (Gadges Horizont erstreckte sich südwärts bis Cathedral und Palace). Außerdem waren auf diesem

Stockwerk, hinter eigentlich überflüssigen schalldichten Zwischenwänden, Nachrufe und Kreuzworträtsel untergebracht, deren ehrwürdige Vertreter in solcher Stille arbeiteten und den Anweisungen anderer Abteilungen so wenig Folge leisteten, dass man sie gemeinhin für Taubstumme hielt, die unter einem von Denbighs Chancengleichheitsprogrammen eingestellt worden waren.

Über den Ressorts Kommentar, Nachrufe, Politik und Kreuzworträtsel, hoch über dem Straßenverkehr, den Wohnungen, den vertrockneten Baumwipfeln und dem mehrstöckigen Parkhaus, hatte man einen Blick auf einen grenzenlosen Himmel und Wolkenlandschaften. Hier herrschte die elegante Lyra Moore über das *S*nday*-Team, abgeschirmt von ihren Mitarbeitern durch immer neue Blumenarrangements. Diskret bat sie die berühmtesten Schriftsteller der Welt um herausragende literarische Texte, feilte und schliff sie bis zur Perfektion und kombinierte sie mit Fotos von solcher Eleganz und Schlichtheit, dass man sie am liebsten aus der Zeitung ausgeschnitten, in gekalktes Eichenholz gerahmt und an die Wand eines Lofts in den Docklands gehängt hätte.

Hinter einem Fallgatter aus poliertem Chrom und einer Tür aus verstärktem Doppelglas, abseits vom grellen Suchscheinwerfer seiner Sekretärin Hazel, saß hier auch der Herausgeber des *Monitor*, Austin Wedderburn, wenn er im Haus war. Hazel kontrollierte Wedderburns Terminkalender und verfolgte daher seine täglichen Bahnen quer durch London und die Home Counties minutengenau und effizienter als jedes satellitengesteuerte militärische Ortungssystem. Keine leichte Aufgabe, da für Wedderburn die Bürden des Bürolebens nur eine lästige Unterbrechung seines intensiven gesellschaftlichen Lebens darstellten. Der *Monitor* wurde wie seit alters her von Industriebossen und Politikern, Kulturgrößen, ranghohen Vertretern der Justiz, Erzbischöfen und den lebenshungrigen Resten der englischen Aristokratie gelesen – kurz, einflussreichen Leuten, mit denen sich Wedderburn gern auf Dinnerpartys traf. Dass sein Blatt auch bei Friseusen und Verkäuferinnen, Taxifahrern und Polizisten, Reinigungskräften und dem Kantinenpersonal beliebt war, mochte eine Quelle stiller Befriedigung für Vertrieb und Marketing sein; Wedderburn daran zu erinnern war jedoch unklug.

Nur für seinen persönlichen Gebrauch hatte er einen alten Lastenaufzug beschlagnahmt, mit dem früher Paletten voller Papier aus dem Untergeschoss zu den Druckmaschinen in die oberen Stockwerke transportiert worden waren. Die nackten Aluminiumwände waren mit Kunststoff verkleidet, der nach Velours aussehen sollte. Wie eine Raumschiffkapsel katapultierte der Lift Wedderburn vom Parkplatz seines Chauffeurs geradewegs in den fünften Stock hinauf, damit er seinen Schreibtisch erreichte, ohne sich durch einen zufälligen Blick auf den Pöbel bei *Psst!*, die Sklaven in der Nachrichtenredaktion, die Rowdys der Sportredaktion oder die kindische Bande in der ME2-Redaktion den Tag verderben zu lassen. Seine Zeit im Büro verbrachte er ausschließlich in der exklusiven Nachbarschaft der durchgeistigten *S*nday*-Mitarbeiter, mit ihnen führte er bisweilen sokratische Dialoge, oder er erörterte mit Abordnungen aus Kommentar und Politik die gewichtigeren Themen des Tages – Londons strenge Parkbeschränkungen zum Beispiel, oder den Frevel einer Kapitalertragssteuer. Vertreter aus anderen Etagen, denen es gelang, zur Audienz bei Wedderburn empfangen zu werden – und das war höchstens eine Handvoll –, bezeugten, er gleiche einem Eskimo: Er kannte fünfzig Ausdrücke für Nein.

Die meisten Angestellten des *Monitor*, bis auf die, die bereits im fünften Stock residierten, wollten nach oben. Einige aber, wie Simon Pettigrew oder Miles Denbigh, waren auf dem Weg nach unten. Als ehemaliger Leiter der Projektentwicklung für das *S*nday Magazine* war Simon einst Lyra Moores Boss gewesen, bis zu jenem bedauerlichen Zwischenfall mit der frisch eingestellten Korrespondentin für Landwirtschaft Aurora Witherspoon, einem edlen Adelsspross. Simon hatte ihr auf dem neuen Nachrichtensystem der Redaktion ein einschlägiges Angebot gemacht, auf »absenden« gedrückt und erst anschließend gemerkt, dass das Programm dank einer prädiktiven Texterkennung beim Eintippen die ersten Buchstaben automatisch mit dem passendsten Namen vervollständigte. So war seine Hymne auf die beeindruckende Oberweite und die spektakulären Beine bei Austin Wedderburn gelandet, ebenso die Einladung zu »ein paar wilden Sauereien« und der Vorschlag, es »die ganze Nacht zu treiben wie die Karnickel«. Am Ende stand: »Gib's zu, du willst es auch, Schatz!« – und damit war Simons Karriere bei der Entwicklung des *S*nday Magazine* beendet.

Miles Denbigh wiederum, der während seiner Zeit im dritten Stock fünfzehn Jahre lang den Blick auf das Parkhaus genossen hatte, war in den ersten Stock relegiert worden, als sich herausstellte, dass er zwar mit Freuden seine Ansichten über Politik und Gesellschaft der alten Griechen zum Besten gab, jedoch vor Schreck erstarrte angesichts jeglichen Tagesgeschehens.

Vor der unerwarteten Nachricht von Lyra Moore hatte Tamara ihre Ziele nicht höher gesteckt als bis zum zweiten Stock. Die griesgrämige Stachanow-Kopie Vida hatte sie längst abgeschrieben, nachdem diese all ihre Themenvorschläge mit verächtlichem Schweigen bedacht hatte. Johnny war entgegenkommender gewesen. Er brachte in seiner täglichen *ME2*-Rubrik regelmäßig Artikel über Popmusik und Film, zum Ärgernis der *Fr!day*-Pop- und Filmrubrik des Blatts, denen er regelmäßig die News wegschnappte; über Mode, zum Kummer der häufig überrumpelten donnerstäglichen *L(oo!)k*-Seite; und über Küche, was bei dem erbosten Redakteur der *F<oo>d*-Beilage am Mittwoch den Verdacht aufkommen ließ, dass Johnny die Themen direkt aus seiner im Computer gespeicherten Agenda klaute. Simon redete kein Wort mehr mit Johnny, seit der ihm einen für *Psst!* geplanten Exklusivbericht über Drogenabhängigkeit bei Kinderstars weggeschnappt hatte und in *ME2* einen vierseitigen Aufmacher über Little Mickys Verhaftung wegen Crack-Konsums brachte, ergänzt von einem umfassenden Überblick über jugendliche Junkies im Theater und beim Film.

Tamara blieb in dieser Frage diplomatisch neutral. In erster Linie war sie loyal gegenüber Simon und *Psst!*, doch Johnny peppte seine diebischen Übernahmen immer mit prickelnden Insiderinfos und Telefonumfragen bei Prominenten auf, und das war ihre Spezialität. Sie hatte gehofft, dass er ihr eine ständige Kolumne anbieten würde, nachdem sie ihre Fähigkeiten bei *Psst!* mit den Bettszenen bewiesen, drei Umfragen für Johnnys Ressort (Die besten Frühstücksideen der Stars; Ich und mein Stuhl – Einrichtungsgeheimnisse der Reichen und Berühmten; Fragebogen für meine Lieblingsstars) und eine streitlustige, mit Wortspielen gespickte Tamara-Sim-Kolumne abgeliefert hatte. Doch nun war sie die Treppe nach ganz oben hinaufgefallen. Bildlich gesprochen hatte sie den mit Veloursimitat ausgekleideten Aufzug betreten, die Türen schlossen sich, die LED-Anzeige blinkte, der grüne Pfeil zeigte aufwärts, und sie war auf dem Weg nach oben, über *Psst!*, Fernsehtipps und Promigeschnatter hinaus, vorbei an der Nachrichtenredaktion im Parterre und an *ME2* im zweiten Stock. Höher und höher strebte sie empor.

Doch zuerst musste Tamara noch einiges hinbekommen. Das Großraumbüro im Untergeschoss lag im Halbdunkel und war angenehm leer, abgesehen von einem Computerfreak mit vorstehenden Zähnen – einer von Tanias Website-Bastlern –, der am anderen Ende des Raums auf seinen Bildschirm starrte. Tamara holte sich ein Käsesandwich aus der Kantine. Die einzigen Gäste waren zwei aus der Spätschicht der Nachrichtenredaktion, die über einem Kaffee die Köpfe zusammensteckten. Zurück an ihrem Schreibtisch reihte Tamara ihre Stifte neben dem Notizblock und dem Aufnahmegerät säuberlich untereinander auf.

Sie hatte alles, was sie für eine längere Arbeitssitzung brauchte – Ruhe, etwas zu essen, Ehrgeiz und vor allem Ungestörtheit. Zu Hause machten die Leute über ihr, zwei angehende Juristen und Wochenendgruftis mit einer Vorliebe für Heavy Metal, Tamara oft einen Strich durch die Rechnung.

Sie hatte viele produktive Nächte mit Arbeit in der Redaktion verbracht, wenn auch nicht immer für den *Monitor*. Einmal hatte sie sogar hier geschlafen, als sie einen Abgabetermin für den *Sphere* einhalten musste, tief und fest. Sie hatte die Tastatur beiseitegeschoben und die Wange auf einen dicken A4-Umschlag mit Simons Quittungen gebettet.

Doch für diese Story brauchte sie mehr als nur ideale Arbeitsbedingungen. Außer Entschlossenheit, Energie und Fingerspitzengefühl waren ein paar knackige O-Töne vonnöten. Und genau das machte ihr Sorgen. Tamara wandte sich ihren Notizen zu, dem Protokoll ihres verhunzten Interviews, das ihr als roter Faden dienen würde.

Was genau hatte die alte Frau gesagt? Nichts von Belang, bis sie in letzter Sekunde auf eine Affäre mit Bing Crosby angespielt hatte, zu der sich in keinem der Zeitungsausschnitte ein Hinweis fand. Das wäre eine exklusive Information. Aber mit welchem Zitat? Tamara suchte nach der Notiz, die sie sich gemacht hatte, als sie das Gebäude verließ. *Fabelhafte Füße. In seinen Armen fühlte ich mich wie ein Gespenst.* Das ergab nicht viel Sinn. Oder vielleicht doch. Und es war ein O-Ton. Abgesehen davon und der flüchtigen Erwähnung von Liz Taylor gab es keine einzige brauchbare Zeile. Sie würde die alte Schachtel noch einmal interviewen müssen und darüber hinaus ihre Freunde (wenn es auch kaum vorstellbar war, dass Honor Tait welche hatte) und Kollegen. Ansonsten bliebe ihr nur die Lektüre der Zeitungsartikel und Bücher, um ihren Text aufzufüttern.

Immerhin hatte sie ihre Eindrücke, detailreich, vielsagend und nur von ihr, um den Text aufzumöbeln. Das war ein

Anfang. Sie schlug den Thesaurus auf. Die eigentliche Substanz – Fakten, Zitate – konnte sie später einbauen.

Mit einer Viertelstunde Verspätung und einigermaßen nervös standen wir vor Honor Taits Tür in einer stilvollen Wohnresidenz, und die Doyenne des britischen Journalismus empfing uns mit eisiger Höflichkeit.

»Sie sind spät dran«, erklärte sie, während sie uns in ihren salon *führte, ein mit Erinnerungen vollgestopftes Wohnzimmer.*

Tamara wusste, dass sie lockerer werden und den richtigen Ton für das *S*nday Magazine* treffen musste; ein kultivierter und dennoch lässiger Charme, das war es. Ein paar Witze, getränkt mit einem Schuss selbstironischen Humors, der bei *Psst!* immer so gut ankam, könnten auch nicht schaden.

Ich war ohnehin nervös wegen dieses Treffens mit der legendären Miss Tait. Vor einer Woche hatte mein Freund mit mir Schluss gemacht, meine Steuererklärung war immer noch nicht fertig, ich hatte einen grässlichen Herpes, sah aus wie ein mittelalterliches Pestopfer, und ausgerechnet an dem Morgen, an dem ich die größte Heldin meines Lebens treffen sollte, die Doyenne des britischen Journalismus, steckten wir in einem Stau, der bis nach Regent's Park reichte. Schlimmer konnte es nicht kommen, dachte ich. Das allerdings erwies sich als Irrtum.

Mit einem Schaudern erinnerte sie sich an ihren unprofessionellen Weinkrampf. Vielleicht hatte sie sich damit einen vorübergehenden Vorteil verschafft – immerhin hatte die Alte sie nicht vor die Tür gesetzt –, aber dass sie ein Spielball ihrer Emotionen war und sogar ihre Arbeit unter der Gefühllosigkeit ihres Ex-Lovers litt, gefiel Tamara nicht. Mehr als eine Woche war vergangen, und sie war noch immer nicht darüber hinweg. Ihre Wut auf Tim erwachte aufs Neue. Sie hatte kein Wort von ihm gehört. Die Liebe besiegt alles, nur nicht die Feigheit. Seine Frau hatte Verdacht geschöpft; wie sollte er die Kosten einer neuerlichen Scheidung und die ermüdende Aussicht auf einen dritten Schwung von Kindern verkraften? (Nicht, dass Tamara Kinder wollte. Jedenfalls noch nicht.) Natürlich hatte er es auch nicht so ausgedrückt. Sie bräuchten Abstand, sagte er.

»Ich habe allen Abstand, den ich brauche«, gab sie zurück. »Ich sehe dich einmal in der Woche für ein paar Stunden bei mir zu Hause und hin und wieder Samstag nachmittags, wenn deine Frau die Zwillinge zum Ballettunterricht bringt und du nicht gerade auf dem Weg in die Redaktion bist, um dich um irgendeine brandaktuelle Story zu kümmern, Dorfkricket spielst oder mit der ganzen Familie an einem andalusischen Pool abhängst. Da gibt es jede Menge Abstand für mich. Mein Abstand ist so groß wie die verdammte Wüste Gobi.«

Sie hätte es kommen sehen müssen, schon vor fast einem Monat, als Weihnachten bevorstand – das alljährliche Armageddon für Singles. Er hatte ihr versprochen, sich am zweiten Weihnachtstag davonzustehlen und die Nacht mit ihr in einem Hotel auf dem Land zu verbringen, um ihr die grässliche Aussicht auf zwei Tage in Leicestershire zu versüßen, wo sie mit ihrem Vater, der dämlichen Ludmilla, ihrer Stiefmutter, und dem sechsjährigen Sohn der beiden, Tamaras pummeligem Halbbruder, einem verhätschelten kleinen Wunderknaben namens Boris, eingesperrt sein würde.

Das erste Weihnachten mit ihrem Vater nach dem Tod ihrer Mutter war der befürchtete Alptraum: Boris spielte Schaupartien Schach, Boris rezitierte russische Verse im Original, Boris bewältigte den Zauberwürfel in Rekordzeit, Boris kämpfte sich durch sein Klarinettenrepertoire für Fortgeschrittene, und all das unter dem entzückten Beifall seiner Eltern auf einem Schlachtfeld von zerknülltem Geschenkpapier. Irgendwo unter all den zerfetzten und krumpeligen Verpackungen, den funkelnden Häufchen goldener und silberner Schleifen versteckte sich auch das neueste elektronische Spielzeug, ein Tamagotchi, für den Tamara ihr bisschen Geld zusammengekratzt hatte. Boris hatte es ausgepackt und dann mit einem flüchtigen »Danke« einfach fallen lassen. Ross, ihr richtiger Bruder, der problematische Erstgeborene ihres Vaters, hatte nach der letzten grausigen Sauftour Hausverbot erhalten. Kein Anruf von Tim, kein Hotel auf dem Land, keine Flucht.

Auch Silvester war ein Fiasko gewesen. Sie entschied sich gegen die Party ihrer Freundin Gemma und wartete stattdessen zu Hause auf einen weiteren versprochenen Anruf, eine weitere versprochene leidenschaftliche Nacht. Fehlanzeige.

Erst kürzlich noch im El Vino hatte Tim versucht, sie zu beruhigen, hatte ihre Hand gestreichelt und ihr ins Ohr geflüstert. Es sei so intensiv, sagte er. Sie bräuchten Zeit zum Nachdenken.

»Nachdenken? Was hat das damit zu tun? Wann hast du

eigentlich je einen Gedanken an jemand anderen als dich selbst verschwendet?«

Es war nicht hilfreich, dass sie schon eine ganze Flasche Vorsprung hatte, als er endlich, wieder mal viel zu spät, zu ihrem Rendezvous erschien. Tränen, das wusste sie, halfen in solchen Situationen nie, und trotzdem heulte sie wie ein geohrfeigtes Kind. Gab es Menschen, die würdevoll weinten? Schon als er ihr eine Papierserviette reichte und mitfühlend seufzte, wusste sie, dass ihre geschwollenen, geröteten Augen und ihre laufende Nase ihn abstießen und er so schnell wie möglich das Weite suchen würde. War es bewusste Ironie, dass er ihr seinen *coup de grâce* im El Vino versetzte, der Bar, wo nach ihrer groß herausgebrachten Exklusivstory (SOHN EINES RANGHOHEN POLIZISTEN IN DROGENSKANDAL VERWICKELT) alles angefangen hatte zwischen ihnen? Ihre Story hatte sie zwei »Dates«, ein bisschen Gefummel auf einem Parkplatz und das Versprechen eines Blowjob gekostet – worauf der stämmige Sechzehnjährige sich von seinem Taschengeld trennte.

»Okay«, hatte er gestöhnt. »Hier ist das Geld. Gib mir den Stoff. Machst du's mir noch mal mit der Zunge?«

Dieser letzte Satz war aus der Tonbandabschrift, die der *Sphere* abgedruckt hatte, gestrichen worden.

Tim lud Tamara ein, ihren Triumph bei einem feuchtfröhlichen Arbeitsessen mit drei seiner Kollegen zu feiern, und als sie merkte, wie seine Hand unter dem Tisch verschwand, um ihren Schenkel zu streicheln, wurde ihr plötzlich in seliger Verzückung klar, dass ihr spielerischer Flirt – das verschämte Lächeln über den Schreibtisch der Kollegin hinweg, die Berührung seiner Hand, als sie die Paparazzi-

Bilder durchsahen – noch am gleichen Nachmittag seine Erfüllung finden würde.

Es war ein Spaß. Und mehr als das, wie sie sich einredete. Es hatte alles, was man für eine klassische Romanze braucht. Er war der Bogie und sie die Bacall, er Hugh Grant und sie Liz Hurley, er Rod und sie Rachel. Spürte er nicht auch einen Hauch von Melancholie und Trennungsschmerz nach der Euphorie ihres gemeinsamen langen Wochenendes in Paris? Er musste auf Geschäftsreise dorthin und hatte es so gedeichselt, dass sie auf Spesen erster Klasse im Eurotrain mitkommen konnte. Sie hätten genauso gut in Scunthorpe sein können, denn sie sahen so gut wie nichts von der Stadt der Lichter, während sie – versorgt mit Champagner, Kokain, Ecstasy, der Minibar und dem Zimmerservice – achtundvierzig luxuriöse Stunden ihre Lust auskosteten.

Sie hatte sich von Gemma eine Strasskette geliehen und ein enganliegendes schwarzes Samtkleid für einen Abend in einem legendären Restaurant eingepackt, wo ein Essen dreimal so viel kostete, wie Tamara im Monat verdiente. Doch das hätte sie sich schenken können. Ihr durchsichtiges fliederfarbenes Nachthemdchen mit den Satinschleifen und schenkelhohen Schlitzen entpuppte sich ebenfalls als überflüssig. Sie liefen das ganze Wochenende nackt herum und jagten dem schüchternen Kellner einen ziemlichen Schrecken ein, als er zum ersten Mal den Servierwagen ins Zimmer rollte. Anschließend lagen sie immer, wenn er eintrat, steif wie zwei Tote unter der bis zum Hals hochgezogenen Decke und unterdrückten nur mit Mühe ein Lachen.

Aber geredet hatten sie auch. Tim schilderte ihr (ziemlich ausführlich – so ist das manchmal bei Koks) seine unglückliche Zeit im Internat, die Schikanen und den sadistischen Sportlehrer. Sie erzählte von der Scheidung ihrer Eltern, den diversen Stiefmüttern, eine so haarsträubend wie die andere, der Krankheit ihrer Mutter und der schiefen Bahn, auf die Ross geraten war. Das hatte sie noch nie jemandem anvertraut. Und als in Waterloo Station der Augenblick des Abschieds kam, als sie ihm nachsah und seine massige Gestalt in der Ferne immer kleiner wurde, war sie von einer Traurigkeit erfüllt, die sich ganz so wie Liebe anfühlte.

Aber es war immer ein Fehler, mit Redakteuren ins Bett zu gehen. So viel hätte sie in den sechs Jahren ihrer Medienkarriere wirklich lernen können. Anfänglich gab es, abgesehen von der körperlichen und emotionalen Befriedigung, unübersehbare professionelle Vorteile. Nach Beginn ihrer Affäre hatte Tim ihr drei längere Beiträge zugeschanzt. Sie verbrachte ein höchst amüsantes Hotelwochenende mit einer transsexuellen Stripteasetänzerin, die behauptete, mit einem Kabinettsmitglied geschlafen zu haben, sie trug vierzehn Tage einen Gummianzug, um verdeckte Ermittlungen über die perversen Gelüste eines älteren Soap-Opera-Stars anzustellen, und interviewte einen drogenabhängigen Masseur, der behauptete, der Lover eines insgeheim schwulen Torwarts aus der zweiten Liga gewesen zu sein. Als einer der *Sphere*-Reporter eine Entziehungskur in einer Klinik im Süden von London machte, hatte man sie gebeten, ein paar Schichten im Nachrichtenressort zu übernehmen. Kurzfristig gab es die vage Aussicht auf einen festen Job.

»Ich muss es nur noch mit dem Finanzmann besprechen«, hatte Tim gesagt.

Jetzt war all das vorbei, genau wie ihre Romanze. Wenn

die Affäre mit einem Redakteur endet, steht immer auch der Job auf dem Spiel. Tim hatte etwas von »Belegschaft« und »Einsparungsdruck« gemurmelt, es dann aber geschafft, eine unglaubliche Summe zusammenzukratzen, um die Politikredakteurin des *Monitor* abzuwerben, eine konservative Matrone mit dem Akzent einer BBC-Sprecherin aus der Vorkriegszeit. Bernice Bullingdon war in der Redaktion des *Sunday Sphere* ebenso fehl am Platz wie Margaret Rutherford in einem Pornofilm.

Warum sollte Tim aber auch Tamara zu einer festen Einrichtung in seiner Redaktion machen wollen, wenn er sie gleichzeitig aus seinem Bett verjagte? Ihr letzter Artikel als freie Mitarbeiterin für den *Sunday Sphere* über die tödliche Handtaschenepidemie – »diese Manie von überdimensionalen Handtaschen, die die Haltung, ja das Leben einer ganzen Generation junger Frauen gefährden« – musste bis nächste Woche fertig sein und war für *BioSphere* bestimmt, der Seite für Beauty und Gesundheit. Sie wusste jetzt schon, dass er nie erscheinen würde. Sie würde ein großzügiges Ausfallhonorar bekommen, ausgehandelt von Tims Sekretärin, und nie wieder für das Blatt schreiben, bis Tim selbst bei einem der regelmäßig stattfindenden Zeitungsputsche seinen Sessel räumen müsste. Jeden Abend betete sie mit einer für Agnostiker ungewöhnlichen Inbrunst um einen solchen Putsch.

Bevor alles den Bach hinunterging, war ihr die *Sphere*-Redaktion wie ein rund um die Uhr geöffnetes Tollhaus vorgekommen, wo die aufgedrehten Mitarbeiter nicht zur Arbeit, sondern Rad schlagend zu einer Party erschienen. Kaum vorstellbar, wie die hochnäsige Bullingdon, deren Vorstellung von einem freien Abend sich in einer Bridgepartie mit ein paar Ministern aus dem Kabinett erschöpfte, bei einer Zeitung zurechtkommen würde, deren größter Beitrag zum Zeitgeschehen aus der Rubrik »Gatten unserer Leserinnen« bestand, einem allwöchentlichen Auftritt schüchterner Quasimodos mit Netzhemden und schmuddligen Herrenslips mit Eingriff. Im Vergleich zum *Sphere* war der *Monitor* selbst in seinen unterhaltendsten Teilen wie *Psst!* oder Johnnys *ME2*-Rubrik so öde, zahm und bieder wie ein Immobilienbüro.

Sie wischte die ungewollten Tränen fort und merkte, dass der Freak in der Ecke nicht mehr auf seinen Computer starrte. Es sah so aus, als beobachtete er sie. Tamara warf ihm einen finsteren Blick zu, woraufhin er den Kopf senkte und eilig weitertippte. Die Arbeit würde es immer geben, tröstete sich Tamara. Liebhaber kamen und gingen, aber die Notwendigkeit, Geld zu verdienen, blieb unverrücklich bestehen. Außerdem musste sie an ihren Bruder denken, den nichtsnutzigen, verletzbaren Ross. Sie hasste es, am Telefon mit ihm zu sprechen und aus dem Ton seiner Stimme und der Zusammenhanglosigkeit seiner Gedanken abzuleiten, wie zugedröhnt und welcher Stimmung er war, doch wenn sie gar nicht mit ihm sprach, lag sie die ganze Nacht wach und konnte vor Angst nicht schlafen. Wo war er? Was machte er? Mit wem?

Das letzte Mal hatte sie von ihm gehört, als er vor vierzehn Tagen eine Nachricht auf ihrem Anrufbeantworter hinterließ. Seine Stimme war schleppend, kaum zu verstehen, aber er klang glücklich, und Tamara hatte versucht, sich damit aufzumuntern, dass er vermutlich einfach nur betrunken war. Sie hatte zurückgerufen, doch sein Festnetzanschluss funktionierte nicht. Es würde wie üblich damit enden, dass sie die Rechnung bezahlte und die Gebühren für den Wiederanschluss. Letztlich war das billiger, weniger zeitaufwendig und weitaus weniger nervig als die trostlose Reise durch den Großstadtdschungel von King's Cross, um ihn aufzusuchen.

Subventionierte sie den Niedergang ihres Bruders, indem sie ihn unterstützte? Oder rettete sie ihn davor, ganz unterzugehen? Sie konnte ihn einfach nicht fallenlassen, wie es in den Selbsthilfebüchern immer stand. Eher teilte sie ihre Lohntüte mit dem Dealer ihres Bruders, als dass sie Ross aus ihrem Leben strich. Sie würde die Schuldgefühle nicht verkraften, sollte Ross etwas zustoßen. Arbeit, ihre Arbeit, war der einzige Ausweg für sie beide.

Sie griff nach den *Depeschen* und überflog das Register. Zu nichts, weder zu Crosby noch Taylor, gab es einen Eintrag. Müsste sie das ganze Buch durchlesen, um auf die unanständigen Geschichten zu stoßen? Das Leben war kurz, und es gab Abgabetermine, die sie einhalten musste. Sie wandte sich dem ersten Buch der Tait zu, *Zeugen, Zeichen, Zahnbürsten*, das offenbar die Reportage enthielt, für die sie den Pulitzer-Preis bekommen hatte. Da war sie. April 1945. »Über Goethes Eiche«. Was war denn das für ein Titel? Sie stieß einen tiefen Seufzer aus und fing an zu lesen.

Im September 1827 unternahm Johann Wolfgang von Goethe, das große humanistische Genie der deutschen Literatur, damals Ende siebzig, in Gesellschaft eines Freundes einen morgendlichen Spaziergang durch den Wald oberhalb von Weimar, an den Hängen des Ettersberg. Sie mach-

ten Rast auf einer Anhöhe, um ihr Frühstück im Freien einzunehmen, ein paar gebratene Rebhühner, Weißbrot und einen »sehr guten Wein aus einer biegsamen, feinen goldenen Schale«. An den Stamm einer mächtigen Eiche gelehnt, betrachteten sie das breite Tal der Unstrut, wo die Dörfer im klaren Herbstlicht glänzten. Dahinter, nach Süden und Westen zu, erstreckte sich der herrliche Thüringer Wald, gen Norden erhoben sich die blauen Gipfel und Kämme des fernen Harzgebirges.

Der Waldspaziergang eines Dichters aus dem neunzehnten Jahrhundert? Das war nun alles andere als neu, auch 1945 nicht.

»Ich war sehr oft an dieser Stelle«, sagte er, »und dachte in späteren Jahren sehr oft, es würde das letztemal sein, daß ich von hier aus die Reiche der Welt und ihre Herrlichkeiten überblickte. Allein es hält immer noch einmal zusammen, und ich hoffe, daß es auch heute nicht das letztemal ist, daß wir beide uns hier einen guten Tag machen. Man verschrumpft in dem engen Hauswesen. Hier fühlt man sich groß und frei, wie die große Natur, die man vor Augen hat, und wie man eigentlich immer sein sollte.«

Was für ein verstaubter, moralisierender Ton! Was für ein unsägliches Geschwafel! Heutzutage würde kein Journalist mit so etwas Erfolg haben. Ganz schön anstrengende Lektüre für diese späte Stunde. Der Freak am anderen Ende der Redaktion hatte unterdessen den Computer ausgeschaltet und stopfte seine Siebensachen in eine Art Schulranzen.

Dann ging er, ohne ein Wort. Tamara war allein. Erleichtert wandte sie sich wieder ihrer Arbeit zu und schlug den Thesaurus auf. Sie legte es zwar nicht gerade auf den Pulitzerpreis an, aber das hier musste das Beste werden, was sie je geschrieben hatte.

Verspätet, erhitzt und atemlos stehe ich vor der gepflegten Wohnresidenz in Maida Vale. Honor Tait, die beeindruckende Doyenne des Journalismus, öffnet die quietschende Tür ihres düsteren Apartments und durchbohrt mich mit einem eisigen Blick.

»Sie sind spät dran«, sagt sie mit heiserer Stimme.

Offenbar überlegt sie, ob sie mich hereinlassen soll.

Ist das die verführerische Sirene, die einst Regierungschefs auf der ganzen Welt, von Franco über Castro bis Kennedy, bezaubert und bedrängt hat, die sich Arm in Arm mit den größten Ikonen des Showbusiness zeigte – dem Playboy und Maler Pablo Picasso, dem Schnulzensänger und Golfer Bing Crosby, dem Schauspieler und Gangsterfreund Frank Sinatra oder dem Cats-Autor T. S. Eliot? Ich überprüfe den Namen auf dem Klingelschild. Tait. Diese kleine alte Dame ist es tatsächlich: die Journalistin, die über die bedeutendsten Ereignisse des Jahrhunderts berichtet hat – über den Ausbruch des Zweiten Weltkriegs, den Koreakrieg, (später einsetzen …) und bei den berühmtesten und berüchtigtsten Figuren der jüngeren Geschichte ein und aus ging. Doch würde sie eine einfache Reporterin wie mich empfangen? Und wenn ja, welche Geschichten würde sie preisgeben?

Tamaras Zuversicht kehrte zurück. Vielleicht würde es ja sogar Spaß machen. Aber es gab noch Dringenderes zu tun. Sie hatte bereits zwei Abgabetermine für Aufträge überzogen, die sie letzten Monat ihren regelmäßigen Abnehmern von Freelance-Aufträgen zugesagt hatte. *Mile High*, das Bordmagazin der Prêt-à-Jet-Airline, drängte wegen eines Reiseartikels über ihr neues Flugziel Niederlande, und *Oestrus*, das monatliche Hochglanzmagazin für die »anspruchsvolle Frau über fünfzig«, wartete noch immer auf ihren Testbericht über Vibratoren. Sie würde diesen Verpflichtungen nachkommen und sich im Anschluss ihrem großen Coup widmen. Mit ein bisschen Glück wäre Tim Farrow bis dahin in allen Zeitungsredaktionen gesperrt und schwitzte sich eine Pressemeldung nach der anderen für einen Klempnerzubehörhersteller aus den Rippen. Dann würde er den Tag verfluchen, an dem er die Chance vertan hatte, sein Leben mit einer Starreporterin wie Tamara Sim zu verbringen, einem Golden Girl des Pressekorps im einundzwanzigsten Jahrhundert.

Zuerst kam die Arbeit – dann die Rache.

Besucher, die Alkmaar noch nicht kennen, erwartet jedes Jahr im September eine kuriose Überraschung – der Anblick gewaltiger Portionen Edamer und Gouda, die über die steilen, mit Kopfstein gepflasterten Gassen der alten niederländischen Stadt rollen. Und weit und breit kein Cream Cracker in Sicht.

Honor sah zu der Uhr auf, um deren Sockel die Kette mit den Gebetsperlen geschlungen war. Beinahe Mitternacht.

Das Interview, so absurd es auch gewesen war, spukte ihr immer noch im Kopf herum. Die dämlichen Gesprächsthemen der jungen Frau hatten sie gezwungen, sich selbst ein paar brennende Fragen zu stellen. Schon als sie sich bemühte, den Lesern des *Monitor* zuliebe ihrem Leben einen Sinn zu verleihen, es in eine schlichte, klare – und, ja, rühmliche – Form zu bringen, waren ungebetene Fragmente ihrer Vergangenheit an die Oberfläche gestiegen, hässliche Stäubchen vor ihrem geistigen Auge, die das Gesamtbild trübten und sie quälten. Und wie kurz war sie davor gewesen, sich in Gegenwart dieser ordinären Kleinen alles von der Seele zu reden! Sie hätte keine Perlen vor die Säue, sondern einem Trampel die Tatsachen in den Schoß geworfen. Doch mit wem sollte sie das alles sonst besprechen?

Honor hatte nichts gegen das Alleinsein. Einsamkeit aber war etwas anderes. In den zwei Jahren seit Tads Tod hatte sie eine Gruppe von jungen Freunden um sich geschart, ihre Boys aus dem Monday Club. Warum nicht? Die alten Freunde waren tot, wenn nicht körperlich, dann zumindest wie die arme Lois in jeder anderen Hinsicht. Honor hatte Lois im Nachkriegsberlin kennengelernt, wo jene als Dolmetscherin arbeitete. Sie war ein brillantes Sprachtalent gewesen, Absolventin des Bryn-Mawr-College, mit dunklen, leicht schräg stehenden Augen, dem langen Hals eines Modigliani-Modells und dem geschmeidigen Körper einer Tänzerin. Als Honor nach Los Angeles zog und Lois, mittlerweile Aktivistin für die Progressive Party, in Brentwood lebte, hatte sich ihre Freundschaft gefestigt, und im Lauf der Jahrzehnte war sie mit seltenen, sündhaft teuren Telefongesprächen, noch selteneren, aber langen Briefen – alle vom Feuer zerstört – und mindestens einem Wiedersehen pro Jahr aufrechterhalten worden. Meistens trafen sie sich irgendwo in Italien, wo sie Museen und Kirchen besuchten, in kleinen Trattorias zu Abend aßen, Prosecco tranken und bis spät in die Nacht erzählten. 1970 war Lois schließlich nach London gezogen, um am Grosvenor Square für die amerikanische Botschaft zu arbeiten, und hatte sich eine kleine Wohnung in Mayfair gekauft. In dieser Zeit sahen sie sich regelmäßig – Galerien, Konzerte, Mittagessen, Abendessen. Jedes Frühjahr nahm Lois den Schlafwagen nach Schottland, um mit Honor zusammen lange Wanderungen in den Bergen um Glenbuidhe zu machen.

Lois' eigenes Liebesleben war tugendhaft und vergleichsweise enthaltsam gewesen, und doch hatte sie Honor treu begleitet durch zwei Ehen und unzählige *crises d'amour*. Nach der gescheiterten Ehe mit Sandor war Honor in eine Depression abgerutscht, die Lois in einem klassischen Fall von Projektion auf Honors Kinderlosigkeit zurückführte. Durch dick und dünn hielt Lois zu ihr. Als Honor Tad kennenlernte, fühlte er sich durch ihre enge Busenfreundschaft mit Lois eingeschüchtert. Er glaubte nicht, dass eine so intensive Beziehung frei von erotischem Verlangen sein konnte. Er pflegte Lois mit bleischwerem Sarkasmus als »Liebchen« zu bezeichnen, und Honor fragte sich, ob er sich vielleicht heimlich die Hände gerieben hatte, als Lois vor sieben Jahren allmählich den Verstand verlor.

Einige von Honors heutigen Freunden atmeten aus eigenem Antrieb und waren im Kopf noch einigermaßen klar, dafür aber von ihren Zipperlein derart besessen, dass sie zu eingebildeten Kranken wurden, die sich gegenseitig mit komplizierten neuen Symptomen und qualvollen medizinischen Prozeduren zu überbieten suchten. Ihre Boys dagegen waren zwar häufig oberflächlich und ignorant, hatten aber wenigstens noch andere Gesprächsthemen als Darmspiegelungen und Computertomographien.

Sie machte das Licht an und trat ans Fenster. Der Garten lag im Dunkel verlassen da wie eine Bühne, die nach der Kinder-Matinee der Abendvorstellung der Jugend harrte. Sie schloss die Vorhänge, um neugierige Blicke aus den Wohnungen gegenüber auszusperren. Nicht dass es hier irgendetwas zu sehen gäbe. Nur eine alte Frau, die mit gesenktem Kopf vor sich ins Leere starrte. Warten: das Hauptgeschäft der Alten.

Sie warf einen Blick auf die Fahnen des neuesten Buchs, *Mit unbestechlichem Blick*, die vorwurfsvoll auf dem Couchtisch lagen. Es galt, diese dritte – und letzte, wie sie ihrer Verlegerin eingeschärft hatte – Zusammenstellung ihrer journalistischen Arbeiten durchzusehen. Heute aber hatte sie nicht mehr die Nerven, sich mit dem alten Opus zu befassen und einen kritischen Blick auf vergangene Triumphe zu werfen. Stattdessen griff sie nach ihrem Notizblock. Neue Arbeit. Die Coda zu ihrem Artikel über die Befreiung von Buchenwald, für den sie den Pulitzerpreis bekommen hatte, sollte am Schluss des Ganzen stehen. Durch eine erweiterte Fassung ergab sich eine Chance zur Wiedergutmachung. Ob sie es schaffen würde, wusste sie nicht. Aber versuchen musste sie es. Sie hatte sich gegen eine Rückkehr zu Goethes Eiche allzu lange gesträubt.

Buchenwald, 14. April 1945. Tag vier der Befreiung. Die Überlebenden versammelten sich in ihrer zerlumpten Häftlingskleidung am zersplitterten Stumpf von Goethes Eiche, um ihre Freiheit zu feiern. Alle hatten ihre Landesfähnchen bei sich. Während sie diese schwenkten und damit trotzig ihren Nationalstolz unter Beweis stellten, weinten viele insgeheim um ihre Kameraden, die diesen Tag nicht mehr miterleben durften.

Am nächsten Morgen schrillte in aller Herrgottsfrühe das Telefon und riss Honor aus dem Schlaf. In Erwartung des stummen Anrufers nahm sie den Hörer ab, doch diesmal meldete er sich mit Namen. Seine Stimme war ein Schock, eine eiskalte Dusche. Banale, drängende Fragen sprudelten nur so aus ihr heraus: »Wo bist du gewesen?«, »Wie geht es dir?«, »Was hast du gemacht?«, »Wo steckst du?«

Während er am anderen Ende der Leitung zögerte und Ausflüchte machte, schrumpfte alles, was zwischen ihnen gestanden hatte, auf ein Nichts zusammen.

»Wen hast du denn erwartet? Einen neuen Liebhaber?«, fragte er. »Ich war unterwegs, weißt du … Ganz gut … Dies und das … Schwer zu sagen, im Moment …«

Sie spürte, wie sein sonores Timbre in ihr widerhallte, als hätte er eine Saite auf einem Instrument zum Klingen gebracht, das seit Jahren nicht mehr gespielt worden und trotzdem perfekt gestimmt war. Er zog sie erneut in seinen Bann, und sie wollte ihn wider jegliche Logik fest an sich binden.

»Aber geht es dir gut? Wo hast du gelebt? Wie ist es dir ergangen?«

Sie hatte Angst, ihn mit ihren Fragen zu vertreiben, und

trotzdem konnte sie nicht aufhören. Sie wollte mehr von dieser Stimme, von ihm. Was er sagte oder nicht sagte, spielte keine Rolle, Hauptsache, er redete.

»Ich hab mich irgendwie durchgeschlagen.«

Sie hatte von ihm geträumt, ruhelose Sequenzen von Trennung und Versöhnung. Seine Stimme hörte sie in vielen ihrer Alpträume. Sie hielt inne und fuhr sich mit der Hand über die Stirn, ja, doch, sie war wach, das hier war die Wirklichkeit, und am anderen Ende der Leitung war tatsächlich er.

»Ich habe deine Karte bekommen«, sagte sie. »Du hast geschrieben, dass du mich sehen musst.«

»Ach ja? Habe ich ›müssen‹ geschrieben? Ich dachte, das wäre eher dein Stil.«

Er klang so nah, fast, als könnte sie ihn berühren.

»Und wo bist du jetzt?«, fragte sie vorsichtig, um ihn nicht zu provozieren.

»Mal hier, mal da. Immer unterwegs.«

»In London?«

Sie hörte, wie er übertrieben müde tief aufseufzte.

»Jedenfalls nicht eine Million Meilen weit weg«, sagte er.

»Hast du irgendwas vor?«, fragte sie mit einer Leichtigkeit, die er unweigerlich als künstlich durchschauen würde.

»Du hast doch meine Karte gelesen. Ich dachte, wir sollten uns mal zusammensetzen.«

Zusammensetzen – was für ein laxer Ausdruck. Er machte sich über sie lustig.

»Ja ... warum nicht?«

Das Zögern in ihrer Antwort bedeutete genau das: Warum nicht? Und doch, instinktiv wusste nur er, obwohl Dr.

Kohler und seine Kollegen es auch hätten wissen sollen, dass sie es wollte, sich danach sehnte, nach diesem »sich zusammensetzen«.

»Es ist nicht ganz einfach.«

Natürlich wäre es nicht ganz einfach. Und obendrein gefährlich. Er hatte sie eingewickelt, ihr das Eingeständnis entlockt, dass sie ihn wiedersehen wollte, und schon zog er sich wieder zurück. Sie fühlte sich benebelt. Ob das die Nachwirkungen des Schlafmittels waren, das sie erst zwei Stunden zuvor genommen hatte, oder an dem Herzrasen lag, das durch seinen unerwarteten Anruf ausgelöst worden war, hätte sie nicht zu sagen vermocht.

»Es gibt keine Schwierigkeiten, die sich nicht überwinden lassen«, sagte sie fest.

»Da bin ich nicht so sicher. Es war alles ein bisschen speziell.«

Plötzlich spürte sie, wie eine lähmende Wärme sie durchflutete, eine hinterhältige Zärtlichkeit.

»Wir können das hinter uns lassen und noch einmal von vorn anfangen«, sagte sie. Ob er den inständig flehenden Unterton in ihrer Stimme wahrnahm?

»Meine Finanzen«, sagte er. »Sie sind im Augenblick etwas überstrapaziert.«

Finanzen? Natürlich. Das war alles, worum es ihm ging. Wie hatte sie das vergessen können?

»Geld?«, fragte sie und lachte laut. »Mach dir deswegen keine Sorgen. Sag mir einfach, wie viel du brauchst und wo ich es hinschicken soll.«

Er müsse jetzt Schluss machen, sagte er. Er werde sich bald wieder melden.

»Wirklich?«

»Wirklich!«

War da der Anflug einer Drohung in seiner Stimme? Es hörte sich an, als wäre er nach wie vor böse auf sie.

Und dann war er weg.

Honor schob die Bettdecke beiseite und tappte unsicher in die Küche. Mit zitternden Händen goss sie sich einen Wodka ein und zog dann im Wohnzimmer die Vorhänge auf. Der Morgenhimmel war grau wie eine Militärdecke, und die Bäume wirkten unruhig, wie vor einem Sturm. Einige Fenster in den Wohnungen gegenüber waren bereits erleuchtet; sie sah eine Frau, die mit ihrem kleinen Kind auf dem Arm am Fenster stand und in den Garten hinunterzeigte. Honor wandte sich ab und versank, von Furcht gepackt, in einem der Sessel. Manchmal wurde aus einer müßigen Sehnsucht nach Nähe ein ungebührlicher Hunger, und für sie war es immer ein Hunger gewesen, der sich nie ganz stillen ließ.

Sie trank ihr Glas aus und stellte es auf den Tisch neben Tads Foto. Vermisste sie ihren Mann? Obwohl ihre nach außen so erfolgreiche Ehe im Grunde eine Farce gewesen war? Man kann in der Geschäftigkeit des Zusammenlebens genauso allein sein wie in der Einzimmerwohnung einer alten Jungfer. Aber die Nähe, die fehlte ihr. Die angenehme Selbstverständlichkeit einer Gemeinschaft, die keiner Anstrengung oder Überprüfung bedurfte. Sein Körper, der neben ihr lag, Nacht für Nacht. Meistens. Und Sex, nicht unbedingt mit Tad – auch das vermisste sie.

Mit Anfang fünfzig kamen die »kritischen Jahre«, was als beschönigender Ausdruck für das Absterben ihres Körpers herhalten mochte. Damals hatte sie gehofft, dass die unkontrollierbaren Wallungen die letzten Reserven ihrer Lust verbrennen würden. Lois war sexuell schon immer vergleichsweise enthaltsam gewesen; für sie waren die Wechseljahre nur der Ausklang eines langen Diminuendo gewesen. Wie sehr hatte Honor sich nach einem plötzlichen, dauerhaften arktischen Winter der Leidenschaft gesehnt, in dem sie ihre Zeit und geistige Energie nur noch der Kontemplation und resoluten Umsetzung nützlicher Projekte widmen und ohne Ablenkung arbeiten könnte. Die Menopause wäre so gleichbedeutend mit einer Ruhepause. Pech gehabt! John G. war aufgetaucht, zweiundzwanzig Jahre jünger als sie, dunkel, glühend und nicht im mindesten unzufrieden mit ihrem alternden Körper. Sie hatte ihn als ihre letzte Eroberung betrachtet, eine traurige Tarantella vor dem Sterbebett. Doch dann war sie Lucio begegnet, und anschließend Bernard ... Seitdem hatte ihre Lust eigentlich nicht nachgelassen, aber es gab kaum noch Gelegenheiten.

Und nun foppte sie das Telefon mit der Erinnerung an echte, gefährliche Intimität. Er war wieder da, in Reichweite. Er hatte sie angerufen und würde kommen, um sie wiederzusehen. Sie wusste es. Er war böse auf sie, mochte sein, aber vielleicht war es auch jetzt noch nicht zu spät.

5

Als Tamara am Montagmorgen beim *Monitor* ankam, war ihr Schreibtisch bereits besetzt. Tania Singh saß mit strahlender Miene vor dem Monitor wie eine Bollywood-Prinzessin im Rampenlicht. Ihre Finger, kaum größer als die eines Kindes, flogen über Tamaras Tastatur; ihre Bücher und Unterlagen stapelten sich auf dem Schreibtisch.

»Du entschuldigst?«, sagte Tamara und ließ ihre Tasche fallen, direkt neben Tanias Füße, die niedlich klein wirkten in ihren Kitten-Heel-Boots.

»Hi!« Tania sah auf und grinste. »Ich dachte, du kämst erst später. Mein Computer ist ausgefallen. Und du hast doch bestimmt nichts dagegen.«

»Also, ehrlich gesagt …«

»Dauert nur eine Sekunde.«

Tania sammelte ihre Sachen ein und verschwand, wobei ihr langes schwarzes Haar siegesgewiss hinter ihr herflatterte wie ein Seidenumhang. Irritiert bemerkte Tamara, dass Tania einen Stapel Bücher hatte liegen lassen. Sie enthielten sicher nichts annähernd Lesenswertes, keine von einem Ghostwriter fabrizierte Popstar-Biographie, keine Großstadtfrauen auf der Suche nach Liebe, keine Krimi-Oldies, keine Witze. Tania war berüchtigt für ihre Ambitionen, und wenn sie nicht gerade ihre Stellung beim *Monitor* festigte, war sie von früh bis spät damit beschäftigt, gelehrte Traktate zu lesen und Kunstgalerien, Theateraufführungen oder Opernvorstellungen zu besuchen.

Sie verfasste eine Art Tagebuch für die Website; Simon hatte es sich angesehen. »Reine Zeitverschwendung«, sagte er. »Weiß der Teufel, warum sie sich die Mühe macht. Das Internet ist was für Loser. Tummelfeld für Pseudointellektuelle und Freaks.« Letzte Woche hatte Tania offenbar eine »Neubewertung von Lévi-Strauss« ins Netz gestellt – doch ging es nicht, wie Tamara zuerst gedacht hatte, um das Verschwinden der Jeans aus der Garderobe einer modebewussten Jugend (ein Artikel, den Tamara selbst bereits mehrmals vergeblich unterzubringen versucht hatte), sondern um einen längeren Essay zum Begründer der strukturellen Anthropologie.

»Keine Ahnung, an wen sie sich damit wendet«, sagte Simon. »Die kleine, sogenannte Online-Community ist so was wie eine lose Verbindung von einsamen Wichsern. Und damit ist nicht intellektuelle Onanie gemeint. Aber ihr Autorenbild ist wirklich *extrem* süß.«

Im Bemühen, dieses Autorenbild so weit wie möglich zu verbreiten, hatte Tania Redakteure, die in anderen Bereichen des Blattes Aufträge zu vergeben hatten, erschreckend erfolgreich umgarnt.

Vida, die bei ME2 für Johnny einsprang, wenn dieser nicht im Haus war, hatte zwei Artikel angefordert und auch gedruckt – einen über ein Frauenhaus in Belutschistan und einen weiteren über eine Künstlerin, die mit Pinseln aus eigenem Körperhaar »schmerzhaft intime« abstrakte Bilder malte. Keiner von beiden hätte bei Johnny eine Chance gehabt, doch er hatte damals in einem Hotel in Surrey festgesessen und zusammen mit anderen leitenden Redakteuren unter Anleitung eines Managementberaters Rollenspiele zu möglichen Verhandlungsszenarien mit Gewerkschaftsvertretern durchexerziert.

Mit Johnny hatte Tania es sich schnell verdorben, als er begeistert auf ihren Vorschlag – vermeintlich für einen Artikel über die Semiotik der Simpsons – eingegangen war und zwei Wochen später einen zweitausend Wörter langen Aufsatz über einen gewissen Barthes auf dem Schreibtisch hatte. Roland Barthes. Seitdem war Johnny ihr aus dem Weg gegangen und hatte zum Telefonhörer gegriffen, sobald sie sich auch nur näherte. Sie hatte fürs Feuilleton osteuropäische Theaterstücke und neue skandinavische Literatur besprochen, sie hatte für die Sportredaktion in Blairgowrie einen Wettbewerb im Eisstockschießen beobachtet, einen Kommentar über die Fluthilfe in Benin verfasst und Gerüchten zufolge in dem verzweifelten Versuch, einen Fuß in die Tür des *S*nday Magazine* zu bekommen, die unantastbare Lyra über den Redaktionscomputer einen Monat lang jeden Tag mit Nachrichten bombardiert.

Welche Genugtuung, dass dennoch sie – die bescheidene, unprätentiöse, freimütige, gewitzte, praktische Tamara Sim – und nicht die unverhohlen intellektuelle, snobistische Tania von Lyra um einen Beitrag gebeten worden war. Unter den leitenden Redakteuren des *Monitor* blieb nur Simon von Tania verschont, denn sowohl für die Ausrichtung des Blatts als auch seinen leicht spöttischen Stil und die halbgaren Witze von *Psst!* hatte sie nichts als Verachtung übrig. Es kam selten vor, dass sie mit dem Team aus dem Souterrain zum Lunch oder nach der Arbeit noch ins Beaded Bubbles ging, der nahe gelegenen Wine Bar, die als externe Redaktionskantine diente, mit dem zusätzlichen Vorteil von Alkohol und Quittungen. Tania hatte immer zu viel zu tun, war auf dem Weg zu irgendeiner grauenvollen Dichterlesung oder brachte eine Staffel neuer Bühnenautoren im Royal Court hinter sich.

»Wenn sie so genial ist, was treibt sie dann ins Internet?«, hatte Tamara Simon eines Abends im Bubbles gefragt.

»Der Ehrgeiz«, antwortete Simon. »Das ist Neuland. Sie will dabei sein und ihre Flagge dort hissen.«

»Glaubt sie wirklich daran?«

»Und ob! Es ist ihr Pioniergeist, derselbe, der sie vor ein paar Jahren bewog, die Sommerferien in Bosnien zu verbringen und sich als Kriegsberichterstatterin zu versuchen. Ihr Ehrgeiz ist grenzenlos; sie will über die Zukunft des Feminismus, die Wirtschaftskrise in Südkorea, Wahlmanipulation in Serbien und die exquisite Agonie des literarischen Lebens schreiben – alles auf einmal.«

»Dafür ist hier kein Platz!«

»Jedenfalls nicht bei *Psst!* oder auf der Website. Aber vermutlich hat sie sich gesagt, dass es besser ist, Königin im Cyberspace zu sein als Sklave in der Bleiwüste.«

Tamara untersuchte den Stapel Bücher auf ihrem Schreibtisch. Genau, wie sie gedacht hatte. Ein Roman, dessen unscheinbares Cover zu dem nicht gerade verlockenden Titel passte und laut Aufkleber mit dem Booker Prize ausgezeichnet worden war. Eine zweibändige Biographie über Picasso – was bitte schön gab es über diesen alten Wüstling denn noch Neues zu berichten? Die Memoiren eines dämlich aussehenden Dramatikers mit Buddy-Holly-Brille. Und zum Abschalten ein Werk über die Geschichte des britischen Films. Auch eine Ausgabe von Honor Taits *Zeugen, Zeichen, Zahnbürsten* war dabei. Tamara schlug sie auf. Tania hatte das ganze Buch durchgeackert, Passagen unterstrichen und sich Notizen an den Rand gekritzelt, als büffelte sie für ein Examen. Das also war Honor Taits Fangemeinde. Sie passten perfekt zusammen – Trantüten, die andere Trantüten lasen. Tamara packte den Stapel und warf ihn in den nächsten Papierkorb.

Man hatte sie wieder gebeten, die Charts zu verfassen. Diese Woche waren es die Top Ten der miesesten Frisuren im Fernsehen. Außerdem wollte sie, diskret, um ihre Freundschaft mit Simon nicht allzu sehr zu strapazieren, noch einmal bei Honor Taits Verlegerin anklopfen und dann mit ihrem Artikel fürs *S*nday Magazine* weitermachen.

Diese kleine alte Dame ist es tatsächlich: die Verfasserin einiger Jahrhundertstorys – über den Ausbruch des Zweiten Weltkriegs, den Koreakrieg (später ergänzen …) – sie, die bei den berühmtesten und berüchtigtsten Figuren der jüngeren Geschichte ein und aus ging.

Mit verdrossener Miene öffnet sie die Tür einen Spaltbreit.

»Kommen Sie rein«, brummt sie.

Tamara hatte gerade die Nummer von Uncumber Press gewählt, als Simon mit zwei extra großen Kaffeebechern aus der Kantine seinen Schreibtisch erreichte. Sie legte die Hand über die Sprechmuschel. Schon wieder der Anrufbeantworter.

Dann wählte sie eine andere Nummer, diesmal so, dass alle es mitbekamen, verdrehte verschwörerisch die Augen und lächelte Simon zu, während er ihr einen der Becher auf den Schreibtisch stellte. Mit bühnenreifer Stimme sprach sie in Radiolautstärke mit einem publicitysüchtigen Friseur aus dem West End, der immer gut für ein Zitat war, und fragte, woran man miese Frisuren erkennt. Dabei machte sie sich detaillierte Notizen, bedankte sich vernehmlich, legte auf und tippte ein paar Stichworte in den Computer. Später würde sie in der Morgue vorbeigehen und sehen, was es an Bildmaterial gab.

»Lunch?«, rief Simon ihr zu.

Offenbar hatte er ihre Gedanken gelesen.

»Okay. In einer halben Stunde? Ich will nur noch die Frisurencharts schreiben.«

»Klar. Bubbles?«

»Wo sonst?«

»Prima. Es bleibt doch dabei, dass du zur Pressegala nächste Woche mitkommst?«

»Na klar doch.«

Die Woge der Verärgerung im Raum entging ihr nicht. Einige ihrer Kollegen bei *Psst!*, das wusste sie, beneideten sie um ihre Freundschaft mit Simon, hielten ihn aber für keinen guten Redakteur und würden sie am liebsten alle beide bei der nächstbesten Gelegenheit abschießen. Ein Platz beim alljährlichen British Press Awards Dinner war äußerst begehrt und der größte gesellschaftliche Event im Kalender der Zeitungsmacher. Courtney, die verbitterte Sekretärin, die länger als irgendwer anders bei *Psst!* arbeitete und selbst gerne Journalistin geworden wäre, starrte ungerührt auf das

Faxgerät, während Jim Frost, altgedienter Redakteur und Gewerkschaftsmitglied, kräftig an seiner leeren Bruyèreholzpfeife zog und Simon finstere Blicke zuwarf.

Nun, Tamara hatte keinen Grund, sich zu rechtfertigen. Konnte sie etwas dafür, dass Simon ihre Gesellschaft vorzog? Sie wandte sich wieder ihrer Arbeit zu. Johnny hatte ihr eine Mail geschickt und um eine Meinungsumfrage bei Prominenten gebeten. Der Schattenkanzler war gesehen worden, als er in einem angesagten Restaurant von Islington Kaninchenragout bestellte, die Brokkoli und Möhren auf seinem Teller aber nicht anrührte. Ein kleiner Rundruf, und schon kannte sie das Lieblingsgemüse und das, welches sie am wenigsten mochten, von den üblichen Umfragekandidaten: ehemalige Nachrichtensprecher, Popstars auf dem Abstellgleis, mediengeile Schauspieler, ein scharfzüngiger Hinterbänkler der Torys mit einer Vorliebe für Alkohol, eine allgegenwärtige Kummerkastentante, ein prominenter Hedgefonds-Manager und ein verkannter Schriftsteller. Um im *Monitor* erwähnt zu werden, würden sie ihr liebend gern Auskunft geben. Binnen einer Stunde hätte sie alles zusammen. Dann konnte sie sich ihrer eigentlichen Arbeit widmen.

In diesem Augenblick strecke ich ihr meinen Blumenstrauß entgegen, rosa Lilien, und ihre Züge werden sichtbar weicher. Wie viele Blumen hat sie wohl in ihrem langen Liebesleben bekommen? Wenn man der einstigen Vertrauten der Folk-Rock-Legende Bob Dylan ins welke Gesicht schaut, kommt einem unwillkürlich der Gedanke: Sag mir, wo die Blumen sind.

Als sie im Beaded Bubbles eintrafen, war es dort so voll wie in der Northern Line. Courtney hatte widerwillig dort angerufen und die mittlere Sitznische reserviert. Sie ließen sich auf ihre Plätze fallen und genossen in trautem Einverständnis ihr erstes Glas Chardonnay, wie zwei Kommunionkinder, die den Messkelch leeren.

»Lucinda ist hinter die Geschichte mit Serena gekommen«, erklärte Simon, während er nachschenkte.

»Nein! Wie das denn?«

»Serena hat es ihr gesteckt.«

»Nein!«

Manchmal hatte Tamara das Gefühl, als bräuchte sie ein Flussdiagramm, um in puncto Simons Abenteuer immer auf dem neuesten Stand zu sein. Lucinda war seine Anwaltsgeliebte, die sich eine Wohnung mit Serena teilte. Die wiederum war für ein Auktionshaus tätig. Lucinda war letzte Woche auf einer Konferenz gewesen, als Serena angerufen und Simon gefragt hatte, ob er sich auf einen Drink mit ihr treffen wolle. Aus dem Drink war ein Abendessen im *Claridge's* geworden (auf seine Kosten natürlich). Am nächsten Tag hatte Tamara einen ausführlichen Bericht über das Menü, die Weinkarte und den stürmischen Sex erhalten, der darauf gefolgt war. Doch jetzt gab es neue Entwicklungen.

»Lucinda ist in die Luft gegangen.«

»Kann ich verstehen.«

»Sie hat Serena mit Rauswurf gedroht. Aber die weigert sich auszuziehen, klar.«

»Klar.«

»Deshalb hat Lucinda an Bad und Küche Schlösser anbringen lassen, um sie in die Flucht zu schlagen.«

»Das könnte hinhauen.«

Tamara winkte der Kellnerin und bestellte Risotto. Simon erklärte, er wolle dasselbe und eine zweite Flasche Wein.

»Lucinda hat mich also gestern um Mitternacht vollkommen hysterisch zu Hause angerufen. Sie schluchzte und fragte, ob ich sie wirklich für den letzten Dreck halten würde.«

»Ist sie's? Ich meine, tust du's?«

»Natürlich nicht. Das hatte Serena behauptet.«

Er fuhr sich mit beiden Händen durch das lichte Haar und schob die Unterlippe vor wie ein schmollendes Kind. Nicht zum ersten Mal staunte Tamara über seinen Erfolg bei Frauen. Er hatte Übergewicht, war nicht mehr der Jüngste und bekam allmählich eine Glatze. Als junger Mann hatte er offenbar gar kein Kinn gehabt, doch dann hatte das Alter das Versehen wettmachen wollen und seinen Hals mit Falten ausgestattet, die an den Balgen einer Ziehharmonika erinnerten.

»Nicht zu fassen!«

»Also versuchte ich, eine durchgeknallte Lucinda am Telefon zu beruhigen, während Jan neben mir im Bett schlief.«

Simons langjährige, ehrliche, elegante und entspannte Frau Jan hatte offensichtlich nie Verdacht geschöpft, während ihr Mann die Londoner Lucindas und Mirandas, Serenas und Marinas verschlang wie ein Bulimiker das Essen in einem All-you-can-eat-Restaurant.

»Speziell.«

»Und jetzt eben, kurz bevor wir loswollten, rief Serena in Tränen aufgelöst in der Redaktion an. Sie ist stinksauer.«

»O nein«, sagte Tamara und schenkte sich nach.

Das Essen kam. Simon würdigte seinen Teller keines Blicks.

»Ich hätte gesagt, dass ihre Titten aussehen wie leere Bettsocken.«

»Was?« Tamara legte die Gabel hin und malte sich das Bild aus. »Bettsocken? Tun sie das? Und hast du?«

»*Nein*. Das war die Retourkutsche von Lucinda.«

»Ach so, klar.«

»Seitdem hat sich auch Lucinda nicht mehr gemeldet«, sagte er und warf einen Blick auf seinen Pager.

Allmählich fand Tamara die Geschichte ermüdend, außerdem brannte sie darauf, ihre eigene loszuwerden, daher aß sie schweigend weiter. Er klemmte sich den Pager wieder an den Gürtel.

»Was macht der Fluchtplan?«, fragte er.

Tamara war verdattert, doch dann ging ihr auf, dass er sich nach dem Thema erkundigte, das sie schon beim Reinkommen aufs Tapet hatte bringen wollen.

»Sie war eine böse alte Hexe«, antwortete sie. »Zuerst hat sie mir kein Wort über ihr Leben verraten, aber als die Rede auf ihre brillante Karriere kam, auf die langweiligen Exklusivreportagen, die sie geschrieben hat, auf die langweiligen Politiker und Soldaten, die sie kannte, hörte sie gar nicht mehr auf zu reden. Ich dachte schon, ich käme da nie wieder raus –«

Simons Mobiltelefon klingelte. Tamara wandte den Blick ab, um ihren Neid zu verbergen: Wie gern hätte sie auch so ein Ding gehabt! Die einzigen Leute in ihrem Bekanntenkreis, die sich so etwas leisten konnten, waren leitende Redakteure, die das auf Spesen bekamen, und Drogendealer.

Es war Jan, die wegen des achtzehnten Geburtstags ihres Sohnes anrief.

»Okay, Schatz«, sagte Simon. »Besorg das Zelt ... Was immer du meinst ... Ja ... Wie Dexter will ... Nein. Geschäftsessen ... Kann jetzt nicht ... Wiedersehn ... Ich dich auch!«

Er beendete das Gespräch, und Tamara fuhr fort.

»Ich habe versucht, die Verlegerin zu erreichen, um ein zweites Treffen zu vereinbaren, aber sie ruft nicht zurück.«

Simon trommelte mit den Fingern auf den Tisch.

»Und du weißt, was dieser Auftrag mir bedeutet«, setzte Tamara hinzu. »Ich meine, für das *S*nday Magazine* zu schreiben wäre ein echter Durchbruch für mich.«

Er sah auf, machte der Kellnerin ein Zeichen und bestellte noch zwei Gläser Wein und die Rechnung. Seinen Risotto hatte er nicht angerührt.

»Lass dich bloß nicht beirren, Tamara«, sagte er und zückte seine Kreditkarte. »Du musst nach vorne schauen.«

»Wie meinst du das?«

»Ganz einfach: Wenn du diese Geschichte wirklich schreiben willst, musst du ein bisschen mehr Eigeninitiative entwickeln.«

Das war unfair.

»Ich tue, was ich kann. Ich bin nicht mal sicher, was der Fokus ist, den Lyra sich wünscht, und sie reagiert nicht auf meine Nachrichten.«

»Du hast es nicht nötig, dass Lyra dir Händchen hält«, gab Simon zurück.

»Ich werde bloß das Gefühl nicht los, dass ich in einer Sackgasse stecke. Alles, was ich habe, ist ein lausiges Interview mit einem einzigen halbwegs brauchbaren Zitat und ein paar Zeitungsausschnitte. Daraus kann ich nie im Leben viertausend Wörter quetschen.«

Er griff nach seinem Pager.

»Ach, komm, Tamara. Du kannst noch viel mehr. Honor Tait ist eine öffentliche Figur. Sie ist irgendwo da draußen unterwegs. Beobachte ihr Treiben. Irgendwas wird sich schon ergeben.«

Der Pager piepte wie ein Herzfrequenzmesser. Simon zahlte und steckte die Quittung in die Tasche. Einem Ratschläge zu erteilen ist gut und schön, schoss es Tamara durch den Kopf, aber Simon hatte heute Nachmittag auch nichts weiter zu tun, als eine Büroklammer zu finden, seine Quittung an ein Spesenformular zu klemmen und draufzuschreiben: »Lunch. Kontakte. Themenvorschläge. £ 36.«

Das Interview hatte seinen Zweck erfüllt, insofern es Aufräumarbeiten in Gang gebracht hatte, die schon lange überfällig waren. Das beunruhigende Telefongespräch tat ein Übriges. Wie hatte sie, Honor Tait, überzeugte Antimaterialistin, die jede Gefühlsduselei verachtete, so lange brauchen können, um die Sache anzugehen? Den Wunsch hatte sie durchaus gehabt, nicht aber die Energie, endlich Ordnung zu machen, oder, noch besser, Tabula rasa, indem sie einfach zur Tür rausging und einen Molotowcocktail hinter sich warf. Doch die Besitzer von Holmbrook Mansions hätten das wohl weniger lustig gefunden, bestimmt hätten sich die Nachbarn beschwert.

Kurz entschlossen wuchtete sie Tads grässliche Seelandschaft von der Wand. Sie war nicht so schwer, wie sie befürchtet hatte. Stümperhafte Aquarelle von Meer und Bergen, Wäldern und Wasserfällen hatten ihm ein Vergnügen bereitet, das er der Landschaft selbst gegenüber nie empfand. »Ja«, sagte er immer, wenn sie in Glenbuidhe am Fenster stand und er hinter sie trat. »Die Berge sind noch da. Und der See auch. Sag Bescheid, wenn jemand sie verrückt.« Und doch war er kaum zu bremsen, wenn es darum ging, grauenhafte Landschaftsmalereien aus der Gegend zu kaufen, die man wie Geschirrtücher und selbstgemachte Karamellbonbons in billigen Speiselokalen feilbot.

Auch Sonnenuntergänge ließen ihn kalt. Abends, wenn sie am Ufer des Sees entlangging und den flammenden Himmel betrachtete, wollte er unbedingt mit. Doch dann stand er in der kühlen Abendluft und scharrte ungeduldig mit den Füßen. Er hatte einfach keinen Sinn dafür. Trotzdem hatte er eine horrende Summe für ein schauriges Ölgemälde hingeblättert, mit Streifen von Mauve, Rosa und Orange, ein grotesker Abklatsch der Natur. Dieses Werk hatte sie ohne zu zögern gleich nach seinem Tod abgestoßen. Als seine Patentochter auf eine unbehagliche Teestunde vorbeikam und Interesse daran zeigte, verfrachtete sie sie damit kurzerhand in ein Taxi. Seitdem hatte Honor die Kleine nicht mehr wiedergesehen.

Honor hob einen Stapel Bücher auf und schleppte sie mitsamt dem Gemälde zum Besenschrank in der Diele, wo sie alles zu den Relikten ihrer jüngsten Säuberungsaktion stellte. Wie viel Zeit blieb ihr denn schon zum Lesen, geschweige denn *Wieder*lesen? Dann sammelte sie die Fotos ein. Doch warum? Würde sie Ruths Drängen nachgeben und die dumme Tamara tatsächlich ein weiteres Mal kommen lassen? Oder erwartete sie einen anderen Besucher, der mit einer gewissen Berechtigung über die Zurschaustellung ihres vergangenen Glanzes spotten würde? Pompeji vor dem Untergang, wie es so schön hieß.

Sie nahm das Foto von ihrem jüngeren Ich und Franco aus dem Regal. Was hatte man darüber gelästert, dass sie ausstaffiert war wie eine Revuetänzerin, als sie das Interview führte! In Wirklichkeit hatte sie mit Thierry Ferien auf Teneriffa gemacht, und Franco, damals noch unbekannt, fand nach seiner kürzlichen Degradierung keine Ruhe im Exil und hatte *sie* seinerseits auf ein Interview angesprochen. Wie sich später herausstellte, war das nur wenige Wochen vor dem Militäraufstand, der letztendlich den Bürgerkrieg auslöste. Als er hörte, dass sich auf der Insel die junge Reporterin aufhielt, deren strahlendes Lächeln schon mehrere Pathé-Wochenschauen geziert hatte und die für amerikanische Nachrichtenmagazine schrieb, hatte er sie aufgespürt und in einem Café am Hafen überrumpelt. Ohne sich ihre Verärgerung über die Belästigung des betriebsamen kleinen Mannes anmerken zu lassen, lieh Honor sich von einem belustigten Kellner einen Block und machte höflich ein Interview, hörte allerdings nur mit halbem Ohr zu, während er von Verwaltungsproblemen auf dieser Ansammlung erloschener Vulkane nördlich von Afrika berichtete. Das Interview, nicht mehr als ein paar banale Absätze im *Collier's Weekly*, hatte nicht überlebt, im Gegensatz zu dem Foto. Ein Fotograf aus der Gegend hatte den Augenblick eingefangen und wahrscheinlich mehr Geld mit diesem einen Foto verdient als in seiner gesamten Karriere mit der Ablichtung von Hochzeitsgesellschaften, Kindern im Sonntagsstaat und Erstkommunionsfeiern. Es war so oft reproduziert worden, dass es jetzt, sechzig Jahre später, so etwas wie ein Versatzstück geworden war.

Allmählich bekam das Wohnzimmer einen angenehm nüchternen Touch. Wer hätte gedacht, dass es so befriedigend sein kann, sich systematisch seiner Vergangenheit zu entledigen? Könnte man doch nur Erinnerungen ebenso einfach ad acta legen und verschwinden lassen. Sie hatte sich nach Kräften bemüht, ihre Coda fertigzustellen. Es bekümmerte sie, dass sie mit dem Alter ihr sicheres journalistisches Gespür verloren hatte, sich auf ihr feines Gehör für erstklassige Texte nicht mehr verlassen konnte und es ihr zunehmend Probleme bereitete, sich auf eine Story zu konzentrieren. Der Anruf war eine weitere Ablenkung gewesen.

Um gegen ihre Erschöpfung anzukämpfen, griff sie nach den Fahnen ihres letzten Buchs. Wenn sie schon nicht schreiben konnte, so klappte es doch wenigstens noch mit dem Lesen.

Marokko, 25. Oktober 1956. Das Massaker von Meknès begann mit einem Zwischenfall, der komisch hätte sein können, wäre der Ausgang nicht so tragisch und grausig gewesen. Eine Demonstration gegen die französische Herrschaft in Algier verlief relativ friedlich, bis ein marokkanischer Polizist den Kolben seines Gewehrs als Knüppel benutzte und damit auf einige Demonstranten losging. Dabei löste sich versehentlich ein Schuss und verletzte ihn am Fuß. Sofort machte das Gerücht die Runde, Anhänger der Franzosen hätten das Feuer eröffnet. Die Menge ging auf alle Europäer los, die sich in der Nähe be-

fanden. Ein Ehepaar wurde vor den Augen seiner Kinder mit Äxten erschlagen, ein Krankenhausmitarbeiter gesteinigt, als er niederkniete, um einem Verletzten zu helfen, und drei Männer verbrannten auf der Flucht bei lebendigem Leib in ihrem Wagen. Insgesamt wurden dreißig Männer und Frauen, größtenteils Franzosen, brutal ermordet.

Sie konnte nicht weiterlesen. Sie tat nur so, als arbeitete sie, es war gespielte Entschlossenheit. Vergebliche Liebesmüh. Damals war die Welt ein einziges Durcheinander. Und heute war es nicht anders. Sich noch einmal damit zu befassen, was sie in ihrer Jugend atemlos vor Erregung geschrieben hatte, war verstörend. Das Einzige, was sich verändert hatte, war ihre Haltung. In ihrer jugendlichen Verblendung hatte sie geglaubt, die Welt zu verbessern. Heute war sie klüger. Das war ein gewisser Trost, aber auch ein Manko.

6

Mehr aus verletztem Stolz und Verärgerung über Simons Bemerkung als aus journalistischem Ehrgeiz verschlug es Tamara zwei Tage später in den tristen Gemeindesaal der Strict and Particular Baptist Church in einer Seitenstraße der Archway Road. Während sie fröstelnd in der Schlange stand, um sich eine Karte zu kaufen (für den Preis hätte sie auch einen Abend im Kino, Hin- und Rückfahrt eingeschlossen, oder ein paar anständige Flaschen Wein haben können), bereute sie ihre Entscheidung in puncto Klamotten. Heute Abend war Jill-Dando-Stil angesagt, so dass der *Crimewatch*-Moderator-Look des vernünftigen Mädchens von nebenan, den Tamara mit Hilfe von Haargel, Perlensteckern und einem schwarzen Hosenanzug kreiert hatte, sie zum Fremdkörper machte. Die meisten Frauen trugen Fleecejacken und Gummistiefel, als hätten sie einen Marsch durch den Hindukusch vor, andere erinnerten mit ihren Stufenröcken und bunt gemusterten Umhängetüchern an Zigeunerinnen, die vom Lagerfeuer kamen.

Die Männer waren vorrangig frustrierte Akademiker in unauffälligem Cord, gespenstische, in die Jahre gekommene Hippies, deren langes spärliches Haar, grau wie eine Teppichunterlage, zum traurigen Abklatsch eines Pferdeschwanzes zusammengebunden war, und eine Handvoll blasser

Teenager, gebeugt unter der Last ihrer mit Büchern vollgestopften Rucksäcke. Am Eingang saß ein Rentner mit Ziegenbärtchen und Patchworkweste und verkaufte Eintrittskarten. Ohne von seiner Blechkasse aufzusehen, nahm er Tamaras Geld und reichte ihr eine nummerierte Garderobenmarke. Nicht zu gebrauchen für die Spesenabrechnung.

»Kann ich eine Quittung haben?«

»Haben wir nicht«, gab er zurück und streckte einem Teenager hinter ihr die Hand entgegen. »Der Nächste bitte.«

Die Reihen roter Plastikstühle im Saal füllten sich allmählich. Die Zuhörer murmelten Begrüßungen und nickten einander zu, während sie sich zu ihren Sitzen begaben; es herrschte eine leicht aufgekratzte Stimmung. Tamara, die sich auf einen endlos langen Abend gefasst machte und entschlossen war zu verschwinden, sowie sie die notwendigen Informationen beisammenhatte, setzte sich auf einen Gangplatz in der letzten Reihe. Sie hatte vor, Honor Taits Rat zu befolgen: »Nur wer genau beobachtet und mit einem unersättlichen Hunger nach Details sucht, kommt dem großen Ganzen auf die Spur.«

An den Wänden hingen knallige Plakate, die wohl eher dem heutigen Publikum geschuldet waren als der Kirchgemeinde. Sie unterstützten die Freiheitskämpfe in Lateinamerika, forderten die Freilassung politischer Gefangener, riefen zum Boykott von Waren aus in Ungnade gefallenen Ländern auf, ermahnten Gewerkschaftsmitglieder, ihre Beiträge zu zahlen, und zeigten in einer Karikatur John Major vor Downing Street Nr. 10 mit Hitlerbärtchen und der Oberlippe eines Affen, den rechten Arm zum Nazigruß erhoben. Das Porträt der Königin als hübsche junge Frau, das im Bühnengewölbe hing, war am heutigen Abend halb verdeckt von einem Poster, das Che Guevara in seliger Verzückung wie einen mittelalterlichen Christus zeigte. Verblichene Samtvorhänge rahmten die Bühne ein, die bis auf vier Bistrostühle völlig leer war.

Tamara sah sich um und staunte: Der Saal war beinahe voll. Offenbar gab es viele Leute, die ein paar Stunden langweiliger Reden in einem Kirchgemeindehaus als lohnendes Abendvergnügen betrachteten. Die meisten waren allerdings dermaßen unattraktiv, dass sie wohl wenig andere Möglichkeiten hatten. Während sie die Zuhörer unter die Lupe nahm, entdeckte sie nur eine einzige Ausnahme: eine Frau, die im Leben bestehen könnte, falls sie es wollte. Tamara fiel das Profil auf, das in seiner feinen Vollkommenheit fast künstlich wirkte, umrahmt von dunklem, wie flüssiges Pech glänzendem Haar. Und da ging ihr schlagartig auf, wer es war: Tania Singh. Was machte die denn hier? Hatte sie nicht irgendein avantgardistisches Theaterstück, das sie sich ansehen musste? Oder eine Oper? Müsste sie nicht ihr Website-Tagebuch schreiben?

Als ein kräftiger Mann mit ausgebleichtem Haar und Kampfanzug, der aussah, als wäre er soeben aus einem Guerillalager am Amazonas eingeflogen worden, von der Seite auf die Bühne kam und ans Mikrophon trat, verebbte das allgemeine Raunen. Schon bei den ersten Worten erkannte Tamara ihn, es war der Korrespondent eines Nachrichtenprogramms im Fernsehen, der für seine klaren Worte bekannt war und meistens kurz vor *Blind Date* berichtete. Paul Tucker, ein Reporter, der auf der ganzen Welt zu Hause war, ein Riese in der Aufmachung von Action Man, die populäre

Variante der liberalen Intelligenzija, mit Fernsehpräsenz zur besten Sendezeit. Zwar war er nicht berühmt-berüchtigt, da sein Privatleben nicht genug hergab für die Boulevardpresse, doch beim Publikum des *S*nday Magazine* zog sein Name durchaus. Die Anwesenden applaudierten zögernd, aber respektvoll; es klang wie das sachte Tröpfeln eines Frühlingsschauers. Als Nächstes betrat eine große ungelenke Frau die Bühne. Ihre unverhältnismäßig breiten Hüften, die sie in eine maulwurfgraue Hose gezwängt hatte, sahen aus, als hätte sie sie von einer dickeren Freundin ausgeliehen. Tucker stellte sie als die »bekannte Philanthropin und Menschenrechtsaktivistin Clemency Twisk« vor. Bekannt bei wem? Bei sämtlichen Zuhörern außer Tamara, so schien es. Das Publikum jedenfalls demonstrierte mit einer neuen, erheblich lauteren Runde Beifall, dass es mit Clemency und ihrem Wirken vertraut war – anhaltendes Prasseln eines Regengusses im April.

Twisk bedankte sich mit einem bescheidenen Nicken, während der nächste Sprecher mit eher widerwilligem Applaus empfangen wurde: ein Lokalmatador der Labour Party, Mitglied des Schattenkabinetts und beflissener junger Anwalt, der sich überall blicken ließ und sich im Vorfeld der bevorstehenden Wahlen Publicity verschaffte, ähnlich wie ein It-Girl von Event zu Event zieht. Erst letzte Woche hatte *Biker's News* ihn in seiner Lederkluft vor einer schnaubenden Harley-Davidson aufs Titelbild gehievt, gleichzeitig war er mit Wachsjacke in *Country Life's* Silvesterausgabe zu sehen gewesen, wo er sinnend in die Ferne blickte. Nachdem er sowohl die potentiellen Wähler unter den Hell's Angels als auch die Barbourjacken-Gemeinde bedient hatte, konzentrierte er sich heute Abend auf seine Stammwähler. Leutselig winkte er ins Publikum und nahm Platz, während Tucker den Ehrengast des Abends ankündigte. Als Honor Tait von der Seite aus langsam die Bühne betrat und huldvoll lächelte, schwoll der Applaus an: ohrenbetäubender Monsunregen auf einem großen Wellblechdach. Ein paar Jüngere im Publikum standen auf, johlten und pfiffen, und schon war der ganze Saal auf den Beinen: stehende Ovationen, noch bevor die alte Dame auch nur den Mund aufgemacht hatte. Tamara blieb resolut sitzen.

Dann verebbte der Lärm, und Clemency Twisk trat als Erste ans Mikrophon. Tamara stöhnte innerlich auf und warf einen Blick auf die Uhr. Sie hatte gehofft, dass Honor Tait die Eröffnungsrede halten würde, so dass sie schnell flüchten und den Rest des Abends genießen könnte. Doch jetzt berichtete erst einmal die Twisk mit zittriger Piepsstimme in allen Einzelheiten über die Entstehung einer neuen Aktionsgruppe namens Kid's Crusaders, die ihre Stiftung ins Leben gerufen hatte. Tamara spürte, wie sich schleichend Trostlosigkeit in ihr breitmachte.

»Das Ziel besteht in der Bekämpfung von Kindesmissbrauch allerorten«, erklärte die Twisk. Es hörte sich an wie ein Jodeln. »Ob in Betrieben der Dritten Welt, angesichts der absurden Unmenschlichkeit der Sexindustrie, an osteuropäischen Fließbändern oder in dem wirtschaftlich privilegierten, aber geistig verarmten Umfeld westlicher Mittelstandsfamilien …«

Tamara war mittlerweile wie gelähmt vor Langeweile und glitt langsam in einen angenehmen Tagtraum hinüber, in dem es um Tim, seinen jähzornigen Chef und ein paar kompromittierende Fotos aus dem Hotel Georges V. in Paris ging. Die Bilder zeigten einen zu Sexspielen aufgelegten Tim, der Tamaras pinkfarbenen Stringtanga als Haarnetz benutzte. Dass diese Bilder einzig in Tamaras geistigem Fotoalbum existierten, tat dem Vergnügen an ihrer kleinen Rachephantasie keinen Abbruch. Erst das plötzlich einsetzende Prasseln und Donnern des Applauses holte sie in die Gegenwart zurück. Honor Tait hatte sich erhoben. Tamara umklammerte ihren Bleistift, hielt den Notizblock fest und schrieb: *Zerbrechlich. Klein. Überragt vom Mikrophon.* Alle Augen im Saal ruhten gebannt auf der Rednerin. Während Taits Ansprache, einer einzigen Leier von Grausamkeiten – Kinder, die an Webstühlen arbeiteten, minderjährige Goldschürfer (kleine Kumpel?) und Prostituierte –, machte sie sich keine Notizen; Clemency Twisks Erklärung zu ihrer Mission hatte bereits alle Reserven ihres sozialen Interesses erschöpft. *Aufrütteln. Zorn. Reminiszenzen. Indien. Philippinen. Thailand. Litauen* – das waren die einzigen Stichworte, die sie notierte. Und so ging es weiter, doch den Traum von ihrer süßen Rache kriegte sie nicht mehr zusammen, obwohl sie sich nach Kräften bemühte. Sie würde es später im Bett noch einmal versuchen.

Erneut sah sie auf die Uhr. Der Stimme der Tait nach zu schließen, die immer voller wurde, kam sie gerade erst in Schwung. Tamara warf einen Blick über die Schulter, um zu sehen, ob der Fluchtweg frei war, und stellte fest, dass selbst hier noch Leute standen. Mehrere Dutzend, ihrer Schätzung nach zwischen sechzehn und siebzig Jahre alt, lehnten an der Wand oder saßen im Schneidersitz auf dem Boden wie beim Yoga-Unterricht. Alle betrachteten wie gebannt die winzige Figur auf der Bühne.

Tamaras Aufmerksamkeit konzentrierte sich auf einen hochgewachsenen Nachzügler, der gerade die Tür aufstieß: ein Mann mit Lockenschopf, der trotz des Winterabends die Hemdsärmel aufgekrempelt hatte, so dass man seine muskulösen Arme sah. Er stach ins Auge in diesem Raum voll blasser Jammerlappen. Lady Chatterleys Lover, der von irgendwelchen Verrichtungen im Geräteschuppen zurückkehrte. Er war der einzige attraktive Kerl im Raum und schien allein zu sein. *Ihm* hätte an einem kalten Januarabend wie diesem doch bestimmt etwas Besseres einfallen können.

Jetzt brandete wieder Applaus auf. Honor Tait war wohl am Ende angelangt. Noch vor fünf Minuten hätte Tamara darin das Signal für einen schnellen Abgang gesehen, doch der gutaussehende Fremde hatte ihre Neugier geweckt. Sie versuchte, seinen Blick auf sich zu lenken. Inzwischen hatte Paul Tucker das Wort ergriffen und hielt das Mikrophon in seiner sommersprossigen Faust wie Heinrich VIII. seinen Schinkenknochen. Es war Zeit für Fragen aus dem Publikum; ein eifriger Zuhörer undefinierbaren Geschlechts im dunkelroten Anorak winkte ein Mikrophon in den Mittelgang. Nur Tamaras Neugier auf den beunruhigenden Mann an der Tür hielt sie davon ab, Richtung Ausgang zu sprinten.

»Könnte uns Honor Tait etwas über ihre Erfahrungen in Südostasien erzählen?«, fragte ein ungepflegter Mensch mit Wanderstiefeln und runden Brillengläsern.

Aber klar. Die wahre Frage war, wann Honor Tait endlich aufhören würde, uns noch mehr über ihre Erfahrungen in Südostasien zu erzählen. Tamara versuchte, sich Notizen zu machen – *Manila, Chiang Mai, Kambodscha, Laos* –, gab jedoch schnell wieder auf. Sie konnte sich dieses Zeug nicht anhören, geschweige denn mitschreiben. Wen interessierte das schon? Sie sah sich nach dem Spätankömmling an der Tür um. Er hatte die Arme über der breiten Brust verschränkt und einen Fuß gegen die Wand gestützt, an der er lehnte. Es war eine Pose trotziger Langeweile, vielleicht aber auch versunkener Hingabe an Honor Taits mitreißende Rhetorik. Ersteres wäre Tamara lieber gewesen; sie malte sich ihn als Seelenverwandten aus, einen kritischen Geist wie sie selbst zwischen all diesen selbstgefälligen Weltverbesserern. Sie war nur hier, weil sie damit eine Absicht verfolgte. Und er?

Sie beugte sich wieder über ihre Notizen: *Sie ist die Diva des Dissens, ein glamouröser Gutmensch; das Publikum lauscht in stiller Bewunderung ihrem Bericht über den Horror in Hyderabad, die Katastrophen in Kambodscha und die Aggressionen in Aserbaidschan.*

Wann war sie endlich fertig? Wie lange sollte das noch so weitergehen? Offenbar endlos. Es war eine mehrere Kontinente umspannende Besichtigungstour globalen Elends.

Tamara linste in die Runde. Selbst diese professionellen Pessimisten und Katastrophenliebhaber mussten doch irgendwann genug haben. Doch nein, schon wieder eine Frage aus dem Publikum. Die Stimme, wie das helle und doch entschiedene Klingeln einer Signalglocke, klang seltsam vertraut. Tania Singh.

»Zuerst würde ich gern zum Ausdruck bringen, welches Privileg es ist, Honor Tait heute Abend zuhören zu dürfen. Ich möchte mich für ihre inspirierende Arbeit bedanken.«

Spontaner Beifall. Doch hätte man nicht eher eine Frage

erwartet als eine Meisterleistung im Schleimen? Tamara kochte vor Wut, drehte sich zur Tür um und sah mit Befriedigung, dass der attraktive Einzelgänger genau wie sie nicht klatschte.

Tania fuhr fort.

»Ich würde gern wissen, welchen Rat Sie einer jungen Journalistin von heute geben würden?«

Honor Tait wirkte irritiert.

»Jeder Ratschlag, den ich zu geben hätte, gälte für männliche Journalisten genauso wie für deren Kolleginnen.«

Tamara im hinteren Teil des Saals lachte sich ins Fäustchen. Wie wohltuend, dass die alte Frau mit der Kettensäge auf Tania Singh losging. Doch die ließ nicht locker. Im Gegenteil, prompt feuerte sie die nächste Frage ab.

»Was sind Ihrer Meinung nach die wichtigsten Eigenschaften, über die man als Journalist verfügen muss?«

Die Tait zuckte die Achseln, und einen prickelnden Augenblick lang glaubte Tamara schon, dass sie Tania in ihre Schranken weisen würde. Doch dann schien sie nachzugeben.

»Die Fähigkeit, wirklich hinzuschauen«, sagte sie endlich. »Nur wer geduldig beobachtet und mit einem unersättlichen Hunger nach Wahrheit Details sucht, kommt dem großen Ganzen auf die Spur. Als Journalist hat man die Pflicht, sich für die Schwachen einzusetzen und die dunkelsten Nischen menschlicher Erfahrung auszuleuchten.«

Sichtlich erschöpft zitierte sie sich selbst. Tamara konnte nicht mehr. Doch noch immer hoben sich Hände, während die Zuhörer sich um das Mikrophon drängten und lauter Fragen stellten, zu denen sie die Antworten offenbar ohnedies bereits kannten. Honor Taits Stimme zitterte, als sie von Kinderbordellen in Asien und Menschenhändlern in der früheren Sowjetunion sprach, doch ihre Worte enthielten trotz des vielversprechenden Stoffs keinerlei packende Anekdoten, sondern ausschließlich Verallgemeinerungen und Statistiken. Sie schien sich sogar selbst zu langweilen. Ihre Stimme wurde immer leiser, sie murmelte noch, dass dies eigentlich nicht ihr Gebiet sei, vielleicht würde Clemency dazu etwas sagen wollen, und setzte sich wieder hin.

Natürlich wollte Clemency. Ihr Beitrag war inbrünstig, vage und ichbezogen; so wie sie vor dem Mikrophon leibte und lebte, bebte sie geradezu vor metaphysischer Rechtschaffenheit. Tamaras Stimmung hob sich erst, als der alte Kartenverkäufer mit seiner Harlekinweste im hinteren Teil des Saals auftauchte und einen Spendenkorb aus Plastik schwenkte. Die Veranstaltung näherte sich ihrem Ende. Tamara drängte sich an ihm vorbei Richtung Ausgang. Sie war nicht die Einzige auf der Flucht. Der attraktive Nachzügler lief vor ihr her, riss die Tür eines weißen Lieferwagens auf und sprang hinein. Es goss in Strömen. Während Tamara inmitten des donnernden Verkehrs auf der Archway Road vergeblich nach einem Taxi Ausschau hielt, enteilte er bereits in das, was vom Abend übrig war, und spritzte eine Fontäne schlammigen Wassers über ihren Hosenanzug.

Wie hatte Clemency sie bloß dazu überredet? Ein neuer Wohltätigkeitsverein? Als gäbe es nicht schon genügend alte Wohltätigkeitsvereine, denen es an Geld mangelte. Und dieser alberne, altbackene Name? Kid's Crusaders! Selbstherrlicher Humbug. Honor war klar, dass die eigentliche Zielscheibe ihres Zorns nicht Clemency war, sondern sie selbst.

Sie hätte sich nie auf so etwas einlassen dürfen. Sie war zu abhängig von Clemencys Unterstützung geworden, dem finanziellen Rettungsanker, den nächtlichen Telefonaten, dem Beistand, den eine wohlhabende Erbin ohne familiäre Verpflichtungen oder anstrengenden Job mit ihrem Scheckheft leisten konnte.

Im Gegenzug für diese großzügigen Wohltaten, so hieß es in ihrem stillschweigenden Vertrag, musste Honor hin und wieder ihren Namen, ihren Intellekt, ihren Ruf und jahrelange Erfahrung in den Dienst irgendeines Anliegens stellen, das keinem anderen Zweck diente, als das Ego der Gönnerin zu pinseln. Die Würdelosigkeit, die damit verbunden war, sich bei wüstem Wetter in diese gottverlassene Gegend von London zu begeben, Clemencys ermüdende Ausführungen ohne Gegenrede über sich ergehen zu lassen, sich die Bühne mit einem grinsenden Trottel von der Labour Party zu teilen – vielmehr der New Labour Party, wie sie sich heutzutage nannte –, der auf Stimmenfang war … All das war unerträglich.

Paul war genau wie Honor eingespannt worden, um dem neuen Verein Seriosität zu verleihen, er aber war pragmatischer als Honor. Seine Gesichtszüge waren so unerschütterlich wie die der Präsidenten am Mount Rushmore, und die Vorstellung, dass dieses Geschäft geschmacklos war, irritierte ihn keine Sekunde. Er kam und ging per Hubschrauber. Und auch die schwachsinnigen Fragen aus dem Publikum, jede einzelne an Honor gerichtet, mussten ihn nicht kümmern. Zu guter Letzt meldete sich Clemencys Anstand oder ihr Gewissen, jedenfalls schlug sie flüsternd vor, allmählich zum Schluss zu kommen.

Hier, nun wieder daheim, wo sie sich auf eine schlaflose Nacht gefasst machte, kämpfte Honor gegen Schuldgefühle an, wegen eines Verbrechens, das sie, soweit sie sich erinnern konnte, nicht zu verantworten hatte. War das Paranoia? Sie kam sich vor wie John Berrymans Henry, der aus einem mörderisch chaotischen Alptraum aufschreckt, alle aufmarschieren lässt und durchzählt und sich am Ende selbst beruhigt: »Keiner hat jemals gefehlt.« Es war alles so lange her. Nur das Schuldgefühl war neu. Doch für eine Selbstbesinnung war es zu spät.

Sie griff nach den Fahnen für das dritte Buch.

5. Juli 1950. Zehn Tage und vier Rückzüge nach Ausbruch des Krieges. Trotz der Niederlagen, der Verluste und der aufreibenden Umstände ist die Stimmung im Hauptquartier Daejeon zuversichtlich, als General William Dean das Kommando über die 24. Infanteriedivision übernimmt. Kämen weitere Truppen und Waffen, würden die amerikanischen Streitkräfte den Sieg in sechs bis acht Wochen erreichen.

Die unangefochtene Selbstgewissheit ihres jüngeren Ichs flößte ihr Abscheu ein. Die Leser von heute wussten, was sie damals nicht wissen konnte, was niemand hätte wissen können: dass Amerika drei Jahre später nach Hause humpelte – vierzigtausend Gefallene, doppelt so viele Krüppel, fünfzehntausend Vermisste oder Gefangene –, um sich für den nächsten katastrophalen Konflikt zu sammeln. Sie hatte sich ihrer Darstellung von Tatsachen gerühmt: präzise Zahlen über Truppenstärke, Waffenfabrikate und -feuerkraft, die

Dauer der Scharmützel, die Daten der Schlachten. Ein Stil, der Parteilosigkeit suggerierte.

Doch was hatte sie schon für eine Ahnung, diese resolute junge Frau, die von ihrer eigenen Unsterblichkeit überzeugt war und die exklusive Gesellschaft von Männern in Extremsituationen derart genoss? Außerdem enthielt der Artikel für Honors heutigen Geschmack viel zu viele subjektive Beobachtungen. Der Dreck, die Läuse und Flöhe, die kargen Rationen, das Elend. Als sie in Daejeon von feindlichen Truppen umzingelt wurden und unter Beschuss gerieten, hatten die Sanitäter verlangt, dass Honor ihnen bei der Verabreichung von Infusionen und Bluttransfusionen an die Verwundeten zur Hand gehen solle. Zuerst hatte sie trotz der Verwirrung, des Lärms, des Rauchs und der Leuchtraketen, der verstümmelten Jungs, die stöhnend vor ihr lagen und sich vor Schmerzen krümmten, noch Zeit gefunden, sich zu ärgern. Hatte man sie für eine solche Aufgabe rekrutiert, weil sie eine Frau war, Zielscheibe des Misstrauens, ja des Spotts für einige Offiziere? Dann bemerkte sie, dass einige ihrer männlichen Kollegen ebenfalls eingespannt wurden. Schließlich hatte sie diesen Tag in einer Reportage zusammengefasst, die von falscher Bescheidenheit nur so triefte und für die ihr der Beifall der Kollegen zu Hause gewiss war: *Heute hat Ihre Korrespondentin den Notizblock beiseitegelegt, die Ärmel hochgekrempelt und die Rolle einer Krankenschwester übernommen.*

Im Garten vor dem Fenster herrschte Tumult. Das waren keine jugendlichen Randalierer aus den Sozialwohnungen, sondern junge Leute aus den Apartments von gegenüber. Sie waren mit Hüten und Schals gegen die Kälte ausstaffiert, tranken Champagner, redeten und lachten ohne jede Rücksicht auf andere.

Diese jungen Leute hinterließen ringsum überall Spuren. Die Straßen waren mit Containern gesäumt, die sich langsam, aber sicher mit alten Kühlschränken, übergroßen Fernsehgeräten, schweren Möbeln aus dunklem Holz und meterweise gefütterten Brokatvorhängen füllten, die dann im Januarregen verschimmelten. Weg mit dem Alten. Zweifellos hatten einige dieser jungen Leute bereits auch Honors Wohnung im Auge, ja die aller anderen Bewohner über sechzig, die hier noch übrig waren. Wenn sie könnten, würden sie die Container auch gleich noch mit den erkalteten Leichen all der buckligen Alten füllen, Schmarotzern, die in komfortablen Dreizimmerwohnungen mit niedrigen Mieten und einem Portier rund um die Uhr anderen Leuten den Platz wegnahmen. Bestimmt studierten diese zielstrebigen jungen Leute jeden Tag die Todesanzeigen, auf der Suche nach guten Nachrichten, die leerstehende Räumlichkeiten und fünfundneunzigjährige Mietverträge verhießen.

Tja, sie allerdings hatte noch ein Wörtchen mitzureden, bevor es nach dem Willen der Jungen ging und man sie hier hinaustragen würde. In den letzten Jahren hatte sie keine neuen Storys mehr geschrieben, aber sie musste noch einmal zu einer alten zurückkehren, sich konzentrieren, ihr schwindendes Vokabular durchstöbern und die Wahrheit ans Licht holen. Sie schlug ihren Notizblock auf und las ihre ersten Sätze für die Coda. Nein. So ging es nicht. Sie griff nach dem Stift, strich alles durch und fing noch einmal von vorne an.

Buchenwald, 14. April 1945. Vier Tage nach der Befreiung versammelten sich die Stärksten der geschwächten Überlebenden an dem verkohlten Stumpf von Goethes Eiche, um mit diesem Aufmarsch ihre Freiheit zu feiern. Aus Papierfetzen und Lumpen hatten sie Landesfähnchen gebastelt, die sie im Geist des Widerstands an jenem Ort schwenkten, wo sie jeden Tag vor ihren grausamen Wärtern hatten antreten müssen. Zwei Tage zuvor waren Soldaten der 3. US-Armee Zeugen der Barbarei geworden, als sie mit Mitgliedern der Presse an Bergen von erkalteten nackten Leichen von Gefangenen vorbeikamen, die die deutschen Truppen vor ihrem Rückzug noch exekutiert hatten.

Hier nun weinten viele der befreiten Gefangenen bei ihrer Demonstration trotzigen Nationalstolzes stumm um ihre ermordeten Kameraden.

7

Die morgendliche Redaktionskonferenz war eine anstrengende Sache: ein tägliches Turnier wettstreitender Egos, das vor einem ausdruckslosen Austin Wedderburn oder, im Fall von dessen Abwesenheit, einem still leidenden Miles Denbigh ausgetragen wurde. Morgens um zehn Uhr wetteiferten die Ressortchefs oder deren Stellvertreter im schäbigen Sitzungssaal der vierten Etage darum, wer die interessantesten Meldungen des Tages hatte und die spannendste Perspektive darauf, und wer sie knapp und – wenn es der gute Geschmack erlaubte – so witzig vorbringen konnte, dass sich Wedderburns Mundwinkel zur Andeutung eines Lächelns verzogen oder sich die Runzeln auf Denbighs Stirn glätteten. Außerdem ging es darum, die Arbeit der Konkurrenzblätter niederzumachen, es sei denn, der Auftritt des fremden Blatts stellte einen Konkurrenten im eigenen Haus in den Schatten. Vor allem aber, und das war das Anstrengendste, musste man versuchen, bei jedem müden Witz, den Wedderburn in einem seltenen Anfall von Heiterkeit von sich gab – so wie ein Monarch Almosen an das dankbare Bauernvolk verteilt –, am längsten und lautesten zu lachen.

Niemand freute sich darauf, trotzdem stürmten die Redakteure, die sich den notwendigen Status für einen Sitz in dieser Konferenz erkämpft hatten, jeden Morgen wie eine Horde Schnäppchenjäger am ersten Tag des Winterschlussverkaufs den Sitzungssaal. Nur Mitarbeiter, die es auf beruflichen Selbstmord anlegten, würden diesen Termin verpassen, denn abwesende Redakteure galten bei denen, die da waren, als Freiwild und wurden zur Zielscheibe nicht gerade schmeichelhafter Vergleiche mit ihren Widerparten bei anderen Blättern. Simon ging beruflich – im Unterschied zu seinem Liebesleben – keinerlei Risiken ein. Es kam vor, dass er die wöchentliche Beilagensitzung schwänzte und eine arrogante Geringschätzung für den Büroalltag an den Tag legte, doch selbst er würde die morgendliche Redaktionskonferenz niemals verpassen. Nie bat er jemanden darum, ihn zu vertreten, und wie alle anderen Ressortchefs nahm er sich nur frei, wenn er wusste, dass auch Wedderburn nicht da war. Egal, was in der Nacht zuvor los gewesen war, er schaffte es immer, pünktlich im Sitzungssaal zu erscheinen. Doch kaum war die Konferenz zu Ende, verließ er die Redaktion, um eine Runde Schlaf nachzuholen, und war dann rechtzeitig zum Lunch wieder da.

An diesem Morgen aber war alles anders. Von dem leidenschaftlichen Wiedersehen mit Serena in einer Champagnerbar hatte er einen solchen Kater, dass er kampfunfähig war.

»Als ich aufwachte, dachte ich nicht ›Wo bin ich?‹, sondern ›Wer bin ich?‹«, stöhnte er Tamara am Telefon vor. »Ich würde die Konferenz nicht überstehen. Außerdem bin ich jetzt ohnehin zu spät dran. Meinst du, dass du mich vertreten könntest?«

Die Chance, an einer Redaktionskonferenz teilzunehmen, inmitten der Granden des Blatts und in einer so berauschenden, karrierefördernden Nähe zum obersten Herrscher, dass man ganz weiche Knie bekam, bot sich nicht alle Tage, und Tamara, der die Veranstaltung vom Vorabend in der Kirchgemeinde noch in den Knochen saß, weil sie für ihren *S*nday*-Artikel so gut wie nichts gebracht hatte, sah die Einladung als Wink des Schicksals. Es war eine verlockende Gelegenheit, sich bestmöglich, mit all ihren Talenten und Kenntnissen, vor dem obersten Politbüro des *Monitor* zu präsentieren.

An ihrem Redaktionsschreibtisch im Untergeschoss warf sie schnell einen Blick in die Morgenzeitungen und informierte sich über die wichtigsten Themen des Tages, in der Hoffnung, aufschlussreiche neue Blickwinkel offerieren oder ein paar Witze abstauben zu können. Die Vorschläge der Opposition zur Bildungsreform hatten in beiderlei Hinsicht nicht viel zu bieten. Ebenso wenig ein vermisster Segler, eine Prinzessin, die eine Kampagne gegen Landminen gestartet hatte, oder die anhaltende Belagerung der Residenz des japanischen Botschafters in Peru. Im Januar herrschte notorische Nachrichtenflaute. Fotos von einem dümmlich grinsenden John Major mit Turban, der aussah wie ein Statist aus *Alles unter Kontrolle – keiner blickt durch,* anlässlich einer offiziellen Reise nach Pakistan, wo er mit seinem Amtskollegen zusammenkam, würden wohl Gelächter auslösen, heutzutage sorgte ja alles, was er tat, für spöttisches Kichern, selbst bei den Tories, aber das war mehr ein optischer Gag. Würde die Regierung ihren Plan, sechzig Millionen Pfund für eine neue Königliche Jacht hinzublättern, durchbringen, womit sie die Herzen loyaler Briten gewinnen und sich Stimmen für die bevorstehenden Wahlen sichern wollte? Und würde die Jacht die Tories endgültig versenken? Oder würde das Boot die unpopuläre Regierung in ruhigere Gewässer steuern? Ließe sich den Gerüchten um eine Verbindung des Schattenkanzlers mit der attraktiven PR-Managerin etwas Witziges abgewinnen? Oder anderen geplanten Verbindungen? Oder den Steuerfreibeträgen für Verheiratete? Vielleicht konnte man einen originellen Vergleich zu der geplanten Verheiratung des arroganten Popstars Liam Gallagher mit Patsy Kensit ziehen, dem Blondchen aus *Brennpunkt LA*.

Der Aufzug war außer Betrieb. Während Tamara um fünf vor zehn die Treppe zum vierten Stock hinaufeilte, keuchte sie wie ein Marathonläufer bei seinem ersten Rennen. Die Ressortchefs oder deren Stellvertreter drängten sich bereits vor der verschlossenen Tür des Sitzungssaals und warteten auf das Signal zum Angriff. Vida repräsentierte das *ME2*-Ressort in Vertretung für Johnny, der auf einem Konfliktlösungsseminar in Buckinghamshire war. Der Inlandredakteur, der mit seinem Bart und der Wolljacke wie ein Folksänger aus den Siebzigern aussah, tuschelte mit der Auslandsredakteurin, einer Walküre in knitterfreien Nadelstreifen; der Sportredakteur Ricky Clegg, heute in einem schicken rotweißen Trainingsanzug, überflog mit trügerischer Nonchalance die Seiten von *Sporting Life*. Grässlich, auch Tania Singh war da – seit wann war sie Ressortchefin? Oder auch bloß stellvertretende Ressortchefin? Sie tat so, als läse sie die *New York Review of Books*. Lyra Moore trug ein enges schwarzweißes Kostüm und halsbrecherische Stöckelschuhe, als wollte sie zu einer Cocktailparty, und fingerte an ihrem Mobiltelefon herum.

Tamara ergriff ihre Chance beim Schopf, ging auf sie zu und bereitete sich innerlich vor auf ihren ersten Satz: »Hi, ich wollte nur kurz fragen…« – »Hi! Lyra! Könnten wir uns vielleicht einmal über…« – »Honor Tait, was für eine Persönlichkeit!« Lyra Moore sah erschrocken auf, doch ehe Tamara auch nur ein Wort sagen konnte, wurden sie von plötzlichem Radau unterbrochen. Die Tür zum Sitzungssaal flog auf und gab den Blick auf die kräftige Figur von Hazel frei, einer Kugelstoßerin in Polyesterchintz und Perlen. Erstaunlich gewandt wich sie zur Seite, bevor die Meute sie über den Haufen trampeln konnte. Während sich die Ressortleiter und stellvertretenden Ressortleiter um die Plätze balgten und Hazel in den Schutz des fünften Stocks zurückflüchtete, sah Tamara, dass Austin Wedderburn heute den Vorsitz übernehmen würde, was den Einsatz ihres Beitrags zu der Konferenz weiter nach oben schraubte. Im *Monitor* war dies die Chance schlechthin, sich zu profilieren, und jetzt konnte sie glänzen.

Nach mehreren vergeblichen Anläufen, einen Sitzplatz in unmittelbarer Nähe des Herausgebers zu ergattern, fand sich Tamara schließlich auf einem Stuhl neben dem Teewägelchen am Eingang wieder, ohne direkten Blickkontakt zu Wedderburn. Im Theater fiele ihr Platz in die Kategorie 6: »mit eingeschränkter Sicht«, und würde zum halben Preis verkauft. Sie müsste sich anstrengen, um Wedderburns Aufmerksamkeit auf sich zu lenken. Lyra, der Inbegriff von Eleganz und Effizienz, allerdings ohne den obersten Knopf ihrer Bluse, der offenbar im Eifer des Gefechts abhandengekommen war, saß neben dem Herausgeber. Dem Inlandredakteur stand der Ernst der unzähligen Meldungen, die er der Leserschaft übermitteln musste, ins Gesicht geschrieben. Er saß rechts von Wedderburn, neben der Auslandredakteurin. Und daneben, ein paar Plätze von Tamara entfernt, stützte Tania ihr aufreizend süßes Gesicht in die Hände wie ein verwöhntes Kind in Erwartung einer Belohnung, die man ihr nur verweigern würde, wenn man wirklich herzlos war, und grinste durchtrieben.

Obwohl sich bereits erwartungsvolles Schweigen über den Saal gesenkt hatte, klopfte Wedderburn mit seinem Stift auf den Tisch wie mit einem Hämmerchen.

»Bevor wir mit unserer üblichen Debatte beginnen, würde ich Ihnen gern einen Gast vorstellen«, sagte er und nickte wohlwollend in Tamaras Richtung.

Sie spürte den Kitzel der Erregung, ihr Herz schlug höher, ihr Puls raste. Wedderburn hatte sie also doch bemerkt. Und nicht erst heute Morgen. Sie richtete sich kerzengerade auf und legte in einer Pose hellwacher Einsatzbereitschaft beide Hände flach vor sich hin.

»Viele von Ihnen sind ihr bereits in den Gängen begegnet«, fuhr Wedderburn fort, »manche kennen ihre Arbeit und wissen, wie sehr sie sich profiliert hat, daher bin ich sehr froh, Ihnen sagen zu können, dass sie eine bedeutsame Rolle in unserem Haus spielen wird.«

War es möglich, dass *gute* Nachrichten einen Schock auslösen? Eine Hitze wie aus einem soeben geöffneten Backofen stieg Tamara ins Gesicht. Sie merkte, dass sie rot wurde, und hoffte nur, dass ihr nicht der Schweiß ausbrach. Sie presste die Lippen, die ihr seltsamerweise nicht gehorchen wollten, zu einem schmalen, bescheidenen Lächeln zusammen. Lyra musste mit dem Herausgeber über sie gesprochen und ihm von dem Honor-Tait-Artikel erzählt haben. Es war geschehen. Tamara hatte immer gewusst, selbst im schlimmsten Winterloch, dass sie es eines Tages schaffen würde. Sie war dafür vorherbestimmt, zeichnete sich vor den anderen aus. Ein Bild aus der Sonntagsschule fiel ihr wieder ein. Eine Heilige (Lucy? Agnes?) mit sittsam gesenktem Blick (ihr meint doch nicht etwa mich?), über deren Kopf ein Heiligenschein funkelte wie ein goldener Frisbee. Endlich. Tamara gehörte zu den Auserwählten.

Wedderburn hatte begriffen, dass sich der *Monitor* um jüngere Leser bemühen musste. Die Besetzung einiger Redakteursposten mit Mitarbeitern unter dreißig wäre der erste Schritt auf dem Weg zu einer höheren Auflage. Natürlich war es unorthodox, eine Beförderung derart öffentlich kundzutun, aber Tamara wollte nicht kleinlich sein.

»Wenn wir die Tagesordnung hinter uns gebracht haben, wird sie uns hoffentlich noch etwas über ihre Visionen für den *Monitor* erzählen«, fuhr Wedderburn fort.

Tamaras Aufregung schlug in panische Angst um, und plötzlich war ihr eiskalt. Visionen? Visionen hatte sie nur einmal im Leben gehabt, als Ross ihr in Glastonbury ein Stück Omelette mit halluzinogenen Pilzen untergejubelt hatte. Sie konnte die Liste aller *Psst!*-Storys in dieser Woche herunterbeten, sie hatte sich die wichtigsten Nachrichten des Tages eingetrichtert und statt irgendwelcher Paukenschläge wegen Gordon Brown ein paar Witze zum Thema Hochzeitsglocken einfallen lassen. Aber Visionen? Er hielt sie doch wohl nicht für die heilige Bernadette? Schreckgelähmt saß sie da, fragte sich, wie sie sich da wieder herauswinden sollte, und hoffte, die Sekretärin werde plötzlich mit einem Fax auftauchen, das, sagen wir, den Tod eines führenden Mitglieds der königlichen Familie meldete, irgendwas, Hauptsache, es war bedeutsam genug, um die sofortige Beendigung der Konferenz zu rechtfertigen, doch im gleichen Augenblick erklang eine andere Stimme – jung, weiblich, unglaublich selbstbewusst, wie die Schulsprecherin am Stiftungsfest einer Privatschule.

»Danke, Austin.«

Tania.

»Ich verspreche, dass ich Ihnen nicht allzu viel von Ihrer Zeit stehlen werde«, sagte Tania in die versammelte Runde. »Aber nach diversen Gesprächen mit Austin anlässlich neuer Durchbrüche in der Informationstechnologie hat er mich freundlicherweise eingeladen, Ihnen heute Morgen etwas über das World Wide Web und dessen Bedeutung für unsere Zeitung zu erzählen.«

Tamara beugte sich vor und sah ungläubig am Tisch entlang, von Wedderburn zu Tania und wieder zurück. Ihre Gefühle schwankten zwischen Erleichterung und Enttäuschung, während die Wahrheit langsam sackte und ihr strahlender Heiligenschein zu einer schlaffen Narrenkappe zusammenschrumpelte. Das war ein ziemlich gewaltiger Dämpfer. Tamaras Blick huschte zu ihren Kollegen. Keiner sah ihr in die Augen, niemand grinste oder lachte sie gar angesichts ihrer Verlegenheit aus. Aller Augen ruhten auf Tania.

Wedderburn trommelte erneut mit dem Stift auf den Tisch, und die Sitzung nahm ihren Gang. Während man rituell die Morgenausgaben auseinandernahm – die des *Monitor* und seiner Konkurrenz –, fand Tamara ihre Fassung wieder und wartete auf ihren großen Augenblick. Sie war nicht auserwählt worden. Der Herrscher hatte nicht auf sie herabgelächelt, er hatte sie nicht einmal gesehen, aber sie würde ihre Chance, Eindruck zu machen, schon noch bekommen.

Vida gab zuckersüß zu bedenken, dass der Umgang des Nachrichtenressorts mit der Bildungsreform einiges zu wünschen übrigließ, während die verantwortliche Nachrichtenredakteurin liebenswürdig bemängelte, dass *ME2* sich die Meldung mit dem vermissten Segler hatte entgehen lassen, die der *Courier* von heute so humorvoll kommentiert hatte. Mit kaum verhohlener Wut rechtfertigte sich Vida, dass *ME2*'s sachliche Berichterstattung über den Fall ausdrücklich von Johnny angeordnet worden war; die Nachrichtenredakteurin konterte mit einem Captain-Calamity-Witz über den Segler im *Courier*, der ein kurzes Zucken in Wedderburns Gesicht auslöste, möglicherweise ein Lächeln. Darauf schwappte eine Welle von dünnem Gelächter durch den Raum.

Toby Gadge gab zögernd zu bedenken, die Nachrichtenredaktion hätte mehr daraus machen können, wie die Tory-Regierung auf die Unterstellung reagierte, dass einer ihrer Abgeordneten in eine illegale homosexuelle Affäre verstrickt sei, worauf die Nachrichtenredakteurin entgegnete, das Politikressort habe die jüngste Regierungskrise nicht ausreichend ausgeschlachtet. Die Umfragewerte der Tories waren in den Keller gegangen, als einer ihrer Parlamentarier nach einem schweren Besäufnis unerwartet das Zeitliche gesegnet hatte.

Der Ressortchef Finanzen, zwielichtig wie ein geschmierter Buchhalter, buhlte um gebührenden Platz auf der ersten Seite für seinen Artikel über den geplanten Börsengang einer Bausparkasse. Wedderburn gähnte unverhohlen, worauf sich mehrere seiner Ressortchefs am Tisch bemüßigt fühlten, auf ihren Stühlen hin- und herzurutschen, sich die Augen zu reiben oder die Arme zu strecken. Der Kulturchef, ein Troll mit Stromschlagfrisur, wiederholte seine allwöchentlich vorgetragene Bitte um mehr Platz für Besprechungen klassischer Musik. Wie immer machte sich gequältes Schweigen breit, während Tamara ihren Kommentaren über die Heiratspläne des Schattenkanzlers den letzten Schliff verpasste. Ehe sie sich versah, war die Blattkritik abgehakt, und man kam zu den Themen des Tages.

Das bedeutete die feierliche Verlesung von Listen, anhand deren die Ressortchefs oder deren Stellvertreter die Themen vorstellten, die von ihren jeweiligen Teams für die nächste Ausgabe vorbereitet wurden. Soweit Tamara sagen konnte, bestand die wichtigste Aufgabe der Ressortchefs darin, mehrmals am Tag auf verschiedenen Sitzungen dieselben Listen vor demselben Publikum herunterzubeten. Entscheidend war die Art des Vortrags. Eine je unterschiedliche Tonlage war der Trick, damit dieselbe Liste bei jedem Hören brandneu klang, als hätte man sie kochend heiß serviert. Gerüchteschrott, aus dem man im Hochofen journalistischer Recherche glühende Tatsachenbarren geschmiedet hatte. Eine gewisse Atemlosigkeit war bei Sitzungen angebracht, die sich auf Nachrichten konzentrierten; bei Johnnys ME2-Sitzungen war lässige Ironie wirkungsvoller; ein markiges »Alle mal herhören!« half, die Vertriebs- und Marketingabteilung auf Zack zu bringen, und bei Haushaltssitzungen ging man am besten wie ein Roboter auf unbeteiligte oder gar geringschätzige Distanz. Die Listenverlesung auf der morgendlichen Redaktionskonferenz aber gab das Tempo und den Ton für den gesamten Arbeitstag an.

Der Inlandressortchef, der bereits einen Lacher gelandet hatte, las zunächst effizient seine Liste herunter und ging dann auf den für den morgigen Tag geplanten Coup ein, der dem für Samstag geplanten »exklusiven« Vorabdruck im *Courier* das Wasser abgraben sollte. Die vier Textauszüge, für die der *Courier* viermal so viel bezahlt hatte, wie Tamara im Jahr verdiente, enthielten die sensationellen Behauptungen eines gewieften MI-5-Agenten über einen ausgeklügelten Attentatsplan mit dem Ziel, Länder mit reichen Erdölvorkommen zu destabilisieren. Die Nachrichtenredaktion des *Monitor* kam dem dank eines Vorabexemplars des Buchs zuvor (ein Sicherheitsmann im Warenlager, der knapp bei Kasse war, hatte eine dreistellige Summe dafür kassiert). Dazu hatte man die Geschichte mit empörten Kommentaren aus Venezuela und Saudi-Arabien, skeptischen Stimmen von Exkollegen und der Diagnose eines gefälligen Medienpsychologen aufgepeppt, der dem Agenten einen zwanghaften Geltungsdrang bescheinigte. Die Story des *Monitor* würde ihrerseits mit dem Etikett »exklusiv« versehen sein und eine freche kleine Spitze gegen den *Courier* enthalten, der obendrein eine sündhaft teure Anzeigenkampagne im Fernsehen finanziert hatte, um auf seinen Vorabdruck aufmerksam zu machen. Wedderburn honorierte den Coup mit einem befriedigten Grunzen, halb Räuspern, halb Glucksen, und löste eine Welle von ähnlichen Geräuschen am Tisch aus, dann nickte er der Leiterin des Auslandressorts zu.

Nach der virtuosen Darbietung des Inlandressorts fasste

sich diese klugerweise kurz und verlas ihre Liste – Hebron, Hutus und Tutsis, Aung San Suu Kyi in Burma und Präsident Milosevic im ehemaligen Jugoslawien – in einem Ton, der ebenso gut in eine Budgetsitzung gepasst hätte. Weiter zu *ME2*. Vida nutzte Johnnys Abwesenheit, legte die banalen Themen, die er für die morgige Ausgabe geplant hatte, auf Eis und präsentierte stattdessen eine grundlegende Betrachtung über häusliche Gewalt der feministischen Schriftstellerin Isadora Talbot, eine Reportage über sinkende Spermienzahlen und einen optimistischen Bericht über eine geniale Antivergewaltigungstaktik. Nachrichtenredakteurin und Auslandchefin warfen sich Blicke zu.

Dann war Ricky Clegg an der Reihe, der wie ein zappeliger Teenager hin- und herschaukelte und seine Litanei in einem nasalen Einerlei vortrug. Seine Stichelei gegen einen Fußballspieler aus der Premier League mit Pech in der Liebe sorgte für einen milden Lacher von Wedderburn und herzliches Gelächter von allen anderen. Auf diesen kleinen Triumph des Sportredakteurs folgten die telegraphisch knappen Ansagen zu fallenden Börsenkursen, Preissteigerungen im Einzelhandel und schwankenden Wechselkursen durch das Finanzressort sowie das leidenschaftliche Engagement für eine Saison Brecht-Theater durch den Kulturchef vor einem komplett desinteressierten Publikum. Unterdessen beobachtete Tamara, die sich jetzt im Klaren darüber war, was sie sagen würde, und nur noch auf ihren Moment wartete, mit zusammengebissenen Zähnen, wie Tania sich gewissenhaft Notizen machte.

Damit waren die Hauptfragen für die morgige Ausgabe geklärt, und es ging weiter mit den Redakteuren der Wochenendausgabe. Das *S*nday*-Menü war wie üblich weniger eine Liste der geplanten Beiträge als ein literarisches Who's who – Saul Bellow über Robert F. Kennedy, Iris Murdoch zu Schreibblockaden, Ted Hughes über die mythische Resonanz des Stichlings –, und Lyra trug sie mit der kühlen Gelassenheit einer Fernsehmoderatorin vor. Wedderburn bedachte sie mit einem majestätischen Nicken. Der Literaturredakteur Caspar Dyson, ein nervöser Fachidiot mit Nickelbrille, der sich offenbar von dem Unternehmen, dem er diente, um sich seinen Lebensunterhalt zu verdienen, ständig vor den Kopf gestoßen fühlte, kämpfte sich stockend durch seine Liste von Rezensionen – ein Schuss Kolonialismus, eine Prise Poesie, ein Körnchen Geschichte, ein Quentchen Politik und ein Roman, den er atemlos und eindringlich als »postmodernes, meta-narratives Poioumenon« bezeichnete. Nichts davon konnte Wedderburns Interesse wecken.

Erheblich mehr Begeisterung erzielte der Beitrag des Reiseredakteurs, ein beneidenswerter Katalog von Werbegeschenken – bezahlte Stippvisiten auf den Malediven, Streifzüge durch die Karibik, Strandidylle in Thailand oder schmutzige Wochenenden in teuren kleinen Hotels auf dem Kontinent –, die er an Auserwählte verteilte, darunter auch Simon (eine Woche in einem Luxus-Spa auf den Seychellen) und Wedderburn (vierzehn Tage Golfen auf Mauritius), gegen sechshundert Wörter über ein Land voller Kontraste, Vergangenheit-versus-Moderne, grüne Täler/nebelverhangene Berggipfel, Ost trifft West und prachtvoll-pittoreske Inselparadiese.

Tamaras großer Augenblick kam näher. Sie überdachte ihre Strategie noch einmal und beschloss, ihre Charts besonders hervorzuheben, die Top Ten der am schlechtesten frisierten TV-Stars: Grelle Strähnchen und schrottige Schnitte. Ob sie Paul Tucker noch einbauen sollte? Seine strohtrockene Mähne sah aus wie das Ding, mit dem man Kalkablagerungen in Toilettenschüsseln entfernt. Aber konnte man einen rasenden Reporter als TV-Star bezeichnen?

Im Moment sprach noch einmal Vida. Man hatte ihr eine zweite Runde im Scheinwerferlicht zugestanden, um eine spezielle Wochenendbeilage vorzustellen, die Johnny und sie seit drei Monaten unter strengster Geheimhaltung austüftelten: die *Monitor Elite List,* ein achtzigseitiges Hochglanzverzeichnis mit den Namen der hundert einflussreichsten Persönlichkeiten aus Politik, Kunst, Medien, Sport und Business. Es sollte als Beilage der Samstagsausgabe erscheinen und war Teil einer Frühlingsaktion zur Auflagensteigerung, unterstützt von einer Werbekampagne zur besten Sendezeit im Fernsehen, die jedes Budget sprengte. Tamara durchfuhr ein Stich. Charts. Ihre Spezialität. Niemand hatte sie um Rat gefragt. Aber ihre Revanche kam noch. Wenn sie die Reportage über Honor Tait erst abgeliefert hatte, würde sie ihre Zeit nicht mehr damit verbringen müssen, im zweiten Stock herumzustöbern und zu hoffen, dass jemand aus der *ME2*-Redaktion sie mit irgendwelchen Ranglisten betraute.

Inzwischen berichtete der faltenlose und wie eine Schaufensterpuppe gebräunte Vertriebs- und Marketingchef, Erik Havergal, über die erfreulich nach oben geschnellten Verkaufszahlen, die sie mit den Gratissamen zu Weihnachten erzielt hatten, und der deutlich geringeren Steigerung nach der Aspirin-Aktion in der Neujahrsausgabe, die von einer

Alka-Seltzer-Kampagne des *Courier* ausgehebelt worden war.

»Zum Abschluss noch eine gute Nachricht«, sagte Havergal. »Ich kann Ihnen bereits heute verraten, welche Werbegeschenke wir für die *Elite*-Spezialausgabe geplant haben: ein Für-ihn-&-sie-Set mit einem Paar Manschettenknöpfen und einem Armreif aus Falschgold, beide mit eingeprägtem E für Elite.«

Wedderburns Wangen zitterten, die Ouvertüre für ein Lächeln größter Befriedigung. Im Nu erhellte sich im Dominoeffekt ein Gesicht nach dem anderen im Raum in eitel Freude.

Jetzt ergriff die Moderedakteurin das Wort. Heute umschloss Xanthippe Sparks' geflochtenes Haar die Ohren wie Kopfhörer. Dazu trug sie einen Dirndlrock mit geschnürtem Mieder und eine Bluse mit Puffärmeln als Hommage an Heidi. Leichtfüßig trippelte sie durch ihr Inventar: Die Neue Lässigkeit ... Rhapsodie in Blau ... Tageskleidung für Nachteulen ..., während der Inlandredakteur seinen Terminplan studierte, Wedderburn auf die Uhr sah und Tamara, die damit rechnete, als Nächste dranzukommen, ihre eigenen Stichwörter überflog und etwaige Zungenbrecher im Geiste noch einmal vor sich hin sagte. Ausdrucksfähigkeit war das A und O. Auf keinen Fall durfte sie ihren Einsatz verpassen.

» ... und in der Herrenmode widmen wir uns dem Retro-Pimp: weiße Lederschuhe, goldenes Kettchen, schwarzes Herz ...«

Der Inlandredakteur legte seine ausgedruckten A4-Seiten übereinander und klopfte sie auf Kante. Wedderburn schien etwas Interessantes entdeckt zu haben, das sich in der Feder seines Füllers verhakt hatte. Selbstgewiss kam Xanthippe zum Ende, unangefochten vom stummen Spott ihrer Kollegen, und Tamara wappnete sich für ihren Augenblick. Sie würde knapp, clever und absolut sachlich vortragen. Nach der Moderedakteurin konnte man nicht viel falsch machen.

»Vielen Dank an Sie alle«, sagte Wedderburn und trommelte entschlossen mit den Fingern auf den Tisch. »Ich fürchte, wir müssen uns heute etwas kürzer fassen. Schließlich wollen wir eine Zeitung herausbringen.«

Er grinste ansteckend.

»Doch zunächst wird Tania Singh noch ein paar Worte zum Thema Internetauftritt sagen.«

Tania stand auf, um ihren Vortrag zu halten, eine glühende Evangelistin für den Superhighway der Information, die frohe Botschaften über URLs, Domain-Namen, Portale, Clicks, Dotcoms und die digitale Kluft verkündete. Die Redakteure beobachteten sie mit unterschiedlichen Graden an stillem Skeptizismus und träger Lust. Auch Tamara konnte, von Abscheu erfüllt, den Blick nicht von ihr wenden und fuhr zusammen, als ihr jemand auf die Schulter klopfte. Es war Hazel, die mit einer Teekanne leise in den Saal zurückgekommen war. Sie drückte Tamara eine Schale Zucker und ein Kännchen Milch in die Hand und deutete ihr mit stummem Nicken an, dass sie ihr beim Verteilen des Tees helfen solle. Wahrscheinlich lag es nur daran, dass sie direkt neben dem Teewagen saß, doch nach diesem Vormittag voller Demütigungen fragte sich Tamara unweigerlich, ob sie wohl so etwas wie den Duftstoff eines niederen Säugetieres verströmte.

Am Ende aber hatte sie doch noch ihren großen Augenblick: eine direkte Begegnung mit Austin Wedderburn. Miles Denbigh ließ sich gerade über Fortschritte in der Debatte über einen multireligiösen Gebetsraum aus – sein eigenes Büro würde mit einem Altar und einem Gebetsteppich ausgestattet werden, als Kompromisslösung, um sich die aufgebrachten Raucher vom Hals zu halten –, als der Herausgeber aufsah und den Daumen und zwei Finger hob. Eifrig rührte Tamara drei Löffel Zucker in seinen Tee und reichte ihm einen Teller mit Vollkornkeksen. Er bedankte sich nicht, doch sie war sicher, dass er noch einmal aufsah und sie registrierte. Nächstes Mal wüsste er, wer sie war.

Als Tamara später mit Simon beim Lunch im Bubbles saß, war sie deprimiert. Er hingegen zeigte sich von seiner optimistischen Seite – mit Serena war alles gut gelaufen, und von seinem Kater hatte er sich offenbar auch erholt.

»Ach, komm, Tamara. So schlimm ist es nun auch wieder nicht. Du hast gestern Fortschritte mit deiner Honor-Tait-Story gemacht. Bis zur Archway Road rauszufahren – das zeugt von echtem Einfallsreichtum.«

»Na super! Du hättest dabei sein müssen. Es fiel den ganzen Abend kein einziger brauchbarer Satz!«

»Ach, hör auf! Irgendwas muss es gegeben haben, aus dem man etwas machen kann. Ein bisschen Farbe. Ein paar Fakten.«

»Fakten? Fakten gab es jede Menge. Fakten waren *alles*, was es gab. Und was soll ich damit? Viertausend sterbenslangweilige Wörter über den Wohltätigkeitsfimmel einer alten Dame? Das würde nicht mal Lyra mir abkaufen.«

»Du schaffst es«, sagte er und schenkte ihr nach.

»Ich weiß, was ich brauche«, antwortete Tamara. »Die berühmten Liebhaber, die prominenten Freunde, die gebrochenen Herzen. Aber ich kriege kein Sterbenswörtchen aus ihr raus.«

»Es steht ja auch nirgendwo geschrieben, dass es einfach ist«, hielt er ihr vor. »Wenn es so leicht wäre, könnte jeder Depp es machen. Du musst dich anstrengen.«

»Und was tue ich deiner Meinung nach?«

Sein Pager piepte.

»Wie wäre es mit dem Monday Club?«, fragte er und überflog gedankenabwesend seine Nachrichten. »Ihre Gigolos, ihre Lustknaben? Das ist deine Story. Fahr hin, und sieh sie dir an.«

»Sie wird mich garantiert nicht zu einem ihrer mondänen Salonabende einladen!«

Simon sah von seinem Pager auf und warf ihr einen vernichtenden Blick zu.

»Wer hat denn was von einer Einladung gesagt?«

8

Die Montag-Soireen hatten sich auf Drängen der Boys von improvisierten Trinkgelagen zu monatlich stattfindenden Diners entwickelt, ein Jour fixe in Honors Kalender. Und ihre einzige regelmäßige Mahlzeit. Sie war ihr Leben lang eine furchtbar schlechte Köchin gewesen. Zwar sorgte die Haushilfe dafür, dass die Küchenschränke und der Kühlschrank das Nötigste enthielten – Brot, Milch, Tee, Wodka, Haferkekse, ein bisschen Käse, ein paar Konserven –, doch nach Tads Tod waren Honors Ambitionen über Toast und seine diversen Varianten nicht hinausgegangen. Dieses montägliche Abendessen einmal im Monat war ihr »Essen-auf-Rädern«, hatte Bobby mal gesagt. Die Gäste brachten die Verköstigung und den Wein mit, sie stellte den Ort zur Verfügung und sorgte für Wodka.

Für die Boys war Honor ein *monstre sacré*, überspannt, witzig, manchmal boshaft. Es war der Glamour ihrer Vergangenheit, die Assoziation mit Größe, denen sie die Gefolgschaft verdankte; sie waren geschmeichelt, sich mit ihr treffen zu dürfen, ließen gern im Beisein anderer ihren Namen fallen, ertrugen ihre Beschimpfungen ohne Murren, und obendrein verlieh das Gefühl, eine einzige falsch verstandene Bemerkung könnte sie ein für alle Mal in die Verbannung stürzen, dem Beisammensein mit ihr einen erregenden Hauch von Gefahr.

Bobby war ihr Vasall. Als leitender Redakteur des *Zeitgeist*, der wöchentlichen Kulturbeilage des *Courier*, versorgte er sie mit Tratsch aus der Verlagsszene, Wein aus dem Languedoc und reichlich Nachschub an hübschen Novizen, meistens Schauspielern, die frisch von der Akademie kamen, zarte Schönlinge für die gierige Bestie. Er selbst galt als gescheiterter Geisteswissenschaftler. Er hatte zwei kaum beachtete Biographien über vergessene modernistische Schriftsteller verfasst und war ein scharfer Kritiker für eine Reihe kleinerer Publikationen des Arts Council gewesen, ohne je ein Honorar zu kassieren. Niemand war mehr überrascht als er selbst, als der Herausgeber des *Courier,* Neville Titmuss, von Bobbys Verriss der journalistischen Memoiren eines alten Rivalen begeistert, ihn zum leitenden Redakteur des *Zeitgeist* erkor.

Bobby schien trotz seiner Niederlagen die Karriereleiter hinaufzuklettern, der arme Aidan Delaney hingegen, ein ziemlich guter Dichter, der hervorragende Kritiken und zahlreiche Preise bekam, musste mit ansehen, wie seine Verkaufszahlen stetig zurückgingen. Honor bewunderte Aidans Beharrlichkeit und fand seine Menschenfeindlichkeit seltsamerweise beruhigend. Inigo Wint, ein heruntergekommener ehemaliger Internatsschüler und Lackaffe, konnte Honor wie kein anderer zum Lachen bringen. Er war Künstler mit einem gewissen Talent zum Abkupfern, für dessen angesagte Werke sich der *Zeitgeist* nach Kräften einsetzte. Er war ein Frauenheld, trotzdem fragte sich Honor gelegentlich, ob Bobby und er einmal ein Paar gewesen waren. Inigo war ein anrüchiger, aber auch anhänglicher Freund und im Bett angeblich unschlagbar. Er hatte etwas Unberechenbares; seinen Freundinnen gelang es nicht, ihn festzuzurren. Immer hatte er irgendeine junge Frau im Schlepptau, die sich geradezu herzzerreißend um ihn kümmerte. Nicht alle waren auf konventionelle Art hübsch – er sei so wählerisch, so pflegte er zu sagen, wie Kardinal Hume katholisch. Ein paar Monate umwarb er sie, dann ließ er sie ohne jede Vorwarnung wegen einer neuen ergebenen Geisha fallen. »Kostenloses Upgrade«, nannte er das.

Paul Tucker, der Muskelmann im Monday Club, ließ sich zum Thema Sex nicht aus und behauptete, sich weder für Kunst noch Kreativität zu interessieren und noch nie wissentlich einen fiktiven Text gelesen zu haben – »abgesehen vom Titelblatt der *Sunday Times*«.

»Scheiß auf das Geistesleben«, sagte er. »Gebt mir das echte Leben!«

Für Reflexionen war er nicht gemacht, sein Medium waren die Fernsehnachrichten. Da draußen tat er seine Arbeit – unerbittlich, unrasiert, mit seiner schusssicheren Weste, filmte gegen ein *son et lumière* von Raketen an oder schrie über das Dröhnen der Rotorblätter hinweg, würdiger Erbe von Honors traditioneller, unerschrockener Wahrheitssuche, Fürsprecher der Schwachen und Geißel der Mächtigen. Honor hielt es für eine Ironie des Schicksals, dass ausgerechnet das Fernsehen, das sie immer verachtet hatte, wenigstens ein paar journalistische Werte bewahrte, die die Zeitungen längst über Bord geworfen hatten.

Ihr Leben lang hatte Honor lieber Männer als Frauen um sich gehabt. Egal, ob schwul oder hetero, sie waren witziger, in Herzensangelegenheiten nüchterner und befassten sich mehr mit der Realität. Außerdem waren sie verlässlicher und hatten nichts übrig für Erzfeindschaften, scheele Blicke oder heimliche Schadenfreude, wie sie es von Frauen gewohnt war. Trotzdem zählte sie auch zwei Frauen zu ihren Boys. Ruth, rund und selbstzufrieden wie eine Matrjoschkapuppe, war die Tüchtige mit dem kaufmännischen Sachverstand. Ruth verdankte ihre Teilnahme bei den monatlichen Abendessen mehr ihrer kompetenten und flexiblen Einstellung dem Leben und seinen Anforderungen gegenüber – freudlose Verhandlungen mit Klempnern und Anwälten, Buchhaltern und Finanzbeamten, Restaurants und Reisebüros – als ihrem verlegerischen Sachverstand. Redaktionelle Fähigkeiten waren, soweit Honor sah, nicht existent oder zumindest nicht sichtbar. Das machte sie zur besten Lektorin überhaupt. Es gab keine sprachlichen oder strukturellen Haarspaltereien, keine verstohlene Herumdokterei, keine »hilfreichen Vorschläge«. Ruth hatte als respektvolle Zofe *Zeugen, Zeichen, Zahnbürsten,* das jahrzehntelang vergriffen gewesen war, mit einem geschmackvollen neuen Cover dem Publikum wieder zugänglich gemacht, und jetzt würde sie dasselbe für *Depeschen aus dem Dunkeln* tun.

Neben Ruth gab es noch Clemency. Groß, anspruchslos und beladen mit Schuldgefühlen wegen des unvorstellbaren Reichtums, den sie geerbt hatte, war sie zur professionellen Menschenfreundin geworden. Sie saß im Vorstand mehrerer Kunstorganisationen und war eine unerschöpfliche Quelle von Einladungen zu Vernissagen und Galaevents. Sie war ungemein großzügig mit ihrer Zeit und ihrem Geld, auch spätabends noch erreichbar und konnte geduldig, bewundernd und aufmerksam zuhören. Als Honor am Boden war, hatte Clemency darauf bestanden, sie zum Gardasee zu fliegen, wo man sie in einer Villa der Twisk Foundation zwei Monate lang auf Händen trug. Doch Clemency hatte einen Hang zum Oberflächlichen, wofür ihre neueste Stiftung der beste Beweis war, und konnte unerträglich scheinheilig sein. Als geläuterte Alkoholikerin hatte sie einmal den Fehler gemacht, ihre bigotte Sorge über Honors gelegentliche Schwäche für Alkohol kundzutun. Anschließend hatte sie sich ziemlich anstrengen müssen, um wieder zum Monday Club zugelassen zu werden.

Heute Abend war Inigo der Erste. Sein schiefes Lächeln war eine gute Messlatte für Honors Stimmung. Bei schlechter Laune fand sie es aufreizend falsch, wenn sie guter Dinge war, erheiterten sie sein schiefes Grinsen und sein lässiger Charme.

Immer noch erschöpft und niedergeschlagen wegen des *Monitor*-Interviews, ein Gefühl, das durch den nächtlichen Anruf und ihren demütigenden Auftritt bei Clemencys neuestem Eitelkeitsprojekt noch verstärkt worden war, empfand Honor nichts als Erleichterung beim Anblick ihres galantesten und schnöseligsten Höflings. Er hatte eine hübsch verpackte Schachtel mit Gebäck mitgebracht und küsste sie auf die Wange – eine feuchte Berührung auf ihrer Pergamenthaut.

»Bin ich der Erste?«

»Aber ja doch.«

»Gut. Dann habe ich dich ganz für mich«, sagte er und zuckte mit den Augenbrauen wie ein ironischer Verführer aus einem Stummfilm.

»Du kannst dich um die Drinks kümmern, Darling.«

Sowie er auf den Schrank zuging, läutete es erneut. Honor setzte sich wieder, während Inigo, laut aufstöhnend wie ein gestörter Liebhaber, in die Diele zurückging, um den nächsten Gast einzulassen.

Es war Aidan, rosig und erhitzt vom Fitnessstudio – wurde er denn nicht langsam ein bisschen alt für all das Krafttraining? – und Gott sei Dank allein. Sein hochkomplizierter Boyfriend, Jorge, ein Architekt, hatte noch mit einem wichtigen Projekt zu tun.

»Ein Freizeitzentrum in den Midlands«, erklärte Aidan und schüttelte sich. »Zwei Dinge, die sich gegenseitig ausschließen, dachte ich immer.«

Er hatte eine Packung prächtige grüne Oliven und eine hübsche Ausgabe von Palgraves *Golden Treasury* dabei.

Er küsste Honor, hielt sie ein bisschen länger und fester, als sie für aufrichtig gemeint oder nötig hielt, und umarmte dann Inigo, wie Männer es heutzutage taten, egal, ob schwul oder nicht.

Ruth war die Nächste, atemlos und hektisch, mit einem großen Tablett libanesischer *mezze*. Sie sah unmöglich aus, wie üblich: ungekämmt, das Kleid ein beigefarbenes Zelt, das sich von den Schnüren gelöst hatte, orthopädische Schuhe, alles trotzige Hinweise darauf, wie sehr sie die sexuelle Tyrannei des Patriarchats ablehnte. Vor Anstrengung ächzend, beugte sie sich über Honor, um sie zu küssen, wobei sie versuchte, das Tablett nicht fallen zu lassen, und entschwand in die Küche, um Teller und Besteck bereitzustellen.

»Der Zehnte für die Kaiserin von Maida Vale«, sagte Inigo und reichte Honor einen Wodka-Martini.

Jetzt hörte man einen Schlüssel im Schloss. Bobby. Honor

hatte ihm letztes Jahr während einer schlimmen Phase ihren Wohnungsschlüssel gegeben. Bobby hatte gleich zwei Dinge mitgebracht: eine Kiste Bordeaux, die er auf *Courier*-Spesen gekauft hatte, und seinen Gast Jason Kelly, einen schüchternen jungen Schauspieler von faszinierender Schönheit.

»Dein *amuse-gueule*, Bobby?«, fragte Aidan und trat einen Schritt zurück, um den Neuankömmling in Augenschein zu nehmen.

Der blonde Kelly mit den mandelförmigen Augen, dessen ergiebiges Liebesleben Gegenstand aufmerksamen Interesses der Regenbogenpresse war, reagierte verstimmt. Inigo reichte ihm einen Drink, um ihn abzulenken, und geleitete ihn dann hinüber zu Honor. Kelly gab gerade den Hamlet im Old Vic; seine aufwühlende Interpretation der Rolle war von den Kritikern überschwenglich gelobt worden. Honor, die Aidan zur Premiere begleitet hatte (Clemency hatte die Karten besorgt), war ebenfalls sehr beeindruckt gewesen.

»Alles andere als ›in Schweiß und außer Atem‹«, lautete ihre einzige Kritik.

Als Schauspieler war Kelly für seine Rolle in der neuen, sehr erfolgreichen Verfilmung von Enid Blytons *Wunderweltenbaum* bekannter und auch erheblich besser bezahlt worden. Honor war zwar hingerissen vom Hamlet des jungen Darstellers, hatte Aidans Einladung, sich den Film im Kinopalast eines Einkaufszentrums anzusehen, jedoch abgelehnt – bloß kein schwachsinniger Hollywoodstreifen.

»Eher würde ich einen ganzen Abend mit Hausarbeit oder einem Buch von Isadora Talbot verbringen«, erklärte sie.

Aber die Schlafzimmerszene mit Gertrude war außerordentlich eindrucksvoll gewesen. Honor klopfte auf den mit einer Gobelinstickerei bespannten Hocker zu ihren Füßen und lud den Neuankömmling ein, Platz zu nehmen.

»Ah, der Ehrenplatz«, sagte Inigo wie bei jedem dieser montäglichen Abendessen.

Und wieder läutete es an der Tür – zweimal kurz, einmal lang. Niemand rührte sich.

»Ruth?«, rief Honor zur Küche hinüber. »Sei so nett, und lass Clemency rein.«

»Die Letzte, wie üblich; Hummeln im Hintern hat sie nicht gerade«, murmelte Inigo, einmal mehr über Clemencys ausladendes Gesäß stichelnd.

Die Twisk-Erbin ließ entschuldigend die Schultern hängen, während sie mit einem in braunes Papier eingeschlagenen großen Stück würzigen Käses hereinkam.

»Hmmm«, sagte Inigo und schnüffelte. »Was für ein Parfum benutzt du denn heute, Clemmy? *Eau d'Egout*?«

»Von Cloaca?«, warf Aidan ein.

Clemency achtete nicht auf Inigo und bedachte Aidans Weinglas mit einem vorwurfsvollen Blick.

»Kann ich dir helfen?«, rief sie Ruth in der Küche zu.

Die Frage war rein rhetorisch. Clemency hatte sich bereits niedergelassen, bevor Ruth Zeit zum Antworten hatte.

»Sind wir beschlussfähig?«, fragte Bobby.

»Ja«, antwortete Aidan. »Der innere Kreis ist versammelt. Aber da Paul in London ist, wird er ebenfalls erwartet.«

»Er kommt aus dem Studio und ist schon auf dem Weg«, sagte Honor. »Er war am Wochenende in Afghanistan.«

»Natürlich«, sagte Inigo und schenkte ihnen nach. »Wo sonst?«

Honor nahm einen langen Schluck von ihrem Drink. Inigo war Pauls pathetisch zur Schau gestellte Integrität schon lange ein Dorn im Auge. Honor liebte es, wenn sie sich in die Haare gerieten, ihre Boys, und um ihre Aufmerksamkeit buhlten.

Aidan drehte sich zu Jason um.

»Herzlichen Glückwunsch zu den Kritiken.«

»Cheers«, antwortete der Schauspieler und hob sein Glas.

»›Der Sitte Spiegel und der Bildung Muster‹«, fuhr Aidan fort. »Doch mach dir nichts aus Gertrude, der Schlampe. Oder diesem dummen Weibsbild Ophelia. Gilt die wahre, unausgesprochene Leidenschaft nicht Horatio?«

Jasons hübscher Mund verzog sich unwillig, und Bobby ging galant dazwischen, um seine Trophäe zu beschützen.

»Das denkst *du*, Aidan. Oder wünschst es dir vielleicht sogar. Doch Horatio fungiert als Stellvertreter des Zuschauers, er ist ein Zeuge. Die interessantere Beziehung ist meiner Meinung nach die zu Laertes.«

»Humbug, das weißt du genau«, sagte Inigo.

»Was sind denn das für Töne?«, fragte Clemency.

»Tom Eliot pflegte zu sagen, Hamlet sei die Mona Lisa der Literatur«, sagte Honor wehmütig, griff nach der freien Hand des Schauspielers und drückte sie.

Mit einem Feingefühl, das ihm zahlreiche Ovationen im Old Vic eingebracht hatte, entzog ihr Kelly seine Hand nur zögerlich.

»Das ist kein rätselhaftes Lächeln«, sagte Aidan und sah

den Schauspieler mit herausfordernd gerunzelter Stirn an. »Das sind ›des Stolzen Misshandlungen‹.«

Der Ausdruck, der Kellys glatte Züge verfinsterte, war bedrohlicher als der Blick, den er Abend für Abend Claudius entgegenschleuderte. Aidan rettete ein Läuten an der Tür.

»Herkules Tucker!«, sagte er und sprang auf, um zu öffnen. »Zurück mit den goldenen Äpfeln!«

Aber es war nicht Paul. Eher das Gegenteil von Paul. Eine junge Frau mit dem tiefen Ausschnitt einer Dirne zur Zeit der Restauration stand vor der Tür. Sie war ganz offensichtlich nicht eingeladen und hatte den Beweis für ihren Outsider-Status in der Hand: einen üppigen, scheußlich bonbonrosa Blumenstrauß.

»Entschuldigen Sie die Störung«, sagte Tamara. »Ich möchte Honor Tait sprechen. Ich bin Journalistin, eine Freundin von ihr. Ich habe versucht, sie anzurufen, wegen eines Artikels, den ich schreibe.«

Aidan grinste wie ein boshafter Kobold. Er glaubte ihr kein Wort, führte sie aber trotzdem herein: ein weiteres *amuse-bouche* für die Party.

»Willkommen in Olympia«, sagte er.

»Wirklich?«, gab Tamara verwirrt zurück. Sie war ganz sicher, in Maida Vale zu sein.

Ein Funke hämischer Freude tanzte in Aidans Augen.

Mittlerweile war Honor schon ein bisschen duselig. Mit einer Hand streichelte sie die warme reglose Pfote des jungen Schauspielers, mit der anderen streckte sie Inigo ihr Glas entgegen, der ihr nachschenkte. Sie betrachtete das Hin und Her im Raum wie ein Neuling auf dem Gästeplatz in

Wimbledon, der die Regeln nicht versteht, das Spektakel aber trotzdem genießt.

In ihrem Gesicht malte sich Enttäuschung beim Anblick des neuen Gasts: nicht ihr Paul. Wer sollte sonst den Abend mit Depeschen aus der realen Welt beleben? Doch dann verwandelte sich ihre Enttäuschung in Irritation. War das nicht die begriffsstutzige Tara vom *Monitor*, die da mit verkrampftem Lächeln stand? Und noch dazu schon wieder mit so einem scheußlichen Gebinde.

»Tut mir leid«, sagte Tamara atemlos, bevor Honor Zeit hatte, den Mund aufzumachen. »Ich wollte Sie anrufen. Ich habe es auch bei Ihrer Verlegerin probiert, aber niemand rückte Ihre Nummer raus.«

»Allerdings!«, sagte Ruth, eilte ins Wohnzimmer und trocknete sich unterwegs die Hände an ihrem voluminösen Rock ab. »Tamara Sim? Sie entwickeln sich allmählich zu einer Nervensäge.«

Ruth warf Honor einen hilfesuchenden Blick zu, doch die alte Frau hatte ihre Aufmerksamkeit Paul Tucker zugewandt, der in seiner kugelsicheren Weste echauffiert durch die Diele stapfte.

»Die Tür stand offen, Honor. Ich hoffe, du hast nichts dagegen, dass ich einfach so reinschneie.«

Er wusste, dass er keine Entschuldigung brauchte. Honor erhob sich, ließ die schlappe Hand des Hamlet fahren und schmiegte sich in Pauls kräftige Umarmung. Dann verscheuchte sie den erleichterten Darsteller und führte Paul zu dem Hocker mit der Gobelinstickerei, auf dem er monumental und maskulin wie Rodins Denker thronte.

»Also, Darling, was gibt es Neues aus Kabul? Erzähl mir alles«, sagte Honor.

Ruth verzog sich mit einem gereizten Seufzer in die Küche. Tamara, die vorübergehend in Vergessenheit geraten war, verdrückte sich in eine Ecke. Diesen Paul Tucker erkannte sie sofort wieder. Offenbar hatte er seit der Kirchgemeinde letzte Woche seine Klamotten nicht gewechselt. Er redete ohne Punkt und Komma, wobei er die ganze Zeit auf einen festen Punkt in Augenhöhe starrte, als spräche er vor laufender Kamera. Aber wer waren die anderen?

Clemency Twisk kannte sie von der Wohltätigkeitsveranstaltung. Der kleine Schotte mit dem rosigen Gesicht, der ihr aufgemacht hatte, hob sein Glas und zwinkerte ihr zweideutig zu. Ein anderer Mann mittleren Alters und mit Froschaugen fuchtelte mit seiner Zigarette herum. Ihr Reporterinstinkt meldete sich beim Anblick eines jungen Mannes, der offenbar vor dem glotzäugigen Raucher zurückwich. Er war blond, attraktiv wie ein Musterskandinavier und quälend vertraut. Tuckers Monolog nahm Tempo auf, seine Stimme dröhnte wie eine sich nähernde Lawine, und Tamara flüchtete in die Küche. Die Verlegerin murmelte irgendetwas vor sich hin, während sie kleine Pasteten auspackte und wie Figuren eines Brettspiels auf Platten arrangierte.

»Kann ich helfen?«, fragte Tamara und legte die Blumen neben die Spüle. Ruth seufzte und goss sich noch einen Schluck Wein ein.

»Sie haben vielleicht Nerven, also wirklich! Erst vermasseln Sie ein Interview, stoßen meine Autorin vor den Kopf, und dann tauchen Sie einfach unangemeldet hier auf – als ungebetener Gast – und erwarten, dass man Sie freudig begrüßt.«

»So war es nicht. Wirklich nicht«, verteidigte sich Tamara. »Sie war schwierig. Unmöglich. Ich habe mein Bestes gegeben. Das *S*nday Magazine* sitzt mir im Nacken, und ich weiß nicht, wie ich mir helfen soll.«

»Wir haben eine klare Abmachung getroffen, als wir das Interview vereinbarten. Honor Tait ist überaus eigen, was ihre Privatsphäre anbelangt.«

»Aber das ist doch nicht zu viel verlangt, oder? Ein paar Details? Die Familie? Ihr glamouröses Leben? Wir wollen sie doch nicht verreißen. Im *S*nday Magazine* wird niemand verrissen, das wissen Sie genau.«

Ruth schaufelte noch mehr Pastetchen auf die Platte.

»Hören Sie, ich habe Sie gewarnt. Sie kann neugierige Fragen nun mal nicht ausstehen. Im Übrigen sprechen ihre Texte für sich. Ihre Lebensdaten finden Sie in den Zeitungsausschnitten. Und erwarten Sie keine zitierbaren Sätze von ihr.«

»Ach, kommen Sie! Schließlich sind Sie ihre Verlegerin«, sagte Tamara und breitete die Arme aus, als appellierte sie an Ruths Solidarität. »Sie betreiben das hier kommerziell, Sie sind kein Wohltätigkeitsverein. Wollen Sie nicht dafür sorgen, dass Ihre Produkte sich auch verkaufen? Ein bisschen Geld verdienen?«

Ruth leckte ihre Finger ab.

»Wir sind kein Wohltätigkeitsverein, nein. Aber kommerziell? Schön wär's!« Sie reichte Tamara eine Platte mit Pastetchen. »Nun, Sie könnten sich immerhin nützlich machen. Niemand sonst ist helfen gekommen. Nehmen Sie das, und reichen Sie es herum.«

Tamara huschte durchs Wohnzimmer und bot die Pastetchen an, dann ging sie mit den Flaschen herum und schenkte nach. Tucker hielt immer noch Hof. Die Einzige, die ihn unterbrechen durfte, war Honor.

»Es ist also von der Außenwelt abgeschnitten?«, fragte sie.

»Ja. Tausende von Einwohnern sind auf der Flucht. Es ist eine Geisterstadt. Nur die Kranken und Alten, die nicht fortkönnen, sind noch da und hausen wie Ratten im Keller. In den zerstörten Straßenzügen tritt man auf leere Patronenhülsen und kommt an Schutthalden vorbei, die früher einmal Wohnblöcke waren …«

»Noch Wein?«, flüsterte Tamara. Tucker blickte auf, und sein Blick blieb kurz an ihrem Ausschnitt hängen. Dann streckte er sein Glas aus und fuhr fort.

»Die Infrastruktur ist komplett zerstört …«

Tamara zog sich wieder in die Küche zurück, wo Ruth geräuschvoll Teller spülte.

»Hier«, sagte die Verlegerin und fischte einen Korkenzieher aus der Seifenlauge. »Öffnen Sie noch eine Flasche.«

Tamara füllte erst Ruths Glas und schenkte sich dann selbst ein. Sie hörten noch immer die Stimme des Fernsehreporters aus dem Wohnzimmer, durchdringend und beharrlich wie ein Bohrer von Black & Decker.

»Er ist schon sehr beeindruckend, dieser Paul Tucker«, sagte Tamara.

»Ja, nicht wahr?«

»Und wie gut kennt er Honor … Miss Tait?«, fragte Tamara, griff lässig nach einem Geschirrtuch und fing an, abzutrocknen.

»Falls das ein Versuch sein soll, sich einzuschmeicheln, machen Sie das nicht schlecht«, meinte Ruth.

»Ich brauche nur eine Stunde mit ihr, um an ein paar *quotes* zu ihren berühmten Freunden heranzukommen.«

Ruth runzelte warnend die Stirn.

»Sie verschwenden Ihre Zeit.«

Sie tauchte einen Emailletopf in die Lauge und drückte ihn fest nach unten, so als wollte sie ein junges Hündchen ertränken.

»Wir müssen dieses Porträt irgendwie hinkriegen«, sagte Tamara. »Ich möchte mir doch nur ein Bild davon machen, wie sie wirklich ist, außer Dienst, sozusagen.«

»Ich glaube nicht, dass ich Honor überreden kann, erneut auch nur eine Minute mit Ihnen zu verbringen.«

»Für den Anfang wäre es sehr nützlich zu erfahren, wer heute Abend alles hier ist. Sie wissen schon, um ihren Freundeskreis vorzustellen und einen Eindruck von ihr zu geben. Wer ist beispielsweise der kleine Schotte, der mir die Tür aufgemacht hat?«

»Aidan Delaney. Der Dichter«, sagte Ruth. »Für sein jüngstes Werk, *Strychninküsse*, hat er den Margrave-Award bekommen.«

»Natürlich! Und der Dünne mit der hohen Lache?«

»Inigo Wint. Der Künstler. Letzte Woche gab es im *Zeitgeist* ein doppelseitiges Porträt über ihn.«

»Ach deshalb kam er mir so vertraut vor«, log Tamara. Erwartete man etwa, dass sie sich auch mit deutschsprachigen Zeitungen auskannte?

»Clemency kennen Sie wahrscheinlich auch. Sie wird ständig im Feuilleton erwähnt.«

»Ja, ich bin ihr schon begegnet. Menschenrechtsveranstaltungen und so weiter.«

»Clemency kennt jeder«, fuhr Ruth mit einem Nachdruck fort, der auf unterdrückte Ressentiments schließen ließ, und stellte eine Glaskanne verkehrt herum auf das Abtropfgitter. »Sie ist eine Macht im Land. Sie können auf keine Vernissage, Ausstellungseröffnung oder seriöse Buchvorstellung gehen, ohne Clemency über den Weg zu laufen.«

Also doch nicht ganz unterdrückt. Tamara griff nach der Kanne.

»Und der untersetzte Mann mit den … großen Augen?«, fragte sie. »Der Raucher …?«

Während Tamara mit der rechten Hand herumfuchtelte, um die Zigarette anzudeuten, glitt ihr die Kanne aus der Hand und zerschellte auf dem Boden wie eine Granate. In der Küche herrschte schockiertes Schweigen, Paul Tucker im Wohnzimmer hingegen ließ sich nicht aus dem Takt bringen.

»Dann setzte das Feuer wieder ein, und ich dachte schon, jetzt wäre es aus mit mir«, hörten sie ihn sagen.

Ruth schüttelte missbilligend den Kopf, nahm Schaufel und Besen aus dem Schrank und drückte Tamara beides in die Hand.

»Na bitte. Wusste doch gleich, dass ich Sie vor die Tür hätte setzen sollen.«

Tamara kniete sich zerknirscht neben die Scherben.

»Tut mir wirklich schrecklich leid. Ich versuche nur, meinen Job zu erledigen, meine Story zu schreiben und Ihrer Autorin gerecht zu werden.«

»Dafür gibt es geeignetere Mittel und Wege«, sagte Ruth. »Nun machen Sie schon, um Himmels willen.«

Tamara rappelte sich wieder auf.

»Soll ich noch einmal mit dem Tablett herumgehen?«

Ruth schüttelte den Kopf über die Dreistigkeit der jungen Frau, aber andere Freiwillige gab es nicht. Sie reichte ihr eine weitere Platte und nickte Richtung Tür.

Tamara näherte sich als Erstes dem blonden Wikinger und beugte sich mit den Canapés tief über ihn, doch er schüttelte ablehnend den Kopf.

Paul Tucker hielt Honor Taits Hand mit Nachdruck in der seinen und schöpfte Atem. Der schottische Poet ließ sich über Telstar aus. Oder war es Tolstoi?

»Das Eigenartige war seine offensichtliche Verehrung von Murat«, sagte er.

Tamara blieb stehen, in der Hoffnung, der Unterhaltung unauffällig folgen zu können. Der rundliche Raucher mischte sich ein, schwenkte seine Zigarette wie einen Zauberstab, um eine Erklärung zu St. Petersburg und dem Kaukasus abzugeben, und bestätigte damit, dass sie letzten Endes doch nicht über die Hit-Single der Tornados sprachen, Pioniere des Elektropop, sondern den Autor des Kassenschlagers *Krieg und Frieden*.

»Gefüllte Weinblätter?«, fragte Tamara und beugte sich zu Tuckers verwittertem Gesicht hinab.

Es wurde totenstill im Raum. Er starrte auf ihr Dekolleté, als hätte dieses verführerische Arrangement von nackter Haut mit ihm gesprochen und nicht der Mund darüber.

Honor Tait schien aus einem angenehmen Traum zu erwachen und nahm Tamara zum ersten Mal seit ihrer Ankunft richtig wahr.

»Sind Sie immer noch da?«

»Ja. Ich habe nur –«

»Ich kann mich nicht erinnern, Sie eingeladen zu haben.«

Honor nippte nachdenklich an ihrem Drink, als wäre das Glas der Kelch ihrer Erinnerung. Neben dem Riesen Paul Tucker wirkte sie lächerlich winzig und verhutzelt, wie ein Relikt aus Tamaras Puppenhaus.

»Ich dachte, vielleicht hätten wir eine Chance, uns noch einmal zu unterhalten? Für meinen Artikel?«

Tamara hörte ein vielstimmiges Schnappen nach Luft.

»Das ist absolut unentschuldbar«, sagte Honor.

Ruth erschien in der Küchentür, mit einer Vorlegegabel in der Hand.

»Ich dachte nur …«, fuhr Tamara fort.

»Sie *dachten* nur«, sagte Honor.

Machte sie sich über Tamara lustig, indem sie ihren Cockney-Akzent imitierte?

»Ich wage zu bezweifeln, dass Sie je im Leben einen originellen Gedanken hatten«, fuhr die alte Frau fort.

»Es ist besser, wenn Sie jetzt gehen«, meinte Ruth und eskortierte Tamara in die Diele. »Jetzt haben Sie es sich endgültig verbaut«, setzte sie im Flüsterton hinzu.

Tamara sah sich um, auf der hektischen Suche nach einer letzten Chance, einem Strohhalm, an den sie sich klammern konnte, irgendetwas, das diesen Abend, diese Story, ihren Vertrag retten würde. Auf dem Tisch in der Diele lagen ein Haufen Post und ein kleiner Stapel Einladungen.

»Nur noch eine Frage. Würden Sie mir etwas verraten? Bitte!«, drängte Tamara und näherte sich rückwärts dem Tisch, während Ruth bereits die Haustür öffnete. »Der Junge, der in der Ecke saß, dieser gutaussehende Blonde, der den ganzen Abend kein Wort gesagt hat. War das Mondgesicht aus dem *Wunderweltenbaum*?«

Ruth warf verzweifelt die Hände in die Luft, ehe sie Tamara am linken Arm fasste und sie entschlossen nach draußen in den Hausflur bugsierte. Dann schlug sie die Tür vor Tamaras flehender Miene zu und schob von innen den Riegel vor.

9

Sie kehrte in ihre Wohnung zurück, warf die Tasche auf den Boden und ging zum Schreibtisch, mit schweren Schritten, wie ein Verurteilter zum Schafott. Nur dreitausendachthundert Wörter standen zwischen ihr und einem Vertrag mit dem angesehensten Magazin des britischen Journalismus, zwischen Erfolg und Scheitern, Anerkennung und grausamem Vergessen. Doch die schreckliche Wahrheit war, dass sie nichts zu sagen hatte. Ihr ganzes Leben stand auf dem Spiel, und nicht nur ihres, sondern auch das ihres Bruders; es ging nicht nur um den Job. Mit ein wenig Geld könnte sie Ross vielleicht noch einmal andere Möglichkeiten schmackhaft machen: Glück ohne Chemie, Erfüllung in der Arbeit, Freude an Unabhängigkeit und einem schönen, sauberen Zuhause, Körperhygiene. Er könnte noch einmal von vorn anfangen. Es war noch nicht zu spät.

Tamara hatte davon geträumt, eine Anzahlung auf die Miete für ein Cottage zu leisten, irgendwo weitab und sicher, wo das Gesindel, mit dem er sich herumtrieb, ihn nicht aufspüren konnte. Vielleicht in Cornwall. Das mochte er. Sie waren einmal in den Ferien da gewesen, vor der Scheidung ihrer Eltern, und Ross hatte immer davon gesprochen, eines Tages dorthin zurückzukehren und »zu sich zu finden«.

Einen gewöhnlichen Job würde er wahrscheinlich nie wieder bekommen. Er hatte die Schule geschmissen und eine Weile in einem Plattenladen gearbeitet, doch mehrere Verurteilungen wegen Ladendiebstahls (er war nicht habgierig, er musste nur seine Sucht finanzieren) hatten die Aussicht auf eine Karriere im Einzelhandel zunichtegemacht. Die Routine, die Auflage, jeden Morgen aufzustehen und zu einer bestimmten Uhrzeit an einem bestimmten Ort zu sein, würde ihn inzwischen überfordern, obwohl er wie ein geölter Blitz quer durch London jagen konnte, wenn es darum ging, Stoff aufzutreiben und Verabredungen mit Dealern einzuhalten. Vielleicht könnte er etwas Kreatives anfangen, einen Job, bei dem man seine Arbeitszeiten selbst bestimmte, nachts arbeitete und tagsüber schlief, wenn man wollte. Kerzen gießen vielleicht. In Cornwall gab es viele Kerzengießer. Und wohl auch viele Dealer, aber wenn es ein abgeschiedenes Cottage wäre, würde er eine Weile brauchen, bis er sie ausfindig gemacht hatte, lange genug vielleicht, um clean zu werden, aufzuwachen und zu sehen, was er in all den Jahren verpasst hatte.

Die Jurastudenten von oben hatten die Musik voll aufgedreht. Das ganze Haus bebte, während Tod Maloney, der nette Junge von nebenan mit den geschminkten Augen, »Life on the Dark Side« jaulte. Tamara griff nach den Ohrstöpseln. Sie liebte ihre Wohnung und rackerte sich ab, um sie bezahlen zu können. Sie würde sich hier nicht vertreiben lassen. Die Mietzahlung war ein ständiger Kampf, aber wenn sie abends durch die sich verengende Straße lief, sich verstohlen die unbeleuchtete Außentreppe hinabtastete und hastig den Schlüssel im Schloss umdrehte, überwältigte sie fast jedes Mal ein Glücksgefühl, sobald sie die Wohnung betrat und die Tür hinter sich schloss. Dies war ihre Zuflucht, ihre Schutzzone. Die Nachbarn waren gelegentlich eine Plage, ja, aber hier, in ihren eigenen vier Wänden, konnte nichts Schlimmes passieren. Abgesehen vielleicht davon, dass sie sich als Versagerin entpuppte und das Telefon stumm blieb.

Sie beugte sich über den Schreibtisch, warf einen Blick auf den Anrufbeantworter. Das Display zeigte eine spöttische rote Null, doch sie wollte ganz sicher sein und drückte die Wiedergabetaste.

»Sie haben keine neuen Nachrichten.«

Versteckte sich ein Hauch von Boshaftigkeit in der digitalisierten Frauenstimme, ein Anflug von Schadenfreude in dem so deutlich betonten *keine?*

»Wenn du glaubst, dass irgendwer – ein einziger Mensch auf der ganzen Welt – an dich denken könnte, bist du schiefgewickelt, Schätzchen!« Das war die Botschaft.

Sie widerstand der Versuchung zu resignieren, sah sich im Wohnzimmer um, das ihr gleichzeitig als Büro diente, und war beruhigt. Mit seinen blauen Wänden, dem grünen Sofa, dem aquamarinblauen Teppich (die Farbzusammenstellung hatte sie aus der Monatsbeilage *Dé-Cor!* des *Monitor* geklaut) und der Muschel-Lichterkette über dem Spiegel sah es aus wie die Absteige einer Seejungfrau, zwanzigtausend Meilen unter dem Meer. Hier bewahrte sie ihre Schätze auf: Andenken an Familienurlaube (ein Röhrchen mit mehreren Schichten unterschiedlich gefärbtem Sand von der Isle of Wight, auf dem Kamin die angeschlagene Gipskatze, die sie auf einer Kirmes in Dorset gewonnen hatte, und am Fußende ihres Betts im Schlafzimmer nebenan das Kuscheltier, das sie in einer Geschenkboutique in St. Ives gekauft hatte), sämtliche Briefe und Geburtstagskarten, die sie je im Leben bekommen hatte, alle Weihnachtskarten, seit sie mit achtzehn von zu Hause ausgezogen war, und die Familienfotos in beschrifteten, nach Farben sortierten Schachteln, in einer Ecke aufgestapelt und genauso sorgsam katalogisiert wie der Bestand der British Library.

Gemma, zu Zeiten der Brighton University ihre Mitbewohnerin, hatte Tamaras Erinnerungen an ihre Mutter, die sie auf einem Bambustischchen in ihrem Zimmer ausgebreitet hatte, als »etwas gruselig« bezeichnet. Doch Gemma hatte auch noch nie jemanden verloren. Da gab es eine irreparabel gerissene Korallenkette, die Tamaras Mutter als Teenager getragen, eine Kristallvase von Waterford, die bis zum Schluss an ihrem Bett gestanden, ein paar kleine Tiere aus Glas – zwei Pferde, ein Pudel und eine Giraffe mit zierlichem Hals –, die sie gesammelt hatte und die aussahen, als hätten winzige Elfen sie aus Eis geschnitzt; eine mondäne rote Federboa; ein seidenes Münztuch, unter dem sie während der Chemotherapie ihren kahlen Schädel versteckte, und ein Foto von ihr mit zwanzig, als sie am Strand saß, die üppigen Kurven in einen sittsamen Badeanzug gezwängt, den Kopf lachend zurückgeworfen und in den Armen zwei strampelnde Kinder, die mit unverhohlener Feindseligkeit in die Kamera starrten.

Religiös veranlagte Menschen hätten Tamaras Sammlung als Reliquienschrein bezeichnet, aber gerade weil sie in puncto Leben nach dem Tod so unsicher war, hatten diese Souvenirs solchen Wert für sie. Ihre Mutter hatte sie ausgesucht, hatte sie geliebt, getragen. Wenn Tamara mit dem Zeigefinger über den Rand der Kristallvase fuhr oder den Schal an ihr Gesicht drückte und den süßen altmodischen Duft einsog, den kein Parfumfläschchen hätte einfangen können, fühlte es sich an wie eine Umarmung. Tamara hatte sich mit diesem Duft getröstet, der wie ein Abglanz noch Monate nach dem Tod ihrer Mutter in der Wohnung hing. Eines Tages, als sie den Schal in die Hand nahm, war der Duft verflogen, entschwunden. Da hatte sie hilflos geweint. Diese Andenken hatten keinerlei Bedeutung für andere, für sie aber enthielten sie noch einen Hauch von ihrer Mutter. Mehr war Tamara von ihr nicht geblieben.

Sie ging in die Kochnische und machte den Kühlschrank auf. Bis auf einen Becher fettarmen Joghurt, dessen Haltbarkeitsdatum bereits um zwei Wochen überschritten war, eine Packung Magermilch und eine halbvolle, mit einem Gummistopfen verschlossene Flasche Wein war er leer. Sie schenkte sich ein Glas ein und sah, wie die Flüssigkeit zu den Vibrationen von oben bebte, bevor sie den ersten Schluck nahm. Müssten die denn nicht eigentlich Gesetzbücher auswendig lernen, so dick wie das Londoner Telefonbuch?

Wenn sie wirklich haben könnte, was sie wollte, würde sie einen Graben um ihre Wohnung ziehen, sie aus dem hässlichen Gebäude herausbrechen, auf einen Transporter laden und aus dem gebeutelten Hornsey in ein besseres, herrschaftlicheres Viertel von London verfrachten, Holland Park zum Beispiel. Dort würde Tamara sie unter ein großes weißes, mit Glyzinien bewachsenes Regency-Haus quetschen. Sie könnte sich daran gewöhnen, in einer friedlichen Gartenoase zu leben, umgeben von üppigen Fliederbüschen und Rosen, breiten Alleen und interessanten kleinen Boutiquen, in einer ruhigen, behaglichen Gegend, in der sie als Single nachts ihren Schlüssel im Schloss herumdrehen konnte, ohne sich mit der Trillerpfeife in der Hand nervös umzusehen, ob ihr jemand auflauerte.

Sie ging zurück ins Wohnzimmer, klemmte den gepolsterten Kopfhörer von der Stereoanlage über die bereits zugestopften Ohren, schnappte sich ihre Tasche und setzte sich an den Schreibtisch. Es bestand immerhin die Möglichkeit, dass sie, getragen von der Reputation des *S*nday Magazine,* auf dem amerikanischen Markt Fuß fassen konnte: *Vanity Fair, Time, Esquire.* Und dann gab es noch die Hochglanzmagazine für Frauen: *Sassy,* vielleicht auch *Vogue.* Oder sie könnte Artikel für *Entertainment Weekly* schreiben. Dort mochte man Charts. Es ging, wie Tania Singh demonstriert hatte, nur darum, überall den Fuß in der Tür zu haben.

Tamara öffnete die Tasche und nahm heraus, was sie in Honors Wohnung hatte mitgehen lassen. Das war die ganze Ausbeute des Abends: eine Handvoll Briefe, Ergebnis dessen, was Simon als »läppische Unterschlagung« bezeichnet hätte, legitime Taktik bei der Recherche für eine Story, besonders wenn derjenige, um den es ging, sich dermaßen querstellte. Sie hatte nicht viele mitgenommen; sie wollte keinen Verdacht erregen.

Was also hatte ihr Glücksgriff gebracht? Eine Stromrechnung. Die könnte sich allenfalls als nützlich erweisen, wenn sich herausstellte, dass Honor Tait Schulden hatte. *Tragisches Ende einer Topjournalistin, einstige Muse der Stars und Schönheitsideal, hoch verschuldet und allein, fröstelnd bei Kerzenlicht?* Doch nein, die Tait schien ihre nicht weiter auffälligen Rechnungen bezahlt zu haben, und das war mehr, als Tamara selbst in letzter Zeit geschafft hatte. Sie machte sich eine Notiz auf einem Merkzettel und klebte ihn an ihr Telefon. Als Nächstes kam, dem Äußeren des Umschlags nach zu urteilen, ein Kontoauszug, und dann noch eine Arztrechnung für eine »Beratung«. Das konnte alles Mögliche heißen, von der Behandlung eingewachsener Zehennägel bis zur Nachsorge nach einem Facelifting. Eine Gesichtsstraffung wäre natürlich die bessere Story. Dann gab es noch drei weitere handschriftlich adressierte Briefe und eine Reklame für einen Treppenlift. Einer der Briefe war bereits geöffnet. In dem Umschlag steckte eine Postkarte. Eine altmodische, freche Karikatur, auf der zwei lüsterne Lackaffen in gestreiften Badehosen zwei Frauen in Badeanzügen und mit einem großen Eis in der Hand beäugten. Die eine Frau war gebeugt, zahnlos und gebrechlich, ein verhutzeltes Großmütterchen mit geblümter Badekappe; die andere eine Blondine mit Schmollmund und prallem Busen. Beide Männer, so deutete die doppelte Sprechblase an, sprachen gleichzeitig. Und beide sagten dasselbe: »Deine gefällt mir nicht.« Tamara drehte die Karte um. Die Handschrift war krakelig und affektiert: offene, gegabelte »E« und dickbäuchige »A« in Druckschrift, violette Tinte, die Nachricht kurz und kryptisch: *Überraschung! Muss Dich dringend sehen. Diesmal kein Scheck. Bargeld reicht. Dein Darling Boy.* Das war's. Weder *›Liebe Honor‹* noch *›Herzliche Grüße‹*. Keine Unterschrift. Wahrscheinlich ein Privatscherz. Einer ihrer affigen Groupies. Tamara rätselte erneut über die Karikatur. Wirklich verrückt, was man damals witzig fand.

Der Kontoauszug gab zwar keine Einzelheiten preis, war

aber interessanter – die Tait schien die äußerste Grenze ihres Überziehungskredits von viertausend Pfund erreicht zu haben. Sie war pleite; ihr Buch musste unbedingt ein Erfolg werden. Sie brauchte Publicity, und in diesem Licht war es noch abartiger, dass sie das Porträt dermaßen sabotierte. Doch nach allem, was Tamara den geheimnisvollen Zahlenreihen entnehmen konnte, hätten die Abbuchungen und Scheckauszahlungen ebenso gut für Massagesalons wie Kasinos oder einen Wohltätigkeitsverein zur Rettung von Katzen bestimmt sein können. Sie wandte sich den beiden letzten Briefen zu, die sich ärgerlicherweise als unpersönlich entpuppten: eine Einladung zu einer Kunstausstellung in Soho und Werbung für eine Reihe von Streichquartetten in einer Londoner Konzerthalle. Mit spitzen Fingern beförderte sie beides in den Papierkorb.

Jetzt ärgerte sie sich über ihre Vorsicht. Sie wünschte, sie wäre professioneller gewesen und hätte einen größeren Stapel von Honors Post mitgehen lassen. Das Risiko wäre dasselbe gewesen, das Ergebnis aber vielleicht lohnender. Sie kehrte zum Papierkorb zurück und fischte die Einladung wieder heraus; die bunte Schrift über den Karikaturen von altmodischen Schuljungen mit Mützen, verkrumpelten kurzen Hosen und Steinschleudern kündigte eine Party für nächste Woche an, zur Ausstellungseröffnung. Der Maler, Inigo Wint, der mit der hohen Lache, war heute Abend in der Wohnung der Tait gewesen. Tamara blätterte noch einmal durch die Zeitungsausschnitte; da war er, die *Vogue* bezeichnete ihn als »extravaganten Vertreter der britischen Pop-Art, einen bahnbrechenden Zeichner, der überkommene Moral in Frage stellt«, und erwähnte ihn als »prominentes Mitglied in Honor Taits Salon« neben Bobby Ward-Moore, einem »streitbaren Literaturkritiker und Flaneur« (der Raucher mit den Froschaugen), und Aidan Delaney, »Verfasser von Versen, die einem auf der Zunge zergehen wie ein fünfzehn Jahre gereifter Single Malt« (der schottische Kobold). Dazu sah man die Miniaturabbildung eines von Inigo Wints Bildern, das laut Bildunterschrift eine »witzige, postmoderne Version der Geschichten von Richmal Crompton« war. Wer immer das sein mochte.

Solange es sonst nichts gab, war die Ausstellung vielleicht immerhin eine Spur. Als Tamara sich der Tastatur zuwandte, breitete sich nach und nach Optimismus in ihr aus.

Ich trete in eine schlecht beleuchtete Diele und stehe, nein, nicht in einer Wohnung, sondern in einem hermetisch verschlossenen Schrein voller Erinnerungen. Die Wände sind mit Bildern, Fotos und Gemälden bedeckt, erlesenen Landschaften aus Honor Taits geliebter schottischer Heimat, Porträts alter Meister, die Regale gefüllt mit einer eklektischen Sammlung von Büchern und Erinnerungen an ein langes, bewegtes Leben im Zentrum der Geschehnisse des Jahrhunderts.

Sie deutet auf einen Sessel in dem düsteren Salon und geht in die Küche, um eine Vase für meine Lilien zu holen, die sie liebevoll neben einem Foto ihres verstorbenen Mannes Tad Challis arrangiert, Regisseur berühmter Ealing-Komödien. Schließlich nimmt auch sie Platz, und ich kann ihr Gesicht aus der Nähe betrachten.

Tamara machte sich eine weitere Notiz und klebte sie auf ihr Telefon. *Checken: Challis' Filme.* Ihre Erinnerung an Filme aus den Ealing-Studios beschränkte sich auf sonntägliche Fernsehnachmittage, an denen sie einen solchen Kater hatte, dass sie nicht mal nach der Fernbedienung greifen konnte. Sie waren schwarzweiß und zeichneten sich durch mangelnden Humor und das gänzliche Fehlen von Stars aus. In den männlichen Hauptrollen traten unappetitliche Glatzköpfe auf, und die Schauspielerinnen waren entweder alte Trutschen wie Bernice Bullingdon oder frostige englische Rosen. Sie sollte sie noch einmal ansehen, sich ein paar Videos besorgen, vielleicht die gesammelten Ausgaben im Schuber auf Spesen bestellen. Aber sie durfte sich nicht ablenken lassen. Das Ziel war klar. Nichts durfte ihr im Weg stehen. Keine viertausend Wörter. Gar nichts. Sie griff nach dem ersten Buch der Tait und blätterte noch einmal zu dem Essay, der mit dem Pulitzerpreis ausgezeichnet worden war. Zumindest könnte sie ein paar Sätze daraus klauen, um ihren Artikel aufzuplustern.

Einhundertzehn Jahre später, im Juli 1937, wurde genau an diesem denkwürdigen Ort, wo Goethe Rast machte, ein Konzentrationslager namens Buchenwald errichtet. Die Häftlinge, die die Gegend rodeten und das Erdreich aushuben, erhielten von ihren Wachen den Befehl, einen Baum stehen zu lassen, während die Zitadelle ihres Elends ringsum Gestalt annahm. Dieser Baum war Goethes Eiche, den Hitlers Truppen als »Verkörperung des deutschen Geistes« ansahen.

Nun stand ich in diesem Lager, das soeben von der

3. US-Armee befreit worden war, ein grauenhaftes Zeugnis der durch das Naziregime angerichteten Barbarei und der erschütternden Profanisierung dieses Geistes.

Für Honor Tait, ein reiches Mädchen, das im Kreis illustrer Freunde aufgewachsen war, musste es ein enormer Schock gewesen sein. Als sie diese Zeilen schrieb, waren die Befreiung des Lagers und die Ungeheuerlichkeit der Naziverbrechen bestimmt ein Scoop ohnegleichen. Doch aus heutiger Sicht wirkten sie abgedroschen, beinahe klischeehaft. Im Mittelalter wären Berichte von Überfällen der Wikinger oder den Aktivitäten des Hunnen Attila sicher eine spannende Lektüre gewesen, heute aber hielt sich ihr Neuigkeitswert in Grenzen. Im Übrigen überließ man die Schilderung von Greueltaten besser dem Fernsehen.

Tamara hatte noch nie eine Leiche gesehen. Am Ende hatte sie es nicht über sich gebracht, den leblosen Körper ihrer Mutter im Bestattungsinstitut anzusehen, aber sie hatte an mehreren unangenehmen Gerichtsuntersuchungen für den *Sydenham Advertiser* teilgenommen und stellte sich vor, dass bei ihr, die einen viel weniger beschützten und privilegierten Hintergrund hatte als Honor Tait, die professionellen Reflexe relativ schnell gegriffen hätten. Und sie war überzeugt, dass sie keine Zeile auf die sterbenslangweiligen Betrachtungen eines längst verblichenen feinen Pinkels im Gehrock verschwendet hätte, wenn sie eine solche Story hätte schreiben müssen.

Verdammt. Das Telefon. Sein durchdringendes Läuten in der Stille ihrer Wohnung holte sie – genervt – in die Gegenwart zurück.

Und dann fiel ihr ein, dass sie sich nach diesem Läuten die ganze Woche gesehnt hatte. Das war bestimmt Tim. Er wollte sie wiedersehen. Genau die Unterbrechung, die sie jetzt brauchte. Mit einem triumphierenden Lächeln griff sie nach dem Hörer. Doch statt Tims frotzelnder Bitte um Vergebung hörte sie einen eindringlichen, mechanischen Piepton, gefolgt vom dumpfen Klacken und Rasseln einer Münze. Eine Telefonzelle. Noch ehe ein Wort gefallen war, wusste sie, dass es ihr Bruder war.

»Ross?«

Schweigen. Tamara stockte das Herz. Sie musste sich beruhigen, tief Luft holen. Keinesfalls durfte sie die Kontrolle verlieren.

»Ross?«, versuchte sie es erneut.

Hatte sie sich geirrt? War es einer von diesen Perversen? Vertrauter Abscheu vor sich selbst machte sich in ihr breit. Hätte sie denn lieber einen Perversen als ihren Bruder an der Strippe?

»Schwesterchen!«

Es war Ross, und er war aufgeregt. High. Aber nicht vom Heroin. Zu wach für Heroin. Vielleicht überhaupt viel zu wach. War er wieder auf Speed?

»Alles okay?«, fragte Tamara.

»Klar, alles okay.«

Ein Teil von ihr versuchte, sich ihren Bruder am anderen Ende der Leitung vorzustellen; ein anderer Teil, der egoistische Feigling voller Selbsthass, wollte nichts davon wissen, wollte ihn ausschließen, die alptraumartigen Bilder von ihm löschen – abgerissen, schmutzig, sein hagerer Körper entstellt von Angst und Verlangen –, die sich aufdrängten wie bei einem grotesken Schönheitswettbewerb, in dem ein Teilnehmer hässlicher ist als der andere.

»Aber es ist schon spät.«

»Wenn ich störe, verzieh ich mich wieder.«

»Nein, nein. Bleib dran, Ross. Ich hatte nur Angst, dass was passiert sein könnte.«

»Mach dir keine Sorgen um mich, Tam. Mir geht's bestens.«

Seine Stimme klang eine halbe Oktave höher als sonst, getragen von einer Hochstimmung, die ihr vorkam wie Helium. Oder war er auf Speed?

»Hast du in letzter Zeit etwas gegessen?«, fragte Tamara.

»Ja, ja. Es geht mir gut. Ich pass schon auf mich auf.«

Tamara wusste, dass ihre Fragen sinnlos waren. Ross log, sobald er den Mund aufmachte. Er konnte nicht anders; vor allem aber belog er sich selbst. Andere Leute ließen sich vielleicht ein bisschen gehen, feierten hin und wieder ein paar Tage krank, die Selbstaufgabe ihres Bruders hingegen war absolut, geradezu heroisch.

»Alles okay mit der Wohnung?«, fragte Tamara.

»Ja. Aber es war nicht einfach. Die Ärsche von oben, die aus Birmingham, hatten mich auf dem Kieker. Sie haben versucht, mich abzuhören. Mit Mikros. Aber ich hab die Lage gepeilt. Hab sogar eine Kamera an der Decke gefunden.«

»Oh, Ross.«

Es war mal wieder so weit.

»Kein Problem, Tam.« Das Lachen, eine abgehackte Version seines bronchitischen Hustens, die sorglose Fröhlichkeit vermitteln sollte, deutete auf das genaue Gegenteil hin.

»Ich bin zu clever für sie. Hab ihnen ihr Spielchen verdorben. Crystal hat mir geholfen.«

Crystal – seine unverbesserlich drogensüchtige Ex, die er in einer psychiatrischen Klinik kennengelernt hatte. Sie war elf Jahre älter als er: ein kaputtes Blumenkind mit einem Extrajahrzehnt Drogenmissbrauch unter dem perlengeschmückten Navajo-Gürtel.

»Crystal ist viel rumgekommen«, hatte er ihr vorgeschwärmt, als er Tamara zum ersten Mal von seiner neuen Freundin erzählte. »Sie hat was von einer Zigeunerin – erst ist sie bei verschiedenen Gurus in Indien in die Schule gegangen, dann hat sie auf Ios in einer Höhle gelebt, mit den Maoris in Neuseeland abgehangen, als Schlangenbändigerin in Marokko gearbeitet ...«

Am Ende war ihr Roma-Wagen in King's Cross gestrandet, wo Ross und sie zusammen eine Entziehungskur machten und ihre Freundschaft mit mehreren weiteren Entziehungskuren zementierten.

»Ist es Crystal wie in Methamphetamin oder wie in Kristallheilung?«, hatte Tamara gefragt.

»Sie hat tatsächlich hochentwickelte übersinnliche Fähigkeiten«, antwortete er gekränkt und leichthin.

Als Ross sie kennenlernte, war die jüngere Schwester gerade an einer Überdosis gestorben, was die hellsichtige Crystal nicht vorausgesehen hatte. Typisch für ihre Familie, dieser Schlamassel. Crystal war gleichbedeutend mit schlechten Nachrichten. Aber das galt natürlich auch für Ross.

Tamara durchfuhr Panik, als hätte sie sich Speed gespritzt. Sie dachte daran, wie sie ihren Bruder nach der letzten Trennung von Crystal in seiner Wohnung gefunden hatte – war das jetzt das dritte Mal gewesen? Er hatte inmitten einer Horde wilder Katzen in seinem eigenen Dreck gehockt. Es gab keine Möbel bis auf eine versiffte Matratze auf dem Boden, darauf der Rest einer alten Tagesdecke, die ihre Mutter gehäkelt hatte, ebenfalls völlig verdreckt und zerrissen. (Die von Tamara bedeckte bis heute ihr Bett, sauber und farbenfroh wie in einem Kinderzimmer.) In der Wohnung war es dunkel. Die Fenster waren mit Zeitungen zugepappt, Stecker und Lampenhalterungen abmontiert. Alles im Zuge einer gewissenhaften Suche nach den Kameras, die ihren Bruder aufnahmen und sein Elend dann mit Hilfe des Fernsehens in ganz Großbritannien verbreiteten. Davon war er zumindest überzeugt.

»Hast du deine Medikamente genommen?«, fragte Tamara. Dabei wusste sie genau, sollte Ross je den Fehler begehen, die Wahrheit zu sagen, dann nicht in diesem Punkt. Die Pharmaka, die er konsumierte, bekam man nicht auf Verordnung.

»Ja, ja. Mach dir keine Sorgen um mich.«

Tamara war fast schwindlig vor ohnmächtiger Zuneigung; am liebsten hätte sie sein Leben für ihn in die Hand genommen. Ross war ihr großer Bruder, aber die meiste Zeit fühlte es sich an, als wäre er ihr Kind. Ihr Sorgenkind.

»Brauchst du irgendwas? Hast du es auch warm genug?«

Tamara hatte versucht, ihm direkt zu helfen – indem sie ihm Päckchen schickte, Gutscheine, seine Stromrechnungen bezahlte, telefonisch Bestellungen im Supermarkt bei ihm um die Ecke aufgab und per Kreditkarte bezahlte. Bargeld, das hatte sie schnell gelernt, landete unweigerlich in den Taschen seines Dealers.

»Nein, mir geht's gut. Hab alles unter Kontrolle. Nur der Herd hat seinen Geist aufgegeben. Aber ich werd mir beim Sozialamt Geld für einen neuen leihen. Ich muss mein Leben auf die Reihe kriegen.«

»Du hast keinen Herd? Wie machst du dir denn was zu essen?«

Tamara wusste, dass sie sich anhörte wie ihre eigene Mutter, und auch, dass Heuchelei im Spiel war, denn ihre eigenen Essgewohnheiten – hin und wieder was Gebrutzeltes aus der Kantine oder ein paar Canapés auf Partys – waren weiß Gott kein Vorbild.

»Alles okay. Wie gesagt. Crystal kocht für mich.«

Tamara stellte sich Crystal in der Küche vor. Crack wäre das Einzige, was sie zubereiten könnte.

»Oh, Ross. Du musst auf dich aufpassen.«

»Hör auf zu stänkern. Ich kann auf eigenen Beinen stehen. Es geht mir gut.«

Sein Ton war, wie so oft, von sorglosem Trotz in Aggression umgeschlagen. Wenn sie jetzt nicht aufpasste, würde er aufbegehren, ihr vorwerfen, ihn herunterzumachen, und auflegen.

»Das ist keine Stänkerei. Ich will dir bloß helfen.«

»Ständig willst du bloß helfen, Tam.« Jetzt schmeichelte er ihr, umgarnte sie. »Das ist nicht fair. Ich komme schon zurecht.«

»Das war aber nicht immer so.«

»Stimmt. Leg ruhig den Finger in die Wunde. Jetzt hör endlich auf, dir meinetwegen Sorgen zu machen, und kümmer dich um dein eigenes Leben.«

Er machte dicht, ließ sie abblitzen.

»Ross, du weißt doch, dass ich froh bin, wenn ich dir helfen kann. Du bist mein *Bruder.*«

Sie wusste, dass sie sich anhörte wie eine Therapeutin. Sie durfte sich nicht in sein Leben hineinziehen lassen, oder besser gesagt, sich nicht hineindrängen. Doch was war die Alternative zur Co-Abhängigkeit? Die kalte Schulter? Ihn einfach fallenlassen, sich umdrehen und weggehen, bis er ganz unten war? Erst dann, so die herkömmliche Überzeugung, würde er anfangen, sich selbst zu helfen. Aber was, wenn er vorher unterging? Sie schaffte das nicht.

»Alles okay.« Wieder die schmollende Stimme. »Crystal hilft mir.«

Genau das war Tamaras Sorge.

»Hör mal, ich schicke dir etwas Geld.«

»Aber nur, wenn du es wirklich übrig hast.«

Da hatte er aber schnell kapituliert. War das der Zweck seines Anrufs gewesen? Ein kleines Stilett aus Eis bohrte sich in Tamaras Herz, dann schmolz es. Was spielte es schon für eine Rolle? Ihr Bruder brauchte Hilfe, so viel stand fest. Wer würde sich schon freiwillig für ein solches Leben entscheiden? Sie dachte wieder an das Loch, in dem er lebte, das Chaos, den Dreck, den *Gestank*. Tamara beruhigte ihn, ja, Ehrenwort, wäre überhaupt kein Problem. Allerdings hatte Ross kein Bankkonto, und das Procedere einer Postüberweisung, bei der er in eine Postfiliale gehen und sich ausweisen musste, war zu viel für ihn. Morgen würde Tamara achtzig Pfund von ihrem Konto bei der Sparkasse abheben, es in einen Umschlag stecken und per Einschreiben an seine Adresse schicken.

»Danke, Tam. Du bist die Größte. Du kriegst es wieder, sobald ich alles geregelt habe.«

Die Vorstellung, dass Ross ihr etwas zurückzahlte, war genauso abwegig wie dass er je wieder clean werden würde.

»Mach dir keine Sorgen. Nur –«

Sie brachte den Satz nicht zu Ende. Der Piepton der Telefonzelle unterbrach sie. Es klickte in der Leitung, dann hörte sie nur noch das dumpfe Surren. Er war weg. Das Elend zupfte an ihr wie die Hand im Horrorfilm, die sich aus dem Abfluss reckt, um nach den Knöcheln zu greifen. Sie goss sich ein neues Glas Wein ein. Der dunkle Abgrund war stets gegenwärtig, aber sie musste ja nicht unbedingt hineinstarren. Es gab schließlich auch noch ihre Arbeit. Sie war ein notwendiges Übel, aber manchmal war sie auch ein Ausweg.

Erneut schlug sie das Buch der Tait auf.

Vor einer der Baracken, die Schauplatz solch anhaltender Grausamkeit gewesen war, reckte sich der gezackte Stumpf eines einstmals mächtigen Baums empor. Das war alles, was von Goethes Eiche geblieben war, nach einem Luftangriff der Alliierten auf eine nahegelegene Munitionsfabrik nur wenige Tage zuvor, bei dem Brandbomben auf das Lager niedergingen. Es hatte viele Verluste unter den Insassen gegeben. Goethes symbolischer Baum war ein weiteres Opfer des Angriffs.

Ein Baum? Glaubte die Tait etwa, dass sie für die Heim-&-Garten-Seite schrieb? Tamara hielt es nicht länger aus.

Sie stapelte den störenden Haufen von Klatschpostillen und Fernsehzeitungen säuberlich aufeinander und schob sie unter ihren Futon, dann schaltete sie den Amiga an, legte eine Diskette ein und öffnete ihren letzten Entwurf. Der helle Bildschirm des Computers flackerte auf, eine kühle Feuerstelle im Dunkel ihrer Wohnung.

Diese Augen, früher groß und wedgwoodblau in einem Gesicht wie aus zartestem Porzellan, Augen, die zahlreiche führende Persönlichkeiten der zweiten Jahrhunderthälfte verzauberten, sind heute Krater auf einer Reliefkarte. Ihr Blick ruht kokett auf unserem Fotografen, während der seine Aufnahmen macht.

Als ich meine Bewunderung für ihre Arbeit kundtue und sie ermuntere, über ihre Erinnerungen an vergangene glorreiche Zeiten zu plaudern, zeigen sich die ersten Risse in dem Schutzschild, und ich kann wenigstens Überreste von Schönheit in der Ruine von einem Gesicht erkennen.

»Ja«, sagt sie und lächelt beinahe mädchenhaft, als sie an ihre Liebesaffäre mit dem unsterblichen Schnulzensänger Bing Crosby zurückdenkt. »Das waren schöne Zeiten, wirklich schön. Er konnte fabelhaft tanzen, wissen Sie. In seinen Armen fühlte ich mich wie ein Gespenst.«

Es musste gegen zwei Uhr morgens sein, als sie endlich gingen. Paul versuchte noch immer, Bobby und seinen phlegmatischen Schauspielerfreund für ein Feldlazarett in Sarobi zu begeistern; Aidans und Inigos Lachen verhallte im Treppenhaus, Clemency und Ruth machten sich mit Plastiktüten voller leerer Flaschen, die wie ferne Kirchenglocken tönten, auf den Weg zum Altglascontainer. Honor hatte Ruth überredet, auch die scheußlichen Blumen mitzunehmen, die die aufdringliche junge Reporterin mitgebracht hatte.

Sie schenkte sich ein Glas ein und lehnte sich zurück. Dank Ruth waren die Aschenbecher geleert, und die ganze Wohnung wirkte jetzt sauberer als vor der Ankunft der Gäste. Sauberer, aber auch trostloser. Bei ihrem Aufbruch hatten sie allen Lärm und alles Leben mitgenommen.

Sie schaltete das Radio ein. BBC World Service. Welch ein Niedergang! Ein Sprecher mit der überdeutlichen Aussprache und dem leiernden Tonfall eines Alleinunterhalters für Kinder unterhielt sich gönnerhaft mit einer Gruppe afrikanischer Frauen über ein Projekt zur Wasseraufbereitung. Auch Honor war einmal Auslandskorrespondentin für die BBC gewesen und hatte aus Regionen berichtet, die damals zu den abgelegensten der Welt gehörten; vor dem Zustrom von Pauschalreisenden per Flugzeug und mit Kreditkarten ausgerüsteten Rucksacktouristen. Man konnte ihr sicher vieles vorwerfen, aber sie hatte ihre Hörer oder Leser nie gönnerhaft behandelt. Auch Fröhlichkeit gehörte nicht gerade zu ihren Stärken.

Tad war der Heitere gewesen, obwohl auch er gelegentlich seine dunklen Momente hatte. Aber die kannte nur Honor. Als Regisseur war Tad für die herzliche Atmosphäre bekannt, die er am Set schuf, bei aller Strenge in der Komposition seiner Filme.

»Er war ein wundervoller Mensch«, hatte ein Beleuchter mit gebrochenem Nasenbein nach der Beerdigung zu ihr gesagt.

»Ein echter Gentleman«, setzte ein anderer hinzu.

Sie hatte sich würdevoll bei ihnen bedankt, aber heute

Nacht, während sie allein in ihrer eiskalten Wohnung saß und sich daran erinnerte, musste sie laut lachen und erschrak über den unheimlichen Klang: ein Gackern, das lange nachhallte. Mühsam stand sie auf, um sich eine Stola aus dem Schlafzimmer zu holen. Der geschäftige Trubel am heutigen Abend hatte nicht wirklich geholfen. Bobbys Wein und die angeregte Unterhaltung hatten sie vorübergehend belebt, so wie sonst nur der Rayburn-Whiskey daheim in Glenbuidhe, doch jetzt fröstelte sie, und ihre Finger waren starr vor Kälte. Sie war sich trotz der Ablenkung wie ein verliebtes Schulmädchen vorgekommen, hatte immer wieder an den Anruf denken müssen und im Geiste jedes Wort wiederholt. Ein Gespenst aus vergangenen Zeiten. Sie war Rationalistin aus Überzeugung, aber von Natur aus abergläubisch – Vermächtnis ihrer halb englischen, halb schottischen Vorfahren, vermutete sie. Daher hatte sie das Gefühl, dass diese Erscheinung nur ihrem glühenden Verlangen und dessen vernünftigerem Gegenstück, der Angst, zu verdanken war. Und jetzt raste sie erneut auf den Abgrund zu.

In düsteren Momenten erschien ihr das ganze Leben, ja selbst die Arbeit, als eine Folge winziger Zerstreuungen, sinnloser Ersatzaktivitäten. Die Fluchten und Schlachten, die schlaflosen Phasen fieberhaften Schreibens, die Manöver und Machenschaften, der verbissene Fortschritt auf dem Planeten, wie Robert der Erste und seine Begegnung mit der Spinne, Millimeter für Millimeter – wozu? Die Freude über den Erfolg, die Katastrophe des Scheiterns, in der Liebe ebenso wie im Beruf, all diese unablässige Geschäftigkeit, nur um in einem verstaubten Winkel zu sitzen und sein Netz zu spinnen. Sie zitterte. Wenn sie sich jetzt Gewissensbissen überließ, müsste sie einen Rückstand von über fünfzig Jahren aufholen.

In der Verwandtschaft, der echten oder der angenommenen, waren stets Verrat und Entfremdung an der Tagesordnung gewesen. Und Mutterschaft, dieser gesegnete Zustand – wer würde sich je die trostlose Wahrheit darüber eingestehen? Nicht die arme Lois, deren bedingungslose Liebe zu Daniel und dessen schmerzlicher Verlust sie aus der Bahn geworfen hatten. Selbst die Freuden der Musik oder der Natur erschienen Honor nun getrübt. Die Berge hatten Narben aus Asphalt und waren durch steuerbegünstigte Kiefernpflanzungen gefährdet, so wie die Seen durch Fischfarmen. Und die Musik, einst eine Quelle des Trostes und der Glückseligkeit, war heute größtenteils ein Ärgernis, eine hörbare Manifestation von Ruhelosigkeit.

Sie schenkte sich ein neues Glas ein und stellte es auf das Tischchen neben Tads Foto. Ihre Ehe war zwar nicht wirklich »offen« gewesen, wie es in den Sechzigern hieß – für dieses zivilisierte Arrangement war Tad zu kindisch und eifersüchtig –, aber auch nicht gerade hermetisch abgeschottet. Sie hatten eine stillschweigende Vereinbarung, zumindest war Honor davon ausgegangen, der zufolge eine gelegentliche Affäre erlaubt war, solange sie ihre Ehe nicht gefährdete. Die Leidenschaft ihrer eigenen Beziehung – er war ein vitaler und aufmerksamer Liebhaber gewesen – schrumpfte fünf Jahre nach ihrer Hochzeit zu einer angenehmen, wenn auch leicht kratzbürstigen Bruder-Schwester-Beziehung, die keiner von beiden missen wollte. Die Quittung einer französischen Dessous-Boutique, die Tad achtlos auf dem Boden des Schlafzimmers hatte liegen lassen, war der erste

Hinweis auf eine seismische Verschiebung in ihrem häuslichen Arrangement.

Honor schloss daraus, dass er eine feste Geliebte hatte, und machte sich Vorwürfe, weil es sie so sehr beschäftigte und zugleich dermaßen überraschte. Sie selbst war seine Geliebte geworden, nachdem sie sich auf einer Cocktailparty für Drehbuchschreiber kennengelernt hatten. Seine Liebenswürdigkeit, sein unkomplizierter Optimismus und seine hündische Hingabe hatten sie angezogen. Sie hatte genug von Komplikationen; Tads Labrador-Temperament erschien ihr herrlich exotisch nach einer Reihe von Affären mit selbstquälerischen Egomanen und Weicheiern. In seiner Arbeit spiegelte sich seine Natur; unbeschwert und warm, mit einer Fröhlichkeit, die an Albernheit grenzte. Und Honor hatte ganz gegen ihr eigenes Naturell genau das an ihm geschätzt.

Zu Anfang verflüchtigten sich in seiner Gegenwart die Schrecken des Tages und das Grauen der Nacht. Er war nicht völlig unempfindlich gegenüber Leid und schüttelte den Kopf, wenn sie von Hungersnöten am Horn von Afrika oder Kinderarmut auf dem indischen Subkontinent erzählte, doch es ging ihm nie wirklich nah. Sterblichkeit war kein Thema für ihn, nicht, weil er sich weise damit abgefunden hätte oder es mit dem Gleichmut eines Philosophen als Teil des Lebens begriff, sondern weil ihm nie in den Sinn gekommen wäre, dass sie ihn betreffen könnte. Der Tod war wie Unglück oder Armut etwas, das nur die anderen ereilte. Er war der Menschheit nie gram, stets unbeschwert, was sie aufheiterte in ihren düsteren Sturm-und-Drang-Schüben. Im Grunde war er ein weit besserer Mensch gewesen, als sie es je sein würde. Er musste sich nicht einmal anstrengen.

Bei ihm gab es kein Hinterland, keine Unterströmung von Groll oder Bedauern. Nur seine irrationale und allumfassende Eifersucht verschaffte ihr einen moralischen Vorteil.

Heute empfand sie Scham, wenn sie sich eingestehen musste, dass seine Eifersucht ihr anfänglich geschmeichelt hatte. Sie konnte sich nicht einmal mit ihrer Jugend oder Unschuld herausreden; sie war eine weltgewandte Frau von fünfzig, als sie sich kennenlernten. Aber er war so attraktiv mit seiner Safari-tauglichen Männlichkeit (ein Äußeres, von dem Paul nur träumen konnte). Er vermittelte ihr das Gefühl, beschützt zu sein, auch wenn sie es vor niemandem zugab. Es war etwas Neues. Eine klare Beziehung, ohne jede Spur existentieller Verzweiflung. Damals, in ihrem ersten Jahr verstohlener Treffen, hatte er ihr im selben Pariser Modeatelier maßgeschneiderte, pastellfarbene Unterwäsche aus Seide und Spitze gekauft, hauchdünne Projektionen männlicher Phantasien, verpackt in pinkfarbenes Seidenpapier.

Doch als sie sechs Jahre nach ihrer unkomplizierten Hochzeit einen genaueren Blick auf die vergessene Quittung warf, sah sie, dass das Bustier, das er gekauft hatte, in vulgärem *rouge et noir*, einer *belle poitrine* von 117 cm entsprach, mit anderen Worten Körbchengröße 105 D. Hatte Tad etwa seine Leidenschaft für eine Riesin entdeckt? Stand er plötzlich auf füllige Frauen? Als Mann aus dem Filmbusiness hatte er sich immer der Aufmerksamkeit hübscher junger Schauspielerinnen sicher sein können. War es möglich, dass er der schmalhüftigen Unschuldslämmchen müde geworden war und sich obskureren Vergnügungen zugewandt hatte?

Nach hartnäckigem Bohren und vielen Tränen (sie stellte

die Fragen, er weinte) war es schließlich herausgekommen: Tad hatte ein heimliches Hobby. Das schrille Korsett mit den eingebauten Strapsen war für ihn selbst bestimmt. Tad Challis, der blendende, umgängliche amerikanische Gentleman aus den Pinewood Studios, hatte eine Schwäche für Frauenklamotten. Mit geröteten Augen um Vergebung bettelnd förderte er eine Blechtruhe zutage, die er im Schrank eines unbenutzten Zimmers aufbewahrte. Als er das Schloss öffnete, quoll ein Durcheinander von allerlei bunten Teilen aus Seide, Satin, Brokat und geblümter Baumwolle heraus. Es sah aus wie die Verkleidungskiste eines Riesenkindes.

Trotz ihrer Wut – Honor konnte einfach nicht verstehen, dass er all das vor ihr geheim gehalten hatte – wäre es grausam gewesen, ihn darauf hinzuweisen, dass er mit einer Größe von knapp zwei Metern, fast hundert Kilo, einem markanten, von grauen Bartstoppeln bedeckten Kinn und der Figur eines verbrauchten Rugbyspielers niemals als Frau durchgehen würde. Er war das krasse Gegenteil einer Dame, es sei denn als Travestiekünstler.

Unter dem Vorwand, Gespräche über Filmprojekte zu führen, aus denen dann nie etwas wurde, während Honor ihrer eigenen Arbeit oder Aufträgen nachging, war er in ein Businesshotel am Flughafen gefahren und hatte sich im harten Licht des Hotelzimmers mit Hilfe von ausgepolsterten BHs, geblümten Fummeln, Perücke und reichlich Make-up in etwas verwandelt, das er für Gina Lollobrigida auf dem Gipfel ihres Ruhms hielt. Witwe Twankey hätte wohl eher gepasst. So ausstaffiert begab er sich dann nach eigener Aussage, der Honor wohlweislich nicht weiter nachging, in die Hotelbar, trank ein paar Cocktails, setzte sich zu einem einsamen Abendessen ins Restaurant und ging dann allein und unberührt in einem pfirsichfarbenen Chiffonnachthemd zu Bett.

Trotz alledem hatten sie eine glückliche Ehe geführt. Tads Geständnis hatte ihr die Möglichkeit eröffnet, ihren eigenen Interessen ungehinderter nachzugehen. Sie stellten einander weniger Fragen, und Tad zügelte seine Eifersucht oder war zumindest ein wenig kleinlauter, wenn er sie zeigte. Waren sie zusammen, erinnerte es an das angenehme Wiedersehen alter Freunde.

Sie griff nach dem Foto und betrachtete es eindringlich, wie um ihn zum Leben zu erwecken. Sie registrierte den vertrauten Ausdruck von Freude, das leicht amüsierte Zucken der Mundwinkel. Er war einer der wenigen Privilegierten und sonnte sich in diesem Wissen. Sein Status hatte nichts mit Geld zu tun; Tad hatte einfach das Talent zum Glücklichsein. Aber es gab auch etwas, das er zurückhielt, etwas Verschlossenes in seinem Blick, das sie erst später verstand. Egal. Das alles war vorbei. Sie strich mit dem Finger über die Konturen seines Mundes, stellte das Foto wieder auf den Tisch und holte sich einen neuen Drink. Die Wohnungen gegenüber lagen im Dunkeln, und plötzlich hatte sie das aufregende, irrationale Gefühl, der einzig wache Mensch in einer schlafenden Stadt zu sein.

Wann war Inigos Ausstellungseröffnung noch mal? Ruth hatte sie ausdrücklich dorthin bestellt. Honor wusste selbst, dass sie ausgehen sollte; sie musste diese Zurückgezogenheit – Generalprobe für das Grab – überwinden und Leute sehen. Aus diesem Grund hatte sie auch Bobbys Einladung zum British Press Awards Dinner nächste Woche angenommen. Es war wichtig, dass sie Inigos Einladung suchte und das Datum in ihren Terminkalender übertrug: Das durfte sie keinesfalls vergessen. In letzter Zeit wurde sie zunehmend zerstreut, es war nicht zu übersehen. Sie verlor Dinge. Verpasste Verabredungen. So hatte es auch bei Lois angefangen.

Honor durchforstete die Post, die auf einem kleinen Beistelltisch in der Diele lag. Tad hatte ihn beharrlich als Etagere bezeichnet. Sie wusste genau, dass Inigos Einladung hier gelegen hatte – sie erinnerte sich sogar an den Moment, als sie den Umschlag geöffnet hatte –, aber jetzt war er verschwunden. Hatte sie das nur geträumt? Und hatte sie sich auch die spöttische Postkarte eingebildet, in einem Umschlag, der in London abgestempelt war? Oder den Anruf? Auf jeden Fall hatte er sie der wenigen Stunden Schlaf beraubt, die ihr heutzutage blieben.

Es wurde hell. Die Morgendämmerung tauchte den Himmelsstreifen über den Nachbarhäusern in fleischfarbenen Glanz. Es war die schönste, die einsamste Stunde. Sie dachte daran, wie sie Lois das letzte Mal gesehen hatte, in ihrem Rollstuhl dösend, mit offenem, zahnlosem Mund. Lois' Krankheit, am Anfang so schwer erkennbar, verlief so schnurgerade wie eine römische Straße. Zuerst verlor sie Dinge, Schlüssel, Brille, vergaß hin und wieder ein Wort, dann kam sie sich selbst abhanden. Es gab eine kurze, vorübergehende Phase von Religiosität, die bei einer solchen Rationalistin kaum zu ertragen war, bevor sie schließlich echte Halluzinationen bekam, sowohl visuelle als auch akustische. Plötzlich war Daniel da, gänzlich wiederhergestellt, und dann erneut weg, ein Grund für wachsende Unruhe. Die Toten kehrten zu ihr zurück, während die Lebenden aufhörten zu existieren. War das der Weg, der auch vor ihr lag?, fragte sich Honor. Und ihre Toten? Harrten sie ihrer?

Sie griff nach ihrem Notizblock.

Buchenwald, 14. April 1945. Tag vier der Befreiung. Bei ihrem trotzigen Aufmarsch schwenkten überlebende Häftlinge die improvisierten Flaggen ihrer Nationen – Russland, Frankreich, Rumänien, Jugoslawien, Griechenland, Italien, Ungarn, Großbritannien und Deutschland – die Flagge der Weimarer Republik …

Sie konnte nicht arbeiten. Aber schlafen konnte sie auch nicht. Schlaflosigkeit: noch so ein Fluch des Alters. Wie grausam, dass man umso weniger Nachtruhe brauchte, je älter man wurde; zusätzliche Stunden, in denen man wachte und das Vergessen vor Augen hatte, das vor einem lag.

10

Tamara ging mit einem höflichen Gruß an Courtney vorbei, geradewegs zu ihrem Schreibtisch. Unglaublich! Tania hockte schon wieder dort und hatte einen Stapel Bücher auf Tamaras alten Ausgaben von *OK!* und *Hello!* abgestellt.

»Oh, sorry!«, sagte Tania mit einem falschen Lächeln. »Der Computer ist schon wieder kaputt.«

»Solltest du dich nicht mal darum kümmern? Der Computer ist doch deine Spezialität.«

»Nicht wirklich. Wir sind keine Techniker, sondern Journalisten. Wenn du magst, erkläre ich dir gerne mal einen Vormittag lang unsere Website, damit du weißt, was wir machen, sag Bescheid, ich zeige sie dir gern.«

»Besten Dank«, gab Tamara schneidend zurück, griff nach einem Exemplar von *OK!* und warf dabei Tanias Bücherstapel um. »Mit *Space Invaders* hab ich schon vor Jahren abgeschlossen. Das ist was für picklige Teenager.«

»Da bist du allerdings auf dem Holzweg«, sagte Tania, deren makelloser Teint den strahlenden Gegenbeweis lieferte. »Es ist die Zukunft. Für uns alle.«

»Das haben sie über silberne Unisex-Overalls und Zeitreisen auch gesagt.«

Tania lachte, es klang wie ein kitschiges Glockenspiel,

dann sammelte sie ihre Bücher ein. Tamara warf einen Blick auf die Buchrücken: Eins war von Martha Gellhorn. Sie fuhr zusammen, als sie sich an ihre Blamage bei Honor Tait erinnerte. Ein anderes stammte von John Pilger, dem australischen Segler, und dann gab es noch eins über die Geschichte des Zweiten Weltkriegs. Entspannte Tania eigentlich nie?

Als Tamara ihren Schreibtisch zurückerobert hatte, nahm sie den Notizblock aus der Tasche. Sie musste ein paar Bildlegenden schreiben – Tod Maloney und Pernilla Perssen, das schwedische Supermodel, das sich zur Dessous-Designerin gemausert hatte, waren in die Kameras blinzelnd vor einem Nachtclub im West End abgelichtet worden – und die wöchentlichen Charts zu Ende bringen: Magersüchtige Mädchen und mickrige Männer.

Doch zuallererst musste sie ihre Notizen aus dem Salon der Tait übertragen. Dann wollte sie noch einmal bei Uncumber Press anrufen. Aber diskret. Courtney und Jim standen schon wieder in einer Ecke und tuschelten.

Paul Tucker, Macho-Korrespondent und Robert-Redford-Verschnitt, ist mit Neuigkeiten von irgendeiner abgelegenen Kriegsfront zurück. Honor Tait sitzt in der Mitte des Raums wie Königin Guinevere, umgeben von den Rittern der Tafelrunde. Jason Kelly, der kürzlich einen Triumph mit dem Blockbuster Wunderweltenbaum *feierte, ziert den Abend mit seiner hinreißenden Präsenz. Ruth Lavenham, Verlegerin und emsige Miss Tiggywinkle, steht in der Küche und zaubert Canapés. Ein untersetzter Deutscher mit Glupschaugen (Name einsetzen)…*

Da flackerte eine Nachricht auf ihrem Bildschirm auf. Sie stammte von Simon: *Lunch?*

Sie tippte: *Super! Ich beende nur schnell meine Charts.*

Er rief ihr von seinem Schreibtisch aus zu: »Gut. In einer halben Stunde?«

Ohne Courtneys verächtlichen Blick zu beachten, wandte sie sich wieder ihrer Arbeit zu.

Wenn Blicke töten könnten, wäre es am Montag zu einem Massaker in Maida Vale gekommen, als Jason Kelly an einem von Honor Taits berühmten Salons teilnahm. Während sie den Mädchenschwarm an ihre knochige Brust drückt, sitzt ein grinsender kleiner Schotte, der bekannte Dichterling Aidan Delaney, daneben und zitiert Tolstoi, gleichzeitig tauschen ein kichernder Dandy, der Künstler Inigo Wint, und ein übergewichtiger Deutscher geistreiche aperçus *über die Bedeutung von Shakespeare aus, reißen Witze und leeren eine Flasche erlesenen Wein nach der anderen.*

Ungerührt thront Honor Tait wie eine Spinne in ihrem Netz inmitten des Zimmers, während sich die Insekten um sie her tapfer abstrampeln.

Sie setzten sich wie gewohnt in die mittlere Sitznische im Bubbles. Simon musste etwas loswerden.

»Lucinda hat Serena rausgeworfen.«

»Na, das war ja wohl nicht anders zu erwarten«, sagte Tamara. »Ich meine, was hätte sie sonst machen sollen, nachdem sie entdeckt hatte, dass du mit ihrer Mitbewohnerin ins Bett gehst?«

»Und jetzt hat Serena kein Dach über dem Kopf und droht damit, Jan alles zu erzählen.«

»Was hat *die* denn damit zu tun?«

»Finde ich auch.«

»Ich meine, deine Frau wird ihr ja wohl nicht euer Gästezimmer anbieten, oder?«

»Nein. Und außerdem hat sie alle Hände voll mit Dexters achtzehntem Geburtstag zu tun.«

Sein Mobiltelefon klingelte.

»Ja, Darling ... Natürlich ... Nein, niemand«, sagte er.

Tamara biss rücksichtslos in ein Stück Brot. Vielleicht könnte sie, wenn sie erst ihren Vertrag mit dem *S*nday Magazine* bekäme, auch ein Mobiltelefon für sich heraushandeln.

»Hör zu, Serry ...«, fuhr Simon fort. »Ich weiß, wie schrecklich das für dich ist ... Ich tue mein Bestes, um es zu regeln ... Bis heute Nachmittag habe ich die Kaution zusammen ... Was uns nicht umbringt, macht uns stark ... Alles wird gut, Darling.«

An einem Nachbartisch saß Tania, seltene Besucherin im Bubbles, vor einer Flasche sprudelndem Mineralwasser und unterhielt sich angeregt mit Vida.

»Wiedersehn ... Ich liebe dich ... Bis später«, säuselte Simon.

Tamara setzte zum Reden an, kaum dass er das Gespräch beendet hatte.

»Ich war also im Salon.«

Er sah sie einen Augenblick verständnislos an, dann lehnte er sich zurück und lächelte.

»Ja klar. Wollte ich eben schon sagen. Hübsch. Steht dir wirklich toll.«

»Nein«, sagte sie. »Nicht im Friseursalon. Ich war in Honor Taits Salon. Dem Monday Club.«

»Ach, richtig.«

Sein Telefon klingelte erneut.

»Gott sei Dank ...«, flüsterte er ins Mikro und wandte das Gesicht der Wand zu. »Ich habe mir solche Sorgen um dich gemacht, Darling ... Nein ... niemand ... Ich bin ganz allein ... Natürlich nicht ... Du weißt doch, es war alles ein schrecklicher Fehler ... Ich liebe nur dich ... Nein wirklich, Luce ... Ich muss dich unbedingt sehen. Wir kriegen das hin ... Was uns nicht umbringt, macht uns stark ... Okay, Schatz ... Ruf mich später noch mal an ... Bitte ... Ich liebe dich.«

Er beendete das Gespräch und goss sich gedankenverloren noch ein Glas ein, dann griff er nach einem Stück Brot, warf Tamara einen Blick zu und fuhr zusammen, als wäre er erstaunt, sie hier zu sehen.

»Lucinda«, sagte er mit einem Nicken Richtung Mobiltelefon.

Tamara verzog keine Miene.

»Wo waren wir?«, fragte er. »Ach ja, Honor Taits Harem. Hast du was über ihre Gigolos rausgekriegt?«

»Nicht wirklich. Ich bin zwar hereingekommen, aber es schien nicht allzu viel los zu sein, abgesehen davon, dass Alkohol in Strömen floss und jede Menge hochtrabendes Zeug geredet wurde.«

»Wer war denn da?«

»Ein paar aufgeblasene Nobodys. Und dann noch Paul Tucker ... und Jason Kelly.«

Simon pfiff leise durch die Zähne.

»Kelly. Tja, der Bursche ist scharf. Das wäre ein knackiges Titelfoto. Besonders wenn da was liefe, beim Küssen oder …«

»Von Küssen habe ich nichts gesehen.«

»Kein Problem. Es käme ja nur drauf an, was er auspackt.«

»Viel geredet hat er auch nicht.«

»Stimmt, er ist nicht gerade gesprächig. Tucker könnte ein oder zwei Absätze abwerfen, je nachdem, was er von sich gegeben hat. Kein Mensch interessiert sich dafür, was er über Hungersnöte oder Genozid erzählt – nicht mal die Leser des *S*nday Magazine*. Aber Kelly …«

»Nun, es war alles sehr gesetzt. Es gibt nichts wirklich Interessantes zu berichten.«

»Erzähl mir bloß nicht, dass sie den ganzen Abend voll bekleidet waren.«

»Kann ich dir nicht sagen. Sie haben mich rausgeworfen.«

Simon lachte.

»Nun, das würde ich als Schuldeingeständnis betrachten – und als Kriegserklärung.«

Sein Mobiltelefon klingelte schon wieder.

»Hallo, Darling … ja. Prima … nein. Allein … Hört sich gut an … Hast du schon von den Caterern gehört? … Klar. Das musst du entscheiden, Schatz … Ja … Bis nachher … Wiedersehn, Jan … Ich liebe dich.«

Tamara verschränkte pikiert die Arme vor der Brust. Wenn er noch einmal ranging, würde sie ihm das Ding aus der Hand reißen und es quer durch den Raum feuern. Desto besser, falls es Tania Singh erwischte.

»Die Sache ist die«, fuhr sie fort. »Ich weiß nicht, wie ich vorgehen soll. Mein Auftritt auf ihrer kleinen Party gestern Abend war ein Reinfall, und es sieht nicht so aus, als würde sie mich jemals wieder reinlassen. Was soll ich jetzt tun?«

»Das liegt doch auf der Hand, oder?«

»Nein.«

Simon stöhnte. »Hör mal, wenn sie dir kein Interview mehr geben will, wenn du legal nicht an das rankommst, was du brauchst, dann bleibt dir keine andere Wahl, als den Einsatz zu erhöhen. Beschatte sie. Folge ihr. Bring ein bisschen Farbe in deinen Artikel.« Er sah zu der Kellnerin auf, die gerade vorbeikam, und machte ihr ein Zeichen für die Rechnung. »Das hast du doch schon oft genug getan. Beobachte sie, wenn sie nicht damit rechnet, sammle Details aus ihrem Alltag, versuch rauszukriegen, was es mit den jungen Männern auf sich hat. Überwach sie.«

Er steckte die Quittung in die Tasche. Lunch. Kontakte. Themenvorschläge.

Sie bahnten sich einen Weg aus der überfüllten Bar und nickten Kollegen zu, die mit erhitzten Gesichtern vor einer zweiten Flasche saßen. Tania und Vida waren bereits gegangen.

Auf dem Weg zurück zur Redaktion stellte Tamara ihm die Frage, die sie den ganzen Morgen in ihrem Kopf gewälzt hatte.

»Glaubst du, dass du Lyra darauf ansprechen könntest?«

Er blieb stehen und sah sie scharf an.

»Worauf ansprechen?«

»Ich hätte gern eine klarere Ansage für diesen Artikel. Ich habe versucht, mit ihr zu sprechen, hab sie angerufen, hab ihr Nachrichten geschickt, aber es ist unmöglich, an sie ranzukommen. Ich dachte, vielleicht kannst du es beiläufig erwähnen, wenn du sie in der Redaktionskonferenz oder in der Beilagensitzung triffst.«

»Was genau sollte ich deiner Meinung nach sagen?«

»Ach, du weißt schon: ›Übrigens, was den Auftrag betrifft, den du meiner Mitarbeiterin Tamara Sim gegeben hast… Sie würde wirklich gern wissen, wo der Schwerpunkt liegt. Dachtest du an Hollywood? Die Affären? Die extravaganten Künstlerfreunde? Oder ist es der Krieg, der dich am meisten interessiert?‹«

»Ich glaube, ich kann dir beim besten Willen nicht behilflich sein.«

»Was schlägst du dann vor?«

Er schüttelte den Kopf.

»Keine Ahnung.«

»Ich dachte, du kennst sie ganz gut.«

»Sagen wir es so: Unsere Wege haben sich gekreuzt. Unsere Klingen übrigens auch.«

Hatte er Lyra etwa angebaggert?

»Nun, vielleicht kannst du mir einen Tipp geben, wie ich am besten an sie rankomme.«

»An sie rankommst?«

Wenn Tamara es sich recht überlegte, war Simon merkwürdig unkooperativ gewesen, als sie ihm zum ersten Mal von dem *S*nday*-Auftrag erzählt hatte. Sie wusste, dass seine Zeit beim *S*nday Magazine* mit dem Aurora-Witherspoon-Debakel ein jähes, böses Ende genommen hatte. Ob er Angst hatte, Lyra könnte versuchen, Tamara von *Psst!* abzuwerben? Er konnte das Magazin doch nicht etwa als

Bedrohung ansehen! Eifersucht passte nicht zu ihm. Er hatte Vorbehalte, wenn Tamara für *ME2* schrieb, weil er fürchtete, dass Johnny ihr Insiderwissen ausschlachtete. Ansonsten aber war Simon immer großzügig ihr gegenüber gewesen. Er hatte sie Tim vorgestellt, ihr das Exklusivinterview mit Lucy Hartson vermittelt und von sich aus vorgeschlagen, dass sie hin und wieder für den *Sunday Sphere* schrieb.

»Ich brauche nur eine Klarstellung darüber, was genau Lyra will«, sagte Tamara.

»Was denn für eine Klarstellung? Es geht um ein Porträt, was sonst? Es geht um Werbung für ein Buch. Und wenn du noch etwas über ihre Lustknaben an Land ziehst, hast du eine Enthüllungsstory, von der alle, nicht nur *S*nday*-Intellektuelle, ein Stück abhaben wollen. Ziemlich einfache Sache – es geht doch nicht um Stammzellenforschung.«

Das war unfair. Tamara hatte einen Großteil des letzten Jahres damit verbracht, sich des Langen und Breiten über sein Liebesleben aufklären zu lassen, eine Serie mit vielen Fortsetzungen, eine jugendfreie Fernsehkomödie, die sich in unzähligen Londoner Apartments und Hotelzimmern abspielte. Fünf Minuten seiner Zeit, das war alles, worum sie bat. Ein beiläufiger Karrieretipp für ihre unermüdliche, vorurteilsfreie Anteilnahme an seinen sexuellen Abenteuern, das war der Deal. Nicht zu vergessen die einsamen Abende, die sie damit verbrachte, Quittungen für seine Spesenabrechnungen zu fälschen.

»Ich möchte nur wissen, welche Richtung ich einschlagen soll.«

Sie hatten die Kreuzung gegenüber der *Monitor*-Redaktion erreicht. Simon wirkte gereizt, während sie darauf warteten, dass die Ampel auf Grün sprang.

»Schreib einfach alles auf, ohne dich zu verzetteln.«

Tamara wandte sich zu ihm um.

»Simon, bitte! Du weißt genau, was mir dieser *S*nday*-Job bedeutet.«

»Ich weiß, ich weiß. Hör zu, nimm Lyras Schweigen einfach nicht persönlich. Du weißt doch, dass sie Nachrichten nicht beantwortet – es sei denn, du bist Austin Wedderburn oder hast schon mal dem König von Schweden die Hand geschüttelt.«

Die Ampel sprang um, und sie überquerten die Straße.

»Was, wenn ich einfach in den fünften Stock gehe und vor ihrem Büro warte, bis sie Zeit hat, sich kurz mit mir persönlich zu unterhalten?«

Simon blieb stehen. Er legte eine Hand auf Tamaras Arm. Wollte er sie zurückhalten, oder wollte er sie beruhigen? Vielleicht suchte er, nach all dem Wein, ja auch nur Halt.

»Nein, das würde ich nicht tun, wenn ich du wäre, Tam. Glaub mir, ein Besuch im fünften Stock könnte im Moment eher kontraproduktiv sein. Mach einfach weiter. Geh Lyra besuchen, wenn du es hinter dich gebracht hast. Dann kannst du ihr deinen Artikel als unwiderstehliches *fait accompli* auf den Schreibtisch legen.«

Sein Pager piepte, als sie das Gebäude betraten.

»Sorry. Muss mal eben ran.«

11

Die Wände waren mit leuchtenden Fresken aus einer respektvolleren und stoischeren Ära bemalt: Junge Mädchen mit rosigen Wangen in jungfräulich weißen Gewändern versorgten malerische Kranke, und das ländliche *Olde England* hinter den Sprossenfenstern – hohe Ulmen, strohgedeckte Cottages, fröhliche Landarbeiter, stämmige Kinder, die um Maibäume tanzen – ließ die liebevoll umsorgten Kranken wieder genesen.

Während Honor die Gänge des Krankenhauses durchquerte, bot sich ihr die Realität des späten zwanzigsten Jahrhunderts als ein trister Bilderbogen dar: Eine Frau in fleckigem Overall versuchte vergebens, rostfarbene Spuren auf dem Boden wegzuwischen – Blut? Eingeweide? Exkremente? –, während Pfleger und Krankenschwestern, nicht besonders jung, alle müde und ungekämmt, wenige, wenn überhaupt, jungfräulich, in pastellfarbenen Kitteln und Nylonhosen an ihr vorbeieilten. Genauso gut hätten sie unterwegs sein können, um Hühner zu rupfen oder Fische auszunehmen. Und die Kranken? Wie die Alten und Armen waren sie alles andere als malerisch. Selbst ätherische Schwindsüchtige, die sich nach Liebe verzehren und zu schön für diese Welt sind – so die Sicht der Romantiker –, spucken Unmengen von Blut und leiden unter Harn- und Stuhlinkontinenz. Krankheit macht alle Menschen gleich. Kein Mensch sieht würdevoll aus, wenn er im Morgenrock am Tropf hängt, umgeben von einem erbärmlichen Wirrwarr heilender oder lebenserhaltender Gerätschaften, dicken Beuteln mit Blut oder Kochsalzlösung, Bettpfannen und Spucknäpfen.

Und Lois, die schöne, kluge Lois, gehörte jetzt auch zu ihnen. Ihr Körper gab sich alle Mühe, mit ihrem geistigen Zerfall Schritt zu halten. Krebs. Natürlich. Sie hatten gesagt, dass es ihr morgens immer am besten gehe, und so stand Honor an einem Samstagmorgen um acht am Krankenbett ihrer Freundin und fragte sich, wie es wohl sein mochte, wenn es Lois schlechtging. Ihre Augen waren offen und bemerkenswert klar. Offen, aber blind. Ihr Blick wanderte in einer Art stummer Verwunderung durch das Zimmer, glitt über Honors Gesicht und die Schwester, die den Tropfer einstellte – der Blick eines Neugeborenen, der Formen und Schatten um sein Bettchen herum mitverfolgt. Vielleicht war es aber auch nur eine unwillkürliche Anspannung des Augenmuskels. Jenseits der tintenblauen Tiefe blieb nicht der geringste Funken von Intelligenz.

Aus anderen Ecken der Abteilung hörte man gelegentlich Ausbrüche von sofort unterdrückter Fröhlichkeit und – wie Lois das gehasst hätte! – das deprimierende Plärren eines Fernsehers. Andere Besucher, Ehemänner, pflichtbewusste erwachsene Kinder, Familien mit quirligen Kleinkindern traten an benachbarte Betten und gingen wieder, brachten Obst, Schokolade oder Blumen: quicklebendige Gesandte aus dem gelobten Land strahlender Gesundheit und eiserner Konstitution. Honor hatte den Verdacht, dass an dieser

Zurschaustellung eines intakten Familienlebens und den aufmunternden Genesungskarten, die überall herumstanden, einiges nur Schau war, heimlicher Triumph. Werd schnell wieder gesund! Gab es auch Karten, die das Gegenteil empfahlen? Stirb rasch! Honor war mit leeren Händen gekommen. Den Nachttisch ihrer Freundin zierte einzig ein nierenförmiger Behälter aus rostfreiem Stahl mit einer gebrauchten Spritze. Hätte sie doch wenigstens der Form halber die scheußlichen Blumen der Reporterin mitgebracht – noch welche –, die heute früh vor der Tür gelegen hatten. Honor hatte sie geradewegs in den Müllschlucker befördert. Hätte Lois ihre fünf Sinne noch beieinander, hätte sie sie auch nicht gemocht.

Ein junger Pfleger mit Aknenarben und einem Ohrring kam herein und überprüfte die Drainage, die von Lois' Wunde in eine Flasche unter dem Bett führte.

»Alles okay, Louise?«, fragte er und dann mit einem Augenzwinkern zu Honor: »Die Arme versteht kein Wort von dem, was wir sagen, aber hin und wieder murmelt sie etwas vor sich hin.« Er beugte sich über das Bett, und Honor hatte den Eindruck, dass die Augen ihrer Freundin sich vor Schrecken weiteten, als er hinzusetzte: »Stimmt doch, Lou-Schätzchen?«

Am Samstagmorgen verstaute Tamara Thesaurus und Rekorder, Zeitungsausschnitte, Notizen und die Ausdrucke ihrer ersten Entwürfe für den *S*nday*-Artikel zusammen mit den beiden Tait-Büchern in einem kleinen Rucksack und nahm die U-Bahn nach Maida Vale. Auf den Riesenstrauß aus rosa Lilien, mit denen man einen Leichenwagen hätte füllen können und die sie zusammen mit einer Entschuldigung nach Holmbrook Mansions geschickt hatte, kam keine Reaktion. Ruth Lavenham hatte ihre Versuche, sie zu erreichen, nicht beantwortet. Sie ließen ihr keine andere Möglichkeit.

Tamara hatte schon üblere Tricks angewandt, zum Beispiel, als sie den Sohn des Polizeichefs mit Hilfe von Drogen in die Falle lockte. Sie hatte medienscheue Promis überwacht und drei Tage auf dem Bürgersteig vor Caleb Hawkins Wohnung in Ladbroke Grove kampiert, nachdem der Fußballer heimlich dabei fotografiert worden war, wie er in einem schwulen Nachtclub mit einem Transsexuellen Händchen hielt. Sie war unter den Paparazzi gewesen, die Pernilla Perssen vor einer Entzugsklinik in Hampshire auflauerten. Doch bei Tamaras neuem Auftrag ging es nicht um schlichtes *Doorstepping*. Sie würde nicht vor Honor Taits eleganter Wohnresidenz warten und in der Kälte mit den Füßen stampfen, in der Hoffnung, sie mit ein paar Fragen überfallen zu können. Es hätte auch keinen Sinn, einen Fotografen mitzunehmen. Es würde nichts zu sehen geben. Noch nicht, jedenfalls.

Sie lief die Umgebung ab, die in den nächsten drei Tagen ihr Revier sein würde, und nahm die wenigen Geschäfte und den Pub namens Gut and Bucket in Augenschein, gleich neben dem Café, wo sie am Tag des Interviews auf Bucknell gewartet hatte. Dieses Café würde ihre Basis sein. Von einem der Resopaltische sah man durch das große Fenster direkt auf den Eingang von Holmbrook Mansions hinüber. Doch zuerst wollte sie mit ein paar Leuten von hier ins Gespräch kommen. Sie überquerte die Straße, betrat den kleinen Supermarkt und nahm eine Dose Cola aus dem Kühlfach. Das Gesicht des dicken Mannes an der Kasse glänzte, als wäre es aus flüssigem Wachs. Er atmete schwer und blätterte in einer Boulevardzeitung.

»Sind Sie schon lange hier?«, fragte Tamara fröhlich.

»Seit heute Morgen um sieben.«

Er gähnte, um die Sache zu verdeutlichen.

»Nein. Ich meine den Laden. Wie lange gibt es ihn schon?«

»Keine Ahnung. Ich arbeite bloß hier.«

»Sie haben bestimmt viele Stammkunden. Leute, die regelmäßig herkommen, meine ich.«

Er schaute von seiner Zeitung auf und starrte dann auf die Dose in ihrer Hand.

»Wollen Sie das bezahlen, oder was?«

Tamara gab es ihm passend. Es hatte keinen Sinn, etwas zu forcieren. Es blieb genügend Zeit, um sich anzufreunden. Sie ging zurück zu dem Café. Es gehörte zwei Osteuropäern mittleren Alters, Brüdern vermutlich, einer freundlich, der andere mürrisch, beide kräftig und mit Schnurrbart. Ihr Geschäft lief nicht so gut, dass alle Tische ständig besetzt waren. Tamara lächelte ihnen zu. Offenbar hatten sie nichts dagegen, dass sie sich am Fenster häuslich einrichtete und den schwachen Kaffee trank, von dem sie ihr gelegentlich nachschenkten.

Sie schlug ihren Block auf und setzte ihre Überarbeitung fort. Ab und zu hob sie den Kopf und warf einen Blick auf den Haupteingang der eleganten Wohnresidenz gegenüber.

Honor Tait spricht nicht gern über ihren familiären Hintergrund. Die »Kämpferin für die Armen« wurde in einem großen schottischen Landhaus geboren und wuchs auch dort auf. Hinsichtlich ihrer Vergangenheit wahrt sie äußerste Diskretion; lieber spricht sie über ihre Arbeit. Mit ihrem blasierten Tonfall klingt sie dabei wie ein Mitglied der königlichen Familie.

Nur allzu leicht ließ man sich von seinen eigenen Formulierungen hinreißen. Sie sah zu, wie der griesgrämige Bruder noch mehr grauen Kaffee nachschenkte, und warf einen Blick über die Straße auf Holmbrook Mansions. Viel tat sich dort nicht. Sie konnte gerade noch die Gestalt des Pförtners erkennen, der hinter seinem Schalter im Foyer zu dösen schien, die Schirmmütze über den Augen.

Honor Tait, einstiges Golden Girl des Pressekorps, kam in einem Prunkschloss in Schottland zur Welt, wo sie auch aufwuchs. Was ihre Herkunft anbelangt, hält sie sich bedeckt, »nur die Arbeit zählt«, doch mit ihrem blasierten High-Society-Tonfall könnte sie problemlos die Weihnachtsbotschaft der Königin verlesen, falls Ihre Majestät jemals krankfeiern sollte.

Eine halbe Stunde später regte sich der Pförtner. Eine spindeldürre Frau um die fünfzig, mit einem seidenen Kopftuch, das sie unter dem Kinn zusammengebunden hatte, schob sich durch die Drehtür und stieg vorsichtig die breiten Steintreppen hinunter. Sie blieb auf der Straße stehen, sah nach rechts und nach links, als wüsste sie nicht so recht, was tun, und eilte dann Richtung U-Bahn-Station.

Honor Tait, Freundin der Stars, einstige Marlene Dietrich der Zeitungsredaktionen, eignet sich heute nicht mehr zum Pin-up für GIs, doch ist sie trotz ihres Alters immer noch das, was Humphrey Bogart als fine-looking bezeichnen würde. Unter der runzligen Haut lassen sich nach wie vor jene Wangenknochen erahnen, die ihre Künstler-Liebhaber verewigten. Das Haar, ehemals ein leuchtendes Rotblond, ist heute nur noch eine Hand voll weißer Federn auf der rosigen Wölbung ihres Schädels.

Jetzt ging ein älterer rundlicher Mann mit gerötetem Gesicht und einem Mantel im Hahnentrittmuster die Treppen zum Foyer hinauf.

Ihre Stimme zeugt von einem komfortablen Leben mit zahllosen Annehmlichkeiten und Bediensteten, die geschäftig in einem großen, prächtigen Haus herumschwirren.

Da die alte Schachtel sich geweigert hatte, biographische Details preiszugeben, konnte sie Tamara keinen Vorwurf machen, wenn sie sich ein paar dichterische Freiheiten herausnahm, die sich aus ihrem Fundus von BBC-Kostümfilmen speisten.

In dieser dämmrigen Welt von Gouvernanten, Jägerbällen und Musselinkleidern muss man die Ambitionen der kleinen Honor als ungeheuer transgressiv empfunden haben.

Erneut stand der trübselige Bruder mit einer Glaskanne widerlichem Kaffee vor ihr. Sie hielt ihm die Tasse entgegen und lächelte. Vielleicht sollte sie ein Sandwich bestellen, um sich die beiden gewogen zu machen.

Bewohner und Besucher von Honor Taits hermetisch abgeschlossener, vornehmer Wohnresidenz gehören unübersehbar der Oberschicht an und wirken seltsam alterslos. Hier, in ihrer dämmrigen Wohnung im vierten Stock, hat die Doyenne der Journalisten ihre Anhänger auf geradezu chthonische Weise im Griff.

Der lächelnde Bruder brachte ihr ein Sandwich, ein faseriges Stück Hähnchenbrust, garniert mit Pickles, deren gelbe Lache das schwammige Brot durchweichte.

Bewohner und Besucher von Holmbrook Mansions machen einen gleichermaßen zeitlosen wie unverkennbar patrizischen Eindruck. Hier residiert sie, ein weltlicher Guru, eine Gnostikerin der Nachrichtenwelt, deren hermeneutische Mission darin bestand, die flackernde Kerze der Wahrheit in die dunkelsten Winkel der Erde zu tragen.

Sie biss in das Sandwich und bereute es sogleich. Ah – da war zum ersten Mal jemand unter fünfzig! Ein kleiner Junge mit brauner Mütze und grauer Schuluniform, der aussah wie ein Statist aus einem Geschichtsfilm im Fernsehen. Er trug einen Geigenkasten und hüpfte neben einer stämmigen jungen Frau im Jeansrock, vermutlich seine Nanny, die Treppe hinunter. Keiner von beiden, so Tamaras Vermutung, war mit Honor Tait auch nur flüchtig bekannt. Irgendwie konnte sie sich die alte Frau mit Kindern nicht vorstellen – sie waren zu chaotisch, zu laut, zu fordernd für sie. Tamara konnte diese Einstellung verstehen. Gemmas zwei zankende Kinder steckten ihre schmuddligen Fingerchen unermüdlich in irgendwelche Öffnungen – Nasenlöcher, Münder, Hinterteile, Steckdosen –, und ihre Mutter sah nachsichtig lächelnd zu. Tamara hatte sie nur ein einziges Mal zu sich nach Hause eingeladen und es als eine Belagerung durch eine Meute dreckiger Knirpse empfunden. Allein die Fingerabdrücke wieder von den Wänden zu entfernen hatte Wochen gedauert.

Der gutmütige Bruder machte ihr ein fragendes Zeichen.

»Köstlich, danke«, sagte sie, biss beherzt in das Sandwich und tupfte sich mit der Serviette die gelbe Flüssigkeit ab, die ihr übers Kinn rann.

Honor Tait reagiert schmallippig, wenn es um ihre Herkunft geht. Was man nachvollziehen mag, denn die leidenschaftliche Kämpferin für die Benachteiligten kam in einem schottischen Schloss zur Welt und verbrachte dort ihre Kindheit. Trotzdem könnte man sie dank ihres blasierten Tonfalls fast mit Ihrer Majestät, der Königin, verwechseln.

Zögernd und widerwillig, weil es eine Pflichtübung war, legte Tamara ihre Notizen beiseite, schlug Taits erstes Buch auf und kehrte zu dem Artikel zurück, der mit dem Pulitzerpreis geehrt worden war.

Den Überlebenden zufolge, mit denen ich sprach, stritten sich nach Beendigung des Luftangriffs sowohl Aufseher als auch Häftlinge auf der Suche nach Andenken erbittert um Splitter des zerstörten Baums. Für die Nazis verkörperten diese verkohlten Fragmente den uralten Traum von einer deutschen Vormachtstellung, und auch für die Gefangenen hatte Goethes Eiche den Status eines Heiligtums. Der schattige Platz, wo der Dichter, Wissenschaftler, Dramatiker, Musiker und Romancier Johann Wolfgang von Goethe gesessen und die Reiche der Welt und ihre Herrlichkeiten *betrachtet hatte, bildete für die Häftlinge trotz all dem Elend ein Symbol des aufgeklärten Humanismus im pränazistischen Deutschland. Und dort steht sie noch heute, verkrüppelt, inmitten des Grauens.*

Deprimiert klappte Tamara das Buch zu und wandte sich wieder ihren Notizen zu.

Was ihre illustren Vorfahren angeht, deren Porträts finster von der holzvertäfelten Wand ihres Adelssitzes herabschauten, so hält sich Honor strikt an die omertà. *Doch möglicherweise ist ja dieses Schweigen selbst hermeneutisch …*

Draußen wurde es dunkel. Der fröhliche Bruder stellte die Stühle auf den Tisch, während der grantige den Boden wischte.

Sie thront in der Mitte des Raums wie eine Kaiserin, umgeben von ihren Höflingen. Der düstere Jason Kelly, der mit seinem Kinohit Wunderweltenbaum *gerade einen triumphalen Erfolg feiert, kniet bewundernd zu ihren Füßen. Ruth Lavenham, Verlegerin und Vollweib, zaubert in der Küche ein paar exotische Leckereien. Ein redseliger Schotte …*

Wäre Tamara in diesem Moment nicht so in ihre Arbeit versunken gewesen, hätte sie vielleicht die gebeugte Gestalt einer alten Frau bemerkt, die langsam die Treppe hinaufstieg und durch den Eingang von Holmbrook Mansions trat.

Im Café wurden die Rollläden heruntergelassen. Der mürrische Bruder addierte die Bons und zählte das Geld in der Kasse. Tamara zahlte ihre Rechnung und gab ein großzügiges Trinkgeld. Die Brüder revanchierten sich mit zwei Blankoquittungen. Sie würde wiederkommen.

Es war schon dunkel, als Honor nach Hause kam. Sie schaltete das Radio ein. Bach. Wie Inigos Lächeln war Bachs Musik ein verlässliches Barometer für ihre Stimmungslage. In heiterer Verfassung fand sie, dass die Partiten und Fugen, ja selbst die Inventionen, gewöhnlichen Sterblichen den verheißungsvollsten Blick auf das Paradies gewährten, den sie je erhaschen würden. An düsteren Tagen hingegen konnten die Orgelstücke so einfallslos und mechanisch klingen wie die Spieluhr eines Kindes, wie ein höllischer Leierkasten. Sie schaltete das Radio wieder aus. Die Stille war besser. Doch sie verspürte den Drang zu reden, jemandem von dem Besuch im Krankenhaus zu erzählen, ihm die Lois zu beschreiben, die sie gekannt hatte, und sie mit ihrer Beschreibung wieder zum Leben zu erwecken. Honor schenkte sich ein Glas ein und griff nach ihrem Adressbuch. So viele durchgestrichene Namen. Manche hatte sie nach zermürbenden Fehden oder Streitigkeiten aus ihrem Leben verbannt, viele aber waren willkürliche Opfer des Todes. Bald würde sich das Buch genauso überlebt haben wie seine Besitzerin.

Und ihre Boys? Im Idealfall sah Honor sie einzeln, um mehr von ihnen zu haben. Auf diese Weise konnte sie ihr Vergnügen auskosten – jeden für sich ganz allein haben und Verschwörungen vorbeugen. Sie kämpften untereinander um die Fitzchen von Honors Aufmerksamkeit, wohl wissend, dass sie nie für alle reichen würde, und Honor ermunterte sie darin. Der Gedanke, dass sie in ihrer Abwesenheit über sie sprechen, sie bemitleiden, sie verspotten oder sich ohne sie amüsieren könnten, war ihr ein Greuel. Obwohl sie sich ein Leben nach dem Tod nicht vorstellen konnte, malte sie sich den Tod manchmal so aus, dass man stumm und reglos dalag und die Party nur von Ferne mitbekam.

Zuerst würden Tränen fließen. Ruth würde wohl diejenige sein, die am lautesten klagte. Mit ihrer Figur und ihrer Art, sich zu kleiden, erinnerte sie an die Trauerweiber in griechischen Tragödien, die sich kreischend über die Särge wildfremder Menschen werfen. Bobby würde feinfühliger schluchzen und sich auf seinen derzeitigen Begleiter stützen, und Inigo würde in ein großes seidenes Taschentuch weinen und zu viel trinken. »Wann soll man sich denn besaufen, wenn nicht auf der Beerdigung einer guten Freundin?«, hörte sie ihn sagen. Aidan würde stumm und untröstlich sein und seinen verschreckten Freund abblitzen lassen, Clemency bestimmt eine Stiftung einrichten: den Tait-Award für junge Journalisten. Honor schauderte. Und Paul? Nun ja, Paul war einer ihres Schlags. Sie sah ihn vor sich, wie er die Nachricht ihres Todes männlich und würdevoll aufnahm. Aber Tränen? Sie glaubte nicht, dass er je im Leben geweint hatte.

Es würde vorsichtige, aber schlecht recherchierte Nachrufe geben und einen Gedenkgottesdienst, bei dem schluchzende falsche Freunde, entfernte Kollegen und alte Rivalen – die endlich triumphieren konnten, schon weil sie sie überlebt hatten – von der Kanzel herab irgendwelchen Humbug über ihre vorbildliche Integrität und Professionalität verbreiteten. Sie machte sich keine Illusionen, am wenigsten über die Unsterblichkeit. Bald wäre sie selbst für ihre intimsten Freunde, die Boys und den Monday Club, nicht mehr als eine amüsante Anekdote sein, die ein bedauerndes Murmeln auslöste, und wenig später würde sie zur Zielscheibe ihres schwarzen Humors. Inigo, so ihre Vermutung, würde den ersten *post-mortem*-Witz reißen, und die anderen würden dankbar und erleichtert lachen. Dann ginge die Party ohne sie weiter. Vielleicht wären sie in ihrer Abwesenheit sogar fröhlicher.

Und erst jetzt dämmerte ihr, dass die Einzige, mit der sie über ihren heutigen Besuch im Krankenhaus sprechen wollte, Lois selbst war. Sie klappte das Adressbuch zu und griff nach dem Stift. Verzweiflung konnte einen ebenso gut zum Arbeiten anspornen wie alles andere. Solange sie ihre Sinne noch beieinanderhatte, musste sie die Coda verfassen.

Buchenwald, 14. April 1945. Tag vier der Befreiung. Die Überlebenden versammelten sich in den gestreiften Häftlingskleidern des Konzentrationslagers am zersplitterten

Stumpf von Goethes Eiche, um ihre Freiheit zu feiern, alle mit einem improvisierten Landesfähnchen in der Hand. Sie waren gekommen, um zu feiern, aber auch, um ihre Mitgefangenen zu betrauern, die das brutale Regime nicht überlebt hatten. Viele weinten stumm, und einige der Befreier, Soldaten der 3. US-Armee, die die Beweise für die Barbarei der Nazis mit eigenen Augen gesehen hatten, taten es ihnen gleich.

Es war unerträglich heiß geworden in dem Pub, wo Personal und Gäste mit glänzenden Augen ein Fußballspiel auf dem überdimensionalen Fernsehschirm verfolgten. Tamara bestellte sich einen großen Gin Tonic und nahm ihn mit vor die Tür. Dieser Beobachtungsposten war sehr viel weniger komfortabel, doch auch hier konnte sie eine neue Kassette in den Rekorder einlegen und ihn zum Diktieren benutzen.

Ich frage nach ihrer Kindheit, und die achtzigjährige Honor Tait, einst bekannt als »hoher IQ mit tiefem Ausschnitt«, durchbohrt mich mit ihrem Medusenblick. Ihre Kindheit, die sie in einem weitläufigen schottischen Schloss verbrachte, unterliegt einer strengen omertà. *Die Kämpferin für die Unterdrückten dieser Welt, die in den ersten Jahren ihres Lebens von hinten bis vorne bedient wurde, klingt mit ihrem blasierten Tonfall wie ein Zwilling Ihrer Majestät, der Königin.*

Um elf Uhr, als der Pub dichtmachte, fing es an zu regnen. Sie hatte keinen Regenschirm mitgebracht, ihr Rekorder wurde nass. Sie verstaute ihn im Rucksack und ging quer über die Straße, um direkt vor Holmbrook Mansions ihren Wachtposten zu beziehen. Das Foyer wirkte gespenstisch im bläulichen Licht. Der Pförtner war schon wieder eingenickt.

12

Am Montag früh um halb acht stand Honor endlich auf und zog die Vorhänge zurück. Zwar war sie noch nicht wirklich fit für den Tag, aber zumindest fühlte sie sich besser gewappnet als am Samstag, als sie die Vorhänge nach dem Besuch bei Lois geschlossen hatte. Den Rest des Wochenendes hatte sie die Wohnung nicht verlassen, das Telefon ausgestöpselt, noch mehr unnützes Zeug entsorgt, eine halbe Packung Haferkekse gegessen und anderthalb Flaschen Wodka getrunken. Clemency würde den Kopf schütteln, wenn sie die leeren Flaschen sah.

Jetzt badete Honor zum Klang von Radio 3 – ein verspieltes Cembalostück von Rameau – und zog einen seidengefütterten grauen Rock und eine maulbeerfarbene Jacke aus Kaschmirwolle an. Die weichen Stoffe waren eine Wohltat auf der Haut, wie eine intime Liebkosung. Es folgten die Nachrichten. Hatte sie etwas verpasst? Nicht viel. Labour versprach im Falle eines Wahlsiegs eine staatliche Kulturstiftung; ein ehemaliger Soldat wurde des Mordes an seiner vermissten Stieftochter bezichtigt; männliche Moderatoren mittleren Alters warfen der BBC Altersdiskriminierung vor. Sie schloss das Telefon wieder an und warf einen Blick auf ihren Terminkalender in der Diele. Ja, der Termin in der Wimpole Street war um neun. Nüchtern, hatte es geheißen.

Das passte ihr gut. Und dann kam der Lunch. Sie musste sich wappnen.

Tamara saß mit dem dritten Kaffee am Fenster. Heute war ihre letzte Chance. Noch mehr unbezahlten Urlaub bei *Psst!* konnte sie sich nicht leisten. Obwohl sie den ganzen Sonntag in diesem Café verbracht hatte, ohne Honor Tait ein einziges Mal zu Gesicht zu bekommen, hatte sie sich am Montag in absurder Herrgottsfrühe nach Maida Vale geschleppt und sich auf einen dritten Tag vergeblicher Observation eingestellt. Selbst der gutmütige Bruder hatte irgendetwas Unfreundliches gemurmelt, als sie um acht hereinmarschiert war. Sie würde wieder ein Sandwich bestellen müssen, und diese Aussicht deprimierte sie noch mehr, während sie mit leerem Blick aus dem Fenster starrte.

Als es endlich so weit war, glaubte sie einen Moment lang an eine Fata Morgana, die sie mit ihrer Hoffnung selbst heraufbeschworen hatte. Sie wischte über die beschlagene Scheibe und sah noch einmal hin. Honor Tait! Das war sie. Montagmorgen um 8.30 Uhr verließ sie das Haus. Tamara sprang auf, warf etwas Kleingeld auf den Tisch, schlug den Kragen ihres Mantels hoch und rannte auf die Straße hinaus. Die alte Dame stand noch auf dem Gehsteig und sah sich ängstlich auf der Straße um. Sie wirkte so klein und verletzlich wie ein Kind, das die Hand seiner Mutter verloren hat. Tamara verlangsamte ihren Schritt und blieb auf ihrer Straßenseite vor einem Immobilienmakler an der Ecke stehen. Dort tat sie so, als betrachtete sie die Fotos teurer Wohnungen in der Auslage, behielt aber in Wirklichkeit ihr Opfer im Auge, das sich im Schaufenster spiegelte. Plötzlich hob die alte Frau den Arm. Ein schwarzes Taxi tauchte auf, und die Tait stieg ein. Tamara sah sich nach einem zweiten um und hatte Glück. Schon bremste es, und sie stieg ein. Obwohl sie sich albern dabei vorkam, zeigte Tamara auf das Taxi, das hundert Meter vor ihnen an einer roten Ampel stand, und befahl: »Folgen Sie diesem Wagen.« Was blieb ihr anderes übrig?

Der Fahrer warf einen prüfenden Blick in den Rückspiegel. Die Ampel war auf ihrer Seite und hielt Taits Taxi so lange auf, dass Tamara sie einholen konnte.

»Was wird hier gespielt?«

»Gespielt?«

Sie verrenkte sich den Hals, um das andere Taxi nicht aus den Augen zu verlieren, das jetzt rasch vor ihnen herfuhr.

»Sind Sie Steuerfahnderin? Ermittlerin in Sachen unrechtmäßige Behindertenanträge?«

»Nein, nein! Ich bin Journalistin.«

»Hinter einer Story her! Ich war auch mal in der Branche tätig. Old Fleet Street. Das war eine schöne Zeit!«

Wenig später bogen sie in die Marylebone Road ein.

»Waren Sie schon mal im Stab in the Back?«, fragte er.

»Nein.«

»Da haben Sie was verpasst, Kleines«, sagte er und schüttelte den Kopf in Erinnerung an bessere Zeiten, während er sich gleichzeitig zwischen zwei wartenden Doppeldeckerbussen hindurchschlängelte.

»Wir verlieren sie!«, drängte Tamara.

Er nahm einem Postwagen die Vorfahrt, und das andere Taxi tauchte wieder vor ihnen auf. »Immer mit der Ruhe, Sherlock!«

An der nächsten Ampel hielten sie direkt neben dem Taxi

der Tait, Tamara versank in ihrem Sitz, während der Taxifahrer sein Fenster herunterkurbelte und seinem Kollegen ein Zeichen machte.

»Alles in Ordnung bei dir, John?«

»Yeah. Geht so.«

Honor Taits angestrengtes kleines Gesicht war deutlich zu sehen. Sie blickte starr geradeaus, auf den breiten Nacken ihres Chauffeurs. Tamara drückte sich an die gegenüberliegende Tür und rutschte noch ein Stück tiefer.

»Hab dich seit Ewigkeiten nicht mehr im Club gesehen.«

»Die alte Sehnenentzündung hat sich wieder gemeldet.«

»Oje! Pass bloß auf, dass es nicht bis in die Schulter hochzieht.«

»Hab nächsten Montag einen Ultraschall. Ob es Kalkeinlagerungen gibt.«

»Übel. Könnte böse enden.«

Die Ampel sprang auf Grün, und beide Taxis bogen kameradschaftlich nebeneinander in die Harley Street ein, dann in die Wimpole Street. Erst hier hatte der Fahrer den klugen Einfall, zurückzubleiben und mit einem freundlichen »Viel Glück!« seinem Kollegen zum Abschied zuzuwinken. Das Taxi der Tait bremste dreißig Meter vor ihnen vor einem herrschaftlichen Haus ab mit breiter Steintreppe und kunstvoll in Form geschnittenem Buchs neben dem doppeltürigen Portal.

»Halten Sie hier«, sagte Tamara und beobachtete, wie die alte Frau die Stufen hinaufstieg und klingelte.

Nachdem Honor Tait im Innern des Hauses verschwunden war, bezahlte Tamara den Fahrer und gab ihm ein großzügiges Trinkgeld.

»Sie haben Glück, Sherlock«, sagte er und reichte ihr einen Block mit Blankoquittungen. »Normalerweise berechne ich verdeckte Ermittlungen extra.«

Der Glaseinsatz im glänzenden schwarzen Holz der Doppeltür funkelte in der Wintersonne. Der blankpolierte Türknauf war groß wie eine Melone. Tamara spähte durch das Glas in die Eingangshalle. Sie war schwarzweiß gekachelt wie ein Schachbrett, auch den geschwungenen Handlauf einer Steintreppe erkannte man. Draußen, rechts von der Tür, befand sich eine Sprechanlage mit einem Namensschild aus Messing. Die eingravierten Hieroglyphen ließen auf eine privatärztliche Gemeinschaftspraxis schließen.

Sie notierte sich die Namen und Initialen: Professor Hereward Browning MBChB FRCS (Plast); Miss Isabella Kerr MBBS FRCS (Glas); Rose A. McCotter MBBS FRCS (OFMS); Dr. Didier Mooney MBChB FRCP; Mr. F. Bose Dch DGM FRCOG; Mr. Eliot J. Tregunter BDS FDSRCS.

Jetzt hieß es warten. Als Tamara sich von der Tür abwandte, drängte sich eine ältere Frau im Pelzmantel, deren steif nach oben toupiertes schneeweißes Haar aussah wie Meringue, mit hocherhobenem Kopf an ihr vorbei und drückte auf die Klingel von Professor Browning. Noch eine Anwärterin für eine Schönheitsoperation, die jungen und attraktiven Menschen mit instinktiver Feindseligkeit begegnete.

Diese alten Frauen, die es gewinnsüchtigen Halbgöttern in Weiß erlaubten, ihr Gesicht auseinanderzunehmen und neu zusammenzusetzen, wie ein Schneider, der ein Kleidungsstück passend macht, hatten etwas Widerliches an sich. All der Schmerz, das Blut, die Wunden, das Geld. Und wofür?

Sie würden niemandem gefallen, ganz gleich, wie viel überflüssige Haut man entfernt oder wie viel Fett man abgesaugt hatte. Sie waren jenseits allen Begehrens. Ihres eigenen ebenso wie des Begehrens von Fremden. Sie sollten lieber Spitzen klöppeln, sich um ihre Enkel oder Gärten kümmern. Sie hatten ihre Chance gehabt, jetzt waren andere dran. Ich zum Beispiel, dachte Tamara.

Es war nicht ganz rational, aber sie dachte immer, dass die sichtbaren Spuren fortgeschrittenen Alters – runzlige Haut, schlaffe Wangen und verschrumpelte Lippen – nur die Folgen von Nachlässigkeit waren. Diese Greisinnen hatten nicht aufgepasst und sich gehenlassen. Zwar war Disziplin nicht gerade Tamaras Stärke, aber in puncto Schönheitspflege konnte ihr keiner was vormachen. Sie reinigte ihre Haut, erfrischte und versorgte sie regelmäßig mit Feuchtigkeit und verließ niemals das Haus, ohne eine Sonnencreme mit Lichtschutzfaktor 15 aufzutragen. Das hatte Honor Tait nun davon. Vermutlich hatte sie niemals Sonnencreme benutzt und sich das Gesicht ihr Leben lang mit Wasser und Seife gewaschen.

Auf der anderen Straßenseite könnte ein kleines, schäbiges und halbwegs wie eine Behörde wirkendes Gebäude, die Visa-Abteilung eines Landes aus dem ehemaligen Ostblock, als Beobachtungsposten dienen. Schlange stand man hier nicht gerade. Tamara lehnte sich an das schmiedeeiserne Treppengeländer und nahm ihren Block heraus.

Honor Taits Gesicht ist ein Palimpsest der Erinnerung. Hinter den Falten und Runzeln eines langen Lebens, das keine Schönheitsoperation der Welt ausradieren kann, erahnt man das Glamour Girl mit hohem IQ und tiefem Ausschnitt, das sich mit seinem Charme Zugang zu den größten Scoops des ausgehenden Jahrhunderts verschaffte.

Während sie auf der Untersuchungsliege lag und die Augen schloss, dachte Honor an die Schmerzen, die auf sie zukamen. Es hatte schlimmere gegeben, sowohl körperlich wie seelisch. Und von einer höheren Warte aus gesehen, gemessen, sagen wir, am Leiden eines durchschnittlichen Bürgers aus der Subsahara, war ihre Tortur ein Klacks. Ein winzigkleiner Nadelstich. Allein einen solchen Vergleich ziehen zu können war Luxus. Und doch ließ diese kleine Pein sie nicht kalt. Honor erwartete sie geradezu mit Lust. Ihre Nervenbahnen funktionierten wenigstens tadellos, im Gegensatz zu denen der armen Lois. Piks mich, und ich werde bluten und auch zusammenfahren vor Schmerz. Derartige Blessuren erinnerten sie daran, dass sie noch lebte und dieser Welt angehörte. Schmerz war zudem eine angemessene Bestrafung für die Feigheit, die sie hierhergeführt hatte statt in die demokratische Armenhausatmosphäre einer Klinik des staatlichen Gesundheitsdienstes. Die Kosten waren absurd. Für das gleiche Geld hätte sie ein Dorf in Afrika ein Jahr lang mit sauberem Wasser versorgen, dreihundert Blinden in der Dritten Welt eine Augen-OP ermöglichen oder im kurdischen Teil des Irak ein kleines Feldlazarett finanzieren können. Vielleicht hätte sie ganz auf eine Betäubung verzichten sollen. Sie hatte es verdient, Schmerzen zu leiden. Aber jetzt war es zu spät.

Dr. Bose beugte sich mit Maske und Handschuhen über sie, seine Geräte funkelten im Licht der OP-Lampen an der

Decke. Die Augen, deren Wimpern über dem gestärkten Mundschutz flatterten, wirkten überraschend mädchenhaft.

»Sind Sie bereit, Miss Tait?«

Sie nickte.

Schmerz. Damit beginnt er, der grausame Aufruhr des Lebens. Und damit endet er auch.

13

Eingelullt von dreieinhalb Stunden Nichtstun erkannte Tamara die kleine Gestalt, die im Eingang der Klinik stehen blieb, zunächst gar nicht. Sie trug außerhalb der Saison eine Sonnenbrille, und ihr Schal umhüllte das Gesicht wie bei einem Starlet aus den Fünfzigern, das inkognito bleiben wollte. Unsicher umklammerte die Frau das Geländer, während sie die Stufen zur Straße hinunterstieg. Dort gewann sie ihre Haltung wieder – offensichtlich hatte sie sich nur einem kleinen Eingriff unterzogen – und ging langsam, aber zielstrebig die Wimpole Street hinunter Richtung Wigmore Street, vorbei an Tamara auf der anderen Straßenseite, ohne den Kopf zu wenden.

Tamara musste langsam gehen, ihre Schritte vorsichtig setzen wie bei dem Kinderspiel »Schwarz weiß rot, der kleine Mann ist tot«, um die Tait nicht zu überholen. Eine Viertelstunde später erreichten sie ein kleines italienisches Restaurant in einer schmalen Nebenstraße. Die Tait ging hinein, Tamara aber blieb neben dem großen Fenster stehen und tat so, als studierte sie die gerahmte Speisekarte, beobachtete in Wirklichkeit aber, wie die gebeugte Gestalt, ohne die Brille abzusetzen, mit dem Kellner sprach. Das Restaurant war bis auf den letzten Platz besetzt und erfreulicherweise hell erleuchtet. Der Kellner führte die alte Frau zu einem Tisch in der Ecke. Wenn Tamara näher ans Fenster trat, hätte sie sie genau im Blick. Jemand erwartete sie. Er war Anfang dreißig, auf abgerissene Art unkonventionell – ausgebleichte Jeans, modisch zerzaustes Haar, zerknittertes Leinenjackett – und strahlte etwas vage Vertrautes aus. War es einer aus dem Monday Club? Einer ihrer Adlaten? Tamara schirmte die Augen ab und drückte sich gegen das Fenster. Nein. Zu attraktiv für einen Intellektuellen, das Haar zu dunkel und zu lockig für Jason Kelly. Ein anderer Schauspieler vielleicht? Er stand auf, um die alte Frau zu begrüßen, die jetzt Schal und Sonnenbrille abnahm und seine Umarmung steif über sich ergehen ließ. Als sie Platz genommen hatten, griff er nach einer Flasche Rotwein und schenkte ihr ein. Da erst erkannte Tamara ihn, und ihr stockte das Herz: Es war der gutaussehende Draufgänger aus dem Gemeindesaal der Baptist Church.

Nahm Honor Tait etwa für dieses oder ähnliche Treffen Skalpell und Nähte auf sich? Dann musste der heutige Besuch beim Schönheitschirurgen einer von vielen gewesen sein, eine Expressreparatur – ein rascher Stich –, vielleicht auch eine Beratung vor einer größeren Überholung. Die beiden waren einander zugewandt und in ein angeregtes Gespräch vertieft, als der Kellner mit seinem Block wieder auftauchte. Die gebrechliche alte Dame – die von Tamaras Aussichtspunkt aus kein bisschen jugendlicher wirkte als bei ihrem Interview – warf einen Blick auf die glänzende Speisekarte, die so groß war wie eine Zeitung, und nahm einen Schluck Wein. Ihr vorrangiges Interesse galt nicht der Küche. Ihr Begleiter überlegte noch, massierte sich die Schläfen und verzog den Mund, während der Kellner ungeduldig mit dem Stift herumfuchtelte. Schließlich bestellten sie, warteten, bis der Kellner gegangen war, und nahmen ihr Gespräch wieder auf. Sie saßen einander so nah gegenüber, dass sich ihre Profile beinahe berührten, wobei sein markantes Gesicht einen grausamen Kontrast zu ihrem eingefallenen Äußeren bildete.

Ihr Gespräch wirkte lebhaft, ja erregt. Dann lehnte sich die alte Frau zurück und schwieg, während er weitersprach. Er hatte etwas von einem militanten Umweltschützer, eine smarte Emporio-Armani-Version jener Tunnel grabenden Demonstranten, deren Protest gegen den Bau einer neuen Straße in der Grafschaft Devon man gerade endgültig gestoppt hatte. Seine Stirn war gerunzelt, zeugte von Verärgerung oder Vorwürfen. Honor Taits Ausdruck war schwerer zu deuten, als sie plötzlich nach unten in ihre Handtasche griff. Er strich sich das Haar aus der Stirn und beobachtete schweigend, wie sie einen braunen Umschlag herausnahm und über den Tisch schob. Rasch blätterte er durch das dicke Bündel Banknoten. Dann schloss er den Umschlag wieder, steckte ihn in seine Jackentasche und nahm hastig einen Schluck Wein.

Tamaras Augen weiteten sich. »Ja!«, flüsterte sie. Das war ein besserer Fang, als sie zu hoffen gewagt hatte. Die Körpersprache der alten Frau, intim und defensiv zugleich, und die Intensität ihrer Unterhaltung deuteten nicht darauf hin, dass sie hier war, um einen Bauunternehmer unauffällig und steuerfrei für den Umbau ihres neuen Badezimmers zu bezahlen. Welche anderen Dienste, die ein diskretes Mittagessen und einen Umschlag voller Geldnoten wert waren, konnte ein so außergewöhnlich gut aussehender junger Mann einer einsamen alten Dame erweisen?

Der Kellner erschien mit einem Teller Pasta für Honors Begleiter. Sie selbst begnügte sich mit einer Suppe. *Nur flüssige Nahrung für Patienten nach einer Schönheitsoperation*, kritzelte Tamara auf ihren Notizblock.

Jetzt redete wieder er. Honor Tait hörte ihm gebannt zu, mit leicht geöffnetem Mund, als inhaliere sie jedes Wort, dann streckte sie den Arm aus und strich ihm über die Hand. Sein Blick schweifte von ihrem Gesicht auf ihre Hand. Es muss ihn anekeln, dachte Tamara, trotzdem ließ er ihre gekrümmte Klaue dort liegen. Eine Ecke des Umschlags lugte aus seiner Jackentasche. Klarer konnte der Fall gar nicht sein. Er beugte sich zu der alten Frau vor und lächelte ihr verschwörerisch zu.

»Entscheiden Sie sich, Schätzchen.«

Tamara fuhr zusammen. Es war der Kellner, der mit einem karierten Geschirrtuch über dem Arm in der Tür stand.

»Möchten Sie zu Mittag essen?«, fragte er. »Oder gehen Sie weiter, damit auch noch andere Leute einen Blick auf die Karte werfen können?«

Sie stammelte eine Entschuldigung und ging die Straße entlang, bis sie zu einem Klaviergeschäft kam. Von hier konnte sie den Eingang des Restaurants im Blick behalten. Der Kellner blieb noch einen Augenblick stehen und beobachtete sie, dann ging er kopfschüttelnd wieder hinein.

Nach fünfzig Minuten nervösen Wartens wurde Tamara belohnt. Das Paar trat ins silbrige Winterlicht hinaus, und dann kam er: der Beweis. Er beugte sich zu Honor Tait hinab, und Tamara beobachtete gebannt, wie sich ihre Vermutung bestätigte. Er hatte das Geld eingesteckt, und jetzt küsste dieser blutjunge Mann seine achtzigjährige Gönnerin tatsächlich auf den Mund.

All das war ans Licht gekommen, dank geduldiger Beobachtung, akribischen Sammelns von Einzelheiten und eines unersättlichen Hungers nach Wahrheit, genau wie Honor Tait es gesagt hatte. Da stand dieses seltsame Paar, unterhielt sich eindringlich und trennte sich dann unvermittelt, als fühlte es sich beobachtet. Die alte Frau lenkte ihre Schritte Richtung Oxford Circus, er ging in die entgegengesetzte Richtung davon.

Tamara war unschlüssig. Einen von beiden musste sie ziehen lassen. Aber wen? Klar: *Ihm* sollte sie folgen. Sie musste herauskriegen, wer er war, wo er lebte. Wovon er lebte, konnte sie sich einigermaßen vorstellen. Sie müsste mit ihm reden. Ohne ihn gäbe es keine Story. Honor Tait konnte warten. Als Tamara ihn endlich in der Marylebone High Street eingeholt hatte, stieg er gerade in ein Taxi. Und dieses Mal war kein anderes in Sicht. Sie verfluchte sich selbst, während er davonfuhr, weiß Gott, wohin. Sie hatte die Schlüsselfigur der Geschichte entkommen lassen. Vielleicht war Honor Taits Umschlag beim Lunch eine Art Schlussabrechnung gewesen, so etwas wie eine Abfindung, und weder sie noch Tamara würde ihn je wiedersehen.

Honor schloss die Haustür auf. Der Augenblick der Erleichterung, wieder zu Hause zu sein, war schnell verflogen. Ihre Wohnung war kalt und dunkel, mehr Gruft als Zuflucht. Sie hängte den Mantel hinter der Tür auf und ging direkt in die Küche, um sich einen Drink zu holen. Jetzt setzte auch der Schmerz ein – der körperliche Schmerz, der vorübergehend von dem anderen verdrängt worden war. Und an Schlaf war nicht zu denken. Sie hatte am Wochenende zu viel davon gehabt. Ernüchtert und verschreckt hatte sie Dr. Boses Praxis verlassen, nach einem leichten Nickerchen, das von der lokalen Betäubung herrührte, und sich nichts auf der Welt mehr gewünscht, als sich in einem verdunkelten Raum hinlegen zu können. Doch zuallererst musste sie den Lunch hinter sich bringen.

Etwas herbeisehnen und sich zugleich davor fürchten: Liebe in ihrer leidenschaftlichsten und zerstörerischsten Form konnte so sein. Die Geburt eines Kindes auch, vermutete sie. Für den Auslandskorrespondenten in irgendeiner gottverlassenen Gegend bringt ein Kleinscharmützel, das sich zu einem internationalen Krieg ausweitet, ein Gefühl schuldbewussten Triumphs mit sich. Je höher die Opferzahlen, umso größer die Story und auch der Ruhm. Und die persönliche Verabredung mit dem Tod? Man konnte auch das wollen, ihn herbeisehnen, den ewigen Frieden, und sich gleichzeitig vor den Momenten des Schreckens fürchten, die ihm bekanntlich vorausgehen.

Das Restaurant war laut und ungemütlich gewesen. Doch auch im Spiegelsaal in Versailles hätte sie sich nicht anders gefühlt. Alles ringsum trat zurück, die Einrichtung, die übrigen Gäste, das Klappern, das Stimmengewirr. Sie hatte für nichts anderes Augen und Ohren als für ihn. Sein Gesicht, mittlerweile von feinen Fältchen gezeichnet, war immer noch schön. Er hatte seine Locken behalten, obwohl sich an den Schläfen bereits das erste Grau zeigte. Sie unterdrückte das Bedürfnis, ihn zu berühren, ihm sanft das Haar aus dem Gesicht zu streichen. Auch sonst hatte er sich gut gehalten.

Ein bisschen schlanker vielleicht, ein wenig gealtert. Männlicher. Aber nicht ausgezehrt und kaputt, wie sie befürchtet hatte. Durchtrainiert und attraktiv ging er auf die berüchtigten mittleren Jahre zu. Und wo stand sie? Wohin genau steuerte sie?

»Bringen wir zunächst das Geschäftliche hinter uns.«

Das waren seine ersten Worte. Hatte seine Stimme, immer noch weich und voll, etwas Derbes bekommen, verschliff er die Konsonanten, was ihr am Telefon nicht aufgefallen war? Trotzdem würde er den aus der Mode gekommenen aristokratischen Akzent, den er seiner teuren Ausbildung zu verdanken hatte, nie gänzlich ablegen können. Sosehr er sich auch bemühte, der Mantel des Privilegs, der Hermelin des Internatsschülers, ließ sich nicht abstreifen.

Sie bestellte Suppe, um ihm Gesellschaft zu leisten, während er Pasta in sich hineinschaufelte. Es war angenehm, ihr Italienisch wieder gebrauchen zu können, selbst für eine so einfache Sache wie das Essen. Während er das übliche Lamento vom Stapel ließ, merkte sie, dass sie sich wider alle Vernunft danach sehnte, mit ihm unter einem lauen blauen Himmel draußen zu sitzen, in irgendeinem schicken kleinen italienischen Hafen.

Die Düsterkeit in ihrer Wohnung trug nicht zur Verbesserung ihrer Stimmung bei. Sie trat ans Fenster und sah hinunter in das verwilderte Gartenrondell, wo einer ihrer Nachbarn, ein hochrangiger Beamter, mit ausgestrecktem Arm das Gesicht abwandte, als sein Terrier an der Leine zerrte und sich dann hinhockte, um im Nieswurz sein Geschäft zu verrichten. Plötzlich erklang ein unangemessen fröhliches

Vogelgezwitscher. Die kahlen Bäume beherbergten gewöhnlich nur schwerfällige Tauben, schäbige Obdachlose, die die Passanten anbetteln würden, wenn sie könnten, doch das hier waren Singvögel. Was hatte sie ausgerechnet hierhergelockt, wenn sie ihre Nester in den Eichen in Tarn, den Kastanienwäldern am Monte Falterona oder sogar in den gespenstischen Buchen des Etterbergs bauen konnten? Der Frühling war noch weit weg. Brachten sie – Amseln? Drosseln? – ihren Partnern ein Ständchen, oder verscheuchten sie ihre Rivalen?

Wie seltsam, dass sie ausgerechnet hier, im trüben London, geendet war. »Ende« war das richtige Wort. Es hätte Rom sein können. Paris. New York. Im Nachkriegsberlin war sie unglaublicherweise am glücklichsten gewesen, lebte nach den Entbehrungen des Krieges in unerwartet glanzvollem Luxus, in einer beschlagnahmten Villa am See mit einem Keller voller guter Weine und einer deutschen Köchin. Sie teilte sich die Villa mit zwei Amerikanern, die sie mit der witzigen jungen Dolmetscherin Lois Meyer bekannt machten. Und die Rivalitäten und Intrigen im Pressekorps waren auch nicht mehr als unschuldige Spielarten der verheerenden Realpolitik, die rings um sie betrieben wurde.

Sie knipste das Licht an, und sogleich kam ihr Tads Porträt auf dem Rosenholztisch zu Hilfe. »Trotz seiner Kälte«, hatte er einmal gesagt, »geht London mit seinen Alten, insbesondere den weiblichen Alten, viel besser um als New York oder Paris.«

Darin lag ein Körnchen Wahrheit, obwohl ihr damals seine Annahme, sie könne je zu dieser Spezies gehören, missfallen hatte. Später hatte sie wohlhabende Frauen in ihrem Alter in Paris und New York gesehen. Sie lebten allein (abgesehen vielleicht von einem grässlichen kleinen Hund), trugen Couture für junge Frauen, obwohl sie dreimal so alt waren, hatten eine Dauerwelle oder eine glänzende Perücke auf wie Plastikpuppen, und darunter waren ihre Gesichter nach jahrelanger Manipulation so angespannt wie bei Munchs *Schrei*. Sie waren der Inbegriff der Großstadtverlorenheit: Totenschädel in Designerklamotten. Vielleicht gab es in London nur bessere Schönheitschirurgen. Aber was änderte das schon? Falls ihr Gegenüber heute von ihrem Verfall schockiert gewesen war, so hatte er sich nichts anmerken lassen. Es gab so vieles zu besprechen und doch so wenig zu sagen.

Genug. Das Alter isolierte einen; es hatte nichts Verbindendes, war keine allgemeingültige Erfahrung, sondern eine jeweils eigene, mit persönlichem Monogramm versehene Hölle. In London ebenso wie in Limavady, Paris oder Poughkeepsie war man mit sechzig und siebzig schon schlimm genug dran; wurde man aber noch älter, war man gefangen wie eine Wespe in der Flasche: allein und rasend, während das ferne Lärmen der Welt draußen sich wie ein Farbwirbel um einen drehte.

Buchenwald, 14. April 1945. Tag vier der Befreiung. Ich beobachtete, wie die Überlebenden des Lagers sich noch in Häftlingskleidung um den zersplitterten Stumpf von Goethes Eiche versammelten, um ihre Freiheit zu feiern und ihre Mitgefangenen zu betrauern, die das grausame Regime nicht überstanden hatten. Viele weinten still vor sich hin, und einige ihrer Befreier, Soldaten der 3. US-Ar-

mee, die Zeugen der nationalsozialistischen Barbarei geworden waren, taten es ihnen gleich.

Ich verließ das Lager, um meine Gedanken zu sammeln, und ging allein in den Wald außerhalb der Umzäunung …

14

Zeitbombe Zellulitis war das Thema. Tamara verbrachte einen angenehmen Vormittag damit, die glänzende Ausbeute aus dem Bildarchiv durchzusehen: Fotos von ausgedienten Models, Schauspielerinnen und Sängerinnen, darunter zwei Spice Girls, sowie Lucy Hartson, Liselotte Selsby und Pernilla Perssen in Shorts oder Badeanzügen, allesamt mit unschönen Dellen an Schenkeln und Pobacken. Die Bilder von Liselotte kamen nicht in Frage, wegen ihrer Beziehung zum *Monitor*, aber auch ohne sie gab es genügend Material mit schwabbeliger Orangenhaut für eine zweiseitige Fotostrecke. Als sie Simon die Resultate ihrer vormittäglichen Recherche zeigte, kam Tania vorbei und blickte über ihre Schultern auf die grelle Zusammenstellung für die Themenseite mit dem fetten, schrägen Balken: DAS HINTERLETZTE: STARS UND DER FLUCH DER ZELLULITIS! Mit einem Stöhnen ging Tania weiter.

»Ist doch bloß Spaß, Tania!«, rief Simon ihr nach. Und als sie außer Hörweite war, murmelte er: »Eingebildete Tussi.«

»Ehrlich gesagt ist es mehr als bloß Spaß«, sagte Tamara. »Es erfüllt auch einen wichtigen gesellschaftlichen Zweck.«

»Ach ja? Welchen denn?«

»Das meine ich ernst«, sagte sie. »Wenn wir mit unretuschierten Fotos zeigen, dass selbst berühmte Stars ihre Makel haben, fühlen sich normale Frauen besser. Es hat eine gleichmacherische Wirkung, so ähnlich wie der Kommunismus.«

»Hmm. Hört sich an, als hättest du zu viel Zeit mit Honor Taits Freunden verbracht. Wie läuft's: Machst du Fortschritte?«

»Wie man's nimmt. Läuft nicht schlecht.«

»Willst du's mir beim Lunch erzählen?«

Eine halbe Stunde später schilderte ihm Tamara in ihrer Sitznische im Bubbles die Kid's-Crusaders-Versammlung von letzter Woche und die rätselhafte Gestalt im hinteren Teil des Saals.

Simon war verwirrt.

»Du hattest mir doch schon einmal von dem Abend erzählt?«

»Ja, aber ich habe den Teil mit dem phantastisch aussehenden Spätankömmling ausgelassen.«

»Okay«, sagte Simon und griff nach seinem Pager. »Du hast ein Auge auf ihn geworfen, und dann verschwindet er? Das ist hart, besonders an einem so qualvollen Abend wie diesem; kann ich verstehen. Aber was hat das alles mit Honor Tait zu tun?«

»Warte...«

Tamara, die zu aufgeregt war, um zu essen, hielt die Tischkante umklammert und beschrieb, was sie in dem Restaurant gesehen hatte. Simon unterbrach sie nicht, nicht einmal, als sein Pager piepte. Sein Blick blieb auf sie geheftet, während er das Ding ausstellte, das Panino wieder hinlegte und nach seinem Glas griff.

»Was für eine Heuchlerin!«, sagte er schließlich. »Damit ist sie erledigt. Eine alte Schachtel, die Kinder missbraucht und sich gegen Geld Gespielen hält – was für eine Story! Tiefe Abgründe und Hochkultur – der perfekte Mix.«

Im warmen Glanz der künstlichen Kerzen fühlte Tamara sich auserwählt, sonnte sich in ihrem Erfolg. Simon bestellte eine zweite Flasche, um zu feiern, und als er das Gespräch auf Serena lenkte (wieder mit von der Partie) und einen Anruf von Jan annahm (es ging um die Tischdekoration), lächelte Tamara huldvoll. Es war ihr bester Moment seit Wochen.

In Hochstimmung, aber auch ein wenig wacklig auf den Beinen, kehrten sie in die Redaktion zurück. Tamaras Vorsatz, Reservecharts zusammenzustellen, einen Vorrat, von dem sie zehren konnte, wenn es mal besonders schnell gehen musste, gelang nicht recht. Sie notierte ein paar Themen – Fashion Fauxpas, Hässliche Zwerge, Zank & Streit – und durchforstete das Bildarchiv nach entsprechendem Material. Die Recherche selbst machte Spaß, doch der Versuch, die Charts aufzulisten, entpuppte sich als zu anstrengend.

Später am Nachmittag ließ die Wirkung des Weins nach, und sie sah das Büro wieder klarer. Irgendwie war ihr aber immer noch ein bisschen unwohl, und in der rechten Schläfe pochte es. Am liebsten hätte sie sich hingelegt. Plötzlich stand Simon neben ihr.

»Noch was, Tam. Freitag in einer Woche ist Valentinstag.«

Das war grausam, besonders von Simon, für den eine Nacht, die er mit seiner Frau verbrachte, nicht zählte und der vermutlich das Los entscheiden lassen würde, mit wem er sich am Abend des Valentinstags verabredete. Schon sträubten sich ihr die Nackenhaare, doch dann begriff sie, dass er über die Arbeit sprach.

»Ich glaube, wir sollten das Thema Liebe schon mal in der nächsten Samstagsausgabe anreißen«, sagte er.

»Knutschende Promis gefällig?«

Sie hatte einen Stapel Fotos von küssenden Pärchen auf Lager. Beeindruckend, wie viele Variationen dieser schlichten menschlichen Geste es gab und wie unhygienisch dieser Austausch von Körperflüssigkeiten auf einen unbeteiligten Außenstehenden wirkte. Sie gähnte und warf einen Blick auf den Teppichboden unter ihrem Schreibtisch. Ob es jemand merken würde, wenn sie sich in der hintersten Ecke eine halbe Stunde lang hinlegte? Sie könnte ein paar gepolsterte Versandtaschen als Kissen benutzen. Oder auch nur eine Viertelstunde. Doch Courtneys Blick streifte sie mit abgrundtiefem Hass, und Tania trieb sich immer noch bei ihnen herum, auf der Suche nach weiteren Geschmacksverirrungen.

Courtneys Aufbruch um sechs war normalerweise das Zeichen für Tamara, ihre Jacke anzuziehen und ebenfalls zu verschwinden, allenfalls mit einem kleinen Umweg über das Bubbles, bevor sie nach Hause fuhr. Heute wollte sie nur eins: mit einem Eimer neben dem Bett und einem kalten Waschlappen auf der Stirn einschlafen. Stattdessen erwartete sie eine weitere anstrengende Nachtschicht. Die Wahrheit forderte ihren Preis, und die Möglichkeit, Honor Taits Gespielen wiederzusehen, stellte eine unwiderstehliche Verlockung dar.

Die Party war bereits im vollen Gang, als sie in der Rodel Gallery eintraf, ganz am Ende einer ruhigen Sackgasse, die von der Old Compton Street abging. Die dicht gedrängte Menschenmenge schwappte bis in das Schaufenster der Galerie, so dass man von der Straße aus den Eindruck haben konnte, hier würden die Gäste verkauft, nicht die Bilder. Und was bieten Sie für dieses Exemplar? Eine hochgewachsene Frau in bunt bedruckten exotischen Gewändern, deren Ohrringe wie Kandelaber vor ihren Wangen hin und her schwangen, stand drohend über einem kleinen Mann mit dunklen Ringen unter den Augen, der sich zusammenkauerte wie ein in die Enge getriebenes Krallenäffchen. Eine gerahmte Zeichnung zeigte zwei zerzauste Schuljungen einander genüsslich Stöcke auf ihre nackten Hinterteile klatschen, und dahinter eingezwängt stand ein in die Jahre gekommener Lebemann mit Samtanzug und Barett – ein Künstler, eindeutig –, der nachdenklich den Stiel seines Weinglases zwischen den Fingern hin und her drehte. Er nickte ernst, während ein alter Freibeuter vor ihm, der eine Augenklappe trug, mit tintenverschmierten Händen gestikulierte. Noch ein Künstler. Vielleicht auch ein Kritiker. Die Galerie musste voll davon sein.

Als Tamara die Tür aufstemmte und sich durch die laute Menge drängte, wurde ihr fast schlecht bei der Vorstellung, wie viel Anmaßung sich hier zusammenballte. Der richtige Riecher und ein fürchterlicher Durst führten sie durch das Gewühl zu einem kleinen Tisch im hinteren Teil der Galerie, wo ein gestresster junger Mann in Hemdsärmeln Wein ausschenkte. Sie nahm sich ein Glas Weißwein, trank es in einem Zug aus, ließ es sich wieder füllen und bahnte sich dann einen Weg durch die Menge.

Zwar schienen kleine alte Damen in großer Zahl anwesend zu sein, ebenso wie lüsterne alte Männer – sie war ganz sicher, dass eine Hand ihren Hintern berührt hatte, wenn sie ihn nicht sogar aktiv betatschte –, doch von Honor Tait fehlte jede Spur. Tamara erkannte mittendrin den Künstler aus der Montagsrunde wieder, Inigo Wint, erhitzt, lebhaft, von Verehrern umringt. Auch der schottische Dichter war da und redete auf einen Mann ein, der eine Brille mit so dicken Gläsern trug wie ein Schweißer bei einem Noteinsatz. Ein paar junge Frauen in knappen Ausgehkleidchen, wahrscheinlich Werbemodels, kicherten in einer Ecke wie Oberstufenschülerinnen auf einem Schulball. Der Wittentröster war nirgends zu sehen. Tamaras Enttäuschung war nicht nur professioneller Natur.

Sie ging ein Mal, immer dicht an der Wand, um den ganzen Raum herum. Hier war mehr Platz, offenbar gab es eine Art Pufferzone um die Ausstellungsstücke. Alle machten einen Bogen um sie. Tamara sah sich die Bilder genauer an, weitere Schuljungen in kräftigen Farben, die Unerhörtes miteinander trieben – Oralsex, Bondage, Drogen nahmen. Ob sich daraus eine Story fabrizieren ließe? Als sie noch für den *Sydenham Advertiser* arbeitete, hatte sie einmal eine Titelstory über die Studentenzeitung verfasst, das übliche Sammelsurium von kindischen Cartoons und obszönen Witzen, deren Erlös wohltätigen Zwecken zufloss und die sich mit Anzeigen der ortsansässigen Geschäfte und Unternehmen finanzierte. In der Sauregurkenzeit hatte sie alle Anzeigenkunden – durchweg hochanständige Mitglieder der örtlichen Handelskammer – angerufen, in der dunklen Ahnung, dass keiner von ihnen die Postille tatsächlich las.

»Ah, Mr. Higgins, würden Sie uns als alteingesessener Familienmetzger an der High Street vielleicht Ihre Einstellung zum Thema Sodomie verraten?... Geschlechtsverkehr mit Tieren?... Sie sind dagegen?... Entschieden sogar?... Ich habe mich nur über Ihre Anzeige auf Seite 16 gewundert, direkt neben dem Witz über einen einsamen Schafzüchter und seine gutwillige Herde.«

Die Inserenten zogen ihr Geld ab, die Studentenzeitung wurde eingestellt, die jugendlichen Herausgeber von der Uni gefeuert, ja Tamaras Titelstory mit Autorenzeile weckte kurz landesweites Interesse und verdiente eine witzige Bemerkung von Chris Evans in seiner Show *The Big Breakfast*.

Ähnlich könnte sie, wenn sie die Zeit hätte, die vergangenen und gegenwärtigen Sponsoren der Rodel Gallery aufspüren (immer steckte Geld aus Konzernen hinter kommerziellen Kunstveranstaltungen, und wenn es nur der Weinladen von nebenan war, der für freie Getränke sorgte) und sie fragen, ob sie Cannabis, Bondage und Sex mit Minderjährigen befürworteten. Die *Mail* würde sofort anbeißen. Die Aussicht auf diese Hinterhältigkeit gab ihr Auftrieb, und sie winkte dem jungen Mann mit dem Wein.

Anschwellendes Stimmengewirr und hektische Betriebsamkeit begleiteten die Ankunft von Ruth Lavenham und hinter ihr Honor Tait an Paul Tuckers Arm. Ehrfürchtig machte die Menge Platz. Tamara benutzte ihre Ellbogen als Ruder, um sich einen Weg durch die sich rasch wieder schließenden Reihen zu bahnen, und ging auf Taits Gruppe zu. Inigo Wint küsste die *grande dame* und machte eine Menge Getue um sie, als wäre *sie* die Künstlerin und dies *ihre* Party. Der Dichter und die mürrische Twisk-Erbin gesellten sich zu ihnen. Während Tamara sich zu dem inneren

Zirkel vorarbeitete, bemerkte sie mit Entsetzen, wie Tania Singh ebenfalls durch die Menge auf die Gruppe zuglitt, ein Killerhai im Seidenkleid. Was wollte die denn hier? Gehörte das auch zu ihrer Netzwerkstrategie? Ohne Tamara zu beachten, steuerte Tania geradewegs auf Inigo zu, um ihm laut zu seiner »bahnbrechenden Ausstellung« zu gratulieren. Als Nächstes peilte Tania in einem perfekten Zug, der einer Schachgroßmeisterin würdig gewesen wäre, Honor Tait an und versperrte gleichzeitig Tamara den Weg zu der alten Frau. Tamara würde warten müssen, bis sie an die Reihe kam.

Ein junges Mädchen mit Zöpfen und Zahnspange kämpfte sich mit einem Tablett voller Canapés durch die Menge. Die Besucher begutachteten das Essen interessiert – graue Paste und grüne Olivenhälften auf rhombenförmigen Toastscheiben, Rührei mit Petersilie in blassen Teigkörbchen, Spargelspitzen, die neckisch aus rosa Fleischröllchen lugten – wie Werke eines unbekannten Künstlers und setzten gleichzeitig ihre Unterhaltung ohne Unterbrechung fort.

Tanias kurzer Moment mit Honor Tait war verstrichen, jetzt schmierte sie dem Dichter Honig um den Bart. Doch das kleine emporgewandte Gesicht der Tait empfing noch immer Küsse, und mit der rechten Hand erteilte sie noch immer ihren Segen. Tamara nahm Tanias Platz ein und griff gleichzeitig geistesabwesend nach einem Canapé. Doch gerade als sie hineinbeißen wollte, stieg ihr der Geruch von Fischpaste in die Nase. Plötzlich drehte sich ihr der Magen um, und sie spuckte den Bissen so diskret wie möglich mit dem Rest des Toasts in ihre Hand. Zu spät. Die leise Dünung gleich über dem Solarplexus schwoll zu einer Welle an, die mit Gischtflocken gekrönt war und sich in einen Brecher zu verwandeln drohte. Zwei Gedanken schossen ihr durch den Kopf, zum einen, wie sie den widerlichen Brei in ihrer Hand loswerden konnte, und zum anderen, und das war dringender, wie sie hier wieder rauskam, ehe sie sich zu Tode blamierte.

Irgendein Samariter erbarmte sich ihrer und bot ihr die Lösung: eine ausgestreckte Hand. Tamara versenkte die unappetitliche Pampe in die Wölbung und lief Richtung Tür.

Während sie sich auf der Straße vor der Galerie erschöpft übergab, bemerkte sie eine Gestalt, die sich im Schatten des Eingangs herumdrückte. Als sie aufsah, erkannte sie Honor Taits Lunchpartner. Er spähte durch das Fenster in die Galerie. Das wäre ihre Chance gewesen, hätte Tamara sich in diesem Moment nicht so elend gefühlt. Sie hätte sich auf ihn gestürzt und ihn in eine Wine Bar um die Ecke gelotst, wo sie sich interessant unterhalten und ein paar Flaschen Champagner geköpft hätten (auf Spesen, versteht sich). Jetzt wandte er sich von der Fensterscheibe ab und kam auf sie zu. Die Gelegenheit! Doch ihr Magen war noch nicht fertig mit ihr. Erneut krümmte sie sich und übergab sich geräuschvoll, während er an ihr vorbei auf das abendliche Gedränge in der Old Compton Street zusteuerte.

In diesem Moment hörte sie das Klacken von hohen Bleistiftabsätzen auf dem Kopfsteinpflaster. Sie wischte sich den Mund am Ärmel ab und identifizierte zu ihrem Entsetzen die elegante Silhouette, die gerade einen Bogen um sie machte und auf die Galerie zuging, als Lyra Moore. Ob sie Tamara erkannt hatte? Jedenfalls war es nicht der richtige Augenblick, ihr hinterherzulaufen und sie zu bitten, ihre Vorstellungen über den Auftrag näher zu erläutern. In die Gosse zu kotzen war keine gute Einleitung für ein ernsthaftes Gespräch mit einem künftigen Arbeitgeber. Tamara fragte sich, ob eine Schwangerschaft als Entschuldigung herhalten konnte. Aber die ging normalerweise mit *morgendlicher* Übelkeit einher.

Umzukehren kam nicht in Frage, und ihre Beute, Honor Taits Gigolo, war ihr entwischt. Zumindest war der erniedrigende Brechreiz verschwunden, doch als sie in die Old Compton Street einbog, dämmerte ihr etwas Furchtbares. Natürlich! Die ausgestreckte Hand! Das Unwohlsein hatte in der vergangenen Viertelstunde ihre Wahrnehmung verzerrt. Jetzt, da sich ihr Magen beruhigte, verschwand das Trugbild, doch was an seine Stelle trat, war weitaus schlimmer. Die Hand des Samariters war von hervortretenden Adern und arthritisch geschwollenen Knöcheln gezeichnet gewesen. Die Hand einer alten Frau. Es war die Tait, die Tamara ihre Hand dargeboten hatte. Honor Tait, die von ihren Groupies zur beiderseitigen Befriedigung gehätschelt und getätschelt wurde, hatte großmütig die Hand ausgestreckt, um die nächste Person zu begrüßen, die ihr die Aufwartung machte. Tamara hätte die Hand schütteln müssen, statt sie mit Brot und Fischpaste zu füllen.

Am Ende war es, genau wie Honor erwartet hatte, ein weiterer vertaner Abend. Die Galerie war überfüllt, und sie hatte eine Menge Gedränge und Katzbuckelei über sich ergehen lassen müssen. Mittlerweile hatte sie sich daran gewöhnt, noch so viele Jahre nach ihrer Blütezeit Zielscheibe der Neugier und Zuneigung zu sein. Das Alter verlieh ihr eine gewisse Erhabenheit. Nach der *South Bank Show* und einer – abgeschmetterten – Anfrage der Produzenten von *Desert Island Discs* hatte Inigo behauptet, sie entwickle sich allmählich, ob sie wolle oder nicht, zu einem Nationalheiligtum. In der Galerie hatte sich zuerst eine aufdringliche Asiatin ehrfurchtsvoll über ihre persönlichen Eindrücke zu den *Depeschen* ausgelassen, und als Honor sich endlich erleichtert der nächsten Besucherin zuwenden wollte, hatte diese ihr aus unerfindlichen Gründen ein Häufchen stinkenden grauen Brei in die Hand gedrückt. Die Spenderin dieser widerlichen Gabe – Honor erkannte sie erst, als jene auf dem Absatz kehrtmachte und die Galerie verließ – war die beschränkte junge Frau gewesen, die das Interview für den *Monitor* gemacht hatte und später uneingeladen zum Abendessen erschien. Ein schlechter Scherz? Bestand Tara Sims eigentliche Mission womöglich darin, sie zu beleidigen, statt sie zu porträtieren?

Honor wollte im Anschluss unverzüglich gehen, musste dann aber ein grässliches Abendessen durchstehen, zwischen Inigo, der vor lauter Vernissage-Wichtigkeit aufgeblasen wie ein Zeppelin war, und Aidan, der Inigos Angeberei wie ein durchgedrehter Heckenschütze mit Salven von ätzenden Kommentaren parierte. Ruth war es nicht gelungen, Paul nach dem ersten Gang zum Bleiben zu überreden. Er musste noch an einer Reportage feilen. Wie sehr hatte Honor sich gewünscht, an seiner Stelle zu sein, als er den Stuhl nach hinten schob und zu dem wartenden Taxi davoneilte. Wie gern wäre auch sie diesem Tisch entflohen – den verschmierten Weingläsern, der verwüsteten Landschaft von schmutzigem Geschirr und halb gegessenen Speisen, dem Kreis vertrauter, abgeschlaffter Gesichter, dem zusammenhangslosen

Smalltalk und dem geistlosen Behagen, das wie Giftschwaden über allem aufstieg – und nach Hause geeilt, um einen Bericht über wichtigere Angelegenheiten abzuliefern, Kriege und Unruhen, Hunger und Seuchen.

Zurück in der Wohnung, schenkte sie sich einen Drink ein. Sie war noch nicht fertig. Niemand schrie danach, aber einen Text musste sie noch zustande bringen.

Buchenwald, 14. April 1945. Tag vier der Befreiung. Als ich ganz allein die Umzäunung des Lagers verließ, hörte ich ein Geräusch im Unterholz. Ich hörte ihn, noch bevor ich ihn sah.

15

Pernilla Perssen hing wieder an der Flasche. Ein Fotograf hatte sie in den frühen Morgenstunden vor einem Nachtclub im West End beim Kotzen überrascht. Das Haar hing ihr ins Gesicht, und sie blinzelte mit einem verwirrten Ausdruck in die Kamera. Damit war auch das Thema der Charts für diese Woche geklärt: Verraten und verkauft – die Top Ten der hoffnungslosen Drogensüchtigen. Caleb Hawkins, der seit neuestem aus der Premier League ausgeschlossen war, würde ebenso dabei sein wie Tod Maloney. Tamara hatte gerade noch Zeit für einen raschen Anruf bei Ruth Lavenham, bevor Simon von der morgendlichen Redaktionskonferenz zurückkam. Immerhin bestand die Möglichkeit, dass niemand sie in dem Durcheinander der Galerie erkannt hatte. Falls aber doch, musste sie sich entschuldigen, bevor irgendwelche Beschwerden auf Lyra Moores oder Austin Wedderburns Schreibtisch landeten.

Der Anrufbeantworter der Verlegerin schaltete sich bereits nach dem ersten Klingeln ein.

»Wirst du dich für die Preisverleihung heute Abend in Schale werfen?«, rief Simon ihr zu, als er die Redaktion betrat.

Courtney machte ein finsteres Gesicht.

»Aber klar doch«, antwortete Tamara.

Sie verließen die Redaktion zeitig. Courtney hatte widerstrebend eine Flotte von Taxis bestellt, die die eingeladenen Gäste aus dem Untergeschoss zu dem Abendessen chauffieren würden. In ihrem dunkelroten rückenfreien Kleid im Taxi zu sitzen, die Nervosität wegen des gestrigen Rückschlags abzuschütteln, sich auf einen aufregenden Abend zu freuen und mit halbem Ohr Simons neuester Fortsetzung zu lauschen beruhigte Tamara so sehr, als hätte sie sich Valium gespritzt. Lucinda war von der Bildfläche verschwunden, und Serena mit ihren abstrusen Forderungen nach Urlaub, Unterkunft und Scheidung ging Simon allmählich auf den Wecker. Ein reizendes Ding, räumte er ein, aber das Feuer war erloschen. Davina hingegen, das war etwas anderes. Ob er Tamara schon von Davina erzählt habe? Die Polo spielende Blondine aus der Presseabteilung eines Nahrungsmittelproduzenten, die er letzte Woche anlässlich der Vorstellung einer Schweinefleischpastete im Themsetal kennengelernt hatte?

»Davina ist wirklich was Besonderes«, sagte er und schüttelte den Kopf, belustigt und verzweifelt zugleich, weil ihm nicht genügend Superlative einfielen, um sie zu beschreiben. »Hinreißend. Ein Freigeist. Tolle Figur. Und wir haben so viel gemeinsam. Sie bringt mich zum Lachen wie niemand zuvor. Und obendrein schwimmt sie in Geld.«

»Klingt super.«

Er schüttelte den Kopf und pfiff leise durch die Zähne.

»Unfassbar. Ich sag's dir. Das ist wahre Liebe.«

Wie auf ein Stichwort klingelte sein Mobiltelefon. Mit geweitetem Blick starrte er Tamara an und zeigte auf das Telefon.

»Das ist sie!«, formten seine Lippen, als könnte Davina ihn hören, noch bevor er sich gemeldet hatte.

»Geh ran«, flüsterte Tamara.

Noch entspannender, als mit halbem Ohr zuzuhören, wie Simon ihr von seinem Liebesleben erzählte, war die Aussicht, mit halbem Ohr zuzuhören, wie er sich mit jemand anderem unterhielt. Sie musste sich nicht einmal die Mühe machen, beifällig zu nicken und zu lächeln.

Es war zwanzig Jahre her, dass Honor an einem solchen Event teilgenommen hatte. Damals hatte man ihr einen Preis für ihr Lebenswerk verliehen – ein klobiges Gewirr aus Kupfer, das einen Stift und einen Notizblock darstellen sollte und aussah wie eine Sonnenuhr des alten Scharlatans Dalí. Würde man es ungehörig oder gar makaber finden, dass sie als Bobbys Begleitung zu dieser Veranstaltung zurückkehrte, wenn auch als bloßer Zaungast? Sie musste die älteste Anwesende überhaupt sein. Die Blicke derer, die sie zu erkennen vorgaben, und ihr ehrerbietiges Lächeln verunsicherten Honor, während sie das Belvedere Park Hotel betraten.

Die Zeremonie fand im Ballsaal statt, einer unpersönlichen Arena voller Rauchglasspiegel und Kronleuchter, die wie bizarre Eisgebilde von der Decke hingen. Sechzig runde Tische umringten die Bühne wie ein Mandala aus Lichtreflexen – Silberbesteck, funkelnde Gläser, blinkende Flaschen – und füllten sich langsam mit Journalisten und Führungskräften. Die Frauen knisterten selbstgefällig in ihrem Taft und ihrer Seide wie auf einer Eröffnungsnacht in Glyndebourne, und die Männer warfen sich in ihrem Smoking in die Brust wie angeheuerte Schläger.

Jetzt erhob sich der Bischof von Limehouse – dessen purpurrotes Gewand dem bodenlangen Kleid, das die vollbusige Kummerkastentante des *Sphere* trug, zum Verwechseln ähnlich war –, um das Tischgebet zu sprechen. Honor sah, wie Atheisten, Blasphemiker und notorische Sünder ehrfürchtig den Kopf senkten, um Beistand zu erflehen und demütig Dank zu sagen für die Gaben, mit denen sie, so Gott wollte, beschenkt würden.

Das Essen war miserabel und wurde von nervösen illegalen Einwanderern in Uniform serviert. Der ungenießbare Wein floss in Strömen. Bobbys Tisch hielt sich relativ stark zurück, doch die Kellner hatten alle Hände voll zu tun, um die allgemeine Nachfrage zu befriedigen, während der Abend langsam in Schwung kam. Honor schob ihre Portion Räucherforelle, rosa wie eine Prothese, zur Seite und fragte sich, ob es wohl an ihrer einschüchternden Anwesenheit lag, dass Bobbys Kollegen sich so zusammennahmen.

Ringsum brüllten sich Freunde und Rivalen Grüße oder Beleidigungen zu, Gesichter erhitzten sich, Fliegen verrutschten, und hochhackige Schuhe baumelten nachlässig von bestrumpften Füßen. Es war unmöglich, die seriösen Blätter von den Klatschpostillen zu unterscheiden. Bobby saß auf der Seite von Honors gesundem Ohr und musste gegen den wilden Lärm anschreien, um ihr einen laufenden Kommentar zu liefern. Der wiehernde Lackaffe da drüben, ein alter Harrow-Absolvent mit einem erstklassigen Cambridge Certificate, der seine Doktorarbeit über gälische Trinksprüche verfasst hatte, war der wichtigste Leitartikler des *Daily Mirror*. Der stämmige Skinhead mit dem Diamanten im Ohr war ein Junge aus Dagenham, der eine Gesamtschule besucht und angeblich als Matrose in der Handelsmarine gearbeitet hatte, ehe er sich dem Journalismus zuwandte. Als hervorragender Redakteursassistent betreute er die Hofnachrichten für die *Times*. Die finster dreinblickende junge Frau in dem farblosen Anwaltskostüm, die sich missmutig an einem Glas Mineralwasser festhielt und auf ihre Uhr schaute, erinnerte Honor mit ihrem zu einem Helm festgesprühten Haar an die junge Margaret Thatcher. Als ehemalige Schulsprecherin des Cheltenham Ladies' College und Studentin an der Oxford Economics School hatte es diese beeindruckende junge Frau inzwischen zur strengen Auslandsredakteurin beim *Guardian* gebracht.

Die Lautstärke ließ wieder nach, und es gab Applaus, als der Conférencier die Bühne betrat. Er war ein untersetzter kleiner Mann mit Midland-Akzent und einem fiependen Lachen.

»Jimmy Whipple«, erklärte Bobby. »TV-Entertainer. Er wurde bei den New Years Honours ausgezeichnet.«

Der Mann war brutal gut aufgelegt und hatte seine derben, spöttischen Sprüche perfekt auf sein Publikum zugeschnitten. Dank seiner guten Vorbereitung erntete er lautstarke Anerkennung für seine Insider-Kommentare über einen Coup der Sportredaktion beim *Monitor*, eine Schlägerei in der Nachrichtenredaktion des *Courier* und die Spesenforderungen eines nicht namentlich genannten Beilagen-Redakteurs bei einem nicht näher spezifizierten Blatt für seine wöchentlichen Besuche in einem Massagesalon von Mile End.

»Also, jetzt mal im Ernst« war sein Lieblingsspruch. Jedes Mal, wenn er das sagte, brach das Publikum in haltloses

Gelächter aus. Bobby zeigte ihr den Tisch, wo der Herausgeber des *Monitor*, Austin Wedderburn, wachsam wie eine ältliche Jungfer bei den Luperkalien den Vorsitz über seine Bande führte.

Pfiffe und Gejohle kamen aus dem Publikum, als vier junge Sirenen in knappen, tief ausgeschnittenen schwarzen Kleidern und Netzstrümpfen zu Whipple auf die Bühne traten. Honor nahm an, dass sie wie typische Quizshow-Dummchen die Preise überreichen würden – bis ihre Musikinstrumente zum Vorschein kamen. Die vier bildeten ein Streichquartett, waren vom Fernsehen gekrönte Nachwuchstalente. Ein kluger Programmeinfall – Haydn für die seriöse Presse, dargeboten von halbnackten Fotomodellen als Augenschmaus für den Boulevard. Im Ballsaal wurde es still, während die Musikerinnen resolut und kompetent einen einzigen Satz des *Russischen Quartetts Nr. 33 in h-Moll* zum Besten gaben. Wohlwollender Applaus folgte. Whipple seufzte und erklärte: »Im nächsten Leben möchte ich als Cello wiedergeboren werden.«

Man begann mit den bunten Gelatinevierecken herumzuspielen, die wie Miniatur-Mondrians auf einem glitschigen dunkelroten Fond lagen, füllte die Mokkatässchen und verteilte die Pfefferminzschokolade-Täfelchen an seine Nachbarn. An manchen Tischen eskalierte die Ungeduld, und man verlangte lärmend nach teuren Likören, bis Whipple von seinem Skript abwich, um gegen die Krawallmacher zu sticheln.

»Also, jetzt mal im Ernst, Leute! Den großen Macker raushängen, und nichts dahinter, was? Hab's mit eigenen Augen gesehen, als ich vor dem Auftritt auf dem Klo war. Mikrotechnologie, wenn ihr mich fragt.«

Mehrere Männer, darunter auch der Leitartikler des *Mirror*, stampften mit den Füßen und johlten. Es wurde Zeit für die Preisverleihung.

Honor hatte mit kindischen Frotzeleien zwischen den einzelnen Tischen gerechnet, wenn die Namen der Sieger verkündet wurden und sie auf die Bühne kamen, um ihre Preise entgegenzunehmen – die Prämierungen für den Scoop, den Nachrichtenredakteur, den Sportbericht oder die Reportage des Jahres. Vor zwanzig Jahren hatte es ein paar zahme, freundschaftliche Zwischenrufe gegeben, doch als sie – Honor – damals auf die Bühne kam, um ihren Preis entgegenzunehmen, herrschte andächtiges Schweigen. Was hier losbrach, darauf war sie nicht gefasst. Dankesreden gingen in einem Sturm von Buhrufen und Pfiffen unter, streitbare Sieger unterstrichen ihren Erfolg, indem sie die Fäuste in die Luft stießen oder ihren Rivalen herausfordernd zwei Finger zeigten.

Bobby, der den Abend erheblich vergnüglicher fand als seine üblichen akademischen Abendessen oder die Vorstellung eines neuen Gedichtbands, bemerkte Honors Befremden.

»Kokain«, flüsterte er.

Zweiundzwanzig Tische entfernt, fast am Ende des Saals, unweit von den Schwingtüren zur Küche, saß Tamara Sim. Sie hatte die Ellbogen auf den Tisch gestützt und spielte mit ihrem Weinglas. Der Abend entwickelte sich nicht so, wie sie gehofft hatte. Das Essen war üppig, schmeckte aber nach nichts, und obendrein mussten sie irgendeine pompöse klassische Musik über sich ergehen lassen, gespielt von ein paar auf Gothic gestylten Schulmädchen. Beim Hereinkommen hatte sie Tim mit einer magersüchtigen Nymphe im Foyer stehen sehen und war überzeugt, dass er einzig auf die Herrentoilette geflüchtet war, um ihr, Tamara, nicht zu begegnen. Jetzt gab sie sich alle Mühe, selbstvergessenes Interesse zu heucheln, während Alistair Porter, der Bildredakteur bei *Psst!*, der gewisse Ähnlichkeit mit einem Wiesel hatte, ihr die neueste empörende Entscheidung der Geschäftsleitung vorhielt.

»Die Sache ist, wir sind sowieso schon voll ausgelastet, und wenn Jamal auch noch geht …«

Tamara saß vor ihrem Merlot – zumindest der Wein war nicht schlecht, und anscheinend gab es ihn reichlich –, runzelte mitfühlend die Stirn und verfluchte insgeheim Simon. Warum hatte er sie neben diesen humorlosen Esel platziert? Auf der anderen Seite saß Tania und wandte ihr vielsagend ihren braunen Rücken zu, der durch einen kunstvollen Schlitz in dem lindgrünen Kleid schimmerte. Sie erteilte Simon gerade eine Lektion über die jeweiligen Vorteile verschiedener Webbrowser, den »Treibhauseffekt« und die Politik im Kosovo. Und er lauschte offensichtlich gebannt, der Verräter.

Alle interessanten und nützlichen Menschen saßen am Ehrentisch des *Monitor* – dreißig Meter weit weg. Tamara hatte sie entdeckt, als sie vor dem Nachtisch Richtung Toilette einen Umweg machte. Der Chef der Vertriebs- und Marketingabteilung, Erik Havergal, plauderte vertraulich mit Lyra Moore, die in korrektem Dunkelblau Stilsicherheit bewies, während Johnny Malkinson mit fuchsiafarbenem

Kummerbund und ebensolcher Fliege und grauem Frack den Modesonderteil über die Neue Förmlichkeit einem Praxistest unterwarf und heftig gestikulierend auf Denbigh, den Redaktionsleiter, einredete, der fassungslos auf seinen unberührten Teller starrte. Austin Wedderburn lauschte mit offenkundigem Interesse dem Mehrheitsaktionär des Blattes, einem pockennarbigen Immobilienbesitzer und Millionär aus Vilnius, dem auch eine Reihe von Fußballvereinen aus der Isthmian League gehörten. Alles Aufsteiger, sie hingegen – Tamara – saß hier fest, am Ende des Saals, in einem Aus, das ihre Karriere gefährdete, und hörte dem kläglichen Gejammer von Alistair Porter zu, diesem Versager.

Er nahm einen tiefen Zug und redete weiter.

»Tatsache ist, sie können mir nicht einfach meinen Parkplatz wegnehmen …«

Während es in einer Leier so weiterging, klammerte sich Tamara an die Hoffnung, dass es später an der Bar noch Gelegenheit zur Vernetzung geben würde. Dann schwoll der Lärmpegel wieder an. Eine Fanfare – ein Trompetenstoß vom Band – erklang, und Jimmy Whipple sagte: »Also, jetzt mal im Ernst … Das ist der Augenblick, auf den Sie alle gewartet haben …«

Erleichtert wandte sich Tamara von Alistair ab und der Bühne zu.

Alle Anwesenden, Frauen ebenso wie Männer, riefen durcheinander, stampften mit den Füßen und pfiffen die winzigen Figuren auf der fernen Bühne aus. Der rotwangige Kerl aus dem Norden, kräftig wie ein Muskelprotz im Zirkus, der zum Lokalreporter des Jahres gekürt worden war, hatte seine Rede offenbar im Zug von Doncaster nach

London vorbereitet. Da er bei dem Radau jedoch nicht zu Wort kam, wandte er dem rasenden Publikum den Rücken zu, bückte sich und ließ die Hose runter. Daraufhin wurde ihm eine weitere Auszeichnung zuteil: die lautesten Beifallsrufe des Abends.

»Der Untergang von Rom«, sagte Honor und nickte heftig. In der Aufregung machte sich ihr Tick wieder bemerkbar.

»Der zehnte Kreis der Hölle«, meinte Bobby. »Tut mir leid, dass ich dir das zugemutet habe.«

Die Szene am Nebentisch – Bobby zufolge von dem Revolverblatt *Sunday Sphere* besetzt – hätte von Hogarth stammen können. Ein kahlköpfiger Mann mit violetten Wangen trank direkt aus der Flasche, offensichtlich ohne zu merken, wie der Rotwein auf seine Hemdbrust tropfte. Ein anderer sah aus, als wäre er auf dem Tisch eingeschlafen, wie die Haselmaus aus *Alice im Wunderland*, während eine Frau neben ihm mit faltigem Dekolleté und einer Bräune mit Gelbstich leise vor sich hin schluchzte. Ein blasses Mädchen mit pinkfarbenem Rock saß auf dem Schoß eines übergewichtigen Vorgesetzten und schlang ihm die knochigen Arme um den Hals. Sein wallendes graues Haar erinnerte an eine Perücke aus dem achtzehnten Jahrhundert, und mit seiner riesigen Zigarre sah er aus wie bei einer Fellatio.

Honor war müde. Sie wusste, dass Bobbys Kollegen ihre Missbilligung als altjüngferliche Prüderie deuten würden. Doch selbst in puncto Ausschweifungen waren diese Leute Stümper. Wie hätten sie sich erst auf Laurel-Canyon-Partys benommen? Ihre Geschmacklosigkeit war einfach widerlich. Früher hätte sie sich beschmutzt gefühlt und beschämt angesichts von Kollegen, die zu solcher Grobheit fähig waren. Heute hatte sie mit diesen Leuten nichts mehr gemein, und ihr Abschied von einem Gewerbe, das einst ihr Ein und Alles war, erschien ihr plötzlich wie eine Befreiung.

Aus der Entfernung war es nicht leicht, die Ereignisse auf der Bühne mitzuverfolgen, doch Tamara schloss sich einfach dem Beifall und den höhnischen Kommentaren ihrer Kollegen an. Der Conférencier drückte mittlerweile aufs Tempo. Er hatte das Ende seiner Liste erreicht, den Bodensatz – Sport-Schlagzeile des Jahres, Layouter des Jahres, Wirtschaftsreporter des Jahres –, und die Zuhörer verloren allmählich das Interesse.

Alistair vervollständigte seinen Beschwerdekatalog.

»Und jetzt haben sie auch noch unsere Schichten so umgestellt …«

Plötzlich war das gesamte *Psst!*-Team auf den Beinen und brüllte vor Begeisterung. Tamara schob ihren Stuhl zurück und jubelte. Es war Alistair, der Mann mit den Parkplatzmonologen. Ihr stinklangweiliger Sitznachbar wurde auf einmal vom ganzen Ballsaal gefeiert, war der Held dieses Augenblicks. Als er aufstand, um sich für den Beifall und die Glückwünsche zu bedanken, wurde Tamara klar, dass sie sich in ihm getäuscht hatte. Seine Bescheidenheit war rührend: Die Nachricht hatte ihn mehr überrascht als alle anderen im Saal. Während er zur Bühne vor ging, um die Auszeichnung als Bildredakteur des Jahres (Beilagen) entgegenzunehmen, wirkten seine schmale Gestalt und das linkische Lächeln auf liebenswerte Art jungenhaft. In Wahrheit sah er gar nicht so schlecht aus.

Die Preisverleihung ging dem Ende zu. Beifall und Pfiffe verebbten, während die Gäste aufstanden und auf dem Weg zu der langen Bar vor dem Ballsaal Preisträgern gratulierten, über die sie sich eine halbe Stunde zuvor noch lustig gemacht hatten, oder alte Rivalen umarmten. Es begann der zwanglose Teil des Abends. Bobby erbot sich, Honor vor dem Hotel in ein Taxi zu setzen.

»Ich komme schon zurecht«, sagte sie. »Wirklich. Ich bin nur erschöpft.«

Als sie den Saal gerade verlassen wollten, rief ein Fotograf, der die Gewinner des Tages ablichtete, Bobby etwas zu.

»Ob die Dame wohl für ein paar Bilder auf die Bühne kommen würde?«

»Die ›Dame‹ kann durchaus für sich selbst sprechen.«

Widerstrebend ließ sich Honor die Stufen hinaufführen. »Ist das denn wirklich nötig?«, fragte sie.

Man blitzte sie in verschiedenen Kombinationen, erst mit den Preisträgern, dann mit dem Conférencier, der für die Kamera den Arm um sie legte. Unter Protest ließ sie es geschehen, geschmeichelt, dass man sich an sie erinnerte.

Einer der Preisträger, mit dem braven Gesicht eines Schulabgängers, bat sie um ein Autogramm.

»Sie sind eine echte Heldin«, sagte er und reichte ihr einen Stift und die Speisekarte des Abends. »Das Zeug, das Sie in Spanien geschrieben haben, war genial. Und Ihre Reportagen aus Vietnam ganz große Klasse.«

Sie signierte die Rückseite der Speisekarte und gab sie mit einem liebenswürdigen Lächeln zurück.

»Vielen Dank, Martha«, sagte er. »Das bedeutet mir sehr viel.«

Bobby hatte den Wortwechsel nicht mitbekommen, doch Honors Gesicht sprach Bände.

Tamara sah, wie Tania den Tisch von *Psst!* verließ und geradewegs auf den Ehrentisch des *Monitor* zusteuerte. Sie versuchte, mit John Malkinson ins Gespräch zu kommen, der mittlerweile seine fuchsiafarbene Fliege wie ein Stirnband um den Kopf geschlungen hatte. Am Ende hatte sie mehr Glück bei dem litauischen Aktionär, der ihr Austin Wedderburns ehemaligen Platz anbot.

Vergiss Tania! Kurz entschlossen hakte Tamara sich bei Alistair unter und bahnte sich mit ihm einen Weg Richtung Bar zu dem triumphierenden *Psst!*-Team, um mit Champagner zu feiern. War es gutes Timing oder eher das Gegenteil, dass Tim dort stand, zerknittert, schwitzend und vorübergehend allein? Seine Kleine kicherte in einer Ecke mit dem Leitartikler des *Mirror*. Alistair ließ Tamara los, drückte ihre Hand, um zu signalisieren, dass er gleich wieder da wäre, und wandte sich ab, um an der Bar seine Bestellung aufzugeben.

Es ging so schnell, dass Tamara, vom Wein benebelt, die Abfolge des Geschehens erst am nächsten Tag zusammenbrachte, nachdem sie mit mehreren Anwesenden gesprochen hatte. Das Einzige, woran sie sich klar und deutlich erinnern konnte, waren die Ouvertüre – ein kühler Finger, der ihr über das Rückgrat strich – und das triumphale Finale. Zuerst hatte sie die Hand für die von Alistair gehalten und einen wohligen Schauer empfunden, doch als sie sich lächelnd umdrehte, stand Tim vor ihr, dessen Gesicht sich in einer raschen Folge von grotesken Grimassen verzog.

»Was zum Teufel ...?«

»Sei doch nicht so, Tamara.«

»Das ist wirklich dreist. Erst verbannst du mich wochenlang aus deinem Leben – was war es noch, Arbeitsdruck? Familienstreit? –, dann betatschst du den ganzen Abend dein minderjähriges Dessousmodel da drüben.«

Er ließ nicht locker.

»Ach, komm schon, Tammy. In Paris hast du dich doch auch nicht so gehabt, stimmt's?«

Dann streckte er die Hand aus und umfasste ihre rechte Brust, als wäre sie eine reife Frucht am Stand eines Obst- und Gemüsehändlers. Sie stieß ihn ärgerlich zur Seite.

»Was fällt dir eigentlich —«

Doch sie kam nicht dazu, den Satz zu beenden, denn plötzlich war Alistair da, mit einer noch nicht entkorkten Flasche Champagner.

»Mach dich vom Acker, Opa«, knurrte er Tim an.

Tamara ging allmählich auf, wie sehr sie Alistair unterschätzt hatte.

»Was suchst denn du hier?«, lallte Tim. Er schwankte und sah offensichtlich auch nicht mehr klar.

»Das hier!«

Und schon drückte Alistair Tamara die Flasche in die Hand und schlug Tim die Faust ins Gesicht. Tamaras Ex-Lover, über den sie gestern noch Tränen vergossen hatte, taumelte langsam rückwärts und krachte wie eine gefällte Eiche zu Boden. Die Umstehenden schrien überrascht auf.

Der Chefbarmann drängte sich durch die Menge und fühlte Tim den Puls. Da das Opfer noch lebte und offenbar vom Alkohol in die Knie gezwungen worden war, schnalzte er missbilligend mit der Zunge und machte sich auf die Suche nach dem Hotelarzt. Tims Gesicht entspannte sich, dann fing er laut an zu schnarchen. Die Leute ringsum lachten, erleichtert, aber auch enttäuscht, und zerstreuten sich langsam. Irgendwer versetzte der am Boden liegenden Gestalt einen kleinen Tritt in die Seite, während einige Redakteure des *Sphere* unbehaglich daneben standen und nicht recht wussten, wie sie reagieren sollten. War es besser, die Ehre ihres Bosses zu verteidigen und die selbsternannten Helden von *Psst!* zu vermöbeln, oder sollten sie einfach lachen und eine neue Runde bestellen? Keiner von ihnen hatte Lust auf eine Schlägerei. Der Boss würde es überleben – falls er sich überhaupt erinnerte. Die Nacht hatte gerade erst begonnen, die Drinks waren noch umsonst, und es wimmelte nur so von vielversprechenden Frauen auf der Suche nach Anschluss.

An der Bar veranstaltete Tamara großes Aufheben um die Blutspritzer auf Alistairs weißem Hemd. Arm in Arm begaben sie sich zur Rezeption, um ein Zimmer für die Nacht zu buchen, und als sie an Tim vorbeikamen, kippte Tamara ihm ihren Rest Champagner über das schlafende Gesicht.

Trotz der späten Stunde hätte Honor zu Hause am liebsten die Säuberungsaktion fortgesetzt, die sie vor dem quälenden Interview begonnen hatte. War das erst zwei Wochen her? Sie schaltete das Radio an – eine Dokumentation über die Vorbereitungen zur Übergabe von Hongkong – und wieder aus, dann trat sie ans Bücherregal und stapelte Bücher und Zeitschriften übereinander: den Katalog einer Fotoausstellung bei Christie's, eine kritische Studie zu Lucian Freud, mehrere Ausgaben der *New York Review of Books*. Alles Kandidaten für die Verbannung. Sie griff nach einer Geschichte der schottischen Aufklärung, dem neuesten *New Statesman* und Ian Crichton Smith. Dabei fielen ein paar Rechnungen, Quittungen und – ausgerechnet – eine alte Postkarte von Lois heraus, die das Buch über die Aufklärung gekauft hatte, damals, als Geschichte noch eine Bedeutung für sie hatte, auch ihre eigene.

Honor schenkte sich einen Drink ein und setzte sich ans Feuer, die Bücher zu ihren Füßen. Sie griff nach der Karte. Eigentlich hielt sie nichts von Graphologie, doch Lois' ausladende Schrift war Honor immer als Inbegriff ihres Wesens erschienen: optimistisch, ungeduldig und hungrig nach Erfahrung, Abenteuer und Erkenntnissen. Außerdem hatte Lois ein großartiges Talent gehabt, andere anzuspornen, und Honors Karriere mit einer Anteilnahme verfolgt, die Honor ihrerseits nie gezeigt hatte.

Lois hatte ihr zu allen Artikeln detaillierte und überaus intelligente Kommentare geschickt und ihr zu einigen ihrer besten Storys verholfen. So hatte sie ihr den entscheidenden Tipp über den Aufenthaltsort von Madame Chiang Kai-shek gegeben, hatte Interviews mit MacArthur, Henry Wallace und Dominic Behan eingefädelt, hatte ihr eine neuerliche Reise nach Weimar, die Reportage über den dreißigsten Jahrestag der Einrichtung von Buchenwald vorgeschlagen und den Besuch im Waisenhaus arrangiert. Sie hatte sogar mit Hilfe einer alten Nachbarin aus Los Angeles dafür gesorgt, dass der Artikel in *Time* erschien, als Honor beruflich und privat am Ende war. Lois hatte sie unterstützt und war ihre kritischste Leserin gewesen. Es gab so vieles, das Honor ihr jetzt erzählen oder sie fragen musste. Sie fühlte sich ebenso verloren, wie dieser Abend ein verlorener Abend war. Erst als Lois so gänzlich unansprechbar wurde, hatte Honor begriffen, wie sehr sie von ihr abhängig war. Sie stellte ihr Glas ab. Das war ein Schmerz, dem man nachgeben konnte oder auch nicht. Sie zerriss die Karte, schenkte sich noch einen Drink ein und griff nach den Fahnen für das dritte Buch.

Noch mehr Artikel über Scharmützel in Korea. Der Kum-Fluss … Zhong Guo … Anseong … Pusan … Vormarsch … Rückzug … Angriff … Gegenangriff … Sie schloss die Augen. Diese getreue Schilderung von Truppenbewegungen und Schlachtpositionen hatte ihr einmal so viel bedeutet. Jetzt kam sie ihr ebenso bemüht und sinnlos vor wie einer jener grässlichen Tänze, die sie als Kind hatte vollführen müssen. Ein hirnloses Sich-im-Kreis-Drehen.

Sie war erschöpft, wusste aber, dass sie nicht einschlafen könnte. Sie befand sich auf ihrem eigenen schmachvollen Rückzug. In der Zeit, die ihr noch blieb, musste sie ihre Angelegenheiten in Ordnung bringen. Sie griff nach ihrem Block.

Buchenwald, 14. April 1945. Tag vier. In Häftlingskleidung versammelten sie sich zur Feier ihrer Befreiung am Stumpf des großen Symbols, Goethes Eiche, und schwenkten ihre Landesfähnchen.

Unter diesem einst mächtigen Baum auf dem Ettersberg hatte der Dichter im goldenen Licht eines Herbsttages im Jahre 1827 im Freien gefrühstückt, die Stadt Weimar zu seinen Füßen betrachtet und sich an den Reichen der Welt und der Größe des Menschen erfreut. Der Baum war zu einem doppelten Symbol geworden; zum einen repräsentierte er den uralten Traum faschistischer Vorherrschaft im Dritten Reich, zum anderen aber verkörperte er für die Häftlinge den aufgeklärten Humanismus eines Deutschlands vor dem Siegeszug des Nationalsozialismus.

Als ich allein außerhalb des Lagerzauns durch den Wald ging, schreckte mich ein Geräusch im Unterholz auf. Dann sah ich ihn.

16

Tamara war schleierhaft, wie sie es geschafft hatte, aber nach dem Triathlon der Exzesse am gestrigen Abend hatte sie sich aus dem Bett im Belvedere gewälzt, ohne den wie einen stotternden Anlasser schnarchenden Alistair zu wecken, war rasch in ihre Wohnung gefahren, um sich umzuziehen, und dann zur Arbeit gegangen. Zum Glück litt sie nicht als Einzige. Die Redaktion glich der Notaufnahme eines Krankenhauses; überall stöhnten geplagte Mitarbeiter leise vor sich hin.

Alistair hatte sich krankgemeldet, und Simon kam zu spät, noch im Smoking und mit einem Mullverband über dem Ohr. Er sei über einen Pflasterstein gestolpert, behauptete er. Niemand, der bei der Preisverleihung dabei gewesen war, abgesehen von Tania, brachte an diesem Tag mehr als ein Flüstern zustande. Als wollte sie die ungewöhnliche Stille wettmachen, wirkte Courtneys Stimme wie von einem Megaphon verstärkt. Tania, die Gesundheit und Enthaltsamkeit schlechthin verkörperte, erschien wie ein Mahnmal gegen die Ausschweifung ihrer matten Kollegen.

Simon schlug vor, früh zum Lunch zu gehen. Die Wine Bar war voller verkaterter Kollegen, aber auch die tugendhafte Tania war da – schon wieder – und führte ein angeregtes Gespräch mit dem Literaturkritiker Caspar, der den gestrigen Abend unbeschadet überstanden hatte, weil er keine Einladung bekommen hatte.

Nach ordentlich Flüssigem, um den Kater runterzuspülen, und einem Korb Brot gestand Simon Tamara, dass er seine Verletzung keineswegs einem losen Pflasterstein verdankte. Nach der Preisverleihung war er zu Lucinda gefahren und hatte sich mit seinem Schlüssel, den er noch nicht zurückgegeben hatte, Zutritt in die Wohnung verschafft.

»Die Sache ist, plötzlich war es mir klar: Sie ist die Richtige. Wie eine himmlische Offenbarung. Ich begriff, was für ein grässliches Durcheinander ich angestellt hatte – Serena, Davina – nichts als Zeitverschwendung. Dabei liegt es auf der Hand: Lucinda ist die einzig Wahre.«

Aber das war sie auch für Wayne, ihren persönlichen Fitnesstrainer, der gerade in ihrem Bett lag, als Simon in die Wohnung spazierte. Der Überraschungsbesuch hatte Wayne gar nicht gefallen. Während Lucinda mit verschränkten Armen dastand – umwerfend in einem Babydoll aus Satin, das Simon ihr geschenkt hatte – und zusah, wie sich Wayne um die persönliche Fitness ihres Ex-Lovers kümmerte, glaubte Simon ein triumphierendes Funkeln in ihren Augen zu erkennen.

»Die Offenbarung hat dich also zuerst umgehauen. Und dann er«, sagte Tamara.

Simon knabberte zögernd an seinem Baguette und ignorierte die Bemerkung.

»Jetzt weiß ich, dass ich sie unbedingt zurückhaben muss. Egal wie.«

Sein Mobiltelefon klingelte. Es war Jan mit den neuesten Entwicklungen zu Dexters Geburtstag am Wochenende. Die Catering-Firma hatte Bankrott gemacht.

»Na, dann nimm doch einfach eine andere«, sagte Simon und verdrehte die Augen. »Nein … weiß ich auch nicht«, blaffte er. »Wie wäre es mit den Gelben Seiten?«

Er schaltete das Telefon aus und goss sich Wein nach.

»Wozu einen Hund halten, wenn man selbst bellen muss?«, fragte er.

»Stimmt«, murmelte Tamara, obwohl ihr nicht klar war, was er damit meinte.

»Was für eine Nacht!«, sagte er und betastete reumütig seine Mullbinde.

»Kann man wohl sagen.«

»Es kam noch zu einer regelrechten Schlägerei in der Bar, als du schon oben warst, um mit unserem gemeinsamen Kollegen die Feinheiten der Paparazzo-Fotografie zu besprechen.«

Sie lief rot an. Mittlerweile war es ihr peinlich, dass sie sich am Vorabend hatte hinreißen lassen. »Worum ging es denn?«

»Die Nachrichtenredaktion des *Courier* hat unsere Jungs wegen irgendeiner abgejagten Story angegriffen, Ricky Clegg hatte einen Streit mit seinem früheren Stellvertreter beim *Sphere*, und einer von *People* hat dem Conférencier einen Schwinger verpasst. Das reinste Tollhaus.«

»Wann bist du gegangen?«

»Weiß ich nicht mehr so genau. Ich kann mich nur erinnern, dass ich mir den Sportredakteur des *Courier* wegen dessen Beilage zum FA-Cup vorgeknöpft habe – keine Spur von Humor, diese Bande. Dann weiß ich nichts mehr, bis zu Lucinda.«

»Hast du Tim Farrow noch mal gesehen?«

Simons Stimmung hellte sich auf, als er sich an jemanden

erinnerte, der sich noch mehr zum Gespött gemacht hatte als er selbst.

»Er war ziemlich hinüber, nicht? Offenbar musste man ihn auf einer Bahre wegtragen. Wer hätte das gedacht? Der kleine Al, was?«

»Hmmm.«

»Und wie war deine Nacht?«, fragte Simon mit einem breiten Grinsen.

»Gut«, sagte sie schnell. »Auf alle Fälle besser als die von Tim.«

»Es ist nicht ratsam, allzu offen über das Pech eines möglichen Arbeitgebers zu spotten«, erklärte Simon, plötzlich wieder ernst. »Tim mag ein Trottel sein, aber er ist ein nützlicher Trottel. Man weiß nie, vielleicht kannst du einen festen Job beim *Sphere* noch einmal gebrauchen.«

Tamara schnaubte verächtlich.

»Beim *Sphere*? Mit diesem Revolverblatt habe ich nichts mehr am Hut. Ich will zum *S*nday Magazine*.«

Simon bat den Kellner um die Rechnung, faltete dann die Hände und beugte sich mit onkelhafter Besorgnis zu ihr vor, wenn seine Autorität auch durch den Verband geschmälert wurde.

»Tam, hör mal, mittlerweile müsstest du wissen, dass man sich in diesem Geschäft auf nichts verlassen kann.«

»Deshalb brauchst du nicht gleich so gönnerhaft zu tun. Man wird es mir wohl nicht verübeln, wenn ich meine Ambitionen höherschraube als bis zum *Sphere*, oder? Lyra glaubt an mich, auch wenn du anderer Meinung bist.«

»Sag nicht, ich hätte dich nicht gewarnt«, meinte er und stand auf.

»Vielen Dank für deine Fürsorge.«

Er klopfte ihr auf den Rücken, um die unbeschwerte Stimmung wiederherzustellen.

»Ach komm, Tam. Im Moment müssen wir uns beide der höchsten Anforderung überhaupt stellen: Ein gespanntes Publikum erwartet sein wöchentliches *Psst!*. Welche Überschrift haben die Charts von heute?«

»Vom As zum Fass: Erst nett, dann fett.«

Wieder zurück in der Redaktion, suchte Tamara die Ergebnisse ihrer vormittäglichen Recherche zusammen und reichte ihm einen Packen Fotos.

»Schau dir mal das neueste Foto von Pernilla Perssen an«, sagte sie. »Sie wird immer dicker. Bald kann sie für Weight Watchers Werbung machen.«

Simon lachte.

»Nach normalen Maßstäben nicht unbedingt pummelig, aber auf alle Fälle erste Anzeichen eines Bierbauchs. Phantastisch. Und nächste Woche?«

»Haarsträubend: Promis und ihre Achselhöhlen.«

»Super! *Du* bist der Star, Tamara. Du wechselst nirgendwohin. *Psst!* braucht dich.«

Das hatte ihr gerade noch gefehlt.

Sie blätterte durch die Abendzeitungen, um zu sehen, ob Tims Schande es schon bis in die Lokalnachrichten geschafft hatte, ging ihre As-/Fass-Liste noch einmal durch, schickte sie weiter an Simon, skizzierte einen Entwurf für die Achselhaar-Charts und verbrachte den größten Teil des Nachmittags damit, Hintergrundmaterial für die Charts der nächsten paar Wochen zu sammeln: Top Ten der Soap-Herzensbrecher, Zickenkrieg in der Glotze, Tittenkorrekturen auf dem Prüfstand. Von Johnny ging eine Nachricht ein mit der Bitte um eine Umfrage über miese Patenonkel für den *ME2* – eine Boulevardzeitung hatte einen Artikel über einen siebzigjährigen Soap-Star gebracht, dessen Patensohn (ein arbeitsloser, seelisch gestörter Klempner) behauptete, der Schauspieler habe ihm in vierzig Jahren kein einziges Mal eine Geburtstagskarte oder eine Postanweisung geschickt. Anrufe bei den üblichen Verdächtigen brachten durchaus brauchbare Geständnisse und Anschuldigungen ein.

Am Ende war Tamara mit ihrem Tagespensum zufrieden. Angesichts ihrer Verfassung war es beachtlich, dass sie überhaupt zur Arbeit erschienen war. Sie sehnte sich nach einem ruhigen Abend zu Hause, doch die Pflicht rief.

Sie nahm die U-Bahn nach Maida Vale und sah, dass das Café noch aufhatte. Ihr Stammplatz aber war besetzt, und die breiten Schultern des Mannes würden ihr dummerweise die Sicht auf Holmbrook Mansions versperren. Mit einem lauten Seufzer ließ sie sich am Nebentisch nieder, in der Hoffnung, dass es ihn verunsichern würde. Sie warf einen Blick zu dem Eindringling hinüber und erstarrte vor Schreck. Es war Honor Taits männlicher Begleiter. Er suchte sein Kleingeld heraus und nippte an seinem Espresso. Aus der Nähe war er noch attraktiver: ein schlaksiger, leicht gebräunter Weltstadt-Hippie mit sanften Augen und einem weißen T-Shirt unter dem kunstvoll zerknitterten Leinenjackett. Um den Hals trug er eine Kette aus braunen Perlen und um das Handgelenk ein geflochtenes Lederband.

Tamara wünschte sich mit aller Kraft, dass er aufsah, doch als er es tat und die wirren dunklen Locken nach hinten warf, war es nur, um einen der Brüder um die Rechnung zu bitten. Er bemerkte sie gar nicht. Sein Gesicht war das eines Heiligen auf einem Kirchenfenster, die feine Adlernase sah aus, als stammte sie von Michelangelo persönlich, doch seine Lippen waren für anderes bestimmt als nur zum Beten. Er schob den Stuhl zurück, ließ ein paar Münzen neben der Tasse liegen und verließ das Café, wobei er den Brüdern über die Schulter ein »Danke« zurief.

Tamara griff nach ihrer Tasche und wechselte den Platz. Die Wärme des Stuhlsitzes fühlte sich an wie ein intimes Geschenk, etwas, das man auskosten musste. Während sie ihm nachsah, wie er schräg über die Straße die Stufen von Holmbrook Mansions hinauflief, berauschte sie ihr Erfolg. Nach all der Schufterei und mehreren Fehlstarts ergab sich jetzt alles wie von selbst. Doch was tat er dort? Sie sah hinauf zu den Fenstern im vierten Stock des Gebäudes. Was ging da oben vor? Es blieb ein unergründliches Geheimnis.

Sie war noch nie auf die Idee gekommen, dass alte Menschen sexuelle Bedürfnisse haben könnten, vermutete aber, dass dem rein technisch so sein könnte. Wenn die Alten, insbesondere alte Männer, Interesse an Sex bekundeten, so hatte sie immer gedacht, dass etwas anderes dahintersteckte. Potenzgehabe in einem Alter, das eigentlich von Impotenz gezeichnet war. Ihr Vater war der beste Beweis, obwohl er fünfzehn Jahre jünger war als Honor. Er merkte gar nicht, wie albern er wirkte: hager und glatzköpfig, mit Krawatte und parfümiert, Arm in Arm mit der anmutigen Ludmilla, deren Haut wie Perlmutt schimmerte. Sie war ein edler Schwan neben einem winzigen weißköpfigen Seeadler. Tamara hatte gegen ihre Zimperlichkeit angekämpft und versucht, sich vorzustellen, welcher körperliche Akt zur Geburt des stämmigen Boris, dieses eigenartigen Zwitters, geführt haben mochte; vergeblich. Es war gegen die Natur, ähnlich wie eine Kreuzung verschiedener Spezies und sicher nur unter Laborbedingungen möglich. Und erst Honor Tait und ihr Begleiter? Schlimmer als Sex mit Tieren.

Immerhin war für die Tait im Gegensatz zu Tamaras Vater Zurschaustellung kein Thema. Frauen ließen sich nicht so schnell einreden, dass die Gesellschaft eines jüngeren Lovers, besonders eines, für den man bezahlt hatte, ihnen einen besonderen Status oder Glanz verlieh. Ihr Begleiter führte sie nicht in der Stadt spazieren, dazu hatte sie andere junge Männer. Er wurde stundenweise angeheuert. Es ging um eine intime Absprache, die beide Seiten sowohl beschämte als auch bereicherte. Tamara fand das Verlangen der alten Frau ekelhaft. Wie ungerecht war es, dass eine verschrumpelte Pensionärin regelmäßige Sitzungen mit einem so beeindruckenden Vertreter des männlichen Geschlechts haben durfte, während sie, jung, hübsch und im besten Alter, jede Nacht allein und unberührt in ihrem großen Bett lag. In letzter Zeit erinnerte ihre breite weiße Daunendecke an ein Schneefeld in der Arktis – verlassen und erbärmlich kalt. Und unter ihrem Bett, gleich neben den Schuhen, stapelten sich in einer unvorstellbaren Vielfalt an Formen und in Farben, die nicht das Geringste mit der Natur zu tun hatten, die unpraktischen Früchte ihres aktuellen Verbrauchertests für das Magazin *Oestrus*: ihr Fundus an Vibratoren, ihr Vorrat an Schwänzen, noch originalverpackt, die sich über ihre einsamen Nächte lustig machten.

Sie bedankte sich für einen Becher wässrigen Kaffee, den

der missmutige Bruder servierte, und bestellte ein Sandwich – egal was, nur kein Hühnchen. Dann schlug sie den Block auf, nahm den Thesaurus und die Zeitungsartikel aus der Tasche und machte sich an die Arbeit.

Die Gespräche in ihren Salons kreisen um Politik und russische Literatur, um Hegels Philosophie, aleatorische Musik, die gemeinsame europäische Währung und die Zukunft künstlicher Intelligenz. Paul Tucker, soeben zurück von den Schlachtfeldern in Osteuropa, gehört zu ihren Günstlingen. An seinem Machogehabe und den Berichten aus der Kampfzone berauscht sich Honor Tait wie ein liebeskranker Teenager. Aidan Delaney, der mit Preisen überhäufte Poet, sorgt für eine Prise Witz, Bildung und eine gehörige Portion Schmeichelei. Doch einen jungen Mann gibt es, dessen Gesellschaft Honor Tait höher schätzt als die aller anderen: hochgewachsen, attraktiv wie aus einem Hollywoodfilm (Name einsetzen). Während seiner diskreten spätabendlichen Besuche sind kultivierte Gespräche das Letzte, was Honor Tait im Schilde führt.

Als der Besucher Holmbrook Mansions endlich wieder verließ, war das Café längst geschlossen. Tamara hatte ihren kalten Wachtposten vor dem Pub nebenan bezogen und nippte an einem Gin Tonic. Bildete sie sich die Verstohlenheit nur ein, mit der der junge Mann gesenkten Hauptes eilig davonging, als flüchtete er vom Tatort eines Verbrechens? Wenn es ein Verbrechen war, so war er eher das Opfer als der Täter. Sie ließ ihren Drink stehen und rannte über die Straße, um ihm zu folgen. Zu spät. Schon fuhr er in seinem Lieferwagen davon. Kehrte er zu seiner WG in einem besetzten Haus in Hampstead zurück, oder war es eine karge Junggesellenbude in Ladbroke Grove? Vielleicht hatte er Frau und Kinder in Clapham, und Honor Taits schmutziges Geld sorgte dafür, dass die Kids auf die Privatschule konnten. Doch das schien die am wenigsten naheliegende Variante: Für einen Familienvater war er zu attraktiv.

Während er davonfuhr, erstand vor ihr das Schreckbild einer liebeskranken alten Frau, der er sich fügte. Und erneut fragte sie sich, ob sie vielleicht auf dem Holzweg war. Könnte nicht auch er zu Honor Taits Zirkel gehören? Einer ihrer platonischen Freunde sein, ein arbeitsloser Shakespeare-Schauspieler vielleicht, ein scheiternder, aber charmanter Dramatiker? Doch keine dieser Erklärungen rechtfertigte das Geld, die Verstohlenheit ihres Treffens oder die Intimität ihres Kusses. Auch hatte die Tait schon immer Männergeschichten gehabt.

Hinter Tamara brach wildes Gelächter aus, begleitet von Pfiffen, Buhrufen und einem Schwall verqualmter Luft, als ein junges Paar die Tür aufstieß und Arm in Arm den Pub verließ. Es hatte wenig Sinn, allein hier in der Kälte auszuharren. Die eigentliche Beute war entwischt. Er hatte seine Aufgabe erledigt. Heute Nacht würde er nicht wiederkommen, und Honor Tait würde ermattet im Dunkeln liegen, nachdem ihre scheußlichen Gelüste befriedigt waren. Tamara bemühte sich, diese Gedanken zu verscheuchen. Morgen arbeitete sie bei *Psst!*, dann musste sie einen Großteil des Wochenendes damit verbringen, einen längst überfälligen Reisebericht für *Mile High* über das Krakelingen-Fest in Belgien fertig zu schreiben, bei dem Rotwein getrunken wird, in dem lebendige Fische schwimmen, und der Redakteur von *Oestrus* machte Druck wegen des Vibrator-Reports. Sie musste sich konzentrieren. Bis zum Ablieferungstermin für den *S*nday*-Artikel waren es keine vierzehn Tage mehr, und Lyra Moore, die in vieler Hinsicht schwer zu fassen war, vertrat zumindest in diesem Punkt eine klare Position: Abgabetermine wurden gemacht, um eingehalten zu werden.

Er war gekommen, wie er es versprochen hatte. Immerhin. Mehr konnte sie nicht verlangen. Die Bitterkeit wurde allmählich zu einer Gewohnheit. Ein bisschen Zeit hatte er sich auch genommen. Er hatte die Regeln des Anstands gewahrt, Interesse für sie gezeigt, sich erkundigt, was sie machte, mit wem sie sich traf, wie es ihr ging. Für einen Außenstehenden hätte seine Umarmung wie eine Zärtlichkeit aussehen können. Doch es war nur ein simples Geschäft. Ihm ging es um Geld. So war es immer gewesen. Warum tat es dann so weh, daran zu denken, wie er gegangen war? Der Junge – ja, er war noch immer ein Kind – war ein offenes Kapitel. Ihre Gefühle für ihn waren dunkel, primitiv, kamen vom Grund ihres Herzens. Wer sie aufwühlte, tat es auf eigene Gefahr.

Es hatte viele Menschen in ihrem Leben gegeben. In ihren düstersten Momenten hatte sie sie gezählt und nach Glut in der Asche gesucht. Manchmal hatte es sich angefühlt, als hätten diese alten Lieben, diese langen Freundschaften kaum genug Hitze erzeugt, um ihre Hände zu wärmen. Wieder musste sie an Lois denken. Honor konnte dieses Gefühl, dass Lois sie im Stich gelassen hatte, einfach nicht abschütteln. Hatte sie sich im Stillen entsetzt, sich innerlich zurückgezogen und in Luft aufgelöst, als sie begriff, was mit ihr geschah und was sie vor sich hatte? In Mantua, auf ihrer letzten gemeinsamen Reise, hatten sie einmal einen Vormittag getrennt verbracht. Lois besichtigte die Kirchen, mit jener beharrlichen Aufmerksamkeit, zu der nur ein überzeugter Atheist imstande ist, während Honor trotz der bedrohlichen Verfassung, in der sich ihre Ehe damals befand, die Camera degli Sposi besuchte. Als Lois zu ihrer Lunch-Verabredung nicht erschien, hatte sich Honor auf die Suche nach ihr gemacht. Eine knappe Stunde später fand sie ihre furchtlose, clevere und einfallsreiche Freundin verloren vor sich hin schluchzend an der Piazza Sordello wieder und war schockiert. Sie hatten zusammen eine Flasche Prosecco leeren müssen, um sich zu beruhigen, und am Abend hatten sie darüber gelacht. Inzwischen lachte niemand mehr. Am wenigsten Lois.

Der nächtliche Zirkus im Garten hatte begonnen. Honor hatte nichts gegen die kreischenden Kinder und die selbstgerechten Eltern mit ihren geometrischen Haarschnitten und den eleganten Kinderwagen. Es waren die halbstarken Jungs aus den Sozialwohnungen hinter der U-Bahn-Station, die lästig waren. Eigentlich durften sie den Garten nicht betreten, aber irgendwie schafften sie es trotzdem immer. Offenbar kletterten sie nach Einbruch der Dunkelheit über den Zaun, und dann trampelten sie auf den Sträuchern herum oder lärmten und johlten bis in die frühen Morgenstunden. Dabei war es ohnehin schwer genug, Schlaf zu finden.

In langen heißen Sommernächten war es noch schlimmer, wenn die erschlaffte Vegetation von Blütezeiten träumte und die Jungs – wo waren die Mädchen? – zwischen kurzen Fußballschüben, die die Beete ruinierten, bis zum Morgengrauen im Gras lagen, herumalberten und rauchten, zweifellos Marihuana. Dann blieb Honor nichts anderes übrig, als das Fenster zu schließen, die ganze Nacht hellwach nach Atem ringend dazuliegen und sich nach Regen zu sehnen. Der verjagte Londoner Teenager wie schottische Mücken.

Sie blickte auf zur Uhr. Es war spät. Fast zu spät. Die Arbeit war alles, was sie noch hatte. Auch sie ein offenes Kapitel.

Buchenwald, 14. April 1945. Tag vier. Mit Tränen in den Augen beobachteten wir, wie sich die ausgemergelten Überlebenden – jene, die kräftig genug waren, um stehen zu können – in ihrer Häftlingskleidung um Goethes zerstörte Eiche versammelten. Auch sie weinten, zum einen um ihre Landsleute, die nicht lange genug durchgehalten hatten, um diesen Tag der Befreiung mitzuerleben, aber auch aus Stolz, während sie ihre aus farbigem Papier gebastelten Fähnchen in der kalten Frühlingsluft schwenkten.

Mehr als ein Jahrhundert zuvor hatte hier in diesem Buchenwald der Dichter Goethe bei einem Frühstück im Freien im goldenen Licht eines Herbsttages den breiten Rücken an eine mächtige Eiche gelehnt, die Stadt Weimar unterhalb des Ettersberges betrachtet und sich an den Reichen der Welt und der Größe des Menschen erfreut. »Hier fühlt man sich groß und frei, wie die große Natur, die man vor Augen hat, und wie man eigentlich immer sein sollte.«

Dieser Baum war zu einem doppelten Symbol geworden: Für das Dritte Reich repräsentierte er den ewigen Traum faschistischer Vorherrschaft, die Gefangenen hingegen sahen in ihm die Verkörperung des aufgeklärten Humanismus in Deutschland vor dem Nationalsozialismus.

Ich stand auf jenem Fleck, auf den einst der Schatten der Äste gefallen war, und betrachtete, nein, beteiligte mich an einer Szene, die Zeugnis davon ablegte, dass Grausamkeit nicht das Vorrecht eines bösen Regimes ist, sondern unter bestimmten Bedingungen allgemein verbreitet sein kann.

Der schrille Alarm bohrte sich in Tamaras Traum – ihre Mutter, als weißgekleidete Köchin, bediente sie lächelnd in der Kantine des *Monitor*. Feueralarm oder Einbruch? Es war das Telefon. Verschlafen griff Tamara nach dem Hörer.

»Tam?«

»Ross.«

Allmählich kam sie zu sich. Sie hatte einen widerlichen Geschmack in ihrem ausgetrockneten Mund, und in den Winkeln klebten Speichelreste.

»Alles okay mit dir, Tam?«

Es schien einer der seltenen Augenblicke zu sein, in denen sie die Rollen tauschten.

»Alles okay. Und du, wie läuft's bei dir?«

Er sagte, es gehe ihm gut, doch man merkte, dass es nicht stimmte. Er klang zittrig und furchtsam.

»Wo bist du?«, fragte Tamara.

»Bei Crystal.«

Nicht schon wieder. »Warum? Was ist passiert?«

»Ich musste aus der Wohnung raus.«

»Was ist passiert?«

»Nichts, das sich nicht regeln ließe.«

Mittlerweile hellwach, setzte Tamara sich auf und knipste die Nachttischlampe an.

»Erzähl mir nur, was los ist.«

»Nichts Besonderes, Schwesterchen.« Sein Lachen klang hohl, wie ein trockenes Bellen. »Ich hab ein paar Schulden gemacht. Bin mit der Miete in Rückstand. Wenn ich nicht bezahle, setzen sie mich vor die Tür.«

»Herrgott, Ross, nicht schon wieder! Wie kannst du mit der Miete im Rückstand sein? Du bekommst doch Wohngeld.«

»Ja, aber das Sozialamt hat irgendwas vermasselt. Und dann haben sich die Nachbarn beschwert, ein hochnäsiges christliches Pärchen. Sie wollen mich raushaben.«

»Was ist mit dem Geld, das ich dir geschickt habe?«

»Welches Geld?«

Meinte er das ernst?

»Die achtzig Pfund von letzter Woche, ich hab sie dir per Einschreiben geschickt.«

»Ach so ... Sie sind nie angekommen. Die Post ist ziemlich unzuverlässig in dieser Gegend.«

Ob er log? Oder hatte er das Geld verpulvert und konnte sich nicht daran erinnern?

»Ich kann es von der Post zurückfordern. Die Quittung habe ich aufgehoben.«

»Den Stress willst du dir doch nicht antun, Schwesterchen.«

Da hatte er recht. »Wie viel Miete schuldest du ihnen?«

»Ich hab nicht gesagt, dass du sie übernehmen sollst.«

»Sag mir nur, wie viel.«

»Zweihundert Pfund.«

»Wie zum Teufel hast du das bloß wieder angestellt?« Im gleichen Augenblick bereute sie ihren Zorn. »Nein, lass. Erzähl es mir nicht.«

»Ich weiß es nicht. Ich hab dich nicht gebeten, meine Miete zu bezahlen«, wiederholte er gekränkt. »Crystal sagt, ich kann so lange bei ihr bleiben, wie ich will.«

Das war das Letzte, was er brauchte. »Ich finde, dass das keine gute Idee ist – Crystal und du.«

»Was soll das heißen? Du hast sie immer schlechtgemacht …«

»Ach komm, Ross. Ihr habt euch gegenseitig nicht gerade gutgetan.«

»Was weißt du schon davon?« Vor Empörung versagte ihm die Stimme. »Seit wann bist ausgerechnet du eine Expertin in puncto Beziehungen?«

Tamara hatte früh gelernt, sich gegen seine Angriffe zu wappnen. Er teilte aus, wenn er sich in die Enge getrieben fühlte.

»Ich versuche lediglich, dir klarzumachen, dass Crystal ihre eigenen Probleme hat«, sagte sie ruhig.

»Genau. Und deshalb lasse ich sie jetzt auch nicht im Stich. Sie hat großen Kummer.«

»Kummer?«

»Ja. Ihre Schwester, Dawn –«

»Aber ihre Schwester ist seit *fünf Jahren tot*!«

»Hör mal, Tam, wenn ich nicht wüsste, dass du meine

kleine Schwester bist, würde ich dich für ein herzloses Miststück halten.«

Tamara sah auf die Uhr. Drei Uhr morgens. Es war zu früh – oder zu spät – für solche Diskussionen. In ein paar Stunden musste sie im Büro sein. Ihr Kopf hämmerte. Ob das noch Spätfolgen von der Preisverleihung waren?

»Ich mache mir einfach Sorgen um dich«, sagte sie. »Ich möchte, dass es dir gutgeht.«

»Es wird schon wieder. In vierzehn Tagen kommt die Sozialhilfe.«

»Und wie willst du bis dahin überleben? Oder deine Mietschulden bezahlen?«

»Das krieg ich schon irgendwie hin.«

»Bist du sicher, dass das Geld nicht für Drogen draufgegangen ist?«

»Du glaubst, dass ich dich anlüge, was? Du bist auch nicht besser als Dad. Mum war die Einzige, die je an mich geglaubt hat.«

Er fing an zu weinen, ein leises Wimmern, das zu einem durchdringenden Heulen anschwoll, wie das eines Hundes.

»Nein, natürlich nicht, Ross. Ich glaube dir.«

Ihre Augen füllten sich mit Tränen. Sie hielt es nicht aus, ihn so verletzt und hoffnungslos zu wissen.

»Du denkst, dass ich lüge, jawohl.« Jetzt wurde er wütend. »Das höre ich doch! Ich hab die Nase voll von Leuten wie euch, die mich immer nur abschreiben und verurteilen.«

Leuten wie euch? Tamara konnte nicht riskieren, in diese Falle zu gehen. Und genauso wenig konnte sie zulassen, dass er Crystal erneut in die Hände fiel. Sie hatte keine Möglichkeit, herauszufinden, ob Ross die Wahrheit sagte. Aber wenn sie ihn bedrängte, riskierte sie, dass er auflegte, und dann würde sie monatelang unter seinem beunruhigenden Schweigen leiden.

Sie hatte noch zweihundertzwanzig Pfund auf ihrem Konto bei der Sparkasse – sie sparte für einen neuen Computer. Die würde sie morgen abheben. Aber das müsste das letzte Mal sein. Ihren Bruder zu beschwichtigen und zu beschützen wurde allmählich zu einer teuren Angewohnheit. Nur – was blieb ihr übrig? Ihre Mutter wäre auch eingesprungen. Ross war so labil. Er konnte nichts dafür. Es musste eine psychische Krankheit sein, denn welcher Mensch mit einem Funken Verstand im Kopf würde freiwillig so leben?

»Pass auf, ich bring dir das Geld morgen Abend vorbei. Bei Crystal, wenn du willst. Ich gebe es dir persönlich. Nach der Arbeit. Dann kannst du in deine eigene Bude zurückziehen. Hältst du bis dahin durch? Hast du was zu essen? Geh in den Laden bei dir um die Ecke. Versuch, es anschreiben zu lassen. Sag dem Mann, ich bezahle es per Telefon mit meiner Karte. Er kann mich beim *Monitor* erreichen.«

17

Zerschlagen nach der unruhigen Nacht kam Tamara in der Redaktion an und fand einen Menschenauflauf vor. Das gesamte Team von *Psst!* hatte sich um Simon geschart und tuschelte. Die Gesichter ihrer Kollegen waren ernst. Nur Courtney saß an ihrem Schreibtisch und öffnete hämisch grinsend die Post. Simon war stumm und blass.

»Was ist los?«, fragte Tamara an Alistair gewandt.

Seit der Preisverleihung hatten sie nicht mehr miteinander gesprochen. Von ihrer Seite aus war es verlegene Abwehr gewesen – nach der Verleihung war der Glanz des Helden verblasst, Alistair wirkte wieder wie der unscheinbare Loser, der er schon immer gewesen war. Seine Unbeholfenheit dagegen hatte mit Schuldgefühlen zu tun: Eine Woche vor jener Nacht im Belvedere hatte seine Frau ihr erstes Kind zur Welt gebracht. Die Krise im Büro war ein guter Moment, um die diplomatischen Beziehungen wiederaufzunehmen.

»Wir sind runtergestuft worden«, sagte Alistair.

»Runtergestuft? Wer? Wie?«

»*Psst!* Man hat uns aufs Abstellgleis gestellt.«

Runtergestuft *und* aufs Abstellgleis gestellt? Das war ernst.

»Sie haben Simon aufs Kreuz gelegt. Wir arbeiten jetzt alle für die Website.«

»Nein! Die *Website*?«

Wie um alles in der Welt sollten sie für die Website arbeiten? Ihr Medium war das gedruckte Wort. Keiner von ihnen hatte Ahnung von Computern, geschweige denn Lust darauf.

»Ich weiß«, meinte Alistair. »Es ist verrückt.«

»Und wer soll Simon ablösen?«

»Tania Singh.«

Das konnte nicht wahr sein! Tamara hatte ihren Protektor verloren? Die selbstgefällige, eingebildete Tania sollte ihr neuer Boss sein? Unmöglich. Tamara betrachtete die Mienen ihrer Kollegen und das blasse Gesicht des schockierten Simon. Die Redaktion war der einzige Bereich ihres Lebens, in dem sie sich sicher gefühlt und geglaubt hatte, alles unter Kontrolle zu haben. Jetzt trieb sie allein auf hoher See, Simon war abserviert, und ihre Widersacherin, ein humorloser Büroautomat, triumphierte.

»Nicht zu fassen«, sagte sie.

Alistair zeigte ihr den Beweis: eine Mitteilung von Wedderburn. Zwar war nicht ausdrücklich von Herabstufung oder einem Abstellgleis die Rede, tröstlich aber klang sie nicht. »Integration« hieß das Zauberwort. Und Simon war nicht gefeuert worden, sondern hatte nur einen neuen Posten. Er war jetzt »Content Editor«, was in der Mitteilung als Beförderung verkauft wurde. Doch die Konsequenzen lagen auf der Hand: *Psst!* würde Tania unterstellt, und ab nächstem Monat würde die Fernsehbeilage »als Bestandteil eines kühnen Experiments« hauptsächlich online erscheinen, das Original aus Papier hingegen, das freundliche, glänzende Artefakt zum Anfassen, so vertraut und tröstlich wie eine

Schachtel billiger Pralinen, würde zu einem winzigen zweiseitigen Appetithäppchen schrumpfen, kaum mehr als ein Reklamezettel für das kolossale Internet-Bankett.

Man traf sich zu einem frühen Lunch im Beaded Bubbles wieder. Niemand außer Courtney hatte Appetit.

»Wir sind geliefert. Dinosaurier und Dummköpfe, vom Fortschritt überrannt«, sagte Simon.

Ausnahmsweise stand Jim Frost ihm zur Seite.

»Das dauert nicht lange, glaub mir«, sagte er. »Diese Internetgeschichte ist nur eine Mode, die bald vorbei ist. Genau wie das Dampfgrammophon und das Sinclair-C5-Elektrofahrzeug. Langfristig lässt sich damit kein Geld verdienen.«

Aber es waren die kurzfristigen Aussichten, die das *Psst!*-Team beschäftigten.

»Dafür habe ich meinen Preis nicht bekommen«, schimpfte Alistair. »Ich habe mich doch nicht für diesen Beruf entschieden, um den lieben langen Tag auf den Bildschirm zu starren, als wollte ich Pacman-Meister werden.«

»Moment mal, Al«, fiel Courtney ihm ins Wort. »Spiel dich hier nicht als zweiter Sebastião Salgado auf. Wir alle wissen, womit du zu tun hast. Es geht nicht um Bilder von unterdrückten Bergarbeitern in Bolivien, nur um Schnappschüsse von angesäuerten TV-Stars. Dafür ist die Website vielleicht gar nicht der schlechteste Ort.«

»Verräterin«, murmelte Alistair.

»Was genau bedeutet Content Editor eigentlich?«, fragte Tamara.

»Nun, es hat jedenfalls nichts mit Contenance zu tun«, meinte Simon nur. »Die da oben wollen bloß verhindern, dass ich sie verklage, weil sie mich zur Kündigung nötigen.

Deshalb haben sie diesen Quatsch erfunden, um eine Brücke zwischen der digitalen Welt und den Printmedien zu schlagen, zahlen mir ein paar Pfund mehr und bezeichnen das Ganze als Beförderung. Aber damit täuschen sie niemanden. Tania ist jetzt der Boss.«

»Das war's dann also«, meinte Tamara. »Das Ende des goldenen Zeitalters.«

»Die Möglichkeit, sich ein Stück vom Kuchen abzuschneiden, meinst du wohl«, sagte Courtney und bestellte eine Flasche Champagner. »Halb so schlimm. Einige Herrschaften haben sich verrechnet, das ist alles. Neues Spiel, neues Glück.«

Als sich alle niedergeschlagen und leicht beschwipst wieder in der Redaktion eingefunden hatten, rief Tania sie zu einer »Teambesprechung« in die Kantine.

Simon nahm sein Jackett von der Rückenlehne.

»Ohne mich. Ihr könnt der Kriegsfürstin bestellen, dass ich auf der Suche nach Content bin.«

Tania saß auf einem der Kantinentische, die gerade erst feucht abgewischt worden waren, wie Tamara hämisch registrierte, obgleich ihr diese kleine Genugtuung durch den Anblick eines silbernen Mobiltelefons in Tanias Hand gleich wieder vermiest wurde. Ein Firmentelefon, auch das noch.

Die Mitarbeiter von *Psst!* lümmelten auf den Stühlen rund um Tania wie missmutige Teenager am ersten Schultag nach den Ferien. Ihre neue Redakteurin hatte die Arme verschränkt, die wildledergestiefelten Beine übereinandergeschlagen und wippte anmutig mit dem Fuß. Sie war so fasziniert von sich selbst wie das Model in der Shampoo-Werbung, warf ihr glänzendes Haar zurück und sprach von aufregenden Gelegenheiten, Benutzerbereitschaft, von Interaktivität und Reaktionsfreudigkeit, Leserbeteiligung und Seitenabrufen, Eilmeldungen und Live-Aktualisierungen.

»Moment mal«, sagte Alistair. »Eilmeldungen? Live-Aktualisierungen? Was genau bedeutet das für unsere wöchentliche Deadline?«

Tania lächelte verführerisch. »Wir müssen umdenken, Alistair. Wir haben es hier mit etwas völlig Neuem zu tun. In Zukunft – in zwei, vielleicht auch erst fünf Jahren – wird der *Monitor* nicht mehr bloß eine überregionale Tageszeitung mit wöchentlichen Beilagen sein, sondern eine multifunktionale Plattform für Informationen und Kommentare rund um die Uhr, an sieben Tagen in der Woche, für ein globales Publikum jenseits aller Grenzen und Zeitzonen.«

»Und was ist mit unserer Viertagewoche?«, fragte Jim und zeigte mit dem abgekauten Ende seiner Bruyèreholzpfeife auf Tania.

Sie schenkte ihm ein mitfühlendes Lächeln.

»Und unsere Kompensationstage?«, setzte Alistair hinzu.

Es war so, als hätten sie gar nichts gesagt. Ihre neue Chefin breitete die Arme aus, stellte die Beine wieder nebeneinander und umfasste die Tischkante. Dann beugte sie sich zu ihren Zuhörern vor, als vertraue sie ihnen ein Geheimnis an.

»Und das wirklich Aufregende daran ist, dass ich, ich meine wir, oder noch besser gesagt ihr als Speerspitze auserwählt seid – ihr werdet die Wegbereiter dieser bahnbrechenden Mission sein. Der Online-Auftritt von *Psst!* wird das Vorbild für den Rest des *Monitor* bilden. Und damit im weiteren Sinne auch für die Zukunft der gesamten Zeitungsindustrie!«

»Wann geht es los?«, fragte Courtney.

Die Besprechung endete in bedrücktem Schweigen. Als Tamara an ihren Schreibtisch zurückkehrte, war sie entschlossen, bei der Vorbereitung auf den Internetauftritt ihren eigenen Kurs zu verfolgen. Sie war bereit. Die Aussicht auf einen abwesenden Simon, unflexible Arbeitszeiten und die lächelnde Tania als aalglatte Vollstreckerin, die mit gnadenloser Begeisterung über Galeeren von Cybersklaven herrschte, war zu grauenhaft, um länger darüber nachzudenken.

Sie musste weg aus Tanias Medienuniversum rund um die Uhr an sieben Tagen in der Woche, in dem sämtliche Zeitungen und Zeitschriften von einem technologischen Tornado aufgesaugt und aus Kiosken und U-Bahn-Stationen, von Schreibtischen und Couchtischen, aus Cafés und Küchen, Papierkörben und Gossen, Wertstoffsammelstellen und Deponien zum Himmel emporgewirbelt wurden, bevor sie in einen Schwall von Pixeln zerfielen und sich als magischer Staub auf die Erde senkten, winzige Informationsteilchen, die überall im Land über die Bildschirme flimmerten.

Das *S*nday Magazine* – zu erhaben, um sich in Tanias Horrorszenario integrieren zu lassen – war keine Flucht nach vorne mehr, sondern der letzte Rettungsring. Tamara musste die Honor-Tait-Story zu Ende bringen. Doch zuerst hatte sie noch eine andere Aufgabe vor sich, und selbst ein Monat vergeblicher Warterei vor Holmbrook Mansions wäre erträglicher als der trostlose Ausflug an diesem Abend.

Entleert, erschöpft und irgendwie beschmutzt unterwarf sich Honor Tait der jüngsten Erniedrigung. Winzig im Vergleich mit dem wuchtigen Apparat lag sie auf einer mit Papier bespannten Liege, kalt und verschrumpelt, nackt unter dem dünnen Baumwollhemd, während eine ferne Expertin, die durch Glas und Blei vor den schädlichen Strahlen geschützt war, sie mittels einer Fernbedienung Zentimeter für Zentimeter in den weißen Tunnel schob.

»Einatmen«, sagte die körperlose Stimme der Röntgenassistentin, die durch ein kleines Gitter am Eingang des Tunnels übertragen wurde. »Luft anhalten … Nicht bewegen … So bleiben …«

Gefügig, wenn auch von stiller Wut erfüllt, hielt Honor die Luft an. Eine schlichte Anweisung, aber schwer zu befolgen. Sie kämpfte mit ihrem gebrechlichen Körper, ihren altersschwachen Atemwegen und ihrer angeborenen Aufsässigkeit, um dem Geheiß der Stimme zu folgen. Unterwerfung. Das war noch nie ihre Stärke gewesen.

»Jetzt wieder normal atmen.«

Sie betrachtete die kalten Wände des Tunnels. Platzangst kannte sie eigentlich nicht, doch hier und jetzt konnte sie sich vorstellen, wie sie sich anfühlen mochte. Es gab kein Entkommen. Sauerstoffmangel, schwindende Optionen, Hilflosigkeit, dann Panik. Menschsein. Menschsein im Alter.

»Einatmen … Luft anhalten … Nicht bewegen … So bleiben …«

Sie musste sich allein darauf konzentrieren. Dagegen vor allem sträubte sie sich. Die Maschine gab ein seltsam vertrautes Geräusch von sich, während sie die Bilder aufnahm: ein weiches Rauschen und Klicken, wie eine Bluse mit großen Knöpfen, die träge in der Waschmaschine rotiert.

»Jetzt wieder normal atmen.«

All die Erfahrungen und Interessen eines lebhaften, langlebigen Bewusstseins, die hart erkämpften Leistungen, die Passionen und Parteilichkeiten, reduziert auf das: In ein Krankenhaushemd gehüllt glitt sie hilflos über das Transportband in den Scanner und war nicht mehr als eine Reihe von körnigen Aufnahmen – schwarzweiße Tranchen, Querschnitte von Gewebe und Knochen, dank der Technik in Lichtimpulse und dunkle Flächen verwandelt –, unpersönlich wie der Blick durch ein Teleskop auf eine ferne Galaxie.

»Das machen Sie sehr gut«, sagte die Röntgenassistentin. Es klang, als spräche sie mit einem zurückgebliebenen Kind. »Es dauert nicht mehr lange.«

Nicht mehr lange. Das war es, ihr Leben: Ein Kometenschweif, der unbemerkt über den nächtlichen Himmel huschte. Eine Sternschnuppe. Eine von unzähligen Milliarden.

»Einatmen … Luft anhalten … Nicht bewegen … So bleiben …«

Ihr ganzes Leben lang hatte sie eine so außergewöhnlich robuste Gesundheit besessen, dass sie sich angewöhnt hatte, sie als moralischen Wert zu betrachten, vielleicht ihre einzige wirkliche Tugend, die logische Folge eines vernünftigen Lebenswandels. Abgesehen von gewissen Problemen, die sie mit dreißig hatte, nach zwei Schwangerschaftsabbrüchen, war sie glimpflich davongekommen.

»Noch ein letztes Mal, einatmen … Luft anhalten … Nicht bewegen … So bleiben.«

Am Ende war sie in den Wartezimmern der Ärzte und Ambulanzen der Hospitäler in die ramponierte Armee der Kranken aufgenommen worden – alt und jung, intelligent und dumm, arm und reich, gut und böse. Das Einzige, was sie gemeinsam hatten, war ihre Unvollkommenheit. Der Körper, die fleischige Hülle ihres wahren Ichs, war zu ihrem größten Feind geworden.

»Wenn Sie einfach hier liegen bleiben und warten würden«, sagte die Röntgenassistentin fröhlich wie eine Friseuse. »Für den Fall, dass wir noch etwas wiederholen müssen. Ich hole jemanden, der sich die Bilder anschaut.«

Ja, dachte Honor. Ich warte. Was soll man machen außer warten?

Tamara kämpfte sich ins düstere Amphitheater der Wohnanlage vor, vorbei an zwei ausgeschlachteten Autowracks, einer entsorgten Matratze mit einer Landkarte sepiafarbener Flecken, zertrümmerten Fernsehern, weißen Plastikgartenstühlen – sauber aufgereiht wie für eine postapokalyptische Teegesellschaft –, den unvermeidlichen, ineinander verkeilten Einkaufswagen – kopfstehenden Gerippen wie glitzernde Netze im Natriumschein der Straßenlaternen – und einem unheilvollen umgekippten Sportkinderwagen, dessen Stoffsitz von oben bis unten aufgeschlitzt war.

Das Gelände vor dem Gebäude war menschenleer bis auf ein paar Kinder, die auf einem jämmerlichen Rasenstück Fußball spielten. Aus sämtlichen Wohnungen drang Hundegebell. Sie wusste, dass es sich nicht um eifrige Labradorhunde oder verhätschelte Schoßhündchen handelte, sondern um Muskelpakete mit Sägezähnen, darauf abgerichtet, menschliches Fleisch zu zerfetzen: Gläubiger oder Schuldner, Polizisten oder Dealer, feindselige Erwachsene oder schlafende Babys, sie machten keinen Unterschied. Nicht einmal ihre Besitzer waren vor ihnen sicher.

Der offene Durchgang, der die Wohnblocks miteinander verband, war ein stinkender, mit Graffiti beschmierter Korridor, wie ein Jackson Pollock aus lauter Beschimpfungen – irgendjemandes Mutter mochte es so, einer trieb es mit seinem Hund, noch wer anders war eine Schlampe – voller ausdrucksstarker Reviermarkierungen: SyncKrew4ever, GBlokRule, KodyisKing. Als Tamara weiterging, mischten sich menschliche Stimmen unter das Kläffen: ein grummelnder schimpfender Bass und eine protestierende Sopranstimme verhießen einen Ehekrach, ein Baby schrie hilflos, und über alledem der plärrende Chor unzähliger Fernseher. Manche Haustüren waren verrammelt und mit Gittern geschützt, wie von innen verschlossene Käfige. Andere waren gesäumt von massenweise Kinderschuhen, Kinderwagen, Gokarts aus Plastik – das bunte Chaos des Familienlebens. Dann eine Festung, deren zertrümmertes Fenster in der Tür mit einer Stahlplatte verbarrikadiert war und die dermaßen abgeriegelt wirkte, dass man sich kaum vorstellen konnte, wie jemand dort leben konnte, doch als Tamara vorbeiging, hörte sie Stimmengewirr und den hektischen Fernsehkommentator einer Fußballübertragung, der gegen das anschwellende Johlen der Zuschauer anbrüllte. Vor der Nachbartür, die in einem stolzen Briefkastenrot gestrichen war, lag ein Fußabtreter, und daneben stand eine Hyazinthe aus Plastik. Der Bewohner war vermutlich ein älterer Mensch, Überlebender einer Zeit vor dem Sündenfall, als der Feind noch die deutsche Luftwaffe am Himmel, nicht der Cracksüchtige von nebenan war.

Vor Crystals Wohnung lag kein Fußabtreter, doch sie war auch nicht vergittert. Ihre Gardinen waren grau wie Spinnweben, aber die Fenster heil, und immerhin hatte sie wenigstens Gardinen. Im Lauf der Jahre, während ihre Hoffnungen für Ross' Leben mehr und mehr schwanden, hatten Tamara und ihre Mutter gelernt, Trost aus solch kleinen Zeichen zu schöpfen. Ihre Ansprüche waren gesunken, je mehr es mit Ross bergab ging.

Nach dem Schock der ersten Verurteilung wegen Ladendiebstahls erschien ihnen die Nachricht, dass die Strafe auf Bewährung ausgesetzt wurde, wie eine Erlösung. Hier bot sich der Familie die Chance für einen Neubeginn. Sie würden alle drei bessere, stärkere Menschen sein, nach diesem Fehltritt wieder Fuß fassen, mit neuer Energie und klarem Blick. Bei seinem zweiten Vergehen, oder besser gesagt, dem zweiten, für das er verhaftet wurde, kam er mit vier Monaten Knast davon, statt der gefürchteten achtzehn, und nach den quälenden Ängsten vor dem Gerichtsurteil hörte ihre Mutter einen ganzen Monat nicht mehr auf zu jubeln und vergaß dabei jegliche Freude über Tamaras mit Bestnote bestandenes Examen. Es sah wirklich so aus, als wären ein paar Wochen Knast im offenen Vollzug in Northamptonshire ein größerer Karrieresprung als ihr Abschluss aus Brighton.

In einem Moment bitterer Erkenntnis hatte Tamara eines begriffen: Ihr anhaltender Optimismus angesichts der Frage, ob Ross die Kontrolle über sein Leben zurückgewinnen, die Drogen aufgeben, seine alte Lebendigkeit wiedererlangen, einen Job finden und sich eine anständige Wohnung besorgen könnte, war eine noch größere Illusion als die ihres Bruders. Sein Aufenthalt in einer psychiatrischen Klinik war, wie Ross im Jargon gruppentherapeutischer Sitzungen gesagt hatte, ein »Weckruf«. Das Gleiche galt für die Ansteckung mit Hepatitis C durch eine benutzte Nadel, die Angst vor HIV und das von Speed ausgelöste Koma, aus dem er wie durch ein Wunder wieder erwachte. Es waren Weckrufe in dem Sinne, dass er aufwachte und auf der Stelle loszog, um sich neuen Stoff zu besorgen. Im immer gleichen Kreislauf von Rückfall und Besserung beschlossen Tamara und ihre Mutter, die Besserung als Standardeinstellung anzusehen, die Rückfälle hingegen als qualvolle Abweichungen von der Norm. In ihrer Verzweiflung und Naivität sahen sie die Spritze halb leer statt halb voll.

Bis heute suchte Tamara nach Anzeichen für Hoffnung. Doch der Anruf ihres Bruders gab keinen Anlass dazu. Die Klingel an Crystals Tür funktionierte nicht. Das hatte nicht viel zu bedeuten, entschied Tamara und rappelte am Briefkastenschlitz. Wütendes Gebell erklang, vermischt mit dem Geräusch kratzender und schliddernder Hundekrallen auf Linoleum.

»Nein, Rex. Psst. Braver Hund«, krächzte eine Frauenstimme hinter der Tür.

Mehrere Riegel wurden zurückgeschoben, dann erschien ein ausgezehrtes Gesicht, umrahmt von strähnigem, hennagefärbtem Haar im Türrahmen. Die Absicht war präraffaelitisches Blumenkind, die Wirkung *Die Nacht der lebenden Toten.*

»Ach, hallo, Tam. Komm rein. Er wartet schon auf dich.«

Rex, ein Border Collie, dessen eines Auge irritierend blau war, versuchte Tamara anzuspringen, doch Crystal hielt ihn mit ihren silberberingten Händen am Halsband fest.

»Du brauchst keine Angst zu haben. Er tut nichts. Eigentlich ist er ganz zutraulich.« Sie zog an dem Halsband. »Sitz, Rex. Braver Hund.«

Tamara quetschte sich an ihnen vorbei in die Diele.

»Wirklich, er ist ganz harmlos«, sagte Crystal und zog an dem Halsband, während sie die Haustür schloss. »Er würde dich bloß gern vollsabbern.«

Tamara sah die Speichelfäden von Rex' Maul tropfen, lächelte und blieb auf Distanz.

Crystal zerrte den Hund in die Küche, knallte die Tür zu und drehte den Schlüssel im Schloss um.

»Er hat gelernt, wie er Türen aufmachen kann. Er springt hoch und beißt in die Klinke«, erzählte sie mit mütterlichem Stolz.

»Wahnsinn.«

Das Wohnzimmer lag im Dunkeln, nur eine orangefarbene Lavalampe und das Flackern des Fernsehers erleuchteten es. Es lief ein Comic für Kinder. Eine bunte Mischung von Haustieren veranstaltete vor dem Hintergrund trötender Posaunen und trippelnder Streicher unter Pfeifen und Quäken eine wilde Jagd. Als Tamaras Augen sich an die Düsterkeit gewöhnt hatten, machte sie die Umrisse von sechs Gestalten aus, die im Kreis auf dem Boden saßen, wie Hollywood-Indianer bei einem Powwow. Einer von ihnen rief ihren Namen, und sie erkannte den ausgemergelten Körper und das hagere jungenhafte Gesicht ihres Bruders, der sich aufrappelte, um sie zu umarmen.

»Bleib sitzen«, sagte Tamara.

Sie beugte sich herab, damit er ihr einen Kuss geben konnte, und setzte sich dann im Schneidersitz neben ihn auf den Boden. In der Wohnung roch es feucht und muffig. Sie versuchte, in dem künstlichen Zwielicht herauszufinden, wie es Ross ging. Er zitterte nicht und wirkte auch nicht manisch – keine unaufhaltsamen Monologe, keine Geschichten von Verschwörungen, keine Tränen oder gackernde Lachanfälle, jedenfalls bislang. Und katatonisch war er auch nicht. Ein gutes Zeichen. Er schien sich in diesem Kreis von Schmuddelkindern genauso wohl zu fühlen wie sie bei einem guten Lunch im Bubbles. Plötzlich spürte sie einen Anflug von Groll: Wenn Ross wohlauf war, warum hatte sie dann den ganzen Weg bis hierher gemacht nach einem langen Arbeitstag, um ihm ihre Ersparnisse auszuhändigen?

Irgendwer reichte Tamara einen Joint, der feucht von Spucke war. Sie gab ihn direkt an Ross weiter und beschloss, ihm das Geld zuzustecken und so bald wie möglich wieder zu verschwinden, ohne irgendwas anzufassen, sich auf der Toilette niederzulassen oder allzu tief Luft zu holen. Aber sie wusste auch, dass sie hier, in diesem Zimmer, vor einem Haufen bekiffter Fremder unmöglich ihre Brieftasche voller Banknoten zücken konnte. Sie musste Ross dazu bringen, von sich aus mit ihr rauszugehen.

Crystal kam mit einem Tablett voller Tassen herein.

»Kräutertee?«

Tamara nahm einen angeschlagenen Becher mit dem Spruch »Beste Mama der Welt«, ein Geschenk von Crystals Zwillingen, die man ihr weggenommen und in ein Heim gesteckt hatte, als sie acht waren, und blies auf die heiße rote Flüssigkeit.

»Hagebutte«, erklärte Ross beflissen. »Voller Antioxidantien. Es stärkt das Immunsystem. Sehr ausgleichend.«

Wenn er überhaupt etwas aß, war Ross sehr eigen. Alles

musste biologisch, makrobiotisch und frei von schädlichen Zusatzstoffen sein. Das Einzige, was er las, waren die E-Nummern und die Listen von Zusatz- und Konservierungsstoffen auf den Verpackungen aus dem Supermarkt: alles Hinweise auf einen heimtückischen Plan der Regierung, mit dem man ihn ruhigstellen und vernichten wollte. Was hingegen die Unmengen an Dope, Speed, Crack und Heroin unbekannter Herkunft betraf, die er sich reinzog, war er nicht so pingelig. Tamara blies noch einmal auf den Tee, entschlossen, den Becher nicht mit dem Mund zu berühren.

Jetzt konnte sie auch den Rest der Gruppe erkennen. Zwischen ein paar tiefen Zügen an dem Joint stellte Ross sie vor.

»Tam, das ist Baz. Baz, Tam.«

Eine leicht belämmerte Gestalt mit schwarz geschminkten Augen nickte Tamara zu, wie ein Narkoleptiker, den man aus dem Schlaf gerissen hat.

Sal, ein schmales junges Ding von den Karibischen Inseln mit Reihen eng an die Kopfhaut geflochtener Zöpfe, war gesprächiger.

»Alles klar, Tam?«, fragte sie und schenkte ihr ein schläfriges, warmherziges Lächeln.

»Chiggy. Das ist meine Schwester Tam.«

Ein zittriger Säufer, die Zähne ein Miniatur-Stonehenge, hob die Flasche zum Gruß. Goody, ein Rasta mit Medusenhaar, war mit seiner Bong zugange und blinzelte nur kurz in Tamaras Richtung, ohne seine Beschäftigung zu unterbrechen. Tamara linste in die Runde und überspielte ihre Unsicherheit mit einem breiten Grinsen. Zumindest lagen nirgendwo Spritzen herum. Über dem elektrischen Kamin hing ein zerrissenes Poster von zwei Delphinen, die sich in türkisfarbenen Wellen tummelten. Auf dem Korbtisch lag ein Päckchen Tarotkarten, und daneben standen Fotos von den Zwillingen in tadelloser Schuluniform und einer trotzigen Teenager-Schönheit, die ihre blonden Märchenlocken mit einem Kranz aus Gänseblümchen geschmückt hatte. Dawn. Crystals tote Schwester.

Tamara bewegte ihren Fuß. Sie war schon ganz verkrampft. Wie schafften es die Yogis bloß, in dieser Stellung zu meditieren? Im gleichen Augenblick entdeckte sie ihn am anderen Ende des Kreises und fuhr zusammen: In diesem Zimmer voller menschlicher Wracks war er der Einzige, der gesund und anziehend wirkte. Im Moment arrangierte er mit einer Rasierklinge ein Häufchen Koks auf der Plastikhülle einer CD, elegant und geschickt wie ein Sushi-Koch.

»Tam, das ist Dev.«

Eine Sekunde lang fragte sich Tamara, ob sie halluzinierte. Konnte man allein vom passiven Doperauchen so schnell high werden? Doch nein. Er war es tatsächlich. Honor Taits Begleiter beim Mittagessen neulich und ihr nächtlicher Besucher. Ihr Gigolo. Jetzt hatte er sich hier materialisiert, nur ein paar Zentimeter von ihr entfernt, zum Greifen nah. Was für ein Geschenk! Damit hatte sich das Geheimnis der Geschichte von selbst gelöst. Plötzlich lag es auf der Hand: Seine schmutzigen Aktivitäten erklärten sich mit einer Vorliebe für bewusstseinsverändernde Substanzen. Dieser Lustknabe einer alten Frau musste seine Sucht finanzieren. Jetzt beugte er das feine Gesicht über das Pulver, wobei das Profil fast unter den wirren Locken verschwand, steckte sich eine zusammengerollte Banknote ins Nasenloch und hielt das andere mit dem Zeigefinger zu. Dann warf er den Kopf zurück, zog das Pulver genüsslich hoch und bot Tamara eine Linie Koks an.

»Nein danke, ich hatte schon eine, bevor ich losgefahren bin«, sagte sie.

Ross warf ihr einen forschenden Blick zu und griff dann selbst nach der CD-Hülle.

»Mach dir nichts draus, Dev. Meine Schwester ist ein bisschen spießig.«

Tamara errötete. Ausgerechnet als Ross ihr zum ersten Mal im Leben hätte nützlich sein können, hatte er nichts Besseres zu tun, als ihr in den Rücken zu fallen. Er machte sich über sie lustig und lud die anderen geradezu ein, es ihm gleichzutun. Sie hätte der Form halber eine Linie hochziehen können, aber sie hatte so viel Arbeit, dass sie es sich einfach nicht leisten konnte, den Abend oder den morgigen Vormittag abzuschreiben. Nicht jeder hatte permanent Ferien. Okay, hätte sie am liebsten gesagt, dann bin ich eben spießig. Wie hätte ich sonst wohl die zweihundert Pfund zusammenkriegen und dafür sorgen können, dass du was zu essen hast, oder dich auf Kaution aus dem Knast holen? Wenn dieser Saustall von Wohnung in einem gruseligen Gebäude und diese tragischen Pennerfiguren, die du als Freunde bezeichnest, einen hippen, alternativen Lifestyle verkörpern, sind mir Spießer doch lieber.

Ein weiterer Joint machte die Runde, diesmal kam er von Sal. Tamara zögerte. Ein Zug, um sich nicht unbeliebt zu machen, konnte nicht schaden. Sie inhalierte kurz, es war starkes Zeug, wahrscheinlich Skunk, und noch während sie den Joint an Ross weiterreichte, lösten sich ihre Gereiztheit und Nervosität. Sie bewegte das Bein; der Krampf war verschwunden.

Minuten vergingen, und der Joint kehrte zu ihr zurück. Was war das für eine Musik? Der Soundtrack des Comic hatte sich beschleunigt, neue Elemente waren hinzugekommen: ein Schlagzeug wie tausend synkopierte Herzschläge und eine Flöte, so hoch und klar wie Vogelgesang im Paradies. Wenn sie es sich näher besah, schien diese Musik alle Herrlichkeit und Tragik der menschlichen Erfahrung in sich zu vereinen. Und Crystals schmuddlige Wohnung war bei näherer Betrachtung ein Ort voller Wärme, der von weichem, rosigem Licht durchflutet war. Wieso war ihr das vorher entgangen? Im Überschwang ihrer erweiterten Sinne hatte Tamara das Gefühl, alles außerordentlich gut im Griff zu haben.

Wieder betrachtete sie Ross und seine Freunde und sah, dass jeder Einzelne in seiner Individualität etwas Schönes, ja Vornehmes hatte; ihre Augen sprühten Funken, sie waren humorvoll, philosophisch, verkannte Helden. Doch der Schönste von allen – die alte Tait hatte Geschmack, das musste sie ihr lassen – war Dev, der Tamara mit seinen umschatteten Augen fixierte, während sie seinen Blick mit unverhohlener Leidenschaft erwiderte. Er begehrte sie, und sie begehrte ihn. Einfacher hätte es nicht sein können.

»Tam? Tam? Alles in Ordnung?«

Ross' Besorgnis rührte sie. »Klar. Hör mal, kann ich dich kurz sprechen? Unter vier Augen?«

Sie gingen in die Diele, bis vor die Küchentür. Auf der anderen Seite warf sich Rex in seiner Raserei zornig kläffend gegen die Türklinke. Tamaras Euphorie verflog allmählich. Sie drückte Ross das Geld in die Hand.

»Danke, Tam. Du bist klasse. Damit kann ich ein paar Schulden bezahlen.«

Tamara musterte ihn skeptisch.

»Bezahl deine Miete. Geh zurück in deine Wohnung. Crystal und du, das geht nicht gut. Aber so können wir nicht weitermachen, Ross. Ich kann nicht immer wieder für dich bezahlen. Echt nicht.«

»Ich weiß, Tam. Tut mir leid. Ich besorge mir irgendwo einen Job und zahl es dir zurück, bring mein Leben wieder in Ordnung, egal, wie spießig das ist.«

Schon wieder dieses Wort.

Als er ihr einen Kuss geben wollte, wich sie zurück. Die Zähne ihres Bruders wirkten im hellen Licht der Diele brüchig und wie von Rostflecken gezeichnet, das pockennarbige Gesicht hatte einen gelben Glanz, das Haar war strähnig, und die Fingernägel waren schwarze Halbmonde aus Dreck. Die zerlöcherte Jeans schlabberte an ihm herum und fiel in speckigen Falten über seine schmutzigen Turnschuhe. Jetzt ging ihr auf, dass der schwindelerregende Gestank nach Moder nicht von Crystals Wohnung stammte, sondern von Ross.

»Mach dir deswegen keine Gedanken«, sagte sie.

»Ehrlich, Tam. Das ist toll von dir. Ich zahl es dir zurück. Revanchier mich für alles. Ich weiß, wie viel ich dir schulde.«

»Hmm, also, okay, du könntest mir vielleicht tatsächlich einen Gefallen tun. Es hat was mit meiner Arbeit zu tun ...«

Sie fasste sich kurz. Auf die Diskretion ihres Bruders war ebenso wenig Verlass wie auf seine Ehrlichkeit oder Selbstdisziplin.

»Arbeit?« Ihr Bruder hob fragend eine Braue. »Na klar.

Nenn es, wie du willst, Schwesterchen. Dein Geheimnis ist bei mir sicher.«

»Es gibt kein Geheimnis«, protestierte sie. »Ich will mich nur privat mit ihm unterhalten. Man könnte sagen, zu unser beider Vorteil. Rein professionell, echt.«

»Du bist ein schlauer Fuchs, Tam.« Er zwinkerte ihr zu. »Dev ist mehr mit Crystal befreundet als mit mir. Ein alter Kumpel. Hat irgendwas mit der Familie zu tun. Aber du kannst dich auf mich verlassen, ich regel das.«

Ross fletschte die Zähne und grinste wie Dickens' Bandenführer Artful Dodger.

Tamara war high. Sie hatte noch ein paarmal an dem Joint gezogen, als Dev plötzlich erklärte, dass er gehen wolle, und Ross fragte, ein bisschen zu aufgekratzt vielleicht, ob er seine kleine Schwester mitnehmen könne. Und so saß sie jetzt auf dem Beifahrersitz des Lieferwagens, aufregend nah bei einem begehrenswerten Mann, der zufälligerweise auch noch den Schlüssel zur größten Story ihrer Karriere in Händen hielt.

»Ist die U-Bahn-Station okay für dich?«

Seine Stimme war kehlig wie in der Werbung für einen hochprozentigen Absacker.

»Prima.«

Tamara beobachtete seine Hände auf dem Lenkrad, stark und sicher, mit schlanken Fingern, und merkte, wie sie sich vorstellte, dass er ihre Brüste berührte. Während er auf die Straße starrte, betrachtete sie verstohlen sein Profil und nahm seine Vollkommenheit in sich auf: die gerade, feine Nase mit leicht geblähten Nüstern, die aufgeworfene Oberlippe, die zum Küssen einlud, das stoppelige Kinn, rauher Beweis dafür, dass er ein richtiger Mann war und nicht ein großer hübscher Junge.

Er warf ihr einen Blick zu und bemerkte, dass sie ihn beobachtete.

»Wie gut kennst du Crystal eigentlich?«, fragte er.

Sie sah auf die Straße.

»Nicht besonders gut. Sie ist eine Freundin von meinem Bruder, Ross.«

»Okay.«

»Und du?«

»Oh, wir kennen uns schon lange. Wir sind praktisch eine Familie.«

Sein Lachen klang spöttisch. Er musste wissen, wie wenig sie zusammenpassten; er so attraktiv und sportlich und Crystal ein gruseliges Wrack.

Er bremste, um abzubiegen, und als er die Kupplung bediente, streifte seine Hand ihr Knie. Ein Schwall von Lust schlug über ihr zusammen.

»Scheint… sehr gastfreundlich zu sein. Crystal, meine ich.«

Er lachte.

»Gastfreundlich? Könnte man sagen, ja…« Er warf ihr einen raschen Blick zu. »Du bist Autorin, stimmt's?«

»So was Ähnliches. Hier und da.« Sie hoffte, dass er das Beben in ihrer Stimme nicht bemerkte. »Woher weißt du das?«

»Ross – dein Bruder – hat es mal erwähnt. Er ist ganz schön stolz auf dich.«

Ihr schlechtes Gewissen versetzte ihr einen lästigen Stich.

»Und du?«, fragte sie. »Was machst du?«

Er strich sich mit der Hand durchs Haar.

»Ich? Ich bin Hellseher.« Er grinste.

»Wirklich?« Tamara lächelte zurück. »Okay, dann sag mir, was die Zukunft für mich bereithält.«

Er kniff die Augen zusammen.

»Hmm. Ich sehe eine Reise. Einen langen dunklen Tunnel, der geradewegs bis nach Hornsey führt.«

Er duftete nach einem exotischen Parfum, einem süßen aromatischen Öl, das ihre Augen reizte.

»Du bist gut!«, sagte sie. »Außer dass es in Hornsey keine U-Bahn-Station gibt. Du hast wahrscheinlich Turnpike Lane gesehen.«

»Genau!«, sagte er. »Ich habe mich ein bisschen verschätzt. Es wird eine U-Bahn-Station in Hornsey geben. In ein paar Jahrzehnten. Denk an meine Worte.«

Sie lachte, sah hinaus auf die leeren Straßen und spielte auf Zeit.

»Wie heißt du weiter, Dev? Und wo kommst du her?«

»So viele Fragen!«, sagte er ein wenig spöttisch. »Ich heiße Dev, und damit fertig, und bin von überall und nirgends.«

»Nur Dev?«

»Früher hatte ich zwei Namen, wie alle. Aber als ich den Pfad entdeckte, habe ich alles abgestreift, was ich nicht brauche. Der zweite Name war nur eins von vielen wertlosen materiellen Dingen. Dev ist Sanskrit. Es bedeutet Gottessohn. Das reicht mir.«

»Verstehe«, sagte Tamara. »Ein Name, eine Silbe.«

»Ich möchte nur einen leichten Fußabdruck auf dem Planeten hinterlassen.«

Nahm er sie auf den Arm? Sie hatten die U-Bahn-Station erreicht. Die Zeit wurde knapp.

»Kannst du vom Hellsehen einigermaßen leben?«

»Ich arbeite auch noch als Heiler.«

»Heiler? In welcher Hinsicht?«, fragte sie.

Er beugte sich zu ihr hinüber und senkte die Stimme.

»In *jeder* Hinsicht.«

»Du meinst Hände auflegen und so was?«

Er wölbte die Hände und streckte sie ihr lächelnd entgegen.

»Ja. Ich habe heilende Hände.«

»Was machst du damit?«

Sie war in ein Minenfeld sexueller Anspielungen geraten. Falls er es überhaupt bemerkt hatte, ging er nicht weiter darauf ein.

»Auramassage, Kristalle, Farbpunktur, Seelenmalerei, Geistchirurgie ...«

Auramassage! Eine unangenehme Vision von Honor Tait erschien vor ihrem geistigen Auge: Nackt wie eine verschrumpelte Torfmoormumie lag sie da und wartete auf die zärtliche Fürsorge von Dev und seinen heilenden Händen.

»Farbpunktur?«

»Weißt du, was Akupunktur ist? Es funktioniert genauso, nur benutzen wir Farbe statt Nadeln.«

Tamara strengte sich an, um es sich vorzustellen. Sie hatte einen Horror vor Nadeln – anders als Ross. Zwar sollte Akupunktur als Kur gegen einen Kater gut sein, doch sie hatte es nie ausprobiert.

»Farben?«

»Speziell präparierte Glasfläschchen mit reiner Farbe. Damit behandelt man die Druckpunkte. Stell dir vor, du hättest Nierenprobleme. Dann halte ich eine Phiole ins zweite Quartil deines unteren Rückens. Die Energie strahlt bis ins Blut.«

Wohin verflüchtigte sich ihre Story? War das vielleicht der Service, für den Honor Tait in dem Restaurant bezahlt hatte? ALTE FRAU KONSULTIERT HIPPIE-QUACKSALBER – keine wirklich aufregende Schlagzeile. Doch Tamara konnte sich nicht vorstellen, dass die Tait etwas auf alternative Therapien gab, egal, welche. Und es würde weder den Kuss noch den Umschlag mit dem Geld erklären.

Er fuhr fort. »Du fühlst dich ausgelaugt? Dann behandele ich dich mit Gelb am dritten Meridian gleich unterhalb der Kehle. Wir erzielen phantastische Resultate. Und es ist komplett nichtinvasiv.«

»Wo machst du das alles?«

»In Clapton.«

Nicht weit weg also.

»Ich führe die Behandlungen in meiner Wohnung durch«, fuhr er fort. »Manchmal auch Workshops – vergangene Leben, innere Stimmen, Engelslehre, Life-Coaching.«

Life-Coaching. War es das? Sie versuchte, sich vorzustellen, wie Honor Tait aufmerksam lauschte, während dieser verführerische Filou ihr gute Ratschläge für ihr Leben gab, beziehungsweise das, was davon noch übrig war. Andererseits könnte sie – Tamara – selbst ein wenig Lebensberatung gebrauchen. Sie warf Dev einen Blick zu. Mal ganz abgesehen von der sanften Berührung heilender Hände.

»Wow. Super«, sagte sie. »Eigentlich bin ich nämlich auch sehr spirituell.«

»Soll ich dir was sagen? Das habe ich mir gedacht. Auf den ersten Blick.«

Er sah auf die Uhr und griff dann in seine Tasche, um eine Visitenkarte herauszunehmen. Sie war grau und körnig, als wäre sie aus Haferflocken gepresst, und der Text in fetten gotischen Lettern lautete: »Dev – praktizierender Farbpunktur-Meister (Kreative Konfliktlösung – erstklassig). Auramassage.«

Dann nahm er einen Füller aus der Tasche und schrieb eine Telefonnummer mit violetter Tinte dazu.

»Ruf mich an, Tamara. Ich habe ein gutes Gefühl bei dir. Du hast eine wundervolle Aura. Jede Menge Purpurrot. Das ist die Farbe der Wahrheit. Und Gold. Die Farbe der Stärke. Sehr viel Gold.«

»Wow.«

Er beugte sich näher zu ihr, und sie sah erschrocken auf.

»Aber ich sehe noch mehr«, sagte er.

»Was denn?«

»Dass du die letzte U-Bahn verpasst, wenn du dich nicht beeilst.«

18

Honor hatte weder von Ruth noch von Clemency gehört, und Bobby reagierte nicht auf ihre Nachrichten. Inigo, immer noch lächerlich aufgeblasen wegen des Erfolgs seiner Ausstellung, war mit einer Frau, die er auf der Vernissage kennengelernt hatte, nach New York geflogen. Nicht einmal Paul hatte sich gemeldet. Aidan war mit Jorge für eine Woche in Frankreich und hatte sie vor seiner Abreise angerufen, um ihr zu erzählen, dass Paul Arm in Arm mit Martha Gellhorn im National Theatre gesehen worden war. Paul war genau Gellhorns Typ, vermutete Honor.

Sie stand am Fenster und beobachtete eine junge Familie, einen Ehemann und seine Frau, Anfang dreißig, wahrscheinlich Amerikaner, die mit ihrem aerodynamisch gestylten Kinderwagen die Treppe zum Garten hinunterholperten. Diese modischen jungen Leute waren dermaßen erfüllt von ihrer Elternschaft, als wäre es ihre eigene Erfindung. Der Wagen stieß gegen das Pflaster, und das Kind, eingehüllt in Decken, mit Mütze und Handschuhen, schwankte so gleichmütig hin und her wie eine Götterstatue bei einer Prozession im Himalaja. Wenn das keine Liebe ist, dachte Honor, ihre unsichtbaren, unauflöslichen Ketten schepperten hinter ihnen her.

Heute Morgen beim Zeitunglesen war ihr ein Artikel über

das Diogenes-Syndrom aufgefallen. Falls es eine Alterserscheinung war, dachte sie zunächst, hätte sie nichts dagegen. Sie hatte eine Schwäche für den griechischen Philosophen, seit sie als rebellisches Schulmädchen zum ersten Mal von ihm gehört hatte, zu einer Zeit, als Zynismus die einzig rationale Weltanschauung zu sein schien. Diogenes' Entscheidung für Armut und Bescheidenheit, sein Beschluss, allen Besitz wegzugeben und in einer Tonne zu leben, war besonders attraktiv für ein junges Ding, dessen Zuhause von materiellem Überfluss und intellektueller Armut geprägt war.

Doch jetzt las sie den ganzen Artikel und begriff, dass »Diogenes-Syndrom« eine irreführende Bezeichnung war. Tatsächlich definierte sich die Krankheit dadurch, dass die Leute wie besessen alles Mögliche horteten. Ein seniles Vermüllungssyndrom. Die Patienten verwandelten ihr Zuhause in einen Irrgarten aus Überflüssigem, mit Stapeln von alten Zeitungen, Lumpen, leeren Konservendosen und Lebensmittelverpackungen bis hin zu Fäkalien, und nicht selten lagen sie wochenlang tot in all dem Chaos.

So schlimm stand es mit ihr nicht. Aber es gab immer noch einiges zu tun. Sie schaltete das Radio ein. Islamische Unruhen erschüttern China. 300-Kilo-Bombe der IRA in Strabane entschärft. Bosnische Kroaten eröffnen Feuer auf Moslems in Mostar. Ramadan endet mit neuen Gewaltausbrüchen in Algerien. Sie trat erneut ans Fenster. Die Nachricht von Dr. Bose hatte ihre Stimmung nicht verbessert. Die Koloskopie habe keinen eindeutigen Befund gebracht – ob er sie bitten dürfe, sie zu wiederholen? Draußen stand eine neonfarbene Mondsichel am klaren Himmel. Die dürren

Äste der Buchen wirkten wie fahle Knochen hinter dem Gefängnisgitter des schmiedeeisernen Zauns.

Ihre Einsamkeit war zweifellos anders als das Alleinsein, das sie früher so genossen hatte. Heute teilte sich das Gefühl der Vergeblichkeit allem anderen mit. Als junge Frau war sie enorm zielgerichtet gewesen. Die Arbeit stand immer an erster Stelle – das Bedürfnis, etwas zu sagen und es als Erste zu sagen. Freundschaft und Liebe waren zwar nicht unbedingt Feinde der Wahrheit, aber auch nicht gerade ihre Verbündeten. Sie hatte unerbittlich gearbeitet, eine strenge emotionale Selbstgenügsamkeit entwickelt und die Wahrheit berichtet, egal, um welchen Preis. Doch die Kollegen mit ihrer verkürzten Sichtweise hielten sie für eitel und rücksichtslos. So war sie zum Gegenstand zweier alberner Schlüsselromane von *Tribune*-Reportern geworden. Und wie stand es heute um ihre Reputation? Wie dem auch sei. An ihrer Arbeit aber nagte sie immer noch wie ein Terrier an einem alten Knochen. Sie griff nach den Fahnen für das dritte Buch.

*In dem moslemischen Dorf Melouza, in den Ausläufern der Hodnaberge im Süden der Kabylei, herrschte Totenstille, als ich diese Woche durch seine staubigen Straßen lief. Alle Männer und Jugendlichen – insgesamt mehr als dreihundert – waren von algerischen Rebellen, die der Front de Libération Nationale (*FLN*) nahestehen, massakriert worden. Die Frauen und Kinder standen so sehr unter Schock, dass ihnen nicht einmal die Tränen kamen. Manche, so heißt es, hätten durch die Vorfälle den Verstand verloren.*

Das Dorf sympathisierte angeblich mit der rivalisie-

renden nationalistischen Befreiungsgruppe Mouvement National Algérien (MNA). Trotz des gemeinsamen Feindes Frankreich setzten die beiden Bewegungen ihre mörderischen Taktiken gegeneinander und gegen ihre jeweiligen Anhänger ein. Doch nach der schweren Niederlage, die der MNA *in der Region von Melouza durch die* FLN *zugefügt wurde, flüchtet sich das Dorf nun offenbar in den Schutz der französischen Obrigkeit.*

Die Kürzel waren verwirrend, der Text selbst nicht gerade fesselnd. Die Erinnerung an den Besuch in Melouza war komplett aus ihrem Gedächtnis gelöscht gewesen, so wie vermutlich jegliche Spur der ermordeten Jungen und Männer aus dem Dorf. Und wenn der Bericht schon auf sie selbst langweilig und trocken wirkte, wie empfanden ihn dann erst die Leser? Sie fragte sich, warum Ruth sich so viel Mühe mit einem dritten Buch machte. Diente der Verlag mehr ihrem eigenen Ego als ihren Autoren? Dann sollte Ruth doch auch gleich die Durchsicht übernehmen. Honor hatte keine Lust, sich je wieder mit diesem Zeug zu beschäftigen – alte Nachrichten aus einer vergangenen Welt. Andererseits konnte nur sie allein noch einmal auf Goethes Eiche zurückkommen. Hier hatte sie Gelegenheit, etwas wiedergutzumachen.

Am Ende waren es die Alliierten, die Goethes Eiche in Schutt und Asche legten. Ein britischer Bombenangriff im Monat zuvor, der eigentlich einer nahegelegenen Munitionsfabrik galt, hatte das Lager Buchenwald getroffen. Dreihundertsechzehn Gefangene sowie achtzig SS-*Offiziere waren dabei umgekommen. Und es gab noch einen Verlust: Von Goethes Eiche waren nur ein verkohlter Stumpf und ein Haufen rauchender Äste übriggeblieben. Als der Luftangriff vorbei war, stritten sich Häftlinge und Aufseher um Splitter des Baums, Andenken an das Symbol für Deutschlands Größe, für Faschisten und Antifaschisten zugleich.*

Nach dem bewegenden Aufmarsch der Überlebenden an dem zersplitterten Stamm von Goethes Eiche betrat ich den Wald außerhalb des Lagers. Ich hörte ihn, noch bevor ich ihn sah, und rannte los, um die amerikanischen Soldaten zu warnen.

Die Zentralheizung brummte vor sich hin, verschlang Geld, das sie nicht hatte, und trotzdem war sie völlig durchgefroren. Nichts konnte sie wärmen, weder die Decken, die sie im Sessel über sich gebreitet hatte, noch der Alkohol oder die künstliche Flamme, die schwach im Kamin flackerte. Wenn Lots Frau sich in eine Salzsäule verwandelt hatte, so sie in eine Eissäule. Galt die Strafe demselben Verbrechen? Hatten sie sich beide umgeblickt, zu lange gezögert und sich an Szenen geweidet, deren Anblick nicht für Sterbliche bestimmt ist?

Simon schmollte. Er habe die morgendliche Konferenz für sich abgeschrieben, sagte er am Telefon. *Psst!* sei jetzt Tanias Baby. Sollte sie die Listen vorlesen und auch all ihre anderen Listen und sich die Listen der anderen auf all den anderen Sitzungen anhören, sollte sie versuchen, Wedderburn ein Lächeln zu entlocken, und über seine erbärmlichen Witze lachen.

»Du kannst ihr doch nicht durchgehen lassen, dass sie uns derart rücksichtslos vereinnahmt«, protestierte Tamara. »Wir haben noch einen Monat in leserfreundlicher, vierfarbiger Druckausgabe vor uns, bevor wir im Cyberspace verschwinden. Wir haben die ganze Arbeit gemacht, und wir verdienen die Anerkennung. *Psst!* braucht eine angemessene Vertretung.«

»Dann geh du hin«, lautete die knappe Antwort. »Ich bin noch bei Davina. Wir sehen uns zum Lunch.«

Als Tamara die Newslist ausgedruckt, die Morgenzeitungen überflogen hatte und im vierten Stock ankam, waren alle Plätze im Sitzungssaal besetzt. Neben der Tür standen ein paar nervöse junge Praktikantinnen. Diskret stahl sie sich in eine Ecke, in sicherer Entfernung vom Teewagen.

Wedderburn saß zwischen Tania und Lyra, die sich eifrig Notizen machten, und war schlecht gelaunt. Er räusperte sich; die beiden Frauen blickten rasch auf und legten in einer synchronen Bewegung, die von Busby Berkeley hätte choreographiert sein können, ihre Stifte nieder. Er kam schnell zur Sache. An diesem Morgen hatte der *Courier* dem *Monitor* die geplante *Elite*-Rangliste abgejagt, jenes sorgfältig zusammengestellte Verzeichnis mit den hundert einflussreichsten Figuren aus Politik, Kunst, Medien, Business und Sport, das für einen Samstag unter großem Kostenaufwand als Sonderbeilage geplant war. Es gab einen beunruhigenden Grad an Übereinstimmung zwischen der *Alpha List* des *Courier* und der *Elite List* des *Monitor*, aber auch ein auffallendes Versäumnis: Wedderburn selbst fehlte im Namensverzeichnis der Verlagsriesen und Medienzaren des *Courier* ebenso wie Lukas Lukauskis, der größte Aktionär des *Monitor*. An ihrer Stelle standen Neville Titmuss, Herausgeber des *Courier*, und Bogdan Bogdanowitsch, der ukrainische Eigentümer des Blatts.

Doch das war noch nicht alles: Das Werbegeschenk des *Monitor* für Ihn & Sie war von dem Gratisgeschenk für Sie & Ihn des *Courier* noch übertroffen worden: eine Krawattennadel und eine Halskette aus Falschgold, beide mit einem eingeprägten A, für Alpha. Die *Elite*-Beilage war bereits gedruckt, die Fernsehspots waren bezahlt, der Falschgoldplunder war aus Taiwan eingetroffen und wartete darauf, eingeschweißt zu werden. Die Werbekampagne ließ sich nicht mehr stoppen. Am Samstag, dem 1. März, würde alles wie geplant ausgeliefert, und sie würden den Eindruck erwecken, dass der *Monitor* den *Courier* abkupferte statt umgekehrt.

»Das ist extrem ärgerlich«, sagte Wedderburn.

Alle, einschließlich der jungen Praktikantinnen, nickten grimmig. Der Herausgeber klopfte energisch mit seinem Stift auf den Tisch und betonte, die kostspielige Kampagne zur Auflagensteigerung könne nur dadurch gerettet werden, dass man die Samstagsausgabe für diesen Stichtag zu einem absoluten Knüller machte.

»Ich möchte alle beteiligten Redakteure bitten, uns bereits jetzt Vorabinformationen über ihre Pläne für die Ausgabe vom 1. März zu geben, wenn sie heute ihre Listen vortragen. Sie müssen sich extrem ins Zeug legen. Nur das Beste wird gut genug sein.«

Die Blattkritik fiel diesmal kurz aus; offenbar hatte man sich stillschweigend darauf verständigt, dass Witze oder Angriffe gegenüber Kollegen heute unangebracht waren. Wedderburn sah aus, als würde er sie alle feuern, wenn sie ihn noch weiter verärgerten. Der Inlandredakteur las so schnell wie ein Tabakauktionator seine Liste herunter: neuer Korruptionsverdacht gegen die Tories, Oscar-Nominierungen für britische Produktionen, verschobene Kensit-Gallagher-Hochzeit; und die Chefin des Auslandressorts war mit ihrem gregorianischen Gesang von Mord und Totschlag in fernen Ländern mustergültig seriös. Das politische Ressort war nicht anwesend – Toby Gadge nahm an einer Messe zu Ehren der heiligen Adelheid von Villich teil –, und Vida, die für Johnny einsprang, weil der einen Kurs für nonverbale Kommunikation belegt hatte, gab einen zurückhaltenden Bericht über die wichtigsten Beiträge des ME2 vom nächsten Tag: »Ich wünschte mich weit fort«, eine Bildreportage über die schlimmsten Badeorte in Großbritannien, und »Ich hab dich unterschätzt, Granny«, die ermutigende Geschichte eines Inzest-Überlebenden.

Der Chef des Finanzressorts klang wie eine sprechende Uhr, als er über Zinssatzerhöhungen, fallende Einzelhandelspreisindexe und schwankende Wechselkurse referierte. Ricky Clegg hatte die düstere Stimmung bei der heutigen Konferenz vorausgeahnt und war mit Hut und Krawatte erschienen. Oder hatte er später noch ein Bewerbungsgespräch? Er verbrachte länger als nötig mit Spekulationen über die zu erwartende Leistung von David Becking – oder war es Beckham? –, einem zwanzigjährigen, in London geborenen Stürmer bei Manchester United, der im morgigen Qualifikationsspiel für die Fußballweltmeisterschaft eingesetzt würde. Tamara sah beruhigt, dass Wedderburn sich wieder der Alpha-Liste des *Courier* zugewandt hatte, als könnte sein Name bei näherem Hinsehen doch noch irgendwo auftauchen, und sich offenbar genauso wenig für aufstrebende Fußballer interessierte wie sie. Der Chef des Kulturteils berichtete mit einem Anflug von gekränkter Eitelkeit über den für morgen geplanten Aufmacher in der Kultur – einen Vergleich zwischen der Poesie von Keats und den Songs von Kylie Minogue – und erwähnte den Verriss des Liederabends am vergangenen Montag in der Wigmore Hall nur beiläufig.

Dann waren schon die Wochenendbeilagen an der Reihe. Tamara warf einen Blick auf den Ausdruck der *Psst!*-Liste. Sie hatte eine Exklusivmeldung: Pernilla Perssen war schwanger. Dass Tamara diese Meldung als Ergebnis einer Beschwerde in die Hände gefallen war, nachdem die Anwälte des Models nicht sonderlich erfreut über die *Psst!*-Interpretation von Pernillas Gewichtszunahme gewesen waren, spielte keine Rolle. Die Meldung war ein Knüller. Andere Blätter würden sich darum reißen, sie aufzugreifen, und die Spekulationen über den Vater des Babys würden die Presse wochenlang in Atem halten. Vielleicht sollte sie sich die Exklusivnews für den 1. März aufsparen, der ja zugleich das Datum für die vorletzte Ausgabe der echten, gedruckten *Psst!*-Ausgabe war. So würden sie wenigstens glorreich untergehen.

Tamara übte im Geist ihren Auftritt. Lässige Durchschlagskraft war der Schlüssel.

Mit der leidenschaftlichen Eindringlichkeit einer Shakespeare-Darstellerin, die für die Rolle der Portia vorspricht, kündigte Lyra die *S*nday*-Mitwirkenden dieser Woche an, zwei Gewinner des Booker Prize und eine Nobelpreisträgerin: eine eigene Elite-Rangliste. Bald würde auch Tamaras Name in einem Atemzug mit den Großen von Lyras phänomenaler *S*nday*-Liste genannt werden, schoss es Tamara durch den Kopf. Anschließend hatte der Literaturredakteur das Wort und holperte durch seinen langweiligen Katalog von Rezensionen und literarischen Randnotizen: eine längst überfällige Untersuchung über die Genialität Alexanders des Großen, eine globale Geschichte der Kolonialisierung und ein neuer Roman von einem oder vielleicht auch über einen alkoholsüchtigen bulgarischen Punk. Caspar Dysons Vortrag war spröde und Austin Wedderburns Missvergnügen oder auch mangelndes Interesse unverkennbar.

»… außerdem haben wir noch eine Studie über portugiesische Dichtung des neunzehnten Jahrhunderts«, setzte Caspar hinzu und wischte sich den glänzenden Schnurrbart aus Schweiß ab, der sich auf seiner Oberlippe gebildet hatte.

Tamara sah noch einmal auf ihre eigene Liste. Sollte sie den Pernilla-Perssen-Coup als Erstes bekanntgeben oder ihn bis zum Ende aufheben? Als Paukenschlag sozusagen? Doch Caspar war noch nicht fertig.

»… und am 1. März wird unser Aufmacher ein viertausend Wörter umfassender Essay von Tania Singh über Leben und Werk von Honor Tait sein, anlässlich des bevorstehenden Erscheinens von Taits neuem Buch *Depeschen aus dem Dunkeln.*«

Entsetzt fuhr Tamara zusammen. Was hatte er gesagt? Sie sah hinüber zu Tania, die selbstgefällig grinste, und dann zu Lyra, die geistesabwesend den Deckel ihres Notizblocks bekritzelte.

»Das könnt ihr nicht machen!«

Alle Köpfe wandten sich Tamara zu, verblüfft über diesen Verstoß gegen das Protokoll. Der leidenschaftliche Protest, so begriff sie jetzt, war ihr eigener gewesen; die Worte waren ihr unwillkürlich über die Lippen gekommen.

Austin Wedderburn ließ seinen Stift fallen. In dem stillen Konferenzsaal klang es, als wenn die Guillotine niedersaust. Dann sah er Tamara direkt an, wahrscheinlich zum ersten Mal, seit sie für den *Monitor* arbeitete.

»Warum genau ›können wir das nicht machen‹?«

Tamara hatte einen Knoten im Hals und rang nach Luft. Als sie endlich zum Sprechen ansetzte, klang ihre Stimme erstickt.

»Das ist ein Spoiler«, sagte sie.

»Ein Spoiler?«, fragte der Herausgeber. »*Schon wieder?* Wir haben jemandem eine Story abgejagt?« Er stieß ein bitteres Lachen aus und erteilte damit die Erlaubnis für eine Brise freudloser Heiterkeit, die um den Tisch wehte. »Da hätten wir alle bestimmt nichts dagegen«, fuhr er fort. »Jedenfalls solange es bedeutet, unseren Konkurrenten die Show zu stehlen. Oder haben Sie moralische Einwände?«

Tamara versuchte, das zögernde Lächeln zu ignorieren, das sich auf den Gesichtern ihrer Kollegen ausbreitete. Sie wussten, dass sie gerettet waren, solange jemand anders unter Wedderburns Zorn zu leiden hatte, wenigstens für den Moment.

»Nicht den Konkurrenten«, flüsterte sie. »Es geht nicht um die Konkurrenz. Es ist eine *S*nday*-Story. Eine von uns.«

Wedderburn sah nach links in das strahlend unschuldige

Gesicht von Tania und dann zu Lyra, die sich erneut Notizen machte.

»Lyra? Haben Sie Einwände? Dieser Honor-Tait-Artikel auf der Literaturseite? Wirft das irgendwelche Pläne über den Haufen, die Sie für eine spätere Ausgabe hatten?«

Lyra bedachte Tamara mit einem kurzen Blick und wandte sich dann wieder Wedderburn zu.

»Nein«, sagte sie und schüttelte den Kopf. »Überhaupt nicht. Ich habe keine Pläne.«

Das war Verrat auf der ganzen Linie. Tamaras Hoffnungen zerstoben so plötzlich, als wäre ein Windstoß hineingefahren. Sie stand mit leeren Händen gedemütigt da.

»Ich bin froh, dass wir das geregelt hätten«, sagte Wedderburn und wandte sich wieder den restlichen Mitarbeitern zu. »Ein abgejagter Knüller ist Pech, zwei wären unverantwortlich.«

Er kräuselte zaghaft die Lippen und verzog sie dann zu einem flüchtigen Lächeln. Beifälliges Gelächter schwappte um den Tisch. Er sammelte seine Unterlagen ein und gab ein Zeichen, wieder zur Tagesordnung überzugehen. Nur Tania sah Tamara jetzt an und mimte grenzenloses Mitgefühl: mit unschuldigem Blick und auf die Seite geneigtem Kopf wie dem eines Vögelchens markierte sie ein scheues Lächeln.

Wedderburn nickte Xanthippe Sparks zu, die heute aussah (zurückgekämmtes Haar, mit Rüschen besetzter Rock, Schnürstiefel und zerrissene Netzstrümpfe), als sei sie aus einer Notunterkunft für Varietékünstler entflohen.

»In dieser Woche bieten wir ›Leisetreterei auf dem Laufsteg‹, was bei Modeshows backstage abgeht, und ›Ein Herz und eine Sohle‹, die Geschichte zweier Schwestern, die ein

Schuhlabel entworfen haben. Die Bildreportage beschäftigt sich mit dem Neuen Rokoko ... Spitzen und Litzen ... Andenken schenken.«

Nachrichtenredakteurin und Auslandredakteurin wechselten einen Blick. Wenn sie erst an der Reihe war, könnte sie eine gewisse Würde zurückgewinnen, dachte Tamara. Im Vergleich zur Mode wirkte die *Psst!*-Liste so seriös wie eine Traktandenliste.

»Und in der Märzausgabe wollen wir mit einem Sonderbildteil über die Rückkehr des Goldkettchentyps aufwarten: ›Lust oder Frust: Haare auf der Brust‹.«

Tamara überflog noch einmal die *Psst!*-Liste für diese Woche. Womit sollte sie anfangen? »Hinter den Kulissen: Unglaubliche Geschichten aus dem wahren Leben der Soap-Stars« oder »Haarsträubend: Promis und ihre Achselhöhlen«?

Wedderburn schaute auf die Uhr.

»Okay«, sagte er. »Machen wir es kurz. Die Zeit wird knapp. Tania wird uns über die Internet-Entwicklung informieren. Und dann sollten wir uns um unsere Ausgabe kümmern.«

Ein weiterer Ausbruch von zustimmender Heiterkeit schlug über Tamara zusammen, die verbittert und ungläubig nach Luft schnappte. Schon wieder übergangen! Hätte sie zu Paranoia geneigt, hätte sie dahinter eine Verschwörung gewittert. Bevor sie jedoch in Selbstmitleid zerfließen konnte, tauchte plötzlich eine weiße Porzellankanne vor ihr auf, die Hazel ihr unter die Nase hielt. Ohne einen Blick auf die jungen Praktikantinnen zu verschwenden, war die Sekretärin des Herausgebers quer durch den Saal gekommen, um Tamara bei der Verteilung des Tees einzuspannen. Es gab keinen Ausweg. Mit wütender Entschlossenheit machte sich Tamara an die Arbeit. Sie häufte drei Löffel Zucker in Wedderburns Tasse und gab Tania eine, die kurz zu ihr aufsah und zwei Finger hob, ohne in ihrer Abhandlung über Datenverkehr im Internet und Seitenaufrufe innezuhalten. Nur ihrer Phantasie, die den Teelöffel mit Blausäure statt Zucker füllte, war es zu verdanken, dass Tamara die Aufgabe zu Ende brachte, ohne schluchzend vor Wut aus dem Saal zu stürmen.

Die Tränen flossen später, beim Lunch im Bubbles. Sie hatte so viel Zeit damit verbracht, sich das aufregende, angenehme Leben auszumalen, das auf ihre offizielle Ernennung in Lyra Moores Team folgen würde, dass die Alternative undenkbar erschienen war. Jetzt musste sie es akzeptieren: Ihre Zukunft würde eine trostlose Verlängerung der Gegenwart sein, ein langer grauer Korridor, erhellt vom fernen Licht des Krematoriums.

Simon schob ihr einen Umschlag mit leeren Quittungsformularen über den Tisch, die ihm der Oberkellner eines neuen, vom Michelin ausgezeichneten Restaurants in der City besorgt hatte.

»Schaffst du es, sie bis Ende der Woche auszufüllen? Ich könnte es wirklich gut brauchen, mit Dexters Geburtstag und allem.«

Sie steckte den Umschlag ohne Kommentar ein, und erst da merkte er, dass sie weinte.

»Alles okay, Tam?«

Sie erzählte ihm, was passiert war. Er reichte ihr ein Papiertaschentuch und bestellte eine Flasche Champagner zum Trost.

»Es ist Lyra, die ich nicht verstehe«, schniefte Tamara. »Wozu Tania imstande ist, weiß ich. Es passt perfekt in ihren Meisterplan zur Eroberung der Welt. Aber warum hat Lyra mir den Auftrag dann überhaupt erteilt? Und warum tut sie, als wisse sie von nichts, und lässt mich gerade jetzt, wo ich nach all der Schufterei die Geschichte endlich zusammenhabe, auf der Story sitzen?«

Simon streckte den Arm aus und streichelte ihr die Hand. »Hör zu, Tamara, ich wusste einfach nicht, wie ich es dir sagen sollte, aber … im Grunde hättest du die Story gar nicht schreiben sollen.«

Tamara sah auf. Jetzt übertrieb er endgültig. Sein mangelndes Vertrauen in sie war so offenkundig, dass es an Beleidigung grenzte.

»Simon«, antwortete sie und verzog verächtlich den Mund. »Du bist Content Editor für *Psst!*, nicht *S*nday*-Redakteur. Das ist Lyra Moores Posten. Sie hat mich beauftragt. Es hat nichts mit dir zu tun. Es war ihre Entscheidung. Ihre Wahl.«

»Genau darum geht es«, sagte er. »Es war eben nicht ihre Wahl.«

Was meinte er?

»Es war ein Versehen«, setzte er sanft hinzu.

Ein mulmiges Gefühl machte sich in Tamara breit, so ähnlich wie beim Sommerfest der *ME2*-Redaktion, als sie auf der Themse seekrank wurde. Sie stellte ihr Glas auf den Tisch.

»Was sagst du da? Sie hat mir eine Nachricht geschickt. Sie hat mich drum gebeten. Der Auftrag ist noch da, in meinem Computer. Ich kann ihn dir später zeigen, wenn du Beweise brauchst.«

Simon sprach langsam und ruhig, wie ein Arzt, der eine schlechte Nachricht zu überbringen hat und einen Gefühlsausbruch seines Patienten befürchtet.

»Sie hat eine Nachricht geschickt, ja, richtig. Sie wollte ein Porträt von Honor Tait. Aber sie wollte nicht *dich* damit beauftragen.«

»Der Auftrag ist da. Schwarz auf weiß. Ihre Nachricht. Die interne Mail. Von Lyra. An mich.«

»Tamara«, sagte er behutsam. »Erinnerst du dich an Aurora Witherspoon? Austin Wedderburn? Automatische Namensvervollständigung? Lyra hatte angefangen, einen Namen auf ihrem Computer zu tippen, und die prädiktive Texterkennung setzte deinen Namen ein. Sie hat es erst gemerkt, als sie deine Antwort bekam.«

Tamara vergrub das Gesicht in den Händen. Sie erinnerte sich an ihre Hochstimmung, als sie die Nachricht von Lyra bekam, und die überschwengliche Begeisterung ihrer spontanen Reaktion. Es dauerte mehrere Sekunden, bis sie sich gefasst hatte.

»Wenn die Nachricht nicht für mich bestimmt war, für wen denn dann?«

Doch sie kannte die Antwort bereits. Simons Mitgefühl war echt.

»Tania«, sagte er. »Nicht Tamara Sim, sondern die allmächtige, alles erobernde Tania Singh, die Medien-Medea, Königin Semiramis des Informationszeitalters.«

Tamara lehnte sich in stummem Grauen zurück, während Simon weitersprach.

»Tania hatte Lyra seit Monaten in den Ohren gelegen, weil sie unbedingt fürs *S*nday Magazine* schreiben wollte. Sie behauptete, alles von Honor Tait gelesen zu haben, sie mehr zu verehren als sonst jemanden auf der Welt, abgesehen von Lyra natürlich, sie sei überzeugt, das *S*nday Magazine* sei das wichtigste Print-Ereignis seit dem *Book of Kells*, und so weiter und so fort.«

Tamara stöhnte leise, als sie sich das schwindelnde Glücksgefühl ins Gedächtnis zurückrief, in das Lyras Nachricht sie versetzt hatte, ihre aufgekratzte, beinahe kokette Antwort – »Ich BEWUNDERE sie! … Freue mich WAHNSINNIG!! …« – und die wiederholten Vorschläge, sich zum Mittagessen oder auf einen Kaffee zu treffen oder sich auch einfach nur so zusammenzusetzen, um das Projekt zu besprechen, so hilflos im Rückblick, alle unbeantwortet aus Gründen, die jetzt auf der Hand lagen.

»Lyra fühlte sich deswegen ziemlich mies«, erklärte Simon, »sofern man bei ihr überhaupt von Gefühlen sprechen kann. Sie behauptete, du hättest dich so verflucht glücklich angehört. Außer dir vor Freude. Sie hätte es einfach nicht über sich gebracht, dir einen solchen Schlag zu versetzen. Deshalb ist sie der Sache aus dem Weg gegangen. Mir hat sie gesagt, vielleicht würdest du ja bei deinem Interview etwas herausfinden, was sich als ausführliche Bildlegenden eignen würde.«

»Bildlegenden?«

»Na ja, du weißt schon, ein paar eindrucksvolle Fotos der alten Schachtel aus ihrer Glanzzeit mit ein paar hundert Wörtern von dir. Und dann hörte Lyra, dass Tania einen größeren Text für die Literaturseite schreiben sollte, und hatte das Gefühl, damit wäre sie gerettet. In Wirklichkeit stand sie ohnehin nicht voll hinter der Honor-Tait-Story.«

»Warum hat sie es dann nicht einfach gesagt?«, stöhnte Tamara.

»Du weißt doch, wie sie ist«, sagte Simon. »Eine Primadonna, die einen Fehler niemals zugeben würde, nicht einmal vor sich selbst. Sie schwebt schon längst in anderen Sphären und hat dich, Tania, Caspar und all die anderen journalistischen Zwerge längst hinter sich gelassen, um sich in Ruhe dem Großen zu widmen.«

»Dann hättest wenigstens du mich aus dieser Misere retten können. Angeblich bist du mein Freund. Warum hast du mir nichts gesagt?«

»Gerade weil ich dein Freund bin. Es hätte sich was draus ergeben können. Es hat sich was draus ergeben. Die Nachricht von diesem Auftrag hat dir wirklich Auftrieb verschafft, nachdem du wochenlang deprimiert warst. Das kannst du nicht abstreiten. Du warst wegen Tim so außer dir, dass ich dich nach Hause schicken musste. Erinnerst du dich? Und als du endlich den Dreh gefunden hattest, hast du dich der Herausforderung gestellt.«

»Na, super«, krächzte Tamara voller Selbstmitleid. »Und wo stehe ich jetzt?«

»Es war ein Schlag, ich weiß«, meinte Simon. »Lyra hat sich wirklich nicht gerade mit Ruhm bekleckert. Sie ist eine exzellente Redakteurin, aber mit Menschen kann sie nicht umgehen. Trotzdem bist du in einer ganz guten Position, würde ich sagen.«

»Ach ja? Wie das? Auf dem Sims eines Hochhauses über einem dreißig Meter tiefen Abgrund?«

Er langte über den Tisch und griff nach ihrer Hand.

»Komm schon, Tam. So schlimm ist es nun auch wieder nicht. Dieses vorübergehende kleine Tief könnte sich als Vorteil für dich erweisen.«

»Wie soll das gehen?«

Jetzt versuchte er, bei ihr gut Wetter zu machen.

»Hör nicht auf mit deinem Artikel. Du hast einen Superstart hingelegt. Du sitzt auf einer genialen Story, und jetzt, wo der *Monitor* dich hat abblitzen lassen, kannst du damit überall anders hin und echtes Geld verdienen. Geh den anzüglichen Aspekten nach, der Geschichte mit dem jugendlichen Liebhaber, und die Boulevardpresse wird dir aus der Hand fressen. An das Magazin wäre diese Story ohnehin verschwendet. Vergiss das *S*nday Magazine*. Klotzen, nicht kleckern – das ist die Devise. Tim würde eine Menge für eine solche Geschichte zahlen, und vielleicht springt ja sogar eine feste Stelle beim *Sphere* dabei raus. Für uns, die wir noch Spaß am Zusammenbasteln einer Geschichte haben, könnte es sowieso Zeit werden, beim *Monitor* auszusteigen.«

Das klang verlockend. Aber es gab ein Problem.

»Tim?«, sagte sie. »Er hat mich sitzenlassen, weißt du noch? Und letzte Woche bei der Preisverleihung war ich nicht gerade nett zu ihm.«

Simon erhob sich seufzend mit einem Blick auf seinen Pager. Dann legte er ein paar Geldscheine auf den Unterteller und steckte die Quittung in die Tasche, um sie am Nachmittag an ein Spesenformular zu heften.

»Du darfst dich nicht beirren lassen«, sagte er. »Schau nach vorn. Ich würde mir davon doch nicht eine gute Story vermiesen lassen. Jetzt ist es Zeit, Brücken zu bauen.«

Honor griff nach der Zeitung.

Vierundzwanzig Personen, darunter ein ehemaliger Fußballstar, sind offiziellen Quellen zufolge von bewaffneten Gruppen in Algerien getötet worden am Ende des blutigsten Ramadans seit Ausbruch des islamistischen Aufstands vor fünf Jahren. Mohamed Madani, 52, ein ehemaliger Spitzenfußballer, wurde erschossen, als er nach dem Freitagsgebet eine Moschee in Algier verließ. In einem Vorort im Süden von Algier schlitzten Angreifer, die als Polizisten verkleidet waren, vierzehn Zivilisten aus drei Familien die Kehle auf. Im nahe gelegenen Viertel Beau Fraisier tötete eine andere Gruppe ein Ehepaar und dessen sechs Monate altes Baby.

Angriffe in Algier; Aufstände in Albanien, baskische Separatisten, die sich ihren Traum von Unabhängigkeit mit Bomben und brachialer Gewalt erkämpften; Hunger, Brutalität, die Ermordung von Unschuldigen. Honor hätte dieselben Geschichten schon vor fünfzig Jahren lesen oder schreiben können, und dennoch war sie nach wie vor gebannt von dem täglichen tödlichen Einerlei in den Zeitungen. Geändert hatte sich nur das Umfeld, in das diese Geschichten von menschlicher Grausamkeit, Gier und Gesetzesverstößen eingebettet waren. Früher beherrschten sie düster und schmucklos wie Grabsteine die Titelseiten der Zeitungen, heute verschwanden sie in einem schwindelerregenden Durcheinander von visuellen Reizen.

Die zeitlosen Storys von Ungerechtigkeit verpufften ohne Wirkung, wurden von schrillen Enthüllungen über das Privatleben von Royals und Popstars, Schauspielern und Fußballern übertönt wie calvinistische Priester auf einer Kirmes. Auch die politische Berichterstattung, ihre sinnlose Streitlust, ihre aufgeblasenen Hauptdarsteller, die altmodischen Sexskandale und endlose abgedroschene Spekulationen über das Datum bevorstehender Wahlen waren zu Kleingedrucktem und Füllern inmitten des Showbusiness verkommen. Von den Kolumnisten ganz zu schweigen. Angesichts der bodenlosen Banalitäten – »Pfannkuchenkönig: Warum die Frau des ehebrecherischen Fernsehkochs ihn vor die Tür setzen sollte« –, angesichts noch einer Idiotin mit Lippenstift fragte sie sich, ob die Autorenzeile mit Foto den Zeitungen nicht endgültig den Garaus bereitet hatte. Die Einführung dieses Layout-Tricks – einer briefmarkengroßen Abbildung des Verfassers, um das Äußere einer Seite für ein vom Fernsehen verblödetes Publikum aufzubrezeln – hatte ein Bedürfnis nach jungen, hübschen, vornehmlich blonden Journalistinnen geschaffen, völlig unabhängig von ihren Fähigkeiten als Autorin oder Reporterin. Deren attraktives Foto hob sich vorteilhaft von denen kahlköpfiger Männer mittleren Alters ab, die zuvor die Mehrheit der Zeitungsmacher stellten. Seitdem hatten geistlose Trampel wie Tara Sim überhandgenommen.

Aber dann müsste man auch ihre eigenen Arbeiten in Frage stellen, dachte Honor: Das Banner der Wahrheit, das sie so oft an vorderster Front geschwenkt hatte, war ein jämmerliches, blutbeflecktes und zerfetztes Ding. Unter dem alten System war die Welt nicht unbedingt besser gewesen, und ihre Fehler waren schwerwiegender als die albernen Fauxpas einer Tara Sim oder sonstwelcher Gelegenheitsjournalisten. Vielleicht, so dachte Honor, bestand das Verbrechen, das sie begangen hatte, im Weglassen. Was sie verfolgte, war die Geschichte, die sie nicht erzählt hatte, die lebte intensiver fort als all ihre atemlosen Depeschen von der Front.

Buchenwald, 14. April 1945. Tag vier der Befreiung. Zwanzig Minuten später ging ich durch den Wald außerhalb des Lagerzauns und folgte einer Route, die möglicherweise auch Goethe an jenem schönen Herbsttag knapp hundertzwanzig Jahre zuvor genommen hatte. Plötzlich schreckte mich ein Geräusch im Unterholz auf. Ich hörte ihn, bevor ich ihn sah, und rannte los, um die amerikanischen Soldaten zu warnen.

19

Die Musik, ein blindwütiger Anschlag der elektrisch verstärkten Saiten irgendeines Instruments aus Asien, klang so schrill wie eine Polizeisirene. Tamara kämpfte sich durch das verqualmte Dämmerlicht.

Die Chakra Bar, ehemals Chequers Pub, war offenbar von Leuten eingerichtet worden, die sich in Erinnerungen an ihre zugedröhnten Drop-out-Zeiten übertrafen. Buddhistische Gebetsfahnen dekorierten den Raum wie Weihnachtsschmuck, hinduistische Götter lächelten von dunkelroten Wänden, und auf allen Tischen standen Wasserpfeifen, die mit ihren geringelten Schläuchen wie fremdländische lebenserhaltende Gerätschaften wirkten.

Der Rauch der Räucherstäbchen, Zigaretten, Wasserpfeifen und eines würzigen Joints in irgendeiner Ecke war dick wie Trockeneis. Die einzige Lichtquelle bildeten unzählige Votivkerzen.

Als sich ihre Augen nach und nach an das Dämmerlicht gewöhnten, erkannte Tamara die einsame Gestalt an einem Ecktisch. Sie ging auf den Mann zu, der im Licht einer Kerze in einem Taschenbuch las, das er gegen eine Wasserpfeife gelehnt hatte.

Als er zu ihr aufsah, bildeten sich Lachfältchen um die Augen. Er las das *I Ging*. Sie bestellten ihre Drinks: einen

Cocktail aus Wodka und Kiwi namens ›Geräusch einer klatschenden Hand‹.

»Also. Was will Tamara, die Autorin, wissen?«

»Du bist doch der Hellseher«, sagte sie. »Sag du es mir.«

Er lachte und streifte dabei ihre Hand. Sie verspürte einen angenehmen, unprofessionellen Schauer.

»Nun ja, Tamara, Sucherin der Wahrheit. Ich bin hier, um dir zu helfen, so gut ich kann.«

Er musterte sie anerkennend. Heute Abend ließ ihr Äußeres – Punkfrisur, eine tief ausgeschnittene, mit Leopardenmuster bedruckte Bluse und ein enganliegender Bleistiftrock – selbst Paula Yates alt aussehen.

»Was du neulich über deine Arbeit gesagt hast, fand ich interessant«, sagte sie. »Ich dachte, ich könnte einen Artikel über dich schreiben.«

Sie griff nach ihrem Glas. Der Cocktail war nicht schlecht.

»Für eine Zeitschrift?«

Sein Ausdruck war neutral.

»Eine Zeitschrift, vielleicht auch eine Zeitung«, setzte sie hinzu.

»Dass du so eine Art von Autorin bist, habe ich nicht gewusst.«

»Bin ich auch nicht wirklich. Ich schreibe an einem Buch, aber nebenbei verdiene ich mir ein bisschen Geld als Journalistin. Ich bin die Art von Autorin, die schauen muss, dass Geld reinkommt.«

Er lachte erneut.

»Na, da bist du nicht allein. Ich bin die Art von Heiler, der schauen muss, dass Geld reinkommt. Wie viel würdest du zahlen?«

Sie war überrascht.

»Wofür?«

»Für den Artikel, den du über mich schreiben willst.«

»Oh, für diese Art von Story wird man nicht bezahlt«, sagte sie und schüttelte kokett den Kopf. Sie musste die Sache vorsichtig angehen, durfte ihn nicht verschrecken. »Es handelt sich um eine ernsthafte Reportage über deine Arbeit, keinen Enthüllungsbericht.«

»Wir werden sehen.«

Er lächelte und streifte erneut ihre Hand. Diesmal ließ er seine Finger auf den ihren ruhen. Warum sollte sie es nicht genießen? Es würde ihre Story nicht gefährden, wenn sie darauf einging. Und es war ihr erstes Date nach Wochen. Am besten hätte sie es auf Freitag gelegt, Valentinstag; damit hätte sie all den pseudoharmlosen Fragen ihrer Kollegen zuvorkommen können. Doch dies hier war dringend. Die Arbeit ging vor, kam noch vor der Liebe. Deshalb musste es heute sein.

»Erzähl mir ein bisschen mehr über Auramassage.«

»Nehmen wir deine Aura zum Beispiel«, sagte er und sah ihr direkt in die Augen. »Du hast eine sehr schöne Aura. Weißt du das? Sie enthält eine Menge Rot, die Farbe der Sinnlichkeit. Und Silber. Die Farbe der Spiritualität. Sehr viel Silber.«

»Was ist mit deinen Kunden?«

»Es gibt verschiedene Typen. Junge, alte, reiche – die meisten sind reich.«

»Auch berühmte Leute? Promis?«

Er musterte sie spöttisch.

»O ja. Ich habe ein paar ziemlich bekannte Namen im

Angebot. Sogar eine ganze Menge. Du würdest dich wundern.«

»Bestimmt«, antwortete sie.

Sie bestellten noch einen Cocktail. Drei Viertel Grappa und ein Viertel Ginseng-Tee, garniert mit einer einzigen Mungbohne, die eine gelangweilte, als Bauchtänzerin verkleidete Kellnerin flambierte. Der Cocktail hieß ›Die Kunst des Tantra‹.

Dieser Augiasstall musste ausgemistet werden. Noch mehr Bücher – Geschichte, Zeitgeschehen, Pamphlete über die Zukunft des Ökosystems, Analysen der amerikanischen Außenpolitik, Biographien und Graham Greenes Romane, ebenfalls ein Streitpunkt zwischen Tad und ihr. Von seinen anstrengenden Eifersuchtsanfällen hatte sie sich aber nie einschüchtern lassen. Manchmal fand sie sie sogar komisch, obwohl sie ihm das niemals gezeigt hätte. Trotz Honors ständiger ermüdender Versicherungen brachte ihn schon die leiseste Anspielung auf ihren zweiten Ehemann in Rage. Zum Beispiel wenn im Radio ein Stück von Bartók erklang, mit dem der unmusikalische Sandor nichts weiter gemein hatte als das Herkunftsland. Ein andermal war Tad drei Tage lang eingeschnappt aus Salzburg verschwunden, nur weil er Plakate für eine Vorstellung des Violonisten Tibor Varga im Mozarteum gesehen hatte, der wie Zehntausende andere in Ungarn Sandors Nachnamen trug.

Tote Ehemänner waren offenbar bedrohlicher als Ehemänner, von denen man getrennt lebte, oder Ehemänner, von denen man geschieden war. Dabei war Sandors Herzinfarkt, der vermutlich auf die körperliche Zuwendung von

Miss Monte Carlo zurückging, dem Scheidungstermin nur um einen Monat zuvorgekommen. Der Tod erhebt den Ehegatten in den Zustand eines Heiligen, ganz gleich, was für ein Scheusal oder Versager derjenige im Leben gewesen war. Tad selbst würde es nicht anders ergehen.

Kerzen und Bierdeckel, Unmengen von Stiften – alte Filzschreiber, ein unbenutzter Mont Blanc, unzählige Kulis, ein Satz neonfarbene Textmarker, verpackt wie Schokoriegel –, all das landete zu ihrer Befriedigung jetzt endgültig in schwarzen Plastiksäcken. Sie erinnerte sich an eine ähnliche Aktion nach dem Tod ihrer Mutter, doch damals wanderte ein Teil der Hinterlassenschaften in noble Auktionshäuser und sicherte ihrem Vater noch ein paar Jahre seinen Whisky und Shaker.

Bradley, Honors Schwager, ein aalglatter pensionierter Herzchirurg aus Phoenix, hatte Tads Hinterlassenschaften an sich genommen, hatte Schränke und Schubladen ausgeräumt. Honor brachte es nicht über sich, sie behielt nur die verschlossene Truhe. Eine Woche später bat sie den Portier, heraufzukommen und die Truhe bis zur Wohnungstür zu tragen. Am späten Abend dann schickte sie Tads bauschige Kostüme auf ihre letzte Reise durch den Schacht im Treppenhaus in einen riesigen gemeinsamen Müllbehälter hinter dem Wohnhaus.

Auch Lois' Wohnung war leergeräumt und verkauft worden, um ihren Zwangsaufenthalt in einem Pflegeheim zu bezahlen. Zwei habgierige Nichten übernahmen diese Aufgabe und stritten sich wie Elstern um den glitzernden Tand.

Honor verschloss die Säcke der heutigen Nacht mit einem festen Knoten und schälte einen neuen Sack von der Rolle.

Irgendwer würde auch ihr diesen posthumen Dienst erweisen wollen – vermutlich die anmaßende Ruth. Die heutige Entrümpelungsaktion sollte dem zuvorkommen.

Das Radio würde ihr Gesellschaft leisten. Sie stellte es an und lauschte mit wachsender Ungeduld. Weitere Spekulationen über den Zeitpunkt der Wahlen, die Tory-Regierung befand sich in neuen Nöten angesichts der Initiative der frisch geschiedenen Prinzessin, die sich mit Opfern von Landminen in Angola zeigte. Nichts, was sie wirklich hätte ablenken können. Da war ihr die Stille noch lieber. Ihrer Aufgabe konnte sie nun nicht mehr aus dem Weg gehen.

In diesem Buchenwald hatte Goethe geschrieben: »... und dachte in späteren Jahren sehr oft, es würde das letztemal sein, daß ich von hier aus die Reiche der Welt und ihre Herrlichkeiten überblickte. Allein es hält immer noch einmal zusammen, und ich hoffe, daß es auch heute nicht das letztemal ist, daß wir beide uns hier einen guten Tag machen. ... Hier fühlt man sich groß und frei, wie die große Natur, die man vor Augen hat, und wie man eigentlich immer sein sollte.« Außerhalb des Todeslagers, das den Namen des von Goethe besungenen Walds trägt, am nördlichen Hang des Ettersbergs, wo ein Jahrhundert zuvor der Dichter die Schönheiten der Welt betrachtete, hörte ich ein Geräusch, das Knacken von Zweigen, und sah einen jungen Nazisoldaten, der sich im Unterholz versteckte. Ich rannte los, um die Amerikaner zu warnen. Der Deutsche war unbewaffnet und ergab sich ohne Gegenwehr.

Tamara lag da und starrte auf eine mit Fransen geschmückte chinesische Laterne, die von der Decke der schäbigen Dachgeschosswohnung hing. Sie genoss die Wärme des neben ihr schlafenden Körpers und die Aussicht auf einen beruflichen Triumph. Pech für Tim. Bestimmt wäre er genauso aus dem Häuschen wie sie, wenn sie ihren Text abgegeben und der Layouter ihn auf zwei Doppelseiten verteilt hätte, mit belastenden Fotos und provokanten Schlagzeilen. Dass er in seiner grässlichen Ehe feststeckte und sich damit begnügen musste, ehrgeizige Praktikantinnen zu betatschen, um sich aufzugeilen, während sie sich einen jüngeren, vitaleren und unendlich attraktiven Lover zugelegt hatte, würde ihm schön stinken.

Von den Erinnerungen an letzte Nacht – ein wohliges Sichvoneinanderlösen und Wiederverschmelzen bis zu einem gemeinsamen Höhepunkt von überwältigender Intensität gefühlte mehrere Stunden später – würde sie noch Wochen zehren. Sie wandte den Kopf, um ihn zu betrachten. In diesem Augenblick erfüllte sie ihre Arbeit mit einem regelrechten Glücksgefühl. Die Erinnerung an die nächtliche Lust wurde einzig von dem unerfreulichen Gedanken an den kürzlichen Besuch ihres neuen Liebhabers bei Honor Tait getrübt. Sie betrachtete die unschuldige Vollkommenheit seines Gesichts, das reizende Grübchen über dem sinnlichen, im Schlaf zu einem Schmollen verzogenen Mund. Und das war nur sein Gesicht. Was für eine Verschwendung!

Wie weibliche Prostitution funktionierte, lag auf der Hand. Es war nicht schwer, Emotionen aus dieser Transaktion herauszuhalten: Wenn einem der Freier nicht gefiel, konzentrierte man sich eben auf seine Brieftasche. Bei männlichen Begleitern hingegen – Masseure, Gigolos –, die unweigerlich mit unansehnlichen Kundinnen zu tun hatten, stellte sich für Tamara die Frage der Schwerkraft: Wie schafften sie es nur, ihre Aufgabe zu erfüllen?

Mittlerweile hatte er ihr den Rücken zugewandt, sein leises Schnarchen erinnerte an das Schnurren einer Katze. Sie musste mit ihrer Story weiterkommen. Und wenn sie das Thema jetzt anschnitte? Sie legte eine forschende Hand auf seine breite Schulter. Er stöhnte leise und schien in noch tieferen Schlaf zu versinken. Sie schmiegte sich dicht an ihn und strich mit dem Fußrücken über seine Wade. Mit einem Seufzer kam er langsam zu sich. Er wälzte sich herum, streckte sich gähnend, warf ihr einen Blick zu und sah dann an die Decke.

»Dev?« Sie streichelte seinen Arm.

»Mmm?«

»Bist du wach?«

»Jetzt ja.«

»Letzte Nacht war echt Wahnsinn.«

»Mmm.«

Ihre Hand glitt zwischen seine Beine. Da war auch nicht viel los.

»Deine heilenden Hände haben es ganz schön in sich«, sagte sie.

Er griff nach ihrem Handgelenk und hielt es fest.

»Musst du morgens nicht zur Arbeit?«, fragte er.

Sie konnte ihm unmöglich sagen, dass das hier bereits Arbeit war – im Bett zu liegen, wohlig ermattet von der Lust, und neben sich eine lebende, atmende, sexuell hochbegabte Version von Michelangelos David.

»Ich habe heute Vormittag frei.« Das war nur halb gelogen.

»Aha.« Er drehte sich zu ihr um und ließ ihre Hand los. »Nun, nicht alle Menschen können es sich leisten zu faulenzen. Ich jedenfalls habe zu tun. Termine mit Kunden.«

»Auch den berühmten?«

»Vielleicht.«

»Wer denn zum Beispiel?«

»Das würdest du wohl gern wissen.«

»Honor Tait?«

Sein Lächeln verflog.

»Kennst du sie?«

Sie spürte, wie ihr etwas die Kehle zuschnürte. Hatte sie es vermasselt? War sie zu schnell vorgeprescht?

»Vage. Jeder Journalist kennt Honor Tait. Besser gesagt, hat schon mal von ihr gehört.«

Er schob die Decke beiseite und stand auf.

»Und wie hast du *davon* gehört? Von ihr und mir?«

Er ging zur Kochnische – ein Gaskocher mit zwei Flammen auf einem Kiefernholztisch neben dem Waschbecken.

»So was spricht sich herum«, sagte sie.

»Was spricht sich herum?«, fragte er und füllte den Kessel.

Tamara setzte sich auf und lehnte sich scheinbar gelassen gegen das Kopfkissen. Das war gefährliches Terrain. Vielleicht hatte er sie in dem Gemeindesaal oder in dem Café ja doch bemerkt. Oder vor der Kunstgalerie.

»Ach, du weißt schon: Sie und du, Engel, Prismen, Auren … so was.«

»Kamille?«, fragte er.

»Super.«

»Jetzt mal im Ernst«, sagte er. »Wie hast du von ihr und mir erfahren?«

»Um ehrlich zu sein, ich habe dich schon einmal gesehen. An dem Abend in der Archway Road. Bei der Wohltätigkeitsveranstaltung für Kinder. Ich war auch da, ganz hinten.«

»Wirklich?«

»Ja. Ich habe gesehen, wie du zu spät gekommen bist.«

Er drehte sich um und nahm zwei Becher aus einem wackligen Regal. »Ich wollte sie mir ansehen und wissen, wie es ist, wenn sie öffentlich auftritt. Im Dienst sozusagen. Sie hat eine Menge Fans, was?«

»Ja. Es sieht ganz so aus. Und dann habe ich euch zusammen beobachtet«, fuhr Tamara fort. »Es gibt ein Café in Maida Vale, wo ich öfters hingehe, da habe ich dich vor ihrem Haus gesehen.«

»Du meinst Holmbrook Mansions?« Er erstarrte.

»Ja. Ich hatte gehört, dass sie dort wohnt. Ehrlich gesagt war es reiner Zufall. Ich kam schon seit einer ganzen Weile in dieses Café, um dort mein Buch zu schreiben.«

Er brachte den Tee, stieg wieder ins Bett und beugte sich dann hinaus, um einen Beutel aus rotem Samt vom Boden aufzuheben. »Was für ein Buch schreibst du denn?«, fragte er.

»Eine Art Abhandlung«, sagte sie ausweichend.

»Du arbeitest doch auch für Zeitungen, nicht?«

Wieder stockte ihr das Herz. Hatte Ross ihm von ihrer Arbeit für den *Sphere* erzählt? Oder hatte sie in betrunkenem Zustand in einem unüberlegten Augenblick gestern Abend selbst davon gesprochen? Sie nahm einen Schluck

Tee und schauderte. Gab es wirklich jemand, der dieses Zeug mochte? Es schmeckte wie eine in der Mikrowelle aufgewärmte Urinprobe.

»Hin und wieder. Es hilft, die Miete zu bezahlen.«

Er benutzte *Das Tibetische Totenbuch* als Unterlage, um sich einen Joint zu drehen. Seine Zunge an der gummierten Kante des Zigarettenpapierchens war rosa und spitz wie eine Marzipanmaus. »Nun, von irgendwas muss man schließlich leben. Welche Art von Zeitungen?«

Ihr Herz schlug ihr bis zum Hals. Er war misstrauisch, und sie war auf absurde Art verletzlich, nackt, sie befand sich auf unbekanntem Terrain. Es war wie Kriegsberichterstattung von der Front. »Ach, verschiedene. Zeitungen und Zeitschriften. Zum Beispiel stelle ich das Fernsehprogramm zusammen, so Sachen.«

Er zündete sich den Joint an und inhalierte tief, mit zusammengekniffenen Augen. Zwei Rauchwölkchen schossen aus seinen Nasenlöchern wie Dampf aus der Nase eines wütenden Stiers. Als er schließlich sprach, klang es wie ein ersticktes Fiepen. »Hast du auch schon mal für den Boulevard gearbeitet?«

Nun war sie geliefert. Bestimmt hatte er die Tür abgeschlossen, als sie gestern Abend in die Wohnung gestolpert waren. Seine Hände hatten ihre Brüste geknetet und ihre nach seinem Schwanz getastet. Wo hatte er den Schlüssel hingelegt?

»Ein- oder zweimal. Kleinkram.«

Sie vergegenwärtigte sich ihre Fluchtroute und ihre Schuhe und Kleider, in einem wilden Durcheinander auf dem Sofa, wo er sie letzte Nacht ausgezogen hatte. War dies hier wirklich seine Wohnung? Oder waren es nur zwei Zimmer in einem besetzten Haus irgendwo in der Pampa, wie die Quartiere, in denen Ross herumgehangen hatte, bevor er ganz vor die Hunde ging?

»Und wie viel zahlen die für eine Story?«

Tamara konnte sich nicht erinnern, wie sie letzte Nacht hierhergekommen waren, nur vage an eine Punkerin in einem Lackledermini, als sie die Treppe hinauftorkelten. »Nicht viel, ehrlich gesagt. Ich bekomme ungefähr sechzig Pfund pro Schicht, wenn ich das Fernsehprogramm mache.«

Er reichte ihr den Joint. Sie brauchte einen klaren Kopf für diese Unterhaltung. Doch wenn sie nicht mitrauchte, wurde er womöglich noch misstrauischer.

»Nicht du. Ich wollte nicht wissen, wie viel *du* verdienst«, sagte er. »Ich meine die Leute, die mit den Skandalen an die Presse gehen, die ihre Ex-Lover mit Dreck bewerfen. Verdienen die nicht ein Vermögen?«

Sie führte den Joint an die Lippen und nahm ein paar kleine, flache Züge. Trotz ihrer Vorsicht machte sich die Wirkung breit. Zumindest erschien ihr Dev jetzt nicht mehr feindselig. Gereizt vielleicht, aber nicht aggressiv. »Sie können einen Haufen Geld verdienen, ja. Kommt drauf an.«

»Über welche Summen reden wir? Fünfstellig? Sechs?«

Trotz seiner Erregung breitete sich jetzt eine wohltuende Ruhe in ihr aus. Sie vergrub sich ein bisschen tiefer im Bett und reichte ihm wieder den Joint. Seine Eindringlichkeit war auf seltsame Art anziehend. »Manchmal sechs. Wenn die Story gut gemacht ist und es um einen Star geht.«

»Würdest du Honor Tait als Star bezeichnen?«, fragte er, nahm einen tiefen Zug von dem Joint und reichte ihn wieder an sie zurück.

»Eigentlich nicht…« Wenn sie zu interessiert wirkte, würde er den Preis erhöhen. »Sie ist zu alt für einen Star. Sie ist bekannt, ja, aber nur bei Journalisten und schwachköpfigen Schriftstellern.«

»Sie war in diesem Kulturprogramm im Fernsehen«, sagte er. »Und es heißt, sie hätte Frank Sinatra gevögelt. Er ist doch ein Star, oder?«

»Aber er ist tot. Was hat das schon für einen Unterhaltungswert?«

Er schob sich eine Haarlocke aus der Stirn. Er sah wirklich umwerfend aus. Sie hatte Lust, mit dem Finger über seine Lippen zu streichen, der Kante seines Kiefers zu folgen und dann weiter bis auf die Brust. Doch das war nicht der richtige Augenblick.

»Einiges muss sie wert sein«, beharrte er. »Sie war im Fernsehen. Die Leute erkennen sie auf der Straße. Ihr Mann, Tad Challis, war ein bekannter Filmregisseur. Britischer Ritterorden und so weiter. Er hat *Die Lebenskünstler* und *Flitterwochen einer Friseuse* gedreht… klassische britische Filmkomödien. Vielleicht käme auch etwas über ihn heraus. Jeder hat schon mal von ihm gehört.«

»Jeder über dreißig mit einem Sinn für Retrokomödien. Außerdem ist er tot. Geschichten über tote Leute sorgen nicht für höhere Auflagen.«

»Irgendwas muss es geben.« Er kaute an seinem Fingernagel.

Das war ihre Chance. »Nun, vielleicht könnte man etwas verdienen an einer Geschichte über eine alte Frau, die vor kurzem Thema einer Fernsehsendung war, in *Vogue* porträtiert wurde, Darling des Bildungsbürgertums und so weiter, sich die Bühne mit Mitgliedern des Schattenkabinetts teilt … Wenn es beispielsweise um verbotenen Sex ginge.«

Er stützte sich auf dem Kissen auf und drehte sich so, dass er ihr direkt ins Gesicht sehen konnte.

»Sex?«

»Ja. Lächerlich, ich weiß.«

»Was meinst du mit ›verboten‹?«

»Na ja, es müsste ein bisschen von der Norm abweichen … sozusagen transgressiv sein. Wenn sie es mit einem Rentner treibt, ist es keine Story, mal abgesehen davon, dass es ohnehin niemanden interessieren würde. Pervers wäre gut, aber nicht zu abstoßend. Kein Sex mit Tieren zum Beispiel. Diese Zeitungen werden von der ganzen Familie gelesen.«

Er machte Anstalten, sich den nächsten Joint zu drehen. Es war eine Qual, ihn anzusehen, ohne ihn zu berühren.

»Welche Art von ›transgressivem Sex‹ wäre denn für solche Familienblätter akzeptabel?«

»Ich nehme an, dass jede Art von Sex bei Leuten über sechzig transgressiv ist, aber wenn sie beispielsweise mit jemandem schliefe – aus derselben Spezies und lebendig natürlich –, der jünger ist, viel jünger, das wäre vielleicht geeignet.«

Er beugte sich zu ihr, bis ihre Lippen sich beinahe berührten – sie hätte nicht einmal den Kopf heben müssen –, und reichte ihr den Joint.

Sie nahm ihn und berührte dabei seine Hand.

»Sechsstellig?«

»Möglich. Kommt drauf an.«

Sie inhalierte den Rauch und behielt ihn genüsslich zurück, bevor sie ihn mit einem verstohlenen Lächeln wieder ausstieß. Ihr Job war beinahe erledigt. Er hatte angebissen.

»Kommt worauf an?«

»Darauf, wie viel derjenige zu sagen hätte«, sagte sie heiser. »Ob es Fotos gibt – von ihm mit Honor Tait. Keine Pornoaufnahmen allerdings. Niemand möchte alte Leute in unbekleidetem Zustand sehen.«

Er lachte und warf den Kopf zurück. »Könntest du einen Kontakt zu solchen Blättern herstellen?«

Sie streckte die Hand aus und strich ihm sacht über die Wange. »Wenn du nett zu mir bist, will ich sehen, was ich tun kann.«

Nach außen hin erweckte Honors Leben den Eindruck, erfüllt oder doch zumindest interessant zu sein, soweit das in diesem letzten, noch fehlenden Akt überhaupt möglich war. Alt und nutzlos, wie sie nun einmal war, hatte sie zumindest die Illusion eines sinnvollen Tuns geschaffen: Arbeit im weiteren Sinn, Freunde, Musik, Theater, politisches Engagement. Sie wusste sich zu beschäftigen.

Reisen war nicht mehr möglich, und obwohl das der härteste Schlag war, hatte sie der Verbitterung widerstanden und an Lois gedacht, für die ein unbegleiteter Ausflug ins Foyer des Pflegeheims oder auch nur zur Toilette am Ende des Flurs genauso gefährlich, heldenhaft und unwahrscheinlich wäre wie eine einsame Fahrt den Amazonas hinauf. Ihre Welt war geschrumpft. Das musste sie akzeptieren. Die Abenteuerlust, die Lois und sie einst besessen hatten, ihre Neugier auf Unbekanntes, wandte sich jetzt eben nach innen. Honor betrat eine echte Terra incognita; es gab keine Karten, niemand würde ihre Route zu diesem unbekannten Ziel mitverfolgen, sie würde die Reise allein antreten.

Bis vor kurzem noch konnten leere Seiten in ihrem Terminkalender sie in Panik versetzen, als wäre sie ein fünfzehnjähriges Mauerblümchen. Sie hatte sich Verabredungen, Anlässe, Treffen mit Freunden und sogar Anrufe sorgsam eingeteilt wie leuchtende Markierungen in der immer länger werdenden Dunkelheit. Und was blieb letztendlich von all dieser Betriebsamkeit? Ein Ohrwurm, den man allein vor sich hin summte, um das schreckliche Schweigen zu übertönen. *My old man said, ›Follow the van, and don't dilly dally on the way‹*. Erst jetzt ging ihr auf, dass es ein Leichenwagen gewesen sein musste.

Buchenwald, 14. April 1945. Befreiung, Tag vier. Im Wald außerhalb des Lagers erspähte ich einen Nazi-Soldaten auf der Flucht, der sich im Unterholz versteckte. Wenige Minuten später hatten amerikanische Soldaten ihn gefangen genommen und schleppten ihn zum Lager. Die US-Soldaten bildeten eine Kolonne, die so fröhlich war wie die Schlange samstagabends vor dem Kino, um auf den jungen Deutschen einzuschlagen. Im Chaos des Sieges, umgeben vom Gestank des Todes an diesem grausigen Ort, im Schatten von Goethes Eiche, waren die Amerikaner trunken vor Rache.

20

Tim!«

»Ja?«

Er klang vorsichtig.

»Ich bin's, Tamara.«

»Tamara!«

Trotz des munteren Aufschreis war sein Misstrauen nicht zu überhören.

»Wie geht's?«, fragte sie.

»Ach, ich bin noch ein bisschen fertig nach den Späßchen von letzter Woche.«

»Was meinst du?«

»Die Press Awards. Hast du nicht davon gehört?«

»Doch, ich war dabei.«

»Ach ja, stimmt …«

Er hatte ihre zentrale Rolle bei seiner Demütigung vergessen. Das war eine Erleichterung, wenn es sie auch kränkte.

»Was ist passiert?«, fragte sie, um seine Erinnerung weiter zu testen.

»Kleiner Zusammenstoß mit einem Arschloch. Ein Kollege von dir, glaube ich, vom *Monitor*.«

»Und jetzt, alles in Ordnung?«

»Abgesehen von einem blauen Auge und dem Dämpfer,

den mir das versetzt hat, ja. Aber du hättest sehen müssen, in welchem Zustand der andere war.«

»Worum ging es denn bei dem Streit?«

»Keine Ahnung. Du weißt ja, wie das ist. Irgendein Flittchen wahrscheinlich. Aber wie geht es *dir*, mein Liebling? Was verschafft mir das Vergnügen?«

Er hatte sie benutzt, sitzenlassen, ihr das Herz gebrochen und sie beleidigt. Und jetzt unterhielt er sich mit ihr, als wären sie alte Freunde. Sie wünschte, Alistair hätte noch fester zugeschlagen und ihm wirklich weh getan. Doch das Geschäftliche ging vor. Die Rache konnte warten.

»Es geht um eine Story. Ich dachte, sie könnte dich interessieren.«

»Lass hören ...«

Sie verabredeten sich in einem fünf Minuten von seiner Redaktion entfernten Pub. Der Swan war ein stinkendes Loch mit einer neonfarbenen Jukebox, die Tanzhits aus den Achtzigern bereithielt. Als Tamara am späten Nachmittag ankam, drängten sich dort Arbeiter mit Schutzhelmen und Arbeitsstiefeln, um ihren Tageslohn zu versaufen. Die Reporter des *Sphere* würden später eintrudeln, und dann ging der Spaß erst richtig los. Als ihr Ex-Lover eintrat, wappnete sie sich innerlich gegen den Schmerz, stellte jedoch erleichtert fest, dass ihr die ganze Sache nur noch peinlich war. Tim fiel krass gegen Dev ab. Er wirkte alt, aufgedunsen und heruntergekommen. Mit seinem blauen Auge sah er aus wie ein Pirat. Er bestellte ihnen etwas zu trinken, setzte sich neben sie und rutschte nervös auf der Kante der gepolsterten, mit Brandlöchern übersäten Sitzbank hin und her.

»Hoffentlich hast du auch wirklich was zu bieten«, sagte er.

»Wart's ab.«

Schweigend hörte er zu, während sie ihm die Geschichte in groben Umrissen schilderte. Ihre Gläser hatten sie geleert, als Tamara fertig war. Von der Koketterie am Telefon war nichts mehr zu spüren.

»Habe ich recht verstanden?«, meinte Tim schließlich mit leichtem Sarkasmus, »eine piekfeine Pensionärin treibt es mit einem jungen Kerl? Unhygienisch, zugegeben. Aber ich glaube, das hieße beim *Sphere* kurz WSDI. Mit anderen Worten: Wen soll das interessieren?«

Tamara war entrüstet.

»Sie ist nicht irgendeine Pensionärin. Sie ist berühmt.«

»Hör mal, Tam«, sagte er und zündete sich eine Zigarette an. »Möglicherweise ist sie berühmt bei Leuten, die selbst nicht allzu populär sind. Kann schon sein, dass sie in deinen affigen, seriösen Zeitungen wie dem *Monitor* oder dem *Courier* mit ihren popeligen Auflagen als Berühmtheit durchgeht. Aber für Massenblätter wie unseres wäre die einzige piekfeine Pensionärin von Interesse die Queen Mum, und wenn sie mit einem gutaussehenden Gigolo ins Bett ginge, wäre es ein Fall von *God bless you, Madam*!«

Tamara versuchte, den bettelnden Unterton in ihrer Stimme zu verschleiern.

»Aber Honor Tait ist anders.«

»Hör zu, ich würde dir wirklich gern helfen, Tam. Um der guten alten Zeiten willen.« Er zwinkerte ihr zu, fuhr sich dann aber mit der Hand ans Auge. Alistairs Schwinger machte ihm immer noch zu schaffen. Das zumindest sorgte für eine gewisse Genugtuung.

»Sie ist wirklich nicht unser Kaliber«, fuhr er fort. »Ich

weiß nicht. Honor Tait. Nicht gerade ein langbeiniges Supermodel, oder? Wer interessiert sich schon für eine alte Schachtel wie sie? Unseren Lesern soll doch nicht schon vor dem Frühstück schlecht werden.«

Frühstück? Es war noch gar nicht so lange her, da war die Vorstellung dieses Mannes von Frühstück eine Linie Koks auf Tamaras Brüsten gewesen. Und jetzt ließ er sie abblitzen, als gehörte sie zu den unzähligen Freiberuflern, die verzweifelt mit einer Story hausieren.

»Aber sie ist in allen Zeitschriften gewesen. *Vogue, Tatler*…«

Er schüttelte den Kopf.

»Tut mir leid, Schätzchen. Wir haben unser Budget für eine neue Werbekampagne ›Verpfeif den Pädo, gewinn den Twingo‹ und die Pernilla-Perssen-Story ausgegeben.«

»Welche Pernilla-Perssen-Story?«, fragte Tamara, von plötzlicher Panik gepackt.

Hatte der *Sphere* etwa Wind von ihrem Schwangerschafts-Scoop bekommen? Das fehlte ihr gerade noch.

»Ein Ex-Lover hat über ihre Dreier unter Drogen ausgepackt«, erklärte Tim.

Tamara war beruhigt. Ihr Exklusivbericht war in Sicherheit – irgendwelche *ménages à trois* mussten älter sein als Perssens Schwangerschaft. Eine olle Kamelle. Sie ließ nicht locker.

»Der *Monitor* bringt in drei Wochen einen Viertausend-Wörter-Artikel über Honor Tait im Feuilleton. Hier ist deine Chance, ihnen die Story abzujagen!«

»Im Literaturteil? Viertausend Wörter? Jetzt mach aber mal halblang!«, sagte er. »Das interessiert doch kein Schwein!

Für solchen Schwachsinn werden wir beim *Sphere* jedenfalls kein gutes Geld zum Fenster rauswerfen.«

»Ich dachte, ihr wolltet den *Monitor* abhängen? Immerhin habt ihr eine Menge Geld hingeblättert, um die versnobte Quasselstrippe Bernice Bullingdon abzuwerben«, sagte sie und zupfte gereizt an ihrem Bierdeckel.

»Die alte Bernice?« Er lachte. »Ja, damit haben wir Wedderburn eins ausgewischt, was? Revanche für die Sache mit Ricky Clegg.«

Tamara blieb fest.

»Diese Story ist viel interessanter als Bernice' Schwafeleien über Sankt-Nimmerleins-Vorlagen und Debatten, über die gar nicht abgestimmt wird.«

»Das ist keine Kunst«, sagte er. »Alles ist interessanter als das. Aber mach dir keine Sorgen. Den Lesern des *Sphere* bleiben sie erspart. Sagen wir es so: Bernice hat das Ressort gewechselt – heute ist sie Bernie, die Mülleimerkönigin.«

Tamara ließ sich nicht ablenken.

»Aber Honor Tait war einmal richtig berühmt. Berühmter als Pernilla Perssen. Berühmt im alten Stil, als Hollywoodstar.«

Er sah auf die Uhr.

»Wir zahlen gerade Unsummen für ein paar großartige Fotos von Pernilla«, sagte er, und seine Augen wurden glasig vor Vergnügen. »Warte, bis du sie siehst ...«

»Super«, sagte Tamara ohne große Begeisterung. »Aber das ist eine ganz andere Kategorie.«

»Hör mal, Liebling, was hast du bloß mit deiner Honor Tait – sie ist alt und hässlich, und die meisten unserer Leser haben noch nie von ihr gehört.«

»Aber von Frank Sinatra haben sie gehört. Und ihren berühmten Freunden. Liz Taylor, Marilyn, sie kannte sie alle ...«

Er beugte sich vor und tätschelte ihr Knie.

»Sorry, Schätzchen. Es war ein nett gemeintes Angebot. Aber für uns ist das nichts. Noch einen Absacker?«

Während er zur Bar ging, versuchte sie, ihre Argumente zu ordnen.

»Vor kurzem gab es eine Fernsehsendung über sie«, sagte sie, als er mit den Drinks zurückkam. »Zur besten Sendezeit. Sie engagiert sich für alle angesagten linken Kampagnen. Tritt mit Kandidaten der Labour-Partei auf. Und Filmschauspielern. Jason Kelly. Oder Fernsehstars wie Paul Tucker.«

Bei der Erwähnung von Tucker, der bei Tim und seinen Kollegen als Lachnummer galt, prustete er in seinen Drink.

»Jetzt erzähl mir bloß noch, dass sie es auch mit Tucker treibt.«

»Ich kann es nicht mit letzter Sicherheit sagen. Aber mit allen anderen war sie im Bett. Mit den ganz Großen.«

Tim hob fragend eine Braue – er hatte schon wieder die Verletzung von letzter Woche vergessen und zuckte zusammen, als der Schmerz ihn daran erinnerte.

»Welche ganz Großen?«

»Sinatra ... Picasso ... Bing Crosby ... Bob Dylan ... Castro ...«

»Fotos?« Er betastete behutsam sein Auge.

»Ja. Bestimmt. Von den meisten. Nicht zusammen im Bett, aber zusammen.«

»Ein Flittchen also.«

»Ja, genau darum geht es. Sie treibt es immer noch. Trotz ihrer achtzig Jahre ist sie unersättlich.«

»Und wie ist er? Ihr Lustknabe?«

»Fit«, sagte Tamara. »Wirklich ausgesprochen fit.« Und dann erlaubte sie sich ein verträumtes Lächeln der Befriedigung.

Vielleicht war es der nächste Drink oder die Versuchung, Paul Tucker lächerlich zu machen, oder aber auch die bloße Nennung von Honors drittem Ehemann, jedenfalls wendete sich für Tamara das Blatt.

»Doch nicht etwa *der* Tad Challis? *Flitterwochen einer Friseuse?* Das Comedy-Genie?«, fragte Tim plötzlich interessiert. »Diese köstlichen Schweinigeleien! Der alte Tad hatte unter den schärfsten Starlets freie Wahl! Dann war Honor Tait ein steiler Zahn.«

»Ja, das war sie«, nickte Tamara. »Guck sie dir an. Sie war umwerfend.«

»Ich weiß nicht, Tam. Du setzt mich ganz schön unter Druck.«

Sie kniff ihn durch die graue Flanellhose neckisch in den Schenkel.

»Du kannst dir denken, wie wichtig mir diese Story ist«, sagte sie. »Für mich steht eine Menge auf dem Spiel.«

»Ich weiß nicht, Kleines, ich bin einfach zu weichherzig… Ich schade mir selbst. Aber ich werde mal sehen, was sich machen lässt.«

Tim rief noch am Nachmittag an. Er hatte sich Honor Taits Akte aus dem Bildarchiv kommen lassen.

»Sie mussten in die Tiefe der Morgue hinabsteigen, um zu dem ganz frühen Zeug vorzustoßen, aber als ich den Staub erst mal weggepustet hatte, war es phantastisch«, sagte er. »Unbezahlbar! Eine Bombenstory! Und sie kannte sie alle, nicht? Sinatra, Kennedy … Egal wer, deine Honor hat ihnen allen den Kopf verdreht.«

»Sie hatte Verbindungen. Hab ich dir doch gesagt.«

»Und das neuere Zeug ist auch nicht schlecht. Die Fotos mit dem jungen Kelly. Er ist Spitze, was? Die Mädels am Schalter konnten sich gar nicht mehr einkriegen. Sie sieht aus, als würde sie ihn zum Frühstück vernaschen, die Schlampe. Das wird ein Spaß.«

»Wie schnell brauchst du das Material?«

»Schaffst du es am Wochenende? Dann peitschen wir es für die darauffolgende Woche durch. Aufmacher plus zwei Doppelseiten?«

Tamara stieß am anderen Ende der Leitung triumphierend die Faust in die Luft.

»Was ist mit der Pernilla-Perssen-Story passiert?«, fragte sie.

»Die *News of the World* bringt sie in dieser Woche.«

Für einen Chefredakteur, der erfahren hat, dass ihm seine Story abgejagt worden ist, wirkte Tim erstaunlich munter.

»Haben sie dir deine Story geklaut?«, fragte sie.

»Der Typ war ein notorischer Schwindler«, sagte er. »Die Fotos waren mit einem billigen Pernilla-Verschnitt nachgestellt worden. Wir haben ihn damit rüber zur *News of the World* geschickt. Sieht ganz so aus, als hätten sie angebissen und versenkten jetzt ihr Budget für die nächsten sechs Monate. Ganz abgesehen von den Anwaltskosten. Damit sind sie erledigt.«

Wie oft würde sie sich noch dieser Erniedrigung unterwerfen müssen, fragte sich Honor, der mühsamen Prozedur des Waschens und Anziehens, um sich dann zu zwingen, die Wohnung zu verlassen, obgleich jeder Schritt eine Qual war, und alles nur, um sich dann erneut ausziehen, entblößen und auf ihre unappetitliche Substanz degradieren zu lassen? Wie ein Schaf auf der Schlachtbank. Sie wusste, dass sie sich nicht beklagen sollte. Lois hätte selbst tägliche Koloskopien und Computertomographien ihrem Alzheimer vorgezogen. Immerhin hätte vielleicht auch sie gegen den heutigen Arzt rebelliert. Ein junger Schnösel, der auf eine Privatschule gegangen war und keinen Funken Mitgefühl besaß. Seine Gleichgültigkeit war unübersehbar. Honor hörte ihn beinahe fragen: »Wie zum Teufel haben Sie es sich denn vorgestellt?«

Zurück in der Wohnung setzte sie ihre Aufräumarbeiten fort. Die Haushilfe war schockiert gewesen, als sie heute Morgen kam, und hatte gefragt, ob eingebrochen worden sei. Als sie die Wahrheit erfuhr, war sie noch entsetzter und hatte sich geweigert, säckeweise Bücher, Kleider und Krimskrams wegzuwerfen. Sie wollte all das nicht einmal zu einer Wohlfahrtseinrichtung bringen. Einen entnervenden Augenblick lang fürchtete Honor einen Tränenausbruch, bis sie der Frau erlaubte, den ganzen Krempel selbst zu behalten. Wo sie ihn in ihrer vollgestopften Sozialwohnung unterbringen wollte, konnte sich Honor allerdings beim besten Willen nicht vorstellen.

Viel mehr blieb nicht zu tun. Sie riss die Seiten der Zeitung auseinander und wickelte Tads kostbare Sèvres-Tassen hinein. Dann legte sie sie zusammen mit anderen zerbrechlichen Teilen – Aidans Parfumfläschchen, Champagnergläsern und der Vase – in einen Plastiksack. Noch mehr Ramsch für die Haushilfe.

Sie goss sich einen Drink ein und setzte sich ins dämmrige, leere Wohnzimmer. Als sie sah, wie sich ihr Schatten an der kahlen Wand abzeichnete, fragte sie sich, was ein Interviewer wohl jetzt von diesem Raum denken würde. Doch was spielte das für eine Rolle? Ein Irrtum ist viel leichter zu erkennen, als die Wahrheit zu finden – wieder Goethe –, manchmal aber gelingt keines von beidem.

Auch der Klügste konnte sich vertun. Das war ihr selbst passiert. Unverzeihlich, im Wald des Ettersberg. Doch damit konnte sie sich im Augenblick nicht befassen. Lieber erinnerte sie sich an die kleine Blamage bei ihrer Reportage über einen einsiedlerischen kanadischen Schriftsteller, der allein in einem mit Schindeln gedeckten Farmhaus im Norden des Staates New York lebte. Seine Frau war schon vor langer Zeit geflohen und hatte die Kinder mitgenommen. Honor hatte ihn gebückt und mit wässrigen Augen in dem eiskalten Haus angetroffen, wo er sich, metaphorisch gesprochen, die Hände an der kalten Glut seines literarischen Ruhms wärmte. Am Kamin seines einsamen Zuhauses hatte sie eine leere Magnumflasche Champagner entdeckt, ein verstaubtes Klischee, das in der Regenbogenpresse für glücklichere Zeiten stand. Den Dachboden hatte er in ein Museum seiner frühen Erfolge verwandelt: Die Wände waren mit gerahmten Rezensionen seines einzigen Romans und Bestsellers, grellen Plakaten und Standfotos aus der Verfilmung (Tad war erster Regieassistent gewesen) sowie Fotos von Starlets mit Miniröcken und künstlichen Wimpern gepflastert. Lächelnd umringten sie den angesagten Schriftsteller, der außer sich vor Glück war in seinem Anzug von der Carnaby Street.

Er hatte Honor herumgeführt und nur über dieses eine Buch gesprochen, das drei Jahrzehnte zuvor erschienen war: wie er es geschrieben, dann überarbeitet hatte, wie es veröffentlicht wurde, die Verkaufszahlen, die Verfilmung. Auf kein anderes Thema – seine übrigen Bücher, die politische Lage, seine Familie, das Haus, der Garten – ging er ein, stets kam er auf die herrlichen Zeiten vor dreißig Jahren zurück, seinen überwältigenden Triumph, als alle, sogar die Kritiker, ihm wohlgesinnt waren und Enttäuschung und Misserfolge für immer vorbei zu sein schienen. Wie hätte er damals wissen sollen, dass nach einem kurzen *scherzo* das Scheitern zum Leitmotiv seines Künstlerlebens werden würde?

Erst nachdem ihr melancholischer Artikel erschienen war, hatte sie den Anruf eines früheren Kollegen vom *Herald Tribune* erhalten, der damals längst pensioniert war und im Chenango Valley Dahlien züchtete.

»Du hast also den alten G. getroffen? Hast du auch die Vestalinnen zu Gesicht bekommen?«

Dies, so erzählte er dann, waren die zwanzigjährigen Geliebten des Schriftstellers, eineiige Zwillinge, rosige Renoir-Schönheiten irischer Abstammung aus einem Sozialwohnungskomplex in Vestal, außerhalb von Binghamton, die ihren Job an der Kasse des örtlichen Supermarkts gegen einen Flügel des Farmhauses, Champagner ad libitum und monatliche Einkaufsbummel eingetauscht hatten. Ja, sie hatte sich täuschen lassen. Und wohlgemeinte Fehlinterpretationen konnten genauso schädlich sein wie boshaft offenbarte Wahrheiten. Dem musste man sich stellen.

Als ich zwanzig Minuten später unweit des Lagers im Wald herumging, entdeckte ich einen flüchtigen deutschen Soldaten, der sich im Unterholz versteckte, und eilte zurück, um die amerikanischen Soldaten zu alarmieren. Ich wurde Zeugin, wie die euphorischen Amerikaner Schlange standen, um auf den jungen Nazi einzuknüppeln. In ihrem Siegesrausch stillten die Amerikaner ihren Rachedurst angesichts des Grauens, das sie in dem gerade befreiten Lager vorgefunden hatten. Der gefangene Deutsche stöhnte leise, als ein GI ihn am blutverschmierten Haar gepackt hielt, während die anderen auf ihn einschlugen und ihn beschimpften.

»Wollen Sie auch mal, junge Dame?«, fragte mich ein Soldat. Ich lehnte ab.

Schließlich ging der Deutsche, dessen Gesicht blutüberströmt und dessen verhasste Uniform von Blut getränkt war, zu Boden.

21

Tamara entschied sich für ein Dreisternehotel in einer Seitenstraße von Paddington. Es war nicht gerade das Ritz, doch nachdem Tim schließlich großzügig ein Honorar von 50 000 Pfund für Dev und 3500 Pfund für Tamara bewilligt hatte, bestand er darauf, dass die Spesen sich im Rahmen halten müssten.

»Ich habe mein Budget bereits überschritten, Schätzchen«, hatte er gesagt. »Ich musste kämpfen, um es bei unserem Finanzmann durchzukriegen.«

Es war kein übler Deal, doch Dev, der mit mindestens 100 000 Pfund gerechnet hatte, war nicht beeindruckt, als Tamara anrief, um ihm die Neuigkeit zu berichten.

»Ich glaube nicht, dass ich mir die Mühe machen will, wenn das ihr bestes Angebot ist«, sagte er.

»Aber du hast es doch selbst gesagt: Die Geschichte muss erzählt werden.«

»Ist sie erst erschienen, wird meine Haupteinnahmequelle versiegen. Von Honor Tait kann ich anschließend nie wieder etwas erwarten. Aus und vorbei, und was dann?«

Auch seine anderen Klienten würden abspringen, wenn er Honor Tait in der Boulevardpresse bloßstellte.

»Aber du wolltest doch noch einmal von vorn anfangen«, argumentierte sie. »Alles hinter dir lassen.«

Es folgte eine Pause. Es steht auf der Kippe, dachte Tamara.

Endlich sagte er: »Okay. Aber in bar. Ohne Cash kein Deal.«

Tim überreichte Tamara bündelweise Banknoten, so sauber und druckfrisch, als wäre es Falschgeld. Es war so viel, dass sie damit eine bedeutende Anzahlung auf eine anständige Wohnung in West-London hätte machen können.

»Gegen alle«, sagte er und zwinkerte mit seinem heilen Auge. »Ich zähle auf dich und einen erstklassigen Scoop.«

Sie buchte das Zimmer telefonisch und handelte einen Rabatt heraus, indem sie durchblicken ließ, dass sie das Hotel auf der Reiseseite des *Monitor* positiv erwähnen könnte. Sie bestand auf der besten Suite, die angeblich über ein XXL-Bett und ein Bad mit Whirlpool verfügte.

Seltsamerweise schien Tim dieses amouröse Abenteuer zu unterstützen.

»Ein sexy Wochenende im Hotel? Wenn es nicht anders geht ... Nur zu, Kleines«, hatte er gesagt.

Tamara hatte sich über seine mangelnde Eifersucht geärgert, freute sich aber darauf, nach Strich und Faden verwöhnt zu werden, auf Ruhe und Entspannung und eine lohnende Aufgabe. Es wäre sträflich, den Komfort nicht zu nutzen.

Der Werbeeintrag in den Gelben Seiten hatte »intimen Luxus und hervorragenden Service« versprochen, doch der schäbige Teppichboden im Hotelfoyer und die gähnende Empfangschefin am Schalter ließen beides vermissen. Daran konnte sie jetzt nichts mehr ändern. Dev tauchte in diesem

Moment mit seinem Rucksack auf, gerade als Tamara den Schlüssel in Empfang nahm. Sie betraten den Aufzug, einen engen Holzverschlag, der an einen hochgestellten Sarg erinnerte. Er stellte eine Intimität her, auf die keiner von beiden vorbereitet war.

Dev wirkte beinahe schüchtern und wandte den Blick ab, als Tamara ihm ein verschwörerisches Lächeln zuwarf. Sie würde die nächsten beiden Tage großes Fingerspitzengefühl beweisen müssen. Er fühlte sich gedemütigt; das war klar. Welcher Mann, der sich selbst respektierte, würde vor aller Welt zugeben, dass er mit einer Greisin ins Bett ging? Vielleicht hatte er sogar Gewissensbisse, weil er Honor Tait hinterging. Tamara wusste, dass dies einer der schlimmsten Aspekte von Missbrauch überhaupt war – die Opfer fühlen sich schuldig dafür, dass es sie getroffen hatte.

»Hast du die Kohle?«, fragte er, als der Aufzug im dritten Stock hielt.

»Ja. Hier bei mir.«

Sie klopfte auf die Tasche und streifte dabei mit dem Ellbogen seinen Schritt.

Als Tamara die Tür zu ihrer Suite aufstieß, wurden sie von einer Farborgie überrumpelt. Ein riesiges herzförmiges Arrangement aus Nelken versperrte ihnen den Zutritt, und darüber federte ein rosa Luftballon wie ein pastellfarbener Sandsack, auf dem in Disney-Manier zwei sich küssende Cupidos prangten.

»Was zum Teufel soll denn das?«, fragte Dev und drückte sich an dem übergroßen Blumenarrangement vorbei, das einen schwülen Geruch verströmte.

Pinkfarbene Fähnchen – noch mehr Herzen – umsäumten das Fenster, das auf einen trostlosen Hinterhof hinausging. Über dem Bett (eher XL als XXL, fand Tamara, und mit pinkfarbenem Frotteeplüsch bezogen) hing ein Transparent. Darauf hieß es in krakeliger Kinderschrift: *Herzlichen Glückwunsch!*

»Ich habe um das beste Zimmer gebeten, das sie haben. So was hätte ich nicht erwartet. Wahrscheinlich ist es die Flitterwochensuite.«

»Es ist scheußlich«, sagte er und verzog schmollend den Mund wie ein verwöhntes Kind. »Hier kann ich auf keinen Fall bleiben.«

Dann entdeckte er die Flasche Champagner im Eiskübel neben dem Bett.

»Na, den können wir jedenfalls gebrauchen.«

»Davon gibt es noch, so viel du magst«, versicherte ihm Tamara.

Er goss sich ein Glas ein, streckte sich mürrisch auf dem Bett aus und fing an, durch die Fernsehkanäle zu zappen.

»Kriege ich auch was ab?«

Er reichte ihr die Flasche, ohne den Blick von dem Fernseher am Fußende des Bettes abzuwenden, in dem jetzt ein Kinderquiz lief – eifrige kleine Streber, die um irgendeinen schäbigen Preis wetteiferten. Sie rief den Zimmerservice an und bestellte noch mehr Champagner. Die Empfangschefin trug die Schürze eines Zimmermädchens und quetschte sich mit den Flaschen vorsichtig an dem Blumengesteck vorbei. Sie stellte das Tablett auf den Tisch und suchte eilig das Weite, wobei sie beinahe das Nelkenherz umstieß und die Cupidos aufscheuchte.

Dev schaltete auf einen Pornokanal um und verfolgte mit

dem kühlen Blick eines Kenners die Schlammschlacht zweier nackter Gestalten, während er sich mit einer Hand einen Joint drehte. Tamara öffnete eine zweite Flasche, streifte die Schuhe ab und reichte ihm ein Glas im Tausch gegen den Joint. Sie lagen nur wenige Zentimeter voneinander entfernt wie Figuren auf einem mittelalterlichen Grab. Mit starrem Blick verfolgten sie benebelt, wie sich die Schlammschlacht in Schlammsex verwandelte. Sie streckte den Arm aus, um ihn zu streicheln, und er seufzte.

»Wann fangen wir an?«, fragte er.

»Wann du willst«, murmelte sie.

»Ich meine den Deal mit der Story.«

Er wirkte seltsam gereizt.

»Wir haben Zeit.«

Sie stand auf und dimmte die Lampen, legte sich in aufreizender Pose auf das Bett und köpfte die nächste Flasche Champagner.

»Bist du sicher, dass du das Geld hast?«

»Hab ich dir doch gesagt. In meiner Tasche.«

»Zeig es mir.«

Vierzig Stunden setzten sie keinen Fuß auf die Straße, schliefen kaum, verballerten zwei Unzen Gras, fast ein Gramm Kokain, eine ganze Kiste Champagner und redeten. Vor allem redeten sie. Das Bad mitsamt dem Whirlpool blieb unbeachtet, und Tamaras Erwartungen an ein Sexwochenende auf Spesen waren schnell vergessen. Ein einziges Mal schliefen sie miteinander, wie aus Versehen. Er wälzte sich über sie, um nach der Flasche zu greifen, die dünnen Hotelbademäntel teilten sich, Haut berührte Haut, Verlangen übermannte sie. Ihre Körper funktionierten, aber Gefühle waren keine beteiligt. Während sie pflichtschuldig bumsten, im Takt des gegen die Wand schlagenden Kopfendes, war er mit seinen Gedanken woanders. Und auch in ihr hatte sich etwas verändert. Er war ein schöner Mann, ja. Sie aber wollte die Story.

Die konnte sie haben. Und was für eine Story! Als er einmal angefangen hatte zu reden, konnte er damit gar nicht mehr aufhören, er nebelte sie ein mit Beschuldigungen und Marihuanarauch. Tamara saß in die Kissen gelehnt und machte sich Notizen, das laufende Aufnahmegerät neben ihr auf dem Nachttisch. Die Transformation war wirklich erstaunlich: Der rätselhafte wortkarge Mann entpuppte sich als jemand, der ohne Punkt und Komma sprach. Sie verbrauchte mehr als ein Dutzend Kassetten. Sicher, es würde ein Marathonjob, das alles zu transkribieren, aber ihre Notizen würden es vereinfachen.

Er war zornig und sprach so heftig, als wäre es eher Rachgier als das Geld, was ihn zu seiner Beichte bewegte. Er sei kein professioneller Gigolo, behauptete er, und auch kein Escortboy. Das sei er nie gewesen. Er habe nicht gelogen, als er Tamara kennenlernte; er sei ein ausgebildeter Masseur, Heiler und »Wahrheitssucher« mit übersinnlichen Kräften, doch sei er von einer manipulativen Alten erzogen und schon als Kind missbraucht worden. Sie habe ihn nie freigegeben und aller Chancen auf eine normale Beziehung beraubt.

»Ich habe versucht, von ihr loszukommen, glaub mir«, sagte er. »Aber sie hat mich immer wieder in ihren Besitz gebracht.« Er schüttelte den Kopf, überwältigt von Reue und

Scham. »Jedes Mal hat sie mich wieder geködert. Ich hatte keine Chance, ihr zu entkommen.«

Tamara sah von ihrem Block auf.

»Wie alt warst du, als das anfing?«

Er wich ihrem Blick aus und starrte auf den leeren Bildschirm vor sich.

»Zwölf? Dreizehn? Weiß nicht. Jedenfalls war ich komplett unschuldig.«

Tamaras Abscheu wurde von einem Gefühl des Triumphs überdeckt. Dies war eine unglaublich perfide Geschichte, sie konnte es kaum erwarten, davon zu berichten.

»Dreizehn? Dann gingst du noch zur Schule?«

»Was denn sonst? Die Karrierechancen für Dreizehnjährige sind begrenzt.«

Sie ließ sich von seinem Sarkasmus nicht abschrecken. In Wirklichkeit galt seine Feindseligkeit Honor Tait, das war ihr klar.

»Wie habt ihr euch kennengelernt?«

»Sie stand meinem Vater nahe.«

»War er ihr Geliebter?«

Er biss sich auf die Lippen. Das Ganze war eine Qual für ihn.

»Alle waren ihre Geliebten.«

»Weiß dein Vater von ihr und dir?«

»Nicht die ganze Geschichte, nein. Er ist vor ein paar Jahren gestorben.«

Er schloss die Augen. Sie beugte sich zu ihm und streichelte seine Hand.

»Ich weiß, wie schlimm das für dich ist. Bestimmt hast du das Gefühl, sie irgendwie zu verraten. Aber dagegen musst du ankämpfen. In Wirklichkeit bist du derjenige, der verraten wurde.«

Er war offenbar dankbar für ihr Einfühlungsvermögen.

»Vielleicht kann ich ja den Heilungsprozess in Gang setzen, indem ich davon erzähle und die ganze Sache öffentlich mache«, sagte er und drehte sich den nächsten Joint.

Sie verloren das Zeitgefühl und schliefen, wo sie gerade saßen oder lagen, zu seltsamen Zeiten und immer nur kurz. Wenn sie Hunger hatten oder Nachschub an Champagner brauchten, riefen sie den Zimmerservice. Je mehr er sprach, umso reservierter und distanzierter wurde er. Einmal, als sie so Seite an Seite auf dem Bett lagen, hatte Tamara das Gefühl, ihn ganz verloren zu haben. Es war eine taktlose Frage, aber sie hatte das Gefühl, sie stellen zu müssen.

»Du bist jung und siehst gut aus, im Gegensatz zu ihr. Wie funktioniert das?«

»Funktioniert was?«

»Du weißt schon. Wenn ihr allein seid. Zusammen.«

Er stützte sich auf den Ellbogen, und einen Augenblick lang sah sie ein drohendes Flackern in seinen Augen.

»Was genau meinst du?«

Eine diplomatische Art, es auszudrücken, gab es nicht.

»Du weißt schon…« Sie machte es nach, indem sie den Zeigefinger knickte und streckte. »Wie kriegst du ihn hoch?«

Er schlug mit einer solchen Wucht auf das Kissen, dass ein paar Federn herausflogen.

»Benutz deine Phantasie, Teufel noch mal! Muss ich es dir etwa vormachen?«

Es war ein heikler Moment. Es kostete sie einige Mühe, ihn zu beschwichtigen. Sie bestellte neuen Champagner und versprach (unbesonnen, das wusste sie), dass der *Sphere* abgesehen von dem vereinbarten Honorar für die Geschichte auch noch das Flugticket nach Goa drauflegen würde – wenn es das war, was er wollte.

»Erster Klasse?«

»Erster Klasse.«

Er beruhigte sich wieder, griff nach der Gideon-Bibel und präparierte eine Linie Koks.

»Wie fing es an? Mit dem Missbrauch?«, fragte sie mit tonloser Stimme wie eine Therapeutin.

»Wie fängt so was normalerweise an?«

Er benahm sich wie ein aufsässiger Schuljunge.

»Keine Ahnung. Mit Betatschen? Befummeln?«, schlug sie vor.

»Ja. Mit Betatschen«, sagte er und lachte rauh. »Betatschen und befummeln. Die ganze Palette. Sie war immer hinter mir her. Hat mich umarmt. Begrapscht. Ich war ihr Darling Boy.«

»Und Tad, ihr Mann? Der Filmregisseur? Wusste er davon?«

Sie musste sich anstrengen, um seine Antwort überhaupt mitzukriegen.

»Er war mit von der Partie.«

Tamara warf einen raschen Blick auf den Sony, um zu sehen, ob er noch lief.

»Auf welche Weise?«

Er legte den zusammengerollten Geldschein beiseite, befeuchtete den Zeigefinger und tupfte ein paar Krümel Kokain von der Bibel auf. Er wirkte entrückter als je zuvor, in frühkindlichen Traumata gefangen.

»Auf jede erdenkliche Weise«, sagte er und schloss die Augen. »Er kostümierte sich gern dafür. Frauenkleider. Make-up. Perücken. Stöckelschuhe. Alles, was dazu gehört.«

»Krank«, sagte sie. »Krank und pervers.«

»Genau das waren sie. Sie haben meine Vergangenheit zerstört und meine Zukunft auch.«

Tamaras erste Reaktion war zu checken, ob das Aufnahmegerät noch lief, dann streckte sie die Hand aus, um ihn zu trösten, doch er wich zurück und lag zusammengerollt da, unerreichbar in seinem Elend, ganz dicht an der Bettkante, ein gebrochener Mann. Das Gewicht seiner Schande wog zu schwer. Die Hoffnungslosigkeit seines kaputten Lebens berührte sie, und seine Schönheit war unbestritten, doch jetzt, da sie das ganze Ausmaß seiner Intimität mit Honor Tait kannte, merkte Tamara, dass sie sich nicht nur vor der alten Frau ekelte, sondern auch vor ihm. Wenn sie jetzt mit Dev schliefe, wäre es so, als würde sie mit ihr intim. Er war ihr Geschöpf.

Tamara wusste, dass sie ihn nach diesem Wochenende nicht wiedersehen würde. Es ging darum, die Geschichte zu erzählen, und dabei würde sie sich ranhalten. Es war ein schönes, ja erhebendes Gefühl, auf der Seite der Guten stehend, Grausamkeit und Heuchelei zu enttarnen. Doch sie begriff, dass ihre erste Liebesnacht und die enttäuschende Wiederholung in diesem Hotel Anfang und Ende ihrer Affäre gewesen waren.

Am Montagmorgen stand die Story, jetzt mussten sie zusammen mit dem Bildressort des *Sunday Sphere* nur noch die fotografischen Beweise beschaffen. Am Mittwoch um fünf Uhr nachmittags sollte Dev zusammen mit Honor Tait auf der Treppe von Holmbrook Mansions erscheinen. Der Fotograf würde mit seinem Teleobjektiv vor dem Gut and Bucket warten und ihm, wenn er die Bilder geschossen hatte, in dem Pub einen Umschlag mit dem versprochenen Flugticket überreichen. Tamara verkniff sich die Frage, ob Dev sich der Tait vor dem inoffiziellen Fototermin ein letztes Mal ausliefern würde.

Sie zogen sich an. Tamara warf einen verstohlenen Blick auf seinen Schwanz, der selbst im schlaffen Zustand eindrucksvoll war. Sein Gesicht hingegen wirkte erschöpft und ausgezehrt, als er jetzt auf sie zukam und ihr ein Zeichen machte.

»Wir haben nicht mehr viel Zeit«, sagte sie.

Sie hob den Kopf für einen letzten leidenschaftlichen Kuss, doch er wich ihrem Mund aus und deutete auf die Tasche.

»Das Geld«, meinte er nur.

Während Honor in den kahlen Wintergarten hinuntersah, kam es ihr vor, als gebe es dort unten mehr Leben und Wärme als hier oben in ihrer Wohnung. Sie empfand einen Anflug von Befriedigung, als sie sich wieder umdrehte und das Zimmer leer und sauber wie eine Gruft vor ihr lag. Das hätte sie schon vor Jahren tun sollen.

Jetzt wurde sie endlich von nichts mehr abgelenkt und fühlte sich bereit, Buße zu tun in einem letzten Akt der Läuterung. Erst jetzt konnte sie die Wahrheit ans Licht holen, die sie gut fünfzig Jahre in sich begraben hatte.

Ich sah zu, wie die Verbündeten Schlange standen, um auf den jungen Deutschen einzuschlagen. Siegestrunken stillten die Amerikaner ihren Rachedurst angesichts des Grauens, dem sie in dem von ihnen befreiten Lager begegnet waren.

Ein Sergeant aus Idaho, ein großer Farmersjunge, machte dem Aufruhr schließlich ein Ende. Hatte das kindliche Wimmern des Opfers ihn zur Besinnung gebracht? Oder hatte ein des Deutschen mächtiger Häftling interveniert, der das leise Flehen des Jungen verstand? Vielleicht hatte der Sergeant auch einfach genug von dem Blutvergießen. Wie sich herausstellte, war der vermeintliche Nazisoldat ein nie in Kampfhandlungen verstrickter vierzehnjähriger Schuljunge. Er war selbst inhaftiert gewesen; erst vier Tage zuvor hatten ihn deutsche Offiziere auf dem Rückzug unter Androhung von Waffengewalt gezwungen, die Uniform anzulegen, und ihn dann zu einem Zwangsarbeiterbataillon abkommandiert. Er hatte Gräben ausheben müssen, die nicht mehr benutzt worden waren.

Sie hatte nicht erfahren, ob der Junge den Lynchversuch der Alliierten überlebt hatte. Sanitäter transportierten seinen schlaffen Körper auf einer Bahre ab. Seitdem hatte sie nie einen Versuch unternommen, herauszufinden, was aus ihm geworden war. Auch hatte sie nie ein Wort über diese Szene oder ihre Rolle als Komplizin verloren, nicht einmal Lois gegenüber. Sie wusste, dass es keine moralische Rechtfertigung dafür gab. Am selben Ort, wo die Soldaten exekutierend Selbstjustiz verübten, waren sechsundfünfzigtausend

Menschen Opfer staatlicher Willkür geworden. Nein, die Amerikaner machte sie nicht dafür verantwortlich. Es war sie selbst, der sie nie verzeihen würde. Ihr kalter Blick, der Blick der Reporterin, wie sie sich gern eingebildet hatte, hielt unbeteiligt fest, was er sah. »Wollen Sie auch mal, junge Dame?«, hatte der GI sie gefragt. Sie hatte abgelehnt. Aber sie war nicht zusammengezuckt. Sie hatte sich als Wahrheitsmaschine angesehen. Aber da war noch etwas gewesen, etwas Animalisches, ein Stachel sadistischer Lust, während sie zusah, wie man auf den Jungen einschlug, während sie sich wünschte, es würde niemals aufhören.

22

»Perverse Hexe!«, sagte Tim und betrachtete das Foto von Honor Tait, die auf der Treppe von Holmbrook Mansions Devs Hand umklammert hielt. Sie hatte die Schultern hochgezogen und konzentrierte sich auf die Stufen. Dev starrte mit einem gehetzten Ausdruck direkt in die Kamera. Auf einem anderen Foto sah man sie beide im Profil; sie lächelte zu ihm auf mit einem Blick, der nur als besitzergreifend und triumphierend bezeichnet werden konnte.

»Sieh dir das an! Dieses liebestolle Funkeln in ihren Augen...« Tim klatschte vor Vergnügen in die Hände.

»Jetzt hör aber auf! Es geht um Kindesmissbrauch. Das ist nicht lustig«, sagte Tamara.

»Wo bleibt dein Sinn für Humor, Kleines? War doch nur Spaß.«

Er durchforstete die übrigen Fotos, bis er fand, wonach er suchte.

»Da ist es. Der Volltreffer! Der entscheidende Beweis«, sagte er und wedelte Tamara damit vor der Nase herum.

»Halt still. Lass mal sehen.«

Er legte das Foto auf den Schreibtisch, und Tamara wurde blass. Es war abscheulich. Dev stand über die alte Frau gebeugt, und seine Hände, seine schmalen Finger, umfassten zärtlich ihr zu ihm empor gewandtes Gesicht. Sie küssten sich. Honor Taits Augen waren geschlossen, festgehalten in einem Augenblick wilder, verbotener Lust. Auch er hatte die Augen geschlossen, doch Tamara wusste, dass sie unter den Lidern brannten – aus Hass und aus Ekel vor sich selbst. Der Judaskuss.

»Lieber Himmel!«, sagte Tim. »Das ist also dein neuester Lover, Tam? Und sie ist deine achtzigjährige Rivalin?«

Tamara war zu wütend, um zu antworten. Noch immer kichernd schob Tim die Fotos zusammen und legte das mit dem Kuss obenauf.

»Es gibt nur eins, das ich gern noch wissen würde, Tam«, sagte er.

»Was?«

»Wie zum Teufel kriegt er ihn hoch?«

»Benutz deine Phantasie, verdammt noch mal!«

Er hatte erneut angerufen. Endlich. Ein Abschiedsbesuch, hatte er gesagt. Von Anbeginn war es ein einziger langer Abschied zwischen ihnen gewesen, selbst in ihren besten Zeiten. Innerhalb einer Stunde war er da, sah sich kurz wortlos in der leeren Wohnung um. Dann kam er zur Sache. Keiner machte dem anderen etwas vor. Honor unterschrieb einen Scheck für ihn. Sie fuhren im Aufzug hinunter und gingen damit zu einer Bankfiliale in der Nähe des Supermarkts. Auf der Treppe von Holmbrook Mansions hatte er sie zwei Mal geküsst, einmal mit unerwarteter Zärtlichkeit, bevor sie zu der Filiale aufbrachen. Kaum hatte er die Banknoten eingesteckt, gab es noch einen flüchtigen Abschiedskuss, und schon eilte er von dannen, während sie dastand und zusah, wie er in der Ferne verschwand. Sie wusste, dass es einen Abschied für immer bedeutete. Es war so, als ginge für immer die Sonne unter.

Ein O-Ton von Honor Tait sollte das Ganze abrunden. Sie betrauten einen alten Fuchs von einem Nachrichtenredakteur damit, Perry Gifford-Jones. Er war Schauspieler in einem Provinztheater gewesen, bevor er sich als gewieftester Rewriter der Fleet Street einen Namen machte; heute verfasste er hin und wieder die Schlagzeilen und schrieb gelegentlich einen Aufmacher. Er war nicht nur Gewohnheitstrinker, sondern auch der Cousin von Tims Frau, weshalb man beim *Sphere* seine sporadischen Aussetzer tolerierte.

Gifford-Jones rief Honor Tait in der Nacht zum Freitag kurz vor Mitternacht an in der Hoffnung, dass sie nach einem Schlummertrunk und kurz vor dem Zubettgehen einigermaßen unbedacht und ehrlich sein würde. Beim zweiten Klingeln ging sie dran.

»Hallo?« Ihre Stimme zitterte erwartungsvoll.

»Hallo. Miss Tait? Miss Honor Tait?«

Jahrelanger Whisky- und Zigarrenkonsum hatten seiner an der Royal Academy of Dramatic Art ausgebildeten Stimme mit dem edlen, leicht affektierten Akzent einen Respekt einflößenden Unterton von der Straße verliehen.

»Ja. Wer ist da?«

»Perry Gifford-Jones vom *Sunday Sphere*. Ich würde Ihnen gern ein paar Fragen stellen.«

Es trat eine kurze Stille ein, bevor sie sprach.

»Ist Ihnen klar, wie spät es ist?«

»Tut mir aufrichtig leid, Miss Tait. Ich konnte nicht früher anrufen, Sie wissen ja, wie die Terminvorgaben für die Nachrichtenredaktion sind. Dafür haben Sie sicherlich Verständnis.«

»Sicherlich nicht.«

»Ich bewundere Ihre Arbeit über alles, Miss Tait«, schmeichelte er ihr. »Ich möchte Sie nur um Ihren Rat für eine Story bitten, die wir hier beim *Sunday Sphere* veröffentlichen wollen.«

Sie fragte sich, welchen Rat sie einer schmutzigen Klatschpostille wie dem *Sphere* geben könnte. Es war so gut wie ausgeschlossen, dass man dort einen Vorstoß in Richtung respektablen Enthüllungsjournalismus wagte oder sich an seriösen Reportagen über andere Teile der Welt versuchte.

»Wir haben einen Artikel über Missbrauch vor«, fuhr er fort. »Sexuellen Missbrauch. Wenn ich richtig informiert bin, verstehen Sie etwas davon.«

Sie war verblüfft. Hatte das vielleicht mit Clemencys kindischem Verein zu tun?

»Falls Sie Informationen über die Wohltätigkeitsorganisation von Clemency Twisk benötigen, sollten Sie zu einer christlichen Uhrzeit in ihrem Büro anrufen.«

»Nein, nein«, sagte Gifford-Jones. »Wir wollen definitiv mit Ihnen sprechen. Sie sind Expertin auf dem Gebiet.«

Sie versuchte, diesen Sirenenklängen nicht zu erliegen, obwohl ihr der Gedanke durch den Kopf schoss, dass es vielleicht gar nicht übel war, wenn Millionen Leser des *Sphere* auf dieses Thema aufmerksam wurden. Die puristischen Prinzipien des *Guardian* in Ehren, aber vielleicht wäre es wirksamer, den nicht Konvertierten zu predigen.

»Ich habe über Straßenkinder in Rio und Kalkutta geschrieben und auch die Kinderprostituierten in Thailand«, räumte sie ein. »Vom Handel mit Kindern in der ehemaligen Sowjetunion und Afrika ganz zu schweigen.«

»Sie kennen sich also aus.«

Sein schleimiger Ton gefiel ihr nicht.

»Das ist alles lange her. Ich bin nicht mehr auf dem neuesten Stand.«

»Im Gegenteil. Da habe ich ganz was anderes gehört. Sie sind sogar auf dem allerneuesten Stand, Miss Tait.«

»In den letzten paar Jahren war es mir nicht mehr möglich, viel zu reisen. Sie sollten sich jemand Jüngeren suchen, der Ihnen dabei behilflich sein kann, jemand, der die aktuelle Lage kennt.« Es fiel ihr schwer, das zuzugeben.

Er ließ sich nicht abwimmeln.

»Apropos aktuell, bleiben wir einfach in der Nähe. Was meinen Sie zu den jungen Männern, die in West-London Sex für Geld anbieten?«

War er etwa betrunken?

»Ich habe keine Ahnung, wovon Sie reden. Ich muss jetzt wirklich Schluss machen.«

»Es handelt sich um ein ernstes Problem«, beharrte er. »Männliche Prostitution in Ihrer Nachbarschaft. Wir bringen am Sonntag eine Story darüber.«

Sie hatte genug von diesem Schwachsinn. »Gibt es in West-London mehr männliche Prostituierte als in anderen Teilen der Stadt? Oder in vergleichbaren Vierteln anderer Hauptstädte der Welt? Immerhin könnte man argumentieren, dass es ihre eigene Entscheidung ist und sie mit Sicherheit weniger ausgebeutet werden als die Kinderprostituierten in Fernost.«

»Sextourismus? Damit kennen Sie sich ja sicher auch aus.«

»Ja, aber wie gesagt, ich bin seit Jahren nicht mehr imstande zu reisen. Mein Wissen aus erster Hand ist begrenzt. Sie sprechen mit der falschen Person.«

Diese Abneigung, einen Auftrag abzulehnen, war instinktiv, selbst wenn es sich um ein widerliches Blatt wie den *Sphere* handelte. Die Ablehnung ihres Artikels damals durch den *New Statesman* kränkte sie noch immer. Wer wusste, wann der nächste Redakteur anrufen würde?

»Was ist mit den Bordellen für männliche Prostituierte in Ihrer Nachbarschaft? Maida Vale, stimmt's?«

Wer *war* dieser Idiot?

»Gibt es *wirklich* solche Bordelle in Maida Vale? Ich habe nie welche gesehen. Hören Sie, ich kann Ihnen wie gesagt nicht helfen.«

Vielleicht war er ein Spinner, schoss es ihr durch den Kopf, ein verrückter Fan, der ihre Nummer herausgefunden hatte und so spät anrief, um sie aus der Reserve zu locken. Sie war drauf und dran aufzulegen. Da kam die Frage, die sie schockierte.

»Was wissen Sie über einen Mann namens Dev?«

Sie verlor die Fassung, rang nach Luft.

»Miss Tait? Miss Tait? Sind Sie noch dran, Miss Tait?«

»Was genau wollen Sie?«

»Sie bestreiten also, ihn zu kennen?«

»Möglicherweise bin ich schon mal jemandem begegnet, der so heißt. Sicher bin ich nicht.«

»Sie sind nicht sicher? Wir haben die Fotos, Miss Tait.«

»Fotos?«

Die Panik in ihrer Stimme war nicht zu überhören.

»Von Ihnen und ihm. Dev. Vor Ihrem Haus. Diese Woche. Mittwoch. Nach einem Ihrer Rendezvous.«

Sie nahm den Hörer vom Ohr und betrachtete ihn so entsetzt, als sei er selbst eine eklige Kröte, als stammte die schmierige Stimme nicht von einem zwielichtigen Journalisten fünf Meilen weit weg. Dann drückte sie ihn zitternd wieder ans Ohr.

»Worauf um alles in der Welt wollen Sie hinaus?«

»Sie streiten also nicht länger ab, Dev zu kennen?«

Sie legte auf, schloss die Augen und lehnte sich an die Wand. Ihr Herz raste, ihre Sinne schwanden. Die Wange an den kühlen Verputz der Wand geschmiegt, wartete sie, bis das Schwindelgefühl sich legte.

Dann tastete sie sich in die Küche und schenkte sich einen Drink ein. Ihre Hände zitterten. Jetzt erst bemerkte sie die roten Striemen auf der rechten Handfläche. Stigmata. So heftig hatte sie das Telefon umklammert. Es läutete erneut, und sie fuhr zusammen. Sollte es läuten. Nach mehreren Sekunden schaltete sich der Anrufbeantworter ein. Er war es wieder. Der Mann vom *Sphere*.

»... ein paar Fragen stellen ... wir veröffentlichen die Story in jedem Fall ... nur Ihre Stellungnahme ...«

Sie erstarrte, bis die Maschine summte und mit einem Klicken wieder verstummte. Der *Sunday Sphere*, dieses vulgäre Skandalblättchen, spezialisiert auf Intrigen und schadenfrohe Gehässigkeit. Was hatten sie vor? Musste sie jetzt auch noch öffentliche Schande ertragen? Und was war mit ihm? War er in Sicherheit? Konnte sie ihn erreichen, um ihn zu warnen? Drei Tage blieben ihnen noch bis Sonntag; drei Tage, bis ihre zerbrechliche Welt einstürzen würde.

23

Die Schlagzeile des Aufmachers – in weißen Lettern auf schwarzem Fond über dem Schnappschuss, der aussah wie eine Karikatur von Doisneaus *Kuss* – lautete: SINATRAS EX, 80, LEISTET SICH LUSTKNABE.

Eine Ausschnittsvergrößerung zeigte das Ineinander ihrer Hände – die ihre abstoßend hager, die seine marmorglatt und kräftig. Daneben stand: SCHÄFERSTÜNDCHEN DER BILDERBUCHGROSSMUTTER MIT GEHEIMNISVOLLEM ADONIS.

Nach insgesamt vier Seiten Text folgte eine Fotostrecke von Honor in jung und attraktiv, mit Frank Sinatra beim Abendessen und in einer angeheiterten Runde mit Marilyn Monroe vor einem Restaurant. Es gab ein handkoloriertes Porträt von Bing Crosby mit Zopfmusterpullover und Pfeife (die Unterschrift lautete: *BababaBing – noch eine von Taits Eroberungen*), obwohl der *Sphere* trotz intensiver Suche kein belastendes Foto hatte auftun können oder überhaupt ein Foto, das die Tait in Crosbys Gegenwart zeigte. Doch die vorhandenen Beweise waren erdrückend genug. Tad Challis, »Regisseur überaus beliebter britischer Filmkomödien«, war unter der Schlagzeile: PERVERSE SEXSPIELE: BERÜHMTER EHEMANN UND FREUND DER STARS EIN VERKAPPTER TRANSVESTIT abgebildet; das Foto zeigte ihn am Set mit Diana Dors schäkernd.

In mittleren Jahren war Honor in einem eleganten Kostüm abgebildet, neben Elizabeth Taylor, deren bodenlanges, mit Perlen besticktes Gewand darauf schließen ließ, dass zumindest eine von ihnen den Dresscode missverstanden hatte. Neuere Fotos zeigten sie gebeugt und knochig bei einer West-End-Premiere am Arm des »sexy *Wunderweltenbaum*-Stars« Jason Kelly, auf einer »dekadenten Kunstausstellung« in Begleitung des Fernsehreporters Tucker, auf einem »Charity-Event für Kids« neben dem schleimigen Mitglied des Schattenkabinetts und auf dem letzten Press Awards Dinner mit dem »TV-Entertainer Jimmy Whipple, Träger des britischen Ritterordens«, dessen Körpersprache – ein Arm kumpelhaft um Honor Taits Schulter, der andere mit erhobenem Daumen in die Kamera gestreckt – auf groteske Art unpassend wirkte. Tims Bildarchiv hatte ganze Arbeit geleistet. HEIMLICHES LIEBESNEST lautete die Schlagzeile auf Seite drei. Und unter einer Großaufnahme von Dev, dem Racheengel, prangte das Hammerzitat: *Verführt als Schulkind. Ich wurde missbraucht.*

Voller Stolz war Tamara trotz des Regens am Morgen zum Zeitungskiosk an der Ecke gelaufen, um sich den *Sunday Sphere* zu kaufen. Ja sie schwebte regelrecht, hatte unwillkürlich ein Lächeln auf den Lippen, und als sich die Wolken teilten und ein Strahlenbündel auf das nasse Straßenpflaster fiel und die stumpfen Hecken mit funkelnden Kristallen besprengte, lachte sie frei heraus. Es fühlte sich an wie ein Happy End.

Doch als sie vor dem Kiosk stand und den *Sphere* im Zeitungsständer sah, schlug ihre Freude plötzlich in ohnmächtige Wut um. Wo war ihr Autorenname geblieben? Die Story trug den Verfassernamen von Perry Gifford-Jones. Tim hatte sie schon wieder reingelegt!

Sie saß mit einem Kaffee in ihrer Souterrainwohnung und las die Zeitung ein ums andere Mal. Gab es für eine junge Journalistin einen schöneren Anblick als diesen: die eigene Story, für die man gelebt, geatmet, die einen bis in die Träume verfolgt hatte, bei der man Blut und Wasser geschwitzt hatte, schwarz auf weiß gedruckt zu sehen? Die Doppelseite war atemberaubend. Aber man hatte sie ihr gestohlen und als geistiges Eigentum eines anderen ausgegeben. Das war unerhört. Tim konnte was erleben! Sie rief in seinem Büro an und hinterließ eine empörte Nachricht auf dem Anrufbeantworter.

Die offene Zeitung vor sich, einen frischen Kaffee in der Hand, beruhigte sie sich allmählich. Zwar stand nicht ihr Name darunter, doch den Scheck hatte sie bereits eingelöst – aus diesem Teil des Deals kam Tim nicht mehr heraus –, und beim dritten Lesen musste sie widerstrebend anerkennen, dass Gifford-Jones sein kurzes Telefoninterview meisterhaft genutzt hatte, um ihrem Text den letzten Schliff zu geben. Davon konnte sie noch lernen.

In einem Exklusivinterview mit dem Sunday Sphere *in ihrer Wohnung in Maida Vale zeigte die kranke Achtzigjährige, Darling des Bildungsbürgertums und freizügige Freundin der VIPs, keinerlei Reue, sondern bezeichnete sich als »Expertin für sexuellen Missbrauch«.*

Eine Beziehung zu dem geheimnisvollen jungen Mann stritt sie ab, fragte unseren Reporter jedoch dreist:

»Gibt es in West-London noch mehr männliche Prostituierte?«

Sie räumte ein, in der Vergangenheit Erfahrungen mit Sextourismus gemacht zu haben, doch das Alter hat ihren Reisen in ferne Länder ein Ende gesetzt – »Man sollte sich jemand Jüngeren suchen«, so ihre Worte. Heute durchstreift sie das teure Viertel rund um ihre £ 275.000 schwere Luxuswohnung, um ihre perversen Gelüste zu befriedigen. Die unersättliche Pensionärin rechtfertigte ihre regelmäßigen bezahlten Sexsessions mit dem attraktiven Masseur Dev und anderen Gigolos mit den Worten: »Es ist ihre eigene Entscheidung«, und fragte uns mit Blick auf potentielle neue Opfer: »Gibt es wirklich solche Bordelle in Maida Vale?«

Eine dem Paar nahestehende Freundin erklärte: »Dev ist durch all das tief verletzt. Sein Leben ist zerstört. Er fühlt sich auf zynische Art missbraucht und glaubt, es sei an der Zeit, seine Geschichte zu erzählen – als Warnung für andere gefährdete Jugendliche und ihre Eltern.«

Das letzte Zitat stammte von Tamara. Ihre fehlende Autorenzeile kränkte sie nach wie vor, doch, so ermahnte sie sich, eins würde sie dennoch auskosten, und das war ihr geheimer Triumph: Tania Singhs langer, grausam respektvoller Artikel über die jetzt völlig unglaubwürdige Honor Tait musste abgeblasen werden. Nicht einmal die Literaturseite würde jetzt noch ein positives Porträt über die verkommene Kinderschänderin bringen.

Eine Stunde später klingelte das Telefon. Es war Tim, völlig aus dem Häuschen.

»Der Artikel hat eingeschlagen wie eine Bombe. Geht um die ganze Welt. Wir haben jede Menge Anfragen, auch vom Fernsehen.«

»Was ist mit meiner Autorenzeile, du hinterhältiger Mistkerl?«

»Darüber wollte ich mit dir sprechen.«

»Was ist passiert?« Ihre Stimme überschlug sich fast vor Wut. »Du hast es versprochen!«

»Ich weiß, ich weiß. Aber der alte Perry hat einen Riesenaufstand gemacht, und ich schuldete ihm einen Gefallen.«

»Mir auch, hast du das etwa vergessen?«

»Hör zu, die finanzielle Vereinbarung steht nach wie vor, und die Tatsache, dass dein Name nicht genannt wird, könnte sich vielleicht sogar als Vorteil erweisen. Du hast nichts damit zu tun. Wie wär's mit einem Folgeartikel nächste Woche? Verabrede dich mit der Alten, und versuch, ihr Einzelheiten über ihr tolles Leben mit den Stars zu entlocken.«

Tamara zögerte.

»Kohle?«

»Jede Menge, Darling.«

»Autorenzeile?«

»Autorenzeile mit Bild.«

»Versprochen?«

»Großes Ehrenwort.«

»Feste Anstellung?«

»Ich werde sehen, was sich machen lässt. Ehrlich. Diese Story wird laufen und laufen, und wenn du eine Fortsetzung hinkriegst, kannst du dir jeden Job in der Fleet Street aussuchen.«

»Allerdings kann ich mir nicht vorstellen, dass Honor

Tait einem Interview mit jemandem vom *Sphere* zustimmt. Besonders jetzt.«

»Hat jemand was vom *Sphere* gesagt? Arbeitest du nicht für den *Monitor*? Vorläufig zumindest.«

Das Gut and Bucket wurde zum angesagten Ort. Die vor Holmbrook Mansions versammelten Fotografen, Reporter und Fernsehteams warteten seit dem Morgengrauen auf das Erscheinen der »geilen Granny« und benutzten den Pub auf der anderen Straßenseite als Verpflegungsstation. Die Nachrichtenressorts sämtlicher Zeitungen, von den billigsten Revolverblättern bis hin zu den Gralshütern von allem, was in der britischen Zivilgesellschaft als anständig gilt, waren in der drängelnden Menge vertreten. Die seriöse Presse berichtete nicht über die Story selbst, sondern über die primitive Regenbogenpresse, und das mit der Überheblichkeit von Anthropologen, die die Opferriten eines Stammes aus der Steinzeit beobachten. Doch ihre hochnäsigen Berichte würden gleichzeitig den nützlichen Zweck erfüllen, gebildete Leser mit den gepfefferten Details der Honor-Tait-Story zu versorgen.

Aus sicherer Distanz beobachtete Tamara von der anderen Straßenseite aus, wie Bucknell sich mit finsterem Gesicht abseitshielt und sich eine Zigarette drehte. Tom O'Brien hatte sich zur Beratung mit einem Showbusiness-Reporter des *Star* und jenem *Sphere*-Fotografen zurückgezogen, mit dem Tamara bei der Story über den Sohn des Polizeibeamten zusammengearbeitet hatte. Die kleine Milly verteilte Styroporbecher mit Kaffee. Tamara ging über die Straße und stahl sich unbemerkt an ihnen vorbei in einen Durchgang, der mit feuchtem Abfall übersät war.

Sie war nicht allein. Eine kräftige, mittelalte Frau in tarnfarbenem Tweed, als wäre sie auf dem Weg zu einer Fasanenjagd, durchwühlte auf Zehenspitzen die großen Mülltonnen neben dem Personaleingang des Wohnhauses. Es war Bernice Bullingdon. Sie trug gelbe Gummihandschuhe, und zu ihren Füßen lag ein aufgeklappter Rollkoffer, in den sie Klumpen von durchweichtem Müll hineinwarf. Als sie Tamaras Schritte hörte, nahm sie zähnefletschend Witterung auf wie ein erschrecktes Erdmännchen. Kein Wort fiel. Bernice Bullingdon erkannte Tamara nicht als ehemalige Kollegin wieder, dafür war die jüngere Reporterin zu unbedeutend gewesen. Doch sie begriff schnell, dass die junge Frau keine Bedrohung darstellte, wandte sich wieder ihrer Aufgabe zu und durchsiebte einen weiteren triefenden Haufen alter Zeitungen und Küchenabfälle. Wonach suchte sie? Nach Honor Taits weggeworfenen Liebesbriefen? Ihrer Kreditkartenabrechnung mit entlarvenden Einzelheiten über diverse Rendezvous in Paris oder Rom?

Es war Tamaras Story, die all diese Aktivitäten ausgelöst, den munteren Menschenauflauf hervorgerufen und Bernice Bullingdon zum Müllfleddern degradiert hatte. Beschwingt von einem ungekannten Machtgefühl, ging Tamara zum Personaleingang und drückte auf die Klingel. Ruth Lavenham hatte dafür gesorgt, dass der Portier sie hier abholte, und er begrüßte sie mit einem Grinsen. Es machte ihm Spaß, den anderen eins auszuwischen.

»So was haben wir nicht mehr gehabt, seit einer der Beatles hier angeblich eine Nacht mit einer iranischen Prinzessin verbrachte. War natürlich alles erfunden. Aber wir konnten sie nicht verscheuchen. Sie standen tagelang da draußen herum.«

Sie folgte ihm ins Souterrain, einen übelriechenden Betonbunker, in dem ein riesiger alter Boiler untergebracht war.

»Sie haben alles versucht«, sagte er und führte sie zu dem schäbigen Lastenaufzug. »Kamen als Fahrradboten verkleidet mit wichtigen Päckchen, gaben sich als Blumenhändler aus, die verdammt große Bouquets bei ihr abliefern wollten. Sie haben sich sogar einen Arbeitskorb für Fensterputzer besorgt. Mit Mopps und Eimern sind sie an der Fassade hoch. Ich habe die Kameras gerade noch rechtzeitig bemerkt und ihnen gedroht, die Taue zu kappen.«

Er stieg im Erdgeschoss aus und streckte ihr mit verschwörerischem Lächeln die fleischige Hand entgegen. Tamara schüttelte sie kräftig, doch während die Tür sich schloss, verdüsterte Missbilligung sein Gesicht. Erst da begriff sie, dass er ein Trinkgeld erwartet hatte. Egal, es war ziemlich unwahrscheinlich, dass sie nochmals einen Besuch hier machen würde. Allein fuhr sie bis zum vierten Stock hinauf. Das Gebäude war still, abgesehen vom Ächzen und Keuchen der Aufzugtüren und Tamaras eigenen Schritten, die unheilvoll durch den Gang hallten. Wo waren die Bewohner? Versteckten sie sich alle vor der Presse?

Sie drückte auf die Klingel. Minuten vergingen, bis sich, begleitet vom Scharren der Riegel und dem Klappern der Schlüssel, die von einer Messingkette gesicherte Tür endlich ein paar Zentimeter auftat und Honor Tait sich durch den Spalt spähend vergewissern konnte, dass Tara Sim allein war. Die Kette wurde gelöst und Tamara wortlos eingelassen.

Dieses Mal hatte die alte Frau sich für das Interview nicht

hergerichtet. Ihr Haar war unfrisiert, einzelne Strähnen hatten sich aus dem hastig hochgesteckten Dutt gelöst, und ihr Kleid – vermutlich dasselbe schwarze Kleid, das sie beim ersten Interview getragen hatte – war fleckig und zerknittert. Sie wirkte gründlich erschöpft, diese schamlose Schänderin von kleinen Jungs und jungen Männern, während sie Tamara ins Wohnzimmer führte. Auch dieses hatte sich verändert. Der Raum war schockierend leer. Völlig ausgeräumt. Die alte Frau setzte sich schwer atmend und legte eine knochige Hand auf die Brust, um ihr Herz zu beruhigen.

»Was wollen Sie?«, fragte sie schließlich.

»Ich dachte, es wäre eher umgekehrt: Sie wollen etwas von mir«, antwortete Tamara und zückte ihren Block und ihr Aufnahmegerät.

Honor bedachte sie mit einem Blick, als sei Tamara der Inbegriff von Unwissenheit und Gier. Waren die zuckenden Mundwinkel der jungen Frau etwa ein Zeichen von Genugtuung?

»Ich habe einem zweiten Termin für das *S*nday-Magazine* zugestimmt«, sagte Honor. »Aber ich wäre Ihnen dankbar, wenn wir es so kurz wie möglich machen könnten.«

»Es wird nicht lange dauern«, sagte Tamara und drückte auf Aufnahme. »Ich muss nur ein paar Lücken schließen. Sie haben letztes Mal eine Menge über Ihre Arbeit gesagt, doch ich möchte noch ein paar Fragen zu Ihrem Leben stellen.«

Honor seufzte.

»Sie scheinen nicht zu begreifen, dass meine Arbeit und mein Leben ein und dasselbe sind. Es gibt … es gab … nichts anderes.«

»Es ist aber nicht die Arbeit, an der sie interessiert sind, stimmt's?«, meinte Tamara und nickte Richtung Haustür. »Die Menge da draußen.«

Honor beugte sich vor. Ihre Hände kneteten die Armlehnen des Sessels, und ihre Stimme war leise, fast als spräche sie zu sich selbst.

»Es ist abscheulich. Ein einziger Alptraum.«

»In gewisser Hinsicht ist es ein Zeichen Ihrer Berühmtheit«, meinte Tamara in dem Bestreben, das Gespräch in Gang zu bringen. »Dass die Leute immer noch erpicht darauf sind, etwas über Sie zu erfahren. Sie sind eine kulturelle Ikone.«

Honors Lachen klang wie ein Schmerzensschrei.

»Sie sind auf dem Laufenden, nehme ich an?«

»Ich habe ein paar Dinge in der Presse gesehen, ja.«

»Ein paar Dinge? Sie sind überall, es ist unmöglich, ihnen zu entgehen. Sogar im Radio. Oder im Fernsehen.«

»Wirklich?« Erneut schwoll Tamara vor Stolz die Brust.

Sie hatte gesehen, dass man in mehreren Fernsehprogrammen einen verstaubten Akademiker namens T. P. Kettering ausgegraben hatte, der sich behäbig über Honor Taits wildes Liebesleben ausließ. Ketterings Biographie der alten Frau, die zuvor verramscht worden war, wurde gerade nachgedruckt – mit einem zusätzlichen Kapitel über die jüngsten Enthüllungen.

»In der Regenbogenpresse gelte ich als Monster von Maida Vale«, fuhr Honor fort, »und in der liberalen Presse als eitle, alte Närrin. Ich bin zum Hassobjekt und zur Zielscheibe landesweiten Spotts geworden.«

Auch international war Honor Tait ein Thema. Unter Gifford-Jones' Autorennamen war Tamaras Story verbreitet und in alle Welt verkauft worden. Die Abteilung für Abdruckrechte, die normalerweise nicht viel zu tun hatte, arbeitete auf Hochtouren, um mit dem Schwall an Anfragen fertigzuwerden. Tamara war mit dreißig Prozent beteiligt, doch das Geld schien jetzt beinahe überflüssig; die wirkliche Belohnung war das unübertroffene Glücksgefühl, die größte Story des Tages verfasst zu haben. *El País, Le Monde, Frankfurter Allgemeine Zeitung, Izvestia, Kathimerini, O Globo, La Prensa, The Times of India* – sie alle hatten sie gekauft. Andere, die kein Geld oder keine Lust hatten, den *Sphere* dafür zu bezahlen, hatten sie einfach geklaut und sich beeilt, ihren Konkurrenten zuvorzukommen. Weltweit versuchte einer, die anderen auszustechen. Alle Zeitungen, egal, ob sie bezahlt hatten oder nicht, gaben die Story als ihre eigene aus, mit Ausnahme der *New York Times*.

In den Vereinigten Staaten hatten die Zeitungen und Zeitschriften sich auf Honor Taits Hollywood-Verbindungen und ihre Ablehnung des Vietnamkriegs konzentriert. Fernsehsender brachten die Story mit altem Filmmaterial von einer Wohltätigkeitsveranstaltung, an der die Tait mit Bing Crosby und Bob Hope teilgenommen hatte, obgleich sie mit keinem von beiden im Bild war.

KRIEGSREPORTERIN DER ALTEN SCHULE, 80, LAUT BRITISCHER BOULEVARDPRESSE IN SEXSKANDAL VERWICKELT, lautete die Schlagzeile der *New York Times*. Die Zeitung benutzte das Foto mit Sinatra und eine neuere Aufnahme der Tait bei einer festlichen Theaterpremiere in Begleitung eines Furore machenden Dramatikers mit linken Ansichten und des Schauspielers Jason Kelly, statt die Schnappschüsse des *Sphere*-Fotografen mit Dev abzudrucken. *El País* gab sich ähnlich zugeknöpft, konzentrierte sich auf Taits Rolle im Spanischen Bürgerkrieg und entschied sich für die Aufnahme mit Franco. Für *Le Monde* war es eine Gelegenheit, auf der Nachrichtenseite mit respektvollen Berichten an ihre *amitié* mit Cocteau und Picasso zu erinnern, während die Kommentatoren des Blattes sich über die kleinkarierte Einstellung der Briten zum Thema Sex mokierten. Im Vereinigten Königreich aber waren sich alle einig, Boulevard wie seriöse Presse, ähnelten sich sogar in der Darstellung. Ihr Urteil über Honor Tait, die scheinheilige Vertreterin der Schwachen und Beschützerin der Kinder, die den verletzlichsten Teil der Gesellschaft von Anfang an auf die übelste Art missbraucht hatte, stand fest.

Als die einstige Kriegsreporterin jetzt den Kopf in den Händen vergrub, überlegte Tamara, ob sie in ihrer Handtasche nach einem Taschentuch kramen und es ihr mit auf die Seite gelegtem Kopf und verständnisvollem Lächeln überreichen sollte. Doch die Tait hatte sich von Devs Tränen auch nicht erweichen lassen. Sie stand am Ende eines langen Lebens mit grenzenlosen Privilegien und war bislang noch nie für ihre Verbrechen zur Rechenschaft gezogen worden. Ein paar Jahre öffentliche Schande vor dem Tod, ein paar Tränen vor dem Einschlafen waren der einzige Preis, den sie zahlen müsste. Dev hingegen war ein junger Mann, der noch Jahre vor sich hatte und jeglichen Glücks und eines normalen Lebens beraubt war. Honor Tait war glimpflich davongekommen.

Die alte Frau zeigte einem unsichtbaren Gegner ihre zerbrechliche Faust.

»Aber fast noch schlimmer als die Spötter oder ein lynchender Mob sind Feministinnen vom Schlage einer Isadora Talbot, die sich – vermutlich gegen ein ansehnliches Honorar – für die ›unbesungene Sexualität der Frau nach den Wechseljahren‹ starkmachen«, fügte sie nach einer Weile hinzu.

»Das beruhigt sich wieder«, meinte Tamara.

»Beruhigt sich? Wie die Wetterlage bei einem Tropensturm?« Die Stimme der alten Frau war brüchig. »Zurück bleiben zerstörte Städte und zahllose Leichen.«

Tamara warf einen Blick auf das Aufnahmegerät und fragte sich, wie viel Geduld sie wohl noch aufbringen müsste.

»Ihre Verlegerin war auch der Meinung, dass dies eine gute Gelegenheit wäre, die Dinge zurechtzurücken. Wir können in einem ausführlichen Porträt Ihre Leistung würdigen und an die übrigen Aspekte Ihres Lebens erinnern. An Ihr Vermächtnis.«

Honor fing sich wieder.

»Ach ja. Die Dinge zurechtrücken. Sie meinen, Sie wollen mir Gelegenheit geben, mich noch tiefer hineinzureiten, zum zweifelhaften Vergnügen Ihrer Leser?«

Honor selbst hatte im Lauf der Jahre so mancherlei zurechtgerückt und eingebildete Trottel zu noch größeren Offenbarungen getrieben. Und doch blieb ihr keine Wahl. Ruth und Aidan hatten sie zu überreden versucht, den *Sphere* zu verklagen. Clemency, der all das eine unliebsame Publicity für ihre neue Wohltätigkeitsorganisation einbrachte, hatte nach anfänglichem pikierten Schweigen angeboten, die Kosten dafür zu übernehmen. Doch Honor weigerte sich, juristische Schritte zu ergreifen.

»Glaubt ihr wirklich, dass ich wochenlang in Gerichtssälen verbringen oder teure Anwälte bezahlen will, die auf Verleumdungsklagen spezialisiert sind, wodurch dieser hanebüchene Unsinn nur noch mehr Aufwind bekommt?«

Bobby erbot sich, einen Artikel im *Zeitgeist* zu veröffentlichen. Er würde sich ausschließlich mit Honors Werk beschäftigen und keinerlei Bezug auf den Pressewirbel nehmen, den der Artikel im *Sphere* ausgelöst hatte. Doch Ruth wollte nichts davon wissen.

»Der *Zeitgeist* hat kein wirkliches Gewicht. Er bespricht nur Bestseller und Blockbuster und spielt international keine Rolle.«

Außerdem habe Bobby keinen Einfluss auf den Rest der Zeitung, hatte sie gesagt, und jeder Artikel über Honor, der im *Zeitgeist* erscheine, egal, wie gemäßigt, würde auf der Titelseite des *Courier* scheinheilig angekündigt und der Nachrichtenredaktion einen Vorwand liefern, auch das letzte schlüpfrige Detail der Boulevardstory erneut herauszuposaunen.

»Deine einzige Hoffnung ist eine intellektuelle Heiligsprechung«, hatte Ruth gesagt. »Im *S*nday Magazine* zum Beispiel – triff dich doch noch einmal mit der jungen Frau vom *Monitor*.«

Und so war es gekommen: Heute legte Honor in ihrer eigenen, von Voyeuren und Aufpeitschern belagerten Wohnung ihre Reputation und ihr Vermächtnis in die Hände dieser kleinen Idiotin und ihres bescheuerten Magazins.

»Hat er Ihnen je vorgesungen?«, fragte Tara Sim.

»Wie bitte?« Honor war verwirrt. »Vorgesungen? Wer?«

»Sinatra!« Der Tonfall der jungen Frau war höhnisch.

Es frustrierte sie, dass Honor nicht mitkam. »Wenn Sie allein zusammen waren. In privaten … intimen … Momenten. ›Strangers in the Night‹, wissen Sie noch? ›Fly Me to the Moon‹?«

Honor schüttelte den Kopf.

»Hören Sie, ich kannte ihn eigentlich gar nicht …«

»Aber die Bilder!«

»Ich habe einmal beim Abendessen neben ihm gesessen«, sagte Honor müde. »Wir wurden zusammen fotografiert. Ich kannte ihn nicht. Wir haben kaum miteinander gesprochen. Ich konnte seine Musik nicht ausstehen.«

Tamara beugte sich mit einem selbstgefälligen Lächeln vor. »Dann nehmen wir Bing. Erzählen Sie mir von Bing Crosby.«

Wovon redete sie nur?

»Ich bin ihm nie begegnet.«

»Aber Sie haben mit ihm getanzt. Das haben Sie mir selbst erzählt!«

Honor richtete sich auf und lachte bei der Erinnerung.

»Ach ja. Bei unserem ersten Interview. Als Sie gingen. Merken Sie nicht, wenn man Sie auf den Arm nimmt?«

Tamara wurde stocksteif. Die alte Frau behauptete also, es sei nur ein Witz gewesen. Pech für sie. Immerhin hatte sie es gesagt. Nachweislich. Und Bing konnte ihr nicht mehr widersprechen.

»Marilyn«, sagte Tamara. »Hat sie Sie je ins Vertrauen gezogen?«

»Marilyn?«

»Monroe. Hätten Sie ihr einen Selbstmord zugetraut?«

»Um Gottes willen, ich glaube, ich habe sie nur ein einziges Mal getroffen und kaum ein Wort mit ihr gewechselt.«

Selbst mit dem Rücken an der Wand sträubte sich die alte Frau noch. Doch Tamara versuchte es weiter. Auf Marilyn und Bing würde sie später zurückkommen.

»Und Liz Taylor. Wie nahe standen Sie ihr – ich meine Tad und Sie?«

Eine ziemlich geschmäcklerische Sensationsgier, dachte Honor.

»Nahe? Wir standen ihr nicht nahe. Tad hat einmal mit ihr gearbeitet, glaube ich. Bei einem Film.«

»Und wie war das mit den wilden Hollywood-Partys?«

Diese Art von Fragen verwirrte Honor.

»Tad konnte sehr gesellig sein, so viel steht fest.«

Tamaras Augen starrten sie an wie die eines Inquisitors.

»Wie gesellig? War er auch im Bett gesellig?«

»Was um alles in der Welt meinen Sie?«

Sollte das die seriöse Alternative zu der Gift und Galle spuckenden Regenbogenpresse sein? Würde die Schilderung ihres Lebens von nun an auf ein zweideutiges Namedropping beschränkt bleiben?

»Selbst die seriösesten Artikel brauchen ein bisschen Farbe«, sagte Tamara mit unverhohlener Herablassung.

Die wütende Antwort der alten Frau kam wie aus der Pistole geschossen. »Ich benötige keine Lektionen in journalistischem Grundwissen.«

»Nun, das ist vielleicht genau der Punkt, an dem Sie sich irren. Wann haben Sie das letzte Mal für eine Zeitung gearbeitet? Ich meine, wirklich einen Artikel geschrieben? Wie viele Jahrzehnte ist das her? Die Dinge haben sich geändert.

Die Welt hat ein anderes Gesicht. Ein bisschen Nachhilfe im Journalismus des späten zwanzigsten Jahrhunderts könnte Ihnen nicht schaden.«

Tamara machte die Sache allmählich Spaß. Aber auch die alte Frau schien plötzlich aufzuwachen.

»*Journalismus*? Wirklich? Was wissen Sie davon? Sie und Ihresgleichen haben mit Journalismus genauso viel gemein wie Graffiti auf öffentlichen Toiletten mit der Sixtinischen Kapelle.«

»Ich wüsste nicht, was Sie für Ihr Teil so überragend macht.«

Honor schüttelte den Kopf. Es war eine sinnlose Verschwendung ihrer nachlassenden Kräfte, dies weiter zu verfolgen. Eine naive Kleine zur Rechenschaft zu ziehen, die aus irgendeinem Zufall hin und wieder kleine Meldungen für eine Zeitschrift verfasste, statt Barcodes an der Kasse eines Supermarkts zu scannen, würde ihr eine Bedeutung verleihen, die sie nicht verdiente. Es war die Kultur, mit der etwas nicht stimmte, nicht sie.

»Hören Sie«, sagte Honor etwas sanfter. »Es hat nichts mit Ihnen persönlich zu tun. Es liegt an der Zeit, in der Sie leben. Sie sind eine Marionette, eine Unschuldige, Sie stehen am Ende eines langen Niedergangs, der unbedeutende Menschen nach oben spült, das Schlafzimmer in einen Basar verwandelt und Ruhm mit Rechtschaffenheit gleichsetzt.«

Der versöhnliche Ton schmälerte nicht die Kränkung.

»Früher waren Sie nicht so zimperlich, stimmt's?«, antwortete Tamara. »In den ruhmreichen alten Zeiten? Als Sie noch mit den Reichen und Schönen verkehrten, sich selbst für einen Star hielten und sich mit einem spanischen Diktator in Hot Pants fotografieren ließen. Glauben Sie, dieses Bild wäre irgendwo abgedruckt worden, wenn Sie nicht so glamourös und so spärlich bekleidet gewesen wären? Zumindest habe ich es im Großen und Ganzen geschafft, während eines Interviews meine Kleider anzubehalten. Sie hingegen haben das Spiel mitgemacht. Sie haben sich in Szene gesetzt, denken Sie nur an ›hoher IQ mit tiefem Ausschnitt‹. Niemand nimmt Ihnen die intellektuelle *grande dame* ab.«

Ein unangenehmes Schweigen machte sich breit. Honor rauschte der eigene Atem in den Ohren wie ein steifer Nordwind. Tamara starrte angestrengt auf ihre Notizen und fragte sich, ob sie jetzt nicht doch zu weit gegangen war. Tim war sehr scharf auf dieses zweite Interview gewesen, erinnerte sie sich, es stand einiges auf dem Spiel. In diesem Augenblick durchschnitt das Läuten des Telefons die Stille wie ein Feueralarm. Honor stand auf und ging schwerfällig in die Diele.

»Hallo ... Wer ist da? ... Wie sind Sie an diese Nummer gekommen? ... Nein. Ich habe nichts zu sagen ... Die ganze Sache ist lächerlich ... Wer hat Ihnen die Nummer gegeben? ... Ich möchte nur meine Ruhe ... Natürlich ist es nicht wahr ... Nein. Ich habe nichts dazu zu sagen ...«

Honor ließ den Hörer auf die Gabel fallen, als hätte sie sich die Hand verbrannt, und lief mit vorsichtigen Schritten wieder zurück ins Wohnzimmer. Während sie, die immer noch nicht klein beigeben wollte, sich wieder im Sessel niederließ, schloss sie kurz die Augen, und ihr Körper verkrampfte sich vor Schmerz.

»Sie brauchen mich mehr als ich Sie«, sagte Tamara.

Honors Augen blitzten.

»Finden Sie nicht, dass man mich genug verspottet und gedemütigt hat? Was wollen Sie von mir? Soll ich in Ihren Rekorder schluchzen? Ist es das? Auf die Straße gehen und für die Fotografen Tränen vergießen?« Sie zeigte mit einem zittrigen Finger auf Tamara. »Was Ihre Generation offenbar nicht versteht, ist, dass es so etwas wie eine Privatsphäre gibt; dass manche Menschen sich weder von Geld noch anderen möglichen Vorteilen dazu verleiten lassen, Privates in der Öffentlichkeit auszubreiten. Das ist eine Frage des Anstands. Und die ordinäre Publicity, die öffentliche Zurschaustellung, die damit einhergeht, dass man Familienangelegenheiten in Bekenntnisbiographien oder Zeitungsartikeln an die Öffentlichkeit bringt, ist einfach abscheulich. Ein Unding.«

»Sehr nobel, keine Frage«, sagte Tamara mit einem siegesgewissen Lächeln. »Aber Ihre Privatangelegenheiten sind bereits an der Öffentlichkeit, oder?«

Honor schrumpfte in ihrem Sessel zusammen.

»Das ist absurd.«

»Sie können so hochnäsig sein, wie Sie wollen, ist mehr als eine Person involviert, ist nicht mehr garantiert, dass alle demselben Moralkodex gehorchen. Nicht jeder kann es sich erlauben, so privilegiert – oder pervers – zu sein.«

Honors Gesicht verzerrte sich zu solch einer Fratze, dass Tamara einen Moment lang einen Gewaltausbruch fürchtete.

»Was wollen Sie damit sagen?«

Tamara hielt inne. Honor Tait war kaum in der Lage hochzufahren, geschweige denn mit einiger Wucht zuzuschlagen. In ihrem Zustand würde sie ganz sicher keine Intimitäten über ihre prominenten Freunde ausplaudern, aber wenn sie sich in ihrer Wut dazu hinreißen ließe, Schuldgefühle gegenüber Dev einzugestehen, oder auch ihre Taten zu rechtfertigen, so würde das einen ganz neuen Aspekt hineinbringen und das Leben der Story verlängern. Alle Zeitungen würden sich darum reißen.

»Ihr junger Freund oder wie immer Sie ihn bezeichnen wollen, hatte offensichtlich das Gefühl, dass er mehr davon profitieren würde, wenn er Ihre Geschichte erzählte, als wenn er das ›Arrangement‹ fortsetzte. Vielleicht haben Sie ihm nicht genug bezahlt. Vielleicht sind Sie in Wirklichkeit keine aktive Unterstützerin nobler Zwecke – von wegen Kid's Crusaders –, die sich für die Unterprivilegierten einsetzt und die Ungerechtigkeit anprangert, sondern eine herzlose, scheinheilige Ausbeuterin, eine erbärmliche Kinderschänderin.«

Honor spürte, wie ihr das Blut aus dem Gesicht wich und sie von einer solchen Schwäche übermannt wurde, als lösten sich Knochen und Sehnen in Nichts auf. Sie konnte nur still und entsetzt dasitzen, während die junge Frau diesen Unsinn verzapfte.

»Sie hatten alle Macht – das Geld, die Reputation –, und er war ein Kind, ein unschuldiger kleiner Junge. ›Sich für die Schwachen einsetzen‹ und ›die dunkelsten Nischen menschlicher Erfahrung ausleuchten‹ – war es das, was Sie damit meinten?«

Honor schloss die Augen und ballte die Hände in ihrem Schoß zu Fäusten. Als sie endlich sprach, war ihre Stimme so schwach und zittrig, dass Tamara sich anstrengen musste, um etwas zu verstehen.

»Nach einem langen Leben, das in jeder Hinsicht reich und interessant war, einem hochangesehenen Lebenswerk, in dem ich immer nach Wahrheit und der Offenlegung von Ungerechtigkeit strebte, soll ich mich offenbar nun, mit neunundsiebzig Jahren, damit abfinden, dass ich in Verbindung mit dieser absurden Lüge in Erinnerung bleiben werde.«

»Dieser Lüge?«

»Man wird mich als eitle und dumme alte Frau im Gedächtnis behalten, ein groteskes Objekt des Spotts, ein Musterbeispiel für abartige und abscheuliche Gelüste. Als tattrigen weiblichen Malvolio mit kreuzweise geschnürten Strumpfbändern.«

Tamara verlor die Geduld.

»Dieser Lüge?«

Die alte Frau schleuderte Tamara einen wütenden Blick entgegen.

»Ja. Die Lüge, die mit all den anderen Lügen, Entstellungen und Falschdarstellungen in den Zeitungsarchiven aufbewahrt und endlos wiederholt werden wird. Wie Atommüll haben derartige Lügen eine unendlich lange Halbwertszeit. Sie werden nie mehr ganz verschwinden.«

Tamara ließ sich durch den Bluff nicht beeindrucken.

»Versuchen Sie nicht, es abzustreiten. Wir haben den Beweis. Dev hat uns alles erzählt, bis ins kleinste Detail.«

Wir? Uns? Sie hatte zu viel verraten. Doch die alte Frau schien es gar nicht zu bemerken.

»In manchen Kulturen fände man Ihre *naivité* vielleicht charmant«, sagte sie.

Ihre Stimme klang wieder etwas kräftiger.

»Doch die Fakten sind alle bekannt: die Zahlen und Daten Ihrer Treffen zum Beispiel…«, antwortete Tamara.

»Die Fakten? Das sind keine Fakten. Eine Ausgeburt der Phantasie für den Massengeschmack. Leute wie Sie denken in einfachen Archetypen. Böse Menschen. Gute Menschen. Ein märchenhaftes Ende. Grausame Bestrafungen. Idiotische Moralgeschichten für eine unmoralische Zeit.«

Tamara würde sich von einer abstoßenden alten Kinderschänderin keine Vorhaltungen machen lassen.

»Moment mal! Es ging hier um seriöse Recherchen, um die Öffentlichkeit aufzuklären. Sie sind eine einflussreiche Figur. Sie haben sich öffentlich zu moralischen Fragen geäußert und unzählige Male über die Wahrheit gesprochen. Was Sie sagen, wie Sie leben, hat Vorbildcharakter.«

»Eine schlichte, reißerische Lüge wird Menschen wie Ihnen immer attraktiver erscheinen als die langweilige, komplizierte Wahrheit.«

»Kommen Sie mir bloß nicht mit ›Menschen wie ich‹. Es sind Menschen wie Sie, die hier das Problem darstellen. Wie kompliziert kann es denn sein? Sie haben ihn regelmäßig getroffen, Ihren ›Auramasseur‹. Ihren Gigolo.«

»Auramasseur? Eine seiner vielen Fähigkeiten. Und ein Gigolo auch noch? Was für ein Tausendsassa!«

»Das ist nicht der Moment für Sarkasmus. Er ist zu Privatsitzungen zu Ihnen nach Hause gekommen.«

»Eine Lüge.«

»Sie sind mit ihm fotografiert worden.«

Honor seufzte und schüttelte den Kopf.

»Ja. Ich bin mit ihm fotografiert worden.«

Tamara verspürte Genugtuung. Sie war sich ihrer Sache

sicher; sie kannte das gnadenlose Vorgehen des Staatsanwalts aus zahllosen TV-Soaps.

»Sie haben Händchen gehalten.«

Die alte Frau, die Angeklagte, senkte den Kopf und würde sich jeden Augenblick schuldig bekennen.

»Ja.«

»Haben sich geküsst.«

Die Tait senkte den Kopf noch tiefer. Die Wahrheit zu sagen kostete sie große Anstrengung, das sah Tamara.

»Ja.«

»Wie ein Liebespaar.«

Bei diesen Worten hob die Tait den Kopf. Jetzt nickte sie. Ein Eingeständnis von Schuld. Endlich hatte Tamara sie da, wo sie sie haben wollte.

Doch stattdessen leugnete sie: »Nein! Nein! Nicht wie ein Liebespaar.«

Tamara war erschöpft, aber sie würde nicht aufgeben. Noch einmal nachhaken.

»Sie geben also zu, ihn zu kennen. Er ist gekommen, um Sie zu sehen. Und Sie haben seine Hand gehalten und ihn geküsst, so wie immer, seit er ein kleiner Junge war.«

Das nächste »Ja« war ein Flüstern.

»Ihr Liebhaber«, bohrte Tamara weiter, »Ihr bezahlter Liebhaber.«

Honor streckte unsicher die Hand aus und umklammerte die Armlehne, um sich aus dem Sessel zu stemmen. Sie war aufgeregt und zitterte am ganzen Körper, während sie langsam zum Kamin ging und sich am Sims festhielt.

»Er war … ein Freund. Ein enger Freund. In den letzten sieben Jahren habe ich ihn kaum gesehen.«

Das war eine Finte. Tamara würde sich nicht von ihrem Kurs abbringen lassen.

»Vergessen wir Zahlen und Daten. Konzentrieren wir uns auf die Wahrheit. Sie haben ihn geküsst.«

»Ja, ich habe ihn geküsst«, sagte die alte Frau müde und nahm die grünen Gebetsperlen vom Sockel der Uhr.

»Sie waren ein Liebespaar«, sagte Tamara, beflügelt von ihrem anklagenden Mantra. »Sie haben ihn geküsst wie einen Liebhaber, nicht wie einen Freund.«

»Nicht wie einen Freund. Nicht wie einen Liebhaber«, wiederholte Honor schwach und spielte mit der Jadekette.

»Wir haben die Fotos gesehen. Wie haben Sie ihn dann geküsst?« Jetzt hatte sie sie.

Ein plötzliches Geräusch unterbrach die Stille, wie Hagel, der gegen eine Fensterscheibe prasselt. Die Kette in Honor Taits Händen war gerissen, die Perlen sprangen und kullerten über das Parkett. Die alte Frau rührte sich nicht.

»Wie eine Mutter«, sagte sie ruhig.

Tamara fiel ins Leere. »Was sagen Sie da?«

»Ich habe ihn geküsst«, wiederholte Honor Tait mit einem gereizten Unterton. »Nicht wie einen Freund oder einen Liebhaber. Ich habe ihn geküsst wie eine Mutter. Eine Mutter, die ihren Sohn küsst.«

Tamara lehnte sich unsicher in ihrem Sessel zurück.

»Dev ist Ihr Sohn? Aber Sie haben nie von einem Sohn gesprochen.«

Honor setzte sich wieder, und Tamara sah mit starrem Blick zu, während die alte Frau gedankenverloren die wenigen restlichen Perlen durch ihre knotigen Hände rieseln ließ wie Körner in einer Sanduhr.

»Er war – ist – mein einziger Sohn: Daniel, Danny, Hari, Asgar, Dev, egal, wie er sich gerade nennt. Er ist mein Sohn. Mein Adoptivsohn.«

Sie log. Anders konnte es nicht sein. Was sollte sie auch sonst machen? Es war der Ausbruchsversuch einer in die Ecke getriebenen Frau, einer geübten Manipulantin. Es war ihr gelungen, Tamara von ihrem Kurs abzubringen, aber nicht für lange. Tamara warf einen Blick auf das Aufnahmegerät – noch viel Platz auf der Kassette – und griff nach ihrem Block. Sie musste den Sachverhalt unbedingt klarstellen.

»In keinem der Artikel, die ich gelesen habe, war von einem Sohn die Rede.«

Honor reagierte mit einem spöttisch gedehnten Halbsatz.

»Sie müssen es ja wissen …«

Tamara saß still und angespannt da und versuchte, sich an Devs Beschuldigungen zu erinnern – an seine genauen Worte –, während Honor fortfuhr.

»Daniel Edmund Tait, oder Varga, wie er sich lieber nannte, ging – besser gesagt, er floh – 1990 im Alter von dreiundzwanzig Jahren nach Neuseeland. Dort kaufte er genügend Land, um mit einer Gruppe gleichgesinnter Spinner eine Kommune auf der Südinsel zu gründen. Natürlich wurde nichts daraus. Dann ging er nach Hongkong und verpulverte den Rest seines Geldes, bevor er nach Nordindien weiterzog, nach Spanien und so weiter.«

»Sie lügen.«

Honor erstarrte.

»Wenn es Lügen sind, die Sie interessieren, darin ist Daniel ein Meister. Er hatte schon immer Spaß daran, sich neu zu erfinden. Als Teenager stolzierte er eine Zeitlang in einer Wachsjacke durch Chelsea wie ein Landbesitzer auf dem Weg zum Jagdrennen und bestand darauf, dass wir ihn bei seinem mittleren Namen nannten, Edmund. Als dann die Drogen kamen, machte er Ed daraus.«

»Dev und Daniel sind ein und dieselbe Person?«

Honor senkte das Kinn und lächelte gespielt mitfühlend.

»Zu Anfang der Pubertät benutzte er als Nachnamen nur Varga, den Namen meines zweiten Mannes, obwohl er ihn nicht einmal persönlich kannte. Es war ein bewusster Affront gegen Tad und gegen mich natürlich auch. Damals, das erfuhren wir später von Daniels Schule, täuschte er eine aristokratische ungarische Vergangenheit vor.«

»Sie wollen mir also erzählen, dass der junge Mann auf dem Foto, Dev, der Mann, den Sie in der Öffentlichkeit küssen, Ihr Sohn ist?« Tamara wählte ihre Worte sorgfältig, um jedes Missverständnis auszuschließen.

»Ich will Ihnen erzählen, dass mein Sohn, mein Adoptivsohn Daniel, ein gefährlicher Spinner und ein notorischer Lügner ist«, presste die alte Frau zwischen den Zähnen hervor.

Sie ließ die Perlen in ihren Schoß fallen. Daniels *komboloi,* seine Gebetsperlen, die er nach einem Monat des Zusammenlebens mit gleichgesinnten Lebenskünstlern in einer Höhle auf einer griechischen Insel immer bei sich gehabt hatte. Sie alle waren ›auf der Suche nach sich selbst‹. Das war das gängige Klischee. Auf der Suche nach sich selbst ging er sich für immer verloren.

Jetzt antwortete Honor nicht mehr auf die Fragen der

dämlichen jungen Frau. Sie erzählte die Geschichte, weil es sein musste. Weil sie es noch nie getan hatte. Sie genoss das Unbehagen ihrer Besucherin. Verheimlichen brauchte sie nichts mehr, es gab niemanden, den sie schützen musste. Am wenigsten sich selbst.

»Er war in Glenbuidhe, als das Feuer ausbrach. Er hatte einen Schlüssel mitgenommen und war ohne unser Einverständnis dorthin gefahren, nachdem wir uns geweigert hatten, ihm weiterhin Geld zu geben. Von unserer letzten Unterstützung kaufte er sich ein Flugticket und flog am nächsten Tag nach Neuseeland.«

»Das verstehe ich nicht.«

»Natürlich nicht. Sie verstehen gar nichts. Wie auch?«

Es ist ein doppelter Fluch: Selbstbewusstsein, gepaart mit Ignoranz, dachte Honor. War das die Bürde von Tamaras Generation, Kindern, denen es an nichts mangelte, die in einer Zeit ungekannten Friedens, ungekannter Privilegiertheit zur Welt gekommen waren? Daniel, der nicht viel älter war als dieses junge Ding, erging es ähnlich. Als er alt genug war, um neugierig auf die Welt zu sein, hatte es kein unentdecktes Terrain mehr gegeben, alles war gewissenhaft in den Reiseführern für Rucksacktouristen verzeichnet. Die einzige Reise in unentdecktes Gebiet führte nach innen. Und was für eine Enttäuschung musste das gewesen sein. Daniels Psyche hatte sich weder als strahlende Kette jungfräulicher Gipfel und verborgener Täler noch als kerzenerleuchteter Vergnügungspalast erwiesen. Selbst Unmengen von bewusstseinsverändernden Drogen konnten es nicht verschleiern: Daniels geistige Landschaft, sein Innenleben – oder seine Seele, wie er es lieber umschrieb – war ein ganz gewöhnliches

Einkaufszentrum, ein kitschiger Tempel, der Neid und Gier geweiht war.

»Warum?«, fragte Tamara, während sie die Bilder der intimsten Momente ihrer ersten Nacht in Clapton und der letzten in dem Hotel in Paddington wieder vor sich sah.

»Als Adoptivsohn von einigermaßen bekannten Eltern hatte er viele Möglichkeiten, Geschichten zu erzählen – und seinen Groll zu hegen, egal, ob echt oder eingebildet. Vor allem darin war er unschlagbar.«

Die Enthüllung dieser Geschichte wich so weit von der Version der Boulevardpresse ab, dass der Kleinen, wie Honor zu ihrer Genugtuung feststellte, das Lächeln vergangen war. Tamara saß niedergeschmettert und stumm da, während die alte Frau ihre Geschichte unaufgefordert weitererzählte.

Sie war beinahe fünfzig gewesen, als ihre zweite Ehe scheiterte.

»Ich hatte damals keinen Liebhaber. Das Kind war ein Projekt, der Vorschlag einer kinderlosen Freundin, die glaubte, dass das Baby, wonach sie selbst sich am meisten auf der Welt sehnte, auch mir jenes tiefe Glück schenken würde, das es für sie bedeutet hätte. Ich spielte mit. Mutterschaft war eine Erfahrung, die ich noch nicht kannte, und dieser Mangel, so glaubte ich in meiner Blödheit, war der Grund für meine Distanz zu anderen Frauen. Mutter zu werden würde mich mit dem Strom der Menschheit vereinen, statt dass ich nur als Beobachter lebte. Ich wollte diese Liebe spüren, sie geben und sie bekommen.« Die alte Frau schloss die Augen. »Egoistische Dummheit, wie mir später aufging. Ich war nicht dafür geschaffen, Mutter zu sein, so wie er sich nicht für die Rolle eines Sohns eignete.«

Honors Stimme verebbte, während sie ihren Gedanken nachhing. All dieses Weiberzeug, die weise Wunde, der schmerzende Schoß, die biologische Bestimmung, all das war ihr immer als Humbug erschienen, und manchmal hatte sie sich gefragt, ob sie wohl damals eher aus Reue als aus Liebe das verletzliche Baby in dem Waisenhaus am Ettersberg auf den Arm genommen hatte.

Das Schweigen im Raum war kristallklar. Als Tamara sich zu dem Aufnahmegerat umwandte, rutschte ihr der Block vom Schoß und fiel geräuschvoll zu Boden. Honor schreckte aus ihren Gedanken und fuhr in ihrer Beichte fort.

»Ich hatte das Waisenhaus in Weimar besucht, um einen Artikel über Adoptionen im Nachkriegsdeutschland zu schreiben. Tausende von jungen Mädchen, die sich mit Besatzungssoldaten eingelassen hatten, gaben ihre Babys weg. Das hübsche Äußere des Babys, sein Puttengesicht, hatte es mir angetan. Wir boten einen rührenden Anblick, dieser Winzling und ich.«

Sie hatte ihn auf die besten Schulen geschickt und mit allem Spielzeug, allen Instrumenten und Gadgets ausgestattet, die er sich nur wünschte konnte.

»Später trat Tad in mein Leben und gab sein Bestes als Stiefvater. Zusammen haben wir Daniel in den Schulferien die Museen und Monumente der größten europäischen Städte gezeigt und ihn einigen der interessantesten Persönlichkeiten der Zeit vorgestellt. Ich hielt seine stumme Aufmerksamkeit für Ehrfurcht, aber nach ein paar Jahren wurde ich gründlich eines anderen belehrt.«

Als er in die Pubertät kam, ihr schöner Sohn, fand er seine Sprache wieder und eröffnete ihr, dass er keineswegs zu schätzen wusste, was sie für ihn getan hatte, sondern seit Jahren Ressentiments hegte.

»Er war ein schwieriger Jugendlicher: faul, unwirsch, wenig Talent, kaum Interesse für irgendetwas, abgesehen von sich selbst und Comicheften.«

Lois, die gute Lois, hatte getreu ihrem Versprechen zu helfen versucht und Daniel bei sich aufgenommen, wenn Honor während der Schulferien beruflich unterwegs war, manchmal monatelang. Zuerst war Honor eifersüchtig auf Lois' Nähe zu dem Jungen und hatte ihre Versuche zu helfen als Einmischung empfunden. Lois war in solchen Dingen schon immer besser gewesen. Menschen. Freundschaft. Kinder. Liebe. Später aber empfand Honor die Gegenwart ihrer Freundin als Erleichterung. Sollte sie ihn haben. Die Adoption war ein Fehler gewesen. Es war idiotisch von Honor zu glauben, dass sie einem Kind etwas bieten könnte. Daniel hatte Lois ihre Warmherzigkeit vergolten, indem er sie bestahl – Bargeld, Schmuck, Antiquitäten, Bilder –, doch sie hatte sich geweigert, zur Polizei zu gehen, und ihm mit dickköpfiger Geduld auch weiterhin ihre Zuneigung und Gastfreundschaft geschenkt, als wäre nichts gewesen.

Als er schließlich die Schule ohne ernsthafte Schwierigkeiten abschloss und einen Studienplatz an der Kunstschule bekam, sah es zu Honors heimlichem Kummer so aus, als hätte sich Lois' Zuversicht ausbezahlt. Doch die Slade School erwies sich als kurzes Intermezzo und Honors Skepsis als berechtigt. Bald schon wurde klar, dass Daniel Mädchen und Drogen wichtiger fand als Unterricht und Graphik. Er häufte einen katastrophalen Schuldenberg an, umgab sich mit einem Kreis von mehr oder weniger kriminellen Freunden und wandte sich einer Reihe von Sekten zu.

»Er sei auf dem spirituellen Pfad, behauptete er, huldigte skrupellosen Gurus und ernährte sich angeblich vegan, warf gleichzeitig Unmengen von Pillen ein und wohnte in irgendwelchen besetzten, heruntergekommenen Häusern zusammen mit Obdachlosen und Außenseitern.«

Honor ließ die Gebetsperlen durch die Finger gleiten. »Das Problem mit deinem Darling Boy ist, dass er gar nicht weiß, was Beten heißt«, hatte Tad einmal gesagt.

Es kam zu Aufenthalten in Entzugskliniken, die teurer waren als ein Fünfsternehotel – Lois hatte geholfen, sie zu bezahlen –, und dann folgten die Hare-Krishna-Phase und eine Zeit als himmelblau gekleideter Anhänger Alandras, der blauen Göttin. Eine Weile verbrachte Daniel als scheinheilig-fröhlicher Anhänger der Sacred Laughter Fellowship, dann zwei Monate als Sandalenjünger der New Jesus Militia. Doch immer wieder kehrte er in jenes schmuddlige Milieu zurück, zu seinem Kreis von Ausgestoßenen in den trostlosen Wohnungen im Norden von London, zu seinen drogensüchtigen Freundinnen und seinen eigenen zerstörerischen Gewohnheiten.

»Es war Tad, der schließlich ein Machtwort sprach: Kein Geld mehr für diesen Hallodri«, erzählte Honor Tamara.

Lois hätte ihn auch weiterhin finanziert, doch ihre Mittel waren begrenzt. Obendrein beschleunigte die Sorge um ihren Ersatzsohn offenbar ihren geistigen Verfall.

»Und da lernte ich zum ersten Mal Daniels grausame Seite kennen«, fuhr Honor fort. »Er stolperte über Beweise für

Tads lässliche Sünden – ›Gelegenheitstransvestit‹, würde man es wohl heute nennen.«

Sie sah, wie die junge Frau sich rührte und automatisch wieder zu Block und Stift griff; doch welchen Sinn hatte es, sich jetzt noch zu verstellen? Waren solche leicht exzentrischen Neigungen nicht eine Zierde heutzutage?

»Er versuchte, uns zu erpressen«, fuhr Honor fort.

Auf der Suche nach etwas Wertvollem, das er zu Geld machen konnte, hatte er Tads Truhe aufgestemmt. Er hatte sich über seinen Stiefvater lustig gemacht und gegen ihn gewütet, hatte seine Mutter gefragt, wie sie mit einer ›Tunte‹ zusammenleben konnte, und damit gedroht, an die Regenbogenpresse zu gehen. Die Reporter würden einen bekannten Filmregisseur nur allzu gern in den Dreck ziehen, wenn sie von seinen Neigungen erführen.

Tamara kritzelte fleißig mit – wie ein Schulmädchen.

»Ich war entsetzt über seine Rücksichtslosigkeit, seine Gehässigkeit«, sagte Honor. »Ich wollte nichts mehr mit ihm zu tun haben. Ich habe alle seine Forderungen erfüllt, ihm aber auch klargemacht, dass unser Kontakt damit beendet sei. Es war so etwas wie eine Abfindung.«

Daraufhin hatte Tad eine Woche später in der Londoner Wohnung um vier Uhr morgens einen Anruf von der Polizei in Inverness-shire erhalten. Glenbuidhe stand in Flammen.

»Die örtliche Polizei vermutete von Anfang an Brandstiftung. Es hatte Gerüchte über Attacken auf Ferienhäuser durch nationalistische Hitzköpfe gegeben. Sie stellten auch ein paar unangenehme Fragen über unsere Beziehung zu Daniel, seinen Geisteszustand – am Tag vor dem Feuer war er sternhagelvoll in einem örtlichen Pub gesehen worden – und seine Verbindungen zur Unterschicht. Doch die Neugier verebbte, als die Ermittler einen Defekt in den elektrischen Leitungen entdeckten, der seit den zwanziger Jahren nicht behoben worden war. Der Fall wurde ad acta gelegt. Und Daniel war mittlerweile damit beschäftigt, auf einer verlassenen Farm auf der Tasman-Halbinsel sein zum Scheitern verurteiltes Utopia aufzubauen. Ich hätte nicht geglaubt, dass ich ihn je wiedersehen würde.«

»Aber wie ...? Wo ...?«

Honor wischte Tamaras Fragen mit einer Handbewegung beiseite und fuhr fort. Vor fünf Jahren erfuhr sie Neuigkeiten von einer seiner ehemaligen Schulfreundinnen, die gerade eine Entziehungskur hinter sich hatte und Geld brauchte. Ihrer Aussage nach hatte man Daniel in einem indischen Kloster in Uttar Pradesh gesehen.

»Wahrscheinlich glaubte sie, dass sie mir, der Mutter, etwas erzählte, wonach ich mich sehnte. Ich legte den Hörer auf.«

Wochen später rief die junge Frau wieder an mit einem neuen Gerücht, demzufolge die Mönche ihn aufgefordert hatten, das Kloster zu verlassen. Angeblich beschuldigten sie ihn, ihre Gastfreundschaft missbraucht zu haben.

»Da wusste ich, dass er es war«, erzählte Honor. »Es ist sein Markenzeichen. Er hat sein ganzes Leben lang die Gastfreundschaft der anderen missbraucht.«

Honor hatte Tad nichts davon erzählt und auch sonst keinem Menschen. Die junge Frau wurde mit einer Geldsumme zum Schweigen gebracht, »groß genug für eine tödliche Überdosis Heroin«.

Vor Holmbrook Mansions war das spätnachmittägliche Licht der Abenddämmerung gewichen. Der Schein der Straßenlaternen warf einen gelblichen Schimmer auf die Wohnungsfenster gegenüber. Tamara dachte an ihre Kollegen, die immer noch dort draußen standen und einen Blick auf die alte Frau zu erhaschen hofften. Vermutlich lachten sie, erzählten sich den neuesten Klatsch und tranken oder rauchten zusammen. Einer wurde auserkoren, zum Pub zu gehen und etwas Alkoholisches zu besorgen, um den Kaffee aufzupeppen und sich gegen die nächtliche Kälte zu schützen. Auch in der Wohnung wurde es jetzt dunkel. Doch hier gab es weder Wärme noch unbeschwerte Fröhlichkeit. Tamara konnte kaum noch ihre eigene Handschrift erkennen. Honor Tait dagegen schien die Dunkelheit nichts auszumachen. Im Gegenteil, sie war ihr recht.

»Wann kehrte er dann in Ihr Leben zurück? Daniel?«

»Er rief mich an, kurz nachdem Tad gestorben war, vor zwei Jahren.«

Nach diesem Anruf wusste Honor nicht länger, ob der Hauptgrund ihres Schmerzes der Tod ihres Mannes oder die Wiederauferstehung ihres Sohnes war. Daniel hatte kein Bedauern über den Tod seines Stiefvaters geäußert, weder Sympathie für Honor gezeigt noch nach Lois gefragt, die ihm nicht länger nutzen konnte. Er schien weder die Erpressung noch das Feuer zu bereuen. Trotzdem hatte sie ihn sehen wollen.

»Er hat mich wieder angelockt, und ich habe mich verleiten lassen. Welche Mutter hätte das nicht? Selbst eine so unzulängliche wie ich. Vermutlich spielte mein schlechtes Gewissen eine Rolle. Doch am Ende lief es nur aufs Geld hinaus. Das war alles, was er wollte. Heute weiß ich es. Ich schickte Bankschecks an verschiedene Decknamen in Goa und Almora, überwies Bares an American-Express-Büros auf Ibiza, in Athen oder Marrakesch … Freundschaft, Verwandtschaft, Liebe – bei ihm hatte es immer mit Geld zu tun. Man suchte nach seinem Herzschlag und hörte das Klicken eines Rechenschiebers.«

Der Schock hatte sich gelegt, und Tamara wusste, dass sie die Kontrolle über das Interview zurückgewinnen musste.

»Wann haben Sie ihn denn zum ersten Mal wiedergesehen?«

»Vor Weihnachten. Zuerst kam eine Reihe von Anrufen, bei denen sich niemand meldete – ich dachte mir schon, dass er es war –, später eine höhnische Postkarte. Vor ein paar Wochen dann äußerte er sich am Telefon. Wir vereinbarten ein Treffen. Er sagte, er wohne bei Freunden.«

»In Clapton?«

»Er sagte mir nie, wo er wohnte. Offenbar war er ständig unterwegs.«

»Aber alles, was er über Sie erzählt … was er dem *Sphere* gesagt hat?«

Tamara kannte die Antwort, wollte sie aber aus ihrem Mund hören.

»Lügen. Absurder Größenwahn. Und Raffgier. Bestimmt hat er einen üppigen Scheck von diesem widerlichen Revolverblatt kassiert.«

Tamara hielt den Atem an und hoffte, dass die Dunkelheit ihr Erröten verbarg. Je mehr die Ecken und Umrisse im Raum – der Kaminsims, die leeren Regale, der Kamin selbst, die niedrigen Möbel und die winzige Gestalt von Honor

Tait – langsam mit der Dunkelheit verschmolzen, umso heller schienen die Straßenlaternen draußen zu leuchten. Trotzdem sprach die alte Frau weiter: eine körperlose Stimme wie von einem Geist.

»Aber er kann das doch nicht alles erfunden haben«, wandte Tamara ein.

Die Umrisse der Tait waren kaum noch zu erkennen, als sie den Arm ausstreckte und sich vorbeugte, um die Lampe anzuschalten. Das Licht, das auf sie fiel, war grausam. Es verlieh ihrem Gesicht einen grünlichen Schimmer und ließ es wie einen grotesken Holzschnitt wirken.

»Sie sind nicht einfach eine Idiotin, nicht? Sie sind eine gefährliche Idiotin.«

Sie musterte Tamara mit der Gleichgültigkeit einer Sphinx.

»Ich möchte das alles nur genau verstehen. Was geschehen ist…«, antwortete Tamara.

Zitternd vor Schmerz stemmte sich die alte Frau aus ihrem Sessel und trat wieder an den Kamin. Sie hielt sich am Sims fest und bückte sich, um einen Schalter zu betätigen. Die Gasflamme flackerte auf und warf Schatten an die kahlen Wände.

»Ich war mit einer völlig anderen Vorstellung hierhergekommen«, fuhr die junge Frau fort. »Jetzt weiß ich nicht mehr, was ich schreiben soll.«

»Erwarten Sie mein Mitgefühl?«

»Natürlich nicht. Aber das ist wirklich Ihre Chance, die Dinge zurechtzurücken.«

Honor Tait kehrte langsam zu ihrem Sessel zurück. Jetzt nickte sie. Endlich macht sie mit, dachte Tamara und verkniff sich ein triumphierendes Lächeln. Sie überlegte, wie sie diesen neuen Dreh ausschlachten könnte. Der *Sphere* kam natürlich nicht in Frage. Keine Zeitung makuliert gerne ihre Story, und Tim würde ohnedies der Schlag treffen, wenn er hörte, dass man ihnen für ein Vermögen einen Bären aufgebunden hatte. Die *Mail on Sunday* würde eventuell liebend gern die Story der Konkurrenz demontieren: VERMEINTLICHES MISSBRAUCHSOPFER ENTPUPPT SICH ALS SCHWINDLER. Vielleicht wären diesmal sogar die seriösen Blätter interessiert: *The Times* oder sogar der *Independent*. Der Ton wäre weniger plakativ und vielleicht mehr nach Honor Taits Geschmack: BETROGEN VOM SOHN, DEN ICH LIEBTE. BLOSSGESTELLTE PULITZER-PREISTRÄGERIN SCHLÄGT ZURÜCK.

»Nein.« Honor Tait ließ die Hand mit einer solchen Wucht auf den Tisch niedersausen, dass das Foto ihres letzten Ehemanns gefährlich hin- und herschwankte. Es war, wie Tamara jetzt erst sah, das einzig verbliebene Foto. »Es reicht. Keine Storys mehr.«

»Aber es wird welche geben. Das wissen Sie doch. Diese Geschichte wird noch jahre- oder gar jahrzehntelang wiedergekäut werden – solange es Zeitungen gibt, die sie drucken, und Leser, die sie lesen wollen. Es sei denn, wir schieben dem jetzt einen Riegel vor und veröffentlichen die Wahrheit.«

»Wir?« Honor rutschte tiefer in ihren Sessel. »Kommen Sie bloß nicht auf die Idee, dass Sie und ich etwas gemeinsam haben – nicht einen Funken Menschlichkeit. Ich brauche weder Sie noch Ihresgleichen. Ich ziehe meine Zusammenarbeit zurück, für diese Story ebenso wie für alle anderen. Schluss jetzt. Die ganze verdammte Scharade ist vorbei.«

»Aber warum?«, fragte Tamara. Ihre Stimme war heiser vor Empörung.

»Das ist so ziemlich die dämlichste Frage, die Sie an diesem Nachmittag gestellt haben«, gab Honor zurück. »Und jetzt gehen Sie.«

Auf dem Weg zur Tür drehte Tamara sich noch einmal um nach der kleinen Gestalt in ihrem Sessel vor den flackernden Schatten. Honor Taits reckte in wildem Aufbegehren ihr Gesicht empor, der Kopf zurückgeworfen, die Augen blitzten: eine alte Jeanne d'Arc auf dem Scheiterhaufen.

24

Als Tamara vor der Wohnung in Clapton eintraf, waren die Flammen bereits unter Kontrolle. Das Feuer, so berichteten die Schaulustigen, hatte vor allem das Dachgeschoss erfasst. Tamara sah, wie das Punkmädchen, nur mit einem Sweatshirt und Leggings bekleidet, barfuß in der Menge stand und mit den Feuerwehrmännern Tee trank. Niemand war verletzt, hieß es, aber es habe erheblichen Sachschaden gegeben.

Tamara hatte versucht, aus einer Telefonzelle anzurufen, kaum dass sie Holmbrook Mansions verlassen hatte, doch schon beim Wählen hatte sie gewusst, dass die Verbindung unterbrochen sein würde.

Sie trat zu der Punkerin, deren Gesicht schwarze Spuren trug: Wimperntusche oder Rauch.

»Du hast ihn verpasst«, sagte sie zu Tamara und fuhr sich mit dem Handrücken über die tränenden Augen. »Er ist heute Morgen aufgebrochen. Er sagte, er wolle nach Osten, und damit war nicht der Osten von London gemeint. Die Schwingungen hier seien nicht gut, meinte er. Zu viel negative Energie.« Sie lachte ironisch. »Und das wird noch schlimmer, wenn der Vermieter rauskriegt, dass er weg ist. Von dem hier mal ganz abgesehen« – sie deutete auf das Dachgeschoss mit den zersprungenen, geschwärzten Fensterscheiben und dem eingestürzten Dach –, »schuldete er ihm noch drei Monatsmieten.«

Honor hatte alles, was sie für diese Reise brauchte, neben sich auf dem Nachttisch: eine Kanne Wasser und ein Glas, ihre Pillendose. Radio Three brachte Lieder von Schubert. Erlkönig.

> *»Mein Vater, mein Vater, und hörest du nicht, was Erlenkönig mir leise verspricht?«*

Sie griff nach ihrem Notizbuch – die Gewohnheit zu arbeiten war am schwersten abzuschütteln – und warf einen Blick auf ihre letzten Änderungen.

> *Dann stand ich daneben und sah zu, wie sich die Soldaten der Alliierten mit Fäusten und Stiefeln abwechselten, bis der Deutsche, ein unschuldiger, doppelt zum Opfer gewordener Schuljunge, blutüberströmt und bewusstlos neben dem verkohlten Stumpf von Goethes mächtiger Eiche zusammenbrach. Genau an dieser Stelle hatte der Dichter geschrieben: »Hier fühlt man sich groß und frei, wie die große Natur, die man vor Augen hat, und wie man eigentlich immer sein sollte.«*

Sie fuhr zusammen, als sie sich an die genüsslichen Schläge und den Blick des Jungen erinnerte, während er zu Boden ging. Sein Blick eines Kindes, die blauen Augen in dem entstellten Gesicht suchten die ihren. Und dann rief er: »Mutti! Mutti!« Seine letzten Worte. Das Notizbuch glitt aus Honors Händen und fiel zu Boden.

Tags zuvor hatte sie das Haus durch den Hintereingang verlassen, um ihren Hausarzt aufzusuchen. Sie klagte über Angina. Herzschmerzen. Dem war nicht wirklich so, denn die Schmerzen waren nicht eigentlich körperlicher Natur. Doch dieser letzte Besuch beim Arzt würde dafür sorgen, dass es kein Theater gäbe, keinen Grund für eine gerichtliche Untersuchung. Sie hatte ihre lange gehorteten Tabletten in eine Tasse gekippt und die Fläschchen in den Müllschlucker geworfen. Zurück im Schlafzimmer hatte sie sich die Tabletten in die Handfläche geschüttet und in vier bitteren Portionen mit Wasser heruntergewürgt, zwei Handvoll insgesamt. Mit äußerster Kraft hatte sie dagegen angekämpft, sich zu übergeben. Dies würde ihr letzter Kampf.

Sie zog sich die Decke bis zum Hals. Die Wohnung war leer geräumt. Die Fotos von Tad und Daniel hatte sie zusammen mit ihren restlichen Büchern und Unterlagen im Müllschlucker versenkt. Alles, was noch blieb, war dieses letzte Notizbuch, das mit dem Gesicht nach unten auf dem Boden lag. Sie hatte den Stecker des Telefons herausgezogen und die Klingel abgestellt. Die Haushilfe würde erst nächste Woche wiederkommen. Der Portier hatte sich bereit erklärt, den unverfänglichen Brief, der keinerlei Vorwürfe oder Schuldzuweisungen enthielt, an ihre Verlegerin zu schicken, und zwar nicht als Express. Wenn Ruth ihn erhielt und herbeieilte, um sich mit Bobbys Schlüssel Zugang in die Wohnung zu verschaffen, wäre alles vorbei. Auf die tüchtige Ruth war Verlass, wenn es um Honors allerletztes Geheimnis ging. Natürliche Todesursache – so würde es heißen.

Ruth würde Honors Testament vollstrecken. Die Wohnung sollte verkauft, davon die Schulden bezahlt und der

Rest an eine Alzheimer-Stiftung übergeben werden. Lois persönlich konnte sie nichts mehr vermachen. Und Daniel hatte seinen Teil erhalten. Sie versank tiefer in den Kissen und schloss die Augen in dem Versuch, ihre Gedanken zu beruhigen und dieses entsetzliche Gefühl des Scheiterns zu vertreiben. War Daniel als schlechter Mensch zur Welt gekommen? Oder hatte sie, die unnatürlichste Mutter der Welt, mehr Beobachterin des Lebens als Teilnehmerin, ihn erst dazu gemacht?

Honor hatte sich oft gefragt, was ihre letzten Gedanken sein würden. Arbeit war kein Thema für das Sterbebett, egal, welche Rolle sie in ihrem Leben gespielt haben mochte. Es würden Menschen sein – Erinnerungen an Freunde, die Familie, Liebhaber, Feinde –, die für die letzte Qual oder den letzten Trost sorgten. Wäre es ein langsames Wegdämmern, ein allmähliches Erlöschen des Lichts? Oder würde sie unruhig sterben und ihr Bedauern hinausschreien? Sie konnte dieses Gefühl, etwas falsch gemacht zu haben, das sie erneut verfolgte, nicht abschütteln. Der wimmernde Junge an diesem Ort voller Schönheit und Grauen. Und ihre eigene rücksichtslose Neugier.

Mein Vater, mein Vater, jetzt faßt er mich an, Erlkönig hat mir ein Leids getan!

Sie streckte den Arm aus und schaltete das Radio ab.

Langsam ging die schwarze Leere, so endlos wie das Universum, hinter ihren geschlossenen Augen in ein unruhiges Blau über – Loch Buidhe, der in einem Rund aus sanften grünen Hügeln schimmerte, und in der Ferne Ben Firinn, dessen schneebedeckter Gipfel die Nachbarberge überragte. Also nicht der Ettersberg mit seinen finsteren Buchenwäldern. Das war ein unverhoffter Segen. Die Hügel und Berge rings um Glenbuidhe waren aufs Ganze gesehen Zwerge. Doch für Honor bedeuteten sie so viel wie die unberührten, strahlend schönen Kuppen des Himalaja. Und da, in der Ferne, war das Haus, in dem sie groß geworden war, wieder intakt, die massigen Granitmauern im weichen Abendlicht, ein Ort des Friedens, vielleicht zum ersten Mal. Keine Spur von ihren Eltern. Auch sie endlich in Frieden, hoffte sie, ebenfalls zum ersten Mal.

Hier in der Jagdhütte, am Ufer des Sees, wo sie zu den Bergen aufsieht, ist sie nicht allein. Neben ihr steht ein kleiner Junge, der ernst und vertrauensvoll die Hand ausstreckt und seine Finger mit den ihren verhakt. So stehen sie stumm da, Hand in Hand, und sehen zu, wie sich das Licht über die Berge bewegt. Bald wird die Sonne untergehen und goldene Funken über den See streuen, und sie werden ins Haus zurückkehren, das Abendessen kochen und ein Feuer im Kamin machen, gegen die bevorstehende kalte Nacht.

Es war eine Ironie des Schicksals, dass sie ausgerechnet über Ross, der nie besonders gut im Neu-Anfangen, abschließen oder irgendwas dazwischen gewesen war, erfuhr, wie das Ganze ausgegangen war. Über Ross und die verrückte Crystal, deren Schwester Dawns Schicksal an dem Tag besiegelt war, als sie Danny Varga kennenlernte, alias Dev. Wie er war sie allerlei New-Age-Spinnereien und Suchtmitteln alter Art verfallen. Doch darüber würde sie sich nicht näher auslassen. Wie Honor Tait gesagt hatte, es gab so etwas wie eine Privatsphäre, und weder Geld noch sonstige Verlockungen würden Tamara dazu verleiten, das an die Öffentlichkeit zu tragen. Es war eine Frage des Anstands. Außerdem musste sie jetzt eine andere Geschichte schreiben.

Es war ein kleiner Sieg, aber immerhin ein Sieg, als Tamaras Artikel über Leben und Werk von Honor Tait schließlich im *Monitor* erschien. Ihre stundenlangen Recherchen, die Interviews und ihre unermüdliche Rennerei waren nicht umsonst gewesen, und für zusätzliche Genugtuung sorgte die Vorstellung, dass ihre neue Chefin – momentan auf einer Technologie-Konferenz in Kalifornien –, wenn sie dort die Zeitung aufschlug, Tamaras Namen unter einem Artikel vorfinden würde, den sie, die aufgeblasene, machtgierige Tania Singh, gern selbst geschrieben hätte.

Einiges hatte sie beschönigen müssen. Doch das war nur fair, fand Tamara. Das schuldete sie der alten Frau. Ihr Text war ein gutes Stück kürzer als geplant, und phantasielose Korrektoren hatten viele ihrer besten Formulierungen gestrichen, ebenso wie den Hinweis auf T. S. Eliots West-End-Musical und die Erwähnung der engen Freundschaft zwischen der Tait und Lord Byron. Sie änderten »transgressiv« in »unschicklich«, schnitten »hermeneutisch« heraus und ließen auch bei »chthonisch« nicht mit sich reden. So unterschied sich der Ton des gedruckten Textes deutlich von ihren ursprünglichen Entwürfen. Doch angesichts der traurigen Umstände war das nicht anders zu erwarten gewesen. Es hatte keinen Sinn, ein großes Getue darum zu machen; schließlich war Anpassungsfähigkeit eine von Tamaras Stärken. Die Nachrufseite im *Monitor* war zwar nicht dasselbe wie das *S*nday Magazine*, aber immerhin besser als *Psst!* oder der *Sunday Sphere*.

Aus Tims Jobangebot war nie etwas geworden, und jetzt war es dafür auch zu spät. Man hatte ihn zusammen mit Gifford-Jones gefeuert, nachdem Tamaras Folgeartikel im *Monitor* erschienen war und das ganze Ausmaß von Devs Täuschung offenbart hatte. Ein Haufen Lügen – Taits drogensüchtiger Sohn trickst Regenbogenpresse aus lautete die Schlagzeile, und die Autorenzeile mit Bild darunter war die von Tamara. Sie hatten das Foto des Kusses aus dem *Sphere* benutzt, das nun für die selbstlose Liebe einer Mutter und den Betrug ihres Sohns stand, und es Bucknells Schnappschuss gegenübergestellt, den er bei ihrem ersten Interview heimlich vom Nachttisch der alten Frau gemacht hatte: dem Foto eines engelsgleichen Jungen, der vor dem Familiensitz in Schottland Honors Hand hält. Johnny hatte Tamara in einer E-Mail berichtet, Wedderburn habe, entzückt über die Gelegenheit, die Leichtgläubigkeit anderer Zeitungen bloßzustellen, und ohne darauf einzugehen, dass der *Monitor* anfangs ebenfalls auf Dev reingefallen war, ihre Story während der morgendlichen Konferenz ausdrücklich gelobt. Wie schade, dass Honor Tait in ein Koma gefallen war, während die Druckmaschinen liefen, und somit keine Gelegenheit mehr hatte, ihren Namen so entschlossen reingewaschen zu sehen.

Die Story über die Dummheit der Klatschpostillen und Kinder, die ihre Eltern ausnehmen, war am selben Tag um die ganze Welt gegangen, als Tamaras Scheck vom *Sphere* gutgeschrieben worden war und sie Ross 2000 Pfund überwiesen hatte, um seine Schulden zu begleichen. Jetzt konnte er noch einmal neu anfangen – oder auch nicht –, so wie sie selbst einen Neustart machte, als sie mit ihrem Nachruf zum zweiten Mal in dieser Woche im seriösen Teil des *Monitor* auftauchte. Leider war ihr früherer Beschützer Simon nicht mehr da. Eine Unregelmäßigkeit in den Spesenabrechnungen hatte dem Management endlich den ersehnten Vorwand geliefert, ihn zu feuern. Ja, er hatte nicht nur seinen Job verloren, sondern auch sein Zuhause. Jan, die hinter seine Geschichten mit Lucinda, Davina und all den anderen gekommen war, hatte ihn vor die Tür gesetzt und sich mit dem Partymacher zusammengetan, der die Feier zum achtzehnten Geburtstag ihres Sohnes veranstaltet hatte.

»Ein ›Partymacher‹! Der Kerl ist sechzehn Jahre jünger als sie. Schläft mit meiner Frau! In meinem Bett! In meinem Haus! Kannst du dir das vorstellen?«, fragte Simon am Telefon. »Was soll ich machen?«

»Dich nicht beirren lassen, sondern nach vorn schauen«, antwortete Tamara.

Genau wie sie es getan hatte. Und jetzt hatte Johnny Malkinson, der vor kurzem zum stellvertretenden Herausgeber befördert worden war und als Wedderburns Nachfolger gehandelt wurde, sie eingeladen, nächste Woche mit ihm im Bubbles zu Mittag zu essen. Sogar ein Firmen-Mobiltelefon hatte man ihr zugestanden, und Simon hatte ihr vor seinem vorzeitigen Abgang eine Liste mit Telefonnummern von Prominenten überreicht und ein paar nützliche Tricks verraten. Zugang zu Pernilla Perssens Mailbox hatte sie bereits. Pures Gold für eine Journalistin. Und es gab Gerüchte über eine feste Stelle für sie bei ME2. Sie war auf dem Weg nach oben. Keine Frage.

Honor Tait – einstige Journalistin, Freundin der Stars
Geboren in Edinburgh am 2. April 1917
Gestorben in London am 25. Februar 1997

Honor Tait, die mit dem Pulitzerpreis ausgezeichnete Journalistin mit dem schillernden Privatleben, starb im Alter von achtzig Jahren eines natürlichen Todes allein in ihrer Wohnung in West-London. Sie kam in Edinburgh in einer hermetisch abgeriegelten Welt von Reichtum und Privilegien zur Welt, wurde zunächst von Gouvernanten auf dem Familienanwesen unweit von Inverness erzogen und wechselte später auf eine belgische Klosterschule und in ein Mädchenpensionat in der Schweiz. Anschließend brach sie mit den Konventionen, hängte ihr Studium an den Nagel und ging nach Paris. Dort arbeitete sie als Sekretärin in einer Presseagentur und amüsierte sich mit den gefeiertsten Künstlern und Bohemiens ihrer Zeit, bis sie den Chefredakteur des Herald Tribune *überredete, sie probeweise als Reporterin einzusetzen. Von da an gab es kein Zurück. Bei den zahllosen Zeitungen und Nachrichtenmagazinen, für die sie arbeitete, war sie für ihre legendäre Schönheit und ihren unersättlichen Hunger nach Scoops bekannt, und sie scheute sich nicht, ihre Trümpfe zu nutzen. Zu den vielen Ereignissen, über die sie berichtete, gehörten der Spanische Bürgerkrieg, die Landung der Alliierten in der Normandie und der Vietnamkrieg. Ihren eigenen Worten zufolge bestand ihre Mission darin, »sich für die Schwachen einzusetzen und die dunkelsten Nischen menschlicher Erfahrung auszuleuchten«.*

In Los Angeles war sie eine gute Freundin von Hollywood-Ikonen wie Marilyn Monroe (Abbildung oben rechts) und Liz Taylor (Abbildung unten links). Ihr Name wird in einem Atemzug mit vielen berühmten Männern genannt, darunter Frank Sinatra, Fidel Castro, Bob Dylan, Pablo Picasso, T. S. Eliot und Bing Crosby (Abbildung Mitte links), über den sie in einem kürzlich erschienenen Exklusivinterview mit dem Monitor *sagte: »Er hatte fabelhafte Füße. In seinen Armen fühlte ich mich wie ein Gespenst.«*

Drei Mal war sie verheiratet, zuerst seit 1941 mit dem belgischen Theaterimpresario Marquis Maxime de Cantal. Die Verbindung wurde nach zwei Jahren geschieden. Nach mehreren weithin bekannten Romanzen heiratete sie 1957 Sandor Varga, einen aus Ungarn stammenden Verleger. Er verließ sie später wegen der Schauspielerin Bebe Blondell (Abbildung unten rechts), die mit Filmhits der sechziger Jahre wie Après vous! *und* Pardonnez-moi! *bekannt wurde. 1967 besuchte Honor Tait im Alter von fünfzig Jahren für eine Reportage ein deutsches Waisenhaus und adoptierte ein drei Monate altes Baby, dem sie den Namen Daniel gab. Sie zog mit ihm nach Los Angeles. Dort lernte sie Tad Challis kennen, den transvestitisch veranlagten amerikanischen Regisseur beliebter britischer Filmkomödien, darunter Klassiker wie* Die Lebenskünstler *und* Flitterwochen einer Friseuse. *1970 heirateten die beiden.*

Zusammen mit Challis ließ sie sich in London nieder, behielt jedoch eine ehemalige Jagdhütte auf dem früheren Anwesen ihrer Familie in der Grafschaft Inverness, die sie regelmäßig aufsuchte. Vor sieben Jahren wurde diese Jagdhütte bei einem Brand völlig zerstört.

Nach Challis' Tod im Jahr 1995 setzte sich die Tait für gute Zwecke ein und lebte allein in einer dämmrigen Londoner Wohnung voller kostbarer Antiquitäten und Gemälde alter Meister, wo sie nur noch gelegentlich Freunde empfing, während sie sich immer mehr aus dem öffentlichen Leben zurückzog. Als Befürworterin der Schönheitschirurgie hatte sie sich erst wenige Wochen, bevor sie ihrem Herzleiden erlag, einem weiteren Eingriff unterzogen. In allerletzter Zeit war sie zum Thema unerfreulicher Publicity geworden, als eine Boulevardzeitung sie einer unschicklichen Beziehung mit einem jungen Mann bezichtigte. Diese Behauptung erwies sich als haltlos; der junge Mann entpuppte sich als ihr Adoptivsohn, wie der Monitor *in dieser Woche exklusiv berichtete. Der verantwortliche Redakteur des fraglichen Boulevardblatts wurde entlassen.*

Die Beisetzung der Tait findet am kommenden Donnerstag im Krematorium von West-London statt.

Tamaras Honorar für den Nachruf war enttäuschend niedrig, doch zum Zeichen ihres Respekts und als Wiedergutmachung kaufte sie davon einen großen Kranz mit Honor Taits geliebten pinkfarbenen Lilien für den Sarg. Auf der beiliegenden Karte stand nur ganz schlicht: »Der Doyenne der Journalisten von ihrer größten Bewunderin.«

Danksagung

Die Recherchen für dieses Buch verschafften mir einen willkommenen Vorwand, Werke und Memoiren vieler hervorragender Journalistinnen zu lesen, die durchweg keine Ähnlichkeit mit meiner fiktiven Kriegskorrespondentin Honor Tait haben. Nur bei Marguerite Higgins, der couragierten und schönen amerikanischen Reporterin, deren berufliche Wege sich mit denen von Honor Tait hätten kreuzen können, würde man zu Recht stutzen. Higgins' Beschreibung eines Vorfalls nach der Befreiung von Buchenwald weist einige Parallelen zu meiner Geschichte auf, wenngleich die Details ihrer Schilderung, ihre Reaktion und das Ergebnis grundlegend anders sind. Dennoch bin ich Higgins' Memoiren *News is a Singular Thing* und *Kriegsschauplatz Korea* ebenso verpflichtet wie ihrer Biographie *Witness to War* über Antoinette May. Ich danke Isabel Fonseca und Jane Maud, die meine ersten Entwürfe gelesen haben, für ihre großzügigen und scharfsichtigen Anregungen, sowie meiner Lektorin Rebecca Carter und vor allem Ian McEwan für seine beständige Unterstützung und seinen liebevollen Rat.